公共管理核心课程系列教材

管理学基础

（第二版）

主　编　方振邦

副主编　李超平　胡　平　张秀智　胡　威　鲍春雷

中国人民大学出版社
·北京·

公共管理核心课程系列教材
编审顾问委员会

主任委员　　纪宝成

委　　员　　（以姓氏笔画为序）

王浦劬　尹庆双　邓大松　曲福田　朱正威

任剑涛　齐中英　李成智　张　跃　张再生

陈永明　陈振明　陈晓剑　竺乾威　周光辉

周志忍　娄成武　姚先国　顾建光　徐晓林

唐任伍　童　星　谭跃进　薛　澜　霍佳震

公共管理核心课程系列教材
编审委员会

主任委员　　董克用

委　　员　　（以姓氏笔画为序）

方振邦　叶剑平　叶裕民　朱立言　刘　昕

许光建　孙柏瑛　严金明　李绍光　张成福

张康之　陈秀山　秦惠民　高培勇　康晓光

谢　明

总　序

　　公共管理是我国新世纪落实科学发展观，建设和谐社会的重要领域，加强公共管理人才培养是社会各界的共识。中国人民大学有着长期培养各级各类公共管理人才的光荣传统，新世纪以来，以成立公共管理学院为契机，学校发挥人文社会科学的综合优势，在公共管理学科和专业的建设方面取得了许多新成就。

　　本科教育是高等教育的基础，对此，中国人民大学和中国人民大学公共管理学院都一直给予高度重视。教材建设是学科建设的重要环节，是教学内容的主要载体，是高等学校教学条件建设的重要内容之一，直接关系到教学质量和人才培养。

　　根据2007年教育部公共管理类专业教学指导委员会会议的精神，为进一步做好本科教材建设工作，更好地服务于学科建设和教学改革，中国人民大学公共管理学院决定在中国人民大学出版社出版"公共管理核心课程系列教材"。为了落实该系列教材出版计划，2007年4月成立了教材编审委员会，编审委员会根据教育部公共管理类专业教学指导委员会会议的指示精神和中国人民大学公共管理学院的专业建设需要确定了系列教材首批"10＋1"书目，即《管理学基础》、《经济学基础》、《公共政策概论》、《行政管理学》、《公共财政》、《公共部门人力资源管理》、《地方政府管理》、《领导科学与艺术》、《宪法与行政法》、《非营利组织》10本教材，同时配套出版《公共管理与公共政策案例》。系列教材实行主编负责制，主编实行公开报名招聘。先后有40多位专家学者进行了申报，教材编审委员会经过认真遴选，最终确定了10名人选作为教材主编。院教材编审委员对每一本教材的编写大纲、编写队伍、教材特色、教材内容、书稿完成时间进行认真的评议。评议通过后才开始教材编写工作。

　　在公共管理核心课程系列教材的编写过程中，我们力求突出以下几个特点：

　　第一，立足学科建设和课程建设的需要。本套教材力求把握公共管理学科的发展方向，以公共管理学科建设的指导思想为依据，注重教材建设与课程建设相互衔接。作为公共管理专业本科生核心平台课程，本套教材的编写注重与一般公共课和专业必修课教材编写的区别。其定位为面向公共管理及其相关专业的本科学生，因此，在教材编写和内容安

1

排上，强调基础知识、基本理论、基本技能。在编写过程中，力求既符合教学大纲，又不拘泥于教学大纲，充分吸收以往教材的优点，力求编写一套高质量的，具有权威性、创新性、前沿性、启发性的示范教材。

第二，注意反映国际上新近研究成果。20世纪80年代以来，在国际公共管理领域的研究中，出现了一些值得注意的新领域和新思路。伴随着西方国家政府重塑运动的兴起和发展，一些新理念和理论正在广泛传播，例如，新公共管理理论强调经济价值的优先性；强调市场机制及竞争功能在公共行政体系中的作用；强调企业管理理论和方法在公共部门的运用；强调服务及顾客导向的强化。而新公共服务理论则是以美国著名公共行政学家罗伯特·B·登哈特为代表的一批公共行政学者基于对新公共管理理论的反思而提出的。其主要观点是，如何促进公共服务的尊严和价值；如何将民主、公民权和公共利益的价值观重新肯定为公共行政的核心价值观。尽管这些思想和理念来自西方国家，但我们不难从中发现其可供借鉴之处。本套教材力求借鉴国际上新近研究成果，为我国公共管理的理论创新和公共服务型政府的建设提供一些新的思考视角。

第三，注意科学严谨地对待前人的成果。本套教材在引用他人成果时较为严谨。如对他人的成果，均力求在理解的基础上加以转述；在引用时，均注明出处。对国际上的主要理论观点，大多标注了原著出处。这将有利于学生阅读相关文献和继续研究。

第四，立足公共管理的特点，注重案例的分析研究。公共管理属于应用性很强的学科，它要求该专业学生应该具有发现问题、分析问题和解决问题的能力，因此在教学方面，应当理论联系实际，强化案例教学。为此，本套教材配套出版了《公共管理与公共政策案例》，案例的编写体现了较好的资料性、启发性的特点，为学生进一步学习提供了帮助。

以上这些特点，提高了本套教材的价值。再加上本套教材的主编大都在高校从事公共管理学的教学工作，因而他们能较好地将公共管理专业知识与教学实践结合起来进行有关内容的安排和行文的撰写，以适应公共管理类专业教学的要求。

由于教材编写和出版时间较紧，再加上公共管理学科本身发展很快，本套教材肯定还有许多不足之处，敬请读者不吝指正！

中国人民大学公共管理核心课程系列教材编审委员会主任委员
中国人民大学公共管理学院院长
董克用

第二版前言

　　管理的历史源远流长，工业革命之前，尽管也有人对管理进行了探索，但基本上是凭借传统的经验，对管理的研究也十分简单。直到 19 世纪六七十年代，由于第二次工业革命的出现，大机器生产和垄断组织客观上对管理方式、组织形式提出了全新的要求，于是人们开始对管理进行系统的研究。然而，管理理论从诞生、发展到成形，和其他科学理论一样，也经历了漫长的积累过程。直到 20 世纪初，弗雷德里克·W·泰勒（Frederick W. Taylor）的《科学管理原理》奠定了管理学理论的基石。随后经过众多管理思想者的贡献，时至今日，管理学已成为一门独立、完整的学科，并影响着人类社会的诸多领域，在经济发展和社会进步中发挥着越来越重要的作用。

　　从管理学的内涵来看，它是一门系统地研究管理活动基本规律和一般方法的科学，也是对管理实践经验的科学总结和理论提升。纵观其发展的历史，管理学始终处于一个不断丰富和发展的过程中，并具有鲜明的时代特点。人类历史的发展进程已经展示了管理学在不同时代背景下对组织发展和社会进步的重要作用。当今社会，随着知识经济和信息时代的来临，组织将面临全新的竞争环境，包括势不可当的经济全球化、飞速发展的技术变革和创新、迅速变化的差异化顾客需求等。面对新环境下的诸多挑战，各类组织必须在充分学习和理解管理学基础知识的基础上，学活用活管理学，进行持续的管理创新，建立持续的竞争优势。此外，管理学作为一门年轻的学科，还需要更多的有志之士投入其中，将其发扬光大，而管理学研究同样要建立在对管理学基础理论充分了解和掌握的基础上。因此，无论是对于管理实践，还是对于管理研究来说，管理学基础理论的学习都是十分必要的。

　　为了帮助读者准确了解管理学的基础理论，中国人民大学公共管理学院管理学教学团队在教学研究的基础上，于 2007 年编写了《管理学基础》一书，作为管理学专业的本科生专业基础课教材以及研究生入学考试专业参考书目。此书出版后，广大师生给予了一致的好评，并给我们提出了很多宝贵的建议，令我们深受鼓舞。另外在教学研讨的过程中，我们也受到了很多启发。于是在上一版的基础上，我们再次修订、编写而形成《管理学基础（第二版）》。

从内容上看，本书还是沿袭了第一版的基本思路，在吸收国内外优秀理论成果和最新学术观点的基础上，以管理的四项基本职能——计划、组织、领导和控制——为主要框架，比较全面地介绍了管理学的基本概念以及管理理论发展与演变的脉络，阐释了管理活动的基本规律、管理学一般原理以及各种管理技术和方法。本书内容丰富、阐释深入，不仅可以作为管理学专业的学生和初次接触管理工作的人士系统学习管理知识的教材，而且对不同行业的各级管理者同样有着积极的指导意义，可作为其丰富自身管理学知识的参考书籍。

具体而言，本书由5篇15章构成。第1篇（第1章～第2章）首先介绍了管理和管理学的一般概念和基础知识，然后系统梳理了管理理论发展演变的历史脉络，并有选择地对部分管理学派的主要代表人物的观点进行了介绍与评述。第2篇（第3章～第4章）介绍了管理的计划职能，内容涉及计划的基础和战略管理两个方面。第3篇（第5章～第8章）介绍了管理的组织职能，内容涉及组织结构与组织设计、组织文化、组织变革与创新、人力资源管理四个模块。第4篇（第9章～第13章）介绍了管理的领导职能，从个体行为的基础、激励理论及其应用、群体和团队的建设、领导、沟通及冲突管理五个方面探讨了个体、群体和组织行为对组织绩效的影响。第5篇（第14章～第15章）介绍了管理的控制职能，内容涵盖了控制的基本理论以及组织控制的各类技术等。

与同类教材相比，本书具有以下特点：第一，体系完整、结构简明。全书以管理过程为主要线索，用通俗易懂的语言全面系统地介绍了管理学基础理论研究的主要成果。第二，内容翔实、贴近实践。为帮助读者借史鉴今、温故知新，本书在编写过程中力求将管理学研究的历史成果和最新观点有机整合起来，并尽可能地将各种理论阐述得详细、透彻，以帮助读者更好地加以理解，并用其指导实践。第三，适用范围宽广。全书立足于系统介绍管理学的基础理论和组织管理的一般性职能，回避了行业性的具体业务管理和专业管理，可供任何有兴趣了解管理学基础知识的人士阅读。

本书由中国人民大学公共管理学院组织编写，参与人员及其撰写章节如下：方振邦（第1章、第2章、第5章、第7章、第8章）、鲍春雷（第3章）、胡威（第4章）、李超平（第6章、第9章、第12章）、胡平（第10章、第11章、第13章）、张秀智（第14章、第15章）。最后由方振邦、鲍春雷负责全书的修改定稿。

在本书即将出版之际，作为本书的主编，我首先要感谢中国人民大学公共管理学院院长董克用教授的大力支持；感谢中国人民大学出版社的刘晶女士对本书的校订和出版的大力支持；还要感谢我的五位合作伙伴在书稿写作和修改过程中的辛勤劳动与密切配合。此外，在本书的编写过程中，中国人民大学公共管理学院的研究生罗海元、唐朝波、江超萍、常苗苗、陈瑜婷、吴旭等整理了大量的资料并提供了部分初稿，在此对他们的努力表示感谢。

集结成书是遗憾的艺术，尽管我们尽全力在前一版的基础上对本书进行了精心修改，但限于水平难免还有不足之处，也期待各位同仁、专家学者批评指正，并欢迎各界人士与我们交流、研讨。

中国人民大学公共管理学院教授、博士生导师

方振邦

2011 年 6 月于求是楼 213 室

第一版前言

    管理思想古已有之，但管理学正式成为一门学科，也还是近百年来的事。管理学兴起于 20 世纪初的科学管理运动，1911 年弗雷德里克·W·泰勒的《科学管理原理》奠定了管理学理论的基石。随后经过众多管理思想者的贡献，时至今日，管理学已成为一门独立、完整的学科，并影响着人类社会的诸多领域，在经济发展和社会进步中发挥着越来越重要的作用。

    从管理学的内涵来看，它是一门系统地研究管理活动基本规律和一般方法的科学，也是对管理实践经验的科学总结和理论提升。纵观其发展的历史，管理学始终处于一个不断丰富和发展的过程中，并具有鲜明的时代特点。人类历史的发展进程已经展示了管理学在不同时代背景下对组织发展和社会进步的重要作用。当今社会，随着知识经济和信息时代的来临，组织将面临全新的竞争环境，包括势不可当的经济全球化、飞速发展的技术变革和创新、迅速变化的差异化顾客需求等。面对新环境下的诸多挑战，各类组织必须在充分学习和理解管理学基础知识的基础上，学活用活管理学，进行持续的管理创新，建立持续的竞争优势。此外，管理学作为一门年轻的学科，还需要更多的有志之士投入其中，将管理学发扬光大，而管理学研究同样要建立在对管理学基础理论充分了解和掌握的基础上。因此，无论是对于管理实践，还是对于管理研究，管理学基础理论的学习都是十分必要的。

    本书是作为管理学专业的本科生专业基础课教材以及研究生入学考试专业参考书目编写的。从内容上看，本书系统介绍了管理学基础理论，在吸收国内外优秀理论成果和最新学术观点的基础上，以管理的四项基本职能——计划、组织、领导和控制——为主要框架，比较全面地介绍了管理学的基本概念以及管理理论发展与演变的脉络，阐释了管理活动的基本规律、管理学一般原理以及各种管理技术和方法。本书内容丰富、阐释深入，不仅可以作为管理学专业的学生和初次接触管理工作的人士系统学习管理知识的教材，而且对不同行业的各级管理者同样有着积极的指导意义，可作为其丰富自身管理学知识的参考书籍。

具体而言，本书由 5 篇 16 章构成。第 1 篇（第 1 章～第 2 章）首先介绍了管理和管理学的一般概念和基础知识，然后系统梳理了管理理论发展演变的历史脉络，并有选择地对部分管理学派的主要代表人物的观点进行了介绍与评述。第 2 篇（第 3 章～第 5 章）介绍了管理的计划职能，内容涉及计划的基础、计划的技术和战略管理三个方面。第 3 篇（第 6 章～第 9 章）介绍了管理的组织职能，内容涉及组织结构和设计、组织文化、组织变革和创新、人力资源管理四个模块。第 4 篇（第 10 章～第 14 章）介绍了管理的领导职能，从行为基础、激励理论及其应用、群体和团队建设、领导、沟通和冲突管理五个方面探讨了个体、群体和组织行为对组织绩效的影响。第 5 篇（第 15 章～第 16 章）介绍了管理的控制职能，内容涵盖了控制的基本理论、组织控制的各类技术和组织绩效评价的方法等。

与同类教材相比，本书具有以下特点：第一，体系完整、结构简明。全书以管理过程为主要线索，用通俗易懂的语言全面系统地介绍了管理学基础理论研究的主要成果。第二，内容翔实、贴近实践。为帮助读者借史鉴今、温故知新，本书在编写过程中力求将管理研究的历史成果和最新观点有机整合起来，并尽可能地将各种理论阐述得详细、透彻，以帮助读者更好地加以理解，并用其指导实践。第三，适用范围宽广。全书立足于系统介绍管理学的基础理论和组织管理的一般性职能，回避了行业性的具体业务管理和专业管理，可供任何有兴趣了解管理学基础知识的人士阅读。

本书由中国人民大学公共管理学院组织编写，参与人员及其撰写章节如下：方振邦（第 1 章、第 2 章、第 6 章、第 8 章、第 9 章）、张红霞（第 3 章、第 4 章）、胡威（第 5 章）、李超平（第 7 章、第 10 章、第 13 章）、胡平（第 11 章、第 12 章、第 14 章）、张秀智（第 15 章、第 16 章）。最后由方振邦负责全书的修改定稿。

在本书即将出版之际，作为本书的主编，我首先要感谢中国人民大学公共管理学院院长董克用教授的大力支持；感谢中国人民大学出版社的刘晶女士为本书的校订和出版的大力支持；还要感谢我的 5 位合作伙伴在书稿写作和修改过程中的辛勤劳动与密切配合。此外，在本书的编写过程中，中国人民大学公共管理学院的研究生鲍春雷、罗海元、唐朝波、江超萍、常苗苗、陈瑜婷、吴旭等整理了大量的资料并提供了部分初稿，在此对他们的努力表示感谢。

集结成书是遗憾的艺术，尽管我们已尽了很大努力，但限于水平，书中的纰漏和不足在所难免，敬请各位同仁、专家学者批评指正。

中国人民大学公共管理学院教授、博士生导师
方振邦
2007 年 8 月于求是楼 213 室

目　录

第 1 篇　绪论

第 1 章　管理与管理学 ·· 3
　　1.1　管理 ··· 3
　　1.2　管理学 ··· 15
　　本章小结 ·· 20
　　关键术语 ·· 21
　　复习思考题 ··· 21
　　参考文献 ·· 22

第 2 章　管理理论的发展与演变 ·· 23
　　2.1　管理理论发展与演变脉络 ·· 23
　　2.2　管理理论主要流派 ·· 40
　　本章小结 ·· 51
　　关键术语 ·· 52
　　复习思考题 ··· 52
　　参考文献 ·· 53

第 2 篇　计划

第 3 章　计划与决策 ·· 57
　　3.1　计划的基础 ·· 57
　　3.2　目标管理 ·· 63
　　3.3　决策与决策制定 ·· 66

3.4　计划的方法与技术 ··· 71

本章小结 ··· 77

关键术语 ··· 77

复习思考题 ··· 78

参考文献 ··· 78

第4章　战略管理 ··· 79

4.1　战略管理的概念和意义 ·· 79

4.2　战略管理的过程 ·· 84

4.3　组织战略的类型 ·· 89

本章小结 ··· 96

关键术语 ··· 97

复习思考题 ··· 97

参考文献 ··· 98

第3篇　组织

第5章　组织结构与组织设计 ····································· 101

5.1　组织结构与组织设计概述 ·· 101

5.2　组织结构设计的关键要素 ·· 105

5.3　组织结构的类型 ·· 113

5.4　影响组织结构设计的权变因素 ·· 119

本章小结 ··· 128

关键术语 ··· 129

复习思考题 ··· 129

参考文献 ··· 130

第6章　组织文化 ··· 131

6.1　组织文化概述 ·· 131

6.2　组织文化的描述与分析框架 ··· 138

6.3　组织文化建设 ·· 145

本章小结 ··· 153

关键术语 ··· 153

复习思考题 ··· 153

参考文献 ··· 154

第7章　组织变革与创新 ·· 155

7.1　组织变革概述 ·· 155

7.2　组织变革的实施 ·· 161

7.3　组织发展 ·· 167

7.4　组织创新 ·· 171

本章小结 ··· 178

关键术语 ·· 179

复习思考题 ··· 179

参考文献 ·· 180

第8章　人力资源管理 ·· 181

8.1　人力资源管理概述 ·· 181

8.2　人力资源战略与规划 ·· 185

8.3　工作设计与工作分析 ·· 189

8.4　招募与甄选 ·· 194

8.5　培训与开发 ·· 197

8.6　薪酬管理 ··· 200

8.7　绩效管理 ··· 203

本章小结 ·· 213

关键术语 ·· 214

复习思考题 ··· 214

参考文献 ·· 215

第4篇　领导

第9章　个体行为的基础 ·· 219

9.1　个体差异与个体行为 ·· 219

9.2　知觉与个体行为 ··· 231

9.3　态度与态度管理 ··· 239

本章小结 ·· 245

关键术语 ·· 246

复习思考题 ··· 246

参考文献 ·· 246

第10章　激励理论及其应用 ·· 248

10.1　激励和激励过程 ·· 248

10.2　内容型激励理论 ·· 250

10.3　过程型激励理论 ·· 258

10.4　激励理论的比较和整合 ··· 270

10.5　激励理论的应用 ·· 272

本章小结 ·· 273

关键术语 ·· 274

复习思考题 ··· 274

参考文献 ·· 274

第11章　群体和团队的建设 ·· 276

11.1　群体概述 ·· 276

11.2　群体动力 ·· 280

11.3 群体决策 ………………………………………………………………… 287

11.4 团队的建设 ………………………………………………………………… 291

11.5 创建高效能团队 …………………………………………………………… 295

本章小结 ……………………………………………………………………… 298

关键术语 ……………………………………………………………………… 299

复习思考题 …………………………………………………………………… 299

参考文献 ……………………………………………………………………… 299

第 12 章　领导 ………………………………………………………………… 301

12.1 领导概述 …………………………………………………………………… 301

12.2 经典领导理论 ……………………………………………………………… 305

12.3 新型领导理论 ……………………………………………………………… 320

本章小结 ……………………………………………………………………… 324

关键术语 ……………………………………………………………………… 324

复习思考题 …………………………………………………………………… 324

参考文献 ……………………………………………………………………… 325

第 13 章　沟通及冲突管理 …………………………………………………… 326

13.1 沟通概述 …………………………………………………………………… 326

13.2 有效沟通 …………………………………………………………………… 332

13.3 冲突概述 …………………………………………………………………… 335

13.4 冲突管理 …………………………………………………………………… 338

本章小结 ……………………………………………………………………… 343

关键术语 ……………………………………………………………………… 344

复习思考题 …………………………………………………………………… 344

参考文献 ……………………………………………………………………… 345

第 5 篇　控制

第 14 章　控制的基础 ………………………………………………………… 349

14.1 控制概述 …………………………………………………………………… 349

14.2 影响控制有效性的因素 …………………………………………………… 362

本章小结 ……………………………………………………………………… 365

关键术语 ……………………………………………………………………… 366

复习思考题 …………………………………………………………………… 366

参考文献 ……………………………………………………………………… 366

第 15 章　控制的方法与技术 ………………………………………………… 368

15.1 作业管理 …………………………………………………………………… 368

15.2 质量管理 …………………………………………………………………… 374

15.3 财务控制 …………………………………………………………………… 380

15.4 信息控制 …………………………………………………………………… 385

15.5　最佳实践标杆 ··· 392

本章小结 ··· 395

关键术语 ··· 396

复习思考题 ··· 396

参考文献 ··· 397

第 1 篇

绪　论

第 1 章

管理与管理学

学习目标

- 了解管理的环境
- 了解学习管理学的意义
- 理解管理者的角色与技能
- 理解管理学的性质与内容
- 掌握管理的内涵与职能
- 掌握管理学的研究方法

　　管理是人类基本的社会活动之一，也是人类所特有的一种社会现象。通过管理，人们能够有目的、有秩序地组织生产、改善生活和从事其他社会活动。随着社会的不断进步、科学技术的迅速发展、组织任务的复杂化程度不断提高，人类社会日益需要通过集体协作来达成组织目标，管理越来越受到广泛的关注和重视。本章将对管理及管理学的有关内容进行简单的介绍，旨在帮助读者对该学科有个初步的认识。

1.1　管　理

1.1.1　管理的内涵

　　管理（management）古已有之，但长期以来人们对管理内涵的理解各持己见、不尽相同。其中最通俗的一种解释就是将管理界定为"管人"和"理事"，即对一定范围的人员和事物进行安排与处理。尽管这种字面意义上的解释颇为精练，但难以严格地表达出管

理本身所具有的完整含义。管理始于人类有组织的活动，寓于组织之中，因而要全面、准确地掌握管理的内涵，首先应该对组织有一个基本的认识。

1. 组织

组织是一切管理活动的载体，也就是说，管理不可能独立于组织而存在。所谓组织（organization），是由人组成的、具有明确目的和系统性结构的实体。无论是国家、军队、教会等庞然大物，还是企业、学校、医院等小型单位，它们都是组织，因为它们都具有三个基本的特征（见图1—1）。

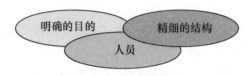

图1—1　组织的特征

首先，每个组织都是由两个以上的人员组成的。人是组织的主体，是组织借以开展工作、达成目标的首要因素，而且组织是两个以上人员的集合体，单独一个人的工作是不能够构成组织的。其次，每个组织都有一个明确的目的。组织的目的通常以一个或者一组目标来表达，它反映了组织所希望达到的状态。最后，每个组织都具有系统性的结构，用以规范和限制成员的行为。组织的结构既可以是弹性的、开放的，也可以是刚性的、严密的，但不管其类型如何，它都要求具有某些精细的特征，以便明确组织成员间的工作关系。

尽管管理的基本原理和一般方法具有一定的普遍性，所有组织都可以加以运用，但是，由于不同类型组织的最终目的不同，在管理活动中所关注的侧重点也就各不一样，因此管理者在实践工作中要视不同类型组织选择适宜的管理方式和技术，有针对性地予以区别对待。

2. 管理的概念

长期以来，许多中外学者都曾对管理下过定义，但由于管理的广泛性和复杂性及研究的侧重点不同，至今仍未形成统一的概念，在此，简单介绍几种有代表性的解释。

（1）弗雷德里克·W·泰勒认为，管理就是要"确切地知道要别人干什么，并注意让他们用最好、最经济的方法去干"。

（2）亨利·法约尔（Henry Fayol）认为，"管理就是实行计划、组织、指挥、协调和控制"。

（3）赫伯特·A·西蒙（Herbert A. Simon）认为，"管理就是决策"。

（4）丹尼尔·A·雷恩（Daniel A. Wren）认为，"给管理下一个广义而又切实可行的定义，可以把它看成是这样的一种活动，即它发挥某些职能，以便有效地获取、分配和利用人的努力和物质资源，来实现某个目标"。

（5）弗里蒙特·E·卡斯特（Fremont E. Kast）认为，"管理就是计划、组织、控制等活动的过程"。

（6）埃尔伍德·斯潘塞·伯法（Elwood Spencer Buffa）认为，"管理就是用数学模式与程序来表示计划、组织、控制、决策等合乎逻辑的程序，求出最优的解答，以达到企业的目标"。

上述定义可以说是从不同侧面、不同角度揭示了管理的含义，或者是揭示了管理某一方面的属性。

本书将管理定义为一个协调工作活动的过程，以便能够有效率和有效果地同他人一起或通过他人实现组织的目标。这个概念包含着三重意思：（1）管理是一个协同工作的过程，这个过程代表了一系列正在进行中的有管理者参与的职能活动；（2）管理是与他人一起或通过他人实现组织的目标，这就区分了管理岗位和非管理岗位；（3）效率和效果是管理活动追求的两大目标，其中效率（efficiency）是指以尽可能少的投入获得尽可能多的产出，效果（effectiveness）是指所从事的工作和活动有助于组织达到其目标，效率是关于做事的方式，而效果涉及结果，或者说达到组织的目标，二者相辅相成，共同构成管理活动追求的目标（见图1—2）。

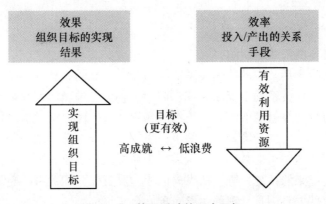

图1—2　管理活动的两大目标

3. 管理的性质

从管理活动最基本的意义来看，一方面，管理本身是一种社会实践，凝聚了管理者的体力和脑力劳动；另一方面，管理又处于一定的生产关系和社会背景当中，是对他人劳动的指挥和监督。从现代管理的客观要求来看，它既要遵循客观规律的科学性要求，又要体现灵活协调的艺术性要求。因此，管理在性质上具有二重性。

（1）管理的自然属性和社会属性。

一方面，管理是人类社会实践的产物，是生产力发展到一定水平时基于生产社会化的协作需要而出现的新型劳动，它有力地推动了生产力的发展和社会的进步，因此它具有同生产力、社会化大生产相联系的自然属性；另一方面，管理也是人类社会实践的组织方式，是在一定的生产关系条件下对劳动协作的指挥和监督，必然体现出生产资料占有者的意志，因此它具有同生产关系、社会制度相联系的社会属性。这两方面的属性就是管理的二重性，它集中体现了管理的内在本质。

（2）现代管理的科学性和艺术性。

人类的管理活动已逐渐由艺术发展为科学，继而发展到两种性质兼而有之的阶段。早期的管理活动完全依靠管理者长期积累的个人经验，反映的是一些零散的思想片段，缺乏系统的科学理论的指导，更多地表现为一种艺术。现代管理既能探索和遵循管理活动的客观规律、研究和运用科学的管理理论和方法，又能根据管理实践的具体情况，灵活地运用一般原理和基本方法，通过不断的尝试进行新的创造，因此现代管理既是一门科学，也是一种艺术。

4. 管理的一般特征

管理是一项非常复杂的社会活动，其内容丰富、形式多样，在人类社会生活的不同历史时期和领域中，每项管理活动都具有与众不同的具体特点。但是，管理并不是飘忽不定、无迹可寻的，作为人类社会的一项基本实践，它有着自身的一般特征：

（1）管理最基本的任务是实现有效的社会协作。

人类社会的一切生产实践都是以协作形式出现的，无论是原始社会简单的狩猎活动，还是现代化的大工业生产，都包含着不同程度的协作。由于工作任务复杂化程度的日益提高，产生于人类共同劳动的协作关系也不再像从前那样简单而稳定，人与人之间复杂动态的协作关系已经成为一种常态。管理就是要运用科学的程序和方法，通过最佳的工作组合和最优的机构设置，用尽可能少的资源实现组织协作的最大效用。因此，管理的重要性也就日益凸显。

（2）管理最基本的形式是组织。

人类社会一切生产活动中的协作关系能够演变为自觉的管理活动，其前提条件就是以组织的形式把这种协作关系固定下来，使它成为一种可以遵循的程序，并根据这种程序有效地去实现活动目标。在管理活动中，组织既是管理的主体，又是管理的客体。组织作为管理的主体，表现为专门进行管理工作的组织机构，如指挥部、决策部、参谋部、计划部等。从组织作为客体这个角度来看，组织表现为系统性。任何组织都是由作为要素的人按照一定的结构建立起来的系统，既包括纵向的权力和责任分配关系，也涵盖横向的专业分工和协作关系，这些关系则是管理的主要对象。

（3）管理最主要的内容是处理人际关系。

在管理活动中，人是首要的因素，这已成为现代管理者的共识。虽然除了人与人的关系之外，管理系统还包含着人与物的关系，但人与物的合理配置、人对物的控制归根结底都会表现为人与人的关系，因此人际关系是管理系统两大基本关系的主要方面，对组织的成败起着决定性的作用。有效地处理和协调人际关系，不仅可以帮助管理者理顺人与物的关系，还可以在组织内形成一股有机合作的整体力量，从而大幅增强管理系统的功效。因此，在现代组织中，维护良好的人际关系业已成为有效管理者最主要的工作。

（4）管理发展的主要动力是变革与创新。

生产力的迅速发展推动着社会生产方式的不断进步，尤其在科学技术日新月异的现代社会，社会生产的组织方式正处于一个持续变革的过程之中。管理实践中不断涌现的新问题、新情况推动着管理技术和手段不断革新，从而使管理思想和理论不断丰富和完善，管理理论上的重大突破同时又反过来指导实践，促使组织的管理成效实现质的飞跃。因此，这种根据新形势而发生的迅速的、连续的、根本的变革与创新，成为管理发展最主要的动力。

1.1.2 管理的职能

管理的职能即管理的职责和功能，通俗地讲，其所探讨的是"管理者做什么"的问题。管理者只有在明确自己的工作任务和职责要求之后，才能运用适宜的管理方法和手段以及组织所赋予的权力，有针对性地开展管理活动，并承担相应的责任。反之，管理者如果凭感觉做事，想起什么做什么，则可能造成"该做的事情无人干，不该插手的事情偏要管"的混乱局面，这非但无益于组织目标的实现，甚至会徒然耗费有限的精力和资源。因此，对管理职能的准确界定，无疑具有非常重要的意义，它是达成管理目标的前提条件。

1. 不同学派的观点

正如学者们对管理的内涵都各具见解一样，管理领域的不同学派在考察管理的职能时，也是从各自的视角来观察管理者的实际工作，从而得出不同的研究结论（见表1—1）。下面简单介绍几个重要学术流派关于管理职能的主要观点。

表1—1　　　　　　　　　　　　　管理职能划分的主要观点

年份	人物	计划	组织	领导	协调	控制	激励	人事	调集资源	通信联系	决策	创新	领导们的努力
1916	法约尔	○	○	○	○	○							
1934	戴维斯	○	○			○							
1937	古利克	○	○					○		○			
1947	布朗	○	○	○		○			○				
1948	厄威克	○	○			○							
1951	科曼	○	○	○		○			○				
1953	特里	○	○	○		○							○
1955	孔茨	○	○			○		○					
1956	特里	○	○		○	○	○						
1958	麦克法兰	○	○			○							
1964	梅西	○	○			○		○					
1964	孔茨	○	○	○		○							
1966	希克斯	○	○			○	○			○		○	
1972	特里	○	○	○		○							
1979	梅西	○	○							○	○		
1984	罗宾斯	○	○	○		○							

（1）管理过程学派的先驱亨利·法约尔认为所有的管理者都在从事计划、组织、指挥、协调和控制工作。随后，卢瑟·H·古利克（Luther H. Gulick）在法约尔关于管理职能的论述的基础上，发展并形成了他的管理"七职能论"，即著名的"POSDCRB"。古利克指出，管理的七种职能分别是计划（planning）、组织（organizing）、人事（staffing）、指挥（directing）、协调（coordinating）、报告（reporting）和预算（budgeting）。

（2）社会协作系统学派的代表人物切斯特·巴纳德（Chester Barnard）认为，组织中的经理人员有以下三项职能：1）建立和维系一个信息联系的系统；2）从组织成员那里获得必要的服务；3）规定组织目标。

（3）决策理论学派的赫伯特·A·西蒙则认为"管理就是决策"。

（4）经验主义学派关于管理职能的论述十分详细，主要包括以下五个方面：1）树立目标并决定为达到这些目标要做些什么，然后把它传达给与目标的实现有关的人员；2）进行组织工作；3）进行鼓励和联系工作；4）对企业的成果进行分析，确立标准，并对企业所有人员的工作进行评价；5）使员工得到成长和发展。

（5）管理思想史学家林德尔·F·厄威克（Lyndall F. Urwick）认为，管理者主要承担计划、组织和控制三大职能。

各个学派从不同的角度阐释了其对管理职能的看法，这有利于我们全面认识管理工作的面貌，并在此基础上就"管理者做什么"做出自己的判断。

2. 本书对管理职能的界定

关于管理职能的划分可谓是"仁者见仁，智者见智"。在众说纷纭的情况下，本书参考各个学派的主要观点，认为组织中各级管理者都要承担的基本职能有四类，分别是计划（planning）、组织（organizing）、领导（leading）和控制（controlling）（见图1—3）。

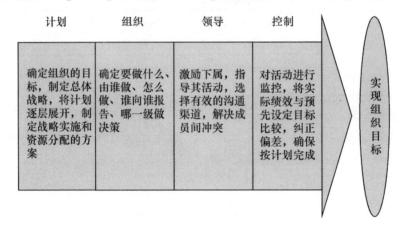

图1—3　管理者职能划分

（1）计划。

计划是指根据组织的内外部环境，并结合自身的实际情况，制定合理的总体战略和发展目标的过程，通过工作计划将组织战略和目标逐层展开，形成分工明确、协调有序的战略实施和资源分配方案。计划描绘了组织的未来蓝图，指明了组织发展的前进方向，为管理者的日常决策提供了必要的依据，为组织成员的工作绩效提供了考评标准，因而无论环境如何复杂动荡，都不应该忽视计划职能的重要性。

（2）组织。

组织主要是指在战略和目标的指导下，明确组织当前的工作任务并对任务进行分类与整合，通过设置一系列的机构和职位来承担这些工作任务，同时，通过明确组织中的指挥链并进行相应的职责和权限划分，构建起完整的组织管理体系。简言之，组织工作是一个"搭台子、组班子、定规矩"的连续动态过程，是落实组织目标和工作计划并确保其有效执行的必要环节。

（3）领导。

领导是指充分利用各种方法和手段对下属进行有效的激励，并为下属提供必要的指导和支持，以集中精力、实现组织预定目标的过程。有效的领导不仅需要管理者掌握丰富的沟通技巧，与下属进行充分的交流，掌握其思想和工作动态，充分挖掘新的激励点；还要求管理者发展独特的组织文化，营造和谐的工作氛围，为组织内部的良性竞争提供健康有序的环境条件。

（4）控制。

管理者的控制职能是指为确保组织目标的顺利实现，遵照一定的科学程序，对组织内部各项工作的进展情况与实际效果进行监控和评估，并在其偏离预定轨道时采取措施加以纠正的过程。控制活动可以使工作失误得以及时发现和迅速补救，有助于组织从整体上维护自身的根本利益，因此，它贯穿于管理过程的始终，是组织获得成功的重要手段和必要保障。

当然，管理的实际情况比我们所描述的管理职能要复杂千万倍，计划、组织、领导和控制几项职能并不存在泾渭分明的界限。管理者在从事实际工作时常常会发现，四类职能常常是你中有我、我中有你，既彼此包含，又相互推动，因此，将管理者所履行的职能描述为一种过程的观点更为符合实际情况。换言之，管理者在进行管理时始终处于一种过程当中，以连续的方式从事着计划、组织、领导和控制活动。

1.1.3　管理者

随着管理运动的发展，现代社会中的组织和工作正在发生着持续的变革，团队建设、结构扁平化、参与管理、自主管理等管理技术和方法劲头正盛，组织中管理者和非管理者两类成员之间的界限日渐模糊，许多传统的职位如今都包含了管理性活动。在这样的组织情境下，只有清楚地了解管理者的内涵、角色以及所需掌握的技能，才能有效发挥管理人员的积极作用。

1. 管理者的内涵

组织中的人承担着不同的角色，在各自的岗位上为组织的发展作出自己的贡献。其中，管理者是相对于非管理人员而言的。通常我们这样定义管理者（manager）：他们是组织中做决策、分配资源、指导别人的行为、监督别人的活动并对达到目标负有责任的人。在传统的组织里，管理者按照所处的层级不同可划分为基层管理者、中层管理者和高层管理者（见图 1—4）。

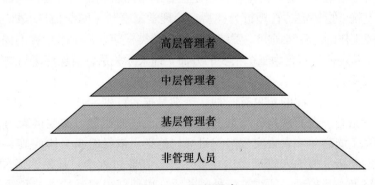

图 1—4　组织层次

基层管理者通常被称为主管、领班或工长等，他们是组织中最低层的管理者，直接与从事产品生产或提供服务的非管理人员打交道。中层管理者包括所有处于基层管理者和高层管理者之间的各个管理层级的管理者，他们管理着基层管理者，通常被称为经理或部长。高层管理者处于或接近于组织顶层，他们承担着广泛的组织决策、制定战略和目标等责任，通常拥有总裁、董事长、总经理、首席执行官等头衔。在那些非常灵活的、结构松散的组织中，管理层级不像传统组织那样表现为明显的金字塔形结构，但是它们仍然需要某些人扮演管理角色，这些管理者或协调一个团队的活动，或监督着几个单独的个人，以便能够同别人一起或通过别人来实现组织的目标。

根据弗雷德·卢森斯（Fred Luthans）的研究，处于不同组织层级的管理者在各项管理职能上所花费的时间和精力相去甚远（见图1—5）。其中组织职能所占各级管理者时间的比例由基层到高层呈现递减规律，而计划、领导和控制职能则恰好相反，越是高层管理者花在这三项职能上的时间越多，这与各层级管理者的工作特点和任务要求是相吻合的。

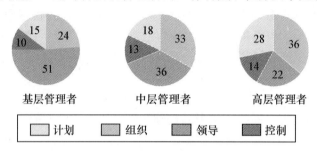

图1—5 不同层级管理者在不同职能上的时间分布（百分比）

此外，管理者和领导者是人们常常混为一谈的两个概念，有些人甚至将二者等同起来，实际上，它们并不完全一样。管理者是受上级任命在岗位上从事工作的，他们的影响力来自这一职位所赋予的正式权力。与此形成鲜明对照，领导者可以是组织正式任命的，也可以从群体中自发产生，他们的影响力可以来自正式权力，也可以从专业知识、工作技能、控制信息等其他途径获得。

2. 管理者的角色

与管理的职能一样，管理者角色是从另一个角度来考察"管理者做什么"这一问题的。角色是指人们对于在某一社会单元中占据特定位置的个体所期望的一套行为模式。所谓管理者角色，实际上就是指特定的管理行为类型。管理学家亨利·明茨伯格（Henry Mintzberg）根据长期对管理工作的观察与研究，发展出了一个分类框架，列举了十种不同但高度相关的管理行为，并将其进一步组合为三个主要的方面，即人际关系、信息传递和决策制定。

（1）人际关系。

管理者在人际关系方面的角色有三种，分别是挂名首脑、领导者和联络者。挂名首脑角色意如其名，指管理者所承担的具有礼仪性和象征性的职责，如迎接来访者、签署法律文件等。管理者不能靠单个人去实现组织目标，他必须依靠组织全体成员，因此，对下属进行有效的激励和指导便纳入管理者的主要工作，在此过程中，他扮演了领导者的角色。作为组织的联络者，管理者必须维护好外部关系，以便获得广泛的支持和帮助；必须掌握足够的消息来源，以便及时地获取信息。

（2）信息传递。

在组织的信息传递过程中，管理者也就成了组织中的信息监听者、传播者和发言人。监听者角色要求管理者寻求和获取政府、员工、市场、客户、竞争者等诸多方面的内外部信息，以便透彻地理解组织与环境。通过举办信息交流会或其他有效的沟通手段，将从外部人员和下级那里获取的信息及时传递给组织的其他成员，就是管理人员作为传播者所要承担的主要任务。当管理者召开董事会、记者招待会或以其他方式向外界发布组织的计划、政策、行动等信息时，他就是在扮演组织发言人的角色。

（3）决策制定。

决策制定是做出抉择的活动，管理者扮演着包括企业家、混乱驾驭者、资源分配者和谈判者四种角色。企业家角色要求管理者密切关注和努力寻求组织和环境中的机会，并制定合理的组织变革和改进方案，以谋求组织的发展壮大。顾名思义，混乱驾驭者角色，要求管理者在组织面临重大的、意外的混乱和危机时挺身而出，采取纠正行动和应对措施，以维护组织的正常秩序。同样，资源分配者角色主要是要求管理者分配和调度好组织的各类资源，使人尽其才、物尽其用。谈判者角色是指管理人员作为组织的代表参加各种类型的谈判活动，如参加与项目合作者的合同谈判等。

当然，管理者角色并不是在所有管理人员中平均分布，也不可能全部由某个管理者一肩承担，对于处于不同层级的管理者，它所强调的重点不一样。相对而言，信息传播者、挂名首脑、谈判者、联络者和发言人等角色更多地由组织高层人员来担当，而领导者的角色在基层管理者身上表现得更为突出。

3. 管理者所需掌握的技能

组织的环境变幻莫测，管理者的任务和职责也处在不断的变化之中且日益复杂。那么管理者需要具备什么样的技能才能有效地开展工作呢？根据著名管理学者罗伯特·卡茨（Robert Katz）的研究，通常管理者需要掌握三种基本的技能，即技术技能、人际技能和概念技能（见图1—6）。技术技能是指应用专门知识或技能的能力，诸如工程、财务、机械制造、计算机科学等。对于基层管理者而言，技术技能是重要的，因为他们要直接处理一线人员所从事的工作。人际技能是与他人共事、理解别人、激励别人的能力。对于所有管理者而言，建立、协调、处理和维护良好的人际关系，对下属进行有效激励与鞭策，都需要掌握出色的人际关系技巧。概念技能是分析和诊断复杂情况的心智能力。管理者需要运用系统观点来看待组织及外部环境，需要对复杂情况进行抽象和概念化，尤其是对高层管理人员来说，概念技能显得更为重要。

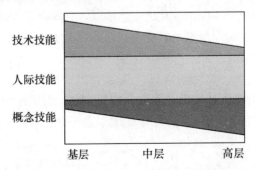

图1—6　不同层次管理者所需掌握的技能

随着人类社会步入信息时代，技术进步和知识更新的速度越来越快，组织置身其中的环境变得更为复杂和动荡，成功的管理实践迫切需要更为先进的管理方法和手段，管理技能也处于一个不断发展和演变的过程中。正因为如此，今天的管理者才面临着巨大压力和诸多挑战，才比以往任何时候都迫切需要学习和掌握新的管理技能。

1.1.4 管理环境

组织是一个开放的系统，生存于特定的外部环境中，并与外部环境相互作用，进行着物质、能量和信息的交流。管理者要实现组织的目标，就必须敏锐地把握环境的变化，对整体形势加以认真研究，识别关键的环境因素及其相互关系，并积极采取正确的措施应对环境的挑战，尽最大努力化解危机、把握机会。管理的环境是指能够对管理活动的成效产生潜在影响的各种因素的总和，可以将其划分为内部环境和外部环境。

1. 内部环境

管理的内部环境是指存在于特定组织之内，决定着管理系统的存在以及影响其发展的客观因素的总和，既包括人员、设备、经费等实体性因素，也包括规章、条例、制度等体制性因素，还包括人际关系、组织氛围等无形因素。这些因素既是管理实践赖以进行的基础，又是管理工作的直接内容，因此，从某种意义上来看，对内部环境的管理意味着组织范围内的全部管理活动。

2. 外部环境

管理的外部环境是指存在于特定组织之外，对管理系统的建立、存在和发展产生影响的客观因素和条件，它又分为具体环境和一般环境两大类。

（1）具体环境。

具体环境包括那些对管理者的决策和行动产生直接影响并与实现组织目标直接相关的因素。不同的组织所处的具体环境不一样，即使是同一个组织，其具体环境也处在不断的变化之中。一般说来，组织的具体环境主要包括顾客、供应商、竞争者和压力集团。

1）顾客。

组织是为满足顾客需要而存在的，企业所生产的产品或提供的服务必须得到顾客的认可并予以购买或体验，才能生存和发展。对于政府组织也是如此，只不过它是面向广大的民众提供公共产品和服务，其目的也是为了获得公众的认可与支持。显然，对于组织来说，顾客代表着不确定性，不同的人具有不同的需求，并且在各种各样的需求中，有些是外显的，有些是内隐的，有些则总是处于不断的变化之中。所以，管理者必须时刻保持对组织目标客户的关注，识别和分析他们的需求类型及其变化，从而确保所做的决策有理有据、有的放矢。

2）供应商。

谈起一个组织的供应商，人们通常只会想起为组织提供原材料和设备的企业，事实上，资金和劳动力的供应者也是组织必不可少的供应商。由于组织所需资源的匮乏常常会束缚管理者的决策和行动，因而以尽可能低的成本来保证所需投入的持续稳定供应便成为管理者的重要任务。

3）竞争者。

所有的组织都有一个或更多的竞争者，即便是掌握国民经济命脉的垄断企业也要接受自己的主要竞争对手的挑战。竞争者之间一般通过产品定价、技术开发、服务创新等形式与对手展开激烈的市场争夺。在不断加强组织内部建设的同时，成功的管理者必须时刻保持对竞争者动态的密切关注，通过有效的途径与手段及时掌握市场信息和竞争情报，采取有针对性的竞争策略和方法，有力地回应竞争者的挑衅和冲击。

　　4）压力集团。

　　压力集团通常也称作特殊利益集团，是组织不容忽视的一支重要的外部环境力量。压力集团往往通过游说政府官员、利用媒体及舆论或直接组织抵制活动等方式来影响组织的决策和行为，以达成维护某种特殊利益的目的。不同的压力集团有着不同的利益诉求，而且像社会及政治运动的变化一样，压力集团的力量也在改变，它们有时十分弱小，有时则变得非常强大，能够对组织的政策和行动产生极大的影响。所以，管理者必须及时地了解关键的压力集团的利益诉求，保持与维护彼此间良好的关系；同时，管理者还必须对组织的经营活动将会对外界所产生的负面影响有清晰准确的预见，并采取相应的对策以尽可能予以消除或弱化，从而树立良好的社会形象。

　　（2）一般环境。

　　一般环境包括可能影响组织的广泛的经济与技术、政治与法律、社会与文化、人口与地理等领域的因素。与具体环境相比，这些领域的变化对组织的影响通常要小一些，但是这并不意味着一般环境的力量无关紧要，有时候大环境的急剧恶化会对组织的发展产生不可估量的巨大影响，甚至决定组织的生死存亡，因此，管理者切不可对其掉以轻心。

　　1）经济与技术。

　　经济与技术二者紧密相连、相互促进，共同对组织的生存和发展产生重要的影响。组织的经济环境通常包括资金、劳动力、居民收入、物资价格、财政和税收政策等方面的因素，它们都程度不同地左右着管理的实践。技术方面的因素主要指科学领域的发现与发明所带来的技术上的创新和进步，具体表现为可资组织利用的先进的工艺、设备、方法等。技术是一般环境的组成要素中变化最为迅速的，从根本上改变组织构建的基本方法以及管理者的管理方式。

　　2）政治与法律。

　　任何组织都是在一定的政治背景和法律环境中逐步发展壮大的。组织所在国家的政治体制、政策的稳定性与连贯性以及政府官员对组织所持的态度，都会影响管理者的决策和行动。同时，政府制定的法律、法规和政策既为组织的正常经营活动提供了良好的市场秩序，保障了组织的基本权益，又或多或少地限制了组织的发展空间，降低了管理者的自由决定权。因此，管理者必须具有敏锐的政治洞察力，掌握丰富的法律知识，以把握外界稍纵即逝的发展机会或迎接难以避免的法律挑战。

　　3）社会与文化。

　　人类社会和文明始终处于不断的发展和变化过程中。在全球化潮流的推动下，人们的价值观、风俗习惯、行为方式、观念和品位等社会文化因素既相互激荡又彼此交融，正发生着巨大的变化。作为一种世界范围的活动，管理在认可和包容当地特有的传统文化的同时，必须随着社会的变迁和文明的进步不断调整和改进管理理念、形式与方法，使其适应所在社会的变化。

　　4）人口与地理。

　　人口与地理是一般环境中影响组织生存和发展的自然因素。特定的人口构成了组织所需的劳动力大军。管理者必须根据组织需要招募合适的人员，并依据其特征进行合理的搭配，以产生最强的整合效应。地理环境对组织的作用主要体现在交通运输的便利性、所需资源的易获得性、生产废弃物的易处理性等方面，因此，管理者在组织的筹建时期要根据自身特征合理地选择驻地，以充分利用地理环境方面的优势。

3. 环境管理

就管理者而言，了解环境的各种构成要素及其对管理的影响，显然是十分重要的。在此基础上，根据外部环境的特点和客观形势的变化采取相应的技术和方法对其进行评估与管理则更具现实意义。一般来说，环境是通过其不确定程度以及组织与利益相关者的关系对管理者产生影响的。

（1）评估环境。

环境的变化及其特点是由环境的不确定性程度造成的，因此，归根结底，评估环境也就是评估其不确定性程度。组织环境的变化程度和复杂程度是评估环境不确定性的两个维度。就变化程度而言，如果组织环境的构成要素经常变动，可称之为动态环境，反之，则称其为稳态环境。在这里需要特别指出的是，所谓的变化程度，仅指不可预测的变化，那些能够精确预测的快速变化应该将之归类于稳态环境。就复杂化程度而言，评估的标准在于组织环境中的要素数量以及组织所拥有的与这些要素相关的知识数量。与组织打交道的竞争者、顾客、供应商以及政府机构越少，组织对这些外部环境要素的情况了解越多，则组织环境的复杂性就越小，反之亦然。尽管在理论上组织环境可以划分为动态的、稳态的或简单的、复杂的，但是，实际的情形常常是这四类环境特征的排列组合，从而构成了一个环境不确定性矩阵，如图1—7所示。

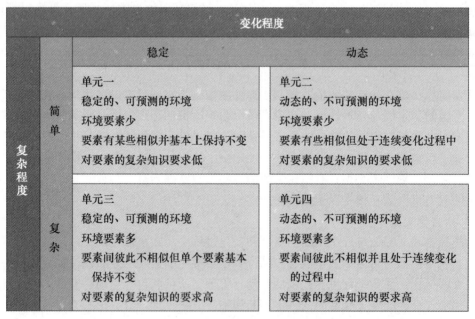

图1—7　环境不确定性矩阵

其中，单元一为稳定简单的环境，代表了不确定性水平最低的环境，它基本上不会对组织的成败构成威胁；而单元四为动态复杂的环境，所代表的不确定性水平最高，因此对组织的影响也很大，是管理者千方百计地想加以控制的一种环境。事实上，如今大多数行业正处于这种复杂的、持续变化的环境之中，管理者通常处于被动的地位，难以迅速有效地回应环境不确定性所带来的诸多挑战。

（2）利益相关者关系管理。

利益相关者（stakeholder）是组织外部环境中影响组织决策和行动或受其影响的任何相关者，既包括组织内部的工会、员工，也包括组织外部的顾客、竞争者、供应商、政府、社区、行业协会等群体。之所以要加强对外部利益相关者关系的管理，一个很重要的原因就是，这有助于改善环境变化的可预测性，有助于使组织变得更为柔性，从而减少环境变化的冲击。那么如何管理这些关系呢？这需要从以下四个方面寻找答案：1）谁是组织的利益相关者？2）这些利益相关者可能存在的特殊利益或利害关系是什么？3）对于组织决策和行动来说，每一个利益相关者的关键程度如何？4）通过什么具体方式来管理这些利益相关者？对于前三个方面而言，管理者在经过分析之后是容易做出判断的，关键是回答好最后一个问题。通常来说，利益相关者关系的管理方式取决于它们对组织的关键程度以及环境的不确定性程度，由此，也就形成了一个二维矩阵，其四个单元分别代表跨域管理、利益相关者伙伴关系、利益相关者管理、扫描和监控环境四种具体的管理方式（见图1—8）。具体来说，当环境的不确定性水平很高时，组织应该与关键的利益相关者通过协议的方式建立起伙伴关系，与它们一道追求共同的目标；对于非关键的利益相关者，管理者则要加强跨域管理，使组织边界更具渗透性和柔性，通过加强互助合作，彼此传递和分享信息等方式来降低环境的不确定性。反之，当环境的不确定性水平很低时，管理者则应该针对关键的利益相关者进行直接管理，比如开展顾客营销调研、鼓励供应商之间的竞争等诸如此类的活动；对于非关键的利益相关者，管理者只要利用组织的信息情报部门简单地扫描和监控环境中可能变化的趋势和力量就可以了。

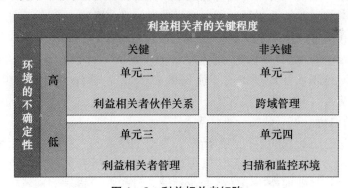

图1—8　利益相关者矩阵

1.2　管理学

1.2.1　管理学的性质与内容

虽然管理的历史源远流长，但是管理学却是一门年轻的科学，它兴起于20世纪初的科学管理运动，经过100多年的发展与演变，尤其是第二次世界大战之后的丰富与完善，其理论体系日趋完整。随着社会生产力和科学技术的飞速发展，管理活动的触角不断延伸，管理学也呈现出迅猛发展之势，研究范围不断拓展，研究内容不断深入，在科学总结管理实践经验的基础上与时俱进，因此，学习管理学有着积极的意义。

1. 管理学的性质

管理学是系统研究管理活动基本规律和一般方法的科学，是管理实践经验的科学总结和理论提升。管理学的目的在于把人类成功的管理经验提升为一般理论，找出管理活动中的规律性，使之成为一种可以学习和遵循的科学方法，并服务于管理实践。

关于管理学的性质，可以概括为如下几个方面：

（1）管理学是一门综合性的交叉学科。

管理的二重性决定了管理学既不同于以客观自然界为研究对象的自然科学，也不同于以社会发展客观规律为对象的社会科学，而是对自然科学和社会科学的理论成果予以兼收并蓄、综合运用的交叉性学科。管理实践的复杂性也决定了管理学必须综合利用经济学、社会学、心理学、伦理学、数学等学科的研究成果，利用运筹学、系统论、信息论、控制论、电子计算机科学等最新成就，对管理进行定性的描述和定量的测算，从中提炼出行之有效的管理理论，反过来指导管理的实践。

（2）管理学是一门紧贴实践的应用性学科。

管理学的研究对象和研究目的决定了它是一门与实践紧密相连、对理论成果的应用价值十分重视的学科。管理学通过对管理活动的基本规律和一般方法进行系统总结和科学概括，形成普遍的管理原理和方法，以指导人类的管理实践活动，并在此过程中完成对理论和知识的正确性检验。所以，管理学无论在理论的来源上、理论的价值上还是在检验理论的方法上，都深深地打上了实践的烙印。

（3）管理学是一门具有鲜明时代特色的学科。

正因为管理学的实践特征显著，所以它必然会呈现出鲜明的时代特色。翻开人类近百年来的发展史，我们可以清晰地看到，管理学始终是随着时代的前进步伐不断积累和完善的。从科学管理理论的"动作研究"到人际管理理论的"社会人假设"，从古典组织理论的"官僚制模型"到现代管理理论的"流程再造思想"，管理学始终紧扣着社会的脉搏，惟其如此，才构筑了具有鲜明时代特色的学科体系。

2. 管理学的内容

管理学虽然是一门新兴的学科，但已发展为一个庞大的学科体系，主要由管理学基础理论和门类众多的分支学科构成。经济管理、行政管理、教育管理、工商管理等管理学分支学科均将管理学的基础理论运用于各专业领域，目的在于指导管理者解决实践中的特殊管理问题。因此，它们的研究内容都具有各自的特性。管理学的基础是对管理活动的基本规律和一般方法展开研究，目的在于为管理实践和其他分支学科的发展提供一般性指导，因而管理学基础理论具有自己的研究内容体系。

（1）管理原理。

管理原理主要研究基础理论中的一般性问题，即研究普遍适用于人类社会或某一特定社会形态的一般原理、理念、原则以及基本规律，例如管理的含义、目的、特征、公平理念、动态原理、效益原则等。

（2）管理职能。

管理原理的作用是在管理者履行各项职能的过程中体现出来的。管理职能研究主要是从管理的功能、过程、技能、角色、活动等多个角度探讨"管理者做什么"这一问题，例如计划、组织、领导、控制、人际技能、企业家角色等。

（3）管理技术和方法。

管理职能的履行是依靠管理的技术、方法和手段来实现的。技术和方法的研究主要是探讨"管理者如何做"这一问题，例如人员测评技术、计划评审技术、关键事件分析法等。

（4）管理者。

管理者是管理活动的主体，既包括个体也包括群体。管理者研究主要是探讨"什么人来做"这一问题，例如个体层面的价值观、知识、能力、技能，群体层面的结构、关系等。

（5）管理环境。

任何组织都生存在一定的外部环境之中。管理环境研究主要探讨"管理的外部条件如何"这一问题，例如利益相关者关系、社会文化、政治法律、经济技术、人口地理等。

（6）管理效果。

管理活动是否有效的主要标志是效率和效果。管理效果是对管理目标实现程度的衡量，它所探讨的问题是"做得怎样"。

（7）管理思想史。

管理思想史是在考察管理实践的发展历程的基础上对管理思想的演变过程所做的理论回顾。管理思想史研究主要是对管理史上各种观点、主张、思想、理论进行梳理和提炼，目的在于继承和发展管理学研究成果。

上述七个模块是当今管理学研究的主要内容，但每个模块涵盖的领域都十分广泛，而且限于目前科学技术水平和人类认识能力的局限性，有许多未知领域还有待于进一步开发和完善。当然，在管理实践的推动下，管理学研究的范畴正在不断扩大，具体内容也在不断更新，这有助于管理学基础理论体系的继续发展与完善。

1.2.2　管理学研究方法

管理活动是内容丰富、形式多样的，但是在这些纷繁复杂的管理活动表象之后，蕴涵着基本原理和一般规律。管理学研究的目的就是要透过实践所显现的种种表象揭示管理活动的基本规律，帮助人们认识管理的深层内涵。但是，管理学的研究没有一试即灵的妙方，任何希望洞悉管理真谛的研究者都需要遵循合理的程序和步骤，运用科学的方法和工具，进行大量认真细致的研究。

1. 研究过程

虽然说管理问题的研究不需要根据特定的模式按部就班地进行，但是，为了使研究过程更加严谨，掌握研究实施的一般步骤是很有必要的（见图1—9）。

（1）确定研究目的。

管理研究始于对某个具体的管理问题产生了研究兴趣或具有某种假设。管理研究设计的首要环节是弄清楚研究目的，确定研究类型，并在研究设计的初始提纲中体现出来。研究类型一般有三种：1）探索性研究，指试图对管理实践中的某种现象有一个初步的、粗略的了解；2）描述性研究，指精确地测量并报告管理研究的总体或现象的特征；3）解释性研究，指探讨并报告管理研究对象的各层面之间的关系。

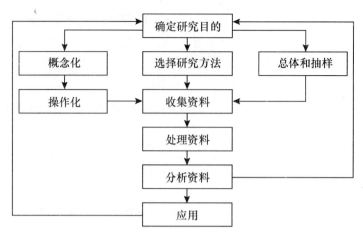

图1—9　研究过程

（2）概念化。

一旦对管理研究的目的界定清楚，就可以进入概念化阶段了。概念化就是厘清或定义与管理研究有关的所有概念的含义，其实质就是将用普通语言表达的相关含糊术语转化为精确的研究对象。例如，当研究者试图研究管理者的刻板印象时，就必须明确刻板印象指的是什么。

（3）选择研究方法。

管理研究的方法通常包括实验法、调查法、实地研究法、内容分析法等。各种研究方法的优劣不同，适用的议题不同，因此要根据所要研究的管理问题选择合适的方法。

（4）操作化。

厘清了概念、确定了研究方法之后，下一步就是确定测量方法或操作化。操作化是概念化的延伸，概念化是对抽象概念的界定和详述，操作化则是明确用以测量变量属性的程序。操作化包括了一系列相互关联的选择：1）根据研究目的适当地明确变异的范围；2）决定如何精确地测量变量；3）说明相关的变量维度；4）清楚地界定变量的属性及其相互关系；5）确定合适的测量层次。

（5）总体和抽样。

除了细化概念和测量方法之外，研究者还要确定研究对象和研究重点。研究总体就是研究者必须从中得到结论的群体。当管理研究的总体成员过多时，则难以对总体的所有成员进行研究或观察。解决的办法就是，利用抽样技术从总体中抽取样本，再从样本中收集资料，但是，必须注意所抽样本的代表性，尽量减小抽样误差。

（6）收集资料。

决定了研究内容、对象和方法之后，接下来就是收集资料，即通过直接访谈、发放问卷等方式，了解调查对象对研究问题的看法。

（7）处理资料。

无论选用哪种方法，研究者都可能收集到数量庞大、不能直接使用的观察资料，因此需要对收集到的资料进行处理和转化。例如，对非标准化的资料进行编码，以便用于定性和定量分析。

（8）分析资料。

在对资料进行处理之后，接下来就是利用统计技术对所获得资料进行分析，提出管理研究结论，并根据结论验证当初的研究假设。

（9）应用。

最后一个步骤就是讨论研究结论的意义，形成书面的管理研究报告，以指导管理实践者制定政策或采取行动。

2. 研究方法

一般来说，管理学研究的基本方法有五种，分别是实验法、调查法、实地研究法、非介入性研究法和评估研究法。

（1）实验法。

实验法是一种能够让管理研究者探索因果关系的观察法，一般在一定控制条件下的实验室里进行，但也可以用于研究现实世界中的管理事件的效应。实验法适合于范围有限、界定明确的概念和假设。其主要缺点在于人为操作，实验中发生的事情未必会在现实世界中发生。其优势在于：1) 它能够将自变量独立开来，从而可以进行因果推论；2) 相对容易复制；3) 具有很强的严密性。著名的霍桑实验就是运用实验法进行管理学研究的典范之一。

（2）调查法。

调查法是管理研究中相当普遍的一套方法，即从研究总体中抽选样本，并对样本进行问卷调查。研究者可以通过邮寄问卷、亲身访谈、在线调查等多种方式来收集资料。调查法特别适合对一个大的总体进行描述性研究，当然，调查的资料也可以用作解释性的目的。调查法的长处在于经济、可以收集到大量的资料、资料的标准化程度高；其缺点在于容易受人为因素影响、难以挖掘有深度的信息、实施起来相对不够灵活。政府部门经常实施的民意测验是运用调查法测量公众态度和倾向性的一个显著典范。

（3）实地研究法。

实地研究是一种在自然的管理情境下直接观察管理活动表象的研究方法。一般而言，实地研究都是定性的而不是定量的。实地研究尤其适用于那些难以定量化的，适宜在自然情境下进行研究的主题与过程，其中包括实践、情节、角色、关系、亚文化等。实地研究的优势在于能够提供深入的理解、有弹性并且花费小，但是，实地研究常常会遇到伦理困境，且不适合对大群体进行统计描述。

（4）非介入性研究法。

非介入性研究可以细分为三种方法，即内容分析法、既有统计资料分析法、历史/比较分析法，其中每一种方法都可以使研究者无须身处实地来研究管理活动，而且不会在研究过程中影响到研究对象。非介入性研究依赖于成文文件、现有统计资料以及历史记录，因此，其缺点在于局限于记录下来的内容，而且还有效度和信度问题，但是它具有经济、安全和能够研究较长时间内发生的事件等优势。

（5）评估研究法。

评估研究是一种应用性研究，通常采取实验或准实验设计，有时也可能使用资料收集和分析的方法。它所研究的是管理干预的效果，因此，在准备实行管理干预时，评估研究很适用。因此，评估研究有助于对管理决策的正确与否进行判断；但是在实施过程中，它也面临着伦理等困境。

1.2.3　学习管理学的意义

　　管理学是人类社会实践发展的产物，在短短的 100 多年里迅速兴起、发展、繁荣，在与生产实践紧密结合的过程中显示出巨大的社会功能，具有广阔的发展前景。19 世纪中后期，突飞猛进的科学技术加速了整个社会的发展进程，机械化的工业大生产方兴未艾，人们生活的组织化和社会化程度进入了一个前所未有的新阶段，传统的经验式管理显然已不能适应社会发展的新需要了。在这样的时代背景和社会条件下，管理学作为专门致力于研究人类管理活动基本规律和一般方法的科学应运而生，并随即产生了强大的社会推动力。第二次世界大战后，欧美各国掀起了学习和研究管理学的高潮，自觉运用管理学的先进理论和方法指导各自的管理实践，极大地促进了社会生产力的发展，提高了人们的社会生活水平和质量。在当代社会，管理已经渗入人类社会的每一个组织中，与人们的学习、工作、生活等每一个领域都息息相关，研习管理学已成为多数人的生活常态，如涓涓细流，生生不息。回顾管理学的百年历程，正如著名管理学家彼得·德鲁克所言：在人类历史上，几乎没有一种制度能像管理那样迅速兴起并产生巨大影响。在不到 150 年的时间里，管理已改变了世界上所有发达国家的社会与经济结构。管理在人类社会的发展进程中所扮演的角色将越来越重要，学习和研究管理学不仅是管理实践的现实需要，而且也是传承与推进人类文明的必然要求。

　　管理的重要性决定了研习管理学的必要性。展开来说，学习和研究管理学的意义具体表现在以下三个方面：首先，学习管理学有助于把握现代管理规律，提高人类社会实践活动的能力。管理学自诞生之日起就将管理活动的基本规律和一般方法作为自己的研究对象，肩负着总结管理理论、传授管理技能、指导管理实践的历史使命。其次，学习管理学有助于合理组织生产力的要素，提高生产力水平，充分发挥生产力在人类文明进步中的作用。在生产力诸要素中，生产资料、生产对象和生产者都是相对独立的要素，而管理则贯穿于生产实践的各个环节，通过履行计划、组织、领导和控制等职能，系统地整合了人、财、物等各种资源，从而推动着生产力朝更高水平发展。最后，学习管理学也是个人谋职和从事社会活动的必要准备。特别是对于立志从事管理工作的人来说，通过系统地学习管理知识，可以为日后的职业发展打下坚实的基础。因此，如果能在平时的学习中注意管理知识的涉猎，将有助于增强自己的生存能力，从而更好地适应并融入管理世界。

　　综上所述，学习和研究管理学已成为新时代社会进步的必然要求，人们只有从实际出发，认真学习先进的管理理论，通过丰富多彩的管理实践锻炼自己，才能做到与时俱进，始终走在时代的前列。

本章小结

　　管理是人类最基本的社会活动之一，也是人类所特有的一种社会现象。管理与组织密不可分，组织是由人组成的、具有明确目的和系统性结构的实体，是管理活动的载体。管理是一个协调工作活动的过程，以便能够有效率和有效果地同别人一起或通过别人实现组织的目标。管理以计划、组织、领导、控制为职能，以实现有效的社会协作为最基本的任务，以组织为最基本的形式，以处理人际关系为最主要的内容，以变革与创新为发展的主要动力。管理具有天然的二重性。现代管理既是一门科学，也是一种艺术。

管理者是组织中做决策、分配资源、指导别人的行为、监督别人的活动并对达到目标负有责任的人，是管理活动的主体。在组织中，管理者通常扮演协调人际关系、信息传递和决策制定等方面的角色，需要掌握一定的人际关系技能、技术技能和概念技能。

管理活动总是在一定的组织内外部环境中进行的，其中内部环境既包括人员、设备、经费等实体性因素，也包括规章、条例、制度等体制性因素，还包括人际关系、组织氛围等无形因素；外部环境则分为具体环境和一般环境，它们由对管理系统的建立、存在和发展产生影响的客观因素和条件构成。对组织所处的外部环境进行准确评估，并采取利益相关者管理等技术，能够帮助管理者有效开展管理活动。

管理学是系统研究管理活动基本规律和一般方法的科学，是管理实践经验的科学总结和理论提升。管理学是一门综合性的交叉学科。由于管理学紧贴实践，因而具有鲜明的时代特色。管理学虽然是一门新兴的学科，但已发展为一个庞大的学科体系，主要由管理学基础理论和门类众多的分支学科构成。作为管理学大厦的根基，基础理论是对管理活动的基本规律和一般方法展开研究，目的在于为管理实践和其他分支学科的发展提供一般性指导，以管理的原理、职能、技术和方法、环境、思想史等为研究内容。研究管理学需要遵循科学的程序，运用科学的方法才能达到研究目的。一般来说，研究者可以选用实验法、调查法、实地研究法、非介入性研究法和评估研究法等基本研究方法探索管理活动的一般规律。

管理学是人类社会实践发展的产物，在短短的 100 多年里迅速兴起、发展、繁荣，在与生产实践紧密结合的过程中显示出巨大的社会功能，具有广阔的发展前景。因此，学习和研究管理学具有重要的意义。学习管理学有助于把握现代管理规律，提高人类社会实践活动的能力；有助于合理组织生产力的要素，提高生产力水平，充分发挥生产力在人类文明进步中的作用；有助于个人更好地适应社会，增强生存能力。每一位致力于学习和研究管理学的人，都需要从实际出发，认真学习先进的管理理论，通过丰富多彩的管理实践锻炼自己，才能在管理理论的研究过程中真正领略到管理学的乐趣。

关键术语

组织（organization）　　　管理（management）　　　计划（planning）

组织（organizing）　　　领导（leading）　　　控制（controlling）

效率（efficiency）　　　效果（effectiveness）　　　管理者（manager）

利益相关者（stakeholder）　　管理学（management）

复习思考题

1. 什么是组织？组织的基本特征有哪些？

2. 如何理解管理的内涵？

3. 论述管理的性质及其一般特征。

4. 简述管理者在组织中所扮演的角色。

5. 简述管理的环境。

6. 如何对管理的外部环境进行评估和管理？

7. 论述管理学研究的过程和方法。

8. 如何认识学习和研究管理学的意义？

参考文献

1. ［美］斯蒂芬·P·罗宾斯，玛丽·库尔特. 管理学（第 7 版）. 北京：中国人民大学出版社，2004

2. ［美］艾尔·巴比. 社会研究方法（第 10 版）. 北京：华夏出版社，2005

3. 张康之，李传军. 一般管理学原理. 北京：中国人民大学出版社，2005

4. 韩岫岚，王绪君编. 管理学基础. 北京：经济科学出版社，1999

5. 周三多，陈传明，鲁明泓编著. 管理学——原理与方法（第 4 版）. 上海：复旦大学出版社，2004

第 **2** 章

管理理论的发展与演变

学习目标

- 了解管理理论的发展与演变脉络
- 了解管理理论发展的时代背景和学派渊源
- 理解管理思想发展史中代表人物的主要观点
- 掌握管理理论主要流派的代表观点

　　管理的历史源远流长，从刀耕火种的氏族部落到高度文明的现代社会，管理思想不断指引着人类走向进步。回顾管理学发展的历史，其间产生了很多优秀的管理思想，有些至今仍在指导人们的实践。系统地研究管理思想史，有助于透析管理在不同历史时期的文化背景，把握管理思想及其主要流派的来龙去脉，构建管理知识综合的概念体系，从而为管理技术和方法的应用打下坚实的理论基础。本章将首先从时间的角度对管理学发展脉络做一个简单的概述，然后选取七个学派重点阐述其管理思想。

2.1　管理理论发展与演变脉络

　　管理思想的发展与人类社会的生产实践密切相关。自19世纪六七十年代英国工业革命发轫，伴随着社会生产力水平的提高以及生产组织方式的优化，管理成为继土地、劳动力和资本之后的第四个生产要素，管理思想史也由此经历了一次巨大的质的飞跃，即从传统家庭和手工作坊时期的经验性的零散思想和主观臆测进化到近代机器大工业时代的科学的系统的管理理论，并不断得以丰富、发展和完善。因此，本节以

欧美国家的工业革命为源，沿着管理思想的历史长河顺流而下，探寻管理思潮留下的踪影和足迹（见图 2—1）。

2.1.1 管理理论的萌芽时期

19 世纪中叶至 19 世纪末为管理理论的萌芽时期。工业革命前，欧洲各国长期处在中世纪反对商业、反对获取成就、反人道的文化价值准则的严重束缚下，社会与经济停滞不前。文艺复兴时期，在新教伦理、自由伦理和市场伦理三股力量的驱动下，欧洲各国在社会、政治、经济、技术等方面经历了巨大的变动，终于打破了封建主义樊笼，迎来了资产阶级革命的胜利和产业革命的春天。随着机器大生产和工厂制度的普遍出现，如何物色优秀的管理人员，如何组建和训练一支能干且守纪律的劳动队伍，如何合理计划、组织和控制早期企业的生产活动等一系列的问题越来越突出，巨大的压力迫使理论家和实践者不断积累和总结管理经验，形成了早期的管理思想，从而为其后的科学管理运动打下了基础。

早期的管理思想大体上有两类：一类偏重于有关管理职能、原则等方面的理论研究，例如亚当·斯密在其所著《国富论》一书中，分析了劳动分工的效益，提出了生产合理化的概念。另一类则偏重于管理技术和方法的研究，例如查尔斯·巴比奇以极大的热情关注着生产技术的分析，并就工厂的人事问题提出了"分享利润计划"。罗伯特·欧文首先提出在工厂生产中要重视人的因素，并为此进行了一系列的试验。安德鲁·尤尔则对早期工厂制度管理人员进行教育培训，成为管理教育的先驱。

虽然这一时期主要的、有代表性的管理实践和管理思想已经明确地体现和阐述了管理的原则，但它们还只是支离破碎的观点，没有形成完整的管理思想体系。然而，早期管理先驱的辛勤探索催发了管理理论的萌芽，为日后管理运动的蓬勃发展打下了基础，概括起来，他们的历史贡献主要表现在三个方面：（1）区分了管理者与投资者的职能；（2）预见到管理的地位将不断提高；（3）促使人们认识到管理是一门具有独立完整体系的科学，值得去探索、研究、丰富和发展。

2.1.2 古典管理理论时期

19 世纪末至 20 世纪 20 年代为古典管理理论时期。这个时期，随着生产的发展和科学技术的进步，垄断资本主义逐步占据主导地位，企业的生产、资本、市场规模不断扩大，企业所有者与管理者加速分离，建立在经验和主观臆测基础上的传统管理远远不能适应社会化大生产的要求，也不能满足日益复杂的企业组织的需要。为适应生产力的发展要求，专门的管理阶层出现了，在美国、法国、德国及其他一些西方国家都产生了科学管理，并形成了各具特色的古典管理理论，主要包括科学管理理论、工业心理学、管理过程理论和古典组织理论。

科学管理理论是应用科学方法确定从事一项工作的最佳路径，泰勒是科学管理理论的代表人物，其主要贡献在于使管理走向科学化。他提出了谋求最高生产率的科学管理四项原则；强调标准化管理和激励性工资的作业管理理论；推崇计划职能与执行职能相分离；认为雇佣双方要通过合作提高生产率，从而实现雇主低成本和雇员高工资的双重目标。由于泰勒在科学管理领域的出色贡献，他被后人誉为"科学管理之父"。

　　泰勒之后，科学管理思想受到管理实践者和研究者的普遍接受，并得以迅速推广，拥有了众多的拥护者、追随者和继承者。其中比较著名的有卡尔·巴思、亨利·甘特、吉尔布雷思夫妇、哈林顿·埃默森和莫里斯·库克。巴思在效率主义的传播和实践过程中起了相当大的作用，他发明了以其名字命名的"巴思计算尺"，解决了工具标准化问题。甘特发展了泰勒思想，他制定了用于生产控制的多种图标，最为著名的就是以他名字命名的甘特图，成为当时计划和控制生产的有效工具；甘特还提出计件奖励工资制度，强调培训工人，养成"工业习惯"；此外，甘特还很重视管理中人的因素，强调"工业民主"和更重视人的领导方式，这对后来的人际关系理论有很大的影响。泥瓦工出身的弗兰克·B·吉尔布雷思被世人尊为"动作研究之父"，因为他认为动作研究是提高操作者工作效率的主要方法，并偕夫人通过对动作的研究，提出了"动作经济原则"；此外，吉尔布雷思夫妇还开展了疲劳研究、提出了建筑业的"现场制度"、强调人的因素以及管理人员的培训与发展。吉尔布雷思夫妇不仅推进了科学管理理论，还影响了后来的行为科学。科学管理理论的另一位重要人物是哈林顿·埃默森，不同于其他科学管理学者的是，他的诸多观点源自独创。埃默森提出了效率的 12 项原则以及配套的奖励工资制度；他认为组织架构与效率息息相关，主张建立并行的直线组织和参谋组织。作为泰勒的亲密战友，莫里斯·库克的贡献在于他把科学管理理念应用于高等教育和市政管理，这是科学管理理论在非工业部门应用的全新尝试。

　　亨利·福特是科学管理的典型实践者。他创立了庞大的汽车王国，在管理方面，他不相信管理和管理者有什么作为，但恰恰是这位管理无神论者的流水线作业和标准化生产的思想和实践对百年来的生产管理活动产生了深远影响。

　　在泰勒以探讨车间作业中提高效率为重点的科学管理思想的同时，法国的法约尔则以整个企业经营为对象，研究管理的一般原则和方法。他是概括和阐述一般管理理论的"先驱"，因此被誉为"一般管理理论之父"和"管理过程之父"。法约尔的组织理论来源于管理实践，他的理论包括：一是认为管理有别于经营，管理活动只是经营活动的一部分，有自身的职能体系；二是提出管理活动五项职能，即计划、组织、指挥、协调、控制，以后的管理学家对管理职能的研究基本以此为蓝本；三是提出了管理活动要遵循的包括劳动分工、权力与责任在内的 14 条管理原则。这三个方面也是其一般管理理论的核心。与泰勒、法约尔并称为古典管理理论三位先驱的，还有德国著名社会学家、政治经济学家和管理学家韦伯。韦伯是一位大百科全书式的人物，他在社会学、政治学和哲学的名声甚至遮住了他在管理思想界的贡献。韦伯的理想官僚制和权力类型划分极力推进了组织理论的发展，韦伯官僚制的核心思想是通过职务或者职位取代个人或者世袭地位来管理，其提出的理想的官僚制是以理性—法律权力为基础的行政管理体制，包含着高层、中层和基层三个层次的组织架构。韦伯首次系统阐述并提出官僚组织理论，因此被誉为"组织理论之父"。由于韦伯在组织理论方面的开创性贡献，人们常常把这一时期的组织理论称为古典组织理论。

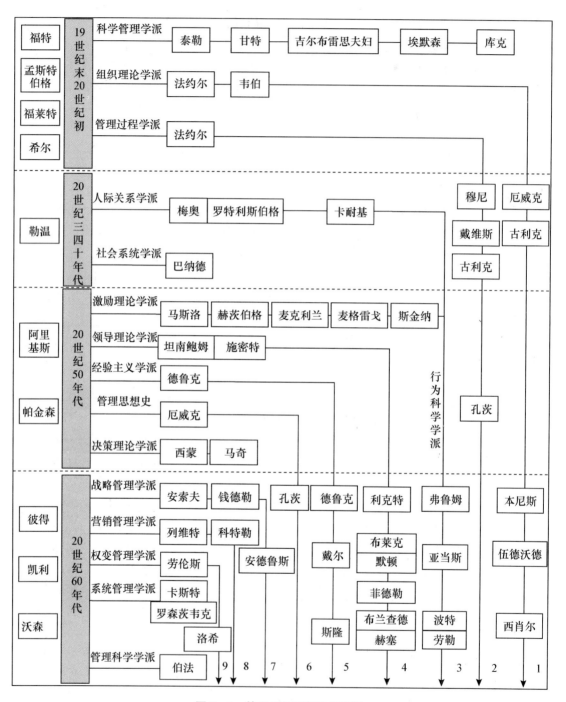

图2—1　管理思想百年脉络图解

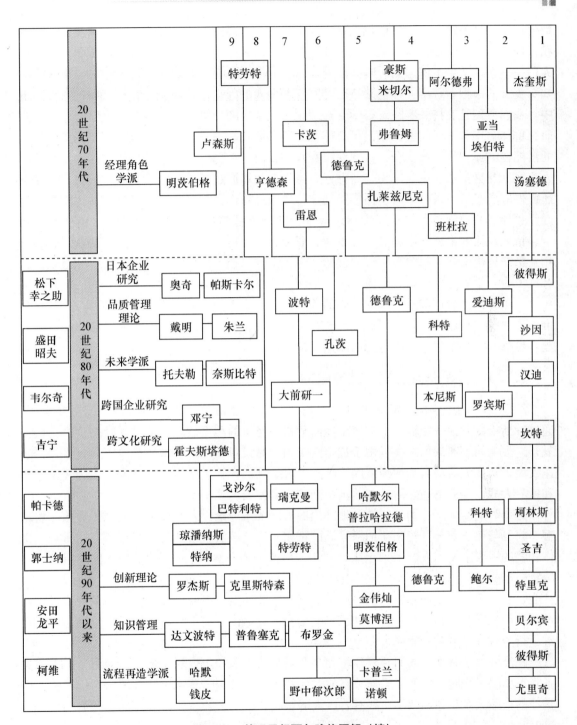

图 2—1　管理思想百年脉络图解（续）

　　20 世纪初管理思想界还诞生了工业心理学，这是由孟斯特伯格所开创的。他将心理学的研究方法应用于工业生产领域，通过心理学的方法提高工人的适应性、提高工作效率是他研究的目的和出发点。孟斯特伯格的研究范围包括如何根据个体的素质以及心理特点把他们安置到最适合的工作岗位上；在什么样的心理条件下可以让工人发挥最大的干劲和积极性；工人处于什么情绪能产生最佳工作效果。孟斯特伯格的思想和研究成果对后来的人际关系运动产生了深远的影响。此外，这一时期，具有"管理理论之母"和"管理学先知"美誉的巾帼管理学大师福莱特已经对管理中人的因素进行研究。在福莱特的研究生涯中，我们看到她支持并实践着科学管理理论，但是也随处可见她浓厚的人文情怀。她通过研究群体合作和责任问题，提出了群体性原则，即只有在群体中才能发现真正的人，个人的潜能在群体中才能被发现，从而获得真正的自由。在群体原则的思想表述中，她认为个人存在于社会交往之中、民主是一种社会意识、应该通过利益的结合来减少冲突。福莱特还提倡应变服从个人权力为遵循形势规律，应通过协作和控制来达到目标，认为领导的基础是领导者和被领导者的相互影响。福莱特的研究超越她所处时代几十年，有关利益结合、情境规律的论述同泰勒的精神革命、职能管理的精神一脉相承，而关于协作、领导的相互影响理论又同人际关系学说的创始人乔治·埃尔顿·梅奥等人的论点十分相近，因此客观上为科学管理理论和人际关系学派搭起一座过渡的桥梁。

当然，任何时代都不乏鼓动人心的人物，成功学大师拿破仑·希尔在 20 世纪 20 年代推出了他的成功定律，阐释了他 10 年来采访研究得出的 17 条成功准则。自从推出之日起，希尔的成功定律从未因时光的流逝而褪色。

2.1.3　管理理论发展的过渡时期

20 世纪三四十年代，爆发了规模空前的全球性经济危机和世界大战，但是在美国，通过罗斯福新政在一定程度上减缓了经济危机对经济的严重破坏，促进了社会生产力的恢复；二战期间远离战场，并且由于战争对军用物品设备的巨大需求，刺激了美国经济的迅速发展，两场大浩劫对美国经济的影响并不大。因此，管理思想的发展没有因为经济危机和世界大战而停滞不前，而是在美国不断前进和发展。

这个时期诞生了有别于科学管理理论的人际关系理论。人际关系理论源于乔治·埃尔顿·梅奥与弗里茨·罗特利斯伯格等人的霍桑实验。该实验第一次把管理研究的重点从工作和物的因素上转到人的因素上来，并得出观点：人作为"社会人"，绝不仅仅追求金钱等物质享受，还要追求友情、安全感、归宿、受人尊重等。现代社会的管理应该从经济、社会、心理等多方面去实施，从而达到提高员工劳动生产率的目的。人际关系理论不仅对古典理论作了修正和补充，还开创了广泛结合社会学、心理学的新的管理理论和方法，促进了行为科学的诞生和发展。

在经济萧条时期，人们寻求致富和事业成功的要求相当强烈，戴尔·卡耐基的人际关系观点反映了当时人们希望迅速致富的时代特点。尽管卡耐基常常被管理学者们忽视，但是他的人际关系思想和教学实践有着巨大的影响。他所著的《如何赢得朋友和影响他人》、《如何停止忧虑和开始生活》、《如何享受生活和工作》等书成为经久不衰的励志书，在书中他反复论述成功的核心思想是赢得他人的合作。

随着社会生产规模进一步扩大，经济国际化趋势进一步加强，这一切对管理决策者提出了新的要求，许多管理学家和管理实践者意识到人的因素对组织成功的重要性，开始系统思考组织问题。切斯特·巴纳德是重视人对组织重要性的早期倡导者之一，他将组织看作一个协作的社会系统，强调沟通的必要性，认为系统能使个人与组织目标联系起来，认为沟通渠道应当简短、直接。这些观点在他的著作《经理人员的职能》中得以体现，持这些观点的管理学家形成了社会系统学派。巴纳德是第一位将理性制定决策提升为管理的核心职能的管理学家，直接影响了在组织管理方面的开创性研究，提出了许多与传统组织理论不同的观点，奠定了现代组织理论的基础。巴纳德对于现代管理理论的贡献，犹如泰勒和法约尔对科学管理理论的贡献，因此被人尊称为"现代管理理论之父"。

古典管理理论出现之后，之所以得到很好的传承与发展，很大程度上得益于英国著名管理史学家、教育家林德尔·F·厄威克和美国管理学家卢瑟·H·古利克对古典管理理论的全面总结。厄威克一直致力于找到管理的普适性原则，在他所著的《管理的要素》中，尝试把泰勒的科学管理理论和法约尔的组织理论有机结合，并在此基础上，发展了管理的控制职能；为了更好分析管理的一般性理论，厄威克编写了《管理备要》，介绍了 70 位管理学先驱的研究工作。此外，厄威克与古利克共同发展了法约尔的管理职能理论，认为管理包括计划、组织、人事、指挥、协调、报告、预算七项职能。古利克除了在管理职能方面的成就外，还提出了关于部门划分以及管理实践的一系列原则，对管理理论的发展作出了突出贡献。

这一时期还是管理过程学派大放异彩的时代，管理过程学派代表人物有詹姆斯·穆尼、拉尔夫·戴维斯。穆尼注重组织效率研究，他认为，组织是为了实现共同目标而由多数人联合的形式，从形式上来看，组织就意味着秩序；组织要有效率，组织内部的全部关系要有效协调，组织中不同成员要按照各自权力和责任的不同归属为不同阶层，每个阶层要有明确的职能划分。穆尼的另一大贡献在于对冲突理论详尽的论述和研究，其中有关冲突类型的划分和处理对策目前仍被广泛应用。戴维斯认为任何企业都具有计划、组织、控制三项"有机职能"，并分化或演化成直线组织和参谋组织两种组织形式。

此外，拓扑心理学、人格理论的创始人库尔特·勒温提出了群体动力学，用于分析群体（实际上就是非正式组织）中人与人相互接触、相互影响所形成的社会秩序。他认为：群体的活动、相互影响和情绪三要素相互关联，并综合影响群体行为；群体目标和组织目标往往不一致；群体中人的行为不仅与他的能力和素质有关，而且与其所处环境有密切的关系；群体有自己的规范，并有别于正式组织的程序和工作标准。群体动力学的提出进一步提醒人们，人类社会已经处于行为科学时代。

2.1.4　现代管理理论的形成时期

20 世纪 50 年代，是现代管理理论的形成时期。在告别了战争与混乱之后，世界特别是西方国家进入了政治调整和经济恢复时期。同时，在原有的管理体制下，人们在生活有了基本保障之后渴求进一步改善自身的地位以满足生理和心理等多方面的需要，如何调动员工的积极性成为了时代的新主题。由此，激励理论应运而生。

亚伯拉罕·马斯洛无疑是激励理论学派中最为重要的一位。他将人的需要按重要性和层次性划分成生理需要、安全需要、感情和归属的需要、地位和受人尊敬的需要以及自我实现需要五个等级，当某一低级别的需要得到满足后，人才会追求高一级别的需要，如此逐级上升，成为推动其不懈努力的内在动力。弗雷德里克·赫茨伯格重点研究了哪些因素对人的行为有激励作用。通过调查分析，赫茨伯格提出了"双因素理论"，他认为存在两类因素：保健因素和激励因素。保健因素包括公司政策、管理措施、监督、人际关系等，当这些因素低于可接受水平时，人们会对工作产生不满，但是水平再高，也不会对员工有激励作用；激励因素包括成就、工作得到认可、工作本身、责任感、晋升和成长等，如果这些因素具备了，就能对人们产生明显的激励。戴维·麦克利兰和马斯洛一样，也是研究人的需求对行为的激励作用。不同的是，麦克利兰提出的成就激励理论，认为人的社会性需求包括权力需求、社交需求和成就需求，这些需求不是先天的，而是后天的，来自环境、经历和培养教育。特别是在特定行为得到报偿后，会强化该种行为模式，形成需求倾向。此外，麦克利兰还对胜任素质进行了开创性研究，被誉为"胜任素质之父"。道格拉斯·麦格雷戈从人性假设的角度出发研究激励和管理问题。他以人性假设为依据，提出了X理论和Y理论。X理论认为，为了让员工工作，应该采用逼迫、控制、威胁等手段，Y理论则与之相反。麦格雷戈认为Y理论遵循的是人希望且需要工作的基本理念，采纳Y理论可有效实现"个人目标和组织目标的结合"。伯尔霍斯·费雷德里克·斯金纳也研究激励理论，但不同于马斯洛等人的研究角度，他是从行为过程的角度研究人的激励行为，他提出的强化理论，认为人们会用正强化和负强化的办法来影响行为的后果，从而修正行为。

管理过程学派在20世纪50年代得以进一步发展，哈罗德·孔茨吸收了法约尔管理职能理论，同时又对其他人的观点进行总结提炼，建立了管理过程理论的范式，认为管理职能包括计划、组织、人事、指挥和控制，并指出管理人员并非按顺序而是同时执行这五项职能。此外，孔茨还对管理理论进行了两次大规模的梳理，将管理流派分为管理过程学派、人际关系学派、群体行为学派等11个派别。孔茨对管理理论的分类影响了管理学的发展，对管理思想史的研究作出了卓越的贡献。

源于社会系统学派的领导理论学派在20世纪50年代粉墨登场。罗伯特·坦南鲍姆与沃伦·施密特提出了"领导行为连续体理论"。他们从经理们在决定何种行为（领导作风）最适合处理某一问题时遇到困难入手，提出了"领导模式连续分布场"的概念，按照领导者运用职权的程度和下属享有自主权的程度把领导模式看作一个连续变化的分布带，从高度专权的左端到高度放手的右端，坦南鲍姆和施密特划分出7种具有代表性的领导模式。

这个时代因为有一位大师级人物的出现而显得格外伟大，他就是彼得·德鲁克。作为经验主义学派的代表人之一，德鲁克从时代、社会和组织所处的外部环境透视管理，强调管理的人性和实践性，他以向大企业的经理提供管理当代企业的经验和科学方法为目标，重点分析了成功管理者实际管理的经验，并加以概括、总结出他们成功经验中具有的共性东西，然后使之系统化、合理化，并据此向管理人员提供实践建议。他的研究领域非常广泛，涉及事业理论、战略规划、管理沟通、创新、董事会、绩效管理等。另外他还是目标管理、团队合作、客户满意度、知识工作和知识工作者、扁平组织等众多经典管理理念的原创者。

此外，管理学家中唯一获得过诺贝尔奖项的赫伯特·A·西蒙与他的合作者詹姆士·G·马奇在吸收了行为科学、系统论、运筹学和计算机科学等理论的基础上，提出了管理的决策理论。根据他们的观点，管理就是决策，决策贯穿于管理的全过程，强调决策职能在管理中的重要地位，应以有限理性的人代替绝对理性的人，用"满意原则"代替"最优原则"；认为可以通过决策最优的管理方法，使组织结果与目标相符，以提高结果的有效性，从而达到提高效率的目的。

同在这一时期，克里斯·阿基里斯在着重分析人的个性与组织的关系的基础上，提出了"不成熟—成熟"理论，该理论认为人的个性发展，如同婴儿成长为成人一样，有一个从不成熟到成熟的连续发展过程。当个体成熟时，富有进取性的心理能力就有了充分发挥的可能，在获取需求的过程中，如果遇到了挑战，他就会竭尽全力迎接挑战。但是传统正式组织常常与人的个性成长发生冲突，妨碍个人的自我实现，使他们停留于不成熟状态。为了改变这种情况，应改善组织设计，制定更有挑战性的目标，增加员工个人责任等。阿基里斯还对组织防卫与双环学习进行了开创性研究。

20 世纪 50 年代的管理学界，派系林立、著作丰硕、理论厚重，但也不缺乏像帕金森定律这样幽默风趣的小品。诺斯科特·帕金森批评英国 50 年代行政机构不合理增长，提出了机构膨胀定律、组织瘫痪定律、琐事定律、办公楼定律等定律，对行政机关人浮于事、机构臃肿、效率低下等现象进行剖析，发人深省、耐人寻味，具有重要的现实意义。

2.1.5　现代管理理论的发展时期

20 世纪 60 年代，西方国家的经济是富裕而安全的，未来是可以计划的。正因为如此，"目标"、"战略"这些概念受到了重视。这是一个战略的年代，战略管理学派产生并得到了最初的发展。

1962 年，阿尔弗雷德·钱德勒所著《战略与结构》一书出版，他认为：战略就是制定企业宗旨和长期目标，为实现目标选择行动方案，调配必要的资源；公司的战略决定了组织的结构，企业应该先制定最佳的战略，然后再选择与战略搭配最合适的组织结构。与此同时，伊戈尔·安索夫提出了成功战略的范式，该范式包括没有放之四海而皆准的战略模式、企业的成败取决于其所处环境的动荡水平等五个要素。安索夫认为，战略行为是企业对外部环境的适应以及由此而导致的企业内部结构化的过程。因此，企业制定战略首先是从评价外部环境开始。评价环境可以采用 PEST 分析框架，评估政治、经济、社会、技术对企业的影响，辨识企业长期的变化驱动力及外部各环境要素对企业的不同作用，从而确定关键环境因素，并以此制定企业战略、调整组织结构、使企业与环境相适应。另外，他还提出了安索夫矩阵，指出企业可以选择四种不同的成长战略来达到增收目的。哈佛商学院教授肯尼思·安德鲁斯提出并系统论述了 SWOT 分析法，把公司战略提升为管理咨询业中的一个专业领域。他认为，战略形成过程实际上是把企业内部优势和劣势与外部机会和威胁进行匹配的过程，对内部的优势和劣势的分析和评估，可以确定企业的独特能力，对外部环境的机会与威胁的分析，可以确定企业潜在的成功因素，这两种分析构成了战略规划的基础。

营销管理学派开始兴起，其中的代表人物是特德·列维特和菲利普·科特勒。列维特于 1960 年在《哈佛商业评论》上发表了《营销近视》一文，最早提出了市场营销概念，对销售和营销进行划分，认为企业的核心是满足消费者，而不是简单地生产商品；公司应该注重市场导向而不是生产导向，并且应该由首席执行官和高层管理部门领导营销部门。科特勒在《营销管理——分析、计划和控制》中首先提出必须区分推销与营销的区别，认为营销术以顾客为中心，而推销术是以产品为中心。他的营销哲学、营销制定、营销环境、目标市场、营销战略、营销战术等一系列观点奠定了他营销学大师的地位，被誉为"现代营销之父"。

权变管理理论和系统管理理论应运而生。权变管理理论代表人物杰伊·洛希和保罗·劳伦斯在比较了各种组织结构理论的基础上，提出了以权变理论为基础的组织结构理论，认为组织架构不是一成不变的，组织架构的差异性与经营管理人员有关，也与外部环境的稳定性有关；另外，洛希和合作者批判了麦格雷戈的 X 理论与 Y 理论，提出了超 Y 理论，认为 X 理论与 Y 理论只是人性假设的两个极端，不能简单说哪种理论指导下的管理实践效果更好，应根据组织成员的素质、组织工作的性质决定采用什么样的管理方式。系统管理理论的代表人物弗里蒙特·E·卡斯特和詹姆斯·罗森茨韦克将组织看作若干子系统相互作用构成的整体，组织是一个开放系统，与环境相互作用。总体来说，权变管理学派和系统管理学派强调企业组织内部各部门之间相互联系及其与外部环境的相互协调，并且对各种管理基本原理的统一做出了有益的尝试。总体而言，这两个学派对现代管理理论的发展具有深远的意义。

在管理科学领域，埃尔伍德·斯潘塞·伯法认为管理应借助数学模型与程序来表达计划、组织、控制和决策等活动，以求得最佳解决方案，实现企业的经营目的。

在组织理论方面，沃伦·本尼斯在对官僚制组织结构体系进行批判的基础上，提出了组织发展理论；指出未来组织结构将受环境、总体人口特点、与工作相关的价值观念、企业的任务和目标等方面的影响而有所不同；提出了未来组织架构临时性、工作集体构成的有机性等特点；为适应未来组织结构的特点，他提出了"有机性—适应型"组织结构，并认为它将逐步取代官僚制体制。琼·伍德沃德首次提出了技术决定结构的思想，认为组织的架构因技术而变化，组织的管理因组织目标而变化。斯坦利·E·西肖尔专门关注组织绩效问题，他将衡量企业组织效能的各种评价标准及其相互关系组合成一个金字塔形的层次结构，从而使原先处于完全混乱状态的集合体有了逻辑性和秩序，形成了组织绩效理论；另外他还提出了评价标准的分类和指标层次体系等有实践意义的理论和观点。

激励理论和领导理论也得到了进一步发展。激励理论方面，维克多·弗鲁姆提出了著名的期望理论，认为个人激励取决于三种关系：第一，个人努力与个人绩效的关系，个人只有意识到通过自己的努力能取得个人绩效，才会努力去工作；第二，个人相信一定水平的绩效会带来奖励；第三，这种奖励对个人有吸引力。此外，弗鲁姆和耶顿提出了领导参与模型，认为可以通过改变下属参与决策的程度来体现自己的领导风格。约翰·斯塔西·亚当斯提出了公平理论，认为组织内部的员工不仅会做出横向比较还会做出纵向比较，如果觉得不公平，员工可能会选择减低努力程度或离开组织等方式以求获得公平的感觉。莱曼·波特和爱德华·劳勒提出了波特-劳勒综合激励模型，认为满足感是工作绩效的结果而不是原因，不同的绩效决定不同的奖酬，不同的奖酬又在员工中产生不同的满足感。在领导理论方面，伦西斯·利克特提出了"领导系统理论"，他将领导方式划分成压榨式集权领导、仁慈式集权领导、协商式民主领导与参与式民主领导四种，并指出只有第四种领导方式才能实现真正有效的领导。罗伯特·布莱克和简·默顿提出了管理方格论，管理方格论是分析领导行为的两维方法，他们把方格网的纵轴称为"关心人"，把横轴称为"关心生产"。此外，还将横、纵轴分成 1 至 9 个标度，作为衡量关心度的标准。两人认为既关心生产又关心人的（9，9）团队型管理方式是最佳的领导方式。弗雷德·菲德勒提出了权变领导模型，提出要确定有效的领导方式，首先要确定领导个体属于关系趋向型领导还是任务趋向型领导，其次确定领导情景，最后选择与情景匹配的领导方式。保罗·赫塞和肯·布兰查德提出了领导情境理论，认为如果将领导方式分为以工作为中心和以人际关系为中心这两种领导类型，那么有效的领导方式应随着下属的成熟度不同不断调整工作型和人际关系型两种领导方式的比例。

经验主义学派也继续发展，主要的代表人物有欧内斯特·戴尔和阿尔弗雷德·斯隆。戴尔主张用比较方法对企业管理进行研究，而不是从一般原则出发，《伟大的组织者》就是他用比较方法对企业管理进行研究的代表作。斯隆最大的贡献在于设计出了一种组织模式——事业部制（联邦分权制结构的典型形式），使集权和分权在一定条件下得到了较好的平衡，并把它付诸实践。而作为杰出的管理学大师，60 年代正是德鲁克的思想受到极大关注的时期，在这一时期，他也提出了很多关于战略管理的思想。

20 世纪 60 年代值得一提的管理学家还有劳伦斯·彼得和凯利。彼得提出了著名的彼得原理，即每位雇员都倾向于晋升到他所不能称职的职级。为了解决组织中的不称职现象，彼得开出了包括所谓的彼得定位法、彼得和平原则等 66 条法则。凯利在 1967 年发表了《社会心理学的归因理论》，认为可以把人的行为归结为内部原因或外部原因，至于归结为哪一原因，有三个标准，包括行动者是否对同类其他刺激做出同样的反应，即区别性；其他人对同一刺激物是否做出与行为者相同的反应，即一致性；行动者是否在任何情绪和任何时候对同一刺激物做出相同的反应，即一贯性。归因理论在管理实践中有重要的实践意义，它有助于了解员工的归因倾向，正确总结工作中的经验和教训，从而提高工作积极性和工作效率。

此外，在管理实践领域中，小托马斯·沃森在从父亲手中继承的 IBM 公司里，实践着自己的管理思想，他打破僵化的中央集权式管理模式，代之以宽松、分散的管理风格，他的管理理念中特别强调管理哲学、企业文化的重要作用，并且对顾客给予高度重视。

总之，在管理思想日趋丛林化的 20 世纪 60 年代，各派理论异彩纷呈、百花争艳，共同推动着管理思想不断向前发展。

2.1.6　现代管理理论的深入时期

20 世纪 70 年代的西方国家，进入了一个不寻常的经济社会繁荣时期，管理逐渐为人们所重视，管理学作为一门学问也登上了各大高校的课堂；但是，盛世背后总是隐藏着危机，管理实践和管理理论亦是如此。一方面，随着 70 年代石油危机的加深，资本和生产更加集中，企业的规模日益扩大，企业内部的组织结构也愈加复杂，如何从企业整体的要求出发，处理好组织内部各个单位或部门之间的相互关系，保证组织整体的有效运转，成为一个重要的管理课题。另一方面，由于企业经营活动的范围进一步扩大，多元化与国际化程度不断提高，加之各国政府对社会经济活动的干预以及工会力量对企业活动的影响都有所增强，使企业面临一个更加复杂多变的外部环境，从而提出了另一个重要的管理课题——如何使企业组织建立起同外部环境可靠的联系，以适应外部环境的变化。

在新的管理背景下，以亨利·明茨伯格为代表的经理角色学派开始在西方兴起。该学派从大的方面讲，可以归为领导理论的范畴，但与一般领导理论的不同之处在于，它是通过对经理所担任角色的分析考察经理的职务和工作，以求提高管理效率。明茨伯格认为，不论哪种类型的经理，其工作都具有工作量大、步调紧张、活动短暂、多样而琐碎等六大特点；经理一般担任人际关系、信息传递和决策三类共十大角色；影响经理职务的有环境、职务、个人和情境等方面的因素。另外，明茨伯格还对经理职务的类型划分、经理工作的程序以及提高经理工作效率做出了很多有益的探索。

与此同时，组织理论、管理过程学派、激励理论、领导理论、管理思想史、战略管理学派、营销管理学派、权变理论学派等既有学派理论在这一时期得到了进一步的发展和完善。

在组织理论方面，埃里奥特·杰奎斯突破了传统的以管理幅度为标准设计组织层级的思路，提出以责任时间幅度作为组织层级设计标准的思想，深化了组织理论的研究；管理实践者罗伯特·汤塞德认为现代组织存在诸多惰性，提倡授权和参与式管理，主张领导承担责任。以小埃弗里特·亚当和罗纳德·埃伯特为代表的管理过程学派将制造业中产生的生产管理理论推广到医院、图书馆等服务业中，拓宽了管理学的适用领域。

这一时期的激励理论以克莱顿·阿尔德弗的 ERG 理论、阿尔伯特·班杜拉的社会学习理论及自我强化理论为代表。阿尔德弗发展了赫茨伯格和马斯洛的理论，他将马斯洛的需求层次压缩为三种需求，即生存（E）、相互关系（R）和成长（G）需求，认为有些需求并非完全都是生来就有的，有的需求如关系的需求和发展的需求是通过后天学习才形成的。另外，他还在此基础上提出了"挫折—倒退"假设，认为一种需求得到满足后，则有更高层次需求的愿望，但如果高层的需求受挫而难以实现，就会退到原来需求层次，并且对原来的需求加强了。班杜拉强调人的行为是内部因素和外部影响相互作用的产物；强调人有使用象征性符号的非凡能力；强调人有自我调节、自我控制的能力；强调人的思想、情感和行为不仅受直接经验的影响，而且也受观察的影响。同时，在斯金纳强化理论的基础上，班杜拉提出了行为修正的"自我强化理论"，即除了外部强化之外，行为主体还可对自己的行为进行内部自我强化，即自己给自己激励或强化。

在领导理论领域，罗伯特·豪斯及特伦斯·米切尔提出并完善了目标—路径理论，强调要通过激发员工的动机，以提高员工的绩效和满意度。该理论认为，领导者应采用特定的措施，帮助下属通过一定的路径来实现目标；领导者所选择的措施应适合下属的需要和下属工作的环境；通过选择恰当的领导风格，领导者可以提高下属对成功的期望和满意度。亚伯拉罕·扎莱兹尼克从"人性"的角度出发，以对目标的态度、工作的概念、与他人的关系、自我意识及领导者的培育等方面区分了领导者和管理者之间的区别，从而深化了他的领导学理论；从此以后，领导职能研究开始包含丰富的人性内容，从而实现了从重

"物"的管理思想向重"人"的管理思想的转变。

这一时期的管理思想史研究出现了两位重要的人物，他们各自以其独特的研究方法和视角对管理人物及其思想进行了全面的梳理。罗伯特·卡茨对管理学发展史上的各种纷繁复杂的理论加以收集管理，并将其纳入自己所创建的管理学系统之中，根据自己的经验和理论对其他管理学家的理论进行了评价。丹尼尔·A·雷恩在其著作《管理思想的演变》中，试图对有重大贡献的管理学者的活动背景、思想和影响加以研究，以此来说明管理思想从最早的非正规时代起一直到当代的发展演变过程。

在战略管理研究领域，布鲁斯·亨德森提出了许多新的理念，如学习经验曲线、波士顿矩阵等，为战略咨询领域的发展奠定了基础，他提出的很多工具和方法至今仍被奉为圭臬。这一时期得营销管理学派侧重于品牌定位，杰克·特劳特将品牌的定位理解为借助持续、简单的信息在顾客心中立足，占据一个位置。权变理论杰出代表人物弗雷德·卢森斯划分出四种管理学派，即过程学派、计量学派（或称管理科学学派）、行为学派和系统学派，并将自己的理论视为对上述理论的发展。他的管理理论强调管理与环境的妥善结合，强调管理理论贴近管理实践；他提出了"如果—就要"理论，认为如果某种环境存在或发生，就要采取某种对应的管理思想、管理方法和管理技术，以有效地实现组织目标。

2.1.7　管理理论的多元化时期

20 世纪 80 年代世界经济迅猛发展，而日本的发展势头尤为强劲。在这期间，很多优秀日本企业涌现出来，与此同时，他们的管理思想也被诸多的企业和管理学家关注。除了对日本管理思想的关注外，该时期的管理思想也呈现出多元化的发展趋势。

由于日本企业的强势出击，这一时期很多学者把研究的焦点对准了日本式管理。威廉·奥奇详细研究了日本企业的管理方式，通过对美国企业和日本企业进行比较，发现日本企业的经营管理效率一般较美国为高。造成日本企业高效率的因素有终身雇佣制、缓慢的评价和升级、非专业化的经历道路、含蓄的控制等。他因此提出，美国的企业应该结合本国的特点向日本的企业管理方式学习，形成一种自己的管理方式，这就是著名的 Z 理论。而理查德·帕斯卡尔与安东尼·阿索斯在 1981 年出版的《日本管理艺术》中，提出 7 "S" 结构的理念，揭示了日本企业的成功主要是因为他们重视软性的 4 "S" ——技能、人员、共享价值观、作风，西方则将注意力集中在硬性的 3 "S" ——战略、结构、体制。

与日本式管理研究有着相同渊源的品质管理思想，在此时也引起了人们的广泛关注。在该领域，出现了两位造诣颇深的大师级人物，他们便是 W·爱德华·戴明和约瑟夫·朱兰。戴明提出的质量管理 14 要点和戴明循环等思想后来被很多企业奉为圭臬。约瑟夫·朱兰提出的质量成本、质量管理的 "80/20 原则"、质量环、质量三部曲等质量管理思想至今仍影响着世界。

这一时期，还有一些学者开始关注未来，阿尔文·托夫勒和约翰·奈斯比特是这个时期未来学派的典型代表。他们凭借其远见卓识的判断力，指明了未来的方向。托夫勒将人类文明分为三个阶段，分别为第一次浪潮农业阶段、第二次浪潮工业阶段和第三次浪潮超工业社会阶段。他认为在第三次浪潮中，客户化生产将取代大规模生产，消费者和生产者的界限将模糊不清，公司的结构、目标和责任将发生根本的改变。托夫勒对未来公司运营的有关描述很快被之后的实践证明，使人们不得不叹服他的远见卓识。奈斯比特提出了改组理论，预言未来将实现的十大改组，其中有些改组预言被实践证明。他还正确预测了全球化时代的到来，认为世界经济越强大，对其中最小的游戏者越有利。此外，他提出的网络化已成为最近十年来最重要的潮流之一。奈斯比特的研究不仅停留在对未来的预测上，还在于他提出了为应对未来变化人们应该做的事情，这对于把握机遇、规避风险具有重大的实践价值。

80年代的另一个显著特点就是全球化趋势日益加深，因此很多学者的研究视野越过本国投向世界。英国学者约翰·邓宁在吸收过去国际贸易和投资理论精髓的基础上提出国际生产折中论，将直接投资、国际贸易、区位选择等综合起来加以考虑，克服了传统的对外投资理论只注重资本流动研究的局限性，既肯定了绝对优势对国际直接投资的作用，也强调了诱发国际直接投资的相对优势，在一定程度上弥补了发展中国家对外直接投资理论上的不足。荷兰学者吉尔特·霍夫斯塔德的主要贡献体现在跨文化研究方面。霍夫斯塔德认为民族文化对员工与工作相关的价值观和态度有着很重要的影响，分析民族文化的差异有五个维度，分别是个人主义与集体主义、权力距离、生活数量和生活质量、不确定性规避、长期导向和短期导向。

日本经济的振兴对美国的警醒和启示，引起了美国人的反思。当一些西方企业不顾一切地接受日本企业的管理思想时，另一些企业和学者则重新思考更为基本的问题，他们转向对基本规律的研究，组织理论得到了蓬勃发展。汤姆·彼得斯和罗伯特·沃特曼红极一时的畅销书《追求卓越》是"从美国经营最好的企业中得出的教训"，较为关注美国的成功企业，并指出了优秀企业具有贵在行动、紧靠顾客、不离本行、精兵简政等八大属性，把人们的视线又重新引回到对人的关注上来。在组织文化领域，很多学者对日本企业的管理进行研究后发现，日本企业文化的特征是促使企业发展的重要因素，但埃德加·沙因有着不同的观点，沙因认为对这些内容的讨论都没有涉及文化的本质，他认为文化应该是一个特定组织在处理外部适应和内部整合问题中所学习到的，而且文化是由物质层、支持性价值观和基本的潜意识假定三个相互作用的层次组成的。查尔斯·汉迪对组织变革的研究则主要集中在组织理论和工作结构方面，为了适应工作环境的变化，汉迪提出了所谓的三叶草组织、联邦组织以及3I组织等新型组织形式，具有很高的实践价值。罗莎贝丝·摩丝·坎特以呼吁大公司改革闻名，她将社会学的因素糅进组织变革和组织创新中，思想充满了浓厚的人本主义色彩。而伊查克·爱迪斯根据长期的咨询经验，提出了企业生命周期理论，认为企业组织与生命有机体一样，具有固定的生命周期，要经历出生、成长、老化和死亡等过程。企业从一个阶段迈向新阶段时，都会遭遇某种阵痛，组织如能通过程序的制定和有效的决策，就能克服难关，促进转型成功。为此，爱迪斯将企业生命周期分成十个阶段，并提出了如何化解每一阶段存在问题的对策思路。

作为80年代管理过程学派的代表人物之一，斯蒂芬·P·罗宾斯认为管理职能包括计划、组织、领导和控制，在充分吸纳他人研究成果的基础上，罗宾斯丰富了计划、组织、领导和控制四项管理职能，这些研究成果体现在他畅销全球的教科书《管理学》

上。罗宾斯在组织理论方面也有很大的贡献，其中体现在对组织中的冲突、权力、政治以及人际关系的研究上，这些观点在他的另一本畅销教科书《组织行为学》中有全面的诠释。两本教材对全球很多国家的管理学和组织行为学的研究教学有着广泛和深入的影响。

在领导理论研究方面，沃伦·本尼斯与纳纽斯在研究 90 位领导者特点的基础上，提出了优秀领导的共同点：有远见和目标意识、能清晰表达目标、具有赢得信任的能力以及具有自我管理的能力；根据本尼斯的观点，领导能力不是稀世之物，不是横空出世，所有人都可以拥有它。约翰·P·科特认为领导是鼓动一个群体的人们或多个群体的人们朝着某个方向、目标努力的过程，而不是指行使上述鼓动过程的人；领导不同于管理，但是和管理又有联系；不管环境如何变化，领导的基本特征如行业和企业知识、人际关系、信誉和工作记录等却不会改变。

在战略管理研究方面，"竞争战略之父"迈克尔·波特无疑是其中的杰出人物。波特的贡献在于他对企业、整个行业和国家层次的竞争优势进行分析，并提出了"五力模型"和"三大战略"。此外，波特还使用价值链分析手段，告诉企业如何赢得竞争优势。日本学者大前研一另辟蹊径，认为战略的意义在于其创造性，只要敢于实践，敢于发挥创造力，每个企业都有可能找到使自己成功的战略。他研究了日本式竞争战略的特点，提出了有别于波特的竞争战略的四种新的战略方法，并首创了"战略三角"（战略 3C）的概念。

这一时期，很多日本企业均具有很强的影响力，其中比较成功的当属松下幸之助创立的松下电器（Panasonic）和盛田昭夫创立的索尼（SONY）公司。这两个公司的成功，除了沿袭日本企业优秀的管理方式外，与两位管理实践者出色的管理也是密不可分的。松下幸之助重视客户服务；强调经营要重视人；提倡水坝式经营，即要建立防水墙，使得企业在外界剧烈波动的时候受到较小的冲击；提倡适度经营，企业经营不能超过企业的生产经营能力；提倡彻底实行专业化经营；指出企业应积极寻找现行产品的替代品。盛田昭夫在企业内部提倡家庭化意识，调动员工积极性；淡化学历，重视员工实际才能；实行内部晋升，激发员工潜能；重视创新，以新产品带动市场；牢固树立品牌第一的理念。美国企业虽然受到日本企业的强有力冲击，但也不乏佼佼者。通用电气（GE）的前总裁杰克·韦尔奇在 1981 年入主通用电气后，以其强硬的作风、追求卓越的理念推动 GE 重组业务，提高员工的参与意识，营造变革型的企业文化，创建学习型组织，实现通用电气公司 6σ 管理，最终将 GE 推向了财富神坛，为当代企业成长提供了很好的范例。哈罗德·吉宁是曾显赫一时的国际电话电报公司（ITT）的董事，他基于推理的决策、分散化经营以及严格的过程控制思想流传至今。

2.1.8　当代管理理论的繁荣时期

20 世纪 90 年代以来，世界范围内的竞争日益激烈，新的商业环境和运作模式催生了大量的管理学知识和技术。领导理论、组织理论、营销管理、战略管理等理论得到进一步的发展和完善；创新理论、知识管理和流程再造学派等应运而生；而平衡计分卡作为一种新兴的战略管理和绩效管理工具正试图探索建立一套完整的企业管理模式。

世界经济的一体化进程把管理带出国界，使之成为世界性的话题。在跨文化研究方面，冯斯·琼潘纳斯、查尔斯·汉普顿-特纳两人继吉尔特·霍夫斯塔德之后进一步研究了文化差异、文化冲突和自然的文化交叉管理，精辟地阐释了文化如何影响我们的行为以及不同文化之间的相互影响。苏曼特拉·戈沙尔与克里斯托弗·A·巴特利特两人合作研究了全球竞争中的战略、组织和管理问题，提出了跨国公司的四种类型和个性化公司的组织特征，并对管理思想的本质和管理行为的现实性提出了深刻的质疑。

组织理论在这一时期依然发展迅速，呈现出百家争鸣的局面。彼得·圣吉提出了学习型组织的五项修炼技能：系统思考、超越自我、改变心智模式、建立共同愿景和团队学习，为打造学习型组织提供了有效的方法。鲍勃·特里克研究了董事会、经理革命及企业制度，他所著的《董事》一书为经理层和管理学界提供很好的参照。梅雷迪思·贝尔宾提出了贝尔宾团队角色理论，研究群体中的个体及其与其他个体是如何分工合作的。汤姆·彼得斯继《追求卓越》之后，又提出了管理的革命，强调企业要超越变化、超越授权、超越放权等，受到世人的广泛关注。戴维·尤里奇重新定义了人力资源的四种角色，即管理战略性人力资源、管理组织的机制结构、管理员工的贡献度、管理转型和变化，帮助人力资源管理者转变观念，认识到自身价值，从而为组织提供更好的服务。吉姆·柯林斯与杰里·波拉斯从实证的角度研究企业管理方略，先后写出了《基业长青》、《从优秀到卓越》两本管理学著作，回答了是什么使那些高瞻远瞩的公司基业长青的问题，并深入挖掘了企业从优秀到卓越的原因。

这一时期的领导理论以约翰·P·科特的领导变革理论和马文·鲍尔的领导特质理论最为卓著。科特提出了实施有效组织变革的八个步骤：产生紧迫感；建立强有力的领导联盟；构建愿景规划；沟通这种愿景规划；授权他人实施这种愿景规划；计划并夺取短期胜利；巩固已有成果，深化变革；使新的工作办法制度化。鲍尔指出了领导者必须养成的14种品质，并详细阐述了组织架构的重要性以及组织规划的决策步骤。

90年代的营销管理学派继承和发扬了传统的营销管理理论。杰克·特劳特将战略与营销相结合，认为战略就是"令你与众不同的东西，让顾客以及潜在顾客了解你的独特之处的最好方式"。这一时期的还有一些营销观点强调合作竞争，尼尔·瑞克曼首创SPIN销售法，从贡献、亲密、愿景的角度告诉我们怎样才能建立获益良多的伙伴关系，并从筛选、谈判、组织和克服问题等不同切入点解决建立伙伴关系过程中的问题。

以德鲁克为代表的经验主义学派历久弥新、长盛不衰，其管理思想主要体现在以人为本的管理体系，以成就和道德为中心的管理价值观，以自我控制为主的管理目标论，以知识和责任为依据的管理思维，以实践为核心的管理本质论和以高层战略管理为中心的管理战略观等。他率先提出"知识经济"与"知识型员工"的概念。他认为，知识社会是一个以知识为核心的社会，"智力资本"已成为企业最重要的资源，知识的生产率将日益成为一个国家、一个行业、一家公司竞争的决定性因素。

90年代以来，知识管理、创新理论、流程再造学派异军突起，新思想新观点日新月异、层出不穷，为管理理论注入了新的活力。知识管理理论的代表人物有：野中郁次郎、安妮·布罗金、托马斯·H·达文波特和劳伦斯·普鲁塞克。野中郁次郎提出的知识创新的螺旋观点、伞形管理理念和BA理论，准确解释了知识生产的终点和起点，清晰地辨识了知识生产模式的常规类别。布罗金指出智力资本是使公司得以运行的所有无形资产的总称。她将智力资本分为市场资产、知识产权、人才资产和基础结构资产，并对它们进行评估和管理，从而搭建起一套知识管理系统。达文波特和普鲁塞克将管理知识、运营知识的概念引入到工商管理中，丰富了知识管理理论并为这一新兴学科建立起经久不衰的专用词语和概念。克雷顿·M·克里斯特森和贝思·罗杰斯各自从不同的角度研究了创新。克里斯特森主要是从行业历史的角度，从公司外部产业和技术发展的角度分析了破坏性创新导致行业中已定型公司遭到失败的过程，并提出了应对颠覆性技术的五项原则；罗杰斯提出了产品创新战略，认为企业不仅要引入新产品，还必须富有想象力地改进已有产品以满足日益复杂并不断变化的消费者需求。流程再造学派以迈克尔·哈默和詹姆斯·钱皮为代表。在《企业再造》一书中，哈默和钱皮认为组织必须明确自己的关键生产过程，并使之尽量简捷有效。流程再造涵盖了当时流行的众多管理思想，包括全面质量管理、JIT 生产技术、顾客服务、建立在时间基础上的竞争和精益生产等概念。哈默则提出了企业的九大行动纲领，为企业变革指明了方向；钱皮进一步提出了企业 X 再造理论。虽然企业再造在实践过程遭遇了很多失败，但是它鼓励管理人员重新思考如何最佳地组织企业运营以及它提倡企业应按照流程而非职能进行组织的理念，具有一定的理论意义和实践价值。

在实践领域，商业领袖们身体力行，以其杰出的管理风格和经营业绩为我们提供了丰富而宝贵的管理经验，补充了纯理论研究的单一性和刻板性。惠普创始人戴维·帕卡德创立了独特的企业文化和管理方式，如巡回管理、开放式管理、内部晋升等。他所倡导的"以人为本，奉客户为先，提供高质量的产品和服务"的惠普之道至今依然影响着众多企业。IBM 前总裁郭士纳在其回忆录《谁说大象不能跳舞？》一书中总结了自己在 IBM 九年的总裁生涯，为我们展示了一个优秀企业从山穷水尽到柳暗花明的成长历程，他关于原则性领导、营销管理等方面的经验使领导者受益无穷。安田龙平总结了自己的管理经验，全方位地研究了日本泡沫经济崩溃以来企业倒闭的原因和相应的对策，为其他企业提供了前车之鉴。

在战略管理领域，企业经营环境的变化使得传统的战略管理模式面临挑战。战略管理理论的重点开始由适应环境变化为主的竞争定位理论转向以创造未来为主的核心竞争力理论。战略管理的研究也呈现出强调理论的动态性、从实践中学习、进一步整合各学派观点等特点。在这一阶段，亨利·明茨伯格、加里·哈默尔与 C. K. 普拉哈拉德、金伟灿与勒妮·莫博涅、罗伯特·S·卡普兰和戴维·P·诺顿等管理学家从不同的角度对战略进行了阐释。明茨伯格系统地研究了战略理论的演变过程，将战略形成理论分为三大类十大流派，并对每个学派的贡献与不足进行了深入的分析。哈默尔在与普拉哈拉德合著的《企业的核心竞争力》一书中对如何界定核心竞争力，如何在核心竞争力的基础上开发核心产品、终端产品，以及如何搭建一个能有效利用核心竞争力的战略架构等作了详细的阐述。金伟灿与莫博涅合著了《蓝海战略》一书，系统阐述了蓝海战略的含义、内容、原则等，该书不仅轰动了学界和企业界，甚至引起了许多国家和地区政治领导人的高度重视。卡普兰和诺顿在坚持企业财务目标的基础上，创造性地整合了创新理论、知识管理、流程再造等理论，开创了平衡计分卡，将组织绩效理论从狭隘的工具层面高屋建瓴地推向了战略层面。平衡计分卡兼具绩效评价与战略管理的功能，通过财务、客户、内部流程、学习与成长四个层面的因果联系驱动企业战略目标的实现，成为了当今企业管理的热门话题，并被政府组织和其他非营利性组织广泛应用。

总之，90年代以来管理理念更加人性化、管理实践丰富多彩，呈现出管理文化全球化、管理形态知识化、管理组织虚拟化、管理手段网络化、管理理论综合化等特点。

2.2　管理理论主要流派

纵观管理理论百年演变的历史脉络，我们可以看到理论研究总是处于一个应管理实践而变迁的动态过程中。在不同的时代背景和社会条件下，发展中的管理实践总是会面临新的管理困境，需要新的理论提供解决思路和技术指导。因此，管理理论的各个学术流派或应运而生、或与时俱进、或停滞不前，也处于一个不断发展与更迭的过程中。本节将针对在管理思想史上有着突出贡献的七个学术流派的主要理论成就加以详细阐述并简单点评，它们分别是科学管理学派、人际关系学派、管理过程学派、经验主义学派、战略管理学派、系统管理学派、权变管理学派。

2.2.1　科学管理学派

科学管理理论在人类管理史上具有里程碑式的意义。它主要致力于效率主义的传播，极大地推动了人类社会的进步。因此，以弗雷德里克·W·泰勒为中心人物的科学管理学派毫无疑问是管理理论的主要流派之一，具有重要的历史地位。

1. 弗雷德里克·W·泰勒的主要观点

（1）提高生产率和科学管理原则。

泰勒科学管理的根本目的是运用科学化、标准化的管理方法谋求最高效率。为此，泰勒提出了科学管理的四项原则，即：1）对工人提出科学的操作方法；2）科学地挑选工人，培训工人成为"第一流的工人"；3）与工人们衷心合作，保证一切工作都能按照已经形成的科学原则去办；4）管理当局与工人在工作和职责的划分上是对等的，管理当局把自己比工人更胜任的各种工作都承揽过去。

（2）作业管理。

作业管理在泰勒的科学管理中占有重要地位，它包括两部分：标准化管理和差别化计件工资制。标准化管理是通过标准作业定额和标准作业条件实现的。标准作业定额是指通过工时研究和分析，制定出一个工人"合理的日工作量"。为了达到标准定额的要求，管理当局要为作业挑选"第一流的工人"。所谓的标准作业条件包括：使工人掌握标准化的操作方法，使用标准化的工具、机器和材料，合理搭配劳动与休息时间，使作业环境布置标准化。差别化计件工资制是指按照工人是否完成其定额而采取不同的工资率。如果工人没有完成定额，全部工资均按低工资率付给（正常工资的80%），如工人超过定额，全部工资均按高工资率付给（正常工资的125%），以此来鼓励工人完成和超过定额。

（3）职能化管理和例外原则。

泰勒的科学管理制度中的一个重要方面是实行职能化管理以及对组织机构的管理控制实行"例外原则"。其中职能化管理又包括两个有机部分：一是设置计划层，把计划职能与执行职能分开，变经验工作法为科学工作法；二是实行职能工长制。所谓"职能工长制"的车间管理方法，是指由八位职能工长代替原来的一个工长，在其职责范围内，每个工长可以直接向工人发布命令和提供帮助。所谓例外原则，就是企业的高级管理人员把一般的日常事务授权给下级管理人员去处理，自己只保留例外事项（即重要事项）的决策与监督权。泰勒认为，经理人员须集中精力"考虑重大决策问题并研究在他手下的重要人员的性格及合适性等问题"。

（4）精神革命。

泰勒认为，科学管理是一场重要的精神革命，每个人都要对工作、对同事建立起责任观念；每个人都要有很强的敬业心和事业心。雇主和雇员需变互相对立为互相协作，把注意力从利润分配转移到增加利润总量上来，共同为提高劳动生产率而努力。他指出，雇主关心的是低成本，工人关心的是高工资，只有劳动生产率提高了，双方才能都受惠，这就是双方进行"精神革命"并达到合作与协调的基础。

泰勒的科学管理理论，首次突破了管理研究的经验途径这一局限性视野，首次提出要以效率、效益更高的科学型管理来取代传统小作坊式的经验型管理，使人们认识到在管理上引进科学研究方法的重要性和必要性，开辟了管理学的新纪元。他的思想，对于组织的构建、制度规范的设定都具有重大的意义。同时，泰勒所强调的精神革命、变关注分配为关注生产、强化共同利益的思想也极具开创性，在调整劳资关系、营造和谐生产气氛方面具有重大作用。然而，泰勒的科学管理起始于工厂现场作业试验，存在过于重视技术、强调个别作业效率、对人的看法偏颇、忽视人的动机的多面性和企业的整体功能等局限。

2. 吉尔布雷思夫妇的主要观点

（1）动作研究和动作经济原则。

动作研究是吉尔布雷思夫妇作出最大贡献的领域。他们进行动作研究的目的在于消除不必要的、无效动作，找出一种最好的操作方法。为了进行有关工人操作的动作研究，吉尔布雷思把工人的动作分解成各种基本元素，明确规定每种动作基本元素的含义，运用一系列观察工具与技术来记录工人的操作动作，并对动作的模式、速度、方向和时间做出精确的分析与研究，以剔除不必要的无效动作，合并可以合并的动作，把各种最有效的动作基本元素归纳为一种最经济的动作，从而提高工效，这就是所谓的"动作经济原则"。

（2）疲劳研究。

疲劳研究是动作研究的继续和发展。动作研究消除了不必要的多余动作，减轻了疲劳。但即使最经济、最有效的动作，也会产生疲劳，所以必须研究出一种工作和休息的合理搭配方法，并恰当地进行环境布置，使得工人的疲劳减少而产量增加。吉尔布雷思夫妇从两个不同的层次，运用不同的方法，探讨了如何解决疲劳问题。一是基础的、常识性的方法，主要包括缩短工作时间、使休息时间更有效、改进福利设施、改善工作条件、保证工作的安全性、合理安排工作地点和工具的摆放等。二是科学实验方法。这种实验分两个阶段进行：第一阶段是通过动作研究，找出最佳的操作方法，并使之标准化，目的在于消除一切不必要的动作，以减轻操作者的疲劳程度。第二阶段是进行时间测定，借以找出一种最佳的工作与休息的时间组合。这种最佳时间组合的理想标准是：工人的健康状况有好转；工人的技术水平和劳动效率有所提高；工人的工作态度有所改善。

此外，吉尔布雷思夫妇还从制度化管理、工作、工人和环境之间的关系以及重视企业中人的因素等方面阐述了他们的思想，以帮助企业改进工人的能力、提高劳动生产率。

虽然吉尔布雷思被人们称为"动作研究之父"，但他与其夫人的研究领域远远超出了动作研究的范围。他致力于通过有效的训练、采用合理的方法改善环境和工具，使工人的潜力得到充分发挥，并保持健全的心理状态。总之，他们致力于改善人及其环境。他把新的管理科学应用到实践当中去，从而使它更容易被人们接受并取得成功。人们可以根据他的工作成果制定出更好的动作模式，提高生产率，并以此建立健全激励报酬制度。这些思想对后来的行为科学的发展有一定的影响。

2.2.2　人际关系学派

人际关系学派将目光聚焦于对人的研究，从人的角度出发来看待管理问题，开辟了管理研究的新领域。他们的观点对管理理论和管理实践都产生了深远的影响。人际关系学派的代表人物是埃尔顿·梅奥，他和助手共同进行了霍桑实验，这些实验引发了组织对人的关注，并对人际关系派和行为科学学派的创立起到了很大的作用。

1. 霍桑实验

霍桑实验是指从 1924 年 11 月至 1932 年 5 月在美国西屋电器公司的霍桑工厂进行的一系列实验，大体可分为以下几个阶段：

（1）照明实验和电话继电器装配实验（1924—1928 年）。

这一阶段主要是照明实验以及针对其他影响生产率的因素而进行的实验。当时许多管理人员和管理学家认为，工作环境、工人的健康和生产率之间存在着明确的因果关系，最理想的工作条件是：工作环境中有着恰当的通风、温度、照明等；工作任务经过科学测定，并采用与工作成果相联系的激励工资制度。至于影响工作效率的其他因素，如疲劳或者工作单调，一般认为主要是由于工作设计不当、休息时间安排不足、物资流通不畅、工作条件不善引起的。在这一阶段先后进行了照明实验、工资报酬实验、工间休息、日工作时间长度与周工作天数的实验，结果发现工人的生产率一直在提高，而无论实验条件如何变化。梅奥等人认为，参加实验的工人产量提高，主要是由于工人的精神方面发生了巨大变化，参加实验的工人成为一个社会单位，受到更多的关注，并形成一种参与实验计划的感觉，因而情绪高昂。他们认为，工人是从社会的角度被激励和控制的，效率的增进和士气的提高，主要是由于工人的社会条件以及人与人之间关系的改善。

（2）大规模访谈计划实验（1928—1931 年）。

在此期间，共对 20 000 名左右的员工进行了访问和交谈，了解和研究员工对公司领导、保险计划、升级、工资报酬等方面的意见和态度。意外的收获是，工人有了发泄心中不满的机会，从而引起了生产率的提高。梅奥等人对工人谈话中提出的不满进行仔细分析以后发现，一般来讲，这些不满的表现同它们背后隐藏的真实思想不是一回事。他们认为，对某些抱怨者的不满，不能就事论事来处理，必须把他们表现出来的不满看作需要进一步深入探讨的个人情况或社会情况的征兆或指示器。访谈实验的结果是，企业管理当局认识到必须对工厂管理人员进行训练，使他们更好地了解工人的个人情绪和实际问题，多采取谈心的方式，少采取说教的方式。

（3）电话线圈装配工实验（1931—1932 年）。

这项实验是为了研究非正式组织的行为、规范及其奖惩对工人生产率的影响而设计出来的。通过实验，研究人员发现：非正式组织不顾企业管理当局关于产量的规定而另外规定了自己的产量限额，而且这个限额往往低于企业管理当局拟订的产量；工人们使上报的产量显得平衡均匀，以免露出生产得过快或者过慢的迹象，以维持合理的工作量和工资率；非正式组织制定了一套措施来使不遵守非正式组织定额的人就范。对电话线圈装配工房间社会关系分析的结果表明，在这个正式组织中存在着两个小团体即非正式组织，并且在同一小集团内存在一些不成文的规定约束着内部成员的行为。

电话线圈装配工实验表明实验组限制产量，而电话继电器装配实验却显示了产量的不断提高。梅奥等人的解释是：在装配电话继电器的实验组中，研究人员对工人采取信任态度，征求他们的意见，鼓舞他们的热情，而在电话线圈装配实验组中，研究人员很少直接同参与实验的工人接触，而是采取旁观者的态度，于是工人继续维持过去那一套非正式组织的做法。梅奥等人认为，这进一步证明了有必要采取新的管理领导技术。

2. 埃尔顿·梅奥等人的主要观点

（1）工人是社会人，而不是经济人。

梅奥等人认为，工厂中的工人不是单纯追求金钱收入的，还有社会方面、心理方面的需求，即追求人与人之间的友情、安全感、归属感、受人尊重等；因此激励不能单纯从技术和物质条件着眼，新的激励重点必须首先从社会、心理方面来鼓励工人提高生产率。

（2）企业中存在非正式组织。

梅奥等人指出，非正式组织是企业中所存在的"一些惯例、价值观、准则、信念和非官方的规则"。根据霍桑实验的结果，他们指出非正式组织有两种作用：其一是保护工人免受内部成员的疏忽所造成的损失，如生产得过多以致企业管理当局提高生产定额，生产得过少则会引起企业管理当局的不满或惩罚；其二是保护工人免受非正式组织以外的管理人员的干涉所造成的损失，如降低工资率或者提高生产定额。梅奥等人认为，在正式组织中以效率的逻辑为重要标准，而在非正式组织中则以感情的逻辑为重要标准。效率的逻辑在管理人员和技术人员中占更重要的地位，而感情的逻辑则在工人中占更重要的地位，管理人员必须协调这两种逻辑，以便使管理人员同工人之间、工人相互之间能相互协作，充分发挥每个人的作用，提高效率。

（3）新的领导能力在于提高工人的满足度。

梅奥等人认为，依据"社会人"和"非正式组织"的观点，企业中的新的领导能力在于提高员工的满足度，以鼓舞员工的士气，提高劳动生产率。所谓员工的满足度，主要是针对员工的安全感和归属感等社会需求方面的满足程度而言。工人的劳动生产率同生产条件、工资报酬的变化，只是第二位的关系，最主要的是工人的共同态度和士气，而士气和满足度是有直接关系的。企业管理人员要同时具有技术—经济技能和人际关系技能，使效率逻辑和感情逻辑得以平衡，这是取得高效率的关键，这就是所谓的新的领导能力。

人际关系学派对古典管理理论进行了大胆的突破，第一次把管理研究的重点从工作和物的因素上转到人的因素上来，对古典理论作了修正和补充，同时还广泛结合社会学、心理学等学科知识提出了新的管理理论和方法，推进了行为科学的深入发展。在实践中，由人际关系学派发展出的一系列的管理理念，如人本管理、参与管理以及自我管理等，对现代企业的管理实践产生了深远影响。但是，梅奥等人过于注重非正式组织而忽略了正式组织，过于偏重人的感情和社会的因素而忽略了理性和经济因素对人的激励作用。

2.2.3 管理过程学派

管理过程学派自亨利·法约尔起，人才辈出，延续至今，他们始终紧紧围绕管理的概念、职能、原则、方法等基本范畴展开长期的研究，取得了丰硕的学术成果，为丰富和完善管理理论体系作出了重大贡献，有力地推动了管理实践的发展。

1. 亨利·法约尔的一般管理理论

（1）企业的基本活动与管理的职能。

法约尔对"经营"和"管理"进行了区分，他指出，任何企业都存在技术活动、商业活动、财务活动、安全活动、会计活动、管理活动这六种基本的经营活动，管理只是其中之一。他把管理活动提炼出来，进一步得出了普遍意义上的管理定义，即"管理是普遍的一种单独活动，有自己的一套知识体系，由计划、组织、指挥、协调、控制五项职能构成，管理是通过完成各项职能来实现目标的一个过程"。

（2）提出社会有机体概念。

社会有机体是同物的组织有区别的人的组织。社会有机体中的每个成员可以看作一个个的细胞。通过多数成员的结合，社会有机体才得以变化和发展，从而形成器官（管理机构）。随着结合起来的成员的数量的增加，管理机构日益专门化和完善化。没有有机体，管理活动就不能存在；没有管理活动，社会有机体（组织）也就不能有效地形成和维持。

（3）管理中具有普遍意义的 14 项原则。

法约尔根据自己长期的经验提出了一般管理的 14 项原则：1）劳动分工；2）权力与责任；3）纪律；4）统一指挥；5）统一领导；6）个体利益服从整体利益；7）人员的报酬；8）集中；9）等级序列；10）秩序；11）公平；12）人员的稳定；13）首创精神；14）团结精神。法约尔强调指出，这些原则只是显示他提出的管理理论的一些"灯塔"，并不是固定不变的，应当注意管理实践中各种可变因素的影响，加以灵活运用。

（4）进行管理教育和创立管理理论的必要性。

法约尔认为管理能力可以通过教育来获得，所以他非常强调管理教育的必要性与可能性。由于大公司和其他组织规模日益增长，今后的领导者必须接受管理方面的训练，而不是墨守以往技术教育、商业教育的成规，不是只按自己的想法、原则与经验行事。他认为当时的法国"缺少管理教育"是由于"没有管理理论"。法约尔之所以要创立一种管理理论，是由于他认为：管理是可以应用于一切事业的独立活动；随着一个人职务的提升，越来越需要管理活动；管理知识是可以传授的。

　　法约尔是 20 世纪上半叶欧洲贡献给管理运动的最杰出的大师，对现代经营管理影响深远。其一般管理理论与泰勒的科学管理并不是矛盾的，只不过是从两个方面来看待和总结管理实践。这些管理的职能和原则对企业而言，是"为还是不为"的问题，而不是"能还是不能"的问题；实质上也是企业维系长期有效竞争的平台，有之未必然，无之必不然。尽管法约尔早就提出了"管理能力可以通过教育来获得"的思想，但今天，企业界的许多领导人仍然信奉"经验至上主义"，认为"实践和经验是取得管理资格的唯一途径"。法约尔的管理理论的不足之处是，它只考虑了组织的内在因素，没有考察组织同其外在环境之间的关系。

2. 哈罗德·孔茨的主要观点

　　孔茨把管理解释为"通过别人使事情做成的各项职能"。他强调管理的概念、理论、原则和方法，认为管理工作是一种艺术，其基本理论和方法可应用于任何一种现实情况。至于管理职能，被他划分为计划、组织、人事、指挥和控制五项。他指出，有人认为这些职能是依顺序执行的，但事实上管理人员是同时执行这些职能的。这些职能中的每一项都对组织的协调有所贡献，但协调本身并不是一种独立的职能，而是有效地应用了这五种管理职能的结果。他对这五项职能作了如下的阐述：

　　（1）计划。

　　计划职能的主要功能是：应付不确定性和变化带来的问题；把注意力集中在企业的目标上；使经营更为经济合理，便于控制。计划工作的步骤主要包括：估量机会；拟订目标；确定前提（企业内部和外部的情况）；确定备选方案；根据所要达到的目标对各种备选方案进行比较；选定方案；制定辅助计划；通过编制预算使计划数字化。在编制计划时，还要注意到短期计划与长期计划的区别和协调，使计划具有灵活性。在计划执行过程中要定期进行检查，并及时根据情况的变化进行修正。

　　（2）组织。

　　组织职能的目的是设计和维持一种职务结构，使人们能为实现组织目标而有效地工作。组织结构必须反映企业的目标和计划、管理人员可利用的职权、企业所处的环境条件（经济、技术、政治、社会以及伦理条件），同时必须为组织配备恰当的人员。此外，孔茨还阐述了有效授权必须遵守的 6 项原则以及健全组织工作所应坚持的 15 条原则。

　　（3）人事。

　　人事职能包括对员工的选择、雇用、考评、储备、培养和其他一些相关工作。孔茨把对员工进行选择的测验方法，分为智力测验、熟练和适应性测验、职业测验、性格测验四类。此外，他还就员工和管理人员的考评、储备、培训的标准或方法发表了自己的见解。

　　（4）指挥与领导。

　　指挥与领导就是引导下级人员有效地领会和出色地实现企业的既定目标。因此，要理解指挥与领导的性质，就要先考察企业目标及人的性质。企业目标是生产某种产品或劳务。为了实现企业目标，就要把生产中的各种因素（土地、资本、人员等）组织起来，其中最重要的是人的因素。孔茨认为，指挥和领导工作的三个重要原则是：指明目标的原则；协调目标的原则；统一指挥的原则。授权则是指挥和领导的一种重要方法。激励是指挥与领导工作的一项重要内容。信息交流也是指挥与领导职能中的一项重要要素，信息交流必须明确、完整，并利用非正式组织来补充正式组织的信息交流。

（5）控制。

控制职能就是按照计划标准衡量计划的完成情况并纠正计划执行中的偏差，以确保计划目标的实现。在某些情况下，控制职能可能导致确立新的目标、提出新的计划、改变组织机构、改变人员配备或在指挥和领导方法上做出重大的改变。控制职能在很大程度上使管理工作成为一个闭环系统。此外，由于控制职能涉及许多问题，孔茨还归纳了 13 条控制原则。

孔茨作为管理过程学派的主要代表人物之一，吸取了法约尔管理职能理论的精华，同时又对其他人的观点进行总结提炼，建立了管理过程理论的范式。

2.2.4　经验主义学派

经验主义学派立足管理实践，采用案例研究的方法对管理的性质、范式、任务、职责等根本性问题进行了深入思考，取得了丰硕的理论成果。经验主义学派最主要的代表人物当属彼得·德鲁克，他的思想可谓博大精深，经久不衰，由于其卓越的贡献，他被后人誉为"现代管理之父"。下面对其观点进行简单的介绍：

（1）事业理论。

德鲁克以三个著名的问题简单而深刻地阐明了"事业理论"：你的业务是什么？谁是你的客户？客户认知的价值是什么？

1）构成事业理论的三个假设：第一，对组织所处环境（社会及其结构、市场、客户和技术）的假设，这决定了利润的来源。第二，对组织使命的假设，这决定了什么样的结果对组织有意义。第三，对组织核心竞争力的假设，这决定了组织能否生存到愿景目标达到的时候。其中的逻辑关系是：使命决定愿景，愿景决定组织结构。这其实主要回答了两个问题：我们的企业是什么？它应该是什么？

2）有效的事业理论的特点：第一，环境、使命和核心竞争力的假设都必须是符合现实的。第二，三个方面的假设必须相互协调。第三，事业理论必须为整个组织内的成员所知晓和理解。第四，事业理论必须具有自我革新的能力，能够不断地经受检验。

（2）战略规划。

德鲁克认为，战略可以将"事业理论"转变成行动，其目的是使企业能在变化莫测的环境中果断地把握机会以达成希望获得的结果。战略也是事业理论的试金石。如果战略不能产生预期的效果，往往是事业理论需要重新思考的第一个严重警讯。同时，出乎意料的成功也是事业理论需要重新思考的征兆。一个企业只有在拥有了一套战略以后才能判定一个机会是否真的是机会，否则就无法判断组织是往预期的方向前进，还是走上了歧途、分散了资源。战略规划不是预测，而是为未来做现在的决策。战略规划并不是企图消除风险，也不是使风险最小化，否则可能导致不合理的和无限的风险，甚至造成某些灾难。战略规划是"决策——执行——衡量"的循环，即：系统地制定企业目前（承担风险）的决策，并尽可能地了解这些决策对未来所产生的影响；系统地组织执行这些决策；通过系统的反馈，对照着我们的期望来衡量这些决策的成果。最好的规划也只是一项规划，即良好的愿望，除非它转化为工作。管理不在于"知"，而在于"行"，这是德鲁克管理思想的精要所在。标志着一项规划能提供成果的突出特点是使关键人员从事特定的任务。对一项规划的考验是，管理当局是否切实地把各项资源投入到将来会取得成果的行动之中。如果不是这样，那就只有诺言和希望，而没有规划。

（3）管理的任务。

为了使机构能执行其职能并作出贡献，管理必须完成以下三项同等重要而又极不相同的任务：1）明确组织的特殊目的和使命。一个组织是为了某种特殊的目的和使命、某种特殊的社会职能而存在的。在企业当中，这意味着经济上的成就。工商企业的管理必须始终把经济上的成就放在首位，在每一项决策和行动中都是这样。2）使工作富有活力，并使员工有成就。企业只有一项真正的资源：人。它必须使员工有成就，以便激励他们完成工作，来使企业富有活力。3）明确组织对社会的影响和对社会的责任。每一个组织都是社会的一个器官，而且是为社会而存在的。企业的好坏不能由其自身来评定，只能由它对社会的影响来评定。这三项任务通常是在同一时间和同一管理行为中去执行的，甚至不能讲某项任务占有更优先的地位或者要求更高的技巧或能力。

（4）目标管理。

1954 年，德鲁克在《管理的实践》一书中提出了目标管理，从而综合了以工作为中心和以人为中心的管理技能和管理制度。目标管理把工作的需要和人的需要结合起来，使员工发现工作的兴趣和价值，从工作中满足自我实现的需要，也在同时实现了企业的经营目标。目标管理的最大优点也许是它使得一位经理人能控制自己的成就。自我控制意味着更强的激励：一种要做得最好而不是敷衍了事的愿望。它意味着更高的成就目标和更广阔的眼界。目标管理的主要贡献之一就是它使得我们能用自我控制的管理来代替由别人统治的管理。

（5）有效的管理者。

德鲁克通过自己的研究和观察，提出了管理者要做到有效性必须养成的五种思想习惯：1）知道把时间用在什么地方。2）注重外部作用，把力量用在获取成果上，而不是工作本身。3）把工作建立在优势上——自己的优势，上级、同事和下级的优势以及情境的优势。4）把精力集中于少数主要领域，在这些领域里优异的工作将产生杰出的成果。5）做有效的决策。有效的决策常常是根据"不一致的意见"做出的判断，而不是建立在"统一的看法"基础上的；快速做出的许多决策都是错误的决策；所需要的决策，为数不多，但却是根本性的决策；所需要的是正确的战略，而不是令人眼花缭乱的战术。

（6）绩效精神。

德鲁克认为，组织的目的是使平凡的人做出不平凡的事，因此组织的成功不是以良好的人际关系为标准，而是建立在充分发挥个人的长处上，这就是所谓的绩效精神。一个企业要想培养绩效精神，应在以下四方面付诸实践：1）组织的重点必须放在高标准的绩效上。2）组织的重点必须放在机会上，而不是放在问题上。3）有关人的各项决定，如工作岗位、工资报酬、提升、降职和离职等，都必须表明组织的价值观和信念，它们是组织的真正的控制手段。4）在有关人的各项决定中，管理层必须表明正直是一个经理人所应具备的唯一的绝对条件。同时，管理层也应表明对自己也同样地提出了公正这个要求。

总的来说，德鲁克充分吸收了经典管理理论与人际关系学说的思想精髓，注重理论研究和实践活动的有效结合，既高屋建瓴地阐述了管理的指导思想，又深入细致地介绍了管理的技术细节，所构建的理论体系不仅全面系统，而且前瞻性强，反映了现代社会化大生产的客观要求，促成了管理思想又一次质的飞跃。

2.2.5 战略管理学派

战略管理学派着眼于组织的长远利益，试图通过帮助组织制定有效的进攻、退守、渗透、成长、扩张等组织战略以及一系列竞争战略来应对环境变迁和未来挑战，达到维护组织整体效益的目的。战略管理学派的兴起是在新的时代背景下管理活动日益复杂化、动态化的必然产物，迎合了各类组织在危机四伏的竞争环境下求生存、谋发展的迫切需求，因此，该学派崛起速度之快、影响范围之广、受关注程度之高都是世所罕见的，俨然成为当今社会的主流学派。

1. 伊戈尔·安索夫的战略思想

（1）安索夫范式。

安索夫提出了成功战略的范式，明确阐述了优化企业获利能力的具体条件。此范式包括下面五个要素：1）不存在任何放之四海而皆准的战略模式。2）企业的成败取决于其所处环境的动荡水平。3）企业的经营战略必须随着环境变化而进行调整，否则企业不可能做得很成功。4）决定企业成功与否的另一因素是企业的管理能力是否与环境相适应。5）影响企业成功的内在变量包括：认知变量、心理变量、社会变量、政治变量和人文变量。

（2）PEST 分析框架。

安索夫认为，战略行为是企业对外部环境的适应以及由此而导致的企业内部结构化的过程。因此，企业制定战略首先是评价外部环境，即采用 PEST 分析框架，评估政治、经济、社会、技术对企业的影响，辨识企业长期的变化驱动力及外部各环境要素对企业的不同作用，从而确定关键环境因素，并以此制定企业战略，调整组织结构，使企业与环境相适应。

（3）协同观念。

安索夫首次将"协同"一词引入管理学词汇中。所谓协同，是指相对于各独立组成部分进行简单汇总而形成的企业整体的业务表现，即两个企业之间共生互长的关系，它是在资源共享的基础上产生的。协同表达了 2＋2＝5 的理念，即公司整体的价值大于公司各独立组成部分价值的简单加总。

（4）战略决策模型。

安索夫提出的战略决策模型是指对公司扩张和公司业务多元化予以分别处理，而不是将战略规划视为一体。该模型的中心概念是差距分析，即弄清你所处的位置，界定你的目标，明确为实现这些目标而必须采取的行动。他给出了各项战略决策大致相同的内部决策：确立一系列的目标；研究企业目前的状态同理想目标之间的差距；提出一个或数个行动方案；测试它们是否具备缩短差距的功能，只有能缩短差距的方法才可以接受，否则就要另起炉灶。

（5）安索夫矩阵。

安索夫矩阵是以 2×2 的矩阵代表企业试图使收入或获利成长的四种选择，其主要的逻辑是企业可以选择市场渗透、市场开发、产品延伸、多元化经营四种不同的成长战略来达到增收目的。

从学术的角度来看战略管理学的兴起和发展，安索夫的贡献在于开创和奠基。他的伟大不仅在于首先提出了战略管理的理论和方法，且在于他成功地把理论带入了实践领域。安索夫通过战略管理将时断时续的变革、动荡和不确定性等革命性观念转化成能够帮助组织成功与繁荣的工具。他在历史上第一次提出了适用的语言和程序，使得现代工业企业能明确地界定公司战略中的深层次问题：如何成长，如何寻求合作，如何借用外力等。当然，以今天的眼光来看，安索夫的方法过于强调结构完美、确定性和分析性，把企业管理人员的创意束缚得紧紧的，结果使他们做出来的战略不能适用。战略规划的主调应该是提出问题而不是回答问题，但安索夫的战略规划范式却是为企业战略找出答案而设的。

2. 迈克尔·波特的战略思想

（1）"五力模型"和"三大战略"。

"五力模型"和"三大战略"均是波特在《竞争战略》一书中提出的。所谓"五力"，是指决定产业竞争的五种作用力：新进入者的威胁、替代产品或服务的威胁、供方议价能力、买方议价能力和现有公司间的竞争。由于全方位地考虑了产业环境中的各种因素，"五力模型"被认为是分析产业环境的有力工具。此外，波特还提出了三种基本的竞争战略，分别是：1）成本领先战略；2）差异化战略；3）聚焦战略。关于"五力模型"和"三大战略"的内容，本书将在第 4 章进行详细的介绍。

（2）钻石理论。

波特还提出了用于分析一个国家某种产业为什么会在国际上有较强竞争力的钻石理论。波特认为，生产要素、需求条件、产业要素和企业要素决定了一个国家某种产业的竞争力。1）生产要素，指一个国家在特定产业竞争中有关生产方面的表现，如人员素质或基础设施的良莠不齐。生产要素主要包括以下几项：人力资源、天然资源、知识资源、资本资源、基础设施。2）需求条件，指本国市场对该产业所提供产品或服务的需求如何。如果国内对于一种产品或服务的需求很强，就可以使这个行业在全球竞争中抢先起跑。比如美国在保健服务行业的领先地位就源自其国内的旺盛需求。3）相关和支持产业的表现，指这些产业的相关产业和上游产业是否具有国际竞争力。一个国家的某个行业的实力很强，那么通常这个行业的周围都是些成功的相关行业。4）企业的战略、结构和竞争对手，指企业在一个国家的基础、组织和管理形态，以及国内市场竞争对手的表现，国内的竞争会支持该行业的发展和竞争实力。这四个要素具有双向作用，形成钻石模型。在四大要素之外还存在两大变数：政府与机会。机会是无法控制的，但政府政策的影响力不可小觑。

波特获得的崇高地位缘于他所提出的"五力模型"和"三大战略"。他为企业界提供了实用的战略基础架构，让每一家企业都可以据此发展自己的战略，尤其是对攻击与防御战略给出了全方位的思路。然而，波特的战略观念将现有产业结构视为既定，这使我们在看清楚一些东西的同时，也掩盖了另一些很重要的东西。在此框架下，他较少考虑产业变革和建立长期竞争优势的方法。另外，"五力模型"也缺乏预测性，很难用来分析迅速变化或前景不确定的行业。

2.2.6 系统管理学派

系统管理学派把一般系统论应用于企业管理，以系统概念分析和考察企业的组织结构模式以及各项管理职能，提高了管理人员对影响管理实践的各种相关因素的洞察力，对管理理论的发展和演变产生了巨大的影响。随着企业外部环境和内部体系的复杂化程度日益提高，如何使日益庞大的组织成为一个灵活高效的有机体已成为未来管理所面临的巨大挑战，因此，系统管理学派也将越来越受到关注，成为影响管理人员思维方式和管理实践的重要流派。

系统管理学派代表人物弗里蒙特·E·卡斯特和詹姆斯·罗森茨韦克，在他们合著的《组织与管理——系统与权变的观点》一书中考察了组织与管理思想发展过程的三个时期：传统的组织管理理论；行为科学和管理科学的革命；现代观点——系统观念和权变观念，并集中阐述了他们的根本观点。

（1）系统观念。

他们认为，系统观念为现代组织理论和管理实践提供了完整的基础。传统理论采取封闭系统的思想，现代理论则转向把组织作为与环境相互作用的开放系统来研究。组织系统有几个主要特征。首先，它是人为设计而产生的，不是自然存在的；其次，它们具有分开组织及其环境的界限；最后，开放系统可具有同等结果，即目标可以通过不同的投入和不同的方法来实现。组织可以被看作一个开放的系统，它与环境相互作用。卡斯特和罗森茨韦克将组织系统分为五个子系统：目标与价值子系统；技术子系统；结构子系统；社会心理子系统；管理子系统。卡斯特和罗森茨韦克认为，在复杂组织的管理子系统中，又有三个分层系统或者层次：作业子系统；协调子系统；战略子系统。作业子系统负责实际工作任务的完成，战略子系统将组织的活动和组织的环境联系起来，协调子系统负责纵向的（战略与作业）和横向的（在同级的不同职能之间）联合协作与协调。组织是一个社会技术系统的观点，为管理者规定了不同的任务，管理者必须把各个子系统和它们在具体环境中的活动结合起来加以平衡。

（2）权变观念。

权变观念更为具体，重点研究各个子系统中的具体特征和相互关系模式，其基本设想是，在组织及其环境之间应有一致性。组织与其环境以及内部设计之间的和谐将能够提高效能、效率和参与者的满足感。权变观念认为，不同类型的组织都有适当的关系模式，而且我们能够加深对这些有关变量相互作用情况的认识。例如，当出现下列情况时宜采用稳定—机械组织：环境相对稳定而且确定；目标明确而持久；技术相对统一而且稳定；按照常规活动且生产率是主要目标；决策可以程序化，从而协调和控制过程倾向于采用严密等级系统结构。反之，则宜采用适应—有机组织。

卡斯特和罗森茨韦克在系统观念的基础上整合了权变观念，形成一个内容丰富的完整的体系，系统观念日益成为管理学研究的思考起点和原则。因此，他们的《组织与管理——系统与权变的观点》一书成为管理学史上的一部经典之作，对于管理学学科的发展起了很大的作用。

2.2.7　权变管理学派

权变管理学派主张管理须因地制宜、对症下药，强调要针对不同的具体条件采用不同的组织结构、领导模式和其他管理技术，反对不顾具体的外部环境而一味追求最好的管理方法和寻求万能模式的教条主义。该学派机动灵活的学术研究为管理理论和实践之间成功地架起了一座桥梁，促使管理理论朝着实用主义方向前进了一大步。权变理论的思想众多，这里仅对杰伊·洛希的超 Y 理论进行介绍。

洛希等人在经过一系列研究之后，在《组织及其成员：权变法》一书中提出了所谓的超 Y 理论。该理论认为：（1）人们是怀着许多不同的需要加入工作组织的，而且人们有不同的需要类型。有的人需要更正规化的组织结构和条例规章，而不需要参与决策和承担责任；有的人却需要更多的自治责任、发挥个人创造性的机会。每个人最需要的是实现成就感。（2）不同的人对管理方式的要求也是不同的。一些人欢迎以 X 理论为指导的管理方式，另外一些人则欢迎以 Y 理论为指导的管理方式。（3）组织的目标、工作的性质、员工的素质等对组织结构和管理方式有很大的影响。凡是组织结构和管理层次的划分、员工的培训和工作的分配、工资报酬和控制程度的安排等适合于工作性质和员工素质者，其效率就高；不适合者，其效率就低。不同的情况应采用不同的方式。（4）当一个目标达到以后，可以继续激起员工的成就感，使之为达到新的更高的目标而努力。

超 Y 理论认为，X 理论和 Y 理论只代表了管理假定（人性假设）的两个极端。在现实生活中，人们在工作中的各种表现总是处于这两个极端范围之内的，人们参加工作的目的不同，所处的需要层次不同，对不同的组织形式和管理方式所持的态度也不相同。因此，单纯使用 X 理论或 Y 理论去指导管理，并不一定适合于不同的具体情况；并不存在千篇一律的管理方式，应根据组织成员的素质、组织工作的性质等来决定采用什么样的方式才能提高管理效率。研究发现，对于非技术性和技术性不强的组织，采用 X 理论比较适合；而对科学研究、工程技术和文化教育等组织，采用 Y 理论则比较适合，总之，应根据不同的具体情况来选择或综合运用 X 理论和 Y 理论。可见，超 Y 理论中体现了权宜应变的管理思想，超 Y 理论本身成为权变管理理论的理论基础。

超 Y 理论的提出有效地解决了 X—Y 理论中 X 理论和 Y 理论对立的状态。不存在 X 理论和 Y 理论哪个一定好。用权变的观点看，企业采用 X 理论或 Y 理论或二者的结合体，主要看企业的性质、所处的发展阶段等因素以及员工的情况。

本章小结

管理的历史源远流长，自古即有。管理思想的发展与人类社会的生产实践密切相关。在近代西方社会的政治、经济、文化、社会等条件日趋成熟的情况下，随着科学管理理论的诞生，人类告别了管理的蒙昧时代，跨入了管理科学的神圣殿堂。一个多世纪以来，管理实践不断推动着理论研究向前发展，日益呈现出百花齐放、百家争鸣的可喜局面，因此，有人将20世纪誉为管理的世纪。

回顾管理理论的百年发展与演变历程，其先后经历了管理理论的萌芽时期、古典管理理论时期、管理理论发展的过渡时期、现代管理理论的形成时期、现代管理理论的发展时期、现代管理理论的深入时期、管理理论的多元化时期、当代管理理论的繁荣时期八个主要发展阶段。每一个历史阶段都留下了管理先驱们执著探索的足迹，留下了管理大师们辛勤钻研的踪影。

顺沿管理理论百年发展与演变的脉络，先后出现了科学管理学派、人际关系学派、管理过程学派、组织理论学派、社会系统学派、激励理论学派、领导理论学派、经验主义学派、营销管理学派、战略管理学派、系统管理学派、权变管理学派等学术流派，涌现了一大批成果斐然的管理大师。这些管理流派和大师彼此间相互影响、相互借鉴，共同绘制了璀璨夺目的管理思想的百年历史长卷。

学习和研究管理学首要的课业就是要研习管理思想史，理顺各种管理流派及其理论的来龙去脉，准确掌握各种重要观点的理论内涵和应用价值，以培养高品质的专业素养，并通过与管理实践紧密结合，做到以史为鉴、温故知新。

关键术语

科学管理学派	组织理论学派	管理过程学派
人际关系学派	社会系统学派	激励理论学派
行为科学学派	领导理论学派	经验主义学派
管理思想史	决策理论学派	战略管理学派
营销管理学派	管理科学学派	系统管理学派
权变管理学派	经理角色学派	日本企业研究
品质管理理论	未来学派	跨国企业研究
跨文化研究	创新理论	知识管理
流程再造学派		

复习思考题

1. 请简述管理理论萌芽时期的时代背景。
2. 请论述管理理论发展与演变的历史阶段。
3. 请简述泰勒的科学管理理论的主要内容。
4. 请简述法约尔的一般管理理论。
5. 试论述德鲁克的主要理论成就。
6. 试论述安索夫的主要观点。
7. 请简述卡斯特和罗森茨韦克的系统观念和权变观念。

8. 请简述劳伦斯和洛希的组织结构理论。

参考文献

1. ［美］斯蒂芬·P·罗宾斯. 组织行为学（第 10 版）. 北京：中国人民大学出版社，2005

2. ［美］丹尼尔·A·雷恩. 管理思想的演变. 北京：中国社会科学出版社，2000

3. ［美］斯图尔特·克雷纳. 管理大师 50 人. 海口：海南出版社，2000

4. 方振邦主编. 管理思想百年脉络（新版）. 北京：中国人民大学出版社，2007

5. 孙耀君，管维立编. 西方管理学名著提要. 南昌：江西人民出版社，1995

6. 郭咸刚. 西方管理学说史. 北京：中国经济出版社，2003

第 2 篇

计 划

第 3 章

计划与决策

学习目标

- 了解计划的目的及意义
- 了解计划的方法与技术
- 理解目标管理的内涵、过程及优缺点
- 理解不同决策制定模型及主要区别
- 掌握计划的内容、类型以及工作步骤
- 掌握决策的基本类型及制定步骤

计划是管理的基本职能之一，也是其他各项职能的基础，因此在整个管理活动中占有至关重要的位置。计划工作的任务是为组织设立目标，并将组织在一定时期内的活动任务分解给各个部门、团队和个人，从而不仅为部门、团队和个人在一段时期的工作提供了具体依据，而且为组织目标的实现奠定了基础。本章将介绍计划工作的基础知识、目标管理的内涵与过程、决策与决策制定的步骤以及计划相关的方法与技术。

3.1 计划的基础

3.1.1 计划的概念

组织是为了达到某些特定的目的而存在的，而为了要达到各种各样的目的，管理者必须要针对目标作出一系列的安排，以保证各项任务能够顺利完成，这就是管理的计划职能。计划是未来行动的蓝图，是为实现组织目标而对未来行动所作的统筹安排，它是未来

组织活动的指导文件，指出从当前通往未来目标的路线。计划包括确定组织目标、制定全局战略以实现这些目标，制定全面的分层计划体系以综合和协调各种活动。因此，计划既涉及目标，也涉及达到目标的方法。具体而言，计划是指包括定义组织的目标、制定全局战略以及开发一组广泛的相关计划以整合和协调组织的工作。从计划的定义可知，计划工作需要有意识地决定组织的发展方向，它既需要确定组织当前的目标，也需要考虑组织的未来；既需要考虑组织长期的使命和发展战略，也需要考虑具体的业务开展计划；既关系到结果，也关系到手段。

作为管理的一项基本职能之一，计划工作相对于组织、领导和控制来说，处于先行位置，组织、领导以及控制等各项职能都必须以计划为基础，根据计划的内容付诸行动（见图3—1）。另外，计划工作具有普遍性，是每位管理人员的一项职能。管理人员由于在组织中的权力和地位不同，所承担计划工作的多少和重要性也有所不同。

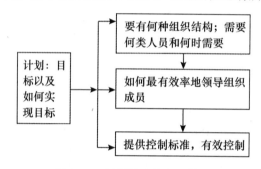

图3—1　计划作为管理的基础

资料来源：〔美〕哈罗德·孔茨、海因茨·韦里克：《管理学》（第10版），75页，北京，经济科学出版社，1998。

3.1.2　计划的内容

计划的内容多种多样，具体可细分为使命、愿景、目标、战略、政策、程序、规则、规划以及预算等形式，其中使命、愿景、目标以及战略的概念将在"战略管理"一章详细介绍，这里不再赘述，主要介绍一下程序、规则、政策、规划以及预算的基本内涵。

程序（procedure）是指相互关联的一系列做法的顺序步骤，管理者遵循这些步骤对结构良好的问题进行解决。

决策过程中唯一的困难是确认问题，一旦问题确认，其处理过程和方法就是清晰有序的。例如，学校要安排下个学期教师的课程，学校教务处和各个学院教务处都知道有确定的程序来处理这类问题，其过程就是按照一套简单的程序化的步骤执行而已。

规则（rule）是一种明确的陈述，它告诉管理者能做什么和不能做什么。规则通常被管理者用于处理结构良好的问题，因为他只需要遵循和确保一致性即可。例如学校对教职员工迟到、缺勤，或者教师出现教学事故的处理规则，出现这样的问题时管理人员只要按照规则执行纪律即可。

政策（policy）提供了引导管理者沿着特定方向思考的指南。与规则不同，政策试图为管理者确立一些行动方向和参数，而不是具体告诉管理者应该做什么或者不应该做什么。政策通常包含一些模糊的术语，它给管理者的决策留下了解释的余地。

规划（formulation）是一个综合性的计划，包括目标、政策、程序、规则、任务分配、要采取的步骤、要使用的资源以及为完成既定行动步骤所需的其他因素。在通常情况下，规划都要有预算支持。

预算（budget）是一份用数字表示预期结果的报表，可以称为是一份"数字化"的计划。实际上，财务收支预算常常被称为"盈利计划"。它可以用财务术语表示，或者用工时、产品单位或任何其他以数字为计量的术语来表示。预算可能涉及业务活动，如费用预算；也可能反映资本支出，如资本支出预算；或者表示现金流量，如现金预算。

3.1.3　计划的类型

从不同的角度出发，计划可以分为多种类型。主要分类标准有：计划的层次、时间界限、内容和重复性等。依据这些分类标准进行划分，所得到的计划类型并不是相互独立，而是密切联系的。

（1）战略计划、战术计划和作业计划。

按计划的层次划分，计划可分为战略计划、战术计划和作业计划。战略计划（strategic plans）是为了实现组织战略目标而制定的计划，更准确地说，战略计划是为实现战略目标而制定的指导资源配置、优先次序和决定行动步骤的计划。其作用在于确立组织的全局目标，寻求组织在环境中的定位，决定组织的基本目标和基本政策。战略计划往往由组织的高层管理者作出，趋向于覆盖较长的时期，并设计较宽的领域，往往是方向性的一次性计划。与战略计划不同，战术计划（tactical plans）具体规定如何实现全局目标的细节。战术计划以时间为中心，将战略计划中的基本目标和基本政策转化为确定的目标和政策，规定达到各种目标的具体时间，进一步确定计划期的具体指标，确定工作流程，分配任务和资源，明确权利和责任等。战术计划往往由组织中层管理人员作出，覆盖较短的时期，往往是具体性的、持续的计划。作业计划（operational plans）关注如何实施战术计划以及完成作业目标，作业计划由基层管理人员制定，时间跨度很短，范围相对集中，并且作业计划处理的活动数量相对较少。

（2）长期计划、短期计划和中期计划。

按计划的时期界限划分，计划可分为长期计划、短期计划以及中期计划。长期计划（long-term plans）描述了组织在较长时期的发展方向，规定了组织的各个部门在较长时期内从事某种活动应达到的目标和要求，绘制了组织长期发展的蓝图。短期计划（short-term plans）具体地规定了组织的各个部门在目前到未来的各个较短的时期阶段，特别是最近的时段中，应该从事何种活动，从事该种活动应达到何种要求，因而为各组织成员在近期内的行动提供了依据。通常界定长期计划为超过五年期的计划，界定短期计划为一年或者短于一年期的计划。介于二者之间的计划可称为中期计划。但这样的划分不是绝对的，组织应该根据计划的目的来规定计划的时间期限。

（3）方向性计划和具体性计划。

根据计划的内容，计划可分为方向性计划和具体性计划。方向性计划（directional plans）设立了达到目标的指导原则，但并不会详细规定达到目标的具体活动和行动步骤、进展速度等。这使得方向性计划具有更大的灵活性，易于应对不可预见的环境中的变化。但是很显然方向性计划要以丧失一定的清晰性为代价。具体性计划（specific plans）是清晰定义的、没有任何解释余地的计划，它具体地陈述了目标，不存在模糊性，不存在理解上的歧义。例如一个企业销售部门的管理者试图在未来 1 年中提高其产品的销售额，目标是比上一年度提高 10%，那么他需要给出具体的做法，包括其程序和步骤，如何招聘和分配员工、提出预算，以及活动的进度计划等。当环境的不确定性较大时，具体计划所要求的清晰性和可预见性就缺乏必要的条件。此时，计划需要具有更大的灵活性，而这恰是方向性计划具有的优势。

（4）经常性计划和一次性计划。

根据计划的重复性维度，计划可以分为经常使用的经常性计划（standing plans）和只使用一次的一次性计划（single-use plans）。经常性计划主要用于处理经常性发生的重复事件，包括政策、程序以及规则等；一次性计划不同于经常性计划，是为特定目的制定的，而且可能不会以相同的形式被再次使用，为处理非重复事件而作出的规划和预算都属于一次性计划。

3.1.4　计划工作的目的和意义

计划工作的目的在于有效使用组织的资源，把握未来的发展，提高组织的绩效。计划工作的目的包括以下几个方面：明确方向、降低风险、减少浪费以及设立控制的标准。

（1）明确方向，指导组织成员的工作。

组织是一个复杂系统，包括各种子系统和各类组织成员，并且处于不确定性的环境中。如果没有统一的目标，各个子系统和不同组织成员就可能在相互冲突的目标下工作，则势必会降低组织在实现目标过程中的效率。因此要求组织的各个子系统和不同的组织成员都明确组织的方向以及自己如何行动对达成目标有利，保持组织行动的协调，而这正是计划工作的功能。计划给出了组织所要达到的目标，明确了其成员（包括管理者和非管理者）努力的方向。

（2）减少环境变化的冲击，降低风险。

任何组织都不可能完全消除环境中未来发展的不确定性。但是，科学的计划工作有助于管理者具有前瞻性，使组织较早预见未来的变化，降低不确定性。管理者通过预测变化，考虑这些变化的冲击，可以制定适当的措施来应对变化，从而大大降低组织面临的风险。[①]

（3）减少浪费和重复，提高效率。

组织确定了目标，而达到目标的途径有多种，通过计划工作，组织可以寻找出尽可能好或者最合适的方法，从而将时间和资源的浪费以及冗余降到最低的程度，以最低的耗费取得预期的结果；计划强调组织各个部门或子系统的协调，将无效或者低效率的活动减少到最低的程度，从而提高组织的效率。

（4）设立控制的标准，保障目标的实现。

一般来讲，控制就是保障组织的活动按照计划进行，计划工作所建立的目标可用于控

---

① 参见刘志坚、徐北妮：《管理学——原理与案例》，89 页，广州，华南理工大学出版社，2002。

制，作为控制的标准。而通过控制，将实际的绩效与计划所设立的目标相比较，发现存在的差异，并采取必要的行动来进行纠正。因此，计划先于控制，没有计划，就不可能进行控制。

总体来说，计划工作对于组织绩效的影响是积极的。正式的计划工作通常带来较高的绩效，但不是绝对的。计划工作的质量以及实现计划的适当措施对绩效也有较强影响。此外，计划工作的效果还受外部环境和时间因素的影响。

3.1.5　计划工作的步骤

计划的种类有很多，并且不同的组织、不同的行业其计划的内容千差万别，但是管理人员在编制任何完整计划的时候，实质上均遵循基本类似的步骤（见图3—2）。

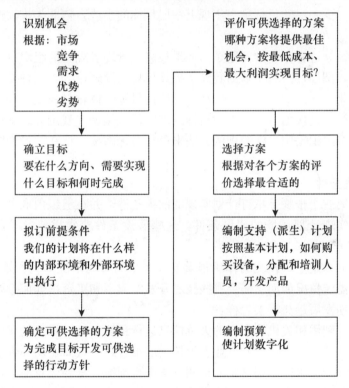

图3—2　计划工作的步骤

资料来源：［美］哈罗德·孔茨、海因茨·韦里克：《管理学》（第10版），82页。

1. 识别机会

认识组织内部的优势与劣势、外部环境中的机会与威胁是编制计划的真正起点。管理人员应当首先了解将来可能出现的机会，评价组织内部的优势和劣势，识别外部环境中存在的机会和威胁，发现应该解决的问题，并清楚期望得到的产出，这样才能够确立切实可行的目标。

2. 设立目标

制定计划的第二个步骤是确立组织的目标。首先需要确立整个组织的目标，然后通过一定的方式确定每个下属部门的目标。在一个组织中，不同层级的各类目标实际上构成一个目标体系，各个部门之间的目标要相互协调，为实现整个组织的目标服务。目标又可细分为长期目标和短期目标，其作用在于指明组织的发展方向、规定预期产出、说明要去做哪些工作。

目标设立的方法包括传统目标设立方法和目标管理法。传统目标设立方法的中心是首先设立组织的最高层目标（组织的总体目标），然后将其分解为每一个组织层次的子目标。例如，一个制造企业的最高层将目标设立为改善企业的绩效，提高利润；然后，通知负责生产的部门将其产品的生产成本控制在一定的水平上，通知市场营销部门未来一段时间的销售水平应达到什么程度；接下来，生产部门和销售部门会进一步分解目标，直至到达企业的每一个员工。一旦组织各个层次的目标被清晰定义，就形成了一个目标网络，或称之为手段—目的链，下一层的目标称为实现上一层目标的手段，依此类推。这就是传统的目标设立过程。

传统的目标设立过程存在的问题是，如果最高层管理者规定的组织目标过于宽泛或过于模糊、不明确，例如，获取足够的利润，提高市场领导地位等，这种模糊的目标在向下分解时必须具体化，在组织的每一个层次上都要把目标具体化，那么，每个层次上的管理者在制定具体目标时是根据自己对组织目标的理解甚至偏见来规定，结果可能导致失去目标的一致性。许多组织采用目标管理的方法来设立目标系统，将在"目标管理"一节详细介绍。

3. 拟订前提条件

计划编制的第三个步骤是拟订计划实现的前提条件，并在组织内取得一致的意见。前提条件是关于待实现计划环境的假设条件，这些假设条件非常重要，需要管理人员取得一致。

在前提条件的确定上，预测的作用很重要：未来的市场情况如何？销售量会有多大？价格水平和产品需求情况如何？需要哪些技术开发？成本和工资率如何？政治和社会经济环境怎么样？长期发展趋势将会怎样？

管理人员可以利用相关机构发表的大量信息进行预测。统计局、信息中心、银行、发改委等会定期发布关于经济运行和行业发展情况的报告，一些商业期刊也会发布相关的信息。此外，管理人员还可以运用一定的预测方法进行预测。需要注意的是，环境复杂，并且具有不确定性，要把一个计划在将来实施过程中所处环境的所有细节都作出预测和假设是不现实的，也是不必要的。拟订前提条件需要集中于那些对于计划实施来讲是关键性的或者具有战略意义的条件，或者说那些最影响计划贯彻实施的变量和假设条件。

4. 确定可供选择的方案

确立了目标，分析了计划实施的假设条件之后，接下来的工作就是在此基础上拟订实现目标的行动方案。确定可供选择的方案时，首先要全面，特别是不放过那些不是特别吸引人的行动方案，常常一个不引人注目的方案，效果却是最佳的。在全面的基础上，更主要的内容不是搜寻可供选择的方案，而是减少可供选择方案的数量。

5. 评价可供选择的方案

确定了可供选择的方案后，接下来的工作就是根据前提条件和目标，对各个方案的优缺点、可行性等进行评估，以选择最为合适的方案。方案评估往往要综合考虑多个方面的因素，从多个指标进行评价，如预期收益、风险程度、需要的现金投入等。环境的不确定性也是无法忽略的一个因素。

6. 选择方案

对可供选择的方案进行了评估后，接下来最关键的步骤就是选择方案，从多个方案中选择最为合适的一个。

7. 编制支持（派生）计划

选择了实现目标的最适合的行动方案之后，就需要为行动方案的具体实施创造必要的条件，这就需要编制支持性的派生计划。例如人员的招聘或者培训、设备的采购、原材料的采购等。

8. 编制预算

方案及相应的支持计划确定之后，就要进行预算，使计划数字化。组织对计划的全面预算体现收入和支出的总额，预计所获得的利润或者盈余，以及主要资产负债表项目的预算，如现金支出与资本支出的预算。预算的编制还可以为控制提供标准，制定了衡量计划过程的标准。

3.2　目标管理

3.2.1　目标管理的内涵

目标管理（management by objectives，MBO），是 1954 年由美国著名的管理学家彼得·德鲁克在《管理的实践》一书中提出的。德鲁克认为，古典管理学派偏重于以工作为中心，忽视人性的一面；行为科学又偏重于以人为中心，忽视了人同工作相结合；而目标管理则是综合了对工作的兴趣和人的价值，从工作中满足人的社会需求，企业的目标也同时实现了，这样就把工作和人的需要二者统一起来。

德鲁克认为，企业的目的和任务都必须转化为目标，而企业目标只有通过分解成更小的目标后才能够实现。并不是有了工作才有目标，而是有了目标之后，根据目标确定每个人的工作。但是现实中，经常是组织有一个清晰的战略目标，而对如何实现目标并不清楚，员工更不清楚他们的工作与组织的战略目标有何关系。员工有努力的良好愿望，但是由于没有明确的目标，不知道努力的方向，往往无所适从，抑或是终日忙碌而不知所图。解决这种问题的方法在于将目标管理与自我控制结合起来。这也就是德鲁克所提出的主张。"目标管理和自我控制"最大的优点在于：以目标给人带来的自我控制力取代来自他人的支配式的管理控制方式，从而激发人的最大潜力，把事情办好。

很多学者对目标管理作了不同的定义，尽管目标管理的定义的具体形式多种多样，但其基本内容是一致的。所谓目标管理，是一种程序或过程，它使组织中的上、下级一起协商，根据组织的使命确定一定时期内组织的总目标，由此决定上、下级的责任和分目标，并把这些目标作为组织经营、评估和奖励的标准。麦康尼（Dale D. MeConkey）在分析了近 40 位权威人士对目标管理的观点之后认为，就目标问题在三方面具有普遍一致的看法：（1）目的和目标应当具体；（2）应该根据可衡量的标准来定义目标；（3）应当将个体目标与组织目标联系起来。

3.2.2 目标管理的过程

目标管理包括以下两方面的重要内容：第一，必须与每一位员工共同制定一套便于衡量的工作目标；第二，定期与员工讨论其目标的完成情况。具体来说，目标管理的过程可以分为目标制定、目标实施和绩效评价三大步骤。

1. 目标制定

（1）高层制定总目标。

在已知某些适当的计划工作前提后，制定目标的第一步是确定在未来特定时期内组织的使命和宗旨，以及组织的总体目标、全局战略等，或者组织在一定时期（可以是较长时期，也可以是较短时期）内的总目标。总目标的确定可以首先由高层根据公司的优势和劣势，考虑环境中的机会和威胁，拟订出初步的目标，然后同下级共同讨论决定。或者，总目标也可以由下级和员工提出，由上级批准。

（2）相应组织结构的调整。

目标设立中最好的情况是责任明确，每个目标都有明确的责任人。但常常会出现责任模糊不清的情况，往往需要重新审议和调整组织结构，尽可能做到每个目标都有明确的负责部门和负责人。

（3）下属人员的目标制定。

组织目标确定之后，需要在事业部和职能部门之间分解目标，部门管理者与其下属单位的管理者共同设立他们的具体目标，然后各个下属单位管理者与该单位全体成员共同设立每个人的具体目标。上级管理人员应明确询问下属人员能作出什么贡献、完成什么目标、在什么期限内完成、需要什么资源、如何帮助改进工作等。这样的询问与讨论既可以建立明确的可以实现的目标，又能够解决许多影响业绩完成的问题。下属人员的目标设立之后，还需要在管理者与下属人员之间就如何完成目标达成协议，以便具体实施计划。拟订目标靠上级分派或者下级上报可能都难以达到好的效果，该步骤是一定程度的循环反复过程。

2. 目标实施

这一步骤的主要内容就是要实施完成目标的行动计划。目标实施过程主要依靠目标执行者进行自主管理、实施自我控制。在此过程中，上级管理者需要定期检查实现目标的进展情况，提供反馈，及时发现计划实施过程中的问题，如工作条件是否有保证、有没有新出现的困难等，并帮助下属人员及时解决问题，保证目标的实现。

3. 绩效评价

以目标为基本依据，根据恰当的衡量标准，评价目标完成者的工作绩效，并进行奖惩；总结经验教训，对存在的问题进行分析，加以改进，对好的做法进一步巩固保留。这样做的目的是使评估者能够找出未能达到目标或实际达到的目标远远超出了预先设定的目标的原因，有助于管理者作出合理的决策。

此外，对于整个过程的反馈也十分重要，即管理者与员工一起回顾整个周期，对预期目标的达成和进度以及整个过程中遇到的问题和阻碍进行讨论，从而为思考制定新的目标以及为达到新的目标而可能采取的新的战略做好准备。

3.2.3　设计良好的目标的特征

目标管理中的目标是一个多层次的体系和网络，既包括组织的总目标，也包含个人的分目标，个人目标应与组织目标相一致。一个好的目标管理体系需要设计良好的目标作支撑，而设计良好的目标具有的特征如表 3—1 所示。

表 3—1　　　　　　　　　　　　　　　设计良好的目标的特征

- 是以结果而不是以行为来表述的
- 是可度量和定量化的
- 具有清楚的时间框架
- 具有挑战性但却是可达到的
- 书面的
- 与组织的有关成员沟通过的

资料来源：［美］斯蒂芬·P·罗宾斯、玛丽·库尔特：《管理学》（第 7 版），189 页。

一个目标所期望达到的结果应该是它最重要和最关键的方面，因此，好的目标是以结果来表述的，并且，只有能够度量和定量化的目标才能够明确判断它是否完成，所以，目标的陈述应该是具体和清晰的，不应该是类似"达到更好的业绩"这样模糊的描述。一定要尽可能找到衡量目标是否实现的标准。设计良好的目标是能够达到的，不是遥不可及的，但同时又要对组织成员具有足够的激励作用，即目标应该具有一定的挑战性。挑战性和可完成性应该是协调的。这就需要与组织的相关成员进行沟通，以保证目标既可以完成又具有激励作用，同时，与组织成员的沟通可以使得目标能够被更好地理解和接受，利于目标的最终完成。设计良好的目标还应该有清晰的时间框架，即明确的期限。没有时间期限的目标会导致效率缺乏，并且不能确定什么时候应检查和衡量目标是否完成，使计划缺乏灵活性。

3.2.4　目标管理的优点和缺点

1. 目标管理的优点

（1）目标管理既可以进行有效的控制，又具有激励员工的作用。目标管理在目标设立的过程中，强调上下级之间的共同讨论和协调，强调下属在目标制定过程中的参与，能够有效调动员工的积极性和主动性，并且有利于解决问题和制定有效的目标。

（2）目标管理的优点之二是实现目标的行动计划在实施过程中主要是自我管理和自我控制，并结合上级的定期检查，及时发现和解决问题，容易形成自我调节和自我完善的机制。

（3）目标管理可以促进更好的管理。目标管理迫使管理人员去考虑关于计划的效果，考虑完成目标的方法，以及人员、资金和设备等，从而使计划工作落到实处，保证了目标的现实性。

（4）目标管理使得管理人员详细考虑组织的任务和结构，使得各个目标都有负责人，从而进行有效的管理，因此，有利于管理人员对组织结构有更加清晰的认识，并根据实际情况进行有利的调整。

（5）目标管理鼓励个人投入，激励员工专心于他们的目标。目标管理强调各级雇员参与目标的制定，从而使他们有机会把自己的想法纳入计划之中，这也使得员工对于目标的理解更为透彻，目标实施过程中还可以得到来自上级的帮助。这些都对员工具有激励作用，使他们更热心于工作。

（6）目标管理有助于开展有效的控制工作。控制需要衡量计划执行的结果，采取行动纠正偏差。其主要的问题是要知道去监控什么，而目标越明确就越具有指导作用，这也正是目标管理的优势。

2. 目标管理的缺点

（1）目标管理假定员工愿意接受有挑战性的目标，凭着人们对成就感、能力与自治的需求，允许他们设定各自的目标与绩效标准。它忽视了组织中的本位主义及员工的惰性，对人性的假设过于乐观，使目标管理的效果在实施过程中大打折扣。

（2）目标商定需要上下沟通、统一思想，需要耗费大量的时间和成本。

（3）目标及绩效标准难以确定。由于目标管理过分强调量化目标和产出，而现实中企业内部的许多目标是难以定量化的；此外，绩效标准也会因员工不同而不同，因而采用目标管理的企业无法提供一个相互比较的平台。

（4）目标管理会使得员工在制定目标时，倾向于选择短期目标，即可以在考核周期内加以衡量的目标，从而导致企业内部人员为了达到短期目标而牺牲长期目标。

3.3 决策与决策制定

决策（decision making），是指作出决定或选择。可以说，决策贯穿于管理活动的始终，任何管理问题都需要通过制定决策来得以解决，因此有学者提出了管理即是决策的观点。正因为决策在管理活动中的普遍性和重要作用，人们对决策概念的界定也多种多样，未形成统一的看法。诸多界定归纳起来，基本有以下三种理解：一是把决策看作一个包括提出问题、确立目标、设计和选择方案的过程，这是广义的理解。二是把决策看作从几种备选的行动方案中作出最终抉择，是决策者的拍板定案，这是狭义的理解。三是认为决策是对不确定条件下发生的偶发事件所做的处理决定。这类事件既无先例，又没有可遵循的规律，作出选择要冒一定的风险。也就是说，只有冒一定的风险的选择才是决策。这是对决策概念最狭义的理解。一般而言，我们倾向于采用广义的决策定义，即决策是一个作出决定的过程。当然，决策并不是管理者的专利，人们日常生活中的任何活动，如选购一种商品或选择一条道路，都包含了决策制定的过程。

尽管决策行为自古有之，但决策的科学化是在 20 世纪初开始形成的。二战以后，决策研究在吸收了行为科学、系统理论、运筹学、计算机科学等多门科学成果的基础上，结合决策实践，到 20 世纪 60 年代形成了一门专门研究和探索人们作出正确决策规律的科学——决策学。决策学研究决策的范畴、概念、结构、决策原则、决策程序、决策方法、决策组织等，并探索这些理论与方法的应用规律。随着决策理论与方法研究的深入与发展，决策渗透到社会经济、生活各个领域，尤其应用在企业经营活动中，就出现了经营管理决策。

3.3.1　决策的基本类型

由于企业活动非常复杂，因而，管理者的决策也多种多样。不同的分类方法，可以划分出不同的决策类型。

1. 按决策的作用分类

（1）战略决策，是指直接关系到组织的生存和发展，涉及组织全局的长远性的、方向性的决策。战略决策所需解决的问题复杂，环境变动较大，并不过分依赖数学模式和技术，定性定量并重，对决策者的洞察力和判断力要求高，一般需要长时间才可看出决策结果。这种作为与企业的发展方向有关的重大全局决策，往往由高层管理人员作出。

（2）管理决策，又称战术决策，是为保证企业总体战略目标的实现而解决局部问题的重要决策，属于战略决策过程的具体决策。尽管这种类型的决策不会直接决定组织命运，但会影响组织目标的实现和工作效率的高低，一般由中层管理人员作出。

（3）业务决策，又称执行性决策，是指基层管理人员为解决日常工作和作业任务中的问题所作的决策。业务决策的目的是为了提高生产效率以及工作效率，因此这种类型的决策涉及范围小，只对局部产生影响，往往由基层管理者作出。

2. 按决策的性质分类

（1）结构化决策，是指对某一决策过程的环境及规则，能用确定的模型或语言描述，以适当的算法产生决策方案，并能从多种方案中选择最优解的决策。结构化决策问题相对比较简单、直接，其决策过程和决策方法有固定的规律可以遵循，能用明确的语言和模型加以描述，并可依据一定的通用模型和决策规则实现其决策过程的基本自动化。早期的多数管理信息系统，能够求解这类问题，例如，应用解析方法、运筹学方法等求解资源优化问题。现如今，结构化决策完全可以通过计算机语言来编制相应的程序，这样一来，就可以在计算机上面处理相关信息。

（2）非结构化决策，是指决策过程复杂，不能用确定的模型和语言来描述其决策过程，更无所谓最优解的决策。非结构化决策的决策过程和决策方法没有固定的规律可以遵循，没有固定的决策规则和通用模型可依，决策者的主观行为（学识、经验、直觉、判断力、洞察力、个人偏好和决策风格等）对各阶段的决策效果有相当影响。往往是决策者根据掌握的情况和数据临时作出决定。

（3）半结构化决策，是介于以上二者之间的决策，这类决策可以建立适当的算法产生决策方案，使决策方案中得到较优的解。在决策过程中所涉及的数据不确定或不完整，虽有一定的决策准则，也可以建立适当的模型来产生决策方案，但决策准则因决策者的不同而不同，不能从这些决策方案中得到最优化的解，只能得到相对优化的解，这类决策称为半结构化决策。

3. 按决策问题的条件分类

（1）确定性决策，是指决策者对供决策选择的各备选方案所处的客观条件完全了解，每一个备选方案只有一种结果，比较其结果的优劣就可作出决策。总的来说，就是指只存在确定型自然状态时的决策。确定性决策一般具有以下几个条件：1）存在决策者期望达到的一个决策目标；2) 未来的状况，只存在一个确定的自然状态；3) 存在两个或两个以上的备选方案，供决策者选择；4) 每一个备选方案在确定状态下的损益值可以计算出来。

（2）风险性决策，是指可供选择的方案中，存在两种或两种以上的自然状态，但每种自然状态所发生概率的大小是可以估计的。这种决策是在可能出现的结果不能作出充分肯定的情况下，根据各种可能结果的客观概率作出的。决策者对此要承担一定的风险。风险性问题具有决策者期望达到的明确标准，存在两个以上的可供选择方案和决策者无法控制的两种以上的自然状态，并且在不同自然状态下不同方案的损益值可以计算出来，对于未来发生何种自然状态，决策者虽然不能作出确定回答，但能大致估计出其发生的概率值。

（3）不确定性决策，是指在可供选择的方案中存在两种或两种以上的自然状态，而且这些自然状态所发生的概率是无法估计的。不确定型决策所处的条件和状态都与风险型决策相似，不同的只是各种方案在未来将出现哪一种结果的概率不能预测，因而结果不确定。

3.3.2 决策制定模型

根据决策的具体过程，学者们提出了不同的决策制定模型，概括起来主要有理性模型、有限理性模型和政治模型三种。具体在实践中应用哪种模型，主要取决于决策的环境、决策的风险性以及决策者的个人偏好。

1. 理性模型

理性模型（rational model）指的是个体或团队为了增加自身决策的逻辑性和作出最佳选择的可能性，而应该遵循的一系列阶段。一个理性决策会导致决策者在有限的情景中最好地完成目标。理性模型通常集中于手段，即怎样才能更好地完成一个或多个目标。理性模型的基本假设是[①]：

（1）决策者完成已知并已达成共识的目标，问题已被精确地阐明或详细地界定。

（2）决策者收集完整的信息，为创造具有确定性的条件而努力；所有方案的所有潜在结果都已经考虑到了。

（3）备选方案的评价结果是已知的，决策者选择能使组织实现最大经济回报的方案。

（4）决策者是理性的，并运用逻辑来赋值、安排优先顺序、评价方案，并作出使组织目标的实现概率最大化的决策。

2. 有限理性模型

西蒙认为，传统理性决策模型的"最优化"准则是一种超于现实的理想境界，他主张用"令人满意的准则"去代替传统的"最优化原则"。由于组织处于不断变动的外界环境影响之下，搜集到决策所需要的全部资料是困难的，而要列出所有可能的行动方案就更加困难，况且人的知识和能力也是有限的，所以在制定决策时很难求得最佳方案。出于经济方面的考虑，人们也往往不去追求它，而是根据令人满意的准则进行决策，这就是有限理性模型（bounded rationality model）。具体地说，有限理性模型就是制定出一套令人满意的标准，只要达到或超过了这个标准，就是可行方案。这种看法，揭示了决策作为环境与

---

① 参见［美］理查德·L·达夫特、多萝西·马西克：《管理学精要》（第5版），126页，北京，机械工业出版社，2005。

人的认识能力交互作用的复杂性。模型的假设与前面不同，它强调影响个人决策的组织因素，具体包括[①]：

（1）决策目标往往是模糊的和互相矛盾的，缺乏管理者之间的共识。管理者常常不知道组织里存在的问题或机会。

（2）并非总是运用理性程序，即使启用，也仅局限于对问题的简单认识，不能抓住活生生的组织事件的复杂性。

（3）由于人力、信息以及资源等方面的局限，管理者对备选方案的搜索是有限的。

（4）大多数管理者满足于满意而非最优的解决方案。其中一部分原因是管理者掌握的信息有限，还有一部分原因是对于最优方案的构成要素，他们仅有的评价标准也很模糊。

3. 政治模型

政治模型（political model）认为，决策是根据强有力的外部和内部利益相关者的利益和目标对决策结果进行博弈的过程。在政治模型中，当各种利益相关者对于问题的来源和性质有不同的理解时，冲突就会出现，外部和内部的利益相关者总是试图根据自己的利益来确定问题。在这种情况下，势力较强或者谈判水平较高的一方往往是决策制定过程的主导者，而其他利益相关者也会在此过程中尽量争取自身利益，最终结果将会在各种力量相互博弈之后产生。政治模型的基本假设是[②]：

（1）组织是由不同利益、目标和价值观的群体组成的。管理者对问题的轻重缓急看法不一，因而可能不会理解和共享其他管理者的目标和利益。

（2）信息是含糊的、不完整的。保持理性的努力是有限度的，其原因在于众多问题的复杂性和个人及组织自身的缺陷。

（3）管理者没有时间、资源或者能力去识别问题的各个维度并处理所有的相关信息。为了收集信息并减少含混性，管理者需要相互沟通、交换意见。

（4）为了决定目标和探讨方案，管理者要参加辩论的"拔河比赛"。决策是联盟成员之间讨价还价和辩论的结果。

4. 不同决策模型的比较

理性模型、有限理性模型以及政治模型的关键内容如表 3—2 所示。最近在决策程序方面的研究发现，在稳定的环境中，理性的决策程序与高水平的组织绩效相联系；而在不稳定的环境里，必须作出决策，而且决策是在更艰难的条件下作出的，因而与高绩效水平相联系的是有限理性模型、政治模型以及直觉。

表 3—2　　　　　　　　　　理性模型、有限理性模型和政治模型的区别

理性模型	有限理性模型	政治模型
清晰的问题与目标	含糊的问题与目标	多元性、矛盾的目标
充满确定性的条件	充满不确定性的条件	充满不确定性和含混性的条件
关于方案及其结果的完整信息	关于方案及其结果的有限信息	不一致的观点；含混的信息
追求结果最大化而进行理性抉择	利用直觉解决问题的满意性抉择	联盟成员之间讨价还价和辩论

资料来源：［美］理查德·L·达夫特、多萝西·马西克：《管理学精要》（第 5 版），129 页。

---

① 参见［美］理查德·L·达夫特、多萝西·马西克：《管理学精要》（第 5 版），128 页。

② 参见上书，129 页。

3.3.3 决策制定的基本步骤

科学决策的制定过程包括六个基本步骤。科学决策始于问题，从识别决策问题出发，终于对决策结果的评价，是一个连续的过程。

1. 识别和界定问题

决策的第一步就是识别和界定问题，它是搜集、处理和分析信息的阶段。它经常开始于问题症状——绩效低下或机会的产生信号——的出现。这个阶段的计划目标是通过分析症状，查明组织目前的真实状况，从而对其进行准确评估。

最初界定问题的方式将对问题的最终解决产生重要影响。真正的问题常常为众多的表象所掩盖，需要经过深入的分析，才能找到真正的问题所在。问题不清，无从决策；问题找错，则一错百错。因此认识和分析问题是决策过程中最为重要也是最为困难的环节。另外，问题的识别常常带有主观性，一个管理者认为是问题，其他管理者不一定有同样的看法。三种常见的错误会导致计划的低效或无效。第一种错误是关注症状而忽视症状产生的原因。症状是问题存在的指示器，但是症状并不是问题本身，因此必须要对症状背后所存在问题的真实原因进行深入剖析。第二种错误就是对问题的界定过于宽泛或狭窄，管理者们应该界定好问题，以便在一个最合适的范围内选择计划。第三种错误是选择错误的问题进行处理，管理者应该设定优先顺序，并首先制定预处理最重要问题相关的计划。

那么管理者应如何识别问题的存在呢？这就需要注意以下两点：其一，比较现状与期望状态之间的差异。管理者需要意识到差异和矛盾，但也要有采取措施的压力，否则会使问题被延迟。其二，管理者要拥有采取行动的资源，如果管理者感到不具有职权、预算或者其他采取行动的必要资源，他就不太可能将某些事情作为问题，而只会认为是把不切实际的期望强加在他们头上。

2. 确定决策标准

确定决策标准，也就是确定哪些因素与制定决策有关。一旦确定了需要解决的问题，则确定决策标准就非常重要了。每个决策者都会有某些标准来指导其决策。在决策制定过程中，决定"什么不作为标准"和"什么作为标准"同样重要。当然，为了更有效地进行决策，仅仅得出决策标准还远远不够，还要为决策标准分配权重，即明确哪些标准是需要优先考虑、哪些是要次要考虑的。因为对于决策而言，并不是所有标准都同等重要，故必须用定量化的权重予以区分。

3. 拟订和评价备选行动方案

一旦界定好了问题，就可以根据决策标准拟订一个或几个可行的方案。在决策这个阶段，管理者需要收集更多的信息，分析数据，并识别可供选择方案的优缺点。为了最大限度地收集信息并更好地完成任务，员工在这个阶段的参与是非常重要的。在这一步骤中，计划的好坏是由所拟订的备选的解决方案质量的高低所决定的，备选方案越好，就越可能得到好的解决方法。

在这一步骤中，评价方案最基本的方法就是成本效益分析（cost-benefit analysis），即将备选方案的实施成本与对应的预期收益进行比较。至少，倾向于采用的选择方案应当产生高于投入成本的收益。成本收益分析中典型评价标准包括效益、成本、时间、可行性、公平性等。

4. 选择一种行动方案

权衡各种备选方案的过程必须停留在一个地方。除非你选择了其中一种方法，也就是作出一个决定，否则你无法解决问题。有一些因素会影响你的选择，其中一个主要的因素就是决策所要达到的目标。你的选择必须是看起来和想要实现的目标最接近的一个。尽管对各种备选方案进行了详细的评价，大多数决策者仍存在着含糊的地方。管理者们要面对的决策常常是很复杂的，而且所包含的因素常常很不明确。即使有很多证据能充分证明某种方案的优越性，决策制定者也可能还是决定不了。人力资源决策往往是最不明确的，因为要精确预测人们的行为很困难。在这一阶段，最容易犯的错误就是承诺升级（commit-ment escalating），即为了追求一个无效方案而投入更多的努力或者可能是更多资源的决策。在这种情况下，管理者们被局势发展的困境困扰，他们不能决定停止或者放弃这一计划，即使经验告诉他们这是最正确的做法。

5. 实施方案

把决策付诸实践。在一个决策实施之前，它还不完全是一个真正的决策。观察一项决策的执行情况，是评价其优缺点的有效途径。选择了解决问题的方案，就应该制定行动计划并全面实施该计划，这就是指最终明确组织的方向并采取行动解决问题的阶段。除非依照计划采取行动，否则就不能或者不会产生任何新的变化。管理者们不仅需要有制定计划的决心和创造力，还需要有实施计划的能力和意愿。这个阶段经常由于缺乏参与，或者没有得到那些提供必不可少支持的人的充分参与，而使计划实施面临困难。能够正确运用参与政策的管理者们从一开始就选择恰当的人参与决策和解决问题。如果他们这样做，计划就可能迅速、平稳地实施，并令大家都感到满意。

6. 评价结果

直到对结果进行评价，决策才算完成。在评价阶段，要对业绩目标进行比较。如果预期结果没有实现，就要从头开始决策，并采取矫正措施和行动。对选择方案是不恰当的，就需要退回到以前的步骤，修订计划或制定新计划。如果原有的计划包括有可测量的目标和工作进度表，那么评价结果就会比较容易。

3.4　计划的方法与技术

3.4.1　定性计划方法

定性的计划方法主要有以下三种：专家会议法、德尔菲法和层次分析法。其中层次分析法是一种把定性分析方法与定量分析方法相结合的方法，由于它主要是基于定性变量的定量研究，本书将它放在本节中介绍。

1. 专家会议法

管理者不可能对所有领域的问题都有深入的研究或者了解。对于管理者要解决的许多问题而言，有时咨询相关领域内专家的看法和意见是极为有益的。

专家会议法（panel consensus）就是通过某个领域专家的创造性思维来研究问题或者

71

进行预测的一种定性预测方法。通过组织专家会议，对某一问题进行讨论和交流，从而相互启发，产生"思维共振"，获取更多更有价值的信息来达到解决问题或者预测的目的。

组织专家会议首先要选择专家。专家的选择一定要根据目标和所要解决的问题来确定，所选择的专家要与目标相一致。同时，选择专家还要考虑能力的组合，以求新的视角和观点，以及严密的逻辑推理。另外，需要注意的是，被挑选的专家最好彼此不认识，如果专家彼此认识，最好在同一层次中挑选（权威、名望等不相上下）。总而言之，要让专家们感觉到会议参加人员一律平等，从而能够无顾虑地充分发表意见，要创造良好的环境条件，让与会者没有思想包袱。此外，会议主持者也非常重要。会议主持者在会议开始时要组织有较高水平和有诱发性的发言，以启发专家们的创造性思维，在专家会议进行的过程中，要能够起到引导的作用。

专家会议法的缺点是明显的：创造让所有专家感到无拘束的、无顾虑的会议环境不是一件容易的事，总有专家在这种公开的场合下违背自己的想法，而服从领导人或者权威的意见，或者有这种倾向。这对于组织者获得真正有益于问题解决的信息是不利的。

2. 德尔菲法

德尔菲法（dephi method）是美国管理学家海尔默（O. Helmer）和莱斯切尔（N. Rescher）等人提出的，在兰德公司首先应用。这种方法也是通过专家的讨论来解决问题，但它弥补了专家会议法的缺点。德尔菲法依据系统的程序，采用匿名发表意见的方式，即专家之间不得互相讨论，不发生横向联系，只能与调查人员产生关系，通过多轮次调查专家对问卷所提问题的看法，经过反复征询、归纳、修改，最后汇总成专家基本一致的看法，作为预测的结果。这种方法具有广泛的代表性，较为可靠。其过程如下：

第一步，针对预测内容，选择和确定一批对所研究的问题业务熟悉、经验丰富并且愿意回答问题的代表性专家。例如，要对某地区的某种农作物产量进行预测，可以请本地区农业局有关人员、气象部门人员、此种农作物主要经营者等作为专家。

第二步，以调查表或者个别征询意见的方式请专家对有关的问题填写调查表或发表意见，调查者需要提供相关信息资料。

第三步，调查者收到专家意见后进行综合和分析，然后把归纳后的意见和分歧以匿名方式通知所有专家，即不说明具体意见的提出者是哪位专家，也可以提供补充资料，请专家重新考虑和修改自己的意见。

第四步，重复第三步，直到多数人的意见趋向一致。经过多次的综合和对分歧的研究，专家们的意见会趋向一致，最后得到预测的结果。

3. 层次分析法

层次分析法（the analytic hierarchy process，AHP）是一种常用的定性与定量分析相结合的决策分析方法，但其分析的基础和出发点是决策者或者管理者对某个问题的定性看法。层次分析法最初是在 20 世纪 70 年代由美国运筹学家萨迪（T. L. Saaty）提出的，常用来处理难以用其他定量的方法进行描述和分析的问题。其基本思想是：把一个复杂的问题层次化，根据问题的性质和要达到的总目标，将其分解为不同的组成因素，并按照因素间的相互关联影响以及隶属关系将各个因素按不同层次聚集组合，形成一个多层次的分析结构模型，并最终把系统分析归结为低层相对于高层的重要性权值确定或相对次序的排

也即首先分析每一层各个因素的相对重要程度，在此基础上进行层次间的综合，得到的结果。层次分析法大体可分为以下几个步骤：

（1）建立层次结构模型。在深入分析实际问题的基础上，将有关的各个因素按照不同自上而下地分解成若干层次，同一层的诸因素从属于上一层的因素或对上层因素有影响，同时又支配下一层的因素或受到下层因素的作用。最上层为目标层，通常只有一个因素，最下层通常为方案或对象层，中间可以有一个或几个层次，通常为准则或指标层。当准则过多时（譬如多于九个）应进一步分解出子准则层。

（2）构造成对比较阵。从层次结构模型的第二层开始，对于从属于（或影响）上一层每一因素的同一层诸因素，用成对比较法和1—9比较尺度构造成对比较阵，直到最下层。

（3）计算权向量并做一致性检验。对于每一个成对比较阵计算最大特征根及对应特征向量，利用一致性指标、随机一致性指标和一致性比率做一致性检验。若检验通过，特征向量（归一化后）即为权向量；若不通过，需重新构造成对比较阵。

（4）计算组合权向量并做组合一致性检验。计算最下层对目标的组合权向量，并根据公式做组合一致性检验，若检验通过，则可按照组合权向量表示的结果进行决策，否则需重新考虑模型或重新构造那些一致性比率较大的成对比较阵。

3.4.2　定量计划方法

1. 网络计划技术

网络计划技术于20世纪50年代产生于美国，是一种得到广泛应用的科学管理技术。网络计划技术是关键路线法（CPM）、计划评审技术（PERT）和其他一些方法如组合网络计划法（CNT）、决策关键路线法（DCPM）的总称，CPM和PERT的基本原理是相同的，一般是根据三种可能时间，即完成某道工序的最乐观时间估计、最保守时间估计和最可能时间估计来确定工序时间，因此，CPM是确定型计划技术，而PERT是一种概率型网络计划技术。一般而言，网络计划技术包括以下基本内容：

（1）网络图。网络图是指网络计划技术的图解模型，反映整个工程任务的分解和合成。分解，是指对工程任务的划分；合成，是指解决各项工作的协作与配合。分解和合成解决各项工作之间按逻辑关系的有机组成。绘制网络图是网络计划技术的基础工作。

（2）时间参数。在实现整个工程任务过程中，包括人、事、物的运动状态。这种运动状态是通过转化为时间函数来反映的。反映人、事、物运动状态的时间参数包括：各项工作的作业时间、开工与完工的时间、工作之间的衔接时间、完成任务的机动时间及工程范围总工期等。

（3）关键路线。通过计算网络图中的时间参数，求出工程工期并找出关键路线。在关键路线上的作业称为关键作业，这些作业完成的快慢直接影响着整个计划的工期。在计划过程中关键作业是管理的重点，在时间和费用方面则要严格控制。

（4）网络优化。网络优化，是指根据关键路线法，通过利用时差，不断改善网络计划初始方案，在满足一定的约束条件下，寻求管理目标达到最优化的计划方案。网络优化是网络计划技术的主要内容之一，也是较之其他计划方法优越的主要方面。

2. 资源分配和活动安排的简单排程技术

管理者在对大型项目进行计划和活动安排时，网络计划技术是合适的方法。如果要安

排的活动数量较少并且相互独立，就可以采用比较简便的排程技术，如甘特图和负荷图

甘特图（Gantt chart）是 20 世纪初期由亨利·甘特（Henry Gantt）所开发的，是种样条图，用于活动的时间安排。其横向为时间坐标，纵向为活动坐标，用样条表示整个间上的产出（活动进展），包括计划的和实际的进展情况。它可以直观地表明任务应开始时间，并把计划过程与实际过程进行比较。图 3—3 给出了一个简单的书籍生产过程的甘特图。

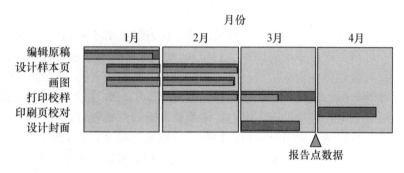

图 3—3 甘特图

注：浅色样条为实际进展，深色样条为目标。

图 3—3 给出了书籍生产过程中各项活动的开始和结束时间。样条长度对应活动的时间框架。浅色与深色样条的对比反映出每项活动实际进展与计划的差异。本例中，报告时间点在 3 月末，此时封面设计与校样打印都明显落后于进度计划，封面设计约落后周，校样打印落后两周。管理者需要采取措施弥补损失的时间，否则出版时间至少要比计划推迟两周。

负荷图（load chart）与甘特图类似，但它在纵轴上列出的不是活动，而是全部资源或者特定的资源，如人力资源，可以使管理者计划和控制资源或者能力的使用。图 3给出了某出版社六位编辑的负荷图，每位编辑都负责几本书。

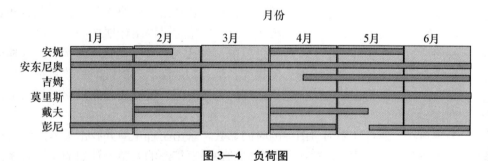

图 3—4 负荷图

由图 3—4 可知，管理着六位编辑的执行编辑可以看到哪个人什么时候有空闲从事他书的编辑活动。可以看出，只有安东尼奥和莫里斯是满负荷的，其他编辑都在某段处于空闲状态，可以接受新的项目，或者支援其他编辑的工作。如果每个人的日程安

---

① 参见［美］斯蒂芬·P·罗宾斯、玛丽·库尔特：《管理学》（第 7 版），238～240 页。

序。也即首先分析每一层各个因素的相对重要程度，在此基础上进行层次间的综合，得到综合的结果。层次分析法大体可分为以下几个步骤：

（1）建立层次结构模型。在深入分析实际问题的基础上，将有关的各个因素按照不同属性自上而下地分解成若干层次，同一层的诸因素从属于上一层的因素或对上层因素有影响，同时又支配下一层的因素或受到下层因素的作用。最上层为目标层，通常只有一个因素，最下层通常为方案或对象层，中间可以有一个或几个层次，通常为准则或指标层。当准则过多时（譬如多于九个）应进一步分解出子准则层。

（2）构造成对比较阵。从层次结构模型的第二层开始，对于从属于（或影响）上一层每个因素的同一层诸因素，用成对比较法和1—9比较尺度构造成对比较阵，直到最下层。

（3）计算权向量并做一致性检验。对于每一个成对比较阵计算最大特征根及对应特征向量，利用一致性指标、随机一致性指标和一致性比率做一致性检验。若检验通过，特征向量（归一化后）即为权向量；若不通过，需重新构造成对比较阵。

（4）计算组合权向量并做组合一致性检验。计算最下层对目标的组合权向量，并根据公式做组合一致性检验，若检验通过，则可按照组合权向量表示的结果进行决策，否则需要重新考虑模型或重新构造那些一致性比率较大的成对比较阵。

3.4.2　定量计划方法

1.　网络计划技术

网络计划技术于20世纪50年代产生于美国，是一种得到广泛应用的科学管理技术。网络计划技术是关键路线法（CPM）、计划评审技术（PERT）和其他一些方法如组合网络计划法（CNT）、决策关键路线法（DCPM）的总称，CPM和PERT的基本原理是相同的，一般是根据三种可能时间，即完成某道工序的最乐观时间估计、最保守时间估计和最可能时间估计来确定工序时间，因此，CPM是确定型计划技术，而PERT是一种概率型网络计划技术。一般而言，网络计划技术包括以下基本内容：

（1）网络图。网络图是指网络计划技术的图解模型，反映整个工程任务的分解和合成。分解，是指对工程任务的划分；合成，是指解决各项工作的协作与配合。分解和合成是解决各项工作之间按逻辑关系的有机组成。绘制网络图是网络计划技术的基础工作。

（2）时间参数。在实现整个工程任务过程中，包括人、事、物的运动状态。这种运动状态是通过转化为时间函数来反映的。反映人、事、物运动状态的时间参数包括：各项工作的作业时间、开工与完工的时间、工作之间的衔接时间、完成任务的机动时间及工程范围和总工期等。

（3）关键路线。通过计算网络图中的时间参数，求出工程工期并找出关键路线。在关键路线上的作业称为关键作业，这些作业完成的快慢直接影响着整个计划的工期。在计划执行过程中关键作业是管理的重点，在时间和费用方面则要严格控制。

（4）网络优化。网络优化，是指根据关键路线法，通过利用时差，不断改善网络计划的初始方案，在满足一定的约束条件下，寻求管理目标达到最优化的计划方案。网络优化是网络计划技术的主要内容之一，也是较之其他计划方法优越的主要方面。

2.　资源分配和活动安排的简单排程技术

管理者在对大型项目进行计划和活动安排时，网络计划技术是合适的方法。如果要安排的活动数量较少并且相互独立，就可以采用比较简便的排程技术，如甘特图和负荷图。[①]

甘特图（Gantt chart）是 20 世纪初期由亨利·甘特（Henry Gantt）所开发的，是一种样条图，用于活动的时间安排。其横向为时间坐标，纵向为活动坐标，用样条表示整个期间上的产出（活动进展），包括计划的和实际的进展情况。它可以直观地表明任务应开始的时间，并把计划过程与实际过程进行比较。图 3—3 给出了一个简单的书籍生产过程的甘特图。

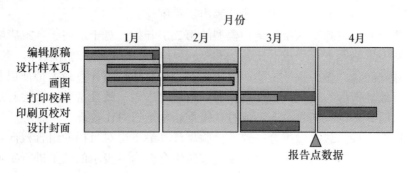

图 3—3　甘特图

注：浅色样条为实际进展，深色样条为目标。

图 3—3 给出了书籍生产过程中各项活动的开始和结束时间。样条长度对应活动的时间框架。浅色与深色样条的对比反映出每项活动实际进展与计划的差异。本例中，报告的时间点在 3 月末，此时封面设计与校样打印都明显落后于进度计划，封面设计约落后三周，校样打印落后两周。管理者需要采取措施弥补损失的时间，否则出版时间至少要比计划推迟两周。

负荷图（load chart）与甘特图类似，但它在纵轴上列出的不是活动，而是全部部门或者特定的资源，如人力资源，可以使管理者计划和控制资源或者能力的使用。图 3—4 给出了某出版社六位编辑的负荷图，每位编辑都负责几本书。

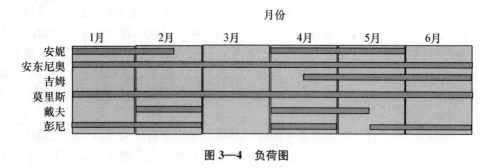

图 3—4　负荷图

由图 3—4 可知，管理着六位编辑的执行编辑可以看到哪个人什么时候有空闲从事其他书的编辑活动。可以看出，只有安东尼奥和莫里斯是满负荷的，其他编辑都在某段时间处于空闲状态，可以接受新的项目，或者支援其他编辑的工作。如果每个人的日程安排都

---

① 参见［美］斯蒂芬·P·罗宾斯、玛丽·库尔特：《管理学》（第 7 版），238～240 页。

是满负荷的，执行编辑可能会决定不再接受新的项目，或者接受新的项目但推迟已经在进行的某个项目，或者安排编辑加班，或安排新的编辑。

3. 预测技术

预测技术中，最为常用的方法包括回归预测方法、时间序列的平滑与分解方法和时间序列的博克斯－金肯斯方法，本章仅就回归预测的基本内容进行简单介绍。

回归分析（regression analysis）是研究变量之间的依赖关系并进行预测的常用方法，这种方法用于经济问题研究和经济预测，就是计量经济方法。例如，我们要分析工作培训对工人的生产力的影响，或者分析首席执行官的薪水和净资产回报率的关系[①]，就可以采用这样的方法建立模型进行研究。

以工作培训对工人的生产力的影响为例，我们知道工人的生产力受多种因素影响，这些因素包括工作培训、所受的教育、工作经历等，用工人的工资来度量其生产力，可以建立如下模型：

$$wage = f(educ, exper, training)$$

$wage$ 表示工资，$educ$ 表示所受教育，$exper$ 表示工作经历，$training$ 表示工作培训。假设模型形式是简单的线性关系，则

$$wage = \beta_0 + \beta_1 educ + \beta_2 exper + \beta_3 training$$

除了这三个因素之外，工人生产力还受随机因素的影响，因此，上述的模型形式不是确定性的函数关系，而是不确定性的统计关系，即

$$wage = \beta_0 + \beta_1 educ + \beta_2 exper + \beta_3 training + \mu$$

μ 为随机扰动项。上式就是一个多元线性回归模型，方程左边的 $wage$ 为因变量（被解释变量），右边的 $educ$、$exper$、$training$ 为解释变量。上式也称为总体回归函数，要研究解释变量对被解释变量的影响，就需要确定总体回归函数的具体形式。但是，我们无法得到所有关于总体的信息（所有工人的工资、教育情况、工作经历等），而只能取得其中的一部分信息（部分工人的信息），也就是样本信息。我们可以通过样本信息来对总体回归函数的形式作出推断。

简单地说，回归分析是利用样本信息得到样本回归函数，进一步对总体回归函数进行推断的一种方法。

4. 运筹学方法

运筹学方法（operational research method）目前在管理学中得到了广泛的应用，能够解决相当广泛的资源分配问题。就内容讲，运筹学又是一种分析的、实验的和定量的科学方法，用于研究在物质条件（人、财、物）已定的情况下，为了达到一定的目的，如何统筹兼顾整个活动所有各个环节之间的关系，为选择一个最好的方案提供数量上的依据，以便能为最经济、最有效地使用人、财、物作出综合性的合理安排，取得最好的效果。如运输费用最低问题、资源最佳配置问题等，都可以通过运筹学方法进行处理。运筹学方法包

---

① 参见 ［美］J. M. 伍得里奇：《计量经济学导论：现代观点》，4 页，北京，中国人民大学出版社，2003。

括的范围很广，包括线性规划、非线性规划、整数规划、多目标规划、图论、排队论等，本书限于篇幅不再一一介绍，有兴趣的读者可以参阅相关书籍。

5. 现代计划技术

管理者面对的是动态的环境，如何在这种复杂的环境下进行计划工作是一种挑战。对于动态环境，有两种适合的计划技术：项目管理和脚本计划。①

（1）项目管理。

项目（project）是一次性的一组活动，具有确定的开始时间和结束时间。项目管理（project management）是使项目活动按时间进行、不突破预算和符合规范的一种管理活动。例如，某高校的某位教授组织了一个团队，申请得到某种基金的资助，研究某个科研问题。这个项目有确定的开始和结束时间，项目的管理者需要进行有效的管理，使得在确定时间内、确定的资助额度下，项目要解决的科研问题得到比较好的解决，达到预期的科研目的。

项目中的工作是由项目团队实施的。团队成员来自各自的工作领域，向项目经理报告，由项目经理协调各个部门参与项目的活动。项目完成后，团队解散，团队成员又转移到其他的项目上，或者原来的工作领域。项目管理的基本过程如图3—5所示。首先定义清晰的目标，然后确定完成项目需要进行的活动和需要的材料、人力以及其他资源，这一步往往比较复杂；活动确定后，对活动进行排序，可以借助甘特图、负荷图以及PERT网络等技术进行；排序后估计每项活动需要的时间，以安排进度表，并决定项目完成时间；将进度计划与目标项比较，作出必要调整，以及决定是否需要增加更多的资源以保证项目的顺利完成。

项目管理在许多组织中都得到广泛的应用，因为这种方法具有灵活性和柔性，更适合多变的环境要求。

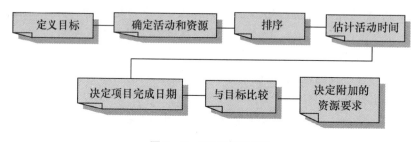

图3—5 项目管理过程

（2）脚本技术。

监控和评估外部环境的变化对于管理者是非常重要的。评估环境时，影响因素和问题是具有多样性的，它们并不是同等重要的，管理者往往需要集中精力在有限的、最重要的问题和影响因素上，并以此为基础开发出基于脚本的方案。脚本（scenario）是对未来看法的一种一贯的观点。开发脚本可以看作制定一种权变计划，考虑到多种可能的情况，以使得某种情况一旦发生，就有相对应的行动策略。

---

① 参见［美］斯蒂芬·P·罗宾斯、玛丽·库尔特：《管理学》（第7版），245～247页。

小结

划是指包括定义组织的目标、制定全局战略以及开发一组广泛的相关计划以整合和
织的工作。作为管理的一项基本职能之一，计划工作相对于组织、领导和控制来
于先行位置，其他各项职能都必须以计划为基础。计划的内容多种多样，具体包括
愿景、目标、战略、政策、程序、规则、规划以及预算等。从不同的角度出发，计
分为多种类型。按计划的重要性划分，可分为战略计划、战术计划和作业计划；按
时期界限划分，可分为长期计划、短期计划以及中期计划；根据计划的内容划分，
方向性计划和具体性计划；根据计划的重复性维度划分，可分为经常性计划和一次
计划工作是一个连续的过程，具体包括识别机会、确立目标、拟订前提条件、确
选择的方案、评价可供选择的方案、选择方案、编制支持（派生）计划和编制预算
骤。

标管理是一个全面的管理系统，它用系统的方法，使许多关键管理活动结合起来，
地瞄准组织目标和个人目标并有效地和高效率地实现它们。目标管理强调业绩评
重激励。其过程可以分为目标制定、目标实施和绩效评价三大步骤。

策是一个作出决定的过程。根据决策的作用，可分为战略决策、管理决策和业务决
据决策的性质，可分为结构化决策、非结构化决策和半结构化决策；根据决策问题
，决策可分为确定性决策、风险性决策和不确定性决策。根据决策制定的不同情
者们归纳出了理性模型、有限理性模型以及政治模型等几种主要形式，模型在目
设条件以及决策形成过程等方面都存在差异。科学决策过程的步骤包括识别和界定
确定决策标准、拟订和评价备选行动方案、选择一种行动方案、实施方案和评价结
环节。

划工作常用的方法和技术，可分为两大类：定性计划方法和定量计划方法。定性计
主要包括专家会议法、德尔菲法和层次分析法，定量计划方法主要有网络计划技
源分配和活动安排的简单排程技术、预测技术、运筹学方法和现代计划技术（项目
脚本技术）。

术语

划（plan）　　　　　　　　　　　　程序（procedure）

则（rule）　　　　　　　　　　　　政策（policy）

划（formulation）　　　　　　　　预算（budget）

略性计划（strategic plans）　　　　战术性计划（tactical plans）

业性计划（operational plans）　　　长期计划（long-term plans）

期计划（short-term plans）　　　　具体性计划（specific plans）

向性计划（directional plans）　　　目标管理（management by objective, MBO）

策（decision making）　　　　　　理性模型（rational model）

有限理性模型（bounded rationality model）　　政治模型（political model）

专家会议法（panel consensus）　　德尔菲法（Delphi method）

层次分析法（the analytic hierarchy process）　　甘特图（Gantt chart）

负荷图（load chart）　　时间序列预测（time series forecas

回归分析（regression analysis）　　运筹学方法（operational research m

项目管理（project management）　　脚本（scenario）

复习思考题

1. 简述计划的目的和意义。
2. 简述计划工作的步骤。
3. 简述目标管理的过程及优缺点。
4. 简述并比较几种主要决策模型。
5. 请说明科学决策的过程。
6. 你认为计划工作面临的问题主要有哪些？
7. 计划的定性方法主要有哪些？
8. 计划的定量方法主要有哪些？

参考文献

1. ［美］斯蒂芬·P·罗宾斯，玛丽·库尔特. 管理学（第7版）. 北京：中国人民大学出版社，2004

2. ［美］哈罗德·孔茨，海因茨·韦克里. 管理学（第10版）. 北京：经济科学出版社，1998

3. ［美］理查德·L·达夫特，多萝西·马西克. 管理学精要（第5版）. 北京：机械工业出版社，2005

4. ［美］J. M. 伍得里奇. 计量经济学导论：现代观点. 北京：中国人民大学出版社，2003

5. ［美］马丁·J·奥斯本. 博弈入门. 上海：上海财经大学出版社，2005

6. 刘志坚，徐北妮. 管理学——原理与案例. 广州：华南理工大学出版社，20

7. 陈锡康主编. 现代科学管理方法基础. 北京：科学出版社，1989

8. 运筹学教材编写组. 运筹学（第3版）. 北京：清华大学出版社，2005

和实施看成两个割裂的过程，因而不能动态地理解战略制定和实施的有机联系。

（2）计划学派。

计划学派（the planning school）认为战略形成是一个程序化过程。计划学派也出现于20世纪60年代，在70年代曾达到短暂的高峰，其最具影响力的是伊戈尔·安索夫的《公司战略》一书。计划学派把战略制定看成更加独立和系统的正式计划过程。其主要观点是，战略管理是企业面对激烈变化和具有严峻挑战的经营环境，为求得长期生存和不断发展而进行的总体性谋划，是在符合保证实现企业使命的条件下，在充分利用环境中存在的各种机会和创造新机会的基础上，确定企业同环境的关系，规定企业从事的经营范围、成长方向和竞争对策，合理地调整企业结构和分配企业的全部资源，从而使企业获得某种竞争优势。计划学派在随后的发展中，产生了经验曲线、增长份额矩阵、市场份额与获利能力关系等概念和研究方法。但战略并不完全等同于计划，因为从战略角度分析，不论是外部环境还是内部能力都是很难计划的。

（3）定位学派。

定位学派（the positioning school）认为战略形成是一个分析过程。20世纪80年代早期，经济学的影响席卷了整个战略管理领域。定位学派在沿袭计划学派和设计学派的大部分假设和基本模式的基础上，提出了自己的观点。对企业战略管理理论影响最大的当数迈克尔·波特，其著作《竞争战略》和《竞争优势》对战略管理理论具有深远的影响。波特从"产业组织"理论这一经济学领域获得启示，以企业在产业环境中的竞争地位为研究内容，提出企业战略竞争的目的是要获取高于平均水平的利润，战略管理的首要任务就是选择最有盈利潜力的产业，并考虑如何在选定产业中自我定位。波特创造性地提出了一系列分析工具，如产业竞争分析的"五力模型"（即新进入者的威胁、替代产品或服务的威胁、供方议价能力、买方议价能力和现有公司间的竞争）、产业吸引力矩阵、价值链等。定位学派第一次将战略分析的重点由企业转向产业，强调了外部环境的重要性。定位学派对战略管理的理论和实践产生了巨大的影响，提出了一个简单但具有创造性的观点：只有少数的关键战略在某一既定的产业被重视和被认为符合要求，即通用战略（generic strategies）。由于产业边界的模糊性和产业结构不稳定的影响，且该学派缺乏对企业内部环境的综合分析，客观上导致企业忽视了内部资源的重要性，把重点放到了产业的选择上。

（4）企业家学派。

企业家学派（the entrepreneurial school）认为战略形成是一个构筑愿景的过程。企业家学派认为具有战略洞察力的企业家是企业成功的关键，战略形成主要集中于企业领导人身上，他们凭借其直觉、智慧、经验以及洞察力等进行直觉判断以决定企业活动领域和发展方向。这一学派最核心的概念就是愿景，它是对战略的心理描述，产生于或至少是表现在领导者的头脑之中。愿景既是一种灵感，也是一种对战略任务的感觉，战略在总体思路和方向上是深思熟虑的，但在具体细节上又是可以随机应变的。企业家学派的特征在于过分强调领导者的个性和战略直觉的重要性，因此，它比较适用于新建企业和处于转型期的企业，这两种情况格外需要具有敏锐直觉的强有力的领导来引导企业发展的方向。企业家学派完全用个别企业领导人的行为来展现战略的形成，但对战略形成这个过程却从未细致地论述过。这样要么很容易纠缠在企业经营活动的细节中，从而失去战略思考的眼光，要么脱离实际，容易沉湎于战略愿景的空中楼阁里。

（5）认知学派。

认知学派（the cognitive school）认为战略形成是一个心智过程。认知学派是借鉴人类认知学科的相关知识，特别是认知心理学领域的研究成果，探索战略形成过程的本质。该学派认为战略形成是一种发生在战略家思想中的认知过程，战略表现为不同的认知视角，包括概念、地图、计划和框架，它们决定了人们如何处理环境中的输入信息。由于战略主要是通过直接获取经验来形成自己的知识结构和思维过程的，经验决定其知识，知识又决定其行为，并影响后来获取的经验，因此，战略的形成依赖于个人的认识，使不同的战略者具有各不相同的战略风格。认识学派揭示了战略形成过程是一个认识的过程，在战略的认识和实践（经验）之间架起了一座桥梁，但该学派并未阐明如何才能形成适应这种复杂信息和环境的战略。

（6）学习学派。

学习学派（the learning school）是在对设计学派、定位学派和计划学派中的"理性"传统提出质疑的基础上形成的，认为战略形成是一个自发过程。这一学派始于 1959 年林德布罗姆（Lindblom）发表的文章《"蒙混过关"的科学》，随后 1980 年奎因（Quinn）所著《应变战略：逻辑渐进主义》一书的出版是学习学派的一个新标志。该学派认为，组织所处的环境具有复杂和不可预测的特性，因此战略的制定只能在不断学习的过程中形成和执行，战略形成与发展就是思想与行动、控制与学习、稳定与改变相结合的艺术性过程。由于战略的过程导向，不仅企业最高领导需要学习，领导集体都必须学习，领导的作用不再是预先决定战略，而是组织战略学习的过程。学习学派强调了学习的过程和集体的智慧，在面临转折、需要新战略和专业性强的组织中比较有效和适用，但这样也可能会导致找不到合适的战略或引入错误的战略。

（7）权力学派。

权力学派（the power school）认为战略形成是一个协商过程，战略形成的过程不是某一个人（如企业领导者、战略家等），而是组织内部各种权力冲突或与组织外部各种控制力量相互妥协、谈判的结果。权力学派主要有两种观点。微观权力观把企业组织的战略制定看作一种实质上的政治活动，是组织内部各种正式和非正式利益团体运用权力、施加影响、进行谈判协商，最后达成协议的过程；宏观权力观则把组织看作一个整体，运用整体力量作用于涉及其战略利益的其他利益团体，如供应商、竞争对手等。因此，权力学派认为，战略制定不仅要注意产业环境、竞争力量等经济因素，而且要注意利益团体权力分享等政治因素。在目前的市场经济活动中（包括西方国家），战略的形成都渗入了政治和权力因素的影响，政治利益、政治战略和利益联盟无不存在于我们企业组织经济活动的考虑之中，从这一点讲，权力学派有其积极的意义。

（8）文化学派。

文化学派（the culture school）认为战略形成是一个集体思维过程，将战略制定视为观念形态的形成和维持过程。由于日本企业经营的成功，对企业文化的研究在 20 世纪 80 年代形成一个高潮。如英国的安德鲁·佩蒂格鲁（Andrew Pettigrew）对英国化学公司进行了详细研究；美国的费尔德曼（Feldman）探讨了文化与战略演变的关系；彼得斯和沃

特曼所著的《追求卓越》一书，也曾详细论述如何用文化优势维持组织稳定的战略观念。文化学派认为，战略制定过程本质上是根植于组织中的文化及社会价值观的作用，战略是一种观念的形式，文化倾向于维持现有战略。因此，该学派适用于稳定发展的大企业，还能有效解释在同等条件下，企业在经营行为和业绩上存在很大差异的现象。但当企业战略需要改变时，文化却可能是一种阻碍。

（9）环境学派。

环境学派（the environmental school）认为战略形成是一个适应性过程。环境学派重点研究组织所处外部环境对战略制定的影响。该理论认为，环境在战略形成过程中扮演中心角色，组织必须适应环境，并在适应环境的过程中找到自己生存和发展的位置。环境是一种抽象、模糊的力量，通过使组织进入特定的生态位置而影响战略。该理论第一次把环境当作一个重要因素来考虑，但过分夸大了环境对战略选择的影响力，对战略领导者的定位也不符合战略制定和实施过程的逻辑关系。

（10）结构学派。

结构学派（the configuration school）认为战略形成是一个变革过程。结构学派属于综合性学派，汇集了各种学派的观点。结构学派的主要观点是，企业组织及周围环境可描述为具有某些状态属性的结构体，而战略形成过程就是该结构体从一个状态到另一个状态飞跃的过程；战略管理的关键是维持结构的稳定，或者进行适应性调整；战略制定过程要根据特定时期采取特定的结构形式与内容，从而在计划、定位、观念、经营等方面产生特定战略。

2. 战略管理的发展

20 世纪 80 年代末以后，随着世界经济环境中竞争的加剧、产业结构调整与变化加快以及影响经济发展因素的不确定性加大，世界各国企业都在认真研究和思考如何能使企业获取稳定、持续增长的能力。在这期间，出现了很多较有影响的企业战略管理理论，其中最具影响力的是核心能力理论，它与产业结构理论一起成为战略管理最具影响力的两大主流思想，引起了战略管理的"内""外"之争。

产业结构理论是定位学派的代表人物波特提出的思想，也就是组织战略的核心是获得竞争优势，竞争优势来源于组织所处的产业以及组织所处的相对位置。如波特指出，日本企业几乎没有战略，这是因为日本企业关注经营的有效性（operational effectiveness），而不是产业的吸引力和产业中企业所处的竞争地位，而随着每个企业经营有效性的提高，必然会导致整个产业的供大于求，进而导致企业利润的下降。由于没有考虑内部因素对企业成败的影响，波特的理论无法解释为什么平均盈利水平很高的产业存在经营业绩很差的企业，而一些处于无吸引力产业的企业却能够获得高利润率，以及为什么许多企业采用多元化经营进入平均利润率高的不相关产业后却经营失败。核心竞争力理论或核心能力理论（the core competence theory）则从企业内部寻求问题的答案。核心能力理论以普拉哈拉德和哈默尔为代表，他们在对世界上优秀公司的经验进行研究的基础上提出，竞争优势的真正源泉在于企业的核心能力，即"组织的积累性学识，是能够提供给消费者特殊价值的一系列技能和技术的组合"，因此战略管理的主要因素是培植企业对自身拥有的战略资源的独特的运用能力，通过一系列的组合和整合形成自己独特的，不易被人模仿、替代和占有的核心能力获得持续的竞争优势。正是受到核心能力理论的影响，波特在后来的理论研究中提出了价值链分析工具，试图从企业内部的价值过程中来寻求竞争优势的来源，并弥补其以往对企业内部因素重视不够的缺陷。

总之，战略管理理论经历了从重视战略制定过程到重视战略本身的内容，从重视组织外部环境到重视组织内部优势，从被动适应环境到主动培育组织的核心竞争力的转变。综合起来，战略管理（strategic management）是一组管理决策和行动，是外部竞争策略和内部管理优化的组合。对外而言，战略是确定并实施产业选择、产品和业务选择、定位和关键竞争方式的方法；对内而言，战略是选择并实施组织最优经营管理的方法。战略管理的最终目的是使企业面临竞争环境，得到长远发展。

4.1.2　战略管理的意义

战略管理日益受到越来越多企业的关注和重视，它对于企业而言，有着积极的意义，这主要体现在以下几个方面。

1. 有效整合资源

随着企业之间竞争的加剧，竞争形式和内容也发生了深刻的变化，表现为企业之间在综合实力、交叉领域等的竞争。因此，单一有效的市场开拓和销售能力的竞争或企业产品、品牌的竞争已经很难长期维系企业的持续健康发展。战略管理不能再零散地从单一层面和方式上寻求如何打败竞争对手，迅速攫取利润，而应该更多考虑的是从企业整个系统和战略的高度来规划、引导企业的经营和成长。

2. 引导组织发展

战略管理的目的是根据当前所处的环境勾勒企业未来健康发展的清晰途径，解决好"做正确的事"的根本性问题，防止发生方向性偏差。战略管理具有全局性、计划性、长期性、指导性等特征，是企业核心资源和能力配置的指导性方案，是增强企业竞争力、引领企业持续发展的思想和行动纲领，担负着企业使命、经营哲学、愿景、战略目标实现的重责，也是保障企业员工、股东长期利益的重要机制。通过制定符合企业自身资源和能力特点、符合产业竞争特点、符合消费者利益的战略，能够有效地引导企业的投资、经营决策和企业内部的治理与管理机制的完善，从而更为有效地引导企业各职能部门的工作方向。

3. 适应环境变化

经济全球化的发展、科学技术的进步使得组织所在的环境发生了巨大的变化，也使得组织面临激烈的竞争和挑战，只有通过动态的战略管理过程，才能及时调整组织从事的经营范围、成长方向和竞争对策，合理地调整组织结构和配置组织资源等，使组织与环境相适应，求得组织的长期生存与发展。

4.2　战略管理的过程

战略管理是一个动态的管理过程，它是对企业的生产经营活动实行的总体性管理，是企业制定和实施战略的一系列管理决策与行为。其核心问题是使企业自身条件与环境相适

应，求得企业的长期生存与发展。如图 4—2 所示，战略管理过程主要包括以下几个步骤。

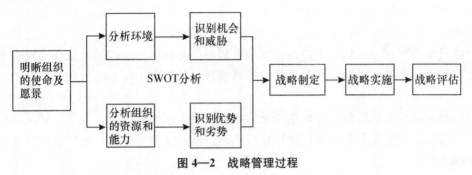

图 4—2　战略管理过程

4.2.1　战略分析

战略分析（strategy analysis）是指通过对企业的使命和目标、外部机会和威胁以及内部的优势和劣势的分析来决定企业的战略方向。

1. 使命

所谓使命（mission），根据德鲁克的观点，就是企业存在的根本理由，即回答"我们的企业是什么"的问题。使命是核心经营理念的一部分，它反映了人们在组织中从事工作的理想动力。任何现代企业都是在社会大系统中寻找生存和发展的机会，该系统包括该企业的供应商、分销商、最终顾客、企业的战略伙伴、所在社区以及其他利益相关者。企业要获得可持续性的发展，必须找到自身存在和发展的理由，即要明确企业能够为其供应商、分销商、顾客、战略伙伴等一系列的相关利益群体创造什么样的价值。企业只有在持续不断地为它们创造价值，使各利益相关者都离不开自身的基础上，才能够获得可持续成长和发展的机会。如美国红十字公司的使命是：改善人们的生活质量；提高自力更生的能力和对别人的关心程度；帮助人们避免意外事故，为意外事件做好充分的准备，以及处理好意外事故。里茨·卡尔登饭店的使命是在里茨·卡尔登饭店为客人提供真正的照料和舒适，承诺为客人提供最精致优雅的个人服务和设施，在里茨·卡尔登饭店，客人将拥有一个温暖、轻松且高雅的环境。英特尔公司为计算机行业提供芯片、主板、系统和软件，它的使命是成为全球计算机行业最重要的供应商，并积极努力使因特网发挥更大作用。

2. 愿景

按照管理大师彼得·圣吉在《第五项修炼》中的阐述，所谓愿景（vision），就是组织内人们"发自内心的意愿"，是企业渴求的未来状态，即回答"企业在未来将成为什么样的企业"的问题，它是一股在人们心中令人深受感召的力量。人们刚开始时可能只是被一个想法激发，然而一旦发展成感召一群人的支持时，它就不再是一个抽象的东西，人们开始把它看成具体存在的。在人类群体活动中，很少有像愿景这样的东西能激发出如此强大的力量。

当前，越来越多的企业开始着手建立自己企业的愿景规划。企业的愿景规划一般包括两个组成部分：一是企业在未来的 10～30 年要实现的远大目标；二是对企业在实现这些目标后将会是什么样子的生动描述。远大目标应该是清楚明确而且引人入胜的，它是一个共同努力的目标，是团队精神的催化剂。它有着自己明确的标准线，因此，组织能够知道什么时候自己达到了目标。而生动描述是用一种形象鲜明、引人入胜和具体明确的描述，来说明实现远大目标后是什么样子。如麦当劳公司的愿景是占领全球的食品服务业，在全球范围内处于统治地位以及在建立客户满意度标准的同时，通过执行其"服务便利、增加价值、履行承诺"战略，提高市场占有率和盈利率。英特尔公司的愿景是在全世界范围内达到拥有数十亿互联的电脑、数百万的服务器和数万亿的电子商务的资金。

3. 目标

目标是指组织希望取得的中短期成就，它们反映了组织的使命、愿景是如何被付诸实施的。将公司的战略愿景和业务使命转换成明确具体的业绩目标，能够精确评价企业和员工的业绩表现。

一般来说，组织的目标主要是指财务目标，它关注提高财务业绩，如年产值、销售额、每股收益平均年增长率、股东权益回报率、营运资金回报率等。但除财务目标外，组织还注重提高长期的、有竞争力的商业地位，如提高公司市场占有率，在质量、服务或产品性能方面超越主要竞争对手，与竞争对手相比总成本更低，提高公司在顾客心目中的形象，在国际市场上获得更坚固的立足点，形成技术上的优势，成为产品革新方面的领导者，抓住有利的增长机会等。

4. 外部分析

外部分析（external analysis）是指通过对组织的运营环境进行考察，分析企业所面临的各种战略机会以及所受到的各种战略威胁。一般来说，组织的外部环境可以分为三个层次：总体环境、产业环境和竞争环境。

（1）总体环境。

总体环境包括人口、经济、政策法规、社会文化、技术和全球大环境六个方面。表4—1分析了这六个方面所包含的具体环境要素。

表4—1　　　　　　　　　　　总体环境的细分与具体要素

人口环境	● 总人口数 ● 收入分布	● 民族构成 ● 地理分布	● 年龄结构
经济环境	● 通胀率 ● 商业储蓄率 ● 财政赤字或盈余	● 个人储蓄率 ● 贸易赤字或顺差	● 利率 ● 国内生产总值
政策法规环境	● 反垄断法规 ● 教育政策及相关思路	● 劳工训练法规 ● 取消管制的趋势	● 税法
社会文化环境	● 妇女就业 ● 工作和职业取向的变化	● 对环境的敏感度 ● 对工作生活质量的态度	● 多种就业方式 ● 喜好的产品和服务的变化
技术环境	● 产品创新 ● 新的通信技术	● 民间和政府研发费用的流向	● 技术应用
全球大环境	● 重要政治事件 ● 不同的文化和政治体制	● 新兴工业化国家	● 关键的全球市场

资料来源：［美］迈克尔·A·希特、R·杜安·爱尔兰、罗伯特·E·霍斯基森：《战略管理——竞争与全球化》（第4版），47页，北京，机械工业出版社，2002。

其中对经济、政策法规、社会文化与技术四个方面环境的评估构成了比较常用的外部总体环境 PEST 分析（见图 4—3）。

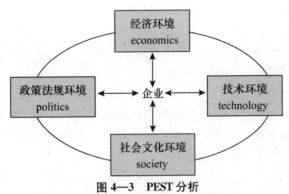

图 4—3 PEST 分析

通过对以上四个方面的分析，辨识企业长期的变化驱动力及外部各环境要素对企业的不同作用，从而确定关键环境因素，并以此制定企业战略，调整组织结构，使企业与环境相适应。

（2）产业环境。

与总体环境相比，产业环境对企业的影响更直接。一个产业的竞争程度和产业利润潜力可以由五个方面的竞争力量反映并决定。波特的"五力模型"是分析产业环境的主要工具，这五种力量如图 4—4 所示。

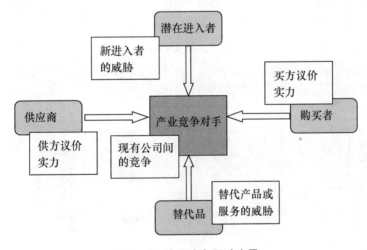

图 4—4 产业竞争驱动力量

资料来源：［美］迈克尔·波特：《竞争战略》，4 页，北京，华夏出版社，2005。

1）新进入者的威胁。新进入者进入一个产业的难易程度由规模经济性、品牌忠诚度、资本规模、预期的报复措施等因素决定。新进入者越容易进入，则产业竞争越激烈。

2）替代产品或服务的威胁。替代品是指那些来自不同产业的产品和服务，但这些产品和服务的功能与该产业的相同或相近。转换成本、价格、质量、购买者忠诚度等因素决定了顾客对购买替代产品的偏好程度。

3）购买者讨价还价的能力。购买者在产业中的影响程度受顾客数量、顾客掌握的信息、替代产品的可获得性等因素的影响。

4）供应商讨价还价的能力。供应商可能会通过提高价格或降低产品的质量来对产业内的竞争企业显示自己的力量。供应商在产业中的影响力由供应商的集中度、替代投入的可获得性等因素决定。

5）现有公司之间的竞争。产业增长率、需求变化、产品的差异等因素决定了产业中现有企业之间的竞争程度。

管理者需要对这五种力量进行评估，结合对其他环境因素，如工会、政府的力量等的分析，确定存在的威胁和机会，以此为基础选择适合的竞争战略。波特指出，管理者应该选择能够给企业带来竞争优势的战略，并进一步提出，竞争优势或者是比竞争对手更为低的成本，或者是与竞争对手的显著差异。

（3）竞争环境。

这里的竞争环境主要是指竞争对手。了解竞争对手是对总体环境和产业环境分析的必要补充，也就是组织要收集并分析有关竞争对手的信息。如耐克和阿迪达斯、可口可乐和百事可乐都想了解对方。一般来说，组织借助竞争对手分析可以了解竞争对手的目标、战略意图等。

在对总体环境、产业环境以及竞争环境进行分析的基础上，组织需要评估其自身面临的机会和威胁，这就要进行内部分析。

5. 内部分析

内部分析（internal analysis）主要是分析组织的核心竞争力。正如前面提到的，核心竞争力是能给组织创造价值、特别是给组织带来竞争优势的特定资源和能力。一般来说，判断核心竞争力的标准主要有四个，即有价值的能力、稀缺的能力、难以模仿的能力及不可替代的能力；而组织探讨核心竞争力的分析工具是价值链分析。组织的价值链展示了组织的设计、生产、营销、运输等为顾客创造价值的一系列活动、功能以及商业流程之间的连接情况（见图4—5）。

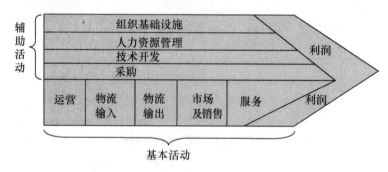

图4—5 基本的价值链

价值链由两类活动组成：基本活动（创造主要的顾客价值）和辅助活动（为基本活动提供支持服务）。内部分析也是分析组织自身的优势与劣势的过程。它集中考察组织可能获得的各种资源——财务资源、资本资源、技术资源以及人力资源等——的数量和质量。企业需要诚实而精确地对每一种资源进行评估，以确定每一项资源对企业来说到底是一种优势还是劣势。

4.2.2　战略制定

战略制定（strategy formulation）是指战略主体在了解、分析了外部环境和内部环境，确定了本身所有的优势和劣势，以及面临的机会和威胁后，应拟订并设计赖以生存和发展的经营战略方案，对经营战略方案进行评价，做出最终决策。同时，围绕经营战略的要求阐明经营战略的政策，为经营战略实施提供条件。战略需要在组织的公司层面、事业层面和职能层面上分别建立。我们将在下一节讨论组织的每一种战略类型。

4.2.3　战略实施

战略实施（strategy implementation）是战略管理的行动阶段，是使既定的战略转化为实际行动并取得成果的过程。它是指通过一系列行政的、经济的、法律的手段，为达到战略目标所采取的一切行动。战略制定的关键在于其正确性，而战略实施的关键在于其有效性。战略实施的成败取决于能否把实施战略所必需的组织、资金、人员、技术等资源及各项管理功能有效地调动起来加以合理配置。它包括建立对公司战略起着支持作用的政策和运作系统，将公司的资源分配给对公司战略起着关键性作用的活动，营造一种有利于战略实施和执行的公司文化，建立公司的信息系统、交流系统和运作系统，设计组织结构、分配资源、确保组织获得高技能的员工、制定能够使员工行为与组织战略目标保持一致的报酬系统等。

需要指出的非常重要的一点是，战略制定和实施这两个阶段并非总是按照上面的这种一前一后的顺序发生的，战略管理过程往往包含着在信息和决策之间的持续循环。

4.2.4　战略评估和控制

制定、执行和实施战略的任务从来不会一次实现。如果说战略的制定过程属于主观认识范畴，那么其真正的价值只有经过实践才能得到验证。在战略实施过程中进行战略评估（strategy evaluation）和控制将进一步印证对外界环境的分析是否正确，所制定的战略途径和手段是否有效等，从而发现问题和差距，分析产生偏差的原因，根据变化的环境对组织战略进行适当调整，并在必要时采取矫正性措施，使战略行动更好地与环境及所要达到的目标相协调。

4.3　组织战略的类型

组织战略的类型与组织的层次之间联系密切，按照组织层次，可以分为公司层战略（corporate-level strategy）、事业层战略（business-level strategy）和职能层战略（functional-level strategy）（见图4—6）。不同组织层次的战略分析所用的工具也不相同。公司层战略分析常用的工具有 SWOT 矩阵和 BCG 矩阵，事业层战略常用的是波特的通用竞争战略分析。

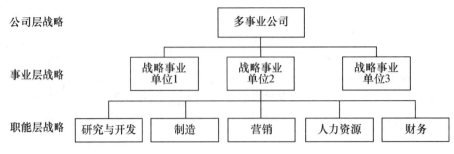

图4—6　组织战略类型

资料来源：［美］斯蒂芬·P·罗宾斯、玛丽·库尔特：《管理学》（第7版），533页。

4.3.1　公司层战略

每个公司都要决定自己的成长方向，要解决类似这样的问题：我们是扩张、收缩还是维持现有业务不变？我们集中于当前产业，还是通过多元化进入其他产业？如果是要成长、扩张，是采取内部开发，还是通过收购合并或合资等手段从外部获取？

公司层战略正是回答了以上这些问题。所谓公司层战略，是指寻求确定公司应该从事什么事业，以及希望从事什么事业。公司战略决定组织的方向，以及每一个事业部将在公司战略中扮演的角色。例如，某个对农产品进行深加工的食品企业在对市场环境和自己的实力进行了分析之后决定扩张现有的产品生产。这种决定组织大的成长方向的战略就是成长战略。公司层战略除了要决定组织的发展方向外，往往还要决定每一种事业部或者产品在公司战略中的地位和角色，这就是产品的组合分析。

1. 方向战略

组织的方向战略有时也被称为大战略，根据成长方向的不同可以分为三类：成长战略（或增长战略）、稳定战略和收缩战略。方向战略的确定可以用 SWOT 矩阵来协助分析。SWOT 矩阵是在综合分析组织内部所具备的优势和劣势以及组织外部环境中存在的机会和威胁的基础上，做出恰如其分的综合判断，决定组织发展方向的方法。组织的方向战略与 SWOT 矩阵分析可以表示为如图 4—7 所示的结构。

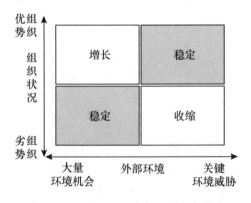

图4—7　SWOT 分析与组织的方向战略

资料来源：［美］斯蒂芬·P·罗宾斯、玛丽·库尔特：《管理学》（第7版），212页。

（1）增长战略。

增长战略（growth strategy）实施的条件是组织内部与其他同类组织相比，具有宝贵的优势，同时，外部环境也存在大量有利于组织发展的机会。在这样的情况下，组织所采用的策略是增长战略，即扩展公司的业务活动和范围，寻求扩大组织的经营规模。组织的增长可以用一些定量的指标来体现，如企业市场份额的增加、销售收入的增加、学校教员人数的增加、学生人数的增加、教学基础设施的提高与改善等。

组织的增长战略又可以分为集中战略和多元化战略。集中战略是指组织在扩大规模时集中于一个产业或者一类产品，如集中于食品行业或 IT 服务业，不会跨行业。多元化战略指组织在扩张时进入与原来所在的产业不同的产业，或者经营与原有产品不同类的产品，例如，原来经营食品行业，扩张时进入房地产行业。

1）集中战略。

集中战略是在组织经营的当前业务或者当前产品确实有足够的增长潜力时实施，如果当前产品或者业务潜力较大，则把组织的资源集中于这些产品或业务就有助于实现较快的增长。集中战略有两种基本的类型：纵向一体化和横向一体化。

纵向一体化是指在同一个业务链或者产业链上进行业务扩展，实现增长，也就是替代以前由供应商或者分销商承担的职能，前者称为"后向一体化"，后者称为"前向一体化"。通过后向一体化，公司可以使资源采购成本和低效率运营最小化，同时更好地控制质量，从而维持和提高竞争地位，例如，奶产品生产企业通过控制奶牛饲养，从而更好地控制原料的质量，获取竞争优势。通过前向一体化，公司可以控制分销渠道。实际上，公司是基于自己的独特能力获得更大的竞争优势的。后向一体化通常比前向一体化更可能盈利，但可能降低公司的战略灵活性——由于拥有那些难以出售的昂贵资产，给公司带来退出壁垒（exit barrier），不能随意离开已进入的产业。纵向一体化根据一体化的程度可以分为三类：全面一体化、锥形一体化和无形一体化。全面一体化是指组织承担全部的关键供应或者分销；锥形一体化是指组织承担不到一半的关键供应或分销；无形一体化是指组织通过与其他公司达成长期合同实现关键供应与分销，最为常见的形式是外包，这种形式现在越来越受到欢迎，比如，摩托罗拉就通过把许多业务外包给其他公司来降低内部管理费用。

横向一体化是指组织在空间范围上扩张，在多个地点运营，但是都处于某个产业价值链上的同一点。例如，某家食品公司合并了另一家处于不同城市的食品公司。横向一体化的优势是，通过横向一体化，公司把产品扩展到其他地方或者向当前市场提供更多、更广泛的产品和服务，从而实现增长。横向一体化的程度可以从全部所有到部分所有，直至长期合同。横向一体化由于会降低一个产业的竞争水平，往往受到有关政府部门的干预。如美国联邦贸易委员会要评估合并行动的影响，任何横向一体化的合并都必须获得批准。横向一体化特别是跨国的横向一体化的程度也往往受到政府限制，例如，荷兰 KLM 航空就购买了美国西北航空的股份并控股（部分所有），以进入美洲与亚洲市场。由于美国政府禁止国外公司完全拥有美国航空公司，KLM 只能通过"部分所有"的方式。

纵向一体化和横向一体化的实现方式都有内部实现和外部实现两种。内部实现是通过组织内部投资于新的产品或者劳务，外部实现则是通过合并、并购和战略联盟等手段来完成。

2）多元化战略。

多元化战略往往用于组织当前的产品或者业务不具备较大的增长潜力时，此时管理层会选择多元化经营，以获得新的增长点。多元化战略可以分为同心多元化（又称为相关多元化）和离心多元化（又称为不相关多元化）。相关多元化（related diversification）是指公司通过合并或收购相关产业不同业务的公司而实现增长。例如，生产农用机械（如收割机）的企业，通过收购生产农产品加工机械的企业实现增长。相关多元化增长是进入一个相关产业的好办法。当公司在产业内具有很强的竞争地位，而该产业吸引力低时，这是一个合适的策略。通过集中于那些给公司带来独特能力的特性，公司可以运用这些优势作为多元化的基础。这样，公司可以在新产业内高效运用原有产业的产品知识、制造能力与营销技能，以确保战略匹配。相关多元化增长的战略使得组织的产品拥有一些共同点，即寻求"协同"——两种业务一起运营产生的利润大于其各自运营时产生的利润之和。其共同点既可以是技术相近、用户相同，也可以是营销渠道、管理技能与产品方面的相似性。

不相关多元化是指组织通过收购和兼并不同产业、不同业务领域的公司而实现增长。如生产农用机械的公司通过收购生产食品、饮料的公司实现增长。这些产品是不相关的。当管理层意识到当前产业没有吸引力，同时公司也没有超长的能力与技能可以很方便地转移到相关产业的其他产品或服务上时，最可能的战略选择就是离心多元化——进入与当前产业不相关的产业。离心多元化战略强调的是财务问题，而不是像同心多元化那样考虑产品与市场方面的融合。一个现金充裕但是所在产业成长机会少的公司，就要进入一个机会多但现金稀缺的产业；另一种情况是，公司经营具有季节性，现金流不均匀，所以进入另一个不相关产业季节性能够互补的公司，以平衡现金流。

（2）稳定战略。

稳定战略（stability strategy）的特征是在战略方向上没有重大改变，继续维持当前活动。在预期良好的环境中成功运营的公司采用稳定战略是合适的。稳定战略在短期内运用非常有效，但不适宜长期实施。有三类最基本的稳定战略：暂停战略、无变战略和利润战略。暂停战略是继续成长或退出战略中的休息间隙。它对于那些在未来不确定的产业中迅速成长的公司来说是合适的，是公司巩固资源的临时性战略，直到环境好转，或者公司经历长时间快速成长后巩固资源为止。1993年，戴尔计算机公司在长期实施成长战略之后采用了这种战略，当时公司已经成长到无法控制的地步。CEO迈克·戴尔解释说："我们两年时间增长了285%，已经患了快速膨胀病。"通过邮购销售PC使戴尔的产品价格比COMPAQ与IBM都低，但是此时它无法管理20亿美元的销售额以及在95个国家销售PC的5 600名员工。戴尔不是放弃原来的成长战略，只是临时过渡一下，直到公司招聘到新的管理人员，改进组织结构，建立新的机构并运行起来。

无变战略是选择继续当前的运营和政策，以实现可预见的未来，提供同样的产品或者服务，保持市场份额等。其成功取决于公司面临的环境没有重大变化。此时，公司所在产业几乎没有成长的空间，公司在产业内的竞争地位也相对稳定，只需要针对销售额和利润目标做很小的浮动调整。公司既没有面临明显的机会和威胁，也没有出现大的优势与劣势；几乎没有进攻性的新竞争者进入公司所在产业；而且，公司具有合理的盈利，产品占据稳定的市场空间。除非所在产业发生巨大变化，否则，在这种情况下，公司处境舒适，地位适当，管理层就会采用无变战略，公司的未来就是当前状况的延续。

利润战略即是在公司销售额不断下降时，试图通过减少投资，削减一些可控费用人为地维持利润。管理层不是向股东和投资机构通报公司的不利处境，而是选择这一具有诱惑性的战略。管理层这样做的目的通常是为了保全自身利益，达到监管部门要求的盈利水平，以便维持持续融资能力。这在我国的上市公司也能看出来。上市公司的财务报告总是把公司问题归结为环境不利（政府政策、监管法规调整、不道德的竞争者、挑剔的顾客、贪婪的借贷方），因而推迟投资或削减费用（研究开发费用、广告费、差旅费等），以在一定时期维持住能令人接受的盈利水平，有时为了达到目的甚至会完全出售某一个生产线、控股子公司股权等。利润战略只能帮助公司渡过临时困境。要注意的是，这种战略极具诱惑性，但如果维持足够长，会导致公司的竞争地位严重恶化。它是管理层被动的、短期的、为了保全自身利益而对环境变化做出的反应。

（3）收缩战略。

收缩战略（shrinking strategy）通常是组织在处理劣势时使用，此时组织在某些产品或服务上的竞争地位处于劣势，导致业绩下降，销售额下降，由盈利变为亏损。在组织面临困境时，收缩战略有利于使之保持稳定经营，以激活组织的资源和重新恢复竞争力。收缩通常包括扭转、成为俘虏公司、出售或剥离、破产或清算等几种可采取的战略。扭转战略强调改进运营效率，当公司的问题已经普遍深入但还不到公司崩溃的地步，这一战略比较合适。这一战略通常包括收缩和巩固两个阶段。收缩是全面缩减规模和成本的阶段，巩固是要稳定收缩后的公司，保持住组织有利的资源，如公司的骨干员工。俘虏公司就是做另一个公司的独家或最大的供应商或分销商，以取得该公司的长期合同。公司实际上是用独立换取安全。竞争地位处于劣势地位的公司也许更愿意成为某个大客户的俘虏公司，通过长期合同确保公司持续生存。在扭转无望又没有机会成为俘虏公司的情况下，可以采取出售或剥离的策略。出售是把整个公司卖掉，彻底离开所在产业；剥离是出售公司多种业务中的一个或多个事业部中的一个。当公司发现自己处于最恶劣的环境、在产业内的竞争地位也最差、几乎没有前景时，前三种战略都不可能或者都不能令人满意，没有人有兴趣购买一个处于没有吸引力产业的弱势公司，那么公司只能选择破产或清算。

公司战略（大战略）的分类如图 4—8 所示。

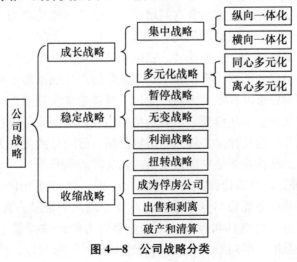

图 4—8　公司战略分类

2. 业务或产品的组合分析

如果一个组织拥有多个事业部或者多种产品或业务，就还需要考虑如何管理多个事业部或多种产品，也就是要考虑组织拥有的资源如何在各种业务或事业部中进行有效分配的问题。

多种产品或事业部的管理可以借助业务组合矩阵来进行。BCG 矩阵就是一种应用广泛的业务组合矩阵。它综合考虑组织每一种业务的市场份额和预期的业务增长率，将每一种业务在 2×2 矩阵中标示出来，矩阵的维度分别就是市场份额和业务增长率，市场份额在横轴，从高到低；业务预期增长率在纵轴，从低到高。BCG 矩阵如图 4—9 所示。

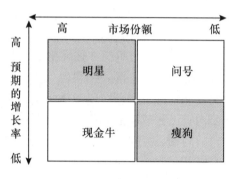

图 4—9　BCG 矩阵

资料来源：［美］斯蒂芬·P·罗宾斯、玛丽·库尔特：《管理学》（第 7 版），214 页。

现金牛具有高的市场份额，但业务增长率低。落在这个象限的业务能够产生大量的现金，但未来的增长前景是有限的。随着这些产品进入其生命周期的衰退阶段，它们被"挤奶"，收入的现金被投入新的问号产品，甚至支持明星业务发展。

明星同时具有高市场份额和高增长率，处于该领域的产品在快速增长的市场中占有支配的市场份额，也许会产生正的现金流量，也许只是负的现金流量，这取决于新工厂、设备和产品开发对投资的需要量。

问号具有低市场份额，不过市场具有高增长率，是具有成功潜力的新产品，但需要大量现金投入开发。处于这个领域的产品具有投机性，带有较大的风险。如果这些产品能够获得足够的市场占有率，成为一个领先者，就能变成明星，但也可能一无所获。

瘦狗具有低市场份额和低增长率，处于这个象限的产品既不能产生大量现金，也不需要投入大量资金，因为处于没有吸引力的产业，不具备带来大量现金流的潜力。

管理者应尽可能从现金牛获得现金，对明星和问号领域的业务进行支持。对明星业务的支持有助于这些业务的增长和保持较高的市场份额。但问号的发展方向不确定，具有风险性，需要谨慎决策。瘦狗业务是应该被出售或者清算的业务。

除了 BCG 矩阵外，还有其他形式的业务组合分析，例如通用电气业务筛选模型。它基于产业长期吸引力和业务优势与竞争地位将业务分成九个象限。其基本方法与 BCG 矩阵相似，但是考虑了更多的信息和因素，其产业吸引力的评估因素主要包括产业市场容量、发展前景、竞争强度、平均利润、进入/退出壁垒、整合程度、产业顾客量等。一般来说，企业要进入的产业大部分在这些指标上都表现得较为突出，显示出较大的吸引力。但新产业的吸引力大并不意味着企业可以进入，因为决定企业是否可以进入的第二个因素是企业自身的进入优势，也就是企业现有哪些因素可以保证企业能够进入新产业并且获胜，这包括企业可以与新产业共享的采购、技术、生产、营销、品牌、人才、管理等因素，这些因素是企业能否多元化的决定因素。

4.3.2　事业层战略

事业层战略寻求决定组织如何在每一项事业上展开竞争。事业层战略决定如何具体展开竞争，获取竞争优势。所谓竞争优势，是指使组织有别于竞争对手的与众不同的特色，例如，沃尔玛先进的信息系统、低廉的价格，戴尔快速响应顾客需求的服务，耐克公司的品牌等。竞争优势来自组织的核心能力，即组织能够做到其他竞争对手做不到的事情，或者能比其他竞争对手做得更好。

竞争战略主要通过产业分析，选择适当的战略获取竞争优势。其中一个重要的工具就是前面提及的波特的"五力模型"。同时，每个企业都会有许多优点或缺点，任何优点或缺点都会对相对成本优势和相对差异化产生作用。成本优势和差异化都是企业比竞争对手更擅长应对五种竞争力的结果。将这两种基本的竞争优势与企业相应的活动相结合，就可导出让企业获得较好竞争位置的三种一般性战略：成本领先战略（cost leadership strategy）、差异化战略（differentiation strategy）及聚焦战略（focus strategy）。[①] 其中聚焦战略又可以分为成本聚焦和差异化聚焦。三种基本战略如图 4—10 所示。

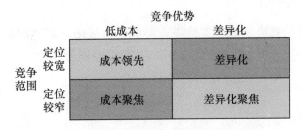

图 4—10　三种基本战略

成本领先战略就是瞄准较宽的大规模市场的低成本战略。这种战略要求建立高效大规模生产设施，通过经验曲线和严格的成本与费用控制努力寻求成本消减，在研究开发、服务、营销等方面实现成本最小化。因为成本更低，成本领先者可以使产品价格更低，往往可以获取比较满意的利润。低成本意味着更低的价格，低价格构建起进入壁垒，极少有新进入者能够与领先者的成本优势相比；低成本意味着更高的市场占有率，这就意味着在供应商那里有更大的讨价还价能力。因此成本领先者可能获得高于平均水平的投资收益。

差异化战略就是瞄准较宽的大规模市场，生产在整个产业看来都比较独特的产品或服务。这种独特性可以与设计、品牌形象、技术、性能、代理商网络或客户服务有关。产品或服务的要价可能比较高，它主要通过满足特定客户的需求，给客户带来特殊价值来实现，因此它靠顾客忠诚度获取成功，这些顾客对于价格不是那么敏感。它是特定业务超过

---

① 参见［美］迈克尔·波特：《竞争战略》，34 页。

平均收益水平的有效战略。增加的成本往往转嫁给购买者。购买者忠诚也是一个很强的进入壁垒，研究表明，差异化战略更可能获得比成本领先战略更高的利润，因为差异化设置了一个更高的进入壁垒。

成本聚焦战略针对某一购买群体或区域市场采用低成本战略，只服务于这一市场空隙（细分市场）。采用成本集中的公司或事业部在目标市场中寻求成本优势。那些认为自己集中努力能够比竞争对手在目标细分市场做得更好的公司或者事业部采用成本集中战略更有价值。成本集中战略要求在市场占有率与营利性之间能够较好平衡。

差异化聚焦战略就是针对某一购买群、产品细分市场或区域市场采用差异化战略。采用差异化聚焦战略时，公司或事业部在目标细分市场寻求差异化。那些认为自己集中努力能够比竞争对手更有效地满足目标市场中特殊需求的公司或事业部，采用差异化聚焦战略会更有价值。

需要注意的是，任何战略都不可能确保一定获得成功，而且有些已经成功实施波特竞争战略的公司发现无法使战略持续下去。每一种战略都有风险。成本领先战略能够被竞争对手模仿，特别是发生技术转换时。差异化也能够被竞争对手模仿，特别是差异化的基础对购买者的重要性降低时。采用差异化战略的公司必须保证，它为更高质量索取的更高价格没有比竞争对手高一大截，以及不能让顾客觉得额外质量不值得额外花费。市场定位较窄者，也许可以在细分市场中获得更好的差异化或更低的成本，但当细分市场的特殊性逐渐丧失或需求消失时，它很可能败给定位较宽的企业。

4.3.3　职能层战略

职能层战略的目的是决定如何支持事业层的竞争战略。职能层包括诸如制造、营销、人力资源、研究与开发、财务等部门，它们的战略需要支持事业层的战略，要围绕事业层战略制定具体的行动计划。

本章小结

战略管理是保障组织持续生存发展的重要机制。本章介绍了战略管理的十大学派，即设计学派、计划学派、定位学派、企业家学派、认知学派、学习学派、权力学派、文化学派、环境学派、结构学派，并指出20世纪末期战略管理理论的发展，在此基础上，提出战略管理的概念，即一组管理决策和行动，是外部竞争策略和内部管理优化的组合。对外而言，战略是确定并实施产业选择、产品和业务选择、定位和关键竞争方式的方法；对内而言，战略是选择并实施组织最优经营管理的方法。

战略管理是一个动态管理的过程，它是对企业的生产经营活动实行的总体性管理，是企业制定和实施战略的一系列管理决策与行为。战略管理的一般过程，包括战略分析、战略制定、战略实施、战略评估和控制。战略分析是通过对企业的使命和目标、外部机会和威胁以及内部的优势和劣势来决定企业的战略方向。战略制定是指战略主体在了解、分析了外部环境和内部环境，确定了本身所有的优势和劣势，以及面临的机会和威胁后，应拟订并设计其赖以生存和发展的经营战略方案，对经营战略方案进行评价，做出最终决策。

战略实施是指通过一系列行政的、经济的、法律的手段，为达到战略目标所采取的一切行动。战略评估和控制将进一步确认对外界环境的分析是否正确，所制定的战略途径和手段是否有效等，从而发现问题和差距，分析产生偏差的原因，根据变化的环境对组织战略进行适当调整，并在必要时采取矫正性措施，使战略行动更好地与环境及所要达到的目标相协调。

组织的战略类型与组织的层次之间联系密切，按照组织层次，可将其分为公司层战略、事业层战略和职能层战略。其中公司层战略包括方向战略、业务或产品的组合分析。组织的方向战略有时也被称为大战略，根据成长方向的不同可以分为三类：成长战略（或增长战略）、稳定战略和收缩战略。业务或产品的组合分析是考虑如何管理多个事业部或多种产品，也就是要考虑组织拥有的资源如何在各种业务或事业部中进行有效分配的问题。事业层战略寻求决定组织如何在每一项事业上展开竞争。事业层战略决定如何具体展开竞争，获取竞争优势，按照波特的划分，它主要包括三种通用战略，即成本领先战略、差异化战略及聚焦战略。职能层战略的目的是决定如何支持事业层的竞争战略，要围绕事业层战略制定具体的行动计划。

关键术语

战略管理（strategic management）　　SOWT 分析（SOWT analysis）

战略分析（strategy analysis）　　战略制定（strategy formulation）

战略实施（strategy implementation）　　战略评估（strategy evaluation）

公司层战略（corporate-level strategy）　　事业层战略（business-level strategy）

职能层战略（functional-level strategy）　　增长战略（growth strategy）

稳定战略（stability strategy）　　收缩战略（shrinking strategy）

成本领先战略（cost leadership strategy）　　聚焦战略（focus strategy）

差异化战略（differentiation strategy）

复习思考题

1. 请概述战略形成的主要流派。
2. 战略管理是指什么？其目的和意义是什么？
3. 战略管理的过程由哪几个步骤构成？请分别进行阐述。
4. 战略分析的内容包括哪些？
5. 什么是组织的核心能力？
6. 组织战略包括哪几个层次？请分别进行阐述。
7. 组织大战略主要有哪几类？
8. 简述波特关于竞争战略的主要思想。
9. 请描述产业五种竞争驱动力量。
10. 请你就自身对明茨伯格划分的十大战略流派的理解，谈一下你的看法。

参考文献

1. ［美］斯蒂芬·P·罗宾斯，玛丽·库尔特. 管理学（第 7 版）. 北京：中国人民大学出版社，2004

2. ［美］亨利·明茨伯格，布鲁斯·阿尔斯特兰德，约瑟夫·兰佩尔. 战略历程. 北京：机械工业出版社，2006

3. ［美］迈克尔·波特. 竞争战略. 北京：华夏出版社，2005

4. ［美］迈克尔·波特. 竞争优势. 北京：华夏出版社，2005

第 **3** 篇

组　织

第 **5** 章

组织结构与组织设计

学习目标

- 了解组织结构与组织设计的基本概念和主要内容
- 理解影响组织结构设计的权变因素
- 掌握组织结构设计的关键要素
- 掌握组织结构的主要类型及其优缺点

组织为了实现高效的运行，需要拥有合适、有序的结构。有效的组织结构能够使组织中人员之间得以有序地分工合作，使资源得以共享、机制得以完善，从而产生协同效应，实现组织目标。有效的组织结构通过一系列的组织设计活动来实现。本章主要介绍有关组织结构与组织设计的相关内容，重点介绍组织结构设计的关键要素、一些比较常见的组织结构类型以及影响组织结构设计的一些重要因素。

5.1 组织结构与组织设计概述

5.1.1 组织结构

组织结构（organizational structure）是指组织中正式确定的使工作任务得以分解、组合和协调的框架体系。组织结构定义的三个关键要素是[1]：

（1）组织结构决定了正式的报告关系，包括管理跨度和管理层次。

---

[1] 参见［美］理查德·L·达夫特：《组织理论与设计精要》，35页，北京，机械工业出版社，2003。

101

（2）组织结构确定了如何由个体组成部门，再由部门组合成整个组织。

（3）组织结构决定着如何设计一些系统，这些系统用来保证部门间的有效沟通、合作与整合。

组织结构的三个要素包含于组织过程的横纵两个方面：前两个要素是结构性框架，属于纵向科层内容；第三个要素则是关于组织成员之间的相互作用类型，一个理想的组织结构应该鼓励其成员在组织需要的时候提供横向信息、进行横向协调。

组织结构可以通过组织结构图来反映。组织结构图是对一个组织的一整套基本活动和流程的可视化描述。图 5—1 是一个组织结构图的例子。

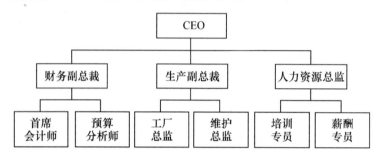

图 5—1　组织结构图示例

在理解组织的运作中，组织结构图是十分有用的，它标示出了组织的各个不同部分，说明这些部分之间是何种关系，以及每个职位和部门如何来适应整体。

5.1.2　组织设计

组织设计（organizational design）是以组织结构为核心的组织系统设计活动，是组织能够有效实施管理职能的重要前提。

组织设计分为静态的组织设计和动态的组织设计。静态的组织设计主要研究组织的职权结构、部门结构以及规章制度等，古典组织理论对此作了大量的研究；动态的组织设计则在静态组织设计的基础上，加入了人的因素，并研究了组织结构设计完成后运行中的各种问题，如协调、控制、信息联系、激励等，现代的组织理论对此作了大量的研究，并仍在继续发展和完善。

1. 组织设计理论概述

组织设计理论是指有关组织结构与组织关系的系统设想。在管理的历史长河中，最有代表性的组织设计理论有：古典组织设计理论、行为组织设计理论和权变组织设计理论。

古典组织设计理论以法约尔、韦伯等人的行政组织设计理论为代表。法约尔根据自己长期的经验提出了包括劳动分工、权力与责任、统一指挥、统一领导在内的一般管理的 14 项原则；韦伯提出了一种理想的组织模式——"官僚组织"，从而发展了权威的结构与关系理论，即权力结构理论，它强调以工作为中心，依靠权力来维系组织内部之间的关系。古典组织设计理论侧重于强调组织的刚性设计，其组织结构具有明晰的劳动分工、正式的规则和法规，按等级组织职位，并具有明确的命令链。20 世纪中叶以前，这种组织模式一直是组织设计的主导模式。

行为组织设计理论产生于 20 世纪 30 年代，与古典组织设计理论不同，这一时期的组织理论引入行为主义的研究方法，把人的行为和人际关系作为研究组织的基点，来揭示组织的社会心理特征及其本质。美国行为科学家伦西斯·利克特等人通过对群体与个体行为的研究，提出了"参与型"组织模式。这种模式打破了过去组织理论中一人一个职位、各部门严格界限的观念；强调管理人员不能只完成本职的固定工作，还要在各部门之间、个人与个人之间起联结作用，特别是企业的中层管理人员，不但需要与同层次部门或单位保持联系，还要在上下层次之间起联结作用。

古典组织设计理论从静态的角度出发，以效率为目标来组织内部结构，而行为组织设计理论从动态的角度出发，以建立良好的人际关系为目标来构建符合人际关系原则的组织。二者最大的区别在于对组织中人的地位的看法不同。前者认为，组织设计最重要的是要建立一个分工明确、非人格化的组织结构；后者则强调组织设计必须考虑到人的因素，即人与人的关系以及人的能力的发挥，以期实现其共同的目标。在 20 世纪 60 年代以前，组织设计基本上是在上述两种模式中进行选择。

20 世纪 60 年代以后，系统论、控制论和信息论的成果被引入组织设计理论中，推动组织理论的研究进入了一个新的发展阶段，权变组织设计理论应运而生。权变组织观的中心思想是，在承认系统论关于组织与环境以及各个分系统之间存在相互联系、互动作用和一致性的基础上，制定特定条件下组织最有效的管理方式。权变组织设计理论认为不存在普遍适用的、一成不变的组织模式，不能生搬硬套某种在特定环境中适用的组织模式和方法。它强调组织的部分、部分之间的交互影响、部分之和组成的整体的重要性，强调组织对环境的影响和环境对组织的影响，把组织看成一个相互联系的、动态的、开放的系统，同时在组织管理领域中不再寻求最好的模式，而是从正规性、标准化转向灵活性和多样性。

2. 组织设计的原则

组织设计原则是指从长期实践中概括出来的、进行组织设计必须遵循的一些基本原则。在管理思想发展的进程中，很多学者对组织设计的原则提出了自己的见解，其中林德尔·F·厄威克和哈罗德·孔茨的观点比较具有代表性。

林德尔·F·厄威克在其早年的著作中曾提出过适用于一切组织的八项管理原则：（1）目标原则；（2）相符原则；（3）职责原则；（4）组织阶层原则；（5）控制幅度原则；（6）专业化原则；（7）协调原则；（8）明确性原则。[①]

哈罗德·孔茨概括了 15 条组织设计原则：（1）目标一致原则；（2）效率原则；（3）管理幅度原则；（4）分级原则；（5）授权原则；（6）职责的绝对性原则；（7）职权和职责对等原则；（8）统一指挥原则；（9）职权等级原则；（10）分工原则；（11）职能明确原则；（12）检查职务与业务部门分设的原则；（13）平衡原则；（14）灵活性原则；（15）便于领导原则。[②]

随着时代的发展和环境的变迁，有些组织设计原则不再那么重要，有些则依然被奉为组织设计的圭臬。本书综合各种理论观点，并结合当今时代背景，归纳出组织设计的七项

---

① 参见方振邦主编：《管理思想百年脉络》（新版），72 页。

② 参见上书，133 页。

原则：

（1）目标一致性原则。组织结构的设计和组织形式的选择必须有利于组织目标的实现。任何组织都有其特定的目标，组织及其每一部分都应该与其特定的组织目标相联系，组织的设计与调整都应以其是否对实现组织目标有利为衡量标准。

（2）分工与协作原则。组织结构应能充分反映为实现组织目标所必需的各项任务和工作分工，以及相互之间的协调机制。因此进行组织设计时，要根据需要和可能性合理确定分工。组织设计中管理层次的分工、部门的分工和职权的分工，以及各种分工之间的协调，都是分工与协作原则的具体体现。

（3）有效管理跨度原则。一名领导人能够有效领导的直属下级人数是有限的。在进行设计时，领导人的管理跨度应控制在一定水平，以保证管理工作的有效性。对于一个组织而言，管理跨度大小同管理层次多少成反比例关系。

（4）权责对等原则。职权与职责必须对称或相等。在进行组织设计时，既要明确每一部门的职责范围，又要赋予完成其职责所必需的权力，二者必须协调一致。

（5）集权与分权相结合原则。集权有利于保证组织的统一领导指挥，及人力、物力、财力合理分配使用。分权有利于基层迅速、正确做出决策，让上层领导摆脱日常事务，集中精力抓大问题。集权分权相辅相成，是矛盾的统一，没有绝对的集权和绝对的分权。

（6）精干高效原则。组织的结构应该是精干的、有力的、高效的。组织要在满足正常运行需要的前提下，力求减少管理层次，精简管理机构并精减管理人员，充分发挥各级各类人员的积极性，更好地为提升组织绩效服务。

（7）稳定性和适应性相结合原则。该原则要求在组织设计中既要保证组织在外部环境和任务发生变化时，能继续有序正常运行；又要保证组织在运转过程中，能根据变化了的情况做出相应调整，使之具有一定的弹性和适应性。

3. 组织结构无效性特征

高层管理者定期评价组织结构，以判别该结构是否适合正在变化的组织需要。很多组织在尝试一种结构之后，又开始实行另一种模式，尽力寻找最佳模式，从而实现内部报告关系和外部环境要求协调一致。作为一般原则，当组织结构不适合组织要求时，便会出现一个或多个结构无效性特征[①]：

（1）决策迟缓或质量不高。由于科层制汇聚太多的问题给最高层，决策者可能负担过重，向底层的委托授权可能不足。另一种导致低质量决策的原因可能是信息没有传达给合适的人，信息在横向或是纵向上沟通不充分，都可能降低决策质量。

（2）组织不能创造性地对正在变化的环境做出反应。组织缺乏创新的一个原因在于部门之间不能很好地进行横向协调。比如，市场部门对顾客需求的识别和研究部门对技术开发的界定必须协调一致。组织结构中也应该有专门的部门性职责，包括环境监测和创新。

（3）明显过多的冲突。组织结构应该将冲突的部门性目标汇总成一系列整体组织目标。当各部门目标冲突时，或是为完成部门目标而对整体目标造成损害时，这种结构便是失败的。

---

① 参见［美］理查德·L·达夫特：《组织理论与设计精要》，52～53 页。

5.2　组织结构设计的关键要素

组织结构设计是一个涉及六方面关键要素的过程，这些要素分别是：工作专门化、部门化、命令链、管理跨度、集权与分权和正规化（见表 5—1）。本节主要针对这几个要素分别加以介绍。

表 5—1　　　　　　　　为了设计恰当的组织结构，管理者需要面对的六个问题

关键问题	由谁回答
1. 把任务分解成相互独立的工作单元时，应细化到什么程度？	工作专门化
2. 对工作单元进行合并和组合的基础是什么？	部门化
3. 员工个人和群体向谁汇报工作？	命令链
4. 一名管理者可以有效指导多少员工？	管理跨度
5. 决策权应放在哪一级？	集权与分权
6. 规章制度在多大程度上可以指导员工和管理者的行为？	正规化

资料来源：［美］斯蒂芬·P·罗宾斯：《组织行为学》（第 10 版），467 页。

5.2.1　工作专门化

亚当·斯密于 19 世纪后期首次提出了劳动分工的思想，并指出分工有利于提高工作效率。他所说的分工，即是将整体功能划分为若干功能的单位，分别由相应的人专门从事一项或少数几项功能单位，从而使得个人专项技能得以强化和组织整体绩效得以提高。亨利·福特将这一思想引入其汽车装配工厂，利用生产线作业管理方法，给生产线上的每一个员工分配特定的、重复性的工作：通过把工作划分为较小的、标准化的任务，使工人能够反复地进行同一种操作，从而提高了生产效率。

后来，人们用工作专门化（job specialization）描述组织中任务被划分成各项专门工作的程度。具体而言，工作专门化是通过动作和时间研究，将工作分解为若干很小的单一化、标准化及专业化的操作内容与操作程序，以达到提高生产效率的目的。工作专门化的实质不是将整项任务交由某个人承担，而是将其细分为若干步骤，每一步骤由不同的人单独完成。换言之，个人是专门从事活动的一部分，而不是全部活动。

20 世纪中叶之前，工业化国家大多数生产领域的工作都是通过工作专门化来完成的。大多数管理人员认为，这是一种最高效的利用员工技能的方式。不可否认，工作专门化具备很多优点：首先，它使得组织的分工明晰，有助于员工对业务性质、自己所从事工作的职责、所从事工作能获得的收益等都有一个明晰的认识，员工可根据明晰的责权利关系来从事企业中程序化的工作，而不必处于盲目状态；其次，从组织角度来看，实行工作专门化，有利于提高组织的培训效率，挑选并训练从事具体的、重复性的工作的员工比较容易，成本也较低；最后，员工长期在单一领域内工作，对该领域非常熟悉，能够鼓励员工在自己熟知的领域有所突破，进行持续创新。

通过实施工作专门化，确实使企业在一段时期内的生产效率得以提高。但是进入 20

世纪 60 年代以后，随着管理实践的发展，工作专门化带来的负面效应也逐渐显现出来。尤其是在某些工作领域出现了这样一个拐点：由工作专门化带来的员工非经济性（表现为厌烦情绪、疲劳感、压力感、低生产率、低质量、缺勤率和人员流失率上升等）超过了经济性带来的优势（见图 5—2）。

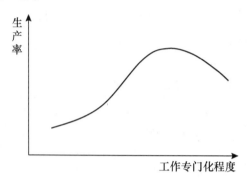

图 5—2　工作专门化程度对生产率的影响

当今大多数管理者已经认识到，工作专门化虽然是一个重要的组织方式，但不是一个能够无止境提高生产率的方法。他们看到工作专门化在为某些类型的工作带来经济性的同时，也认识到过度专门化会导致非经济性的产生。为了避免工作专门化带来的负面影响，一些新的方式被引入工作中，如工作轮换、工作扩大化、工作丰富化等，这些方式有助于丰富员工的工作内容，从而提升员工的工作满意度和生产率。

5.2.2　部门化

部门化（departmentalization）是将整个管理系统进行分解，并把若干职位组合成一些相互依存的基本管理单位的过程。这些基本管理单位即是部门，它既是一个特定的工作领域，又是一个特定的权力领域。每一个组织都可以有其划定部门的独特方式，划分部门的方式通常有以下几种：

1. 职能部门化

职能部门化（functional departmentalization）是根据业务活动的相似性来划定部门。判断某些活动是否相似的标准是活动的业务性质是否相近、从事活动所需的业务技能是否相同、活动的进行对同一目标的实现是否有密切相关的作用。如财务、市场、制造等都是企业的基本职能（见图 5—3）。

图 5—3　职能部门化

职能部门化将相同专业的专家和拥有相同技能、知识与观念的人员组合在一起，有利于本专业领域内部的协调，从而增加管理的专业化程度，提高效率。但是，由于各部门长期只从事本专业的业务，可能会造成与其他职能部门的沟通不良，此外，这种方式使得管理人员只关注本领域，不利于高级管理人才的培养。

2. 产品部门化

产品部门化（product departmentalization）是根据组织生产的主要产品类型来划定部门。在这种方式下，每一主要产品领域都划归一位主管的管辖之下，该主管人员不仅是所分管产品线的专家，而且对本部门所开展的一切活动负责（见图 5—4）。

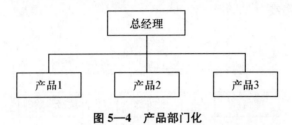

图 5—4　产品部门化

产品部门化有利于促进特定产品或服务的专门化经营，更加贴近顾客，使各部门的负责人员成为某产品领域的专家。但是，这种方式会造成职能的重复配置，造成资源配置的浪费，而且由于各部门只关注本产品领域的活动，导致缺乏对组织整体目标的认识。

3. 区域部门化

区域部门化（geographic departmentalization）是根据地理因素来设立部门，把不同区域的业务和职责划归不同的部门负责（见图 5—5）。

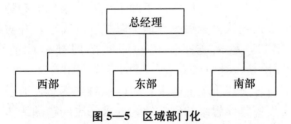

图 5—5　区域部门化

区域部门化对于一个地域分布较广或业务涉及区域较广的组织来说是十分必要的，这种方式适应了不同地区的政治经济形势、文化及科学技术水平以及对业务的不同需求，可以更有效地处理特定区域产生的问题。但是，这种方式与产品部门化一样，会导致职能的重复配置，同时会使区域部门感到与其他领域相隔离，高层管理者对各部门的协调难度较大。

4. 流程部门化

流程部门化（process departmentalization）是按照提供产品或服务的流程来划定部门，使各项工作活动沿着处理产品或提供服务的工艺流程来组织（见图 5—6）。

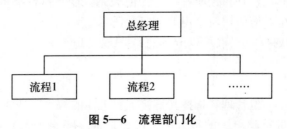

图 5—6　流程部门化

流程部门化在生产程序复杂、要求严格的情况下是必要的，它有利于加强工艺管理，提高工艺水平。该方式同样适用于针对某些顾客的服务，其局限性是仅限于某些类别的产品和服务。

5. 顾客部门化

顾客部门化（customer departmentalization）是根据顾客的类型来划定部门。根据顾客划分部门的依据是，每个部门的顾客存在着共同的问题和要求，因此通过为他们分别配置相关专家以满足其需要（见图5—7）。

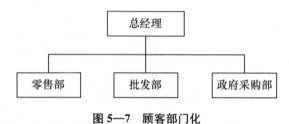

图5—7　顾客部门化

顾客部门化可以及时满足顾客的需求和处理顾客的问题。但是该方式使得高层管理者对部门的协调难度加大，各部门对组织整体的目标缺乏认识。

一个组织究竟采用何种方式划定部门，应视具体情况而定，尤其是对于大型组织而言，这些部门化方式往往是综合使用的。如企业职能或参谋机构一般按职能划分，生产部门可按程序或业务划分，销售部门则根据实际需要按地区或客户划分。

进入20世纪90年代以来，部门化出现了两个比较普遍化的趋势：第一，顾客部门化越来越受到重视，这种方式被认为能够更好地了解顾客的需求，并对顾客需求的变化做出更快、更好的反应。第二，越来越多僵化的职能部门被跨职能团队（cross-function teams）取代，跨职能团队是一种将各专业领域的专家们组合在一起协同工作的方式。跨职能团队对外能快速响应客户与市场的需求，对内能凝聚智慧，通过团队成员的信息交流与知识经验共享，充分发挥集体思维的创造性，寻求解决问题的最佳方案。

5.2.3　命令链

命令链（chain of command）是指从组织高层延伸到基层的一条持续的职权线，它界定了谁向谁报告工作。它帮助员工回答"我遇到问题时向谁请示"或"我对谁负责"等问题。要更好地理解命令链的概念，首先必须弄清以下几个概念。

1. 职责与职权

职权（authority）是指管理职位所固有的发布命令和希望命令得以执行的一种权力。职权是基于组织中的职位，它与任职者没有任何关系。职责（responsibility）与职权具有对等的重要性，它是指对应职权应承担的相应责任。

按照古典学者的划分，职权可以分为直线职权（line authority）和参谋职权（staff authority）两种类型。

（1）直线职权。

直线职权是指给予一位管理者指挥其直接下属工作的权力。正是这种上级—下级职权关系从组织的最高层贯穿到组织的最低层，进而形成一条命令链。在命令链的每个链环处，拥有直线职权的管理者均有权指挥下属人员的工作，无须征得他人意见而做出某些决策。同样，每一位管理者也都要接受其上级主管的指挥。

（2）参谋职权。

参谋职权是指为直线职权服务的顾问性质的职权。一般来说，在没有得到授权的情况下，拥有参谋职权的人是不能直接发布命令的，但在实际操作中，参谋人员有时可能有意或无意地变参谋职权为直线职权，对下属甚至不是下属的人员行使直接指挥权，这样会导致组织管理混乱和缺乏效率。

除了以上两种形式的职权，还存在一种职权，被称为职能职权（functional authority）。职能职权指的是授予个人或部门的权力，以控制规定的工作进程、实践、方针或其他与别的部门人员承担的活动有关的事项。职能职权是管理人员将原本属于自己的某些权力授予有关的参谋部门或参谋人员行使，从而使参谋人员不仅具有参谋职权，而且还有一定的直接指挥和控制的权力。

职责可分最终职责与执行职责两类：最终职责是管理者应对他授予执行职责的下属人员的行动最终负责，所以最终的责任永远不能下授；执行职责是指管理者应当下授与所授职权相等的执行责任，不过职责的另一方面（它最终的要素）应当保留。由此可见，执行职责可以向下授予，但最终职责是不可下授的。这就是说，管理者应对其授权负最终责任而不管具体执行人是谁。

对组织来说，一定的职权应该与一定的职责相一致，也就是要权责对等。职权大于职责会导致滥用职权而忽视职权的运作绩效；职权小于职责会导致指挥失灵而难以发挥作用。

2. 命令统一原则

命令统一原则（unity of command）是法约尔提出的 14 条管理原则之一，即应该能使组织保持一条持续的职权线，每个下属应当而且只能向一个上级主管直接负责。它包括两方面意思：一是一个下属只能接受一个上级的指挥；二是一个下属只能向一个上级汇报工作。

应该说，命令统一原则对于保证组织目标的实现和绩效的提高有很大的作用。只有在组织设计的过程中贯穿这条原则，才有可能最大限度地防止政出多门、遇事互相推诿，保证有效的统一和协调各方面的力量、各部门的活动。

早期的管理理论家（法约尔、韦伯、泰勒等）特别推崇命令链、职权、职责、统一指挥思想。但随着信息技术的发展及对员工授权的扩大，命令链、职权、职责、统一指挥这些概念在当今不再那么重要了。因为遍布整个组织的员工可以在几秒钟内取得原来只有高层管理者才能获得的信息；利用信息技术，员工可以不通过正式的渠道（也就是命令链）与组织中其他人员进行沟通；随着员工被授权制定原本只有管理者才有权做出的决策，以及随着越来越多的自我管理的跨职能团队的出现及"多头领导"体制的引入，职权、职责、统一指挥这些传统的思想正变得越来越不被关注。

5.2.4　管理跨度

管理跨度（span of control）是指一个管理人员所能有效地直接领导和控制的实际人员数。管理层次（management level）是指组织内纵向管理的等级数。一般而言，对一个特定组织来说，管理层次与管理跨度成反比，即管理跨度越宽，对应的管理层次则越少；

管理跨度越窄，对应的管理层次就越多。管理层次与管理跨度决定了两种基本的组织结构形态：扁平结构（flat structure）与高耸结构（tall structure）。扁平结构是指管理层次少而管理跨度大的一种组织结构形态。与之对应，高耸结构是指管理层次多而管理跨度小的一种组织结构形态。如图5—8所示，图中左侧的组织结构属于高耸型，而右侧的组织结构属于扁平型。假设它们的作业人员都为4 096人，如果前一个组织的管理跨度各层次均为4，而后一个组织的跨度为8，那么前一个组织就相对多出2个管理层次（前者为7个，后者为5个）。

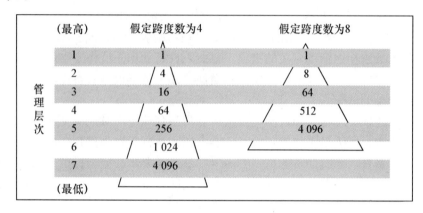

图5—8　管理跨度对比

资料来源：〔美〕斯蒂芬·P·罗宾斯：《组织行为学》（第10版），471页。

1. 宽管理跨度与窄管理跨度的优缺点比较

如果单从成本的角度看，宽管理跨度无疑是值得推崇的。如图5—8所示，前一个组织有管理人员（层次1~6）1 365人，而后一个组织的管理人员（层次1~4）为585人，二者相差大约800人，假如管理人员的平均年薪为20万元，那么加宽跨度后将使组织在管理人员工资上每年节省超过1.5亿元。但是，扁平化也存在着弊端，如果管理跨度过大，管理者会因下属过多而没有足够时间对其进行指导，会影响到员工乃至组织的绩效。因此，扁平组织与高耸组织各有其优缺点，哈罗德·孔茨与海因茨·韦里克对二者的优缺点进行了比较①，本书整理如表5—2所示。

表5—2　　　　　　　　　宽管理跨度与窄管理跨度的优缺点比较

	宽管理跨度	窄管理跨度
优点	● 迫使上级授权 ● 必须制定明确的政策 ● 必须谨慎地选择下级人员	● 严密的监控 ● 严密的控制 ● 上下级之间联络迅速
缺点	● 上级负担过重，容易成为决策的"瓶颈" ● 上级有失控的危险 ● 要求管理人员具备特殊的素质	● 上级往往过多地参与下级的工作 ● 管理的多层次 ● 多层次引起高费用 ● 最低层与最高层之间距离过长

---

① 参见〔美〕哈罗德·孔茨、海因茨·韦里克：《管理学》（第10版），160页。

2. 影响管理跨度的因素

管理跨度的现代观点认为，多种因素影响着管理者能既有效率又有效果地管理下属人员的合适数量。一般而言，管理跨度取决于管理者的时间、偏好、管理者及下属人员的素质和能力以及所要完成的工作的特性等。我们可将影响管理跨度的主要因素大体上分为以下四类：

（1）管理者及下属人员的素质。

如果管理者的综合能力、理解能力和表达能力很强，能够抓住关键，迅速解析问题，明确指示，并保证下属人员能够理解及迅速有效地执行，那么管理跨度就可宽些；否则就要适当缩小管理跨度。而如果下属人员的工作能力强，受过系统培训，经验丰富，可以很好地理解和执行上级的命令，这样，管理跨度也可以宽些。

（2）管理工作的性质。

管理工作性质的不同，会导致管理跨度也有所不同。对于高层管理者来说，他们往往面对的是对组织有重大意义的复杂问题，因此，他们直接领导的人数应该少而精，以便集中最优秀的人才处理最复杂、最重要的问题；基层管理者主要是处理一些重复或相似的例行性工作，其下属在职能上有很高的类似程度，其管理的人可以多些。

（3）管理条件。

管理条件包括管理标准化程度、信息处理的效率以及助手的配备状况等。第一，就管理标准化程度而言，如果作业方法及作业程序标准化程度较高，管理跨度就可扩大；如果标准化程度较低，事事都要重新研究，管理跨度就要小一些。第二，如果信息传递的方式和渠道恰当，信息处理设备先进且功能发挥充分，则上下左右沟通便捷，协调充分，领导者可将主要精力用于决策，从而可以扩大管理跨度；反之则要适当缩小管理跨度。第三，如果管理者有一个好的助手，可以不必亲自处理很多事务，从而节省了时间和精力，管理跨度则可以放宽些。

（4）管理环境。

管理环境的变化速度、程度和组织的外部经营形势等无疑对管理跨度也有着一定的影响。如果管理环境变化速度快、程度高，管理者则需要花费较多的时间及精力来应付和处理变化态势，因此，管理跨度就不可能很宽。从组织的经营形势来看，当组织经营形势困难的时候，为了集中力量渡过难关，则需要集权，在管理跨度上也要做出相应的调整。

随着环境的变化和信息技术的发展，如今的组织越来越倾向于实行扁平化的组织结构，这种方式具有成本低、决策快、组织灵活性高、更加接近顾客等多种优势，相比高耸式的组织结构而言，这种方式更能适应当今竞争环境的需要。与此同时，组织也在尽可能地克服扁平化带来的不足。

5.2.5 集权与分权

集权与分权所要确定的是决策权应该放在组织的哪一层级上。集权（centralization）是指决策权在组织系统中较高层级上一定程度的集中。与此对应，分权（decentralization）是指决策权在组织系统中较低层级上一定程度的分散。[1] 集权与分权是一个相对的概念，

---

① 参见周三多、陈传明、鲁明泓编著：《管理学——原理与方法》（第 4 版），415 页。

组织既不可能是绝对集权的，即所有的决策权都集中于某一高层领导者团体，也不可能是绝对分权的，即把所有的决策权都授予最底层的员工。

集权与分权的程度，是随着条件的变化而变化的。对其有影响的因素主要有以下几个：

（1）决策的代价。

决策付出代价的多少，是决定分权程度的主要因素之一。如果决策失误所付出的代价很大，对经济标准和企业信誉、士气等无形标准影响较大，那么这种决策就不适宜交给下级人员处理。因此，高层主管对待此类重要决策很谨慎，往往是亲自负责而不会轻易授权给下级。

（2）组织的规模。

组织规模扩大以后，集权管理不如分权管理有效而经济。组织规模越大，组织的层次和部门会因管理跨度的限制而不断增加。层次增多会使上下沟通的速度减缓，造成信息延误和失真，并意味着今后彼此间的配合工作也会迅速增加。因此，为了加快决策速度、减少失误，使最高主管能够集中精力处理重要决策，也需要向下级分权。

（3）组织的生命周期。

从组织的生命周期来看，组织总是处于不同的生长阶段。通常在组织的成立初期需要采取和维持一种高度集权的管理方式。随着组织的逐渐壮大，管理方式由集权逐渐过渡为分权。

（4）组织中人员的数量和素质。

人员的数量少，素质不高，会直接限制组织的分权。而如果管理人员数量充足、经验丰富、训练有素、管理能力强，则可有较多的分权。

（5）控制的可能性。

分权不可失去有效的控制。最高主管在将决策权下授时，必须同时保持对下属的工作和绩效的控制。许多管理人员之所以不愿意向下分权，就是因为他们对下属的工作和绩效没有把握，担心分权之后下属无法胜任工作而承担连带责任，认为与其花更多的时间去纠正错误，不如多花一些时间自己去完成这项工作。因此，要有效实施分权，就必须同时解决如何控制的问题。

近年来，分权化决策的趋势比较明显，这与使组织更加灵活和主动地做出反应的管理思想是一致的。在企业中，基层管理人员更贴近生产实际，对有关问题的了解比高层管理人员更翔实。因此，他们对自己管辖范围内的问题的反应远远快于公司总部的高级主管，处理方式也会更得当。

5.2.6 正规化

正规化（formalization）是指组织中各项工作标准化以及员工行为受规则和程序约束的程度。如果一项工作的正规化程度较高，就意味着从事该项工作的人对工作内容、工作时间、工作手段没有多大的选择自主权，员工被要求以完全相同的方式处理同样的投入，因而能够产生一致的、统一的产出。

在高度正规化的组织中，各项工作有明确的职务说明，有明确的工作程序和繁杂的规章制度；而正规化程度较低的工作，工作行为具有非结构化的特点，各项规定没有那么僵硬，员工对工作的处理有较多的自主权。

在不同的组织中，正规化程度有很大的差别。有些组织仅以很少的规范准则运作，另一些组织，即使规模不大，却具有各种规定指示员工可以做什么和不可以做什么。即便在同一组织中，由于部门工作性质的不同，正规化程度也可能不同。

5.3　组织结构的类型

根据组织的复杂化程度、组织的正规化程度和组织的集权化程度，可以将企业的组织结构简单地划分为机械式组织（mechanistic organization）和有机式组织（organic organization）两大类，这两种组织形式是组织设计中的两种理想而又极端化的组织结构模式。所谓机械式组织，也称官僚行政组织，是综合使用传统组织设计原则的产物，其特点是高度复杂化、高度正规化和高度集权化。有机式组织，也称适应性组织或柔性组织，与机械式组织形成鲜明的对照，它是低复杂化、低正规化和分权化的，是一种松散的结构，能根据需要迅速做出调整。对二者的比较如表 5—3 所示：

表 5—3　　　　　　　　　　　机械式组织与有机式组织的比较

机械式组织	有机式组织
1. 任务被分解成专门化的、独立的各个部分	1. 员工对部门的共同任务作出贡献
2. 任务被严格地界定	2. 任务通过员工团队重新调整和界定
3. 存在着严格的权力和控制层级，有许多的规章	3. 权力和控制的层级较少，规章较少
4. 知识和任务的控制集中于组织的高层管理部门	4. 知识和任务的控制分散在组织的各个地方
5. 沟通是纵向的	5. 沟通是横向的

在现实的组织中，很少有纯粹的机械式组织或有机式组织。相反，有许多组织结构设计既可以是机械式的，也可以是有机式的。本着更为实际的设计思想和现实选择，大致有以下几种典型而实际的组织结构类型：直线制组织结构、职能制组织结构、直线职能制组织结构、事业部制组织结构、矩阵式组织结构、基于团队的结构、虚拟组织和无边界组织。

5.3.1　直线制组织结构

直线制组织结构（line structure）是最早使用也是最为简单的一种结构，是一种低部门化、宽管理跨度、集权式的组织结构形式。其特点是：组织中各职位按照垂直系统直线排列，各级行政领导人执行统一指挥和管理职能，不设专门的机构。其结构如图 5—9 所示。

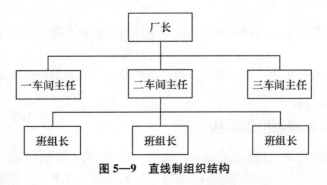

图 5—9　直线制组织结构

这种组织结构设置简单、职责分明、沟通方便、反应敏捷、便于统一指挥和集中管理。它的主要缺点是缺乏横向的协调关系，高度集权导致信息积滞在高层，难以适应组织的扩展需要。另外，依靠个人决策具有风险性，领导者决策失误可能会对这种组织造成非常沉重的打击。

因此，这种组织结构只有在企业规模不大、员工人数不多、生产和管理工作都比较简单的情况下才适用。一般在组织规模扩大以后，组织结构会做出改变，倾向于更具专门化和正规化的特征。

5.3.2 职能制组织结构

职能制组织结构（functional structure），又称"U"形结构，是一种以工作为中心进行组织分解的结构，组织从上至下按照相同的工作方法和技能将各种人员与活动组织起来。职能制组织结构的特点是：通过工作专门化，制定非常正规的制度和规则；以职能部门划分工作任务；实行集权式决策，管理跨度狭窄；通过命令链进行决策，来维持组织经营活动的顺利运转（见图5—10）。

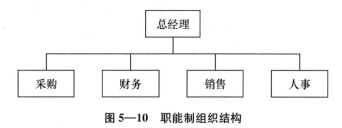

图5—10 职能制组织结构

职能制组织结构的优点在于：

（1）它使得相同专业的员工一起工作，并共享设施，有利于促进部门内部规模经济，避免人力资源和物质资源的重复配置。

（2）通过职能制结构，员工被安排从事一系列部门内部的职能活动，从而使其知识和技能都得到巩固和提高，有利于为组织提供更有价值深度的知识。

（3）该结构有利于员工发挥自己的职能专长，对员工具有一定的激励作用。

其主要不足在于：

（1）这种结构使得决策堆积于高层，高层管理者不能快速做出反应，部门间的横向协调也比较困难，从而导致企业对外界环境的变化反应太慢，不利于企业满足迅速变化的顾客要求。

（2）各部门由于过分追求职能目标从而对组织目标认识有限，不利于培养全面的管理人才。

这种结构通常在只有单一型产品或少数几类产品、面临相对稳定的市场环境的企业中采用。

5.3.3 直线职能制组织结构

直线职能制组织结构（line-functional structure）是把直线制和职能制结合起来形成的。这种结构的特点是，以直线为基础，在各级行政负责人之下设置相应的职能部门，分别从事专业管理，作为该级领导者的参谋，实行主管统一指挥与职能部门参谋、指导相结合的组织结构形式。职能部门拟订的计划、方案以及有关指令，统一由直线领导者批准下达，职能部门无权直接下达命令或进行指挥，只起业务指导作用；各级行政领导人逐级负责，高度集权（见图 5—11）。

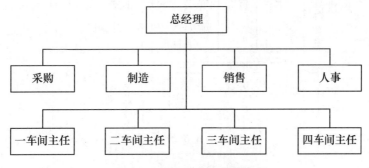

图 5—11　直线职能制组织结构

直线职能制组织结构的优点在于，它既保持了直线制的集中统一指挥，又吸取了职能制发挥专业管理的长处，从而提高了管理工作的效率。

其缺点是：

（1）权力集中于最高管理层，下级缺乏必要的自主权。

（2）各参谋部门与指挥部门之间的目标不统一，各职能部门之间的横向联系较差。

（3）信息传递路线较长，反馈较慢，适应环境变化较难，实际上是典型的"集权"管理的组织结构。

这种结构适用于规模不大、经营单一、外部环境比较稳定的组织。目前我国很多组织都采用这种组织结构形式。

5.3.4　事业部制组织结构

事业部制组织结构（divisional structure），又称"M"形结构，以产生目标和结果为基准来进行部门的划分和组合，是一种分权的组织形式。采用这种结构形式的组织，可以针对单个产品、服务、产品组合、主要工程或项目、地理分布、商务或利润中心等来组织事业部。事业部制组织结构是西方经济从自由资本主义过渡到垄断资本主义以后，在企业规模大型化、企业经营多样化、市场竞争激烈化的条件下出现的。它的主要特点是"集中政策、分散经营"，即在集权领导下实行分权管理，每个事业部都是独立核算单位，在经营管理和战略决策上拥有很大的自主权，各事业部经理对部门绩效全面负责。总公司只保留预算、人事任免和重大问题的决策等权力，并运用利润等指标对事业部进行控制（见图5—12）。

这种组织结构的优点在于：

（1）能够适应不稳定的、快速变化的外部环境，通过清晰的产品责任和联系环节及时满足顾客的需求。

（2）各部门因具有统一的目标而便于协调和统一指挥，又因为具有经营上的自主权从而能调动各部门的积极性和主动性。

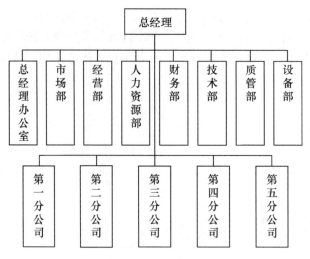

图5—12 事业部制组织结构

（3）各部门分权决策有利于总部高层管理人员摆脱日常行政事务的负担，集中力量来研究和制定公司的长远战略规划，也有利于培养具有整体观的高层经理人员。

它的缺点在于：

（1）事业部制组织结构中的活动和资源配置重复，容易失去职能部门内规模经济效益，导致组织总成本的上升和效率的下降。

（2）各事业部之间人员调动和技术交流不够顺畅，各部门常常是从本部门利益出发，容易滋长本位主义和分散主义。

（3）由于这种结构不是按职能专业来分配，因此失去了技术专门化带来的深度竞争力。

这种结构不适于规模较小的组织，只有当组织规模较大并且其下属单位够得上成为一个"完整的单位"时才能够应用。

5.3.5 矩阵式组织结构

矩阵式组织结构（matrix structure）就是把一个以项目或者产品为中心构成的组织叠加到传统的、以职能来构成的纵向组织之上。该结构中有两套管理系统，一套是为完成某一任务的横向项目系统，另一套是纵向的职能领导系统。矩阵式组织结构最主要的特点是：能使产品事业部结构和职能制结构同时得到实现，创造了双重命令链。因此，组织中的人员也具有双重性：其一，他们仍然需要对其原属的职能部门负责，职能部门的主管仍是他们的上级，这是和纵向的职能领导系统相吻合的；其二，他们又必须对项目经理负责，项目经理对他们拥有项目职权，这又是由横向的项目系统决定的（见图5—13）。

矩阵式组织结构的优点在于：

（1）双重的权力结构便于沟通与协调，可在短期内迅速完成重要任务，可以适应不确定环境下复杂的决策和经常性的变革。

（2）它既保持各部门职能的独立，为职能和生产的改进提供机会，又能有效地将来自

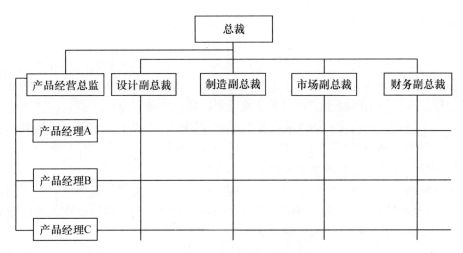

图 5—13 矩阵式组织结构

各个部门的人员组织起来，实现部门间人力资源的共享。

（3）这种结构给员工提供了获得职能技能和一般管理技能两方面技能的机会。

它的缺点在于：

（1）在双重权力系统之中，权力的平衡很难维持，容易造成争议和冲突，甚至争权夺利。从员工的角度来看，理解和适应这种模式很困难，在双重领导下可能会感到无所适从。

（2）员工需要具备良好的人际关系技能和全面的培训。

（3）矩阵式组织结构想要使横向团队和纵向科层一样正式化，但在实际中这显然很困难。

（4）资源管理存在复杂性。

这种组织结构适合在下述条件下使用[①]：

（1）产品线之间存在着共享稀缺资源的压力。该类组织通常是中等规模，拥有中等数量的产品线。在不同产品之间共享和灵活使用人员与设备方面，组织有很大压力。

（2）存在着对两种或更多的重要产出的环境压力，例如对深层次技术知识（职能式结构）和经常性的新产品（事业部结构）的压力。这种双重压力意味着在组织的职能和产品之间需要一种权力的平衡，为了保持这种平衡就需要一种双重职权的结构。

（3）组织的环境条件是复杂且不确定的。频繁的外部变化和部门之间的高度依存，要求无论在纵向还是横向方面都要有大量的协调和信息处理，对环境做出迅速而一致的反应。

5.3.6 基于团队的结构

基于团队的结构（team-based structure），是指一种为了实现某一目标而由相互协作的个体组成的正式群体。当管理人员使用团队作为协调组织活动的主要方式时，其活动结构即为基于团队的结构。这种结构形式的主要特点是：它打破了部门界限，能够实现迅速

---

① 参见［美］理查德·L·达夫特：《组织理论与设计精要》，49 页。

组合、重组和解散，促进员工之间的合作，提高决策速度和工作绩效，使管理层有时间进行战略性思考。

这种结构具有明显的优点：团队内部每个成员始终都了解团队的工作并为之负责；团队还有很大的适应性，能接受新的思想和新的工作方法。但该结构也具有明显的缺陷：如果小组的领导人不提出明确要求，团队就缺乏明确性；它的稳定性不好，经济性也差；团队必须持续不断地注意管理；团队成员虽然了解共同任务，但不一定对自己的具体任务非常了解，甚至可能因为对别人的工作过于感兴趣，而忽略了自己的工作；此外，该结构在培养高级管理者或检验工作成绩方面也存在劣势。

基于团队的结构一般作为典型的官僚结构的补充，在一些大型组织中，基于团队的结构通常会与职能制结构或事业部制结构相结合，这促使组织在获得行政式机构的效率性的同时，又具有了团队结构形式的灵活性。

5.3.7　虚拟组织

虚拟组织（virtual organization）是一种只有很小规模的核心组织，以合同为基础，依靠其他商业职能组织进行制造、分销、营销或其他关键业务的经营活动的结构。虚拟组织虽然规模较小，但这种组织的决策高度集中，部门化程度很低，甚至没有下属部门，能发挥主要职能。

虚拟组织与传统的组织结构有着根本的区别，传统的组织结构具有多层次的垂直管理体系，有各自划分的职能部，研究开发在自己的实验室内进行，产品制造在本企业下属制造厂里实施，有自己的销售网络。传统组织为保证企业的有效运作，必须雇用大批财会、销售、后勤、人力资源管理等人员。虚拟组织则不同，它要到组织外部去寻找这些资源，把各种日常业务部门推到组织外部去，把制造部门、销售网点、广告宣传等交给其他企业，跟这些企业建立伙伴关系，自己则集中精力于自己擅长的业务上。这种组织往往只负责产品设计、营销战略、产品质量和标准等重大问题，因此它有很大的灵活性和反应的敏捷性。

图5—14是一幅虚拟组织图，从图中可见，管理人员把企业的基本职能都已交给了外部力量，组织的核心是一个小规模的经理小组，他们的工作是，直接监督企业内部的经营活动，并协调为本企业进行生产、销售及其他重要职能活动的各组织之间的关系。图中的箭头表示与这些企业之间的契约关系，核心组织的主管人员大部分时间都通过计算机网络协调和控制与外部企业的关系。

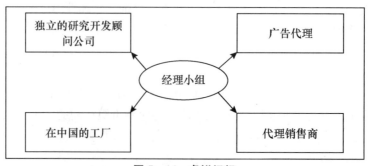

图5—14　虚拟组织

概括起来，虚拟组织有下述特点：

（1）通过计算机网络与中间商、承包商以及合作伙伴保持联络。

（2）可以把每个伙伴的优势集中起来，设计、制造和销售最好的产品。

（3）各企业为了应付市场的竞争可紧密捆绑在一起，一旦市场发生变化又可松绑，重新组合，具有很大的灵活性、机动性和反应的灵敏性。

（4）要求各企业之间彼此信任，这种信任是建立在共同利益基础上的。

（5）各企业之间很难确定边界，组织的边界不是隔离的、封闭的，而是互相渗透的，合作的伙伴可以通过计算机网络互相沟通、共享信息、交流经验。

5.3.8 无边界组织

无边界组织（boundaryless organization），是指其横向的、纵向的或外部的边界不由某种预先设定的结构所限定或定义的一种组织设计。

组织中存在着横向、纵向和外部的边界。其中横向边界是工作专门化和部门化形成的，纵向边界是将员工划归不同组织层级的结果，而外部边界则是将组织与其顾客、供应商及其他利益相关者分离开来的隔墙。在今天这个竞争日趋激烈的环境中，组织要想成功，就必须保持灵活性和非结构化，取缔命令链，保持合适的管理跨度，减弱组织壁垒。通用电气的前任董事会主席杰克·韦尔奇是这一理念的首创者和实践者。

完全取消边界可能永远不会实现，但今天的管理者可以通过运用诸如跨职能团队和提高员工参与决策等结构手段，削弱组织的纵向垂直边界；通过跨职能团队以及围绕工作流程而非职能部门组织相关的工作活动等方式，削弱组织的横向边界；另外，可通过与供应商建立战略联盟、建立体现价值链管理思想的顾客与企业的固定联系来削弱或取消组织的外部边界。计算机网络化是人们超越组织界限进行交流和交易的重要技术原因。

5.4 影响组织结构设计的权变因素

影响组织结构设计的权变因素较多，其中最重要的几项分别是组织所面临的环境、组织战略、组织规模、组织生命周期、组织技术以及组织内人员的素质，下面将逐一分析这些因素的影响。

5.4.1 组织环境

通过本书第 1 章的介绍可知，组织所处的环境可分为具体环境和一般环境。具体环境是指与企业组织相互作用以及对实现其目标的能力有直接影响的环境组成部分；而一般环境包括可能影响组织的广泛的经济与技术、政治与法律、社会与文化、人口与地理等领域的因素。组织所处环境的不确定性，对组织结构设计有着重要的影响。

1. 环境的不确定性

环境的不确定性影响着企业对环境的信息需求和从环境中获取资源的需求，从而直接影响着企业组织结构的设计。环境的不确定性包括复杂性和稳定性两方面。环境的复杂性是指与企业经营有关的外部因素的异质性和不相似性，在一个复杂的环境中，许多不同的外部因素影响着组织，而在简单的环境中，组织只受几个简单的、相似的因素影响。环境的稳定性是指环境因素的变动程度，一个环境领域在一段时期保持不变就是稳定的，反之如果影响企业经营的因素会发生突然变化，就是不稳定的环境。

2. 环境的不确定性对组织结构设计的影响

环境的不确定性程度直接影响着企业组织结构的设计，具体表现在对职位和部门、差别与整合、组织内部正规化程度以及计划和预测等方面。

（1）职位和部门。当外部环境的复杂性增加时，组织中的职位和部门也会相应增加，从而增加了内部的复杂性。当外部环境迅速变化时，组织的各部门在处理外部环境中的不确定性方面变得高度专业化，每一部门都要求具备专门的知识、技能和行为。

（2）差别与整合。美国哈佛大学的经济管理学教授保罗·劳伦斯和杰伊·洛希在《组织与环境》一书中论述了外部环境和组织结构之间的关系。他们认为，组织结构的特点就是差别化和整合化。差别化就是把组织系统划分为各种分系统，每个分系统根据与它相适应的外部环境所提出的要求，发展其特有的性质。整合化是努力使各个分系统在完成组织任务时达到统一的过程。他们的研究表明，当组织的差别和整合水平与环境的不确定性相匹配时，组织的运行会更好。在不确定性环境中，运行良好的组织会具有较高的差别性和整合水平，反之，那些处于较低的不确定性中的运行良好的组织则具有较低的差别性和整合水平。

（3）组织内部正规化程度。环境的不确定性也影响组织内部的正规化程度。汤姆·伯恩斯（Tom Burns）和斯托克（G. M. Stalker）观察了英国的20家厂商，发现外部环境是与内部管理结构相联系的。当外部环境较为稳定时，内部组织为了提高组织运行的效率，往往需要制定明确的规章制度、工作程序和权力层级，组织的正规化、集权化程度比较高，其组织结构的设计可以采用机械式的层级结构形式；而在环境较为不确定时，内部组织比较松散，决策权力分散并下移，权力层级不明确，组织结构设计可以采用柔性灵活的有机结构形式。随着环境不确定性的增加，组织内部趋于更具有有机性。

（4）计划和预测。当环境稳定时，组织能够集中精力解决当前的经营和日常效率问题。而随着环境不确定性的增加，计划和预测变得必要。计划能够减少外部环境变化的负面影响。具有不稳定环境的组织通常会建立一个计划部门，审视环境因素并分析其他组织的潜在行动和对策。

5.4.2　组织战略

战略是实现组织目标的各种行动方案、方针和方向选择的总称。为实现同一目标，组织可选择不同的战略。而战略类型的不同，企业活动的重点不同，组织结构的选择也不同。

1. 经营战略

对于战略和组织结构关系的研究由来已久，最早也是最著名的是美国学者阿尔弗雷德·钱德勒1962年的著作《战略与结构》，书中他根据对美国70多家大企业的调查研究，对环境、战略和组织结构之间的相互关系进行了论述，提出了"结构跟随战略"的观点。他指出，从企业经营领域的宽窄来分，企业经营战略可区分为单一经营战略及多种经营战略，不同的经营战略要求不同的组织结构（见表5—4）。

表5—4　　　　　　　　　　　　　经营战略对组织结构的影响

经营战略	组织结构
单一经营	职能制
相关多元化	财务控制性的职能结构
横向一体化	事业部制
纵向一体化	混合结构
非相关多元化	母子公司制

（1）单一经营战略。与这种战略相适应的组织结构是通常的集权职能制，一方面是由于经营的产品品种单一，管理比较简单；另一方面实行集权职能制，比实行事业部制及矩阵式等结构形式，更有利于减少管理人员，降低成本。

（2）相关多元化战略。采取这种战略的企业看上去已成为多种经营，但其经营重心仍是原来的主业，副产品的生产经营不过是附属性的。所以它所采用的组织结构同单一经营很相似，也是相当集权的职能制。不同的是企业对副产品的生产经营，应当有单独的经济核算，以便体现副产品生产经营对公司的经济效益。

（3）横向一体化战略。实行这种战略的企业，宜采用分权的事业部制。当然分权并不是彻底的，在公司一级仍有颇为庞大的行政队伍，许多诸如市场营销、研究开发等工作，可能仍由公司一级的职能部门来负责进行。

（4）纵向一体化战略。这种战略是介于横向一体化和非相关多元化之间，比较适宜采用混合型组织结构。这类企业的经营部门往往受到总公司较多的制约；有些经营部门比较独立，实行母公司制；还有些经营部门，可联合为一组，设立联合的管理机构。

（5）非相关多元化战略。非相关多元化，又称非相关型多种经营、多角化经营。企业进行多角化经营的目的是分散经营风险，保持均衡的投资利润率。对于这类企业，在组织结构上应实行较为彻底的分权，实行母子公司制，即总公司对各经营部门只起一个持股公司的作用，子公司具有独立的法人地位。总公司一级的行政机构十分精干。从事各项生产经营职能的部门都放在子公司进行，以保证子公司有足够的独立性，根据本行业的特点来从事经营管理。

2. 防守型战略、进攻型战略以及分析型战略

美国管理学家雷蒙德·迈尔斯（Raymond E. Miles）和查尔斯·斯诺（Chares C. Snow），根据对既定产品或经营项目如何进行竞争的方式和态度，将战略区分为防守型战略、进攻型战略和分析型战略三种类型。他们在《组织的战略、结构和程序》一书中指出，针对不同的战略类型，需要采用不同的组织结构与之相适应（见表5—5）。

表 5—5   战略影响组织结构的观点

战略	目标	环境	组织结构特征
防守型战略	追求稳定和效益	相对稳定	严格控制，专业化分工程度高，规范化程度高，规章制度多，集权程度高
进攻型战略	追求快速，灵活反应	动荡、复杂	松散型结构，劳动分工程度低，规范程度低，规章制度少，分权化
分析型战略	追求稳定效益和灵活相结合	变化的	适度集权控制，对现有的活动实行严格控制，但对一部分部门采用让其分权或相对自主独立的方式，组织结构采用一部分有机式、一部分机械式

采取防守型战略的企业所处的环境相对稳定，其战略目标为致力于保持该产品已取得的市场份额，因此，采取该战略的企业，以保持生产经营的稳定和提高效益为主要任务，在组织设计上强调提高生产和管理的规范化程度，用严格的控制来保证生产和工作的效率。选择进攻型战略的企业认为环境复杂多变，企业必须不断开发新产品，开拓新市场，应对市场的快速变化。为了满足组织不断开拓和创新的需要，组织设计上就应以保证企业的创新需要和部门间的协调为目标，因而，这类组织常常采用规范性较低、分权化的组织结构。分析型战略是介于前二者之间，它力求在二者之间保持适当的平衡，所以其组织结构的设计采取适当的集权控制，组织结构兼具有机式与机械式的特征。

5.4.3 组织规模

研究表明，组织的规模明显影响着组织的结构。早在 20 世纪 60 年代初，英国学者琼·伍德沃德等就对英国南部的 100 多个企业进行了深入的调查研究。他们发现，一个组织的组织结构设计与其本身规模的关系大体为：（1）组织规模越大，工作就越专业化；（2）组织规模越大，标准化操作程序和制度就越健全；（3）组织规模越大，分权的程度就越高。美国组织学者马歇尔·W·迈耶（Marshall W. Meyer）的研究也得出了相似的结论。后继很多学者的大多数研究表明，规模较大的组织与规模较小的组织在组织结构上有以下几方面的不同：

（1）正规化程度。研究表明，大型组织可以通过制定和实施严格的规章制度，并按照一定的工作程序来控制和实现标准化作业，员工和部门的业绩也容易考核，因而组织的正规化程度比较高；相反，小型组织可以凭借管理者的能力来对组织进行控制，组织显得比较松散而富有活力，因而正规化程度比较低。

（2）集权与分权。一般而言，在小型组织中，绝大多数决策都是由那些完全具有控制权的高层管理者做出的，组织的集权化程度较高。但是随着组织规模的扩大，会出现越来越多的部门和人员，决策难以传导到高层，或高层管理者不堪重负。因此，组织规模越大，就越需要分权。

（3）复杂性。复杂性是指组织的分化程度，与组织中的层级数目（纵向复杂性）以及部门和工种的数量（横向复杂性）有关。很显然，大型组织与小型组织相比，无论是在纵向还是横向上，都显示了明显的复杂性特征。

（4）人员比率。这里的人员比率主要是指管理人员、办事人员和专业支持人员等的构成比率。随着组织规模的增大，管理人员的比率下降，这是由于组织规模扩大而获得的管理经济性所致；专业人员比率提高，这是由于复杂的组织中对专业化技能的需求增加所致；办事人员的比率上升，这是由于组织规模扩大所必需的沟通和汇报要求也随之增加；整个过程将导致生产人员的百分比随之下降。

美国组织学家彼得·布劳（Peter Blau）在分析总结组织规模对组织结构的影响时指出："规模是影响组织结构最重要的因素，但是在组织初期，组织规模对组织结构的影响要大于当组织规模达到一定程度后再扩大规模对组织结构的影响程度。"这是容易理解的，比如一个拥有 3 000 名员工的大型组织，如果再增加 500 名员工的话，并不会对它原本已经机械式的结构产生多大的影响。而对于一个只拥有 500 名员工的小型组织来说，如果增加 500 名员工，就很可能使其转化为机械式的结构。

5.4.4　组织生命周期

组织的演化成长呈现出明显的生命周期特征，因此，组织结构、内部控制系统以及管理目标在各个阶段都可能是不相同的。

葛瑞纳（Larry E. Greiner）最早提出企业生命周期理论，他认为企业的成长如同生物的成长一样要经过诞生、成长和衰退几个过程。奎因和卡梅隆（Kim Cameron）把组织的生命周期细划为四个阶段：创业阶段、集合阶段、正规化阶段和精细阶段（见图 5—15）。他们认为，企业的成长是一个由非正式到正式、由低级到高级、由简单到复杂、由幼稚到成熟的阶段性发展过程。具体来讲，每个阶段都由两个时期组成：一个是组织的稳态发展时期，组织在这个时期的结构与活动都比较稳定，内外条件较为吻合；另一个是组织的变革时期，即当组织进一步发展时，就会从内部产生一些新的矛盾和问题，使组织结构与活动不相适应，此时必须通过变革使结构适应内外环境的变化，使组织保持适应性。组织就是在如此循环往复的过程中不断得以发展、成长的。

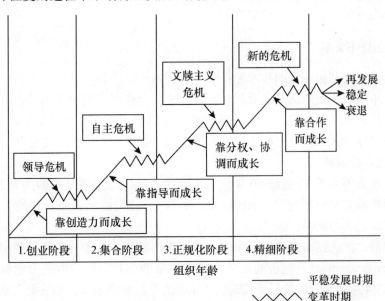

图 5—15　组织的生命周期

资料来源：吴培良、郑明身、王凤彬编著：《组织理论与设计》，北京，中国人民大学出版社，1998。

综合来看，组织结构在生命周期各个阶段中的特点是：

（1）创业阶段。

在初创阶段，组织是小规模的、非官僚制和非正规化的。高层管理者制定组织结构框架并控制整个运行系统，组织的精力放在生存和单一产品的生产及服务上。随着组织的成长，组织需要及时调整产品的结构，这就必然会产生调整组织结构和调换更具能力的高层管理者的压力。

（2）集合阶段。

这是组织发展的成长期。一般情况下，组织在调换了高层主管之后便会明确新的目标和方向，此时便进入了迅速成长期，员工受到不断激励之后也开始与组织的使命保持一致，尽管某些职能部门已经建立或调整，可能也已开始程序化工作，但组织结构可能仍然不是很正规和合理。一个突出的矛盾是，高层主管往往居功自傲，迟迟不愿放权，组织面临的任务是如何使基层的管理者更好地开展工作，如何在放权之后协调和控制好各部门的工作。

（3）正规化阶段。

组织进入成熟期之后就会出现官僚制特征。组织可能会大量增加人员，并通过建构清晰的层级制和专业化劳动分工进行正规化、程序化工作。组织的主要目标是提高内部的稳定性和扩大市场。组织往往会通过建立独立的研究和开发部门来实现创新，这又使得创新的范围受到了限制。因此，高层管理者不仅要懂得如何通过授权调动各个层级管理者的积极性，还要能够不失去控制。

（4）精细阶段。

成熟的组织往往显得规模巨大和官僚化，继续演化可能会使组织步入僵化的衰退期。这时，组织管理者可能会尝试跨越部门界限组建团队来提高组织的效率，阻止进一步的官僚化。如果绩效仍不明显，必须考虑更换高层管理者并进行组织重构以重塑组织的形象，否则，组织的发展将会受到很大的限制。

5.4.5　组织技术

组织的活动需要利用一定的技术和反映一定技术水平的物质手段来进行。技术以及技术设备的水平不仅影响组织活动的效果和效率，而且会作用于组织活动的内容划分、职位的设置和对工作人员的素质要求；而信息处理的计算机化必将改变组织中的会计、文书、档案等部门的工作形式和性质。对于组织技术影响组织结构的研究主要有以下几个方面。

1. 生产技术的影响

琼·伍德沃德等人于 20 世纪 60 年代对工业生产技术与组织结构的关系进行了研究，该研究又称南埃塞克斯郡研究（south Essex study）。研究结果表明企业的生产技术与组织结构之间有着系统的联系。

按照组织的"工艺技术连续性"程度，伍德沃德将生产技术分为三种类型：第一类是单件生产（unit production），代表的是单件或小批量的生产。第二类是大批量生产（mass production），这类生产企业的特征是长期生产标准的产品和零部件。第三类也是技术最复杂的一类，是连续生产（process production），反映连续流程的生产。这三种类型反映三种不同的技术，它们在技术复杂程度上渐次提高，势必对组织结构产生相应的影响（见表 5—6）。

表 5—6　　　　　　　　　　技术类型与组织结构特征间的相互关系

组织结构特征	技术类型		
	单件小批生产	大批大量生产	连续生产
管理层次数目	3	4	6
高层领导的管理跨度	4	7	10
基层领导的管理跨度	23	48	15
基本工人与辅助工人的比例	9：1	4：1	1：1
大学毕业的管理人员所占比重	低	中等	高
经理人员与全体职员的比例	低	中等	高
技术工人的数量	高	低	高
正规化的程序	少	多	少
集权程度	低	高	低
口头沟通的数量	高	低	低
书面沟通的数量	低	高	低
整体结构类型	有机式	机械式	有机式

随着技术复杂程度的提高，企业组织结构复杂程度也相应提高，管理层级数、经理人员同全体职员的比例、大学毕业的管理人员所占比重以及高层管理者的控制幅度也随之增加。这表明复杂的技术需要强化管理，并且需要专业分工进一步细化和增加部门。

伍德沃德的研究说明了企业的生产技术是影响组织设计的一个重要变量，不同生产技术特点的企业需要不同的组织设计，采取不同的组织结构和具有不同的管理特征。但是，伍德沃德的研究主要关注规模较小的企业，存在着一定的局限性。比如后来的一些研究表明，在一些企业中，由于连续性生产较之大批量生产的复杂性程度更高，通常其标准化、程序化的程度不是低了，而是更高。但其大部分观点还是为后继学者的研究所证明，一般而言，技术越是常规化的，结构就越显示出标准化的机械式特征；技术越是非常规化的，就越可能实施有机式结构。

2. 部门技术的影响

查尔斯·佩罗（Charles Perrow）打破了只在制造业内研究技术与组织之间关系的局限性，提出了从部门层次上研究技术与结构之间的关系框架，这是对组织理论研究的一大贡献。佩罗提出，组织中每一个部门都是由专门技术组成的集合体。技术受两个方面的影响，即工作的多变性与可分析性。工作的多变性，是指技术在工作过程中发生意外变化的概率情况。工作的可分析性是指技术在工作过程中可被分析的难易程度。根据工作的多变性与可分析性两项维度标准，就可以将技术划分为四种不同的类型：常规型技术、工艺型技术、工程型技术和非常规型技术（见图 5—16）。

常规型技术，是指工作的多变性较低而可分析性较高，工作的标准化、规范化程度都较高的部门技术，例如汽车装配部门的装配技术、银行出纳部门的出纳技术等。

工艺型技术，是指工作的多变性与可分析性都较低，工作必须依靠直觉、经验判断灵活处理的部门技术，例如服装业的设计技术、烹饪师的烹调技术等。

工程型技术，是指工作的多变性与可分析性都较高，工作需要凭借知识和能力并按照

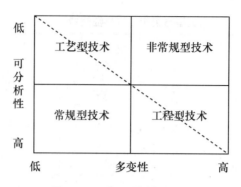

图5—16　部门技术的类型

公式化、程序化方式操作的部门技术，例如工程设计技术、会计做账技术等。

非常规型技术，是指工作的多变性较高而可分析性较低，工作需要凭借丰富的知识和经验，运用综合性、创造性的方法来解决问题的部门技术，例如战略计划的制定等。

佩罗认为，组织的协调和控制方法应该视组织的部门技术类型不同而有所区分。组织内部门技术越是常规化，组织正规化、集权化程度就越高，采用机械式组织结构的效率也就越高；组织内部门技术越是非常规化，组织正规化、集权化程度就越低，这时，采用柔性有机式组织结构的效率也就越高。

3. 信息技术的影响

随着计算机革命和信息技术的发展，制造业技术有了质的飞跃。包括机器人、计算机数控（CNC）、计算机辅助制造（CAM）、计算机辅助设计（CAD）、管理自动化等技术在内的计算机集成制造系统（CIMS）或柔性制造系统（FMS）的运用，使得生产部门能够以较低的成本、在较短的时间内大量生产出高质量的各种定制产品来，从而改变了伍德沃德所描述的大批量生产技术无法实现定制生产的传统格局。信息技术对组织方面的影响如同计算机一体化技术对生产的影响，提高了企业的生产效率和管理效率；它也同样需要新型的组织结构来与之相适应。信息技术对于组织结构的影响主要有以下几点：

（1）信息技术使组织呈现扁平化的趋势。

（2）信息技术可能对集权化和分权化带来双重影响。一方面集权化的管理者能够运用先进技术获取更多的信息从而做出更多的决策，另一方面管理者也能够向下属分散信息并且增强其参与性与自主性。

（3）信息技术能加强或改善企业内部各部门间以及各部门内工作人员之间的协调。

（4）信息技术的进步要求给下属以较大的工作自主权。在信息技术很发达的情况下，很少有管理工作将服从严格的政策限定和工作描述。

（5）综合信息系统的实施意味着员工必须受到高度的职业培训以经营和维持该系统，专业人员的比率将会提高，而很多非技能的员工将会被新技术所代替。

5.4.6　人员素质

组织中人员的素质包括各类员工（特别是领导层）的价值观念、思想水平、工作作风、业务知识、管理技能、工作经验以及年龄结构等。组织的运行，需要人的管理和维持，不同素质的人员对组织结构具有不同的影响，因此，在组织结构设计中，应予以重视。

1. 人员素质对组织结构的主要影响[①]

（1）集权与分权。如果企业中层管理人员专业水平高，管理知识全面，经验丰富，有良好的职业道德，那么管理权力就可较多下放；反之，责权应较多集中。

（2）管理跨度大小。如果管理者的专业水平、领导经验、组织能力较强，那么就可以适当扩大管理跨度；反之，则应缩小管理跨度，以保证管理的有效性。

（3）部门设置的形式。如实行事业部制，需要具有比较全面的领导能力的人担任事业部经理，而实行矩阵结构则需要项目经理具有较高的威信和良好的人际关系，以适应它责多权少的特点。

（4）定编人数。如果人员素质高，一人可兼多职，则可减少编制，提高效率；反之则需要将复杂的工作分解，交付多人完成。

（5）协调机制。适当的组织结构形式和有效的联系方式，固然对有效协调有着重要作用，但人员的思想水平、工作作风和业务素质对组织内部的协调也有重要影响。良好的协作风格可以在某种程度上弥补协调机制设计上的缺陷；反之，如果人员的本位主义严重，又缺乏现代管理知识的培训，缺乏从企业经营全局看待本职工作的修养，则部门间必然扯皮不断，推诿拖沓，效率低下。

2. 因事设人与因人设事

应该因事设人还是因人设事，这是一个在实践中令人困惑的组织理论问题。因人设事常常被作为一种对现实的妥协而受批评，因事设人则备受推崇，被认为是组织结构设计的原理。实际上二者不能绝对化，不同的企业在不同的发展阶段应以一种原则为主进行设计。新企业刚成立，或企业处于快速发展的时期，应根据发展需要招募人员，充分体现因事设人原则。但是企业发展平稳，或者发生收购兼并时，或遇到具有战略意义的人才时，因人设事也是必要的。多数情况下的组织设计，大多数职位还是由现有人员充任的，将现有人员置之不理是不现实的，而且因事设人也不一定能找到合适的人，因事设人具有较强的理想主义色彩。[②]

与欧美企业强调因事设人相比，日本企业更强调因人设事，尤其是中低层管理人员常常没有严格的工作说明，并不将工作设计独立于员工本身的兴趣和能力，而是根据个人的发展需要设计工作内容，这样的做法被认为对日本企业追赶美国企业起到了重要作用。从盖洛普公司 30 多年的调研结果看，让员工有机会做自己最擅长的事是成就卓越企业的重要理念，而因事设人，难以充分发挥现有人员的优势，企业的业绩、员工满意度、工作效率等均处于一般水平。吉姆·柯林斯同样支持先人后事的观点，他在《从优秀到卓越》一书中指出，成立一个有卓越创造能力的企业首先是决定让什么样的人上车，然后才是决定去什么方向。所以，管理者首先应该清楚自己手下有什么样的人才和人才之间的结构状况，从而为人员的调配、授权与分权、职位的任命和团队的组织提供依据。

组织设计应将因事设人与因人设事相结合，一方面，组织设计的根本目的是保证组织

---

① 参见吴培良、郑明身、王凤彬编著：《组织理论与设计》，37 页。

② 参见王璞主编：《组织结构设计咨询实务》，45 页，北京，中信出版社，2003。

目标的实现，使目标活动的每项内容都落实到具体的岗位和部门，使"事事有人做"，这就要求因事设职，保证工作的完成；另一方面，在组织设计的过程中要保证人尽其才，使有能力的人有机会去做他们真正胜任的工作，因此必须考虑到人与事的有机结合。组织设计不是一蹴而就的，要经过几个反复。一般来说，第一步是因事设人，按照理性的要求，来确定完成既定职务应当具备的人员素质和编制；第二步是拿设计要求同现实条件作对照，根据实际情况对原定的设计和编制做出适当的修正。

本章小结

组织的有效运行需要合理的组织结构支撑。组织结构是指组织中正式确定的使工作任务得以分解、组合和协调的框架体系。组织结构表示出了组织的各个不同部分，说明这些部分之间是何种关系，以及每个职位和部门之间如何来适应整体。组织结构是通过组织设计实现的。组织设计是以组织结构为核心的组织系统设计活动，包括静态的组织设计和动态的组织设计。

组织设计是一个涉及六方面关键要素的过程，这些要素分别是：工作专门化、部门化、命令链、管理跨度、集权与分权和正规化。工作专门化描述组织中任务被划分成各项专门工作的程度。部门化是将整个管理系统进行分解，并把若干职位组合成一些相互依存的基本管理单位的过程。划分部门的方式通常有以下几种：职能部门化、产品部门化、区域部门化、流程部门化和顾客部门化。命令链是指从组织高层延伸到基层的一条持续的职权线，它界定了谁向谁报告工作。管理跨度是指一个管理人员所能有效地直接领导和控制的实际人员数，而管理层次是指组织内纵向管理的等级数。集权与分权所要确定的是决策权应该放在组织的哪一层级上。集权是指决策权在组织系统中较高层级上一定程度的集中。与此对应，分权是指决策权在组织系统中较低层级上一定程度的分散。正规化是指组织中各项工作标准化以及员工行为受规则和程序约束的程度。

根据组织的复杂化、正规化和集权化程度，可以将企业的组织结构简单地划分为机械式组织和有机式组织两大类。实践中组织结构主要有直线制组织结构、职能制组织结构、直线职能制组织结构、事业部制组织结构、矩阵式组织结构、基于团队的结构、虚拟组织和无边界组织几种。

影响组织结构设计的权变因素较多，其中最重要的几项分别是组织所面临的环境、组织战略、组织规模、组织生命周期、组织技术以及组织内人员的素质。环境不确定性程度直接影响着企业组织结构的设计，具体表现在对职位和部门、组织的分工和协作方式、控制过程以及计划和预测等方面。战略选择的不同，能够在两个层次上影响组织结构：不同的战略要求不同的业务活动，从而影响组织的设计；战略重点的改变，会引起组织的工作重点、各部门与职位在组织中重要程度的改变，因而要求各管理职务以及部门之间的关系作相应的调整。组织规模越大，工作就越专业化、标准化操作程序和制度就越健全、分权的程度就越高。此外，组织规模对组织中不同类型的人员比率有显著的影响。在组织初期，组织规模对组织结构的影响要大于当组织规模达到一定程度后再扩大规模对组织结构的影响程度。组织的演化成长呈现出明显的生命周期特征，因此，组织结构、内部控制系统以及管理目标在各个阶段都可能是不相同的。组织的技术不仅影响组织活动的效果和效率，而且会作用于组织活动的内容划分、职位的设置和对工作人员的素质要求。生产技术、部门技术以及信息技术都对组织结构设计有一定的影响。人员素质影响着组织的集权与分权、管理跨度、部门设置的形式、定编人数和协调机制等方面。组织设计应将因事设人与因人设事相结合。

关键术语

组织结构（organizational structure）　　组织设计（organizational design）

工作专门化（job specialization）　　部门化（departmentalization）

命令链（chain of command）　　正规化（formalization）

管理跨度（span of control）　　管理层次（management level）

集权（centralization）　　分权（decentralization）

职权（authority）　　职责（responsibility）

机械式组织（mechanistic organization）　　有机式组织（organic organization）

直线制组织结构（line structure）　　虚拟组织（virtual organization）

职能制组织结构（functional structure）　　矩阵式组织结构（matrix structure）

事业部制组织结构（divisional structure）　　无边界组织（boundaryless organization）

直线职能制组织结构（line-functional structure）

复习思考题

1. 什么是组织结构？什么是组织设计？组织设计的原则有哪些？组织结构无效性的特征有哪些？

2. 组织设计的六个关键要素分别是什么？请分别加以阐述。

3. 工作专门化有哪些优点？又存在哪些弊端？如何进行改进？

4. 什么是部门化？划分部门的方式有哪几种？各有什么优点和缺点？

5. 什么是命令链？在当今的环境下，命令链是否是必要和有效的？

6. 什么是职权？职权有哪几种形式，分别如何定义？什么是职责？包括几种形式？责权一致对组织的意义是什么？

7. 什么是管理跨度与管理层次？什么是扁平结构和高耸结构？它们各有什么优、缺点？有关管理跨度的发展趋势是什么？

8. 什么是集权与分权？影响集权与分权的因素有哪些？有关集权与分权的发展趋势是什么？

9. 什么是机械式组织与有机式组织？请比较回答。现代组织更倾向于向哪一类发展？为什么？

10. 请比较直线制组织结构、职能制组织结构、直线职能制组织结构、事业部制组织结构、矩阵式组织结构，其优、缺点各是什么？

11. 什么是团队结构？什么是虚拟组织？无边界组织的特点是什么？

12. 影响组织结构设计的权变因素有哪些？这些因素分别如何影响组织结构的设计？

13. 对组织来说，"因事设人"和"因人设事"，哪种方式更为合理？

参考文献

1. ［美］理查德·L·达夫特. 组织理论与设计精要. 北京：机械工业出版社，2003

2. ［美］斯蒂芬·P·罗宾斯. 组织行为学（第 10 版）. 北京：中国人民大学出版社，2005

3. ［美］哈罗德·孔茨，海因茨·韦里克. 管理学（第 10 版）. 北京：经济科学出版社，1998

4. 吴培良，郑明身，王凤彬编著. 组织理论与设计. 北京：中国人民大学出版社，1998

5. 王璞主编. 组织结构设计咨询实务. 北京：中信出版社，2003

6. 周三多，陈传明，鲁明泓编著. 管理学——原理与方法（第 4 版）. 上海：复旦大学出版社，2004

7. 方振邦主编. 管理思想百年脉络（新版）. 北京：中国人民大学出版社，2007

第 6 章

组织文化

学习目标

- 了解组织文化的结构与类型
- 了解组织文化的功能
- 了解国内经典的文化测量模型和工具
- 理解组织文化的定义
- 理解组织文化的形成过程
- 掌握组织文化建设的主要内容

组织文化是一个组织在长期发展过程中沉淀下来的，一旦形成便不容易发生变化，因此它在一定程度上代表着组织的灵魂，是组织彰显自身形象的有效载体。今天的组织在规范管理规章制度的同时，都在强调自身的文化建设，以发挥文化的"软约束"作用，弥补规章制度等"硬性管理"的不足。本章将着重介绍组织文化的有关内容，包括组织文化的内涵、形成与诊断以及组织文化的变革等相关内容。

6.1　组织文化概述

6.1.1　组织文化的内涵

自从 1979 年佩蒂格鲁在《关于组织文化研究》一文中首次提出"组织文化"（organizational culture）的概念后，它犹如一根导火索，引燃了组织心理学有史以来影响最广泛的一场"运动"。1980 年，美国的《商业周刊》《哈佛商业评论》等权威杂志以突出篇幅

对"组织文化"问题进行了讨论，这代表了企业界和学术界对这一场"运动"的强烈回应。之后在美国连续出版了几本关于组织文化的著作——日裔美国学者奥奇（Ouchi）的《Z理论》、帕斯卡尔和阿索斯的《日本经营管理艺术》、迪尔（Deal）和肯尼迪（Kennedy）的《企业文化》、彼得斯和沃特曼的《追求卓越》，这四本著作奏响了这场"运动"的最强音，被称为组织文化的"新潮四重奏"。从此，组织文化开始成为企业实践、管理咨询领域和学术界的流行名词，而组织文化研究也成为组织领域研究的主流。

1. 组织文化的定义

组织文化是什么？不同的人有不同的看法，对它的定义不胜枚举。国外学者提出的比较有影响的观点有如下几个：

（1）威廉·奥奇指出公司文化由公司的传统风气所构成，它意味着一个公司的价值观，诸如进取、保守或灵活，这些价值观构成了公司员工的活动、意见和行为的规范，同时也是指导企业制定职工和（或）顾客政策的宗旨。[①]

（2）迪尔和肯尼迪在《企业文化》一书中将组织文化描述成一种集意义、信仰和价值观在内的存在，是一个企业所信奉的价值观。

（3）丹尼森（Denison）认为：组织文化是指为组织成员所持有的基本的信念、价值观、假设以及表现出来的实践和行为。组织文化的一些方面，诸如个体行为和群体标准，是显而易见的，而文化的有些方面却难以观察，因为它们表示了不可见的假设、价值观和核心的信念。[②]

（4）霍夫斯塔德对组织文化的定义是："组织文化是指组织成员所共有的并以此同其他组织相区别的心理程序，也就是说，组织文化是共有的价值观体系。"

（5）罗宾斯认为：组织文化是组织成员所共有的一套意义共享的体系，它使组织独具特色而区别于其他组织，包含以下维度：关注细节、成果导向、员工导向、团队导向、进取性、稳定性和对创新与风险的承受力等。[③]

虽然学者们对组织文化内涵的界定不尽相同，但他们基本都认为组织文化是组织的价值观和基本信念，组织正是依赖这些文化来协调和凝聚内部的各种力量，将其统一于共同的指导思想和经营哲学之下。在所有的关于组织文化的定义中，最有代表性的、影响最大的是埃德加·E·沙因提出的定义："组织文化是一套基本的假设——由一个特定的组织在学习处理对外部环境的适应和内部整合问题时所创造、发现或发展起来的，一种运行得很好且被证明是行之有效的，并被用来教育新成员正确感知、思考和感觉上述这些问题的基本假设。"[④]

沙因在《组织文化与领导》一书中，对组织文化的这一定义进行了深刻的阐述。他认为：

---

① A. L. Wilkins，W. G. Ouchi，Efficient Cultures，"Exploring the Relationship between Culture and Organizational Performance"，*Administrative Science Quarterly*，1983（3）：468.

② D. R. Denison，A. K. Mishra，"Toward a Theory of Organizational Culture and Effectiveness"，*Organization Science*，1995，6（2）：204—223.

③ 参见［美］斯蒂芬·P·罗宾斯：《组织行为学》（第10版），573页。

④ ［美］埃德加·E·沙因：《组织文化与领导》，11页，北京，中国友谊出版社，1989。

（1）把组织文化看成是组织的价值观、共享的信念、群体规范等都反映了组织文化的内容，但都不是组织文化的本质。"文化"这个词应该包含为组织的成员共同拥有的更深层次的基本假设和信念，它们无意识地产生作用，并且用一种基本的"认为是理所当然"的方式来解释组织自身的目的和环境。

（2）这些假设和信念是通过学习获得的，是对组织在外部环境中的生存问题和内部整合问题的反应，随着获得新的经历而发展。并且，如果了解了学习过程的动力，组织还可以改变自己的文化。

（3）这些深层的假设应与"人为事物"和"价值观"区别开来，前者只是文化的表现形式或表面层次，后者才是文化的本质。沙因认为这些基本假设涉及人与自然的关系、现实和真理的关系、人性的本质、人际关系的本质、时间与空间的本质五个方面。

2. 组织文化的结构

关于组织文化的结构，国内外学者提出了许多观点，但最为经典的是组织文化结构二层次论——冰山模型和沙因的组织文化结构三层次论——睡莲模型。

（1）冰山模型。

组织文化研究者将组织文化比喻为大海中的冰山，将其称为"冰山模型"（iceberg model）（见图 6—1）。冰山模型将文化的分析层次区分为显现的、可观察到的层次和隐藏的、无法观察到的层次，这两个层次各自的内涵如下：

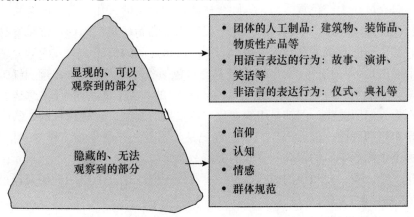

图 6—1 组织文化结构的冰山模型

1）隐藏的、无法观察到的文化层次，指那些位于底层的基本假设，它是组织文化的本质，如信仰、认知、情感和群体规范等。这些基本假设虽然是文化的真正内容，但它们是为人们所默许的且无法被直接观察到的。

2）显现的、可以观察到的文化层次，被喻为凸显出来的冰山一角，它位于总体文化的表层，主要包括团体的人工制品（例如，建筑物、装饰品、物质性产品）、用语言表达的行为（例如，故事、演讲、笑话）、非语言的表达行为（例如，互动、仪式及典礼）。这些可观察到的文化符号都是文化基本假设的展现或表达工具，而非文化实体本身的构成要素。

（2）睡莲模型。

沙因将组织文化分为三个层次（见图 6—2），也就是所谓的"睡莲模型"（water lily

model），并对其进行了详尽的分析。

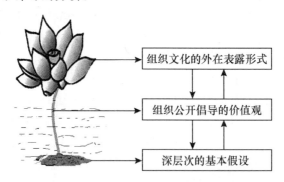

图6—2　组织文化结构的睡莲模型

睡莲模型的第一个层次如同睡莲浮在水面上的花朵和枝叶。它是组织文化的外在表露形式，是人们所能接触到和感知到的组织文化，包括组织的架构和各种制度、程序等。它通过组织成员的书面或口头表达的语言、公开的行为、物品摆放等直观的信息交流表现出来，人们可以通过它们形成对组织最直接的认识。

第二个层次是睡莲垂直生长在水中的枝和梗。它是组织公开倡导的价值观，这些价值观渗透在组织的使命、愿景、行为规范里面，并把"是什么"和"应当是什么"区分开来。它是组织成员在生产经营活动、人际交往活动中产生的文化，是组织文化的中间连接层次，人们或许可以透过"水面"看见这一层次，但它始终是模糊的，也是容易被忽视的部分，它的健康程度直接关系到上一层次和下一层次之间的传递。

第三个层次是睡莲扎根在土壤中的根系。它包括各种被视为当然的、下意识的信念、观念和知觉，是对某一特定情境中适宜行为与反应的无意识的基本假设。它是最深层次的，虽然不为人们所关注，但却是组织文化中最重要的基础。这种潜在的、实际上对人的行为起指导作用的假设，告诉群体成员怎样观察、思考和感受事物。作为"根系"，它为组织文化提供了源源不断的营养和牢固的支持。

如同花、叶、枝、梗和根构成睡莲这一有机体一样，这三个层面的要素经过整合，形成了有机统一的组织文化。

3. 组织文化的类型

按照不同的分类标准，可以将组织文化划分为不同的类型，其中最基本的是将组织文化划分为主文化和亚文化以及强文化和弱文化。

（1）主文化和亚文化。

在一个组织中，除了将整个组织作为一个整体以外，组织的各种正式的、有着严格划分的子系统（如分设机构、部门、小组、工作单位和场所），或非正式的群体，相对于构成它们的部分来说，也能够作为一个小的整体。[①] 在整个组织的文化背景下，不同子系统的文化是在整个组织内部产生的，但它和整个组织的主流文化不会完全相同。从这个角度来看，组织文化在类型上就有主文化（dominant culture）和亚文化（subculture）的

---

① 参见石伟：《组织文化》，141页，上海，复旦大学出版社，2004。

划分。

组织的主文化就是组织在一定时期内所形成的占主导地位的组织文化。主文化是一个组织的核心价值观的体现，受到大多数组织成员的认可，构成了组织文化的主流。亚文化通常反映的是组织中的一部分成员所面临的共同问题、情境和经历，它可能是在组织内部的部门设计或地理分割的基础上形成的。一个组织的亚文化通常包含两个方面的内容，其一是相当于组织的副文化，即组织在一定时期内形成的非主体、非主流的组织文化；其二是相当于组织的亚群文化，即组织文化的次级文化，例如采购部有着本部门成员所特有的一些价值观，它既包含了组织主文化中的核心价值观，又包含了采购部成员所特有的价值观。

（2）强文化和弱文化。

虽然所有的组织都有自己的文化，但是并非所有的文化对组织成员都产生同等程度的影响。按照组织文化对其成员影响力的大小，可以将其分为强文化（strong culture）和弱文化（weak culture）。

强文化是指组织的核心价值观为组织成员强烈认同并广泛共享的文化，组织成员的活动受核心价值观的指导并围绕它进行。一般来说，接受组织的核心价值观的成员越多，对核心价值观的信念越坚定，组织的文化就越强。相反，弱文化的一个明显特征就是处于这种文化中的组织成员分不清楚什么是重要的、什么是不重要的，因而也就不能对什么是核心价值观取得一致的意见。对于同一个组织来说，强文化和弱文化是可以并存的。

强文化会对员工的行为产生巨大影响，因为这种高度的认同感会在组织内部创造一种有力的行为控制气氛，使组织成员对组织目标及运作方式取得高度一致的看法，从而在组织中造就高度的内聚力、忠诚感和组织承诺。而如果一个组织表现出弱文化的特征，就无法达到行动一致。

自 20 世纪 90 年代初以来，把组织文化划分为强文化和弱文化的观点日趋流行，这种观点认为，强文化对组织成员行为的影响更大，并与降低组织成员的流动率有着更直接的联系，而且越来越多的证据表明强文化与组织的绩效是紧密关联的。

6.1.2　组织文化的功能

前面已经间接地提到组织文化对组织成员行为的影响，接下来，本部分将详细地阐述组织文化的功能。组织文化的功能是指组织文化发挥作用，对组织的生产、经营、管理等活动产生影响。组织文化的功能具有双重性，可以分为正功能和负功能。组织文化的正功能能够提高组织承诺，增强组织成员行为的一致性，引导组织的成长、进步，进而提升组织的效能。但同时也不能忽视在特定背景下，组织文化会对组织发展产生束缚和限制等负面效应。

1. 组织文化的正功能

组织文化的正功能可以概括为内塑成员，外塑形象。具体来说，组织文化具有以下五个方面的正功能：

（1）导向功能。

组织文化能对组织整体和组织中每个成员的价值取向与行为取向起引导作用。通过外显的层面（企业的文化设施、技术教育和娱乐培训等），以及内隐的层面（组织的价值标准、道德规范、行为准则以及生活观念），组织文化可以使组织成员的思想、价值观、行为与组织的目标保持一致，从而确保组织目标的实现。正因如此，许多组织都在通过文化的导向功能来塑造新成员。

（2）凝聚功能。

组织文化是一种黏合剂，它通过为组织成员提供言行举止的恰当标准，把整个组织聚合起来。组织文化把成员的个人目标同化于组织的目标，通过共享的价值观、行为准则和道德规范使成员固守在组织之内，并与组织紧密地联系在一起。当组织成员对组织产生了强烈的"认同感"，组织就成为一个具有共同的价值观念、精神状态和理想追求的统一体，此时成员更加忠诚，组织具有更强的凝聚力和向心力。

（3）约束功能。

组织文化对组织成员的思想、心理和行为具有约束和规范作用。组织文化的约束不是一种制度化的硬约束，而是一种软约束，这种约束产生于组织的文化氛围、群体行为准则和道德规范。组织可以发挥文化的这一功能来减少那些起消极作用的"破坏分子"的数量，从而维持组织的良好秩序。

（4）激励功能。

激励功能是指最大限度地激发员工的积极性和首创精神。组织文化能够满足员工的多重需要，并对不合理的需要予以约束，使组织成员从内心产生高昂的情绪和奋发进取的精神。同时，积极向上的价值观念和行为准则会形成强烈的使命感、持久的驱动力，从而引导员工自我激励。组织可以发挥文化的这一功能，促使适当的组织成员充当"活性因子"，从而增加组织的活力。

（5）树立组织形象。

组织文化是组织的个性，具有鲜明的特征，因此它起着划分界限的作用，使组织和其他组织区分开来，如迪斯尼公司的"微笑文化"、微软的"精英文化"。一个在文化上具有鲜明个性特征的组织更容易在社会公众面前树立自己的形象，提高组织的知名度。

2. 组织文化的负功能

尽管组织文化存在上述正功能，但是我们也应该注意到，组织文化同时还可能成为组织变革和发展的潜在障碍。这些障碍主要表现在以下三个方面：

（1）变革创新的障碍。

组织文化往往需要经过多年的建设和沉淀才能形成，一旦形成组织文化便具有长期的稳定性。当组织面对的环境比较稳定时，组织文化便会成为一种资本；而当组织面对动态的环境时，组织共享的价值观就可能会与进一步提高组织效率的要求发生冲突，从而成为组织发展的束缚。

当今社会已经进入了一个飞速发展的阶段，新技术和新思想使组织面临的环境更加动荡不安，现代组织需要不断对自身的结构和战略进行调整与变革，从而对环境的变迁做出快速的反应，以便在竞争中保持优势。而面对变革和调整时，组织内部根深蒂固的文化就可能变成一种可怕的惯性，束缚组织的手脚和成员的思想，不敢或不愿创新或对组织进行变革，使组织难以适应变幻莫测的环境。

（2）多样化的障碍。

组织在聘用新成员时会面临两难境地，一方面，管理层要求这些新成员能够与组织文化相匹配，希望他们接受组织的核心价值观，与组织其他成员的行为和组织的形象保持一致，否则这些新成员就难以融入组织或不被组织接受；另一方面，在面对变化的环境时，管理层也希望通过新成员所带来的差异来激活整个组织，给组织注入新鲜血液，促进组织的创新和发展，因此管理层又会公开认可和支持这些差异与变化。

组织的强文化对成员有着明显的遵从压力，它限定了组织可以接受的价值观和行为准则。组织希望通过聘用各具特色、存在差异的不同员工来获得多元化优势。但是一旦新成员试图融入强文化之中时，这些多元化的行为和优势就可能丧失。因此当组织文化——特别是强文化——大大削弱了来自不同背景的人带给组织的独特优势时，它就成了组织发展的障碍。

（3）兼并和收购的障碍。

不同组织的个性分明的组织文化，可能使得本可以整合的利益关系变得不可能。以前，管理人员在进行兼并或收购决策时，所考虑的关键因素是融资优势或产品协同性。而近来文化的融合性成为他们主要的关注对象，虽然收购对象在财务和生产方面是否有利可图是必须加以考虑的因素，但收购对象与本公司的文化是否相容，更是一个不可忽视的重要方面。如戴姆勒–奔驰公司和克莱斯勒公司合并后，由于两家公司文化的兼容性差，导致合并的结果是克莱斯勒公司的市值下降，市场份额减少，从盈利的汽车公司变成了输家。

6.1.3　组织文化与组织氛围

组织文化与组织氛围既有区别又有相似之处：

（1）相似之处。

组织文化和组织氛围从概念上密切相关，都是指组织成员对环境的理解方式，都表现为构成行为基础的共同内涵，它们的结构更为相近。二者具有一定的相似之处，具体表现在：

1）二者都关注组织的总体工作氛围。

2）它们都涉及组织的社会背景，都会影响组织成员的行为。

3）在理论基础上，文化研究的根源来自社会构成，氛围研究的根源来自勒温的场理论。近期出现的大量研究开始对二者的理论基础进行交叉尝试。

（2）不同之处。

由于组织文化和组织氛围有很大的相似之处，因此，区分组织文化和组织氛围就变得十分重要。二者之间的区别有以下几点：

1）从理论根源和学科基础上来看，组织氛围以应用心理学为背景，而组织文化以人类学和社会学为背景。

2）在研究范式上，组织氛围研究采用唯理论的演绎式方法来了解知识，采取逻辑实证的分析态度，注重量化研究，即从一定的理论观点出发，构建组织氛围的框架，然后编制量表进行测量，通过统计分析寻找组织氛围类型，探寻氛围与组织绩效和个体行为之间的关系；而组织文化研究更多地采用自然论的做法，运用整体的个案研究，不再偏执于分解式的变量、解析和推此及彼的企图，而是全面深入地分析某一特定组织成员共享的规范、价值体系、意义系统以及基本假设等。

3）从定义上看，组织氛围包含结构性与主观性的知觉，即成员心理互动的主观意识。有些学者采用文化取向来说明氛围的形成，他们认为氛围是经由一群有着共有组织文化的个体，在互动后对周围环境所产生的知觉与解释。因此对组织氛围的定义着重于组织成员对于组织环境的知觉，组织文化的定义则聚集于成员间共享的价值观，而知觉与价值观是不同的概念，组织文化比组织氛围在概念上更为普遍。

4）在深度上，组织氛围关注的是组织的表层现象，而与组织氛围相比，组织文化更注重深层的组织价值观以及建立在这些组织价值观基础上的假设。

5）在广度上，组织文化更关注组织发展，而组织氛围关注某一时间段内的组织。

6）从研究取向上看，组织文化研究是对一个组织的特征进行描述，而组织氛围研究是通过组织间的对比来进行研究的。

组织文化作为一个研究概念或范畴，与工业和组织心理学中的组织氛围研究有历史逻辑上的连接。虽然对组织文化研究和组织氛围研究存在区别，但正如丹尼森所说的那样，"组织氛围和组织文化的争论不在于研究什么，而在于如何研究"。

对组织氛围的研究有助于在实践中发挥组织文化的功能。我们可以借鉴霍夫斯塔德的观点：氛围比文化在个人的动机与行为的联结上更为贴近，而文化则是归属于组织整体的层次。因此，对于企业组织的管理者来说，如果希望通过组织文化的创建与发展来带动整体组织效益的发展，应该首先从改善组织氛围着手，从表层上解决员工对工作环境的共同心理知觉问题，使员工感知到组织文化的表面层，从而在短期内调动员工的工作动机和行为。之后则是通过组织氛围的全面改善，使员工接触到组织文化的价值观，最后再将影响力延伸至组织文化的基础假设。[①]

6.2 组织文化的描述与分析框架

犹如人的个性是独一无二的，不同的组织，其文化也是不同的。那么我们该怎样对一个组织的文化进行描述和分析呢？根据不同的理论基础，关于组织文化的研究方法出现了两大学派：以埃德加·E·沙因为代表的定性化研究学派和以罗伯特·奎因等人为代表的定量化研究学派。20世纪90年代后，随着对组织文化研究的深入，开始出现定性研究和定量研究的融合，并出现了许多新的组织文化描述途径和测量方法。在此，我们将介绍几种典型的组织文化描述与分析框架。

6.2.1 沙因的模型

在研究组织文化的众多学者中，沙因是极为重要的一个代表人物，他对组织文化研究的主要贡献在于他提出了被人们广为采用的组织文化定义并解释了其内涵，指出了组织文

---

① 参见王庆燕、石金涛：《组织气氛与组织文化的研究脉络与异同》，载《中国软科学》，2005（9）。

化的三个层次。此外,他还提供了诊断和评价组织文化的方法。

沙因认为文化是一个集体在其整个历史中习得的、所有共享的并被视为理所当然的假设的总和,它是成功遗留下来的资产。如表6—1所示,沙因认为组织文化的内涵包括三个方面,这些内涵是组织文化建立的基础。

表6—1   文化的内涵

在外部环境中求得生存	整合人的组织	五个更深层次的假设
使命、战略和目标 手段:结构、系统和流程 度量:纠偏和修正系统	共同的语言和概念 组织边界:谁进谁出 如何定义人际关系 报酬和地位的分配	人与自然的关系 现实与真理的本质 人性的本质 人际关系的本质 时间与空间的本质

1. 文化内涵的第一部分:在外部环境中求得生存

为了生存和发展,每个组织都必须发展关于哪些该做、怎样去做的可行假设。

(1)使命、战略和目标。

对一个组织来说,在完成使命、求得生存和发展意义上的成功,必须要满足各种环境的要求。大多数组织都会形成一些假设,比如它们的基础使命和身份认同,它们的战略意图、财务政策、组织自身及其工作的基础方式、自我评价的方式以及当它们察觉到偏离目标时自我修正的方式等。

(2)手段:结构、系统和流程。

这方面的文化内涵是关于组织决定如何实现其战略和目标的假设。每个成功的企业都会发展出一套工作结构方式,确定生产和营销流程,创造有效运行需要的各种类型的信息、报酬和控制系统。既然这类系统会继续起作用,它们就被认为是理所当然的做事方式。

(3)度量:纠偏和修正系统。

这方面的文化内涵关注的是组织如何评价自身,纠正偏差并修正它们的假设。不同的组织对于什么是偏差、如何修正错误的假设不同,但一旦基于这种假设的工作获得了成功,就会被认为是理所当然的和正确的。

2. 文化内涵的第二部分:整合人的组织

这一部分的文化不是孤立的,它和上一部分列出的外部假设是互动的。

(1)共同的语言和概念。

组织文化最显著的表现就是共同的语言和思维方式。在组织中,新员工总是试图弄清楚如何着装,怎样和老板说话,怎样在团体会议中表现,如何破译其他员工抛过来的行话和缩略语,怎样保持自信,加班要到多晚等。要想成为组织的正式成员,必须花费时间来学习。

(2)组织边界:谁进谁出。

每个组织都发展了不同程度地标识成员身份的方式,从制服和徽章到更加微妙的标识,例如谁占据什么样的停车位、股票认购权和其他特权。关于组织成员身份及其义务的共同默认的假设是组织文化的鲜明部分。

（3）如何定义人际关系。

不同的组织关于权力关系和成员之间认为恰当的亲密程度的假设有所不同。有的组织强调平等主义，而有的则存在等级结构。与权威关系紧密相连的是关于组织中关系应该在多大程度上公开化和个人化的假设。有的组织期望员工对所有事情都公开，但更普遍的情况是有规范明确地划定工作中的界限：哪些可以谈，哪些不可以谈，哪些可以对老板谈，哪些可以对下属谈。

（4）报酬和地位的分配。

每个组织都发展了一套报酬和地位系统，最显著的形式是提高报酬，沿着阶梯晋升。但是在不同的组织中，与报酬相关联的组织文化存在着差异。在有些组织中，对某些员工来说，晋升和金钱报酬如薪水、津贴、股票期权以及利润分享等是首要的报酬形式，也是地位的源泉。而在其他组织中，官衔或者向你汇报的下级的数目更为重要。[①]

3. 文化内涵的第三部分：五个更深层次的假设

组织文化最终包含在组织运行的民族文化内，因而民族文化的深层次假设也会通过创始人、领导人以及成员的假设和理念反映在组织中。这些深层次的假设通常是难以破译的，然而它们是文化在操作层面真正起作用的推动力。沙因认为这些基本假设可以归纳为五个方面：

（1）人与自然的关系。即组织的中心管理层如何看待组织与环境的关系的假设。有些组织认为它们是自己命运的主人，另外一些则比较温顺，愿意接受外部环境的支配。

（2）现实与真理的本质。即组织中对于什么是真实的，什么是现实的，判断它们的标准是什么，如何论证真理和现实以及真实是否可以被发现等一系列假设。

（3）人性的本质。这是关于人的本质以及个人与组织之间的关系应该是怎样的假设。有些人坚信 X 理论，认为人们只要躲得过去就消极怠工。另一些人对于人性的看法则要更加肯定，认为管理者应努力帮助人们发掘他们的潜能，这样对双方都会有好处。

（4）人际关系的本质。这包含着什么是权威的基础，权利的正确分配方法是什么，人与人之间关系的应有态势（例如是竞争的或互助的）等假设。

（5）时间与空间的本质。关于时间和空间的文化假设是最难破译的，然而在决定我们对特定环境感觉到的舒适程度时，这是最具有决定性的。如对迟到的态度、办公室的布局等包含着丰富的意义。

通过对上面三个部分的文化内涵的分析，沙因认为组织文化是深刻的、广博的和复杂的。它覆盖了现实和人的活动的所有方面，影响着组织成员的思维、感觉以及行为，为日常生活提供了意义和可预见性。

沙因还提出了一种定性的组织文化诊断和评价方法，该方法包括以下十个步骤：

第一步，获取组织领导者的承诺和支持。

第二步，找几个组织成员（最好是组织的新进人员）以及对组织文化的概念和理论比较熟悉的人（可以是外部咨询专家）组成文化诊断和评价小组，进行面对面的讨论。

第三步，选择合适的访谈环境，可以在房间的墙壁上，装上一些活动挂图，以便将讨

---

① 参见［美］埃德加·E·沙因：《企业文化生存指南》，25～31 页，北京，机械工业出版社，2004。

论的结果直观形象地呈现出来。

第四步，向小组成员说明讨论的目的和意义，以及要达成的目标。

第五步，向小组成员解释表象、表达的价值观和共同默认的假设这三个层面上的文化概念，保证所有小组成员都能理解。

第六步，识别表象。小组成员开始讨论，识别那些能够刻画组织特征的表象，将其一一记录下来并在挂图上呈现出来。

第七步，识别组织的价值观。小组要列出组织所倡导的价值观，其中有一些可能在上一步提到过，但是要把它们和表象分开。通常这些价值观都是记录下来的并且印刷好的。有时它们还被人们熟练背诵，作为组织在未来保持灵活性和竞争性运营的"愿景"。

第八步，识别组织共享的基本假设。一般的方法是鉴别那些公开的行为、政策、规则和实践（表象），以及在作为愿景宣言、政策和其他形式表达的价值观之间，所出现的不一致和冲突，接着必须鉴别出是什么推动着公开行为和其他的表象，即表象和价值观背后的基本假设。

第九步，评价这些共享的基本假设。当基本假设得到识别以后，可以对这些基本假设进行评价。既然文化非常难以改变，那么组织就应该把大部分精力集中在识别那些能够帮助组织发展的假设上。努力把组织的文化看作可以应用的积极力量，而不是需要克服的障碍。如果组织发现特定的假设确实是制约因素，就必须制定计划来改变那些文化要素。而这些变革最好利用文化中的积极的、支持性的元素来进行。

第十步，形成正式的书面报告并进行连接分析（joint analysis）。写出组织的这些假设，指出各种假设具有意义的相互联系形式——明确说明各种表象、价值观与基本假设的内在联系。书面假设应该随着新资料的增加而不断修改。

通过上述步骤，访谈小组可以找出组织文化中深层次的基本假设，并对这些假设进行评价，发展组织文化中的有利因素，变革不利因素。沙因的文化模型是定性研究流派的代表，他认为通过文化调查不会也不可能测量组织文化。

6.2.2　国外经典的文化测量模型和工具

组织文化的量化研究采用了社会学功能主义学派的观点，其特点是认为组织文化是由集体的行为表现出来的，该学派认为组织文化是组织的属性，可通过测量和其他组织现象区别开来，能够用来预测组织或员工的有效性。

由于研究者的训练背景、关心的主题与使用的方法各异，因此组织文化的量化测量形成了多元化的格局。[①]　其中比较有影响的组织文化测量模型有如下几种。

1. 库克等人的模型

库克（Cooke）等人通过测量与组织成员所持有的共享的信念和价值观相关的行为规范和预期来探讨和评估组织文化，并且以"规范性信念"及"共享的行为预期"为核心概念，发展出了完整的组织文化量表（organizational culture inventory，OCI）。OCI测量了12项可能会影响组织成员的思想、行为、动机、绩效、满意度以及压力感的"规范性信

---

① 参见张勉、张德：《组织文化测量研究述评》，载《外国经济与管理》，2004，26（8）。

念"和"共享的行为预期"，库克等人认为它们代表 12 种文化形式，并对它们作了如下描述：

（1）人性化（humanistic-helpful culture）：这种文化的特征是组织以人为中心，鼓励员工参与，组织希望成员之间能够进行开放的、支持的、建设性的互动。例如帮助他人成长和发展，花时间与他人相处等。

（2）友好（affiliative culture）：这种文化的特征是组织高度重视成员之间的建设性的人际关系，组织希望成员对其所属的工作团体能有相当的认同、友善的态度、开放的心胸与强烈的满足感。例如成员之间友好相处，能分享彼此的想法和感受。

（3）赞同（approval culture）：具有这种文化特点的组织强调避免冲突，保持令人愉快的人际关系，组织成员认为自己应该支持他人的意见，这样也可换取他人对自己的支持。例如确保别人能够接纳自己，和他人保持一致。

（4）常规（conventional culture）：具有这种文化特点的组织保守，尊重传统，层级节制，严密控制，组织希望成员顺从决策，以便给他人留下好印象。例如按照惯例和既有的规则行事，循规蹈矩。

（5）依赖（dependent culture）：处于这种文化中的组织决策集权，层级节制，成员缺乏参与，组织要求成员只需清楚上级的指示，并按照指示去做。例如尊重权威，并努力达到他们的期望。

（6）回避（avoidance culture）：具有这种文化特点的组织不会对成功进行奖励，但会对错误做出惩罚，这种负面的奖罚体系使组织成员总是设法将责任转移给他人，不愿意承担任何责任，尽量避免自己受到责备。例如等待他人行动后再去尝试，即使失去机会也在所不惜。

（7）反对（oppositional culture）：在这种组织中，对抗盛行，持反对意见的成员往往会受到组织的奖励，并获得地位与影响力，组织成员习惯为了反对而反对他人的意见，这样做出的决定比较保险可靠（但却是不切实际的）。例如指出他人的错误和缺陷，即使受到压力也不屈服。

（8）权力（power culture）：这类组织重视职位所赋予的权威而不注重成员的参与，组织成员相信只要履行好职责，管理好下属，并对上级的期望积极响应，就能得到奖励。例如建立个人的权威基础，通过各种形式激励下属。

（9）竞争（competitive culture）：具有这种文化特点的组织认为成员只有赢得胜利、表现突出才能获得奖励和重视。在这种"非赢即输"的环境里，组织成员彼此之间相互竞争，不愿合作。例如将工作视为一种竞赛，决不轻易放弃。

（10）完美主义（perfectionistic culture）：在这种文化中，那些追求完美、坚强而固执并努力工作的成员会受到组织的奖励和重视。组织成员认为他们要避免犯任何错误，对一切事物保持高度敏感。例如把事情做得至善至美。

（11）成就（achievement culture）：具有这种特点的组织，要求把事情做到最好，那些设定并完成目标的组织成员会受到组织的奖励和重视。这类组织的成员设定现实的、具有挑战性的目标，为完成目标而制定计划，并积极采取行动。例如组织成员追求卓越的标准，公开地表露自己的热情。

（12）自我实现（self-actualizing culture）：具有这种文化特点的组织重视创造性，强调质量重于数量，兼顾工作的完成与个人的成长。组织鼓励成员享受工作带来的乐趣，发展自我，以新颖有趣的方式进行工作。例如强调以独特的方式独立思考，即使是简单的工作也要做好。[①]

库克和拉夫瑞（Lafferty）在进一步研究的基础上将组织文化划分为建设性文化、进攻性文化和防御性文化，并对上述 12 种文化形式进行了整理（见表 6—2）。

表 6—2　　　　　　　　　　　　库克等人的组织文化类型表

文化类型	建设性文化	进攻性文化	防御性文化
组织文化 子维度	● 人性化 ● 友好 ● 成就 ● 自我实现	● 反对 ● 权力 ● 竞争 ● 完美主义	● 赞同 ● 常规 ● 依赖 ● 回避

（1）建设性文化（constructive culture）：即组织成员乐于与人互动，增进满足度的文化。

（2）进攻性文化（aggressive culture）：即组织成员以强有力的方式处理工作，以保护自身的地位和职务的文化。

（3）防御性文化（passive culture）：即组织成员以不威胁自己安全的防御方式与他人互动的文化。

OCI 是一种应用非常广泛的组织文化诊断工具，可以用它来诊断组织文化中需要变革的领域，评价组织变革的效果以及管理多元化等。

2. 奎因和卡梅隆的研究

奎因和卡梅隆认为组织文化可以通过组织所信奉的价值观、主导性的领导方式、语言和符号、过程和惯例以及成功的定义方式来得到反映。他们在竞争价值观框架（competing values framework，CVF）的基础上构建了组织文化评价量表（organizational culture assessment instrument，OCAI）。

奎因等人在前人对组织有效性研究的基础上提出了 CVF。他们研究了如何寻找到决定一个组织有效与否的主要判据，以及影响组织有效性的因素。研究结果表明组织有效性的研究应从三个价值维度进行，即手段与目的、内部和外部、控制与柔性。随后他们又构建了一套包含 39 个指标的组织有效性度量量表，并从这些指标中获得了两个主要的成对维度：灵活性—稳定性和关注内部—关注外部（见图 6—3），这两对维度将指标划分为四个象限，每个象限都代表组织最具特征的组织文化，分别被命名为层级型、宗族型、市场型和活力型。

这四种文化的特征如下：

（1）层级型文化：强调规则至上，凡事皆有规章可循，组织重视结构化与正规化，稳

---

① R. A. Cooke，J. L. Szumal，"Measuring normative beliefs and shared behavioral expectations in organizations：The reliability and validity of the organizational culture inventory"，*Psychological Reports*，1993，（3）：1299–1330.

定与恒久是重要的观念，领导者以组织有良好的协调和效率为荣。

（2）宗族型文化：强调人际关系，组织就像一个大家庭，彼此帮忙，忠诚和传统是重要的价值观，重视人力资源开发所带来的长期利益、士气和凝聚力。

图6—3　奎因和卡梅隆的组织文化类型模型

（3）市场型文化：强调工作导向及目标完成，重视市场及产品，对市场有敏锐的洞察力。

（4）活力型文化：强调创新与创业，组织比较松弛、非规范化，强调不断的成长和创新，鼓励个人主动创新并自由发挥。

奎因和卡梅隆等人通过大量的文献回顾和实证研究发现，组织中的主导文化、领导风格、管理角色、人力资源管理、质量管理以及对成功的判断准则都对组织的绩效表现产生显著影响。OCAI从中提炼出六个判据，即主导特征、领导风格、员工管理、组织凝聚力、战略重点和成功准则来评价组织文化。OCAI共有24个测量项目，每个判据下有四个陈述句，分别对应着四种类型的组织文化。对于某一特定组织来说，它在某一时点上的组织文化是四种类型文化的混合体，通过OCAI测量后形成一个剖面图，可以直观地用一个四边形表示。奎因和卡梅隆指出，OCAI在辨识组织文化的类型、强度和一致性方面都是非常有用的。

OCAI量表的优点是为组织管理实务者提供了一个直观、便捷的测量工具，在组织文化变革方面有着较大的应用价值。

3. 霍夫斯塔德的跨文化分析模型

跨国公司的发展使得全球化的趋势愈演愈烈。出于全球化的考虑，组织要面对多元化和多文化的问题。组织内可能有多民族的人共同工作，如何使这些经济、文化背景不同的人更好地共事、合作就成为跨国组织亟待解决的问题。由于不同文化下的价值观存在差异，而对这些差异的理解有助于我们对来自不同文化背景下的员工的行为进行解释和预测，从而有利于进行跨文化管理。

荷兰学者吉尔特·霍夫斯塔德从1968年开始对40个国家中为IBM公司工作的11.6万名员工进行了调查，以了解与工作有关的基本价值观和信念。起初他发现，管理者和员工在有关民族文化的四个维度上存在差异，即权力距离、个人主义和集体主义、生活数量和生活质量以及不确定性规避。1989年，霍夫斯塔德又根据他人的研究，在原有的系统中补充了一个新的维度，即长期导向和短期导向。

（1）权力距离（power distance）：一个国家的人民对于机构和组织权力分配不平等这一事实的认可和接纳程度。

（2）个人主义和集体主义（individualism vs. collectivism）：个人主义指的是一个国家的人民喜欢以个体为单元活动而不是作为群体成员一分子进行活动的程度。集体主义则与个人主义相反。

（3）生活数量和生活质量（quantity of life vs. quality of life）：生活数量指的是人们看重积极进取、金钱及物质的获得与拥有以及竞争的程度。生活质量是指人们重视关系，并对他人幸福表现出敏感和关心的程度。

（4）不确定性规避（uncertainty avoidance）：一个国家的人民喜欢结构化而不是非结构化情境的程度。不确定性规避上得分高的国家，人们的焦虑水平更高，表现为更明显的紧张、压力和攻击性。

（5）长期导向和短期导向（long-term vs. short-term orientation）：生活在长期导向文化中的人们，总是想到未来，而且看重节俭和持久。而短期导向的人们看重的是过去和现在，强调对传统的尊重以及社会义务的履行。

霍夫斯塔德的研究发现，不同的国家在不同的维度上得分不同，如中国的文化在权力距离上得分较高，而美国和荷兰得分较低；大多数亚洲国家表现出较高的集体主义，而美国文化在个人主义上得分较高等。[①]

除了上面介绍的三种经典测量模型以外，还有一些在实际中应用比较多的组织文化测量工具，如丹尼森等人 1996 年构建的组织文化问卷（organizational cultural question-naire，OCQ），奥莱利（O'Reilly）等开发的组织文化剖面图（organizational culture pro-file，OCP），罗伯特·戈费（Robert Goffee）和加雷斯·琼斯（Gareth Jones）于 1998 年开发的"双 S"立体模型以及美国 NEWLEADE 开发的研究文化冲突和融合的文化分析工具等，限于篇幅原因，本书不能逐一介绍，读者如果感兴趣，可以通过查找相关文献来了解它们。

6.3 组织文化建设

优秀的组织必然有优秀的文化，优秀的组织也将不遗余力地去建设它的文化。组织文化一旦形成便很难消失，并对组织及其员工的发展产生巨大的作用。那么组织文化是怎样形成的呢？一旦组织文化形成，组织又是怎样维系和传承它的呢？员工是怎样学习组织文化的呢？变革是今日世界的主题，面对不断变化的环境组织文化该如何变革才能促进组织的发展呢？本部分将介绍这些内容。

6.3.1 组织文化的形成

日本学者河野丰弘通过邮寄问卷方式先对 50 家公司进行测试性调查，在根据调查的

---

① G. Hofstede，B. Neuijen，D. Ohayv，et al. ，" Measuring Organizational Culture：A Qualitative and Quantitative Study across Twenty Cases"，*Administrative Science Quarterly*，1990，（35）：286-316.

结果对问卷进行了修改之后，他正式调查了 100 家公司，得到 88 家公司计 391 份回函。经过对调查数据的分析，他提出了组织文化形成的过程（见图 6—4）。河野丰弘认为组织创始人的经营理念是组织文化的构成要素和指导原则，也是必备的核心文化。同时，组织的人力资源政策、经营策略也会对组织文化的形成产生重要的影响。组织文化通常在一定的生产经营环境中，为适应和促进组织的生存及发展，由少数人倡导与实践，经过较长时间的传播和规范整合而形成。

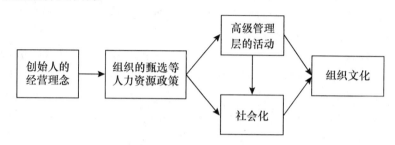

图 6—4　组织文化是怎样形成的

资料来源：［美］斯蒂芬·P·罗宾斯：《组织行为学》（第 10 版），583 页。

1. 创始人

组织的创始人对组织早期文化影响巨大。组织文化的形成，常常与组织创始人的经营思想、工作风格和管理艺术，以及他们的个人品格、胆识和魄力直接相关。他们为组织规划了发展蓝图，不受以前习惯做法和思想意识的束缚。再加上组织发展之初人数尚少，其创始人自然拥有最大的影响力，非常有利于创始人把自己的愿景灌输给组织的所有成员。

组织的创始人影响组织文化的形成有以下三种途径：首先，创始人仅仅聘用和留住那些与自己的想法和感受一致的人员；其次，创始人对成员的思维方式和感受方式进行社会化；最后，创始人把自己的行为作为角色榜样，鼓励成员认同这些信念、价值观和假设，并进一步内化为自己的想法和感受。通过这三种途径，组织的早期成员耳濡目染，认同并接纳了创始人的信念和想法，后来陆续进入的成员，或是迎合创始人的想法，或是因意见不合而相继离开，于是组织中处处可见创始人的个人影响力，他们的整个人格特点也就根植于组织文化之中。

IBM 公司的创始人托马斯·沃森在公司创立之初提出的"卓越的客户服务、追求完美、尊重个人"的口号一直到现在都是 IBM 组织文化的核心内容。有关创始人对组织文化有着极大影响的例子还有盛田昭夫对索尼的影响、亨利·福特对福特公司的影响、理查德·布兰森对维珍集团的影响等。

2. 制度化

所谓组织文化的制度化，就是将组织倡导的价值观转变为具有可操作性的管理制度的过程。[1] 组织的制度化建设是组织文化形成的一个不可或缺的步骤，而且是较深层次的步骤。制度化是组织文化形成的前奏，这是因为：一方面，组织在进行文化建设的过程中，必然会产生一系列的文化成果，如质量文化、服务文化等，这些成果需要以制度的方式才

---

[1]　参见石伟：《组织文化》，193～194 页。

能巩固下来；另一方面，组织创始人的价值观和信念需要通过制度化的过程才能传承得更为久远，也才能够更易为组织成员所接受并内化。

制度化在组织文化的形成过程中发挥着重要的作用，具体来说表现在以下几个方面：

（1）组织制度具有精确性、稳定性和权威性的特点，它通过规范组织成员的行为方式来把企业文化的诸多成果巩固下来。

（2）组织制度的程序化过程可以体现和弘扬组织文化的核心价值观与信念，并以规章制度的形式将其具体化，从而为组织成员认识和掌握核心价值观与信念提供具体的标准。

（3）组织制度提供的奖惩标准可以引导组织成员接受和内化组织文化的核心价值观和信念等。

当组织开始了制度化，组织本身就有了生命力，从而使它可以独立于组织的创建者和任何组织成员之外；当一个组织进行了持久的制度化后，组织就具有了恒久性，通用电气、IBM、索尼和柯达等历史悠久的大公司大多皆是如此。

3．从制度到习惯

组织文化形成的关键在于要让文化经历从理念到行动、从抽象到具体、从口头到书面的过程，要得到组织成员的理解和认同，转化为组织成员的日常工作行为，形成组织成员的习惯。制度化阶段，组织成员对于组织的价值观和信念及基本假设只是停留在了解阶段，让他们对组织文化形成高度的认同并将其转化为自觉行为才意味着长期的胜利。

要使组织文化转化为组织成员的习惯，使之自觉遵守，可以从以下几个方面着手：

（1）对组织成员进行培训，让他们认识和接受组织文化。通过专门培训可以让组织成员知道什么是组织文化、文化的作用、组织文化的现有状态以及目标状态等。

（2）组织高层领导者信守组织的价值信念，并身体力行。组织的领导者既是组织文化的塑造者，又是破坏者，高层领导者的一言一行都对组织文化的形成起着重要的作用。要使组织成员相信并愿意去实践组织的文化，领导者必须身体力行，从点滴做起。

（3）树立榜样，进行典型引导。发挥榜样的作用是建设组织文化的一种重要而有效的方法。把组织中那些最能体现组织文化中核心价值理念的个人和集体树为典型，进行宣传并给予适当的激励，有利于优秀组织文化的形成和发展。

制度是重要的，但组织文化的形成不能只停留在制度层面上，需要让组织成员接纳、认同组织的核心价值观并内化为日常的工作行为习惯。

6.3.2 组织文化的维系与传承

组织文化不是在某一时刻产生的，而是组织在长期的经营和管理中持续维系和传承的产物。在维系和传承过程中，组织文化的精髓得到沉淀，形成组织所独有的鲜明的文化传统；同时，原有文化中不合时宜的成分的遗弃以及新的适应环境的文化成分的增加也使组织文化本身变得更加丰满。

1．组织文化的维系

组织文化建立之后，组织内部就可以通过一些管理措施，如给员工提供一系列相似的经历来维系文化。组织也可以采取一些策略使其所聘用的员工与组织文化相适应，对那些支持和拥护组织文化的员工给予奖励，而对于挑衅组织文化的员工进行惩罚，从而强化组织文化。在组织文化的维系过程中，以下三个方面起到了重要作用。

（1）甄选。

组织在选拔新成员的过程中，往往会注意到维系组织文化的目的。组织选拔人员的目标是明确的，就是要聘用那些有知识、有能力来完成好组织工作的人。但对于众多能够满足工作需要的候选人来说，能否被录用，则取决于招聘决策者对候选人是否适合于组织的判断。在选拔的过程中，组织决策者会努力使所聘用的成员与组织的需要相匹配，这其中包括所聘用成员的价值观与组织价值观基本一致，或至少是与组织价值观的大部分相一致。那些可能对组织的核心价值观构成威胁的候选人员很难被组织录用。

另外，甄选的过程也为求职者提供了一些组织的信息，当求职者发现自己的价值观与招聘方的组织价值观存在冲突时，他们也会自动退出候选人之列。可见甄选是一种双向选择过程，它可以筛选掉那些可能对组织的价值观构成冲击和威胁的人，从而起到了维系组织文化的作用。

（2）最高管理层的活动。

组织高层管理人员的言行举止对组织文化的维系也会产生重要的影响。例如，组织鼓励或反对哪些行为及思想，不仅可以通过制定规章制度来实现这些要求，还可以通过高层管理者自己的一言一行把这些准则渗透到组织文化中去。因此，高层管理人员的活动也会对组织文化的维系起重要作用。例如，华为公司的组织文化强调同甘共苦、人人平等，公司的高层领导不设专车，吃饭同普通员工一样排队，付同样的费用。任何个人利益都必须服从集体利益，团结奋斗、荣辱与共的精神在华为得以充分体现。华为公司高管们的言行起到了很好的示范作用，使华为的组织文化得以很好地维系。

（3）社会化。

就组织录用的新成员而言，为了防止他们干扰组织已有的观念和习惯，组织要帮助新成员适应组织文化，这种适应过程称为成员的社会化（socialization）。在这个过程中，最关键的阶段是新成员刚刚进入组织的时期，组织会努力把外来者塑造成符合组织要求的合格的成员。而那些不服从者或反叛者，则很难在组织里生存或发展。通过社会化，新成员能够适应组织文化的要求，也会达到维系组织文化的目的。

新成员的社会化过程包括三个阶段，即原有状态阶段、碰撞阶段和调整阶段。为了使新成员能够通过社会化过程更好地学习和认同组织的文化，并获得在组织中活动所必需的行为、态度、知识和技能，组织会主动设计、建立和实施特定的新成员社会化的策略。如在迪士尼公司，新员工一旦被聘用，就要经历正规化程度较高、集体性、连续性的入门社会化过程。新来者的身份并不因为他们被分配到新岗位中而很快消除。他们先接受 8 小时的岗前定向培训，然后是在迪士尼公园中接受大约 40 小时的学徒培训。

组织可以采取一定的策略来对新成员进行社会化。琼斯根据凡·曼尼（Van Maanen）和沙因的研究提出了组织可选择的社会化策略（见表 6—3）。

表6—3　　　　　　　　　　　　　琼斯的组织社会化策略分类

项目	制度化的社会化策略	个性化的社会化策略
新员工角色定位	正规型：正规型策略注意设定特定的新员工社会化期间，在该期间内将新员工与组织的原有成员分离，给予其新员工的特殊角色。如在上岗之前，对新成员进行岗前培训和其他培训。	非正规型：非正规型策略则刻意消除其新员工的特殊角色，例如要求新员工立即到岗工作而不给予特殊的关照。
社会化方式	集体型：集体型策略是指组织对新员工以群体形式开展社会化活动，实现组织同时对大量新员工社会化的目标。如对新成员进行集体培训等。	个体型：个体型策略则是指组织对新员工分别进行个别的、单独的社会化活动。如根据新员工的个人特点，提供有针对性的培训等。
社会化过程时间控制	固定型：固定型策略通过设定一个明确的时间表来进行和控制整个社会化过程。如雅虎中国的文化中，员工入职五年才能正式成为"雅虎人"。	可变型：可变型则不设定硬性的时间表，随社会化过程的发展而变化。
社会化过程内容	有序型：有序型策略为组织的新员工社会化活动确定了明确的顺序，各项活动均依据预先的安排来进行。	随机型：随机型策略则没有明确的进度安排，各项活动可以随意安排与调整。
对新员工个人特质的处理	集权型：集权型策略注重消除新员工与组织不相适应的个人特质。	授权型：授权型策略注重激发和利用新员工的个人特质，即使这些个人特质与现阶段的组织不相适应。
对新员工的角色引导	连续型：连续型策略的特点在于组织以特定的角色要求来塑造新员工，是一种非常明确的目标导向型活动。如树立典型，或是组织安排有经验的资深成员伴随新进员工完成社会化过程。	离散型：离散型策略则对新员工不做任何预先的角色设定，完全视新员工的个人发展而定。在此种策略下，组织成员自行摸索，无角色榜样可学习。

资料来源：张黎明、胡豪、黄荣冬：《新员工社会化中的企业文化》，载《经济体制改革》，2005（3）。

2. 组织文化的传承

组织可以通过下面几种途径来对文化进行传承。

（1）组织对文化的灌输和强化。

1）树立模范或英雄人物，进行典型引导。通过这种方法，可以使组织成员准确了解和把握组织文化所高度抽象概括的结果，实现组织文化的人格化、直观化。迪尔和肯尼迪在《企业文化》一书中将英雄楷模作为组织文化的构成要素之一，他们认为没有英雄的文化是难以维系和传承的。把组织中最能体现组织所尊崇的核心价值观念的个人和集体树为典型，进行宣传、表彰，并加以适当的激励，有利于组织文化的传承。如大庆油田对王进喜的宣传，使得"铁人精神"在大庆一直传承至今。

2）对组织文化进行反复宣传和强化。组织可以通过标语、口号和内部出版物等形式来反复宣传和强化自己的文化，这有利于员工对组织文化的深刻理解和领悟，从而有利于文化的传承。有人曾经问过国内某个著名企业的员工是否认同该企业的文化，得到的回答是大部分员工对组织的文化刚开始或许并不认同，但看得多了，听得多了，大家也就对它认同和接纳了。

3）通过组织领导者的示范进行强化。组织领导者的意识、行为、工作作风以及要求本身就代表着他们对组织文化的领悟，组织领导者的言传身教，是一种很好的组织文化传承方式。

4）健全规章制度，规范组织行为。通过组织的制度，如考核、晋升制度等进行"硬性"管理，可以巩固组织的文化成果，推广组织的核心价值观，引导组织成员的行为。因此组织的规章制度功能的发挥也有助于组织文化的传承。

5）对组织成员进行教育和培训。通过对组织成员进行文化教育和培训，可以使组织成员更加深刻地理解和认同本组织文化的内涵、来源、特点及其作用，有利于成员将组织文化内化于心，外显于日常的工作之中。

6）设计仪式，组织群体活动。优秀的组织文化中必有一些特殊的仪式，这些仪式表达和强化了组织文化中的核心价值观。组织可以通过一些恰当的仪式或组织一些群体活动，加深组织成员对组织核心价值观的理解和认同，从而实现组织文化的传承。

（2）成员对组织文化的学习。

组织文化需要组织的成员进行传承，组织成员可以通过以下途径来学习和领悟组织文化：

1）故事。故事（stories）可以塑造或强化认同。许多组织都流传着一些小故事，包括与组织创始者有关的具有戏剧性的故事，如对规则的打破、白手起家的创业过程、裁员或员工重新安置、对过去错误的反省、组织的应急事件等。这些小故事能使组织的"现在"和它的"过去"相连接，同时还可以为组织当前实施的政策提供解释和支持。

UPS公司常讲的一个故事是：有一个员工在没有权限决定的情况下，租了一架波音737飞机作为加班机，以便及时运送一批节假日繁忙中漏掉的圣诞节邮件。后来公司不仅没有惩罚他，反而奖励了他的主动。UPS公司的员工通过讲这个故事，传达了一个信息：公司坚持自己的承诺，努力发挥员工的自治权并搞好客户服务。

2）仪式。仪式（rituals）是一系列活动的重复，这些活动能够表达并强化组织的核心价值观：什么目标是最重要的，哪些人是重要的，哪些人无足轻重。许多公司都有自己的仪式，以此强化组织成员对组织文化的理解。

最出名的公司仪式是玫琳凯化妆品公司的年终奖大会。大会在一个大礼堂的舞台上举行，一般持续几天。台下是一大群欢呼雀跃的人，与会者都身着漂亮的晚礼服。达到销售指标的女售货员得到一些美妙的奖品，如金饰针、钻石饰针、狐皮披肩等。这种年会公开地奖励销售业绩突出的员工，从而起到了激励员工的作用。此外，这种仪式还强化了玫琳凯个人的坚强意志与乐观精神，而这两点正是其克服个人困难，创立自己的公司，获得巨大物质财富的能量来源。玫琳凯通过年会这种形式告诉其员工，实现他们的销售指标很重要；通过努力工作和足够的勇气，他们也能获得成功。

3）物质象征。物质象征（symbol）如公司的布局、高级管理者的额外津贴、员工的衣着以及办公室的大小等，向组织的成员传递这样的信息：谁是组织的重要人物，高级管理者期望得到什么程度上的公平以及哪些行为（如保守、参与、冒险、独裁等）是适当的。在某种意义上，仪式、典礼和故事也是一种象征——象征着组织更深层的价值观。物质象征很有力量，它使组织成员注意某些具体的事物、行为及其意义。

美国铝业公司的总部很少有独立的办公室，甚至对高管也是如此，它主要由隔间、公共区和会议室组成。美国铝业公司总部办公室的这种布局向员工传递这样一种信息：美国铝业看重的是开放、平等、创新和灵活。

4）语言。随着时间的推移，很多组织和组织内部的工作部门往往会创造自己所特有的名词，用来描绘与工作有关的设备、办公用品、关键人物和产品等。新成员在经过组织的社会化之后，开始把那些起初令他们困惑的缩略语、行话变成他们工作语言的一部分。一旦这些术语为组织成员所掌握，它们就成了组织成员所共有的特征，把特定文化或亚文化中的成员联系在一起。许多组织及其内部的工作部门把这些语言当作识别该组织文化或组织亚文化的手段。通过对这些语言的学习，组织成员表达了自己对该文化的认可和接纳，同时，这样做也有利于文化的维系和传承。

当郭士纳离开 RJR 到 IBM 公司就职时，他不得不先学会许多新词，如"果园"（IBM 在纽约的总部，以前曾是一个苹果园）、"大烙铁"（计算机主机）、"高能人"（潜力较大、有才能的人）、"表演者"（公司绩效最好的员工）、PROFS（专业办公系统，IBM 公司的内部电子邮件系统）等。

除了口头语言外，还可以通过一些书面语言，如组织的公开宣言、宗旨等表达组织的核心价值观的文字，来呈现、强化和传承组织的文化。如海尔电器的宣言"真诚到永远"等。

组织文化从创建到形成是一个长期的过程，需要组织不断采取措施进行维系和传承。随着环境的改变，组织要实现可持续发展，也必须适时对自己的文化进行调整，甚至变革。

6.3.3　组织文化的变革

组织文化变革是指由组织文化特质的改变所引起的组织文化整体结构的变化。组织文化变革是组织生存发展的必然要求。但是组织文化具有相对的稳定性和持久性。一种文化需要相当长的时间才能形成，一旦形成，它又常常成为牢固和难以变更的，尤其是在强文化的组织里，成员已经融入到了这种组织文化之中。[①] 这一特性往往导致组织文化的变革遇到相当大的阻力。

1. 组织文化变革发生的情形

根据迪尔和肯尼迪等人的研究以及一些经验，组织文化的变革最可能在具有以下全部或绝大部分条件的情形下发生：

（1）大规模危机的出现。如组织的业绩平平或是每况愈下、失去重要的客户、竞争对手取得重大的技术突破等，这些巨大的危机会形成一种冲击，瓦解人们对现状的认识并使人们对现存文化的信心产生动摇。

（2）组织高层领导更换。领导者的更换会带来领导方式的改变，如果新上任的领导层

---

① 参见［美］斯蒂芬·P·罗宾斯：《组织行为学》（第 10 版），594 页。

能提出另一套核心价值观，组织成员会认为它对应对危机状态更为有效。如郭士纳加入 IBM 就提出了一套新的经营理念，改善了 IBM 的经营业绩，从而使 IBM 的文化发生了转变。

（3）组织小而新时。组织越小，历史越短，文化的根基就越浅，渗透力就越弱。同样，与大型的组织相比较，在越小的组织中，管理层越容易向组织成员灌输新的价值观。

（4）组织的文化力弱。组织的文化越是广泛、深入地为组织成员所拥护，变革起来就越困难；相反，与强文化相比，弱文化具有更大的可变性。

即使在这些有利情形全部具备的条件下，组织文化也不可能在短期内发生激烈的变化。但文化确实是可以改变的，许多公司如哈雷、IBM 等在更换了新的领导层后所取得的成功支持了这一说法。

2. 组织文化变革的步骤

既然变革组织文化是可以实现的，那么在条件合适时，该如何推行组织文化的变革呢？组织文化的变革是一项系统的工程，因此，需要一个全面协调的战略来管理文化的变革。[①] 推行组织文化变革需要经历以下几个步骤：

（1）建立文化变革的指导机构。组织文化变革工程需要一个推进主体，即变革的指导机构，来负责组织文化变革的目标和方案的制定、实施和控制工作。应该让组织的高层领导者负责该机构的运转，以便使其具有权威，来推行变革的实施。

（2）调查组织的内外环境。要构建完整的组织文化变革战略，进行科学有效的组织文化变革，就必须对组织的内外环境因素做出客观、细致的分析，区别哪些因素是主要的、哪些因素是次要的、哪些是基本因素、哪些是一般因素，以此为基础，使组织文化变革既具有现实性，又有前瞻性。

（3）对组织的现有文化进行诊断。运用一定的文化诊断工具（如 OCI、OCAI 等）对组织现有的文化进行诊断，辨别组织文化的类型，找出组织文化中存在的问题以及需要变革的因素，从而为组织文化的变革提供依据。

（4）制定并实施变革方案。制定组织文化的变革方案可以从以下三个方面着手。首先，需要在分析组织内外环境和诊断现有的组织文化的基础上，分析组织现有的文化状态与组织渴求的文化状态的差距，即进行组织文化需求评估；其次，在组织文化需求评估的基础上，制定组织文化变革的方案；最后，根据组织一致达成的文化变革方案，制定方案的实施计划，并根据计划具体执行。

（5）巩固文化变革的结果。变革的目标是塑造一种新的符合组织发展需要的组织文化，因此必须采取一些措施，使新的组织文化中的价值观和信念得到组织成员的接纳和内化。组织可以通过对成员进行有关组织文化的教育和培训、树立典型进行强化以及组织高层领导的身体力行带来的垂范效应等方式来实现这一目的。

组织的管理者想要在短期内改变它的文化往往是不可能的，即使在最有利的条件下，组织文化的变革也常常需要经历多年的时间。

---

① 参见石伟：《组织文化》，239～252 页。

本章小结

组织文化一度是管理学领域中最受关注的话题。这一热潮是在 20 世纪 80 年代由奥奇、彼得斯和沃特曼等人的著作掀起的。对组织文化的兴趣并不限于学术界，从事管理实务的管理者也对这一话题颇感兴趣，特别是组织文化与绩效之间的关系。

对于组织文化的定义没有统一的看法，但最为人们认可的经典定义是由沙因提出来的，即它是一个特定的组织在学习处理对外部环境的适应和内部问题的整合时所创造、发现或发展起来的，一种运行得很好且被证明是行之有效的，并被用来教育新成员正确感知、思考和感觉上述这些问题的基本假设。关于组织文化结构的描述有冰山模型和睡莲模型。组织文化研究和组织氛围研究是密切相关的，二者既有相同之处，也有明显的不同。

研究者提出了许多种组织文化分析和描述的框架，最具有代表性的是沙因的组织文化模型，此外还有很多经典组织文化测评工具，如组织文化量表和组织文化评价量表等。

组织文化能够引导成员的行为和价值取向，对组织成员具有约束作用，能将他们凝聚在一起，激励他们的积极性和创造性，从而为组织的发展提供强大的动力；它是一个组织形象的鲜明表征，能够将各组织区别开来。但是我们也不能忽视组织文化的负面影响。组织文化从创建到形成不是一朝一夕的，它需要一个长期的过程，组织可以通过一系列手段来对自己的文化进行维系和传承。当然，相对于剧烈变化的环境而言，文化具有稳定性和滞后性。变革是当今的主题，组织要想在激烈竞争的环境中获得生存和发展，就必须适时对自己的组织文化进行变革。

关键术语

组织文化（organizational culture）　　冰山模型（iceberg model）

睡莲模型（waterlily model）　　主文化（dominant culture）

亚文化（subculture）　　强文化（strong culture）

弱文化（weak culture）　　社会化（socialization）

组织文化量表（organizational culture inventory）

组织氛围（organizational atmosphere）

组织文化评价量表（organizational culture assessment instrument）

复习思考题

1. 什么是组织文化？
2. 请描述组织文化的冰山模型和睡莲模型。
3. 怎样对组织文化进行分类？
4. 组织文化的功能有哪些？
5. 比较组织文化与组织氛围的异同。

6. 沙因组织文化模型的内容是什么？

7. 国外经典的组织文化测量工具有哪些？

8. 组织文化是怎样形成、维系和传承的？

9. 在什么情况下需要对组织文化进行变革？文化的变革是怎样实施的？

参考文献

1.［美］斯蒂芬·P·罗宾斯. 组织行为学（第 10 版）. 北京：中国人民大学出版社，2005

2.［美］埃德加·E·沙因. 企业文化生存指南. 北京：机械工业出版社，2004

3.［美］埃德加·E·沙因. 组织文化与领导. 北京：中国友谊出版社，1989

4. 石伟. 组织文化. 上海：复旦大学出版社，2004

5. 徐淑英，刘忠明主编. 中国企业管理的前沿研究. 北京：北京大学出版社，2003

6. 王庆燕，石金涛. 组织气氛与组织文化的研究脉络与异同. 中国软科学，2005（9）

7. 张勉，张德. 组织文化测量研究述评. 外国经济与管理，2004，26（8）

8. 张黎明，胡豪，黄荣冬. 新员工社会化中的企业文化. 经济体制改革，2005（3）

9. R. A. Cooke, J. L. Szumal, Measuring normative beliefs and shared behavioral expectations in organizations: The reliability and validity of the organizational culture inventory, *Psychological Reports*, 1993, (3): 12991330

10. A. L. Wilkins, W. G. Ouchi, Efficient Cultures, "Exploring the Relationship between Culture and Organizational Performance", *Administrative Science Quarterly*, 1983 (3): 468

11. D. R. Denison, A. K. Mishra, Toward a Theory of Organizational Culture and Effectiveness, *Organization Science*, 1995, 6 (2): 204-223

12. G. Hofstede, B. Neuijen, D. Ohayv, et al., Measuring Organizational Culture: A Qualitative and Quantitative Study across Twenty Cases, *Administrative Science Quarterly*, 1990, (35): 286-316

第 7 章

组织变革与创新

学习目标

- 了解组织变革的推动者
- 了解组织变革的主要方式
- 理解组织发展的几种主要干预技术
- 理解创新管理的主要内容
- 掌握组织变革的动力、类型、阻力及克服办法
- 掌握组织变革的主要模式

现代组织面临着以不确定性为特征的外部环境，组织若将大部分时间与资源都花在维持现状上，则很难在当今这种不确定环境中获得成功。为了获得高绩效，组织需要持续地改善自身的管理效能，对包括产品、技术、组织结构以及文化等在内的多项内容进行变革。本章将重点讨论组织变革的有关内容，并在此基础上对组织发展、组织创新等进行介绍。

7.1 组织变革概述

7.1.1 组织变革的动力

组织变革（organizational change），是指组织根据外部环境变化和内部情况变化，及时调整和改善自身的结构与功能，以提高其适应环境、求得生存的应变能力。组织变革对于组织来说是必要的。要制定科学的组织变革策略，首先需要了解变革的基本动力。组织

变革是多种因素共同作用的结果，组织变革的基本动力可以分为外部动力和内部动力两大方面。

1. 外部动力

（1）经济的力量。

当今社会的市场竞争日趋激烈，组织一方面面临传统竞争对手的威胁，一方面又受到新进入者的挑战。另外，由于经济全球化的影响，组织所面对的竞争领域也随之增大，这种变化为组织发展带来机遇的同时，随之而来的风险也进一步增大，如果组织不能有效实施组织变革，就无法应付竞争的压力。与此同时，消费者的需求水平、需求结构、价值观和生活方式、审美观和闲暇时间等都发生了一系列的新变化，为及时满足消费者的需要、迅速占领市场，组织也需要进行变革。

（2）技术的进步。

现代科学技术在以空前的广度与深度影响和改变着社会生产及生活的各个方面，它对组织结构、组织的管理跨度和管理层次、组织信息沟通方式等都带来了巨大变化。一方面，随着科学技术的进步，产品的技术含量越来越高，产品从研发到投入市场的周期日益缩短，产品更新的速度也越来越快，这就要求组织必须有针对性地进行变革，使组织更具灵活性，能够迅速做出反应；另一方面，信息技术使组织内部的沟通方式大为改变，组织中部门之间、上下层之间沟通更为快捷，计算机控制取代了直接监督，使管理者的管理跨度更为广泛，组织结构日渐扁平化，管理层次大大减少。

（3）社会和政治变革。

环境变革力量的第三个来源是社会和政治变革，其影响力量包括政权异位、政治体制的改革、国内政治局势的动荡和稳定、民主法制的健全与破坏、方针政策的正确与偏差、社会风气的好坏、国际政治风云变化等，这些因素的变化都会使组织产生变革的需求。

（4）就业人口的改变。

近年来，由于高等教育的普及，高学历员工比例增加，员工被取代的速度加快，劳工权利意识有所提升；女性受教育的机会增多，大量的妇女成为就业人口，改变了旧有社会的就业结构；新一代员工与老一辈员工相比，其工作态度、工作伦理观、工作价值观也发生了很大的改变。因此，组织内的人力资源结构发生了较大的变化，这就要求组织随之进行相应的调整，以适应新形势下管理人力资源的需求。

2. 内部动力

（1）组织目标的改变。

随着组织的发展，组织目标必然会做出相应的改变和调整。要么组织既定的目标已经实现或即将实现，需要寻求新的发展、新的目标；要么组织既定目标无法实现，需要及时转轨变型；要么组织目标在实施过程中与环境不相适应，出现偏差，需要进行及时修正与调整。这些原因引起的组织目标的改变会促使组织调整结构、重新组织人员和财力，有针对性地做出变革。

（2）管理条件的变化。

管理现代化要求组织对其行为做出有效的预测和决策，对组织要素和组织运行过程的各环节进行合理规划，以充分调动员工的积极性，最大限度地发挥本单位人力、物力、财力的作用，取得最佳效益。推行各种现代化管理方法，运用计算机辅助管理，转化企业经营机制，深化企业改革，改革用工制度，优化劳动组合等，都会要求企业组织机构做出相应的改革，以适应企业管理条件的变化。

（3）组织发展阶段的变化。

和任何有机体一样，组织也有其生命周期。处于不同发展阶段的组织，其运行模式也就不同。葛瑞那认为，一个组织的成长大致可以分为创业、聚合、正规化、成熟、再发展或衰退五个阶段。在每个阶段的最后都面临某种危机和管理问题，这就要求组织适时做出变革，采用一定的管理策略解决这些危机，达到成长的目的。

（4）组织成员社会心理及价值观的改变。

组织成员的动机、态度、行为、需求等的改变，对整个组织的变革具有重要影响。组织的成长会带来员工的需求层次提高，参与意识、自主意识的增强，以及个性化趋势增强，这就要求组织改变激励手段，改善工作环境和工作条件，改变工作设计，以适应组织成员变化了的社会心理需要。同时，员工的价值观、对组织的期望和劳动态度的变化都要求组织随之做出变革。

（5）组织内部的矛盾与冲突。

组织内部的矛盾与冲突也是组织变革的重要动力。由于部门扩大、人员增多、业务量增加、目标不一致等，会引起组织内部矛盾增加，人际关系复杂，群体冲突不断，这一方面会对组织的运行产生不利影响，另一方面也会促使组织调整结构，改变沟通方式，以缓解矛盾、理顺关系，从而实现组织有效运行。

7.1.2　组织变革的类型

管理人员可以致力于组织内的四种变革类型，以获取战略优势。这四种变革的战略类型是：技术变革、产品与服务变革、战略与结构变革以及人员与文化变革（见图7—1）。

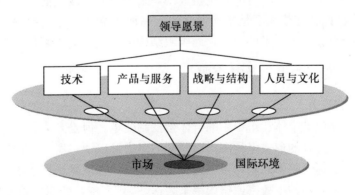

图 7—1　变革的战略类型

资料来源：［美］理查德·L·达夫特：《组织理论与设计精要》，144 页。

1. 技术变革

技术变革主要是指组织生产过程的变革，包括有关知识和技能基础，它们使组织具有独特的竞争力。技术变革涉及产品或服务的制造技术，包括生产方式、设备和流程等各个方面。除了产品技术，技术变革还包括管理技术的改变，包括采用现代化的信息收集和处理系统、现代化的管理控制系统、现代化的办公系统等。进行管理技术的变革常常面临着一个两难境地：一方面，在灵活、对员工授权和低度正规化的条件下有利于创新；另一方面，为了例行生产及实施这些构思，组织必须保证一定的机械化特征。因此，在实施此类变革时，组织应保持有机式，而执行这些创新的构思则需要以机械式的方式行动。

2. 产品与服务变革

产品与服务变革是指一个组织输出的产品或服务的变化。新产品包括对现有产品的小调整或全新的产品线。开发新产品的目标通常是提高市场份额或开发新市场、新顾客。由于产品和服务是为组织外部的消费者所使用的，因此一项创新是否能适应外部需求并取得成功，其不确定性很高。所以，在进行此方面的变革时，应针对顾客需求、有效利用现有技术，并需要得到高层管理者的大力支持。

3. 战略与结构变革

战略与结构变革是指组织管理领域的变革，具体包括组织结构、战略管理、政策、薪酬体系、劳资关系、管理与控制系统、会计与预算系统等方面。这类变革不如技术变革发生的频率高，并且与基于技术的变革相比，变革的进行是为了适应不同的环境并遵循不同的内部流程。另外，这类变革一般是由高层管理者负责、由上而下地进行的。

4. 人员与文化变革

人员与文化变革是指员工价值观、态度、期望、信念、能力、行为的改变。人员变革的目标是员工的价值观、技能以及态度。文化变革涉及员工思考方式的改变，它是一种头脑中的变革。值得注意的是，一种文化的形成需要很长的时间，而且一旦形成，常常变得异常牢固和难以改变，因此在此项变革中遇到的巨大阻力也是不容忽视的。

组织是由互相联系、互相影响的系统组成的，某个部分的改变必然会引起其他部分的变革。图7—1中的四种变革并不是相互孤立的，一种变革往往会引起另一种变革。比如一个新产品可能会引起生产技术的变革，而组织结构的变化可能需要员工学习新的技能。

7.1.3 组织变革的阻力及其克服

1. 组织变革的阻力

从某种程度上来说，个体和组织中的群体会抵制变革。但是，人们常常搞不清楚到底哪些是变革阻力，因为它的形式多种多样。公开的阻力可以通过罢工、降低生产率、低劣的工作甚至破坏来表达；暗中的阻力可以通过更多的拖拉和缺勤、要求调离、辞职、失去动机、较低的士气、较高的事故率或错误率来表达。[①] 现实中，变革的阻力来自很多方面，有些可以追溯到个体，另一些则涉及组织方面的原因（见图7—2）。本部分从个体和组织两方面就变革的阻力进行讨论。

---

① 参见［美］D. 赫尔雷格尔、J. W. 斯洛克姆、R. W. 伍德曼：《组织行为学》（下册），891页，北京，中国社会科学出版社，2001。

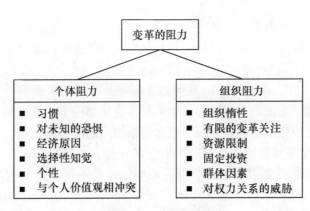

图 7—2　变革的阻力

（1）个体阻力。

1）习惯。习惯可能是合适、安全、满意的源泉，因为习惯使个体适应世界和处理世界。习惯是否成为抗拒变革的一个主要来源在某种程度上取决于个体是否认识到能从改变其行为中获得好处。

2）对未知的恐惧。多数人在面对未知事物时会感到焦虑。每次工作情境的重大变革都伴随这种不确定性。这些决定的结果不可能事先知道，因此人们非常焦虑。个体可能对变革感到非常焦虑和体验到强烈的威胁感，以至于他们拒绝要求到新的地方工作或工作职责发生巨大变化。

3）经济原因。经济因素是组织变革阻力中不可忽视的一个方面，人们肯定会抗拒降低其收入的变革。比如建立的工作惯例或工作职责的变革可能威胁到他们的经济安全。员工害怕变革做出后，他们不能做得跟以前一样好，这样可能被认为对组织、上司及同事的价值降低，从而失去一些利益。

4）选择性知觉。人们倾向于有选择性地知觉事物以使得其与他们对世界的观点最恰当地吻合。一旦个体已建立了对现实的理解，他们可能抗拒改变它。在其他事情上，人们可能抗拒变革对其生活产生的可能影响，具体做法是：只读或听他们同意的东西；随意地忘记可能导致其他观点的任何知识；曲解信息交流——如果正确理解则与其目前态度和价值观不符。

5）个性。个体个性的某些东西（如教条主义或依赖性）可使人有抗拒变革的倾向。比如高度教条的人的观点是封闭的，与低度教条的人相比更可能抗拒变革。另外一个例子是依赖性。高度依赖他人的人常缺乏自信。他们可能一直抗拒变革，直到他们信赖的人认可这种变革。值得注意的是，虽然个性可能有作用，但它很少在涉及变革的情境中作为重要因素。

6）与个人价值观相冲突。变革与个人的习惯、价值观发生冲突时，也会引起员工对组织变革的抵制。个人的习惯、价值观是长期积累、相对稳定的心理结构，改变起来相对困难。一旦组织变革冲击到个人习惯和价值观，抵制变革的阻力便会随之产生。此种冲突通常在不同组织文化的企业合并过程中尤为常见。

（2）组织阻力。

1）组织惰性。组织惰性是形成变革阻力的主要因素。这是指组织在面临变革形势时表现得比较刻板、缺乏灵活性，难以适应环境的要求或者内部的变革需求。造成组织惰性的因素较多，例如，组织内部体制不顺、决策程序不良、职能焦点狭窄和集权化的结构等，都会使组织产生惰性。此外，组织文化和奖励制度等组织因素以及变革的时机也会影响组织变革的进程。

2）有限的变革关注。组织是由一系列相互依赖的子系统组成的，如果只对一个子系统改革而不影响其他子系统是不可能的。如果只改变局部的子系统，而没有对相关的系统进行相应的变革，这种变革很可能会因为更大的系统问题而变得无效。

3）资源限制。变革需要资本、时间和胜任的个体。在任何特定时间里，组织管理者和员工可能确定了应做的变革，但由于资源限制，他们不得不延期或放弃某些所希望的变革。

4）固定投资。并不是没有足够资产的组织才有资源限制的问题。资本集中的组织可能不能变革，因为固定资本投资（设备、厂房和土地）是不易改变的资产。在建筑物、街道、运输系统和公用事业方面的固定投资是巨大的，这样的固定投资通常阻碍迅速和实质性的变革。固定投资不限于物理资产。它们也可以在人身上体现出来。比如那些不再对组织有贡献但资深得足够保留工作的员工，如果他们不被激励做得更好或进行再次培训以适应新的岗位，那么从长远看，他们的薪水和福利就代表了不易改变的固定投资。

5）群体因素。组织变革的阻力还会来自群体方面，研究表明，对组织变革形成阻力的群体因素主要有群体规范和群体内聚力等。群体规范具有层次性，边缘规范比较容易改变，而核心规范由于包含着群体的认同，难以变化。同样，内聚力很高的群体也往往不容易接受组织变革。

6）对权力关系的威胁。控制其他人需要的东西，如信息或资源，是组织中权力的来源。任何决策权力的再分配，都会威胁到组织长期以来形成的权力关系。一旦组织中有些人认为变革可能是对其权力或影响力的威胁，个人或团体便会以抗拒的形式抵制他们认为降低其影响他人能力的变革。

2. 克服变革阻力的方法

针对组织中抵制变革的阻力，科特和施莱辛格（L. A. Schlesinger）提出了"六变革法"（six change approaches）模型，旨在预防、减少和弱化这些变革阻力。他们指出，应对变革的阻力主要有以下几种途径：

（1）教育和沟通。

适用于信息缺乏、信息不准确或对变革缺少讨论和分析的时候。在实施变革之前，对员工进行宣传教育是其中最有效的一个办法。变革前的沟通教育，有助于帮助员工理解变革的逻辑性和合理性，认识到变革之举势在必行，从而减少关于变革的各种不实谣言。

（2）参与和融合。

适用于发动变革的领导团队缺乏设计变革的必要信息，以及员工阻力相当大的时候。当员工融入到变革活动中时，他们就更可能去顺应变革、参与变革，而不是阻挡变革。这一方法最好用于消除来自对变革持沉默态度的员工的阻力。

（3）引导和支持。

适用于变革过程中的各项调整引发员工阻挠的时候。在这一困难时期，管理人员如果采取支持员工的态度，能够有效防止潜在的阻力。在变革转型的过程中，管理人员应该帮助员工梳理他们的担忧和焦虑。员工之所以害怕变革、阻挠变革，原因主要在于：他们认为变革会给他们个人带来负面影响。这一手段的典型方法是，提供正常工作外的专门训练和服务。

（4）谈判和协商。

适用于部分员工或部门利益受损，以及阻挠力量较大的时候。管理人员可以通过提供各种形式的激励，使员工放弃抵抗。比如，可以给员工一定的权利，否决那些对他们来说有危险的变革成分，或者给予员工特殊的政策，允许那些反对变革的人通过买断工龄或提前退休等形式离开公司，以避免遭遇变革风险。这一方法用在那些阻力较大的员工身上也比较合适。

（5）控制与合作。

适用于以上策略发挥不了作用或成本太高时。科特和施莱辛格两人建议，选举阻挠力量的代表进入变革领导团队，是一个较为有效的控制阻挠人员的方法。把阻挠变革的人员引入变革领导团队，并非指望他们对变革作出什么贡献，只是增加一个虚席而已。具体做法就是从那些阻挠变革的员工中选举部分代表作为变革团队的领导成员，给予他们象征性的决策角色，同时却无碍大计。需要注意的是，如果这些阻力派的领导人物产生被要弄的感觉，他们会产生更大的抵触情绪，阻挠变革。

（6）正面施压。

适用于变革刻不容缓的时候，且最好作为其他办法均无效果时的最后一招。管理人员可以明确或含蓄向员工施压，告诉他们必须接受变革，否则会导致严重后果，比如失业、下岗、流动或失去晋升机会等。

7.2 组织变革的实施

7.2.1 组织变革的推动者

有效的变革，需要有人的参与和支持，我们将这些人称为变革推动者（change agents）。在变革过程中，有哪些行动角色会介入呢？依据坎特、斯坦（Stein）和吉克（Jick）的研究，在变革过程中有三种角色是非常重要的，他们分别是变革战略家、变革执行者和变革接受者。坎特、斯坦和吉克还归纳出了不同角色在变革过程中所要从事的工作（见表 7—1）。

表 7—1　　　　　　　　变革过程中的不同角色所要从事的工作

	角色及观点	变革驱力	行动重点	组织阶层
变革战略家	梦想家 鼓动家 企业观	外部环境	塑造变革使命 公司价值与经营目标	高层
变革执行者	中介者 部门观	内部协调	发展变革方法 克服变革阻力 （方案概念）	中层
变革接受者	适应者 制度化者 个人观	权力分配及处理	调和变革使命与方法 个人利益的达成	基层

变革战略家主要是关心组织与环境的关系，以及在宏观变革力量的驱动下，识别变革的需要，并设计一个理想的未来愿景，确定变革的可行性及选择发起并捍卫变革的人。变革战略家通常在变革初期开始行动，而且通常是高层领导者。

变革执行者的任务在于解读变革战略家的变革使命，从而形成具体的方案，并致力于组织内部的结构及协调问题。执行者的角色通常由公司的中层管理者担任。而且有研究表明，当变革的战略家及执行者的角色有重叠时，则变革的行动会较流畅及较有效率。

变革接受者通常是组织中的基层人员。他们代表着必须采取变革和适应变革的最大群体，会最终采取或拒绝采取变革计划。他们对已被允诺的任务和奖励分配的反应，决定了各利益群体都被动员起来支持或反对变革的努力，或者将组织重新冻结在新的习惯上，或者导致政策混乱。

7.2.2　组织变革的方式

针对组织存在的问题和面临的内外部环境，以及所选定的组织变革方向、目标和变革内容，组织需要采取适当的方式对其现状进行改造。组织变革的方式，可以从多种角度进行划分。[①]

1. 量变式和质变式

按照变革程度，组织变革可以分为量变式和质变式两种。量变式是以改变组织机构和人员的数量为主的一种变革方式。而质变式是以解决组织的深层次问题、能使组织效能和内部关系发生根本变化的一种变革方式。

2. 正式关系式、非正式关系式和人员式

按照变革的对象，组织变革可以区分为正式关系式、非正式关系式和人员式三种。正式关系式是以组织中经过正式筹划的、为实现组织的目标而围绕工作任务展开的人与人或人与机构之间的关系为变革对象，其变革主要是通过管理机构和管理体制的设计与再设计实现的。非正式关系式是以组织内部未经正式筹划而产生的相互影响和相互作用关系为变革对象，具体技巧和方法包括相互交往分析、敏感性训练、群体发展、组织会议和组内人事调解等。人员式是以改变组织成员的知识、技能、态度和价值观等为对象，具体策略包括各种管理发展和教育培训计划等。

3. 主动思变式和被动应变式

按照变革的力量来源，组织变革可以区分为主动思变式和被动应变式两种。主动思变式的动力来源于组织内部，而且是在事先预见的基础上做出变革的决策。被动应变式是在迫于外部压力的情况下产生的，这种变革是一种被动的不得不做出的变革。

4. 突变式和分段发展式

按照变革的进程，组织变革可以区分为突变式和分段发展式两种。突变式是在短时间内的一次性变革。这种变革方式雷厉风行、一次到位，解决问题迅速，但由于涉及面广，速度猛，容易引起社会心理震荡，并招致成员抵制。因此，应在危机之际对变革的客观要

---

① 参见于显洋：《组织社会学》，350～353 页，北京，中国人民大学出版社，2001。

求十分迫切，成员社会心理承受能力和国家政治经济条件都充分允许并做了认真准备和周密计划的基础上进行。分段发展式既不是迅猛的革命，也不是逐步的演变，而是在对组织现状和内外条件的全面论证及综合分析基础上，有计划、有步骤地逐个实现变革的分阶段目标，最终达成变革总目标的实现。

5. 强制式、民主式和参与式

按照变革方案的形成过程，组织变革可以区分为强制式、民主式和参与式三种。强制式是指变革涉及者不参加变革方案的制定过程，这样形成的变革方案往往需要通过强制命令付诸实施。民主式与强制式截然相反，指在变革有关人员相互协商的基础上形成变革方案。参与式，亦称民主集中式，是在变革方案形成过程中既广泛地动员各层次人员参与，又对人们的思想观念有意识地加以引导，以便尽快形成统一的方案。

6. 自上而下式、自下而上式和上下结合式

按照变革起始，组织变革可以区分为自上而下式、自下而上式和上下结合式三种方式。自上而下式是指变革先从高、中层管理阶层入手，再扩展到整个组织。自下而上式则是先从基层组织的变革入手，再考虑中、高层组织的变革。上下结合式是对组织的上下各方面同时进行组织变革。一般而言，企业战略目标的改变要求自上而下地进行组织变革，而生产技术的变化则是要求自下而上的变革。

7.2.3 组织变革的模式

1. 组织变革的系统模式

(1) 克-金组织变革系统模型。

由克雷特纳（R. Kreitner）和金尼基（A. Kinicki）于 1995 年提出的克-金组织变革模型是一种系统模型（见图 7—3）。这个模型主要分为输入、变革的目标因素和输出三部分。

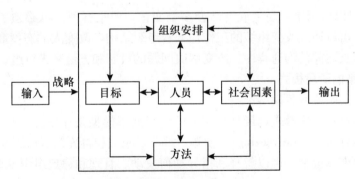

图 7—3 克-金组织变革模型

1) 输入。输入的主要是内部信息和外部信息。内部信息主要包括企业的优势和劣势；外部信息主要包括外部的机会和威胁。

2) 变革的目标因素。变革的目标因素有人员、目标、组织安排、社会因素和方法五项，且以人员为核心而相互影响。人员主要包括人员的知识、能力、态度、动机和行为；目标主要包括最终的结果、优先考虑的事项、标准、资源等；组织安排主要包括政策、程序、角色、结构、奖励和物质条件等；社会因素主要包括组织文化、群体过程、人际关系、沟通和领导；方法主要包括工序、工作流程、工作设计和技术。

3）输出。输出代表了一次变革的最终结果，可以从三个方面来分析：组织水平的结果、部分或群体水平的结果和个体水平的结果。

（2）莱维特组织变革系统模型。

在许多组织变革模式中，哈罗德·莱维特（Harold Leavitt）的系统模型被广泛关注，它是从组织系统互相联系、互相影响的要素体系出发探讨组织变革模式的。莱维特认为组织是个多变量的系统，它包含相互作用的四个变量：结构、任务、人员和技术（见图7—4）。

1）结构：指组织的权责体系、信息沟通、管理层次和跨度、工作流程等。

2）任务：指组织存在的意义和使命以及工作的性质（简单和复杂、新的和重复的、标准化和独特性等）。工作任务的性质能够影响组织内个体与部门之间的关系。

3）人员：指达成目标的个体、群体、领导人员，包括他们的工作态度、个性和激励等。

4）技术：指组织解决问题的方法、手段和技术装备。

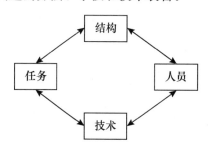

图7—4　莱维特组织变革系统模型

组织变革可以引用单一变量或者结合多个变量，但是管理人员必须了解全部四个变量的相互作用，可以通过改变组织的工作任务、组织结构，改变人的态度和价值观念、人的行为和组织成员之间的沟通程序，改变解决问题的机制和方法来进行组织变革。

2. 组织变革的阶段模式

（1）勒温的三阶段变革模型。

关于组织变革的阶段模式，最具影响力的组织变革模型是库尔特·勒温的变革模型，他提出了一个包含解冻（unfreezing）、变革（changing）和再冻结（refreezing）三个步骤的有计划的组织变革模型，用以解释和指导如何发动、管理和稳定组织变革过程。（见图7—5）。

图7—5　勒温的三阶段变革模型

1）解冻：变革前的心理准备和思想发动阶段。该步骤是要刺激组织成员去改变他们原有的态度，改变旧的习惯和传统，并鼓励人们接受新的观念，刺激人们变革的动机。

2）变革：向组织成员指明变革的方向和方法，形成新的态度和接受新的行为方式，实现行为转化，以及通过认同和内在化加速变革的进程。

3）再冻结：这是变革后的行为强化阶段。通过连续强化（指在被改变的人每次接受新的行为方式时予以强化）和断续强化（指在预定的反应次数间隔时间内给予强化），使已经实现的变革（如态度和行为方式等）趋于稳定化、持久化，形成模式行为。

（2）科特的领导变革八步骤。

约翰·P·科特提出了计划变革模型，它将解冻、变革及重新冻结三阶段扩展为八个有明确定义的步骤（见图7—6）。尽管在现实中这八个步骤常有重叠，但这种细分可以使经理们注意成功实施重大变革所需的每一因素。

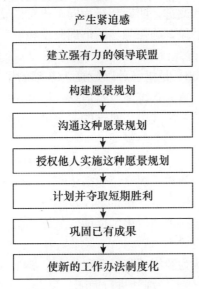

图 7—6　领导变革的八个步骤

1）产生紧迫感：在变革实施之前，组织的领导者应该在相关人员的心里制造一种紧迫感。紧迫感有时是通过一系列富有创造的方法形成的，可以使人们立即意识到进行变革的重要性，并准备随时为之采取行动。

2）建立强有力的领导联盟：有了紧迫感之后，变革领导者应该召集那些有一定的可信度、技能、关系、声誉和权威的人员，组成一支指导团队来担任变革过程中的领导工作。这支团队应该有着很强的责任感，并能够得到很多人的信任。

3）构建愿景规划：指导团队会为自己的组织变革确立合理、明确、简单而振奋人心的愿景和相关战略，帮助指明改革的方向。

4）沟通这种愿景规划：变革的愿景和战略确定后，需要利用所能获得的传播媒介向组织进行传播。这一步骤的目标是在所有的相关人员内部形成一种共识和责任感，从而准备变革，领导还应以实际行动让人们更好地理解愿景，并不厌其烦地做好沟通工作。

5）授权他人实施这种愿景规划：要想在组织变革中取得成功，领导者必须对参与变革的有关管理者和员工进行有效的授权，通过授权，可以使人们有能力克服阻力、消除障碍，将变革向前推进。

6）计划并夺取短期胜利：在进行授权之后，那些在组织变革中取得成功的领导者就会设法帮助组织取得一些短期成效。这是非常关键的。因为他们可以为整个组织的必要性和正确性提供强有力的证明，并为随后的工作提供必要的资源和动力。

7）巩固已有成果：在取得一些短期成效后，不能放松努力，变革领导者应该利用日益提高的信誉，改变与愿景规划不相适应的体制、结构和政策，对那些能够执行愿景规划的员工进行聘用、晋升和开发，利用新项目、新论点和变革推动者再次激活整个过程。

8）使新的工作办法制度化：最后，组织的领导者们需要加强领导、建立有效的机制和文化，通过更有效的管理和改进，明确新行为同企业获得成功之间的关系，把所有变革成果固定下来。并利用各种手段，确保领导的培训开发和后继有人。

3. 行动研究模式

行动研究（action research）是指一种以数据为基础的组织变革问题的解决过程，这种过程离不开科学的方法，它首先系统地收集信息，然后在信息分析的基础上选择变革行为。行动研究为推行有计划的变革提供了科学的方法论。比较有代表性的行动研究包括凯利的组织变革模式和卡斯特的组织变革模式。

（1）凯利的组织变革模式。

美国心理学家乔伊·凯利认为组织变革包括诊断、执行和评估三个阶段。诊断阶段包括确定问题、诊断和列出可行性方案；执行阶段包括发展决策准则、选择解答方式、计划变革和采取行动；评估阶段包括评估效果和反馈（从评估反馈到执行）。

（2）卡斯特的组织变革模式。

美国管理科学家卡斯特认为组织变革过程包括六个步骤：

1）审视状态：对组织内外环境现状进行回顾、反省、评价、研究。

2）觉察问题：识别组织中存在的问题，确定组织变革需要。

3）辨明差距：找出现状与所希望状态之间的差距，分析存在的问题。

4）设计方法：提出和评定多种备择方法，经过讨论和绩效测量，做出选择。

5）实行变革：根据所选方法及行动方案，实施变革行动。

6）反馈效果：评价效果，实行反馈，若有问题，再次循环此过程。

罗宾斯指出，行动研究对组织至少有两点好处：第一，以问题为中心。变革推动者客观地发现问题，问题的类型决定了变革行为的类型。虽然从直观上看这是显而易见的，但事实上大量的变革行为并不是这样，而是以解决问题的方法为中心。变革推动者通常先有一个好的解决方法，然后寻求与这种解决方法相应的问题。第二，由于行动研究中包括了员工的大量参与，因此减弱了变革阻力。实际上，只要员工在反馈阶段积极参与，变革过程通常就有了自身的动力。参与变革的员工和群体就成为带动变革的、持续的、内部的力量源泉。[①]

---

① 参见［美］斯蒂芬·P·罗宾斯：《组织行为学》（第10版），618页。

7.3　组织发展

7.3.1　组织发展概述

20 世纪 60 年代以来，管理心理学家和企业家都特别关注"有计划的变革"（planned change），即从零散的变革活动，转向系统的、战略性的有计划变革，重视变革的理论指导和方法途径。由此，发展出一个新的管理心理学领域，即组织发展（organizational development，OD）。20 世纪 60—80 年代，OD 成为美国商业学校和公司组织变革中主要采用的管理层面的方法。OD 的创始人之一贝克哈德（Beckhard）将其定义为：利用行为科学的知识，通过有计划的干预使组织变得更为有效和健康。

在早期，组织发展主要用于小团队活动，致力于通过让人们彼此信任以及对变革持更开放的态度来实现组织解冻。后来对组织发展的研究扩展到群体之间的相互关系乃至整个组织系统之中。

组织发展不是一种单一技术，而是综合运用管理心理学等学科的理论和技术，并且是在一些专家的指导和帮助下实现的。组织发展的特点包括以下几个方面[①]：

（1）组织发展寻求人们主动参与的、自我指导的变革。要解决的问题就是被组织成员确认的那些问题——组织成员与问题有直接关系或者受问题的影响。

（2）组织发展是泛组织的变革努力。创造一个更有效的组织的持续变革要求理解整个组织，在某种意义上说，不改变组织的部分变革是不可能存在的。

（3）组织发展既强调解决即刻的问题，也关注组织的长期发展。最有效的变革计划不仅是解决当前问题的计划，也是使员工准备解决未来问题的计划。

（4）组织发展比其他方法更强调数据收集、组织分析以及为解决问题而采取行动等方面的合作过程。

（5）组织发展既强调组织的有效性，又强调个人通过工作体验来实现自我。

7.3.2　组织发展干预技术

按照组织发展专家温德尔·L·弗伦奇（Wendell L. French）和小塞西尔·H·贝尔（Cecil H. Bell, Jr.）等人的定义，组织发展干预技术（OD intervening technique）是指：各种有组织的工作活动，以推动组织中有关成员或团体从事一项或一整套工作任务，其目的直接或间接地指向组织的改善。简言之，就是为了改善组织效能，针对有关的成员或团体，根据不同变革因素采取的相应措施。通过在人力资源管理、管理机构和体制等方面的有计划的组织干预活动，帮助管理人员计划变革，组织和促进各级管理者与员工形成高度的承诺、协调和岗位胜任力，从而增强组织效能和员工综合胜任力。

组织发展干预技术包括很多种，弗伦奇、贝尔以及扎瓦茨基指出，根据客户（干预对

---

① 参见 ［美］D. 赫尔雷格尔、J. W. 斯洛克姆、R. W. 伍德曼：《组织行为学》（下册），893 页。

象）群体规模大小和复杂程度，可将组织发展干预技术划分为个人、两三个人、群体、群体之间以及整个组织等多个层次（见表7—2）。

表7—2   **基于客户群体的大小和复杂度的干预类型分析**

客户群	干预的类型
干预 旨在改善个体的有效性（尽管大多数干预都在群体的环境中进行）	生活和职业生涯规划活动
	角色分析技巧
	教练和咨询
	敏感性训练（T小组训练）
	增强专业技能、人际关系能力、群体过程技能，或决策、解决问题、规划、设立目标等技能的培训
	方格训练（OD方格）第一阶段
	交互分析
	行为塑造
干预 旨在改善双边和三角关系的有效性	过程咨询
	第三方调停
	交互分析
干预 旨在改善团队和群体的有效性	访谈或问卷调查
	团队建设
	职责分工
	调研反馈
	过程咨询
	欣赏和关心训练
	角色谈判
	角色分析技巧
	拼贴组合
	"启动式"团队建设活动
	在群体环境中进行决策、解决问题、规划和设立目标的培训
	OD方格第二阶段
	欣赏式探询
	勾画愿景
干预 旨在改善群体间关系的有效性	访谈或问卷调查
	群体间活动
	组织镜像对照（三个或更多群体）
	过程咨询
	群体层面的第三方调停
	OD方格第三阶段

续前表

客户群	干预的类型
干预 旨在改善整个组织的有效性	访谈或问卷调查
	感应
	碰头会
	所有层级的团队建设
	欣赏式探询
	战略规划活动
	OD 方格第四、五、六阶段
	调研反馈
	OD 战略规划
	职业生活质量计划
	全面质量管理计划
	前景探索
	大规模系统变革干预

资料来源：[美] 温德尔·L·弗伦奇、小塞西尔·H·贝尔、罗伯特·A·扎瓦茨基：《组织发展与转型》（第 6 版），131~132 页，北京，机械工业出版社，2006。

由于篇幅所限，本书不对所有的组织发展干预技术——进行介绍，仅介绍几种比较常见的干预技术，包括敏感性训练（sensitivity training）、调研反馈（survey feedback）、过程咨询（process consultation）、群体间关系的开发（intergroup development）、团队建设（team building）和方格训练（grid training）几种。

（1）敏感性训练。

敏感性训练，又称 T 小组训练或实验室训练，是组织成员通过无结构小组的相互作用改变行为的方法。敏感性训练强调经验学习和过程导向，在训练中，成员在一个自由开放的环境中表达自己的观点、态度和信仰。根据成员相互之间的关系分为家庭组（family-lab）、亲属组（cousin-lab）和陌生人组（stranger-lab）三种类型，其中领导者应是虚位的，组织背景中的逻辑理性、决断性和政治性也应回避。训练的目的在于增加受训者的敏感性，能更清晰地了解自己的行为以及这些行为对其他组织成员的影响；使受训者提高对他人的移情作用，提高倾听技能，更加真诚坦率，改善自己与同事之间以及与群体之间的关系模式，从而达到令人满意的结果。该训练还加强了组织成员对群体运转程序的了解，从而诊断群体内的种种问题，改进冲突处理技巧。敏感性训练可以帮助他们进行自我定位，并且群体之间的凝聚力也能增强，冲突也将减少，个人和组织更加一体化。

（2）调研反馈。

调研反馈是用一种专门的调查工具，用来评估组织成员的态度，了解员工们在认识上的差异。通常以问卷形式进行，可以针对个人，也可以针对整个部门或组织。调查的内容涉及决策方法，沟通的有效性，部门间的协调，对组织、工作、同事和上司的满意程度等。调查结束之后，要把经过统计处理的结果反馈给员工，让他们进行讨论，鼓励发表不同的意见，以试图寻找出解决问题的办法。但在讨论过程中，要遵循对事不对人的原则。由于调研反馈涉及范围较广，并使组织成员参与其中，因此可以比较准确地发现所存在的问题，找到解决的办法，并且促进参加者的态度和行为的转变，改善整个组织的气氛，实

169

现组织发展的目标。

（3）过程咨询。

过程咨询主要通过群体内部或者群体与咨询顾问之间的有效交流与工作过程而进行，从而帮助诊断和解决组织过程中所面临的重要问题。过程咨询与敏感性训练的假设很相似：通过协调人际关系和重视参与，可以提高组织的有效性。但过程咨询比敏感性训练更强调任务导向，其目的不是解决组织存在的问题，而是帮助大家改变观念。过程咨询实施的范围包括管理沟通、群体角色、群体决策、群体规范与发展，以及领导和群体之间的关系等。实践表明，过程咨询有两个主要的优点：一是可以改善组织面临的重要的人际协调工作或解决群体间问题；二是可以帮助组织解决自身存在的问题。过程咨询的不足之处在于，组织成员不能像在其他组织发展活动中那样广泛参与整个过程，而且过程咨询一般时间较长，费用较大。

（4）群体间关系的开发。

群体间关系的开发，旨在化解和改变工作团体之间的态度、成见和观念，以改善团体间的相互关系。工作团体之间常常存在着摩擦、冲突，这会破坏组织效能，因而这也是组织发展的重要课题。尽管有不少方法可以改善团体间关系，但最常用的方法是，由冲突的两个团体分别讨论，列出它们各自对自己的认识、对对方的认识和不满，提出要求，然后相互交换，共享信息，找出分歧和导致分歧的原因与性质，接着由双方派出代表共同协商，找出解决问题、弥合差异、改善关系的方法。

（5）团队建设。

团队建设是通过群体成员的参与及信息共享，利用高度互动的群体活动改善群体成员之间的联系，提高团队成员之间的信任与真诚，增加群体解决问题的能力，提高有效性。团队建设既可以应用于群体内部，也可以应用于群体之间的相互依赖的活动中。常见的团队建设形式有这样几种：与某个或某些成员有关的活动，用以帮助成员更好地理解影响问题解决的职权、控制、权力以及人际关系等；与团队运作相关的活动，用以澄清团队的目的、检查沟通的模式、诊断问题解决的方式等；与其他团队相关的活动，比如弄清团队在整个组织中的角色、促进与其他团队或部门的合作等。团队建设能在一种公开的、参与的气氛中创造团队共同努力的氛围，提高信息沟通和解决问题的能力，促进群体成员的心理成熟和人际关系技能，提高相互信任和接纳的程度，增强成员对组织的认同，促成团体绩效的提高。

（6）方格训练。[①]

方格训练，也叫 OD 方格（grid organization development）或格道式训练，是由美国行为科学家布莱克和默顿提出的管理方格理论（该理论将会在第 12 章详细介绍）发展而来，管理方格中 9.9 的位置表明领导者对员工和生产的关心都达到最高。因此，9.9 型的管理方式就为组织中的管理者提供了改进的方向，也就是方格训练的一项目标。方格训练包括六个阶段：

第一阶段：实验室讨论会式的训练。组织企业各级管理人员分组举行为期一周的研讨

---

① 参见王德中等：《经营管理大系——管理组织卷》，550 页，上海，上海人民出版社，1990。

会。其任务是：以管理方格图为武器，系统理解企业原有制度、习惯和行为动态；训练协同工作的意识和技能；对正确和错误的事件做出评价标准；培养坦诚相待气氛，使参加者敢于接触重大问题，发表创见。

第二阶段：小组发展阶段。同一部门的成员在一起，讨论打算如何达到方格中的位置，把上一阶段学到的知识运用于实际情况。

第三阶段：小组间关系的建设和开发。本阶段活动的中心是明确分析小组间存在的矛盾，进而加强合作，它要求做到：每一领导人员懂得管理行为的理论，动员所属人员为实现组织共同目标而努力；每一个管理人员研究和加强监督能力以提高经营效率；分析与评价小组的集体意识和合作情况，并排除影响组织效能的障碍；小组间的横向合作与协调关系得到分析评价和加强。

第四阶段：订立组织目标。讨论和制定组织的重要目标，增强参加者的义务感。

第五阶段：执行目标。参加者设法完成所订立的目标，并一起讨论主要的问题。

第六阶段：效果评价。对思想和行为方面的训练结果做出评价并加以固化。

上述六个阶段所需时间，因实际情况而异，有的可以几个月，有的需要进行 3～5 年。国外的实践和研究表明，这种训练对于促进人的行为改变和提高组织效率有显著作用，并得到了广泛的应用。

7.4　组织创新

7.4.1　组织创新概述

1. 创新的提出

"创新"（innovation）一词最早是由美籍奥地利经济学家熊彼特（J. A. Schumpeter）在 1912 年出版的《经济发展理论》一书中提出。他认为"创新"就是把生产要素和生产条件的新组合引入生产体系，即"建立一种新的生产函数"，其目的是为了获取潜在的利润。它包括以下五种情况：

（1）引进新的产品，即产品创新。制造一种消费者还不熟悉的产品，或一种与过去产品有本质区别的新产品。

（2）采用一种新的生产方法，即工艺创新或生产技术创新。采用一种产业部门从未使用过的方法进行生产和经营。

（3）开辟一个新的市场，即市场创新。开辟有关国家或某一特定产业部门以前尚未进入的市场，不管这个市场以前是否存在。

（4）获得一种原料或半成品的新的供给来源，即开发新的资源，不管这种资源是已经存在，还是首次创造出来。

（5）实行一种新的企业组织形式，即组织管理创新。如形成新的产业组织形态，建立或打破某种垄断。

熊彼特的创新概念主要属于技术创新范畴，也涉及了管理创新、组织创新等，但他强调的是把技术与经济结合起来，因而他所说的创新是一个经济学的概念，是指经济上引入某种"新"的东西，不能等同于技术上的发明，只有当新的技术发明被应用于经济活动时，才能成为"创新"。他把发明与创新分开，强调第一个将发明引入生产体系的行为才是创新。

2. 创新的内涵

创新与变革两个概念常常被混为一谈，事实上二者是有所区别的。组织变革被认为是被组织采纳的一个新构思或新行为。相对应，组织创新（organizational innovation）被认为是采纳一些对于组织所在行业、市场或一般环境来讲是全新的构思或行为。[①] 关于创新和变革的区别，被引用最多的应该是迈克尔·韦斯特（Michael West）及其同事的观点，他们这样描述了组织创新的特征[②]：

（1）创新是组织内部一种有形的产品、过程和步骤。一个新的观念可能是创新的开端，但还不能将其视为创新本身。

（2）创新必须在其引入的社会环境中（如工作群体、部门或整个组织）是全新的，尽管对于引入它的个体而言不必是全新的。

（3）创新必须是有意的而绝非是偶然的。

（4）创新不是例行程序的变化。任命一名新员工替代退休或辞职的员工，不能被视为创新性的变化，一个全新职位的设立才是创新。

（5）创新必须是致力于为组织、组织的某些部门或更广泛的群体创造效益（至于是否成功，是另外一回事）。有意识的破坏行为，如消极怠工或纯粹反复无常的行为，都不在创新之列。

（6）创新必须产生公共效果。如果某个人在工作中引入一种变化，但对组织中的其他人没有明显的影响或意义，那就不能称之为创新。

3. 创新的类别与特征

组织的创新可从不同角度进行考察，根据不同的角度，可以将创新划分为不同的类型[③]：

（1）局部创新和整体创新。

从创新的规模以及创新对系统的影响程度来考察，可将其分为局部创新和整体创新。局部创新是指在系统性质和目标不变的前提下，系统活动的某些内容、某些要素的性质或其相互组合的方式，系统的社会贡献的形式或方式等发生变动；整体创新则往往改变系统的目标和使命，涉及系统的目标和运行方式，影响系统的社会贡献的性质。

（2）消极防御型创新与积极攻击型创新。

从创新与环境的关系来分析，可将其分为消极防御型创新与积极攻击型创新。消极防御型创新是指由于外部环境的变化对系统的存在和运行造成了某种程度的威胁，为了避免威胁或由此造成的系统损失扩大，系统在内部展开的局部或全局性调整；积极攻击型创新是在观察外部世界运动的过程中，敏锐地预测到未来环境可能提供的某种有利机会，从而

---

① 参见［美］理查德·L·达夫特：《组织理论与设计精要》，147 页。
② 参见［美］奈杰尔·金、尼尔·安德森：《组织创新与变革》，3 页，北京，清华大学出版社，2002。
③ 参见周三多、陈传明、鲁明泓编著：《管理学——原理与方法》（第 4 版），630～631 页。

主动调整系统的战略和技术，以积极开发和利用这种机会，谋求系统的发展。

（3）初建期的创新和运行中的创新。

从创新发生的时期来看，可将其分为系统初建期的创新和运行中的创新。系统的组建本身就是社会的一项创新活动。系统的创建者在一张白纸上绘制系统的目标、结构、运行规划等蓝图，这本身就要求有创新的思想和意识，创造一个全然不同于现有社会（经济组织）的新系统，寻找最满意的方案，取得最优秀的要素，并以最合理方式组合，使系统良好运作。创新活动更大量地存在于系统组建完毕开始运转以后。系统的管理者要不断地在系统运行的过程中寻找、发现和利用新的创新机会，更新系统的活动内容，调整系统的结构，扩展系统的规模。

（4）自发创新与有组织的创新。

从创新的组织程度上看，可分为自发创新与有组织的创新。任何社会经济组织都是在一定环境中运转的开放系统，环境的任何变化都会对系统的存在和存在方式产生一定影响，系统内部与外部直接联系的各子系统接受到环境变化的信号以后，必然会在其工作内容、工作方式、工作目标等方面进行积极或消极的调整，以应付变化或适应变化的要求。同时，社会经济组织内部的各个组成部分是相互联系、相互依存的。系统的相关性决定了与外部有联系的子系统根据环境变化的要求自发地作了调整后，必然会对那些与外部没有直接联系的子系统产生影响，从而要求后者也作相应调整。

与自发创新相对应的，是有组织的创新。有组织的创新包含两层意思：1）系统的管理人员根据创新的客观要求和创新活动本身的客观规律制度化地检查外部环境状况和内部工作，寻求和利用创新机会，计划和组织创新活动。2）与此同时，系统的管理人员要积极地引导和利用各要素的自发创新，使之相互协调并与系统有计划的创新活动相配合，使整个系统内的创新活动有计划、有组织地展开。只有通过有组织的创新，才能给系统带来预期的、积极的和比较确定的结果。

7.4.2　创新管理

创新是否能够被管理，在学术界存在着明显的分歧。有学者认为组织创新很少按照一系列清晰的、可预测的阶段发展下去，并且管理人员在组织创新中的控制和指导能力是非常有限的，而很多对创新管理过程的讨论都高估了管理人员在此过程的能力和影响；也有学者认为，有计划的、系统的创新管理过程是存在的，并且大多数的创新来自有目标、有组织的活动，这种活动遵循一定的规律、步骤和程序。如彼得·德鲁克所言，经过周密分析、勤奋而系统化地工作所产生的有目的的创新是可以作为创新实践加以讨论和展示的。无论创新是否能够被管理，至少有一点是肯定的，即组织可以通过采取一定的方法和手段，促进组织的创新活动。本部分针对创新管理（innovation management）的一些观点进行阐述。

1. 激发组织创新的因素

创新需要在一定的环境中才能产生并且发挥效力，那么究竟什么样的环境才是有利于激发创新的呢？罗宾斯指出，激发组织创新力的因素主要来自三个方面，分别是结构因素、文化因素以及人力资源因素（见图7—7）。

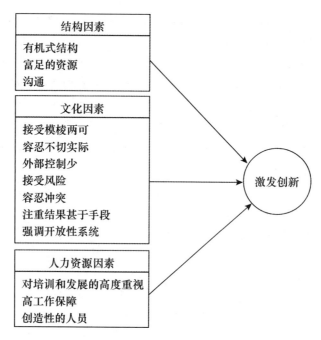

图7—7　创新的因素

资料来源：［美］斯蒂芬·P·罗宾斯、玛丽·库尔特：《管理学》（第7版），368页。

（1）结构因素。

有关结构因素对创新影响的研究表明了如下几点：

1）有机式结构对创新有正面影响。因为有机式结构纵向变异、正规化和集权化程度低，可以提高组织的灵活性、应变力和跨职能工作能力，从而使创新更易于得到采纳。

2）拥有富足的资源能为创新提供另一重要的基石。组织资源充裕，使管理当局有能力购买创新成果，敢于投下巨资推行创新并承受失败的损失。

3）部门间密切的沟通有利于克服创新的潜在障碍。像跨职能团队、任务小组及其他这类组织设计都可促进部门之间的交流，从而得到创新型组织的广泛采用。

（2）文化因素。

富有创新力的组织，通常具有共同的文化。充满创新精神的组织文化通常具有如下特征：

1）接受模棱两可。过于强调目的性和专一性会限制人的创造性。

2）容忍不切实际。不强调专一性，鼓励多种工作思路，容忍不切实际的想法和主张。

3）外部控制少。组织把规章、条例、政策之类的监控减少到最低限度，加大管理的自由度。

4）接受风险。鼓励管理者和员工大胆试验，不用担心可能失败的后果。把可能的错误作为学习的机会。

5）容忍冲突。鼓励群体中的不同意见，中等程度的群体冲突有利于调节群体气氛，从而实现更高的经营绩效。

6）注重结果甚于手段。提出明确的目标后，个人被鼓励积极探索实现目标的各种可行途径。注重结果意味着，对于任一给定的问题，可能存在若干种正确的解决办法。

7）强调开放性系统。即组织时刻监控环境的变化并随时做出快速的反应。

（3）人力资源因素。

人力资源是组织创新的基本保证。创新型组织积极地对其人力资源进行培训和开发，帮助员工实施职业生涯规划，加快知识与技能的更新。同时，给员工提供高工作保障，鼓励员工成为创新能手。在组织创新中，创新者是最关键的因素。一旦产生新思想，创新者会主动而热情地将新思想深化提高并克服阻力，以确保组织创新方案得到推行。成功的组织创新对创新者提出了许多高要求[1]：

1）创新者对组织创新成果潜在使用者的需求和获取知识的步骤有深刻了解，并拥有对财力、物力进行必要动员和协调的地位及经验。

2）创新者拥有组织创新研究与开发方面的能力，与负责研究开发、市场销售和生产等诸部门的人员之间有密切联系与协同。

3）创新群体拥有创新活动所必需的认知能力、个性特征和内在动机，并具有较高的自我效能感和群体凝聚力，在群体沟通模式、目标管理程序及群体决策方式等方面，使组织创新具备心理准备。

因此，组织可以通过采用灵活的、易于获得资源并形成顺畅沟通的结构来激发和培育创新；还可以通过塑造一种宽松的、支持新思想并鼓励对环境的监控的文化，以及广纳训练有素、知识不断更新的创造性人才，并给他们提供高工作保障来促进创新。

2. 创新的原则

德鲁克指出，核心的创新原则中有几个"做"，即必须要做到的事情；还有几个"不能做的事"，即尽量避免做的事情；另外还包括三个基本条件。[2]

（1）要做的事情。

1）有目的、有系统的创新从分析机遇着手。不同的领域、不同的来源在不同的时间有不同的重要性，对所有创新的来源必须系统地加以分析和研究。仅仅注意它们是不够的，研究工作必须有组织地、系统地定期进行。

2）创新既是概念的又是感知的。创新第二个要做的事情是出去多看、多问、多听。这项工作不能进行得太频繁。成功的创新者都利用左右两个大脑。他们一方面看数字，一方面又看人。他们分析出要利用某个机遇需要什么样的创新。然后，他们走出去，观察客户和用户，了解他们的期望、价值观和需要。

3）创新若要行之有效必须简单而专一。它只能做一件事情，否则就会一塌糊涂。如果它不简单，就不能运作。每一种新事物总会遇到麻烦，如果太复杂，就难以修补。所有有效的创新都异常简单。即使是可产生新应用和新市场的创新也应该以专一、清晰和有计划的应用为标准。它应该专注于它所满足的特殊需求，以及它所产生的特殊的最终结果。

4）有效的创新都是从不起眼处开始的。它们并不宏大，只试图做一件与众不同的事情。创新最好能从小起步，开始只需要少量资金、少数几个人，而且只需要有限的小市

---

① 参见王重鸣：《管理心理学》，北京，人民教育出版社，2000。

② 参见［美］彼得·德鲁克：《创新与企业家精神》，171～187 页，北京，机械工业出版社，2007。

场。否则，就没有充足的时间来进行调整和改变，而及时调整和改变是创新成功所必需的。初始阶段，很少有创新是"基本正确"的。只有规模很小，对人员和资金的要求不高时才能进行必要的改变。

5）成功创新的目标是领导地位。它的最终目标不一定是"成为一个大企业"，事实上，没有人能够事先知道一个创新将成就大企业还是使其业绩平平。但是如果一个创新不从一开始就注重领导地位，那么它不可能有足够的创新意识，因而也不可能有所建树。旨在主宰一个行业或市场的战略与只期望在一个程序或市场中占据一小块获利点的战略是很不相同的。

（2）不能做的事。

1）首先就是不要太聪明。如果创新想获得规模和重要地位，它们必须能够由普通人操作，能够由低能人或近于低能的人操作。因为，能力低下者是唯一充足和永不衰竭的供应源。任何事情过于聪明，无论是在设计还是在操作上，几乎都注定会失败。

2）不要有过多花样，不要分心，不要一次做过多事情。偏离核心的创新可能会变得零散。它们将只能是点子，而成不了创新。核心不一定是技术或知识。事实上，在所有企业中，市场知识都是比知识和技术更好的统一核心。但是，创新工作必须有一个统一的核心，否则它们就可能分崩离析。创新需要有一种集中能量的统一努力支撑它。它还要求使它有效的人员彼此了解，而要达到这一点，同样需要一个统一的、共同的核心。分心和一心多用会损害这种统一的核心。

3）不要为未来进行创新，为现在进行创新。一个创新可能会有广泛的影响，可能到20年后才完全成熟，但是创新必须着眼于现在。

（3）三个条件。

最后还有三个条件。这三个条件都是显而易见的，但常常被人忽视。

1）创新是工作。它需要知识，而且往往需要大量的聪明才智。显而易见，创新者比一般人更聪明。另外，创新很少涉足多个领域。创新与其他工作一样讲究才干、天赋和气质。但当所有条件都具备时，创新就变成辛苦、专注和有目的的工作，需要勤奋、恒心和责任。

2）要想成功，创新者必须立足自己的长项。由于创新的风险和由此产生的对知识与实干能力的重视，使得发挥长处对创新就显得尤为重要。此外，与其他工作一样，创新也讲究气质上的"吻合"。企业在他们并不真正尊重的领域不会有出色的表现。

3）创新是经济与社会双重作用的结果，对一般人来说它是行为的一种改变，或是一种程序的变化，即人们工作或生产方式的变化。因此，创新必须与市场紧密相连，专注于市场，而且由市场来推动。

3．创新管理的流程

玖·笛德等人提出了一个创新管理的流程模型（见图7—8）。创新管理包括信息收集和整理阶段、创新战略分析与制定阶段、提供资源阶段、实施阶段和学习再创新阶段。

（1）信息收集和整理阶段。

德鲁克在《创新与企业家精神》一书中总结了创新的七个来源，它们分别是意外的成功或失败、企业内外部的不协调、过程改进的需要、行业和市场结构的变化、人口结构的变化、观念的改变和新知识的产生。创新的力量可能是它们的一种或几种共同作用的结果。创新管理第一阶段的任务就是要充分利用和组织这些资料，对这些有关创新的信息进行识别、选择和处理，并将这些信息转化成与决策相关的资料。

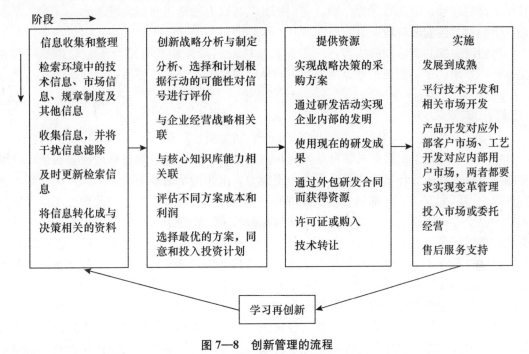

图 7—8　创新管理的流程

资料来源：〔英〕玖·笛德、约翰·本珊特：《创新管理：技术、市场与组织变革的集成》，28 页，北京，清华大学出版社，2002。

（2）创新战略分析与制定阶段。

此阶段主要根据收集到的信息进行创新方案的制定、选择，并使创新战略随着企业的发展进一步优化。在进行创新战略分析和制定中，企业要重视三方面的问题：企业可获得的技术和市场机会；企业的现状，即现有的物质基础、资金状况等；创新发展战略必须考虑与企业整体业务之间的匹配。在综合各方面知识的基础上，企业要形成与企业战略相关的行动方案，并根据收集到的资料对方案投入和产出进行分析，从而选择一个满意的方案。然后根据方案的预测情况决定人、财和物等资源的投入。

（3）提供资源阶段。

这一阶段根据已有的方案，利用可获得的知识解决组织遇到的问题，当然这种知识并不一定是组织所拥有的。这个阶段包括通过内部或外部联合获得原始创新，或对已有创新的转让。这一阶段根据组织的资源、能力和外部环境等各方面的进一步权衡，要么进入详细开发的下一步，要么对原有的方案进行修改或直接采用他人的成果。当然，这并不是简单地将资源放在系统中，而是采用资源的有效利用方式。此外，该阶段还应创造一种促进创新的有利条件。

（4）实施阶段。

这一阶段是创新管理的核心。在前三个阶段的基础上，这一阶段的投入有明确的目标，即从广泛的研究到关注具体方案的解决，最终导致创新结果，并为将创新的结果推向市场做准备。这一阶段需要大量时间、人力、财力以及物力的投入。本阶段的显著特点是一系列解决问题的循环，并通过它解决预期或突发问题。虽然在图7—8中市场和技术被看作平行的过程，但在实际操作中，它们的互动可以有效地进行创新管理。

（5）学习再创新阶段。

再创新包括两个方面的内容：一方面，本轮的创新成功实际是为下一轮创新提供动力；另一方面，如果创新失败，需要在失败中吸取经验教训，以资下一轮创新借鉴。

本章小结

组织变革是指组织根据外部环境变化和内部情况变化，及时调整和改善自身的结构和功能，以提高其适应环境、求得生存的应变能力。组织变革的基本动力可以分为外部动力和内部动力两大方面。外部动力包括经济的力量、技术的进步、社会和政治变革以及就业人口的改变等几方面；内部动力包括组织目标的改变、管理条件的变化、组织发展阶段的变化、组织成员社会心理及价值观的改变、组织内部的矛盾与冲突等。变革包括技术变革、产品与服务变革、战略与结构变革以及人员与文化变革几种类型，四种变革并不是相互孤立的，而是相互联系的。

组织变革会遇到种种阻力，包括公开的阻力和暗中的阻力，来自个体和组织两个方面。个体阻力有习惯、对未知的恐惧、经济原因、选择性知觉、个性、与个人价值观相冲突等几个方面；组织阻力包括组织惰性、有限的变革关注、资源限制、固定投资、群体因素、对权力关系的威胁几个方面。应对变革的阻力主要有以下几种途径：教育和沟通、参与和融合、引导和支持、谈判和协商、控制与合作以及正面施压。

组织变革需要变革推动者的参与，主要包括变革战略家、变革执行者和变革接受者三类人员。组织变革的方式按不同的划分标准可分为多种形式：按照变革程度可分为量变式和质变式；按照变革的对象可分为正式关系式、非正式关系式和人员式；按照变革的力量来源可分为主动思变式和被动应变式；按照变革的进程可分为突变式和分段发展式；按照变革方案的形成过程可分为强制式、民主式和参与式；按照变革起始可分为自上而下式、自下而上式和上下结合式。不同学者从不同角度提出了不同的组织变革模式。克雷特纳和金尼基提出的系统变革模型包括输入、变革的目标因素和输出三部分，而莱维特认为组织是个多变量的系统，它包含四个变量：结构、任务、人员和技术。库尔特·勒温认为变革是一个"解冻—变革—再冻结"的过程，而科特将其细化为八个步骤，分别为：产生紧迫感；建立强有力的领导联盟；构建愿景规划；沟通这种愿景规划；授权他人实施这种愿景规划；计划并夺取短期胜利；巩固已有成果；使新的工作办法制度化。行动研究是指一种以数据为基础的组织变革问题的解决过程，这种过程离不开科学的方法，它首先系统地收集信息，然后在信息分析的基础上选择变革行为。比较有代表性的行动研究包括凯利的变革模式和卡斯特的变革模式。

组织发展是一种"有计划的变革"，它利用行为科学的知识，通过有计划的干预，使组织变得更为有效和健康。组织发展干预技术是指各种有组织的工作活动，以及推动组织中有关成员或团体从事一项或一整套工作任务，其目的直接或间接地指向组织的改善。组织发展干预技术分为个人、两三个人、群体、群体之间以及整个组织等层次。

创新与变革是有所区别的。组织变革是被组织采纳的一个新构思或新行为。而组织创新是采纳一些对于组织所在行业、市场或一般环境来讲是全新的构思或行为。创新可划分为不同的类型：从创新的规模以及创新对系统的影响程度来考察，可分为局部创新和整体创新；从创新与环境的关系来分析，可分为消极防御型创新与积极攻击型创新；从创新发生的时期来看，可分为系统初建期的创新和运行中的创新；从创新的组织程度上看，可分为自发创新与有组织的创新。激发组织创新力的因素主要来自三个方面，分别是结构因素、文化因素以及人力资源因素。组织可以通过改进以上三个因素激发创新力。创新原则包括几个"做"（指必须要做到的事情）、几个"不能做的事"（指尽量避免做的事情）以及三个基本条件。创新管理的过程包括信息收集和整理阶段、创新战略分析与制定阶段、提供资源阶段、实施阶段和学习再创新阶段。

关键术语

组织变革（organizational change）　　　　行动研究（action research）

组织发展（organizational development）　调查反馈（survey feedback）

敏感性训练（sensitivity training）　　　创新管理（innovation management）

团队建设（team building）　　　　　　　过程咨询（process consultation）

方格训练（grid training）　　　　　　　群间关系开发（intergroup development）

组织创新（organizational innovation）

组织发展干预技术（OD intervening technique）

复习思考题

1. 什么是组织变革？组织变革的动力主要来自哪几个方面？
2. 组织变革的类型有哪些？分别是什么？
3. 组织变革的阻力有哪些？如何克服？
4. 根据不同的划分标准，组织变革有哪些方式？
5. 请对本章出现的几种变革模式进行简单的评价。
6. 什么是组织发展？组织发展有哪些特点？
7. 什么是组织发展干预技术？请举例说明。
8. 什么是创新？根据不同的划分方式，可分为哪些基本类型？
9. 激发组织创新力的因素有哪些？分别对其进行介绍。
10. 德鲁克提出的创新的原则包括哪些内容？请简单对其加以评论。
11. 创新管理的过程包括哪几个阶段？分别是什么？
12. 创新是否能够被管理？请说明理由。
13. 请思考组织变革、组织发展与组织创新之间的关系是什么。

参考文献

1. ［美］斯蒂芬·P·罗宾斯，玛丽·库尔特. 管理学（第7版）. 北京：中国人民大学出版社，2004

2. ［美］斯蒂芬·P·罗宾斯. 组织行为学（第10版）. 北京：中国人民大学出版社，2005

3. ［美］温德尔·L·弗伦奇，小塞西尔·H·贝尔，罗伯特·A·扎瓦茨基. 组织发展与转型（第6版）. 北京：机械工业出版社，2006

4. ［美］D. 赫尔雷格尔，J.W. 斯洛克姆，R.W. 伍德曼. 组织行为学（下册）. 北京：中国社会科学出版社，2001

5. 于显洋. 组织社会学. 北京：中国人民大学出版社，2001

6. ［美］理查德·L·达夫特. 组织理论与设计精要. 北京：机械工业出版社，2003

7. ［美］奈杰尔·金，尼尔·安德森. 组织创新与变革. 北京：清华大学出版社，2002

8. ［美］彼得·德鲁克. 创新与企业家精神. 北京：机械工业出版社，2007

9. ［美］约翰·P·科特等. 变革之心. 北京：机械工业出版社，2003

10. ［英］玖·笛德，约翰·本珊特. 创新管理：技术、市场与组织变革的集成. 北京：清华大学出版社，2002

11. 周三多，陈传明，鲁明泓编著. 管理学——原理与方法（第4版）. 上海：复旦大学出版社，2004

12. 王重鸣. 管理心理学. 北京：人民教育出版社，2000

13. 冯燕君. 组织行为学. 上海：立信会计出版社，1997

14. 王德中等. 经营管理大系——管理组织卷. 上海：上海人民出版社，1990

15. J. P. Kotter，L. A. Schlesinger，Choosing Strategies for Change，*Harvard Business Review*，March-Apirl，1979

第 **8** 章

人力资源管理

**学习目标**

- 了解人力资源管理的发展历程
- 理解战略性人力资源管理的基本框架
- 理解平衡计分卡的主要内容及特点
- 掌握人力资源管理各个职能的主要内容
- 掌握人力资源管理各个职能的实施要点

当前，企业传统上所具备的任何竞争优势，例如，资金优势、规模经济、地方政府垄断等都只能是一时的、短暂的，企业之间的竞争已转向知识和科技的竞争，而这种竞争从根本上讲是人才的竞争。快速构筑自身的人力资源竞争力，是企业维持生存并促进持续发展的保证。因此，人力资源管理被提升到战略高度。本章以战略性人力资源管理为框架，着重介绍人力资源管理比较重要的几项职能。

8.1　人力资源管理概述

8.1.1　人力资源管理

自 1954 年彼得·德鲁克提出人力资源（human resource，HR）概念后，1958 年社会学家怀特·巴克（E. Wight Bakke）将人力资源管理（human resource management，HRM）视为企业的一种普通的管理职能，从而第一次提出了人力资源管理的概念。其后，众多学者从人力资源管理的目的、过程、主体等方面阐释了此概念，不同学者对其的定义也有所不同。本书将人力资源管理定义如下：所谓人力资源管理，就是组织通过各种政策、制度和管理实践，对人力资源进行合理配置、有效开发和科学管理，充分挖掘人力资源的潜力，合理配置人力资源，调动人的积极性，提高工作效率，从而实现组织目标的管理活动。

8.1.2 人力资源管理的演变

纵观人力资源管理的发展历程，人力资源管理经历了三个不同阶段：人事管理阶段、人力资源管理阶段以及战略性人力资源管理阶段。

人事管理是伴随着组织的出现而产生的。现代意义上的人事管理是随着工业革命的产生而发展起来的。19世纪出现的工业革命高潮产生了大机器的生产方式，规模化大生产和装配线的出现加强了人与机器的联系，大工厂的建立使雇用员工的数量急剧增加。工业革命在提高了劳动专业化水平和生产力水平的同时，也对生产过程的管理，尤其是对生产中员工的管理提出了更高的要求，从而出现了专门的管理人员，负责对员工的生产进行监督和对与员工有关的事务进行管理。从这一时期开始，人事管理被组织尤其是企业接受，人事管理作为一种管理活动也正式进入了企业的管理活动范畴。许多学者把这一时期看作现代人事管理的开端。19世纪末到20世纪初的人事管理奠定了现代人事管理的基本职能，如人员招聘、工资和福利等事务性管理。

20世纪50年代以后，随着人力资源与人力资源管理概念的提出，以及人事管理理论和实践与后工业化时代中员工管理的不相适应，人事管理开始向人力资源管理转变。这种转变正如彼得·德鲁克在其著作中所说："传统的人事管理正在成为过去，一场新的以人力资源开发为主调的人事革命正在到来。"在此期间，虽然"人力资源管理"一词已广为学界所熟知，但并没有将人力资源管理的定义与人事管理所做的工作完全区分开来。直到20世纪70年代中期，人力资源管理理论才真正成熟起来，在管理的观念、模式、内容、方法等各方面都发生了很大的转变。

战略性人力资源管理理念的真正提出是在20世纪80年代左右，它的出现很大程度上归功于战略管理领域以资源为基础的观点被采纳和引入到人力资源管理领域。美国人沃克（Walker）于1978年在《将人力资源规划与战略规划联系起来》一文中，初步提出将战略规划与人力资源规划联系起来的思想，这是战略性人力资源管理思想的萌芽。德瓦纳（Devanna）、弗布鲁姆（Fombrum）和蒂奇（Tichy）等人的《人力资源管理：一个战略观》是战略性人力资源管理产生的标志性文章，在这篇文章里，作者深刻分析了企业战略与人力资源的关系。其后众多学者都对战略性人力资源管理的研究作出了重要贡献。战略性人力资源管理定位于在支持企业的战略中人力资源的作用和角色，它和人事管理/人力资源管理的根本区别在于人力资源管理活动计划的制定必须和组织的总体战略计划相联系。战略性人力资源管理的提出，为组织中关于"人"的管理提供了一种新视野。

这三个阶段是既有联系又有区别的。表8—1概括了三者之间的一些不同，从中我们可以看出人力资源管理经历了一个不断发展和完善的过程。

表 8—1　　　　　　　　　人事管理、人力资源管理、战略性人力资源管理间的区别

关于"人"的管理维度	人事管理	人力资源管理	战略性人力资源管理
理念	"人"是一种工具性资源，服务于其他资源	人力资源是组织的一种重要资源	人力资源是组织最重要的资源，是一种战略资产
与战略的关系	很少涉及组织战略决策，与战略规划的联系是一种行政联系或单向执行联系，即扮演执行者单一角色	是组织战略决策的重要辅助者、信息提供者，与战略规划的联系是一种双向联系，即扮演辅助者和战略执行者双重角色	是组织战略决策的关键参与者、制定者，与战略规划的联系是一体化的，即扮演决策制定者、变革推动者和战略执行者多重角色
职能	参谋职能、行政事务性工作、被动的工作方式	直线职能、辅助决策、战略执行、行政事务性工作、灵活的工作方式	直线职能、决策制定、战略执行、几乎没有行政事务性工作、主动的工作方式
绩效	● 部门绩效导向 ● 短期绩效导向	● 部门绩效与组织绩效兼顾导向 ● 较长期绩效导向	● 部门绩效与组织绩效一体化导向 ● 长期绩效导向 ● 竞争优势导向

（1）理念或人力资源的重要性。

就理念或人力资源的重要性而言，人事管理认为"人"仅是一种工具性资源，服务于其他资源；人力资源管理已将人力资源看成组织内有别于其他资源的一种重要资源；而战略性人力资源管理认为人力资源是组织的一种战略资产，是组织获取竞争优势的最重要资源，是组织技术资源、管理资源及其他相关资源的获取源。

（2）与战略的关系。

就与战略的关系而言，人力资源管理与战略的关系日益紧密，在战略的制定和实施中的作用也越来越大。人力资源职能直接融入企业的战略形成和战略执行过程之中，由过去的执行者转化为关键参与者、倡导者、推动者及执行者多重角色。因此，人力资源管理部门也更加受到重视，人力资源管理部门的经理成为组织高层领导中的重要成员。

（3）管理的职能。

就其职能而言，人力资源管理的核心职能是参与组织的战略决策，根据内外部环境需要倡导并推动变革，进行组织整体的人力资源规划，并实践相应的人力资源管理活动。而战略性人力资源管理将组织的注意力集中于：改变结构和文化，提高组织效率和业绩，开发特殊能力，以及管理变革。它的目的是通过确保组织获取具有良好技能和能够有效激励的员工，使组织获得持续的竞争优势，从而形成组织的战略能力，依靠员工实现战略目标和依靠核心人力资源去建立竞争优势。因此，尽管战略性人力资源管理同人力资源管理一样，也行使其直线职能，参与战略的制定和执行，但它更加偏重于组织层次的决策、规划与实践活动，而非具体执行性事务。

（4）绩效关注焦点。

就绩效关注焦点而言，战略性人力资源管理着重于更长期的绩效。所以，其关注焦点集中在组织绩效和持续竞争优势的获取上。并且，战略性人力资源管理更加关注员工目标

与组织目标的一致性问题，更加强调人力资源管理各项实践活动间的匹配性及捆绑性问题，即强调一系列人力资源管理活动的协同效用。

8.1.3　战略性人力资源管理

战略性人力资源管理是一个系统的概念，它强调通过人力资源的战略规划、政策及管理实践达到能获得竞争优势的人力资源配置的目的，强调人力资源与组织战略的匹配，强调通过人力资源管理活动实现组织战略的灵活性，强调人力资源管理活动的目的是实现组织目标。战略性人力资源管理把人力资源管理提升到战略的地位，系统地将人与组织联系起来，建立起统一性和适应性相结合的人力资源管理。图8—1描述了一个战略性人力资源管理的系统模型，该模型将组织运作的相关因素与运作情境结合起来，从战略的角度诠释了人力资源管理的内涵。

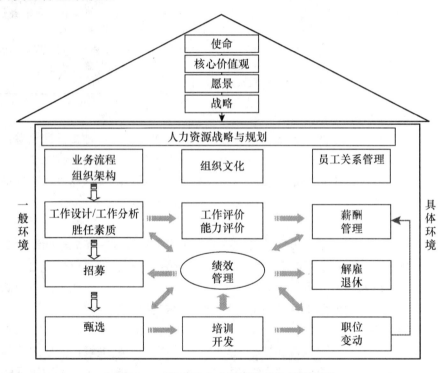

图8—1　战略性人力资源管理的系统模型

从图8—1中可以看出，该系统包含了影响战略性人力资源管理系统构建的主要变量，包括企业所处的环境、企业的使命、核心价值观、愿景、战略以及组织文化等。企业的环境分为一般环境和具体环境，一般环境是指企业当前所处的整个经济环境和行业环境；具体环境是指与企业关系紧密的、对企业影响较大的局部环境，如企业主要产品市场的情况、企业原材料供应商的情况等。其中，组织文化作为企业内部环境的一部分，对人力资源管理活动有着十分重要的影响。使命和愿景为组织制定了总目标和方向，而只有当界定了使命和愿景将如何实现的战略时，使命和愿景才变得更具操作性。这些因素是战略性人力资源管理系统设计的基础和依据。

在明确了企业的使命、愿景和战略后，人力资源管理系统本身通过人力资源战略与规划、工作设计及工作分析、工作评价及能力评价、招聘及选拔录用、培训与开发、职位变动、解雇、薪酬管理以及绩效管理等基本职能进行运作，各个职能之间相互影响、相互联系，构成了一个完整的体系。工作设计和工作分析应该根据组织架构和业务流程展开，是其他各项职能的基础。根据工作设计与工作分析的结果，可以预测出组织所需的人力资源数量、质量以及结构。人力资源的净需求量确定以后，据此制定招募计划，然后选取合适的方法或手段进行招募。人员招募结束，经过甄选后确定出合适的人选，对其经过培训后，配置于相应的岗位。培训与开发对员工的发展具有重要的意义，通过培训开发，可以提高员工的相关能力，并借此获得晋升或加薪。薪酬管理的一项重要内容就是确定员工薪酬的支付依据，其中基本薪酬的确定主要是根据员工的职位或能力，是建立在工作评价或能力评价的基础上的，而工作分析又是工作评价和能力评价的前提，还有一部分薪酬则取决于员工的绩效水平，属于绩效管理的内容。

绩效管理在人力资源管理系统中处于核心的地位，它与人力资源管理系统中的其他职能之间存在着非常密切的关系。首先，工作设计与工作分析的结果是设计绩效管理系统时的重要依据，绩效管理的结果也能反映出工作设计中存在的问题，可以通过修正、重新界定有关岗位的工作职责，从而达到提高绩效水平的目的。招募与绩效管理也有一定的关系，通过对来自不同渠道的员工的绩效进行比较，从中得出经验性的结论，从而实现招募渠道的优化。绩效管理与甄选之间的关系是双向的，通过对员工的绩效评价可以检测甄选手段的效度，而通过甄选获得的高质量员工，能够在工作中表现出高绩效水平，绩效管理的负担也将大大减轻。绩效管理与培训开发之间也是相互作用的，通过绩效管理能够发现员工工作中存在的种种不足，对其进行分析后可以确定出培训需求；培训开发通过提升员工的能力和素质提升其绩效，有助于实现绩效管理的目标。绩效管理的结果是职位变动或解雇的依据之一，绩效管理能确定出员工与职位是否匹配，发现员工在所在职位上的优势与不足，依此进行职位调动，对于实在无法胜任工作的员工，可采取解雇的手段。最后，绩效管理与薪酬管理的关系是最为直接的，员工总薪酬中一般都要包含一部分绩效薪酬，这部分薪酬是与员工绩效考核的结果直接挂钩的，这样可以调动员工的工作积极性，使其通过努力可以获得更多的回报，同时达到提高组织绩效的目的。

8.2 人力资源战略与规划

8.2.1 人力资源战略

1. 人力资源战略的含义

由第 4 章可知，企业战略包括三个层次，分别是公司层战略、事业层战略和职能层战略。其中公司层战略寻求决定公司应当从事什么样的事业，以及计划从事什么样的事业；事业层战略决定组织应当如何在每一项事业上展开竞争；职能层战略寻求如何支持事业层战略。因此人力资源管理作为企业职能的一个重要组成部分，对企业战略的实现起着重要的支持作用。人力资源战略与市场营销战略、生产战略、财务战略等共同构成了企业的职能层战略（见图8—2）。

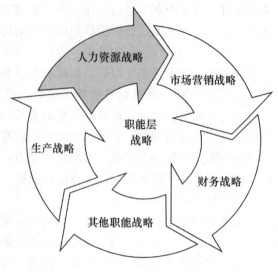

图8—2 职能层战略

因此，可将人力资源战略（human resource strategy）定义为：组织为适应外部环境的变化和内部管理的需要，根据组织的战略目标，制定出人力资源管理目标，进而通过各种人力资源管理职能活动实现组织目标和人力资源目标的过程。它强调人力资源对组织战略目标的支撑作用，从战略层面考虑人力资源的内容和作用。

2. 人力资源战略的类型

作为职能层战略，人力资源战略用以支撑公司层战略和事业层战略，所以，人力资源战略应考虑与组织战略相互配合。不同学者从不同角度对人力资源战略的类型进行了研究，比较有代表性的研究有：

（1）康奈尔大学的研究。

根据美国康奈尔大学的研究，人力资源战略可分为三种：1）诱引战略：主要是通过丰厚的报酬去诱引和培养人才，从而形成一支稳定的、高素质的员工队伍。2）投资战略：主要是通过聘用数量较多的员工，形成一个备用人才库，以提高企业的灵活性，并储备多种专业技能人才，注重对员工的培训、开发。3）参与战略：这种战略谋求员工有较多的决策参与机会和权利，使员工在工作中有自主权，充分发挥员工的自主性，而管理人员更像教练一样为员工提供必要的咨询和帮助。

（2）舒勒的研究。

舒勒（Schuler）将人力资源战略划分为三种类型。1）累积型（accumulation）战略：以长期的观点来看待人力资源管理，较注重人才的培训，通过甄选以获取合适人才，以终身雇用为原则，同时亦以公平原则来对待员工，员工晋升速度慢。2）效用型（utiliza-tion）战略：以短期的观点来看待人力资源管理，提供较少的训练，公司职位一遇有空缺随时可以进行填补，非终身雇用，员工晋升速度快。3）协助型（facilitation）战略：介于累积型和效用型两种人力资源战略之间，个人不仅需要具备技术能力，同时在同事之间也要有良好的互动，员工一般负有学习责任。

8.2.2　人力资源规划

1. 人力资源规划的含义

所谓人力资源规划（human resource plan），就是根据组织的发展战略、目标以及组织内外环境的变化，科学地预测、分析组织的人力资源需求和供给状况，制定必要的管理政策和措施，以确保组织在需要的时间和岗位上获得所需的人力资源的过程。

2. 人力资源规划的内容

（1）人力资源总体规划。

人力资源总体规划是对计划期内人力资源规划结果的总体描述，包括预测的需求和供给分别是多少，做出这些预测的依据是什么，供给和需求的比较结果是什么，企业平衡需求与供给的指导原则和总体政策是什么等。人力资源的总体规划具体包括三方面的内容，分别是人力资源数量规划、人力资源素质规划和人力资源结构规划。

1）人力资源数量规划是指依据企业未来业务模式、业务流程、组织结构等因素确定企业未来各部门人力资源编制以及各类职位人员配比关系，并在此基础上制定企业未来人力资源需求计划和供给计划。

2）人力资源素质规划是指依据企业战略、业务模式、业务流程和组织对员工的行为要求，设计各类人员的任职资格，比如人员素质要求、行为能力要求以及标准等。它包括企业人员的基本素质要求、人员基本素质提升计划以及关键人才招聘、培养和激励计划等。

3）人力资源结构规划是指依据行业特点、企业规模、未来发展战略重点以及业务模式，对企业人力资源进行分层分类，同时设计和定义企业职位种类和职位责权界限等，从而理顺各层次、各种类职位上人员在企业发展中的地位、作用以及相互关系。

（2）人力资源业务规划。

人力资源业务规划是总体规划的分解和具体化，它包括人力资源补充计划、人力资源配置计划、人力资源接续计划、人力资源培训与开发计划、工资激励计划、员工关系计划和退休解聘计划等内容（见表 8—2）。

表 8—2　　　　　　　　　　　　　　人力资源业务规划的内容

规划名称	目标	政策	预算
人力资源补充计划	类型、数量、层次、人员素质结构改善	人员资格标准、人员来源范围、人员起点待遇	招募甄选费用
人力资源配置计划	部门编制、人力资源结构优化、职位匹配、工作轮换	任职条件、工作轮换的范围和实践	按使用规模、类别和人员状况决定薪酬预算
人力资源接续计划	后备人员数量保持、人员结构改善	选拔标准、提升比例、为提升人员安置	职位变动引起的工资变动
人力资源培训与开发计划	培训的数量和类型、提供内部的供给、提高工作效率	培训计划的安排、培训时间和效果的保证	培训开发总成本

续前表

规划名称	目标	政策	预算
工资激励计划	劳动力供给增加、时期提高、绩效改善	工资政策、激励政策、激励方式	增加工资奖金的数额
员工关系计划	提高劳动效率、员工关系改善、离职率降低	民主管理、加强沟通	法律诉讼费用
退休解聘计划	劳动力成本降低、生产率提高	退休政策及解聘程序	安置费用

资料来源：董克用、叶向峰、李超平：《人力资源管理概论》（第二版），220 页，北京，中国人民大学出版社，2007。

3. 人力资源规划的程序

人力资源规划应该按照一定的程序来进行（见图 8—3）。从图 8—3 中可以看出，人力资源规划程序一般包括三个步骤：人力资源供求预测与比较、人力资源规划方案的制定和人力资源规划的实施与效果评估三个阶段。

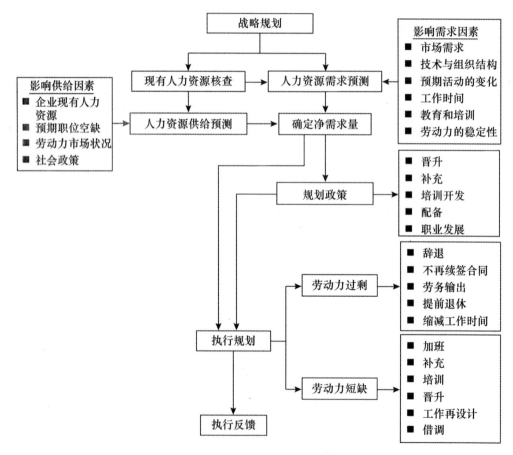

图 8—3 人力资源规划程序模型

（1）人力资源供求预测与比较。

1）人力资源需求预测。人力资源需求预测是指对企业在未来某一特定时间内所需要的人力资源的数量、质量以及结构进行估计。人力资源需求预测受多种因素影响，包括市场需求、技术与组织结构、预期活动的变化、工作时间、教育和培训以及劳动力的稳定性等。这些复杂的内外环境的影响，使人力资源需求预测变得十分复杂和困难，因此在进行需求分析时必须结合定性和定量方法进行。常用的人力资源需求预测方法有主观判断法、德尔菲法、趋势预测法、回归预测法、比率预测法等。

2）人力资源供给预测。人力资源供给预测是指对在未来某一特定时间内能够供给企业的人力资源的数量、质量以及结构进行估计。供给预测主要研究组织内部和组织外部供给两个方面，内部供给预测要考虑组织内部的有关条件，包括企业现有人力资源、人员流动等，而外部供给预测要考虑的是劳动力市场状况、劳动者的就业意识以及企业的吸引力等。常用的人力资源供给预测方法有技能清单法、人员替换图、马尔科夫模型等。

通过人力资源供求预测，确定人员的数量、质量以及结构和分布情况，进行对比，从而得出组织的人力资源净需求量。

（2）人力资源规划方案的制定。

人力资源的供给和需求预测比较，可能有几种结果：供给和需求在数量、素质以及结构等方面都平衡；供给与需求在数量上平衡，但结构上不匹配；供给与需求在数量上不平衡，包括供大于求和供小于求两种情况。现实中，供求完全平衡的情况很少出现。当供给与需求数量平衡而结构不匹配时，需要对现有的人力资源在结构上进行调整。而当供给和需求数量上存在差异时，则需要制定出相应的规划政策，以确保组织发展的各时间点上供给和需求平衡。规划政策主要包括晋升规划、补充规划、培训开发规划、配置规划、职业发展规划等。两种典型的平衡规划是劳动力过剩和劳动力短缺时的规划：

1）当劳动力过剩，即供给大于需求时，规划政策主要有：永久性地裁减或辞退员工；鼓励员工提前退休；冻结外部招聘，通过自然减员来减少供给；重新培训，调往新的岗位，或适当储备一些人员；减少工作时间、实行工作分享或降低员工的工资。

2）当劳动力短缺，即需求大于供给时，规划政策主要有：延长工作时间，让员工加班加点；从外部雇用人员，包括返聘退休人员、雇用正式员工或临时工；培训本企业员工，提高现有员工的工作效率；重新设计工作以提高员工的工作效率；进行内部调配，以增加内部的流动来提高某些职位的供给。

（3）人力资源规划的实施与效果评估。

制定了人力资源规划以后，人力资源部门就可以按照人力资源规划的具体要求展开工作。但是，由于信息、技术和环境变化等原因，人力资源预测通常无法做到完全准确，因此人力资源规划也不可能一成不变，需要根据实际情况进行调整。而调整的关键就是对其进行反馈与评估。

8.3　工作设计与工作分析

8.3.1　工作设计

工作设计（job design）是指为了达到组织目标，合理有效地处理人与工作的关系而采取的，对与满足工作者个人需要有关的工作内容、工作职能和工作关系的特别处理。它是对工作进行周密的、有目的的计划安排，既要考虑员工具体的素质、能力等各个方面的因素，也要考虑企业的管理方式、劳动条件、工作环境、政策机制等因素。工作设计主要有以下几种方法。

1. 工作专门化

回顾第5章对工作专门化的定义，可知工作专门化是通过动作和时间研究，将工作分解为若干很小的单一化、标准化及专业化的操作内容与操作程序（见图8—4）。员工通过操作单一的工作或程序，增加其熟练程度，从而达到提高生产效率的目的。

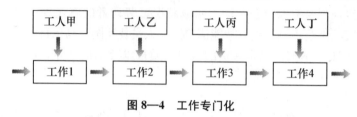

图8—4　工作专门化

2. 工作轮换

工作轮换（job rotation）是为减轻对工作的厌烦感而把员工从一个岗位换到另一个岗位。工作轮换通常是指横向的轮换，即在同一水平上工作的变化（见图8—5）。轮换可依据具体情况和要求来进行。比如当前的工作不再具有挑战性时，可让员工转向另一项工作，也可以使员工一直处于轮换的状态中。许多大型组织在实施开发管理才能的规划中也使用了工作轮换的方法，这可能包括直线职位和参谋职位人员之间的轮换，通常也允许没有充分发挥潜力的员工去向经验丰富的员工学习。

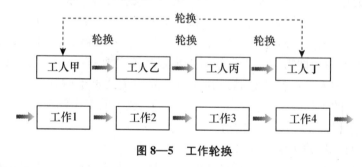

图8—5　工作轮换

3. 工作扩大化

工作扩大化（job enlargement）是使员工承担更多的工作任务，是工作任务的水平扩展。这种工作设计由于不必把产品从一个人手中传给另一个人而节约时间，并且通过增加某一工作的工作内容，减少从事一项单一工作而产生的厌烦感，使员工通过学习和培训掌握更多的知识和技能，提高了工作兴趣（见图8—6）。

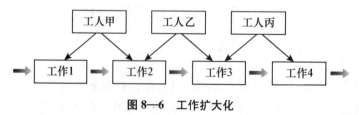

图8—6　工作扩大化

研究证明，工作扩大化增加了员工的工作满意度，提高了工作质量。IBM 公司则报告工作扩大化导致工资支出和设备检查费用的增加，但因质量改进、员工满意度提高而抵消了这些费用；美国梅泰格（Maytag）公司声称通过实行工作扩大化提高了产品质量，降低了劳务成本，工人满意度提高，生产管理变得更有灵活性。

4．工作丰富化

工作丰富化（job enrichment）是对工作内容和责任层次的改变，是指对工作内容的纵向扩展和对工作责任的垂直深化，旨在向员工提供更具挑战性的工作。工作丰富化使得员工在完成工作的过程中，获得一种成就感、认同感、责任感和自身发展，它能够增强员工对工作计划的执行和评估的控制程度。

工作丰富化与工作扩大化的根本区别在于，后者是扩大工作的范围，而前者是工作责任的垂直深化，以改变工作的内容。

工作丰富化的工作设计方法与常规性、单一性的工作设计方法相比，虽然要增加一定的培训费用、更高的工资以及完善或扩充工作设施的费用，但却提高了对员工的激励和工作满意程度，进而对员工生产效率与产品质量的提高，以及降低员工离职率和缺勤率形成积极的影响。

5．工作特征模型

工作特征模型（job characteristics model）提供了这样一种框架：它确定了五种工作特征，分析了它们之间的关系以及对员工生产率、工作动力和满意感的影响（见图 8—7）。

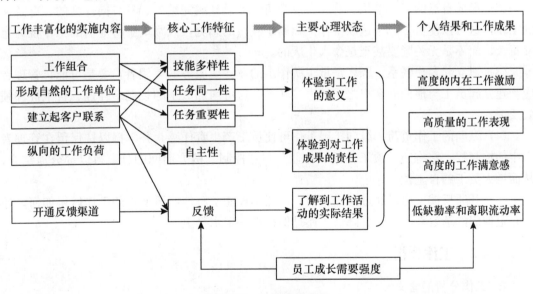

图 8—7　工作特征模型

任何工作都可以从几个核心维度进行描述，称为核心工作特征。它们分别是：技能多样性（skill variety），指工作中要求员工使用各种技术和才能从事多种不同活动的程度；任务同一性（task identity），指工作中要求完成一项完整的和具有同一性的任务的程度；任务重要性（task important），指工作要求完成的具有重要意义的任务的程度；自主性（autonomy），指工作给予任职者在安排工作进度和决定从事工作所使用的方法方面，提供实质性自由、独立和自主的程度；反馈（feedback），指个人为从事职务所要求的工作活动所需要获得的关于其绩效信息的直接的清晰的程度。

其中，前三个维度（技能多样性、任务同一性和任务重要性）共同创造出有意义的工作。拥有自主性的工作则会给任职者带来一种对工作结果的个人责任感，而如果能提供反馈，员工就会知道他所进行的工作效果如何。核心工作特征可以综合为一项单一的指标——激励潜力得分（MPS），其计算公式为：

$$激励潜力得分 = \frac{技能多样性＋任务同一性＋任务重要性}{3} \times 自主性 \times 反馈$$

工作特征模型指出，工作越是具备技能多样性、任务同一性和任务重要性这三个条件，员工的动机、绩效和满意感就越强，而旷工和辞职的可能性就越小。同时，核心工作特征与结果度量之间的关系，会受到个人成长需要强度（员工对自尊和自我实现的需要强度）的中和与调整。具有高度成长需要的员工，面对核心维度特征高的工作，会比那些低度成长需要的员工作出更为积极的反应。

工作特征模型为管理者从事工作设计提供了具体的指导，工作设计中的一些变化可能导致这五个核心工作特征的改善。

（1）工作组合。管理者应将现有的过细分割的任务组合起来，形成一项新的、内容广泛的工作，这将使技能多样性和任务同一性得到提高。

（2）形成自然的工作单位。管理者应当将任务设计成完整的、具有同一性的、有意义的工作，这可以使员工产生这项工作"归属于我"的感觉，鼓励员工将他们的工作视为意义重大，而不是无关紧要甚至是令人生厌的。

（3）建立起客户联系。顾客是员工所作出的业务或服务的使用者，要是可能，管理者应当建立起员工与他们的客户之间的直接联系，这可增加员工的技能多样性、自主性和绩效反馈。

（4）纵向的工作负荷。纵向扩展工作可使员工产生责任感，并掌握以往保留在管理者手中的控制权，它将使一项工作的"作业"与"控制"两方面间的分离得以部分地结合，从而增大员工的自主性。

（5）开通反馈渠道。通过增进反馈，员工不仅能了解他们所从事的工作做得如何，还能知道他们的绩效是改善了、降低了还是保持在一定水平上。

8.3.2　工作分析

1．工作分析的含义

工作分析（job analysis），也叫职位分析，指研究一个企业内每一个职位包括的具体工作内容和责任，对每一个职位的工作内容及有关因素做全面的、系统的描述和记载，并指明担任这一职位工作的人员必须具备的知识和能力。简单地讲，就是解决"某一职位应该做什么"和"什么样的人来做最适合"的问题，它是人力资源管理的基础，是获得有关职位工作信息的过程。我们可以通过工作分析界定某一职位工作与其他职位工作的差异；通过工作分析得到的信息往往被用来制作职位说明书。

2. 工作分析的步骤

工作分析是一个细致而全面的评价过程，它由准备、调查、分析和完成四个阶段构成：

（1）准备阶段。此阶段的主要任务是明确工作分析的目的、范围、时间、费用和执行者；明确各相关人员的职责、权限并组成工作分析小组；确定所需信息的来源，选择工作分析的方法，建立工作分析的程序；确定调查分析的对象，并考虑调查分析对象的代表性。

（2）调查阶段。此阶段的主要任务是收集工作的背景资料及工作信息。其中背景资料包括组织的组织结构图、工作流程图以及国家的职位分类标准；而工作信息主要包括工作活动、工作背景、工作中使用的设备、工作绩效标准以及工作对人的要求等。

在进行资料信息收集之前，首先应该根据工作分析的目的选择合适的工作分析方法。工作分析方法主要有定性和定量两种，其中定性方法包括观察法、访谈法、问卷调查法、工作日志法等，而定量方法主要有美国公务员委员会工作分析方法、美国劳工部工作分析方法、职位分析问卷法以及职能性工作分析法等。

工作信息的来源包括工作执行者、管理者、工作分析专家等多个渠道。在调查过程中应保持严谨客观的态度，科学地选取有代表性的样本，并控制工作信息的准确性。

（3）分析阶段。此阶段的主要任务是整理调查结果，运用科学的方法发现有关工作的关键点，归纳、总结出工作分析的必需材料和要素，找出各个职位的主要成分和关键要素。这个过程要遵循几个原则：1）对工作活动是分析而不是罗列；2）针对的对象是职位而不是人；3）分析要以当前的工作为依据。

（4）完成阶段。此阶段的主要任务就是根据规范和信息编制职位说明书，并对整个工作分析过程进行总结。

3. 职位说明书

职位说明书包括工作描述和工作规范两方面的内容。工作描述反映了职位的工作情况，是关于职位所从事或承担的任务、职责以及责任的目录清单；工作规范反映了职位对承担这些工作活动的人的要求，是人们承担这些工作活动所必须具备的知识、技能、能力和其他特征的目录清单。一般来说，一个内容比较完整的职位说明书要包括以下项目：

（1）职位标识：包括职位编号、名称、类别、所属部门、直接上级、所辖下级、制作日期、职位薪点等。

（2）职位概要：用一句或几句简练的话来说明这一职位的主要工作职责。

（3）履行职责：描述该职位承担的职责以及每项职责的具体内容。

（4）业绩标准：该职位每项职责的工作业绩衡量要素和衡量标准，其中衡量要素指对于每项职责应该从哪些方面来进行衡量，而衡量标准则是指这些要素应该达到的最低要求。

（5）工作关系：该职位在正常工作的情况下，主要与企业内部及企业外部的哪些部门、职位或人员产生工作关系。

（6）使用设备：该职位的人员在工作过程中需要使用的主要设备、仪器和工具等。

（7）工作环境和工作条件：包括工作时间、工作地点（室内、室外）以及工作的物理环境条件等。

（8）任职资格：承担这一职位工作的人员所应具备的最低要求，通常包括所学专业、学历水平、资格证书、工作经验、必备的知识和技能等。

（9）其他信息：属于备注性质的栏目，如主要挑战，决策与规划等。

8.4　招募与甄选

完成工作分析与工作设计后，接下来要进行人员的招募与甄选。招募与甄选是人力资源管理工作的一项重要的基础性工作，它对于人力资源的合理形成、管理和开发有至关重要的作用。

8.4.1　招募

招募（recruit）是企业及时吸引足够数量的具备资格的人员并鼓励他们申请加入到本组织工作的过程。有效人员招募的目标是使个人的特点（能力、经验等）与工作要求相匹配。如果人员选择不当，员工的工作绩效和满意度都会受到不利影响。

招募工作开始之前首先要明确招募的目的是什么。一般情况下，企业招募工作源于以下几种情况：（1）缺员的补充；（2）突发的人员需求；（3）确保企业所需的专门人员；（4）确保新规划事业的人员；（5）当企业管理层需要扩充之时；（6）企业组织机构有所调整之时。

招募录用的渠道总的来说有两种：企业内部招募和企业外部招募。

1. 企业内部招募

企业内部招募是指企业的岗位空缺由企业内那些已经被确认为接近提升线的人员或平级调动的人员来补充。用于吸引和确定将担任更高职务或有更高技能水平的现有人员的方法，主要有主管推荐、布告招标、利用技术档案的信息等。

（1）主管推荐。主管推荐是由本组织主管根据组织的需要推荐其熟悉的、可以胜任某项工作的员工供人事部门考核。这种方法的有效性在于推荐者本人对组织比较熟悉，对空缺职位的要求比较了解，对申请者的能力也有相当的考虑，因此成功的可能性较大。

（2）布告招标。这是最常用的一种内部招聘办法，它是通过向员工通告现有的工作空缺，从而吸引相关人员来申请这些空缺职位。布告中应包括空缺职位的各种信息，如工作内容、资格要求、工作时间以及薪资等级等。

（3）利用技术档案的信息。在企业的人力资源部，一般都有员工的个人资料档案，从中可以了解到员工在教育、培训、经验、技能以及绩效等方面的信息，通过这些信息，企业的高层和人力资源部门就可以确定出符合空缺职位要求的人员。使用这种方法，要保证档案的资料信息真实可靠、全面详细和及时更新。并且在人选确定以后，应当征求本人意见。

2. 企业外部招募

企业外部招募是指在企业外部吸收申请人，可以采用多种形式。比较普遍采用的方法有推荐招募、广告招募、职业介绍机构、猎头公司、校园招募、网络招募等。

（1）推荐招募。推荐招募是指通过企业的员工、客户或合作伙伴的推荐来进行招募的一种方法。这种方法的好处在于其成本低廉，并且推荐人对应聘人员比较了解。但是选拔的范围比较有限。

（2）广告招募。广告招募是企业进行外部招募时最常用的办法，是指通过广播、报纸、电视和行业出版物等媒介向公众传递组织的人员需求信息。使用该方法时，要考虑到广告媒体的形式和广告内容的构思，以便吸引到企业需要的目标群体。

（3）职业介绍机构。职业介绍机构（employment agency）是指帮助组织招聘员工，同时又尽力帮助个人找到工作的一种组织。职业介绍机构一般有公立和私立之分。在国外，公共职业介绍机构主要为蓝领工人服务，有时兼管失业救济金的发放，而私人职业介绍机构针对的对象主要是办公室职员、白领雇员和管理人员。我国的私人职业介绍机构产生比较晚，经营上还不够规范，通常企业只是在招募临时员工时才会利用私人职业介绍机构，相比而言，我国的公共就业服务机构发达得多。由于在计划经济体制下存在着劳动局和人事局的传统分割，因而目前的公共就业服务机构也分化为劳动力市场和人才市场，企业一般在劳动力市场上招募"蓝领"工人，在人才市场上招募"白领"员工。

（4）猎头公司。猎头公司（head hunter）是一种专门为企业寻找和推荐高级管理人才与专业技术人才的服务机构，它与职业介绍机构类似，但由于其特殊的运作方式和服务对象，经常被看作一种独立的招募渠道。这类机构的中介费用不菲，一般是该职位年薪的30%～40%，而且无论招聘成功与否，客户企业都必须支付。很多大公司都通过猎头公司来寻找高级人才。

（5）校园招募。校园招募针对的对象主要是在校的毕业生群体。大学校园是潜在专业人员、技术人员以及管理人员的重要来源，而中等专业学校、技工学校和普通中学则是基层员工的重要来源。目前，越来越多的组织选择进入校园进行招募，发掘潜在的人才，同时借此机会树立自身形象。

（6）网络招募。网络招募是随着互联网发展起来的一种新型的招募方式。企业可以利用互联网络发布招募广告，也可以利用求职人员输入计算机的资料进行搜寻。网络招募已经成为很多企业使用的一种手段，同时也有越来越多的求职者去网上搜寻就业机会。我国目前就有多家网站提供各种形式的人才招募服务。

8.4.2　甄选

甄选（selection）是指从某一职位的所有候选人中挑选出最合适人选的活动。这项活动涉及组织具体如何选择其组成人员，从而影响到组织的生存能力、适应能力和发展能力。任何组织都应对员工的甄选工作予以高度重视。

甄选的方法与技术主要有工作申请表与简历筛选、笔试、测评、工作样本技术、评价中心技术、面试以及体检等。

1. 工作申请表与简历筛选

该步骤一般作为甄选工作的开始。通过工作申请表和简历等相关材料，企业可以对应聘者的教育背景、工作偏好、工作经验等有一个初步的了解。对于不合要求的应聘者，在此步骤就可以筛选掉，而符合要求者，可进入下一轮，但仍要核实其材料的真实性。

2. 笔试

笔试是对求职者的基本知识、专业知识、管理知识以及综合分析能力、文字表达能力的一种测试。笔试是使用频率较高的一种人才甄选方法，它对衡量求职者的知识、技能等具有一定的效度和信度，但不能考察求职者的全面素质，因此常被作为初步筛选的方法，是其他甄选方式的补充。

3. 测评

测评是心理测量技术在人力资源管理领域的应用。它以心理测量为基础，通过标准化和客观化的测量方法对求职者的人格特质、职业的适应性和能力倾向进行测量。由于这些特质具有相对的稳定性，因此容易通过测评结果对人员进行选拔，并能够预测求职者未来的工作绩效。尽管有些人对测评的信度和效度有所怀疑，但这种方式仍是很多组织所采用的甄选手段之一。常见的测评包括认知能力测验、运动和身体能力测验、个性和兴趣测验、成就测试和诚实度测试等。

4. 工作样本技术

工作样本技术（work sampling technique）是要求应聘者完成职位中的一项或若干项工作任务，根据任务的完成情况做出评价。这种方法可直接测量应聘者的工作绩效，具有较高的预测效度，但实施起来成本较高，甄选时间也比较长。

5. 评价中心技术

评价中心技术（assessment center technique）是指通过把候选人置于相对隔离的一系列模拟情境中，采用一定的测评技术和方法，观察和分析候选人在模拟情境压力下的心理、行为、表现以及工作绩效，以测量候选人的管理技术、管理能力和潜能等的一个综合、全面的测评系统。通常采用的测评技术和方法包括无领导小组讨论、公文筐测验、管理游戏、小组问题解决、演讲辩论、案例分析等。下面对无领导小组讨论、公文筐测验做个简单介绍。

（1）无领导小组讨论。

无领导小组讨论就是把几个应聘者组成一组（一般5～8人），给他们提供一个议题，事先不指定主持人，让他们通过小组讨论的方式在限定的时间内给出一个决策，评委们则在旁边观察所有应聘者的行为表现并做出评价。通过这种方法，可以对应聘者的语言表达能力、分析归纳能力、说服能力、协调组织能力以及集体意识等做出判断。

（2）公文筐测验。

公文筐测验多是针对管理职位实施的一种方法。首先假设应聘者已经从事了某一职位，然后给他提供事先准备好的资料，这些资料是该组织所发生的实际业务和管理环境信息，如备忘录、信件、电报、电话记录、报告等，让其在规定的时间和条件下进行处理，做出报告，并说明理由和原因。通过这种方法，可以对应聘者的规划能力、决策能力以及分析判断能力等做出评价。

6. 面试

面试（interview）是企业甄选人员最常用的方法，它是指面试者与应聘者直接见面，通过对话、提问等方式，对应聘者的性格和能力等做出评价和判断。根据面试的结构化程度，面试可以分为结构化面试（structured interview）、非结构化面试（non-structured interview）和半结构化面试（semi-structured interview）。结构化面试是指按照事先设计好的问题和程序进行提问的面试；非结构化面试指的是根据面试中的具体情况随机进行提问的面试；半结构化面试是将前面两种方法相结合。

7. 体检

体检是为了检查应试者的身体状况是否健康，检查的内容要与工作的要求相适应。体检一般在求职者通过其他测试后、正式就职前；但对于在身体素质方面有特殊要求的工作，体检应提前进行。

8.5　培训与开发

8.5.1　培训与开发的含义

人力资源开发是企业通过培训和开发项目改进员工能力水平和组织业绩的一种有计划的、连续性的工作。其中，培训（training）的主要目的是使员工获得目前工作所需的知识和能力，帮助员工完成好当前的工作；而开发（development）的主要目的是使员工获得未来工作所需的知识和能力，帮助员工胜任公司中其他职位的工作需要，并且通过提高他们的能力来使他们能够承担起一种目前可能尚不存在的工作。由于开发是以未来为导向的，因此在开发过程中所学习的东西并不一定与雇员当前所从事的工作有关。

培训与开发是现代组织人力资源管理的重要组成部分。现代组织的管理注重人力资源的合理使用和培养，要提高组织的应变能力就需要不断地提高人员素质，使组织及其成员能够适应外界的变化并为新的发展创造条件。培训与开发是一个系统化的行为改变过程，最终目的就是通过工作能力、知识水平的提高以及个人潜能的发挥，提高员工的工作绩效。

8.5.2　培训与开发的步骤

要想有效地做好培训工作，应该把培训视为一项系统工程，即采用一种系统设计的方法，使培训活动能符合企业的目标，同时让其中的每一环节都能实现员工个人、工作及组织本身三方面的优化。图 8—8 所示的人力资源培训与开发模型便显示了这样一个系统，它代表了由五个环节构成的一个循环过程。这五个环节（步骤）分别叙述如下。

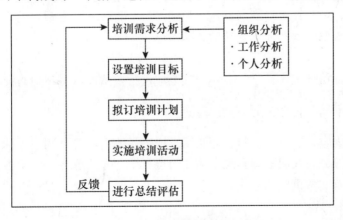

图 8—8　人力资源培训与开发模型

1. 通过需求分析，确定培训的内容

培训需求分析，是增强培训效果的重要基础。只有明确了培训需求，才能保证培训内容和培训方法的针对性，实现培训目的。然而，有关调查表明，大多数企业的培训内容缺乏科学的依据，多凭主观判断，没有经过科学的培训需求分析。

培训需求分析要从三个层次上进行：（1）组织分析。主要根据组织的发展目标、目前资源配置情况等确定本组织未来对人力资源素质的要求。（2）工作分析。它要了解的是，某一工作岗位所要求的绩效标准是什么，即希望人们怎样有效地完成某项工作。（3）个人分析。该分析是在具体的员工个人水平上进行的，主要了解造成员工个人绩效不佳的原因是哪些。

2. 设置培训目标

设置培训目标将为培训计划提供明确的方向和遵循的构架。有了目标，才能确定培训对象、内容、时间、教师、方法等具体内容，并可在培训之后，对照此目标进行效果评估。培训目标可分为若干层次，从某一培训活动的总体目标到某项学科直至每堂课的具体目标，越往下越具体。设置培训目标要注意与组织目标的一致性，要现实可行，要用书面语明确陈述，其培训结果应是可以测评的。

3. 拟订培训计划

这其实就是培训目标的具体化与可操作化，即根据既定目标，具体确定培训项目的形式、学制、课程设置方案、课程大纲、教科书与参考教材、任课教师、教学方法、考核方式、辅助培训器材与设施等。制定正确的培训计划必须兼顾许多具体的情境因素，权衡培训计划的现实性、操作性和经济性。

4. 实施培训活动

培训目标的实现要依靠精心的组织和实施，培训活动的实施需要组织者、培训者和受训者三方的密切配合。因此，在实施培训项目之前要有相应的宣传；实施过程中要进行必要和及时的检查，保证培训项目顺利、有效地完成。

5. 总结评估及反馈

与管理中的控制功能相似，在培训的某一项目或某门课程结束后，一般要对培训效果进行一次总结性的评估或检查，找出受训者究竟有哪些收获与提高。这一步骤不但是该次培训的收尾环节，还可找出培训的不足，归纳出经验与教训，发现新的培训需要，所以又是下一轮培训的重要依据，使培训活动不断循环。

这五个环节（步骤）构成了一个完整的培训系统模型，也为企业实际的培训工作提供了指导，可以保证培训工作科学、有序、规范地进行，从而取得预期的良好效果。

8.5.3 培训与开发的形式和方法

由于培训的内容、对象、人数、专业以及组织具体情况的不同，培训与开发的形式和方法也不同，一般分为在职培训和脱产培训两类。培训方法选择适当与否对于培训的实施以及培训效果具有非常重要的影响。

1. 在职培训

在职培训是指员工不离开自己的工作岗位，而是在实际的工作岗位通过做某项工作而学会做该项工作。它通常包括学徒培训、辅导培训、实习培训和工作轮换四种形式。

（1）学徒培训。这是一种向新员工提供工作所需技能的理论和实践方面的综合培训，由管理人员或富有经验的老员工给予指导和传授经验，形象地说就是"师傅带徒弟"。某些企业将这种方式称为导师制。

（2）辅导培训。这是一种在管理人员或指定培训师的指引下按照工作的逻辑顺序分步骤教授受训者的培训方法，受训者以一对一的方式向其学习。

（3）实习培训。实习培训是大专院校与各类公司机构合作的结果，而且对双方都有利，主要针对的是即将毕业的学生。一方面，通过实习学生能深入接触社会，近距离地了解企业与雇主；另一方面，公司也可因学生创新的理念与思维、旺盛的精力而得到新的活力，并可考察学生能力，为将来的招募做必要的准备。

（4）工作轮换。这是指通过调动员工工作职位的方式来进行培训，在这一过程中员工可以在企业的不同部门学习并实践几种不同的工作技能。在工作轮换过程中，员工不可能深入了解每个职位的详细内容，因而此方法更适用于对通用型管理人员的培训，而不适合专家型人员。

2. 脱产培训

这种方法是指让员工离开工作岗位，专职学习一段时间。脱产培训有的在组织内进行，有的则送到国内外专门的教育或培训学校。

（1）课堂讲授。课堂讲授是指教师通过语言表达，系统地向受训者传授知识，期望受训者能记住其中的特定知识和重要观念。这是最为普遍也最为基本的一种培训方法。

（2）案例研究。案例研究是指围绕一定的培训目的，把真实的情景典型化处理，形成供受训者思考分析和决断的案例，让受训者根据人、环境和规则等来对案例进行分析，并与其他受训者一起讨论，从而提出对问题的解决办法。

（3）角色扮演。角色扮演是指给受训人员提供一个特定的场景或情境，让他们在其中分别扮演不同的角色，做出他们认为适合每一种角色的行为，在扮演过程中培训者随时加以指导，在结束后组织大家讨论，就对扮演角色的看法各自发表意见。在人力资源开发中，角色扮演可以使受训者经历许多工作中的问题，比如领导、授权、人际关系处理和态度改变等，受训者通过尝试各种不同的方法，确定哪种方法更成功以及为什么成功等。

（4）情境模拟。情境模拟是指利用受训者在工作过程中实际使用的设备或者模拟设备以及实际面临的环境来对他们进行培训的一种方法。这种方法能让受训者看到自己的决策在一种人工的、没有风险的环境中所可能产生的影响，因而既可被用来向受训者传授生产与加工方面的技能，也可被用来向受训者传授管理与沟通方面的技能。

（5）网络培训。网络培训是指通过互联网或组织内部网来传递、通过浏览器来展示培训内容的一种培训方法。利用网络进行培训，突破了传统培训中面对面的固有模式，打破了培训的时间和空间限制，也可为其他培训方式提供支持。

除了以上的方法外，还有自我学习指导、商业游戏、行为塑造、行动学习等很多方法。不同的方法具有不同的优势和特点，培训实施者可根据具体的条件进行选择和实施。

8.6　薪酬管理

8.6.1　薪酬的概念

1. 薪酬

在了解薪酬（compensation）之前，首先介绍一下报酬的概念。所谓报酬（rewards），是指员工从企业那里得到的作为个人贡献回报的他认为有价值的各种东西，一般分为内在报酬（intrinsic rewards）和外在报酬（extrinsic rewards）。内在报酬通常指员工由工作本身所获得的心理满足和心理收益，如决策的参与、工作的自主权、个人的发展、活动的多元化以及挑战性的工作等。外在报酬通常指员工所得到的各种货币收入和实物，包括财务报酬（financial rewards）和非财务报酬（non-financial rewards）两种类型。非财务报酬包括宽大的办公室、动听的头衔以及特定的停车位等。财务报酬又可以分为两类，一是直接报酬（direct rewards），如工资、绩效奖金、股票期权和利润分享等；二是间接报酬（indirect rewards），如保险、带薪休假和住房补贴等福利。

薪酬是报酬体系的一部分，是指员工从企业那里得到的各种直接的和间接的经济收入，相当于财务报酬部分。美国薪酬管理专家乔治·T·米尔科维奇（George T. Milkovich）对薪酬的定义为：薪酬是指雇员作为雇佣关系中的一方，因为工作和劳动而从雇主那里所得到的各种货币收入以及各种特定的服务和福利之和。

2. 薪酬的构成

薪酬通常包括三种形式：基本薪酬、绩效薪酬以及福利。

（1）基本薪酬。

基本薪酬是指一个组织根据员工所承担或完成的工作本身或者是员工所具备的完成工作的技能或能力而向员工支付的相对稳定的报酬。

1）职位薪酬。职位薪酬（pay for job），即员工的薪酬或工资是按照员工在组织中所占据的特定职位来发放的。员工薪酬的高低取决于职位的价值。职位薪酬的确定是在工作分析和工作评价（job evaluation）的基础上，根据外部市场同质劳动力的薪酬水平来决定的。

2）能力薪酬。能力薪酬（pay for person）是以个人为基础的薪酬支付方案。它大体包括三种类型：

第一，技能薪酬（pay for skill），即以员工所拥有的专业技能作为组织支付薪酬依据的薪酬方案。技能薪酬主要针对蓝领技术工人及专业技术人员，用以鼓励他们在技能的专业化上不断深化，并在技能的广泛性上不断拓展，以具备更多的技能。技能薪酬是通过对技能模块（skill blocks）的界定和定价来确定的。

第二，知识薪酬（pay for knowledge），即以员工个人所拥有的专业知识作为组织支付薪酬依据的薪酬方案。知识薪酬用于各种专业性的管理、服务和研究人员，鼓励他们提高和拓展知识水平，它通过课程模块方法（class blocks）来确定薪酬。

第三，胜任力薪酬（pay for competency），是随着知识的更新和技术的进步，新涌现的一种薪酬支付形式，即以员工所具备的基本素质作为组织支付薪酬依据的薪酬方案。它往往被应用于企业中的中高级管理者、技术专家等层次相对高端的各种知识性、专业性人才，以关注对他们深层素质、内在特质与动机的开发与引导。20 世纪七八十年代以来逐步得到运用的素质模型（competency models）技术为这种能力工资计划提供了方法基础，但在管理实务中这种能力工资的开发方法尚未形成相对稳定的主流方法体系。

（2）绩效薪酬。

绩效薪酬是将员工的薪酬收入与员工、团队或组织的绩效结合起来的一种薪酬支付方式。在这种薪酬体系下，员工个人或群体的绩效水平是支付薪酬的依据，基于此，绩效薪酬可简单分为个人绩效薪酬、群体绩效薪酬两类。

1）个人绩效薪酬。

个人绩效薪酬是以员工个人绩效表现为基础而支付的薪酬，有如下几种形式：

其一是计件制。计件制是最为常见的一种薪酬形式，它是根据员工的产出水平和工资率来支付相应的薪酬，其计算公式为：工资水平＝合格产品数量×工资率。计件制分为直接计件制和差额计件制两种形式，直接计件制中的工资率保持不变，而差额计件制中工资率是随着产出水平的变化而变化的。

其二是工时制。工时制是根据员工完成工作的时间来支付相应的薪酬。根据计算办法不同，可分为两种形式：一是标准工时制，即首先确定某项工作的标准工作时间及相应的工资率，员工在标准时间内完成工作任务时，依然按标准工资支付薪酬，如果工时缩短，则意味着工资率的升高；二是差别工时制，即员工因节约时间而形成的收益在员工和企业之间进行分配。

其三是绩效加薪与绩效奖金。绩效加薪（merit pay）与绩效奖金（merit bonus）都是在基本薪酬体系的基础上，根据员工绩效考核结果来调整薪酬水平的薪酬制度。绩效加薪是指根据员工绩效评价的结果，相应调整员工未来薪酬的基本水平的一种薪酬管理方案。绩效奖金则是在基本薪酬之外，根据员工绩效水平给予的一次性奖励，虽然它也与员工的绩效水平相关，但它不改变基本的薪酬水平。

2）群体绩效薪酬。

第一，利润分享计划。利润分享计划（profit-sharing plan）是根据代表企业绩效的某种衡量标准（通常为利润或回报）来确定员工薪酬的计划。它需要确定可用于分享的利润总额和每个员工的利润分享额，然后进行分配。该计划通常包括三种支付形式：一是现金现付制（cash or current payment plan），就是以现金方式及时兑付员工应得的利润份额；二是延期支付制（deferred plan），就是将员工应得的利润份额存入员工账户，留待将来支付；三是混合制（combined plan），是前两种形式的结合。

第二，收益分享计划。收益分享计划（gain-sharing plan）实际上是将由于节约成本带来的收益（或利润）在员工和企业间分摊的一种形式。它包括斯坎隆计划（Scalon plan）和拉克计划（Rucher plan）两种形式。斯坎隆计划是指以成本节约的一定比例来给员工发放奖金。拉克计划在原理上与斯坎隆计划类似，但是在计算的方式上要复杂许多。它的基本假设是员工的工资总额保持在一个固定的水平上，然后根据公司过去几年的记录，以其中工资总额占生产总值（或净产值）的比例作为标准比例，确定奖金的额度。

第三，股票所有权计划。股票所有权计划是让员工部分地拥有企业的持股权，将员工的利益与企业的整体绩效相联系。比较常见的形式有：现股计划，是指公司通过奖励的方式向员工直接赠与公司的股票，但是员工手中的股票在一段时间内是不允许被出售的；期股计划，指公司与员工约定在未来某一时期员工要以一定的价格购买一定数量的公司股票，购买价格按当前股票价格而定；期权计划与期股计划类似，不同之处在于员工可以行使购买股票这项权利，也可以选择放弃。

第四，风险收益计划。也称为可变薪酬计划，即赋予员工的基本薪酬一定比例的风险，员工的薪酬水平与企业经营管理目标的实现程度挂钩。这种方式更多地把员工当成企业的合伙人来看待，它从共担风险的角度设计薪酬。当企业业绩下降的时候，员工的基本薪酬会下降；企业的绩效上升时，基本薪酬会随之上升。

（3）福利。

福利（benefit）是企业支付给员工的间接薪酬。福利的形式多种多样，既有货币形式，也有实物形式，不同企业的福利的项目和内容也往往有所差别，但总体而言，主要有以下几种形式：

1）保险福利：包括养老保险、基本医疗保险、失业保险、工伤保险、生育保险等。保险项目多为国家法定，企业根据国家的相关法律和法规，按员工工资一定的比例为员工缴纳保险费。

2）各种津贴：包括交通津贴、洗理津贴、服装津贴、节假日津贴或实物、住房津贴、购物补助、子女入托补助、困难补助等。津贴一般是企业自主向员工提供的，不具强制性，也没有具体标准。

3）带薪节假日：包括假日、法定假日、年休假、事假、探亲假等。

4）其他福利：如班车、体育锻炼设施、文化娱乐设施、集体旅游、礼物馈赠、食堂和卫生设施等，这些也是企业自主提供的。

传统的福利管理向所有员工提供单一、固定的福利组合，但是由于每位员工在福利的需求上是不同的，传统的方式在应用上会大打折扣。从 20 世纪 90 年代开始，弹性福利计划开始在欧美一些国家兴起，并取得了很好的效果。弹性福利计划（flexible benefit plan），又称自助餐式福利计划（cafeteria benefit plan），是指在国家法定福利项目必选的基础上，根据员工的特点和具体需求，列出一些福利项目，在一定的金额限制内，员工按照自己的需求和偏好自由选择和组合。这种方式区别于传统的整齐划一的福利计划，具有很强的灵活性、可选性，不仅可以满足员工多样化的需要，增强其工作满意度，还有利于企业控制成本、吸引人才、激励员工。

8.6.2　薪酬管理

1. 薪酬管理的定义

薪酬管理（compensation management）是指企业在综合考虑内外部各种因素的影响的情况下，根据企业的经营战略和发展规划，针对所有员工所提供的服务来确定他们应当得到的报酬总额以及报酬结构和报酬形式的一个过程。在这一过程中，企业必须就薪酬形式、薪酬水平、薪酬体系、薪酬结构以及特殊员工群体的薪酬等做出决策，同时，作为一种持续的组织过程，企业还要持续不断地制定薪酬计划、拟订薪酬预算，就薪酬管理问题与员工进行沟通，同时对薪酬系统本身的有效性做出评价以不断予以完善。[①]

2. 薪酬管理决策的内容

为达到薪酬管理的目标，企业在薪酬管理的过程中必须做出一些重要的决策，主要包括薪酬体系、薪酬水平、薪酬等级结构、薪酬构成以及薪酬管理政策五项重大决策。

（1）薪酬体系。薪酬体系决策的主要任务是确定企业确定员工基本薪酬的基础是什么。如前所述，目前比较通用的薪酬体系是职位薪酬体系和能力薪酬（又分为技能薪酬、知识薪酬和胜任力薪酬）体系，其中以职位薪酬体系的运用最为广泛，但其他几种方式越来越受到关注。

（2）薪酬水平。薪酬水平是指企业中各职位、各部门以及整个企业的平均薪酬水平，薪酬水平决定了企业薪酬的外部竞争力。对企业的薪酬水平决策产生影响的主要因素包括：同行业或地区中竞争对手支付的薪酬水平、企业的支付能力和薪酬战略、社会生活成本指数以及在集体谈判情况下的工会薪酬政策等。薪酬水平政策包括领先市场、追随市场和低于市场水平三种。

（3）薪酬等级结构。薪酬等级结构指的是同一组织内部的薪酬等级数量以及不同薪酬等级之间的薪酬差距大小。典型的两种薪酬结构的设计是窄带薪酬和宽带薪酬。窄带薪酬等级多，每一个等级的薪酬幅度相对较小，员工往往只能通过职位的提升来增加薪酬；宽带薪酬的等级少，每一个等级的薪酬幅度大，员工不需要为了薪酬的增长而去斤斤计较职位的晋升，只要注意发展企业所需要的技术和能力就可以获得相应的报酬。

（4）薪酬构成。薪酬构成是指在员工和企业的总体薪酬中，不同类型的薪酬组合方式，通常情况下，被划分为直接薪酬和间接薪酬。前者是直接以货币形式支付给员工并且与员工所提供的工作时间和业绩、质量有关的薪酬；后者则包括福利、服务等一些有经济价值但是以非货币形式提供给员工的报酬，往往与员工的工作时间、业绩质量等没有直接关系。

（5）薪酬管理政策。所谓薪酬管理政策，主要涉及企业的薪酬成本与预算控制方式、企业的薪酬制度、薪酬规定以及员工的薪酬水平是否保密等问题。薪酬管理政策必须确保员工对于薪酬系统的公平性看法，必须有助于组织以及员工个人目标的实现。

8.7　绩效管理

8.7.1　绩效

1. 绩效的概念及内涵

从最一般的意义上讲，绩效（performance）指的是活动的结果和效率水平。从管理

---

① 参见刘昕：《薪酬管理》（第二版），28 页，北京，中国人民大学出版社，2007。

实践来看，人们对于绩效的认识是不断发展的，例如，从单纯地强调数量到强调质量再到强调满足客户需求，从强调"即期绩效"发展到强调"未来绩效"等。不论是对于组织还是个人来说，都应该以系统和发展的眼光来认识和理解绩效的概念。简单地讲，绩效是组织期望的结果，是组织为实现其目标而展现在不同层面上的有效输出。一个组织内部往往根据若干组织原则分为若干层次和数量的群体，群体由具体的员工组成。对应不同层面的工作活动主体，相应地也就产生不同层面的绩效。因此，广义的绩效概念中包括了组织绩效、群体绩效和员工个人绩效三个层次。组织绩效，是组织的整体绩效，指的是组织任务在数量、质量及效率等方面完成的情况。群体绩效，是组织中以团队或部门为单位的绩效，是群体任务在数量、质量及效率等方面完成的情况。而对于员工个人绩效的内涵，学者们提出过各种不同的看法。综合参考各方的观点，我们可以将其定义为：员工在工作过程中所表现出来并且能够被评价的工作行为以及工作结果。

2. 绩效的特点

（1）多因性。绩效的多因性是指一个员工绩效的优劣并不是取决于单一因素，而是受制于主、客观的多种因素。研究表明，员工的绩效主要受以下几种因素影响，它们之间可用如下公式表示：

$$P=f(A,O,M,E)$$

式中，P 为绩效（performance）；A 为能力（ability），指员工的工作技巧和能力水平；O 为机会（opportunity），指员工在工作过程中遇到的偶然因素；M 为激励（motivation），指员工的工作积极性；E 为环境（environment），指影响工作绩效的外部因素；而 f 表示的则是绩效与影响因素之间的一种函数关系。

（2）多维性。绩效的多维性指的是需要从多个维度或方面去分析和评价绩效。通常，我们在进行绩效评价时应综合考虑员工工作态度和工作业绩等方面的情况。根据评价对象的不同，可选取不同的维度和指标来进行评价。

（3）动态性。员工的绩效并不是一成不变的，随着员工的工作能力、激励状态以及环境因素等发生改变，员工的绩效也会有所变化。这种动态性决定了绩效的时限性，因此，在进行绩效评价时，必须确定出恰当的绩效周期，即多长时间评价一次绩效。

8.7.2 绩效管理

1. 绩效管理的含义

绩效管理（performance management）是指制定员工的绩效目标并收集与绩效有关的信息，定期对员工的绩效目标完成情况做出评价和反馈，以改善员工工作绩效并最终提高企业整体绩效的制度化过程。

对于绩效管理，在实际应用中存在着很多错误的看法，尤其是将绩效管理片面地理解为绩效评价。这种观点显然是不可取的，事实上，绩效评价只是绩效管理的一个环节。图8—9表示了一个完整的绩效管理体系，它由三个目的、四个环节和五个关键决策构成。具体而言，绩效管理是组织为实现其战略目的、管理目的和开发目的而建立的一个完整系统，由绩效计划、绩效监控、绩效评价和绩效反馈四个环节形成一个闭合循环，评价什么、评价主体、评价方法、评价周期和评价结果的应用这五个关键决策始终贯穿于四个环节之中，它们对绩效管理的实施效果起着决定性的作用。[①]

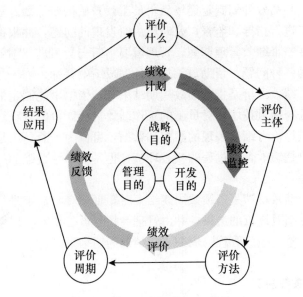

图 8—9　战略性绩效管理系统模型

资料来源：方振邦：《战略性绩效管理》（第二版），38 页，北京，中国人民大学出版社，2007。

2. 绩效管理的目的

绩效管理工作是围绕其目的展开的。归纳起来，绩效管理的目的一般有以下三个：

（1）战略目的。绩效管理将员工的工作活动与组织的战略目标联系在一起。在绩效管理系统的作用下，组织通过提高员工的个人绩效提高组织的整体绩效，从而实现组织的战略目标。

（2）管理目的。组织在多项管理决策中都要使用到绩效管理信息（尤其是绩效评价的信息）。绩效管理中绩效评价的结果是企业进行薪酬管理（调薪）决策、晋升决策、保留/解雇决策、临时解雇决策、承认个人绩效的决策等重要的人力资源管理决策时的重要依据。

（3）开发目的。绩效管理的过程能够让组织发现员工中存在的不足之处，以便对他们进行有针对性的培训，从而使他们能够更加有效地完成工作。

3. 绩效管理的环节

对于绩效管理系统包含哪些环节，不同的学者有不同的看法。这里介绍的系统模型是为人们所广泛接受的一种四环节说，即一个完整有效的绩效管理系统必须具备绩效计划、绩效监控、绩效评价和绩效反馈四个环节。

（1）绩效计划。绩效计划是绩效管理过程的起点。在新的绩效周期开始时，管理者与员工经过充分的沟通，明确为了实现组织经营计划与管理目标，员工在绩效周期内应该做

---

① 参见方振邦：《战略性绩效管理》（第二版），38 页。

什么事情以及事情应该做到什么程度，并对为什么做、何时应做完、员工的决策权限等相关问题进行讨论，促进相互理解并达成协议。

（2）绩效监控。在绩效计划制定完毕后，员工就开始按照计划开展工作。在工作过程中，管理者要对员工进行指导和监督，及时解决所发现的问题，并根据实际情况及时对绩效计划进行调整。在整个绩效管理期间，管理者要不断与员工进行绩效沟通，预防或解决绩效期间可能发生的各种问题，帮助员工更好地完成绩效目标。

（3）绩效评价。绩效评价是指在绩效周期结束时，依据事先制定的绩效计划，使用既定的合理的评价方法与衡量技术，对员工的工作绩效进行评价的过程。在绩效实施期间所收集到的能够说明被评价者绩效表现的事实和数据，可作为判断员工是否达到绩效要求的事实依据。绩效评价是绩效管理过程的核心环节，也是技术性最强的一个环节，对评价环节必须给予特别关注。

（4）绩效反馈。绩效反馈是指绩效周期结束时，管理者与员工进行绩效评价面谈，使员工充分了解和接受绩效评价的结果，并由管理者指导员工在下一周期如何改进绩效的过程。绩效反馈贯穿于整个绩效管理的周期，在绩效周期结束时进行的绩效反馈是一个正式的绩效沟通过程。

4. 绩效管理的关键决策

为了实现三个目的，组织在实施战略性绩效管理的四个环节时，必须把握好五个关键决策：

（1）评价什么。所谓评价什么，是指如何确定员工个人的绩效评价指标、指标权重及其目标值。评价指标通常包括工作业绩类指标、态度类指标和能力类指标。态度、能力指标通常情况下在工作说明书中进行界定，工作业绩类指标则需要根据组织战略和部门职责具体分析确定。

（2）评价主体。在确定评价主体时，应重点考虑评价的内容，评价主体应该与评价内容相匹配。评价主体对被评价者及其工作内容都应有所了解，只有这样，评价才能有助于实现一定的管理目的。

（3）评价方法。评价方法是指评价员工个人工作绩效所使用的具体方法。具体采用何种评价方法，须根据所要评价对象的特点进行选择，并考虑到设计和实施成本问题。评价方法各具特点，并无绝对优劣之分，在绩效管理实践中，可以加以综合使用，以适应不同发展阶段对绩效评价的不同需要。

（4）评价周期。所谓多长时间评价一次，是指如何确定绩效评价的周期。评价周期的设置应尽量合理，不宜过长，也不能过短。如果周期太长，会产生"近期误差"，影响绩效评价结果的准确性，也不利于员工绩效的改进；如果周期太短，一方面工作量很大，另一方面许多工作绩效尚无法体现出来。一般说来，评价周期与评价指标、企业所在行业特征、职务职能类型、绩效实施的时间等因素有关。

（5）结果应用。一般来说，绩效评价结果主要用于两个方面：一是通过分析绩效评价结果，诊断员工存在的绩效问题，找出产生绩效问题的原因，制定绩效改进计划，以提高员工的工作绩效。二是将绩效评价结果作为其他管理决策的依据，如招聘、晋升、培训与开发、薪酬福利等。

8.7.3　绩效评价的方法

绩效评价方法就是指评定和评价员工个人工作绩效的过程与方法，总体上可划分为比较法、量表法和描述法三种。比较法，是一种相对的评价方法，这种方法并没有事先统一制定的评价标准，而是在部门或团队内对人员进行相互比较并做出评价。量表法是一种绝对的评价方法，即根据统一的标准尺度衡量相同职位的员工，按绝对标准评价他们的绩效。描述法是一种比较特殊的绩效评价方法，该方法是指评价者用描述性的文字对评价对象的能力、态度、业绩、优缺点、发展的可能性、需要加以指导的事项和关键性事件等做出评价，由此得到对评价对象的综合评价。通常，将这种方法作为其他评价方法的辅助方法，主要用于观察并记录评价需要的事实，并为绩效反馈提供必要的事实依据。

1. 比较法

比较法就是对评价对象进行相互比较，从而决定其工作绩效的相对水平，这是一种相对的而非绝对的测量手段。常见的比较法主要有以下三种：排序法（ranking method）、配对比较法（paired comparison method）和强制分布法（forced distribution method）。

（1）排序法。

排序法是使用较早的一种方法，这种方法就是将员工按工作绩效从好到坏的顺序进行排列，从而得出评价结论的方法。常见的排序法主要有以下两种类型：直接排序法和交替排序法。

1）直接排序法是最简单的排序法。评价者经过通盘考虑后，以自己对评价对象工作绩效的整体印象为依据进行评价，将一定范围内需要评价的所有员工从绩效最高者到绩效最低者加以排列。

2）交替排序法是根据绩效考评要素，将员工从绩效最好到最差进行交替排序，即在所有被评价对象中选出最好和最差的，然后再在剩下的员工中选出最好和最差的，依此类推，直至将全部人员的顺序排定为止，最后根据序列值来计算得分。

（2）配对比较法。

配对比较法，顾名思义，这种方法就是把每一位员工与其他员工分别进行比较，每一次比较给绩效较好的员工记"＋"，绩效较差的一个则记为"－"，所有员工比较完毕之后，计算每个人"＋"的个数，依次对员工进行评价：谁的"＋"多，谁的名次就排在前面。

（3）强制分布法。

强制分布法首先确定每一绩效水平在整个的绩效水平组成中所占的比例，然后对所有被评价者针对某一指标进行评价，确定其所处的绩效水平等级。比如可以按照下述比例原则来确定雇员的工作绩效分布情况：绩效最高的 15％，绩效较高的 20％，绩效一般的30％，绩效有待改进的 20％，绩效很低的 15％。根据某一评价指标对雇员进行评价，然后根据评价结果将雇员分别放到相应的等级上去。

2. 量表法

量表法就是将一定的分数或比重分配到各个绩效评价指标上，使每项评价指标都有一个权重，然后由评价者根据评价对象在各个评价指标上的表现情况，对照标度的标准对评价对象做出判断并打分，最后汇总计算出总分，得到最终的绩效评价结果。比较常见的量表法包括行为锚定法（behaviorally anchored rating scale，BARS）、图尺度法（graphic rating scale，GRS）等。

（1）行为锚定法。

行为锚定法是根据关键事件法中记录的关键行为设计考核的量表，实际上是将量表评价法和关键事件法结合起来的一种绩效评价方法，它通过建立与不同业绩水平相联系的行为锚定来对绩效维度加以具体界定。

（2）图尺度法。

图尺度法是把员工的绩效考核内容分成多个考核要素，每个要素设置一个从好到差的变化图尺，绩效成绩从高到低有一个得分排列，每个等级标志都进行了说明并规定了不同的得分。另外，不同的评价指标被赋予了不同的权重。评价者在熟悉了评价量表及各个评价要素的含义后，根据标准结合员工的日常表现给出每个评价要素的得分。

除了以上两种方法外，还有一些比较常见的量表法，包括等级择一法、混合标准量表法、综合尺度量表法、行为对照表法、行为观察量表法等，这里不再一一介绍。

3. 描述法

描述法作为各类绩效评价方法必要的补充，被视为另一类特殊的绩效评价方法，主要包括书面描述法（written essay）和关键事件法（critical incident method）两种。

（1）书面描述法。

书面描述法是指考评者以书面形式描述员工的工作情况、优点、缺点、过去的绩效与潜能，并提出改进建议的一种绩效评估方法。这种书面报告也可以由被评价者自己撰写，作为自己的述职报告。根据所记录事实的不同内容，书面描述法可以分为能力记录法、态度记录法、工作业绩记录法、指导记录法等。

（2）关键事件法。

关键事件法是指管理人员通过把雇员在工作中表现出来的特别有效的行为和特别无效的行为记录到书面报告上，然后对雇员在工作中的优、缺点进行评价并提出改进意见的一种绩效评价方法。

8.7.4 平衡计分卡

20世纪90年代，随着知识经济和信息技术的兴起，无形资产的重要性日益凸显，人们对以财务指标为主的传统企业绩效评价模式提出了质疑。在此背景下，美国哈佛大学商学院教授罗伯特·S·卡普兰和复兴国际方案公司总裁戴维·P·诺顿针对企业组织的绩效评价创建了平衡计分卡（balanced scorecard，BSC）。其后，两位创始人又不断对平衡计分卡的内涵予以丰富、对其功能加以强化，使得平衡计分卡发展为"描述战略、衡量战略、管理战略"的完整体系，并被广泛应用于企业、政府、军队、非营利机构等各类组织的管理实践之中。

1. 平衡计分卡的主要特点

（1）平衡计分卡是一种绩效评价系统。平衡计分卡是基于组织战略的绩效评价体系，不仅克服了传统绩效评价体系的片面性、滞后性，而且强化了对目标制定、行为引导、绩效提升等方面的管理，使得企业绩效目标的达成有了制度上的保证。

（2）平衡计分卡是一种战略管理系统。平衡计分卡使组织各层级对战略达成共识并将其转化为四个层面的目标、指标和指标值。愿景和战略的转化会使管理者和员工认真思考这些愿景和战略意味着什么，所有员工清楚地知道自己的工作对战略实现的意义。通过建立各个层次的平衡计分卡（组织、业务单位、部门、个人），使员工在一套评价指标的引导下努力工作从而实现战略目标。

（3）平衡计分卡是一种沟通工具。平衡计分卡被视为一个用于传播、宣讲和学习的系统，通过宣讲和传播使管理者和员工真正了解企业愿景和战略。管理者和员工共同开发各个层次的平衡计分卡，明确自己的奋斗目标并努力达成既定目标。平衡计分卡的开发过程本身就是一个沟通的过程。

（4）平衡计分卡强调"平衡"的重要性。平衡计分卡和其他绩效管理工具不同的是在这种体系中强调"平衡"，尤其是财务指标与非财务指标的平衡、组织内外的平衡、前置指标和滞后指标的平衡以及长期目标与短期目标的平衡。

（5）平衡计分卡强调因果关系的重要性。平衡计分卡是根据组织战略和愿景，由一系列因果链条贯穿起来的一个有机整体：只有目标客户满意了，财务成果才能实现；客户价值主张描述了如何创造来自目标客户的销售额和忠诚度；内部流程创造并传送客户主张；支持内部流程的无形资产为战略提供了基础。这四个层面目标的协调一致是价值创造的关键。

2．平衡计分卡的框架及要素

对平衡计分卡的理解，有广义和狭义之分。广义的平衡计分卡指的是一种先进的战略及绩效管理工具；狭义的平衡计分卡是指与战略地图相并列的一种管理表格。战略地图的价值侧重于描述战略，而狭义的平衡计分卡则侧重于衡量战略，二者通过战略目标这一关键要素紧密连接在一起。通过运用狭义的平衡计分卡和战略地图来描述战略、衡量战略、管理战略、协同战略以及链接战略与运营，从而确保组织战略的成功实施和组织绩效的全面提升。

（1）战略地图及其基本框架。

战略地图是对组织战略要素之间因果关系的可视化表示方法，是一个有效诠释和沟通组织战略、说明价值创造过程和描述战略逻辑性的管理工具。战略地图的基本框架如图8—10所示。使命和愿景为组织的发展制定了总的目标和方向，帮助股东、客户和员工正确理解组织的目的和期望。但是这些陈述不能指导企业日常行动和资源分配决策。只有当企业界定了使命和愿景将如何实现的战略时，使命和愿景才变得更具操作性。这里的战略指的是组织在认识其经营环境和实现使命过程中所接受的显著优先权和优先发展方向，战略是选择为或不为，它是平衡计分卡的核心。企业必须制定战略，将使命和愿景落实到执行层面，把有限的资源集中于那些能为实现愿景目标带来巨大影响的行动计划上去。

战略地图的主体由四个层面构成，从上到下依次是财务层面、客户层面、内部业务流程层面以及学习与成长层面。前两个层面描述了组织所期望的最终成果，后两个层面则描述了如何实现战略的过程。战略地图四个层面的关系如图8—11所示。

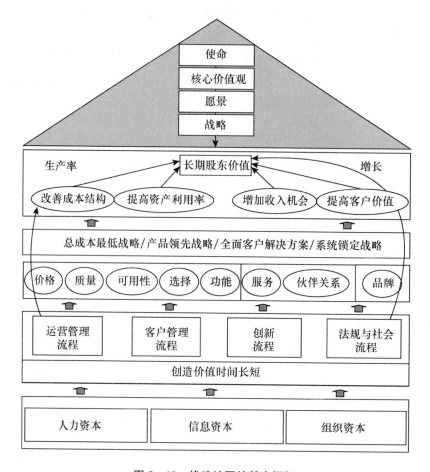

图8—10　战略地图的基本框架

1）财务层面（financial perspective）。财务层面以传统财务术语，如投资报酬率、收入增长和单位成本等，描述了战略的有形成果，提供了组织成功的最终定义。对于企业来说，平衡计分卡财务层面的最终目标是利润最大化。财务业绩通过两种基本方式来得到改善：收入增长和生产率改进。收入增长通常比生产率改进花费更长的时间。平衡计分卡的第一个层面必须有长期（收入增长）和短期（生产率）两个维度，这可以使企业在长期目标和短期目标之间保持平衡。

2）客户层面（customer perspective）。客户层面定义了目标客户的价值主张，客户价值主张的选择是战略的中心要素。卡普兰和诺顿总结了四种通用的价值主张：总成本最低战略、产品领先战略、全面客户解决方案以及系统锁定战略。而特定的价值主张的目标和指标定义了企业的战略。此外，客户层面还包括衡量客户成功的滞后结果指标，如客户满意度、客户保持率、客户增长率等。通过开发特定价值主张的目标和指标，企业将战略转化为使所有员工都能理解并通过努力工作来改善的有形指标。

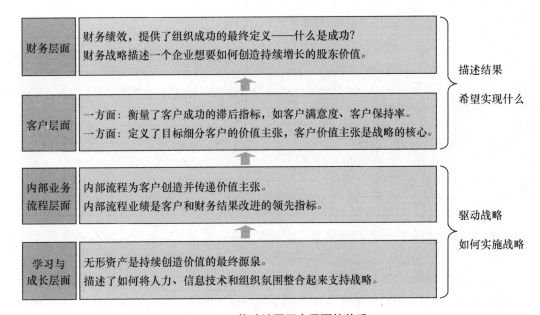

图 8—11 战略地图四个层面的关系

3）内部业务流程层面（internal process perspective）。内部业务流程可以分为四类：运营管理流程、客户管理流程、创新流程以及法规与社会流程。它描述了企业如何生产和传递客户价值主张。行动和能力与客户价值主张的高度协调一致是战略执行的核心。如果客户看重一致的质量和及时的交付，那么生产和交付高质量产品和服务的技能、系统和流程对企业具有很高的价值。如果客户看重创新和高性能，那么创造功能卓越的新产品和服务的技能、系统和流程则具有高价值。另外，内部业务流程还是企业降低和改善成本的重要途径。

4）学习与成长层面（learning and growth perspective）。无形资产是持续创造价值的最终源泉。学习与成长层面确定了对战略最重要的无形资产，描述了如何将人力、信息技术和组织氛围整合起来支持战略。这个层面的目标确定了需要利用哪些工作（人力资本）、哪些系统（信息资本）和哪种氛围（组织资本）来支持创造价值的内部流程。这些资产必须被捆绑在一起并与关键内部流程保持协调一致。

（2）平衡计分卡的关键要素。

狭义的平衡计分卡是一个由财务、客户、内部业务流程、学习与成长四个层面构成，用以将战略地图的目标转化为可量化的衡量指标和目标值，并制定相应行动方案和预算计划的管理表格。通过制作平衡计分卡，组织建立了用以衡量战略的绩效指标体系，明确了未来所要达到的绩效水平，确定了实现战略所需的行动方案以及相应的资源。需要强调的是，平衡计分卡不是绩效评价量表，平衡计分卡的首要目的在于管理而非评价。

平衡计分卡的表现形式是一张二维的表格（见表 8—3）。纵向是财务、客户、内部业务流程、学习与成长四个层面，横向是目标、指标、目标值、行动方案和预算。

表 8—3　　　　　　　　　　　　平衡计分卡（样表）

要素 \ 层面	目标	指标	目标值	行动方案	预算
财务					
客户					
内部业务流程					
学习与成长					

目标是战略与绩效指标之间的桥梁，它说明了战略期望达成什么，即若想实现战略在各层面中要做好哪些事情，通常用动宾短语来表达；指标则紧随目标，用以衡量目标的达成情况，通常以名词的形式出现；目标值是针对指标而言的，设定了目标在特定指标上的未来绩效水平；行动方案说明了怎么做才能实现预定的战略目标，通常是指某种计划或项目，制定行动方案时要综合考虑目标、指标和目标值；预算则说明了实施行动方案所需的人、财、物等资源。从整体上看，平衡计分卡的逻辑关系呈现为一个由纵向因果关系、横向推导关系以及指标关联关系构成的网状结构（见图 8—12）。

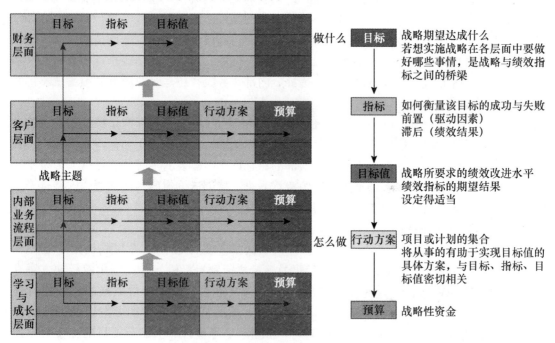

图 8—12　平衡计分卡的逻辑关系

战略地图提供了一个可视化表示方法，说明了四个层面的目标如何被集成在一起描述战略。通过建立战略地图，组织可以理清战略的逻辑，明确创造价值的关键内部流程以及支持关键流程所需的无形资产。平衡计分卡则是将战略地图的目标转化为指标和目标值，并为每一目标制定行动方案。通过执行行动方案，战略得以实施。

"如果你不能衡量，那么你就不能管理；如果你不能描述，那么你就不能衡量。"各类组织可以通过战略地图对战略进行清晰而又全面的描述，将目标的文字声明转化为平衡计分卡的指标、目标值和行动方案，把实现战略的关键业绩指标及其目标值进行层层分解，转化为易于衡量的员工个人工作目标，这样不仅有效地实施了战略管理及沟通，也有效地提高了绩效管理的水平。

本章小结

人力资源管理，就是组织通过各种政策、制度和管理实践，对人力资源进行合理配置、有效开发和科学管理，充分挖掘人力资源的潜力，合理配置人力资源，调动人的积极性，提高工作效率，从而实现组织目标的管理活动。纵观人力资源管理发展的历史，人力资源管理经历了人事管理、人力资源管理以及战略性人力资源管理三个阶段。战略性人力资源管理将人力资源管理与组织的战略连接起来，它受企业所处的环境（包括一般环境和具体环境）、企业的使命、核心价值观、愿景、战略以及组织文化等方面的影响，其系统本身通常是由人力资源战略与规划、工作设计及工作分析、工作评价及能力评价、招聘及选拔录用、培训与开发、职位变动、解雇、薪酬管理以及绩效管理等构件组成，其各个职能之间相互影响、相互联系，构成了一个完整的体系。

人力资源战略是指组织为适应外部环境的变化和内部管理的需要，根据组织的战略目标，制定出人力资源管理目标，进而通过各种人力资源管理职能活动实现组织目标和人力资源目标的过程。人力资源规划，就是根据组织的发展战略、目标以及组织内外环境的变化，科学地预测、分析组织的人力资源需求和供给状况，制定必要的管理政策和措施，以确保组织在需要的时间和岗位上获得所需的人力资源的过程。

工作设计是指为了达到组织目标，合理有效地处理人与工作的关系而采取的，对与满足工作者个人需要有关的工作内容、工作职能和工作关系的特别处理。工作设计的方法主要有工作专门化、工作轮换、工作扩大化、工作丰富化以及工作特征模型等。工作分析是研究一个企业内每一个职位包括的具体工作内容和责任，对每一个职位的工作内容及有关因素做全面的、系统的描述和记载，并指明担任这一职位工作的人员必须具备的知识和能力，即解决"某一职位应该做什么"和"什么样的人来做最适合"的问题。

招募与甄选是人力资源管理的一项重要的基础性工作。招募是企业及时吸引足够数量的具备资格的人员并鼓励他们申请加入到本组织工作的过程。招募录用主要分为企业内部招募和企业外部招募。甄选是指从某一职位的所有候选人中挑选出最合适人选的活动。甄选的方法与技术主要有工作申请表与简历筛选、笔试、测评、工作样本技术、评价中心技术、面试以及体检等。

人力资源开发是企业通过培训和开发项目改进员工能力水平和组织业绩的一种有计划的、连续性的工作。培训的主要目的是使员工获得目前工作所需的知识和能力，帮助员工完成好当前的工作；开发的主要目的是使员工获得未来工作所需的知识和能力，帮助员工胜任公司中其他职位的工作需要，并且通过提高他们的能力来使他们能够承担起一种目前可能尚不存在的工作。

薪酬是报酬体系的一部分，是指员工从企业那里得到的各种直接的和间接的经济收入，通常包括基本薪酬、绩效薪酬以及福利三种形式。薪酬管理是指企业在综合考虑内外部各种因素的影响的情况下，根据企业的经营战略和发展规划，针对所有员工所提供的服务来确定他们应当得到的报酬总额以及报酬结构和报酬形式的一个过程。为达到薪酬管理的目标，企业在薪酬管理的过程中必须做出一些重要的决策，主要包括薪酬体系、薪酬水平、薪酬等级结构、薪酬构成以及薪酬管理政策五项重大决策。

绩效是指员工在工作过程中所表现出来并且能够被评价的工作行为、工作方式以及工作结果。绩效的特点为多因性、多维性和动态性。绩效管理是指制定员工的绩效目标并收集与绩效有关的信息，定期对员工的绩效目标完成情况做出评价和反馈，以改善员工工作绩效并最终提高企业整体绩效的制度化过程。绩效管理是组织为实现其战略目的、管理目的和开发目的而建立的一个完整系统，由绩效计划、绩效监控、绩效评价和绩效反馈四个环节形成一个闭合循环，评价什么、评价主体、评价方法、评价周期和结果应用这五个关键决策始终贯穿于四个环节之中，它们对绩效管理的实施效果起着决定性的作用。绩效评价方法主要包括比较法、量表法和描述法三种。平衡计分卡作为当前应用最为广泛的绩效管理工具，通过"描述战略、衡量战略、管理战略"，在帮助组织有效评价绩效的同时，进一步促进了组织战略的全面达成。

关键术语

工作设计（job design）　　　　工作分析（job analysis）

招募（recruit）　　　　　　　甄选（selection）

培训（training）　　　　　　　开发（development）

人力资源（human resource）　　平衡计分卡（balanced scorecard）

人力资源管理（human resource management）

人力资源战略（human resource strategy）

人力资源规划（human resource plan）

薪酬管理（compensation management）

绩效管理（performance management）

复习思考题

1. 人力资源管理大概经历了哪几个阶段？每个阶段的特点是什么？

2. 请你谈谈对战略性人力资源管理系统模型的理解。

3. 人力资源战略有哪些基本类型？

4. 人力资源规划包括哪些内容？其基本程序有哪些？

5. 工作设计有哪些基本方式？

6. 简述工作分析内涵与过程。职位说明书包括哪些内容？

7. 招募的渠道有哪些？

8. 甄选有哪些主要方式？

9. 培训与开发应该由哪些步骤构成？其形式和方法有哪些？

10. 薪酬和报酬有何区别与联系？薪酬包括哪些形式？

11. 薪酬管理要进行哪些方面的重要决策？

12. 简述绩效的内涵及基本特点？

13. 请阐述对战略性绩效管理模型的理解。绩效评价有哪些方法？

14. 请阐述平衡计分卡的构成要素和主要特点。

参考文献

1. 董克用，叶向峰，李超平. 人力资源管理概论（第二版）. 北京：中国人民大学出版社，2007

2. ［美］加里·德斯勒. 人力资源管理（第 9 版）. 北京：中国人民大学出版社，2005

3. ［美］雷蒙德·A·诺伊等. 人力资源管理：赢得竞争优势（第 5 版）. 北京：中国人民大学出版社，2005

4. 方振邦. 战略性绩效管理（第二版）. 北京：中国人民大学出版社，2007

5. 方振邦. 战略与战略性绩效管理. 北京：经济社会科学出版社，2005

6. 刘昕. 薪酬管理（第二版）. 北京：中国人民大学出版社，2007

7. ［美］罗伯特·S·卡普兰，戴维·P·诺顿. 平衡计分卡——化战略为行动. 广州：广东经济出版社，2004

8. ［美］罗伯特·S·卡普兰，戴维·P·诺顿. 战略地图——化无形资产为有形成果. 广州：广东经济出版社，2005

第 **4** 篇

领　导

第 9 章

个体行为的基础

📚学习目标

● 了解个体差异的分类及传记特点
● 了解社会知觉的定义与影响因素
● 理解价值观、人格、能力与情绪智力的概念
● 理解认知失调理论与认知平衡模型
● 掌握归因理论的主要内容
● 掌握态度形成与改变的基本过程

　　个体是构成组织的基本单位之一，也是组织发挥作用的最终动力来源。理解个体行为对组织管理有着重要的意义。个体的行为介于完全理性与非理性之间，包含着不可预测的成分，但同时又是有规律可循的。如果我们能对组织中的人的行为进行微观考察和研究，从个体层次上了解个体的心理和行为表现及其规律，那么我们就能预测、引导、塑造人的行为，从而改善组织人际关系和管理的有效性。本章将着重介绍个体差异与个体行为、知觉与个体行为以及态度与态度管理的有关内容。

9.1　个体差异与个体行为

9.1.1　个体差异的分类

　　每一个人都有自己的特点，并与别人存在差异，这些差异不胜枚举，按照个体差异的稳定性可大致将个体差异分为三个方面（见图 9—1）。

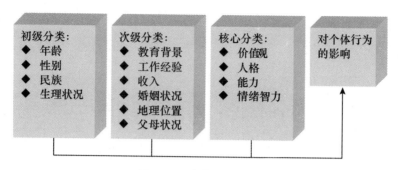

图9—1 个体差异类型

个体差异中最为稳定的是年龄、性别、民族等人口统计学变量；其次是教育背景、工作经验、收入、婚姻状况、地理位置等变量；而个体差异中最容易变化的是价值观、人格、能力、兴趣、情绪智力等变量，一方面它们是人与人最核心的差异，另一方面，这些变量较之性别、教育背景等会随着生活经历发生相应的变化。

个体的种种差异对个体行为有着重要影响。面对同样的组织环境，为什么有些人欢迎变革，但有些人却视之为威胁自己组织地位的洪水猛兽？为什么有些人对组织十分忠诚，工作兢兢业业，表现出很高的绩效水平，但有些人却应付了事？这些组织中的不同行为表现可以用个体差异的观点来解释。因此，组织管理应该关注个体差异。下面将着重介绍这方面的内容。

9.1.2 传记特点

传记特点是指个体的一些基本情况，包括年龄、种族、性别、教育背景、婚姻状况、宗教信仰、健康状况和任职时间等。这些变量影响着个体的行为。

1. 年龄

年龄与流动率关系方面得到的最明显的结论是员工年龄越大，越不愿意离开现有的工作岗位。这和我们的一般性认识也是一致的。一方面，员工年龄越大，可供选择的其他工作机会就越少；另一方面，年龄越大，任职时间一般也越长，因而薪水的提升率也越快，并可获得更长的休假时间和颇具吸引力的养老福利待遇。

一般认为年龄与缺勤率之间也存在着负相关。[①] 但它们之间的关系还要受到缺勤原因的调节，即缺勤情况可分为可以避免的和不可避免的两种。一般年龄大的员工在可以避免的缺勤方面低于年轻的员工。但是，由于健康方面的原因，年龄大的员工在不可避免的缺勤方面却相对较高。

年龄对生产率有何影响？普遍的看法是，随着年龄的增长，体力和敏捷性下降，生产率也会随之下降。但一份研究显示，年龄与工作绩效是不相关的。而且，对于几乎所有类型的工作（不管是专业技能的还是非专业技能的工作）来说，这一结论均是可靠的。绝大多数的工作（即使是那些要求重体力劳动的工作），所需要的身体技能不会随年龄的增长而急剧下降，从而造成对生产率的影响。在这些方面有可能会出现一定程度的衰退，但可以通过工作经验得到弥补。

---

① 参见［美］斯蒂芬·P·罗宾斯：《组织行为学》（第10版），41～43页。

2. 性别

俗话说，妇女能顶半边天，那么女性是否可以在工作绩效方面与男性同等呢？有充分的研究证据表明，男性与女性之间的工作绩效并不存在明显差异。男女在问题解决能力、分析技能、竞争驱力、动机、社会交往能力及学习能力方面都未表现出显著的不同。虽然不少心理学研究发现女性更乐于遵从权威，而男性更具有进取心和有更高的成功预期，但这些差异均是不够显著的。尤其是近些年来，女性参与工作的比例不断增加，这些差异变得更加不明显。因此，我们有理由认为女性与男性之间在工作生产率方面没有显著差异。同样，也没有证据表明员工的性别会影响到工作满意度。

3. 婚姻状况

在此方面尚无充分的研究可以得出婚姻状况对员工生产率产生影响的结论。但是，现有的研究一致表明，已婚员工相比他们的未婚同事来说缺勤率和流动率更低，对工作也更为满意。

婚姻可能意味着责任感的增加，这使得一份稳定的工作显得更为重要、更有价值。但二者之间的因果关系尚不清楚。也可能一个有责任心和满足感的人更倾向于结婚。这方面的另一个问题在于，有关研究并未涉及已婚和单身之外的状况，比如，是否离婚和孀居状况对员工的工作绩效和满意度也有影响？同居未结婚的情况又如何呢？这些问题还有待于进一步调查。

4. 任职时间

组织中的老员工是否就一定比新员工具有更高的生产率？大量研究探讨了任职时间与生产率之间的关系问题，但是并未表明任职时间是生产率的一个很好的预测指标。换句话说，如果其他各项因素同等，则没有理由认为老员工比新员工生产率更高。

有关任职时间与缺勤率关系的研究结果十分明确，任职时间与缺勤率之间呈负相关。事实上，对于缺勤率和工作中缺勤的总天数来说，任职时间是一项最重要的解释变量。

同样，任职时间也是解释流动率的一项有效变量。研究常常发现任职时间与流动率之间呈负相关，也就是说员工在组织中的任职时间是未来工作流动率的最有力的预测指标。

最后，任职时间与满意度呈正相关。事实上，任职时间对工作满意度的预测比生理年龄更为稳定而且一致。

9.1.3 价值观

1. 价值观的定义

价值观（value）是指超越具体情况，引导个体对行为与事件进行选择与评价，指向希望达到的状态与行为的一些重要性程度不同的观念与信仰。价值观反映了一个人或社会对周围事物善恶、是非和重要性的评价与看法。价值观包括内容和强度两种属性。内容属性传递着人们对某种行为方式和存在状态是否有意义以及是否重要的信息，而强度属性则表明了其重要程度。当我们根据强烈程度来排列一个人的价值观时，就可以获得一个人的价值体系。

2. 价值观的影响因素

价值观和价值体系的形成受到了一系列因素的影响，包括遗传、父母行为、社会文化背景、组织影响以及其他相似环境的熏陶等。

遗传不仅可以影响人的体形、容貌与智力，还可以影响人的价值观。美国明尼苏达大学的托马斯·布查德（Tomas Butchart）教授对 350 对分开抚养的双胞胎进行了长达 18 年的研究，研究表明大约 40％的工作价值观是通过遗传获得的。[1] 但是即使这样，价值观的大部分变异是由家庭、社会文化因素决定的。当我们还是孩子时，父母便通过言传身教指导我们认识什么是错、什么是对，这种言传身教在个体价值观的形成过程中发挥了至关重要的作用。除此以外，社会文化背景的影响也是重大的。任何社会都具有保持自身稳定所需要的一系列观念和规范。个体在社会化的过程中会不断接触这些观念，进而进一步确立并发展自身的价值观。当然个体并非完全被动地接受价值观，他们会在接受的同时根据自己的理解和生活经验，增加新的内容。价值观一经形成，便具有相对的稳定性，能够长期对行为起指导作用。但这并不表明，价值观是一成不变的。随着时间跨度的更迭和生活环境的变迁，人们的某些观念可能会发生相应的变化。

3. 价值观的重要性

价值观对于研究个体行为是很重要的，因为它是决定态度和行为的心理基础。个体在加入一个组织之前，已经基本形成了一定的价值衡量标准。在这些标准中，有些是社会共同的价值观念，而有些则是在自身知识水平、思维能力、生活经历和个人偏好的基础上做出的价值判断，包含一定主观、非理性的成分。

一般个体会根据自己的价值观，对人或事件做出判断，在此基础上采取相应的行为。假设你加入一个组织时，认为应该采取灵活的弹性工作制以方便员工自由安排工作与生活，但是组织却采取了严格的考勤制度，这时候你可能会感到不满，并有可能产生退缩行为，因为组织制度妨碍了你的自由生活。

4. 价值观的分类

关于价值观的实证研究重点是对价值观进行定量分析和描述，而要进行价值观定量分析，就需要对价值观进行分类。接下来就介绍几种价值观分类方法。

（1）奥尔波特等人的分类。

奥尔波特（G. W. Allport）及其助手弗农（P. E. Vernon）和林赛（G. A. Lindzey）是系统研究价值观并对其进行测量的最早尝试者。他们认为，人并不是仅仅拥有单独一种类型的价值观，人的价值观是一个系统，包含着多种类型。对于某一个体而言，各种类型价值观的重要性不同，某一种类型价值观占主导地位的人，就属于此种价值观类型的人。他们将价值观分为以下六种类型[2]：

1）理论型：重视以批判和理性的方法寻求真理。

2）经济型：强调有效和实用。

3）审美型：重视外形与和谐匀称的价值。

4）社会型：强调对人的热爱。

---

① 参见［美］黛布拉·纳尔逊、詹姆斯·坎贝尔·奎克：《组织行为学：基础、现实与挑战》（第 3 版），248～250 页，北京，中信出版社，2004。

② G. W. Allport, P. E. Vernon, G. A. Lindzey, *Study of Values*, Boston: Houghton Mifflin, 1960, pp. 56-60.

5）政治型：重视拥有权力和影响力。

6）宗教型：关心对宇宙整体的理解和体验的融合。

在这种分类的基础上，奥尔波特等人编制了一份问卷，在这份问卷中描述了大量不同的环境。被调查者需要对之做出最适合自己的选择。根据他们的选择，研究人员分别界定出这六种价值观对被调查者的重要程度，然后确定每一个被调查者的价值类型。

通过这种方法，研究人员发现在不同的工作环境下这六种价值观对人有着不同的重要性。例如对于牧师而言，宗教价值观最为重要，而经济价值观最不重要。

（2）罗克奇价值观调查。

罗克奇价值观调查问卷（Rokeach value survey，RVS）的主要设计者是米尔顿·罗克奇（Milton Rokeach）。罗克奇将个体的价值观与人的行为模式以及存在的终极状态联系起来，把价值观定义为个体关于如何做人处事、追求什么人生目标的考虑和判断。在此基础上，他将价值观分为两种类型：工具价值观与终极价值观。工具价值观是指那些能够正确实现目标的行为类型；而终极价值观是指期望实现的目标状态。每一种分类都有 18 项具体内容。表 9—1 列出了工具价值观和终极价值观的具体内容。

表 9—1　　　　　　　　　　　　工具价值观和终极价值观的具体内容

工具价值观（合适的行为）	终极价值观（期望的结果）
雄心勃勃（辛勤工作、奋发向上）	舒适的生活（富足的生活）
心胸开阔（开放）	振奋的生活（刺激的、积极的生活）
能干（有能力、有效率）	成就感（持续的贡献）
欢乐（轻松愉快）	和平的世界（没有冲突和战争）
清洁（卫生、整洁）	美丽的世界（艺术与自然的美）
勇敢（坚持自己的信仰）	平等（兄弟情谊、机会均等）
宽容（谅解他人）	家庭安全（照顾自己所爱的人）
助人为乐（为他人的福利工作）	自由（独立、自主的选择）
正直（真挚、诚实）	幸福（满足）
富于想象（大胆、有创造性）	内在和谐（没有内心冲突）
独立（自力更生、自给自足）	成熟的爱（性和精神上的亲密）
智慧（有知识、善于思考）	国家安全（免遭攻击）
符合逻辑（理性的）	快乐（快乐的、闲暇的生活）
博爱（温情的、温柔的）	救世（救世的、永恒的生活）
顺从（有责任感、尊重的）	自尊（自重）
礼貌（有礼的、性情好）	社会承认（尊重、赞赏）
负责（可靠的）	真挚的友谊（亲密的关系）
自我控制（自律的、约束的）	睿智（对生活有成熟的理解）

资料来源：Rokeach，*The Nature of Human Value*，New York：Free Press，1973，pp. 157–159.

9.1.4　人格

1. 人格的定义及特点

人格（personality）源于古希腊戏剧中的拉丁文 persona，意思是演出时所戴的面具，也就是说代表着各种人物的身份。奥尔波特在 20 世纪 60 年代前就对人格进行了研究，他认为人格是"个体内部身心系统的动力组织，它决定了个体对环境独特的调节方式"。而另一位著名的人格理论家塞维特·迈迪（Salvatore Maddi）认为人格是"一个稳定的特性和倾向系列，它决定着人们心理、行为的共同性和差异性，并具有时间上的持续性，它也不能简单地理解为当时社会和生理压力的唯一结果"。由此我们可以认为人格是个体对现实的稳定态度和与之相对应的习惯化了的行为方式。从目前的研究来看，人格具有以下特点：

（1）独特性。

由于每一个人的遗传因素、成长经历、所处环境各不相同，每一个人的人格都是独一无二的，每一个人都有自己独特的心理活动规律和人格倾向，不存在完全重合的人格。

（2）稳定性。

人格是在个体的成长过程中逐步形成的，具有一定的持久性与稳定性，它是判定一个人心理特点和行为倾向的依据。虽然这种稳定性会随着环境和自我学习的变化而改变，但无论怎么变化都不可能出现持久的逆转性变化。

（3）整体性。

人格是所有心理特征的有机结合，是一个统一的整体。某一特定的人格特征只有在人格的整体中才有意义。

2. 人格的影响因素

在一个人的人生发展历程中有许多因素会影响人格的发展，人格的塑造是先天因素和后天因素共同作用的结果。目前人们普遍认为人格是环境与遗传交互作用的产物，同时还受到具体情境的调节。

（1）遗传。

你也许听到过人们这么评价一个人："她像她妈妈一样温和谦逊"或是"这个孩子和他父亲一样固执"，可能你会发现你兄弟姐妹的急躁性格正是你所具有的特点。让我们来看看支持遗传观点的证据。布查德等人对分开养育的同卵双胞胎进行了人格测量，他们认为遗传因素可以解释将近一半的人格差异变量，也就是说遗传因素对人格有着十分重要的影响。而且罗辛（Loehin）等在遗传学方面的研究还表明，几乎所有的人格特质都受到遗传因素的影响。这一结果和其他许多使用不同测量工具的研究结果相同。

（2）环境。

人格还会受到外在环境的影响。这些环境因素主要包括家庭、文化背景、团队成员、特殊生活经历等。

家庭常被视为人类性格的加工厂，它塑造了人们不同的人格特征。孩子的人格是在与父母的持续相互作用中逐渐形成的，富于感情的父母将会示范并鼓励孩子采取富有情感性的反应，因此也加强了孩子的利他行为模式而不是攻击行为模式。家庭情况也是人格差异的重要原因。比如家庭的经济状况、家庭中的出生顺序、父母的受教育水平、家庭规模等都会对人格的形成产生一定的影响。

文化对人格的影响也是显而易见的。稳定的社会机能要求社会成员拥有一部分共同的行为方式。因此在长期的历史发展和社会交往过程中，许多行为方式通过制度、规范或价值观的形式固定下来，成为大家共同认可的行为标准，这些经过制度化的行为方式就意味着在同一种文化背景下的成员拥有许多共同的人格特点。例如，西方社会的人往往追求自由、厌恶束缚、淡化权威，但东方国家的人却愿意崇拜权威，寻求组织归属感。这就是不同的文化背景给人格带来的影响。

在人的一生中，个体要加入各种不同的团队，如学校、工作组织、社会团体等。个体作为不同团队成员所担负起来的各种角色以及不同的经历会影响人格的形成与发展。要理解个体人格也需要了解他过去从属的团队。

3. 人格理论

人格是理解个体行为的关键，因此针对人格进行的研究也越发受到人们的重视，接下来我们就介绍几种人格理论。

（1）卡特尔的人格特质理论。

特质理论认为，特质是人格的基础，是心理组织的基本建构单位，是每个人以其生理为基础而形成的一些稳定的性格特点。如果我们认识并了解了这些特质，就可能预测一个人未来的行为动向。

早期人格特质研究主要试图确定一些持久而稳定的特点，但是在分离特质上困难重重。一项研究曾经找出了 17 953 种特质，如果要在描述和预测行为时考虑这么多因素显然是行不通的。

20 世纪 40 年代卡特尔（Cattell）从 4 500 多个描述人格特征的词汇中，整理出 171 个表示人格的最基本用语，然后根据因素分析的方法得出 16 种稳定而持久的人格特质，称之为主要特质或特质源。在此基础上，卡特尔编制了 16 种人格因素测验（sixteen personality factor questionnaire，16PF）（见表 9—2）。

表 9—2 卡特尔 16 种主要的人格特质

特质名称	高分者特征	低分者特征
乐群性	乐群、外向	缄默、孤独
聪慧性	聪慧	迟钝
稳定性	情绪稳定	情绪激动
好强性	支配、好强	顺从、谦逊
兴奋性	乐天、兴奋	严肃、审慎
有恒性	负责、有恒	敷衍了事
敢为性	冒险、敢为	胆怯、退缩
敏感性	敏感、感情用事	理智、注重实际
怀疑性	怀疑、刚愎	信赖、随和
幻想性	幻想	现实
世故性	世故、精明	直率、天真
忧虑性	忧虑、抑郁	自信、沉着
求新性	激进、自由	保守、传统
独立性	自立、决断	随群、依赖
自律性	自律、严谨	不拘小节
紧张性	紧张、焦虑	心平气和

资料来源：R. B. Cattell，Personality Pinned Down，*Psychology and Today*，1973，6：40—46.

卡特尔 16PF 人格因素调查表被运用在人格测验、职业预测、学业预测等许多领域，至今，依然被认为是国际最有权威的人格量表之一，显示出较强的现实意义。

（2）大五模型。

近年来，大量颇具影响力的实证研究证实，有五项人格维度构成了所有人格因素的基础，并且包括了人格中大多数明显的变异。这种人格理论模型被称为大五模型（the Big Five）。它包括了以下五个因素：

1）外向性（extraversion）：合群的、对人友好的、健谈的、坚定自信的、爱交际的。

2）宜人性（agreeableness）：合作的、热心的、关心人的、谦恭的、温顺的。

3）责任心（conscientiousness）：可靠的、认真的、自律的、坚持不懈的、有责任感的。

4）情绪的稳定性（emotional stability）：心理安全的、平和放松的、高兴的、不忧虑的。

5）经验的开放性（openness to experience）：好奇的、有智慧的、有艺术细胞的、有想象力的、灵活的。

大五模型是针对西方人人格特点和行为方式提出的人格结构模型。中西文化背景不同，人格结构也不尽相同，它不能直接运用于中国人人格的研究和测量。王登峰等人采用"词汇学假设"对中国人人格结构进行了系统研究，认为中国人的完整人格结构是由外向性、人际关系、行事风格、才干、情绪性、善良、处世态度这七个因素构成，即"大七"因素模型，并在此基础上编制了中国人人格量表（QZPS）。[①]

（3）迈尔斯-布瑞格斯人格特质问卷。

迈尔斯-布瑞格斯人格特质问卷（Myers-Briggs type indicator，MBTI）是目前使用最为广泛的人格测验之一。它的理论基础可以追溯到 20 世纪 20 年代的荣格心理类型理论。荣格（Carl Gustav Jung）认为人群基本可以分为外向型和内向型两类，而且人类有两个基本的智力过程——知觉和判断。他又进一步将知觉分为感觉和直觉，把判断分为思维和情感。荣格认为没有哪一种特质一定比另外的特质好。在他的理论基础之上，美国的一对母女凯瑟琳·布瑞格斯（Katherine Briggs）和伊莎贝尔·布瑞格斯·迈尔斯（Isabel Briggs Myers）共同编制了包含大约 100 个项目的人格测验——迈尔斯-布瑞格斯人格特质问卷。在这个问卷中，人格被分为了四个维度：能量（内向性与外向性）、适应外部环境（判断与知觉）、信息收集（感觉与直觉）、决策制定（思维与情感）。表 9—3 总结了这四个主要维度的特征。

表 9—3　　　　　　　　　　　　　　　MBTI 的四个维度

你从哪里获得精力？		你如何使自己适应外部环境？	
外向性（E）	内向性（I）	判断的（J）	知觉的（P）
对人友好的	安静的	结构性的	灵活的
相互作用的	集中的	时间导向的	结果开放性的
先说后想	先想后说	决策性的	探索性
爱交际的	沉思的	有组织的	自发的
你注意并且收集什么样的信息		你如何评估和做出决定	
感觉的（S）	直觉的（N）	思维的（T）	情感的（F）
实际的	一般性的	分析的	主观的
详情的	可能性的	用头脑的	热心的
具体实例的	理论性的	规则的	环境的
特定具体的	抽象的	公正的	仁慈的

资料来源：［美］弗雷德·鲁森斯：《组织行为学》（第 9 版），423 页，北京，人民邮电出版社，2003。

---

① 参见王登峰、崔红：《中国人人格量表（QZPS）的编制过程与初步分析》，载《心理学报》，2003，3（1）。

迈尔斯-布瑞格斯人格特质问卷被广泛应用于职业咨询、团队建设、冲突管理和管理风格分析方面。[①] 如 AT&T、埃克森（Exxon）、霍尼韦尔（Honeywell）等公司，都在其发展管理计划中使用 MBTI，帮助员工理解其他人所持有的不同观点。而惠普公司和阿姆斯特朗世界工业公司则使用 MBTI 来帮助团队成员，让他们意识到分歧和差异有助于获得成功。

4. 人格与工作的匹配

由于人格与工作绩效之间的确存在联系，因此，在工作性质与人格特征之间存在着最佳的搭配关系。心理学家约翰·霍兰德（John Holland）提出的人格—工作匹配理论为此做出了最好的解释。他指出，员工对工作的满意度和流动倾向，取决于个体的人格特点与职业环境的匹配程度。他基于兴趣测验的结果和对工作环境描述的分析，把人格类型和工作环境分成相应的六种类型，即现实型（R）、研究型（I）、艺术型（A）、社会型（S）、企业型（E）、传统型（C）。这六种人格类型中的每一种都有与其相适应的工作环境。

霍兰德开发了一个职业偏好量表，其中包括 160 个职业项目，让回答者回答自己是否喜欢这些职业。在这些数据基础上，可以断定个体的人格特征。根据研究数据，霍兰德提出了六边形模型：在六边形中两个领域越接近，二者越具有相容性，对角线上的类型最不一致。图 9—2 对这六种类型进行了描绘，并列举了与之匹配的职业范例。

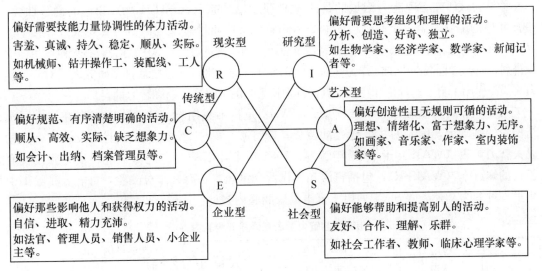

图 9—2　人格与职业匹配模型

霍兰德理论的核心观点是：（1）个体之间在人格方面存在着本质差异；（2）工作具有不同的类型；（3）当工作环境与人格类型协调匹配时，个体会产生更高的工作满意度和更少的离职可能性。有证据表明，当员工的职业兴趣与岗位相匹配时，满意度最高，离职率最低。例如，社会型的人应该从事社会型的工作；传统型的人应该从事传统型的工作，而不适合从事艺术型的工作。[②]

---

① 参见曾维希、张进辅：《MBTI 人格类型量表的理论研究与实践应用》，载《心理科学进展》，2006（2）。

② J. L. Holland，*Making Vocational Choices：A Theory of Vocational Personalities and Work Environment*（3rd ed），Odessa Florida：Psychological Assessment Resources，1997，pp. 122-123.

9.1.5 能力

1. 能力的定义

能力（ability）指的是个体能够成功完成工作中各项任务的可能性。我们应该承认的是，由于存在能力上的差异，个体在从事某些工作时比另外一些人更为有利或不利。例如，一名市场调查人员需要具备归纳推理能力，才能对未来一段时间内某一产品的市场需求进行预测；一名主管需要具备演绎推理的能力，才能在两项不同的建议中做出选择。从管理的角度出发，应该了解个体能力的差异，因材管理，充分利用人力资源。

2. 能力的分类

人的能力种类很多，可以根据不同的标准对能力进行分类。一般我们可以将能力划分为心理能力、生理能力和特殊能力。

（1）心理能力。

心理能力（intellectual ability）是指直接影响人的活动效率，使活动任务顺利完成的个性心理特征。主要包括算术能力、言语理解能力、知觉速度能力、归纳推理能力、演绎推理能力、空间视觉能力以及记忆力等。

最早尝试研究心理能力测量的是法国心理学家比奈（Alfred Binet）和他的助手西蒙。1905年他们编制了第一个心理取向的智力测验——比西量表（Binet-Simon scale），用语文、算术、常识等题目来测量判断、推理等高级心智活动。该量表中有30个题目，按照难度由浅而深排列，以通过题数的多少，作为鉴别心理能力高低的标准。在这之后许多研究人员对心理能力测量都提出了自己的理论和相关工具，其中最著名的就是韦克斯勒智力量表。

韦克斯勒智力量表（Wechsler scale，WS）是指韦克斯勒（D. Wechsler）在智力层次结构论的基础上，编制的几个智力量表及其修订本。其中针对16岁以上成人的韦克斯勒成人智力量表（WAIS）于1955年编制，1981年韦克斯勒对它进行了进一步完善，发表了它的修订本（WAIS-R），包括言语和操作两个量表，各有几个分测验，每一分测验集中测量一种智力功能。表9—4列出了言语量表测验内容。[①]

表 9—4　　　　　　　　　　　韦克斯勒智力量表言语量表测验内容

测验名称		测验内容	测验举例
言语量表	常识	知识的广度	水蒸气是怎么来的？ 什么是胡椒？
	理解	实际知识和理解能力	为什么电线常用铜制成？ 为什么有人不给售货收据？
	心算	算术推理能力	汽车45分钟行驶25公里，20分钟行驶了多少公里？
	两物相似	抽象概括能力	圆和三角形有何相似之处？ 蛋和种子有何相似之处？
	数字广度	注意力和机械记忆能力	按次序复述以下数：1、3、7、5、4 倒数以下数：6、9、8、1、4、3
	词汇	语词知识	什么是河马？ "类似"是什么意思？

① 参见孙健敏、李原：《组织行为学》，68～70页，上海，复旦大学出版社，2005。

（2）生理能力。

工作中的生理能力（physical ability），对于那些技能要求较少而规范化程度较高的工作很重要，它主要包括动态力量、躯干力量、静态力量、爆发力、广度灵活性、动态灵活性、躯体协调性、平衡性及耐力九项，个体在每项体质能力上都存在着不同程度的差异。而且，这些能力之间的相关性极低，也就是说，一个人在某一项能力上的得分高并不意味着在另一项能力上的得分也高。如果管理者能够确定某一工作对这九项能力每一项的要求，并保证从事此工作的员工具备这种能力水平，则肯定会提高工作绩效。

（3）特殊能力。

特殊能力（special ability）是在某种专业活动中所表现出来的能力，例如，现代企业家需要组织能力、战略规划能力以及人际协调能力。由于特殊能力总是针对某种特殊的专业活动，因此对特殊能力的测量方法也很有针对性。我国空军第四研究所为了选拔飞机驾驶学员，曾制定了《学习飞行能力预测方法》，其测量注重视觉鉴别力、运算能力、心理能力、地标识别能力、图形记忆能力等几个方面。

特殊能力的测验具有较强的针对性，因而对职业定向指导、安置和选拔从业人员、发现和培养具有特殊能力的儿童有重要意义。但这种测验发展较晚，因而测验的标准化问题尚未得到较满意的解决。

3. 能力的个体差异

人的能力存在着个体差异。从质的方面看，完成同一活动，不同的人可能采用不同能力的组合，表现为能力类型的差异；从量的方面看，有的人能力水平高，有的人能力水平低，表现为能力发展水平的差异；从发展的方面看，有的人能力发展得早，有的人能力发展得晚，表现为能力表现早晚的差异。

4. 能力与工作的匹配

我们已经知道了人的能力在发展水平和类型上存在差异，同时不同的工作又对能力有着不同的要求。当能力与工作相匹配时，员工的工作绩效水平就会提高。例如，海上救生员只有具备了很强的空间视知觉能力才能发现目标，救人于危难；教师只有具备了很强的语言表达能力才能"传道、授业、解惑"；记者只有具备敏锐的观察力和深厚的文字功底，才能完成深刻准确的新闻报道。那该如何实现这种匹配呢？一方面，我们可以对特定工作进行工作分析，确定它在能力上的要求；另一方面，我们需要了解个体的能力特征，发现他们的能力闪光点。在这些方面，可以利用人才测评的手段来完成。

总之，组织内部个体在能力上存在着显著差异，管理者必须对此保持清晰的认知和把握，并通过科学的方法进行测量，做到人尽其才、才尽其用，只有这样才能实现组织目标。

9.1.6　情绪智力

1. 情绪智力的定义

情绪智力（emotional intelligence），即我们通常所说的情商。情绪智力作为一种理论的提出以及检验始于 20 世纪 90 年代晚期。它是由美国心理学家沙洛维（P. Salovey）和梅耶（J. Mayer）教授在吸收认知心理学、情绪心理学以及教育学的研究成果的基础上提出的。该理论认为以往的教育体系对于学生的情绪智力培养不够，当代教育应该关注学习者的情绪智力的成长。由于该理论与当代教育的发展趋势相吻合，切中传统教育的弊端，因而引起了广泛关注。尤其是《纽约时报》专栏作者丹尼尔·戈尔曼（D. Goleman）根据情绪智力理论撰写的《情绪智力》一书，对情绪智力理论加以通俗化的诠释，该书一出版，就在全球引起轰动，一时之间，情商广为人知，从而成为心理学界引人注目的一种思潮。[①]

究竟什么是情绪智力？对此学术界一直众说纷纭。1990 年沙洛维和梅耶把情绪智力定义为："个体监控自己及他人的情绪和情感，并识别、利用这些信息指导自己的思想和行为的能力。"1997 年他们在一篇题为《什么是情绪智力》的论文中将情绪智力的概念重新界定为："精确的知觉、评估和表达情绪的能力；接近或产生促进思维的情感能力；理解情绪和情绪知识的能力；调节情绪，促进情绪和智力发展的能力。"但是该定义没有涉及情绪智力的内涵，不利于人们把握情绪智力的本质属性。

而戈尔曼在《情绪智力》一书中将情绪智力定义为：察觉自己和他人的感受、进行自我激励、有效地管理自己以及他人关系中情绪的能力。我国心理学界普遍认为情绪智力是"使人能成功地完成活动所需的个性心理特征"。以色列心理学家巴昂认为情绪智力是影响人应付环境需要和压力的一系列情绪的、人格的和人际能力的总和，他还认为情绪智力是决定一个人在生活中能否取得成功的重要因素，直接影响人的整个心理健康。

根据以上种种定义，我们不难发现情绪智力的本质特点，所以我们将情绪智力定义为：监控自己以及他人的感受与情绪，辨别不同情绪并用这些信息来指导自己的思维与行动的能力。

2. 情绪智力的结构及其测量工具

由于对情绪智力的理解不同，自然产生了不同的情绪智力结构理论。这些不同的结构理论基本可以分为两类：一类是心理能力模型（mental ability models），侧重情绪本身及其与思维的关系。沙洛维和梅耶的结构模型就属于此类模型。另一类是综合模型（mixed models）。综合模型不仅包含心理能力，而且还包含多种其他人格特征，如动机、意识状态和社交活动等，戈尔曼和巴昂的理论便属于综合模型。

（1）沙洛维和梅耶的智力结构模型。

沙洛维和梅耶把情绪智力看作个体准确、有效地加工情绪信息的能力集合，认为"情绪智力是知觉和表达情绪、促进思维，以及理解和分析情绪、调控自己与他人情绪的能力"[②]。他们由此概括出了情绪智力所包括的四级能力，它们在发展与成熟过程中有一定的先后次序和级别。一级能力是最基本和最先发展的，四级能力比较成熟而且要到后期才能发展。在此基础上，梅耶等人编制了相应的测量工具——多因素情绪智力量表（MEIS）。这个量表要求被试完成 12 项任务以评价被试情绪觉察、情绪鉴别、情绪理解和情绪控制四个方面的能力，有整体评分和专家评分两种评分方法。沙洛维和梅耶的四方面能力的具体内容为：

1）情绪的知觉、鉴赏和表达能力：从自己的生理状态、情感体验与思想中辨认和表

---

① 参见李国瑞、何小蕾：《情绪智力研究的现状及发展趋势》，载《心理科学》，2003，26（5）。

② J. D. Mayer, P. Salovey, "The intelligence of emotional intelligence", *Intelligence*, 1993, 17 (4): 20—23.

达情绪的能力；从他人、艺术活动、语言中辨认和表达情绪的能力。

2）情绪对思维的促进能力：情绪对思维的引导能力，情绪影响注意信息的方向；与情绪有关的情绪体验（如味觉和色觉等）对情绪有关的判断和记忆过程产生作用的能力；心境的起伏影响思考能力；情绪状态影响问题解决等。

3）对情绪的理解、分析能力：认识情绪本身与语言表达之间关系的能力，例如对"爱"与"喜欢"之间区别的认识；理解情绪所传送的意义的能力；理解复杂心情的能力；认识情绪转换可能性的能力等。

4）对情绪的成熟调控：根据所获得的信息，判断并成熟地进入或离开某种情绪的能力；觉察与自己和他人有关的情绪的能力，调节与别人的情绪之间的关系等。

（2）戈尔曼的情绪智力结构模型。

戈尔曼较为成熟地论述了情绪智力的内涵、生理机制、对成功的意义以及如何培养情绪智力，初步形成了自己关于情绪智力的观点和体系。他将情绪智力分为五个方面，形成了情绪智力五因素结构理论。在此基础上，戈尔曼等人编制了情绪能力调查表（ECI），它可以测量该模型提到的五个领域的 20 种能力，准确地告诉人们应该提高哪种能力才能达成自己事业上的目标。表 9—5 列出了情绪智力这五个因素的具体内容。

表 9—5 戈尔曼的情绪智力结构模型

情绪智力的维度	特征	工作中的例子
认识自身情绪	对自己的了解，认识当前的真实感觉	约翰意识到自己很生气，因此他需要冷静一下，收集更多的信息再作决策。
妥善管理情绪	摆脱负面情绪并回到解决问题的轨道上来	安娜控制住自己，不表现出不安的情绪，也不大声反对顾客投诉，而是尽量收集相关信息。
自我激励	坚持追求理想中的目标，在实现目标后才能满足	尽管工作任务非常多，时间紧迫，但乔治还是克服困难完成了工作。
共情	能够敏感地察觉别人的感受，感受到他人的需要	琳达察觉团队中的成员因为工作筋疲力尽，就在午休时主动为大家分发零食和点心。
人际关系管理	顺利地与他人互动，形成社交网络，能够引导他人的情绪和行为	杰里米在会议结束后找职员面谈，了解他们为什么对新政策不满，并向其解释他们可以从中获益。

资料来源：［美］弗雷德·鲁森斯：《组织行为学》（第 9 版），211 页。

9.2 知觉与个体行为

9.2.1 知觉与社会知觉

1. 知觉的基本概念

知觉（perception）是指个体为自己所在的环境赋予意义而解释感觉、印象的过程。

但是，知觉与客观事实可能存在巨大的差异。知觉对于我们了解个体行为是很重要的，因为人们的行为是以他们对现实的知觉为基础的，而不是以现实本身为基础的。要想了解个体的行为并对其进行激励，就必须了解人们知觉到的世界是什么样子的。

知觉可以分为物知觉和社会知觉。物知觉（object perception）是对自然界中的机械、物理、化学和生物方面的信息所形成的知觉。而社会知觉（social perception）是指对人的实践所构成的社会现象的信息所形成的感觉与印象。社会知觉又包括自我知觉、对他人的知觉以及对人际关系的知觉三个方面的内容。

2. 社会知觉的影响因素

心理学家布鲁纳（Brunner）曾做过一个货币实验，实验材料是一套硬币，有1美分、5美分、10美分、25美分、50美分等不同大小的圆形硬币；另一套材料是与硬币大小、形状相同的硬纸片。实验对象是30个贫富不同的家庭的10岁孩子。实验程序是，先把两套材料先后投射到银幕上，让被试依次观看，然后移去刺激物，让被试画出刚才看到的硬币与纸片。结果被试画出来的图形大小和实际上看到的刺激物不完全相同，他们画出的纸片图形与实际的纸片的大小较为一致，但画的硬币大小却远远较他们看到的真实硬币大，尤其是贫困家庭的孩子所画的硬币更大。布鲁纳认为这个实验说明了社会知觉受主客观因素制约。具体来说，社会知觉的影响因素包括知觉者、知觉对象和知觉环境。

（1）知觉者。

当个体看到一个目标物并试图对他所看到的东西进行解释时，这种解释受到了知觉者个人特点的明显影响。现实生活中，焦虑不堪的穷人甚至对最美的景色也没有感觉，珠宝商人所看到的只是珠宝的价值，而不是珠宝的美誉特性。这些现象说明了与知觉者有关的因素是怎样影响到知觉的。在影响知觉方面最相关的个人因素是态度、动机、兴趣和经验。

1）态度。一个人的态度会极大地影响他对人或事物的知觉。公司召开会议，凯姆对此笑逐颜开，但桑迪亚却眉头紧锁。为什么会这样？因为他们对会议所持的态度不同：凯姆喜欢参与各种会议，因为他可以借此机会发表自己的建议和意见，引起上级对他的好感。但是桑迪亚对会议却很是头疼，因为冗长的会议会占用他很多工作时间。由于不同的态度导致他们两人对同一事物做出了不同的解释。

2）动机。动机是推动人们行为的内驱力，是一个人行为发生和维持的心理倾向。凡是符合当事人心理动机的事物往往会成为知觉对象的中心。一项对饥饿的研究戏剧化地描述了这一事实。研究中的被试没有吃东西的时间间隔不同，一些被试一个小时前吃了东西，另一些被试16个小时没吃任何东西。给被试呈现一组主题模糊的图片，结果个体饥饿的程度影响到他们对模糊图片的解释。相比吃完东西没多久的被试来说，16小时没吃东西的被试把图片内容知觉为食物的频率高出很多。

3）兴趣。兴趣的个别差异往往决定知觉的选择性。人们的兴趣会使他们把自己不感兴趣的事物排除出去，而把注意力集中于感兴趣的事物。如果你是一名室内装饰师，你显然比一名销售人员更容易注意房间里家具摆放和灯饰设计的特点。如果你对种植花草不感兴趣，那么当别人向你传授花卉的培育知识时，你可能很难集中注意力，甚至把他的行为理解成喋喋不休的介绍。

4）经验。经验也同样限制了人们的注意力。你所感知到的那些事情都是与你有关的事。巴克拜（Bagby）利用立体镜的两个图像（一边是斗牛图，一边是棒球比赛图），然后给所有被试（一组美国人，一组西班牙人）同时看两个图像。结果84％的美国被试报告看到了棒球比赛，而70％的西班牙被试说看到了斗牛图。然而，在很多情况下，一个人过去的经验也会减弱他对客体的兴趣。过去从未经历过的事件或物体显然更能引起我们的注意。例如你更可能注意到一个自己从未见到过的机器，而不是一个很标准的、你过去见过上百次的完全一样的文件柜。这说明过去的经验对知觉有重要影响。

（2）知觉对象。

观察对象的特点也能影响到知觉内容。在群体里，声音洪亮的人比安静的人更容易受到注意；一大段楷体字中的几个宋体字也很容易被别人挑出来；花容月貌的人相比相貌平平的人总是更容易被记住。知觉对象的一些特点，如新奇、背景突出、位置邻近等都能影响到我们的知觉。

我们并不是孤立看待目标的，因此目标与背景的关系也影响到知觉，并且，我们倾向于把关系密切和相似的事物组织在一起进行知觉。我们所看到的内容取决于我们如何将图形从背景中分离出来。知觉对象与知觉背景两个概念是相对而言的，此时的知觉背景可能成为彼时的知觉对象。图9—3 就是两张关于知觉对象与知觉背景相互转换的明显例证。

花瓶与侧面人像　　　　　　　　少女与老妪

图9—3　知觉对象与知觉背景转换图

图9—3 中左边的图片第一眼看起来是一个白色花瓶，但是，如果你把白色作为背景，你会看到两个人的侧面轮廓。同理，右边的图你也可以看到不同的内容——一个是把脸扭到一边的美丽少女，另一个则是侧脸的老妪。

我们还倾向于把相互之间联系密切的物体放在一起知觉，而不是孤立地分别知觉它们。因此，由于时间和空间的相近性，我们常常把那些原本不相关的物体或事件联系在一起。比如，一名小学生在期末考试前对航天模型发生了兴趣，并经常组装他喜欢的这些小东西，之后他在期末考试中考得一塌糊涂。他的妈妈就会倾向认为儿子玩物丧志以至于荒废了学习。但实际上，二者也许没有联系，成绩下降是由于这个孩子考试当日身体不适，发挥失常所致。

我们还倾向于把相似的人、物体或事件组合在一起。相似性程度越高，则越可能把他/它们作为一个整体进行知觉。对于女性、黑人及在肤色或其他方面都有明显特点的群体成员，我们倾向于认为他们非常相像。

（3）知觉环境。

在不同的条件下认识和了解事物，会影响到我们的知觉。知觉环境在社会认知中扮演了重要的角色。

在嘈杂的环境中，我们可能听不到别人在向我们呼喊，但如果在安静的环境里，同样的人即使呼喊的音量小些，我们也能听得真真切切；一个浓妆艳抹、穿着时尚的女子在狂欢舞会上出现也许并不会引起大家太多的注意，但是她若来到学校的教学楼，我们恐怕都会注意到她。在这些情况下，知觉者及知觉对象都没有发生变化，只是情境不同了。

3. 社会知觉的规律

（1）选择性知觉。

作用于人的客观事物是纷繁多样的，人不可能在瞬间全部清楚地感知到。但可以按照某种需要和目的，主动而有意地选择少数事物（或事物的某一部分）作为知觉的对象，或无意识地被某种事物吸引，以它作为知觉对象，对它产生鲜明、清晰的知觉印象，而把周围其余的事物当成知觉的背景，只产生比较模糊的知觉印象。这就是选择性知觉（selective perception）。①

选择性知觉既受知觉对象特点的影响，又受知觉者本人主观因素的影响，如知觉者会根据自己的兴趣、态度、背景、情绪、知识经验、观察能力等对知觉对象的信息进行选择。选择性知觉使我们能快速"阅读他人"，但同时也冒着失真的危险。因为我们看到的是我们想看到的东西，我们可能从一个模棱两可的情境中得到没有根据的结论。比如有传言说公司的销售数据正在下降，并将导致大量裁员，此时董事会频繁召开会议可能被理解为公司确认解聘人员的第一步，但这种认识可能与事实相去甚远。

（2）首因效应。

首因效应（first impression effect）是指第一印象对社会认知的作用，指的是知觉者最初得到的信息，对于知觉的形成具有强烈的影响。它一般发生在陌生人之间。例如，新员工第一天上班，同事们会凭他的衣着、谈吐、精神面貌等有限资料形成对他的第一印象。

第一印象有极强的固定作用，一旦形成，很难消退，具有较难逆转的影响，它影响着人的整个知觉过程。例如，招聘面试、新官上任等的第一印象都至关重要。第一印象往往是形成知觉偏见的重要因素。若第一印象良好，就会从好的方面影响到人们今后对他的行为的看法，即使他后来表现较差一点，也容易取得人们的谅解；而第一印象若不好，要改变就相当费力。

为什么会出现首因效应？一种解释认为，个体最先接受的信息在头脑中构成了核心的记忆图形，后来的信息被整合到已有的记忆图示中去，因此，后来的信息就带上了先前信

---

① D. C. Dearborn，H. A. Simon，"Selective Perception：A Note on the Departmental Identifications of Executives"，*Sociometry*，1958，（21）：140—144.

息的色彩，并不断强化先前信息。另一种解释认为，最先接受的信息受到更多的注意，后来的信息更容易被忽略。

（3）近因效应。

近因效应（recency effect）是指在社会交往环境中，时间上离知觉最近的信息最容易给人留下深刻的印象。心理学家曾做过这么一项实验：分别向甲、乙两组大学生介绍一个人的性格特点，然后要求这两组大学生想象出对这个人的印象。对甲组先介绍这个人的外倾特点，后介绍内倾特点；对乙组则先介绍这个人的内倾特点，后介绍外倾特点。在介绍完第一部分后，插入一些与实验无关的活动，然后再介绍第二部分。结果表明，甲组大学生普遍把这个人想象为内倾型，乙组大学生则普遍把这个人想象为外倾型，即都是第二部分材料留下的印象深刻。

"近因效应"在人际交往中并不少见。一个平时表现一般的人，突然做了一件好事，人们往往会对其刮目相看，并肯定他以往的一贯表现。这种人际知觉便是"近因效应"的典型表现。"近因效应"产生的主要原因是近期因素在时间上的优势，即反映了知觉对象最后给人留下的印象具有较强烈的影响作用。"近因效应"主要产生于熟悉者。"近因效应"掩盖甚至否定对一个人的一贯了解，从而影响着对人的全面认识。[①]

（4）晕轮效应。

晕轮效应（halo effect）也叫以点代面效应，即根据一点做出对事物整体的判断，指人通过社会知觉获得个体某一行为特征的突出印象，进而将其扩大，掩盖了对其他特征的知觉，做出了整体都具有这些特征的判断。这一突出的品质或特征起到一种类似晕轮的作用，使观察者看不到其他特点，好像明亮的光环使周围黯然失色一样。比如，人们常常会特别关注一个人的相貌、学历等，并被这些特征蒙蔽而看不到其他特征，从而做出片面判断。

美国心理学家阿希（S. Arch）用实验证明了晕轮效应。他首先给被试看一张列有五种品质的表格（聪明、灵巧、勤奋、坚定、热情），要求想象出一个有这五种品质的人。他们普遍把有这五种品质的人想象为一个理想的、友善的人。然后把表格中的热情换为冷酷，要求被试根据这五种品质（聪明、灵巧、勤奋、坚定、冷酷），想象出一个合适的人，结果发现被试普遍推翻了原来的形象，而产生了一个完全不同的形象。这说明"热情——冷酷"的品质起到晕轮作用，影响了对一个人的总体印象。

（5）刻板印象。

刻板印象（stereotyping）这一术语是 1922 年利普曼（Lippman）在其著作《公众舆论》（*Public Opinion*）中提出的，它是指按照性别、种族、年龄或职业等进行社会分类，形成的关于某类人的固定印象。人们头脑中存在的刻板印象很多，比如大家普遍认为商人"唯利是图"，军人威武、刚强、守纪律，这是在职业上的刻板印象；认为青年人单纯幼稚、容易冲动，老年人经验丰富、保守、稳重，这是在年龄上的刻板印象；说到南方人，就认为比较灵活、善于应酬，说到北方人，就认为比较粗犷直爽，这是对不同地域的人的

---

① 参见田旭：《谈社会知觉中的"偏见"及其对企业管理的影响》，载《经济师》，1999（8）。

刻板印象。[①]

"物以类聚，人以群分"有一定道理。但是刻板印象的问题就在于过度类化，它抹杀了一群人当中的个体差异，所以存在以偏赅全、形成错误印象的潜在危险。

9.2.2 归因

1. 归因的内涵

归因（attribution），是社会心理学范畴上的一个名词，指人们利用信息对自己及他人行为的原因加以推断的过程。这一概念最早由美国心理学家海德（F. Heider）于1958年提出，此后凯利和维纳（Weiner）等人系统化的研究将其在内涵和外延上都进一步深化。然而从实质上来说，归因是观察者对行为过程所进行的知觉和判断，目的在于预测、评价人们的行为，进而对环境和行为加以控制。如在组织中，对未完成工作任务而遭到上级批评的员工来说，他就会利用各种线索对未完成任务这一事实和遭到批评这一后果进行原因分析，以期在以后的工作中予以改正。这从本质上来讲就是个体的归因过程。

2. 归因理论的内容和发展

（1）海德的朴素归因理论。

作为归因理论的创始人，海德认为导致行为发生的因素有两种：一种是内部的个人原因，包括能力、动机、努力程度等，一般称为内部归因（internal attribution）；另一种是外部的环境原因，如环境、他人和任务的难易程度等，一般称为外部归因（external attribution）。倘若行为的原因在于环境，则行动者对其行为倾向于不负责任；若原因在于个人，那么行动者则倾向于承担责任。[②]

以前面提到的受批评的员工为例，倘若他认为自己未完成任务是由于工作太难，那么他就会对上级的批评感到不服气；反之，若认为原因是自己能力所限，那么他就会接受批评，加强对能力的培养。

（2）凯利的归因理论。

凯利进一步发展了海德的理论。他认为当我们观察个体行为时，总会试图判断这种行为是由内部原因还是外部原因造成的。但是这种判断在很大程度上取决于三个要素：区别性、一贯性和一致性。[③]

区别性（distinctiveness），是指行动者是否对其他同类刺激做出相同的反应，即他是在众多场合下都表现出这种行为，还是仅在某一特定情境下表现出这一行为。例如，一名今天迟到的员工是否经常表现得自由散漫、违反规章纪律。如果行为的区别性低，则观察者可能会对行为内部归因；如果行为的区别性高，则原因可能会被归于外部。

一贯性（consistency），是指行动者是否在任何情境和任何时候对同一刺激物做相同的反应，即行动者的行为是否稳定持久。例如，如果一名员工某天上班迟到了，但是她

[①] 参见孙健敏、李原：《组织行为学》，157～158页。

[②] F. Heider, *Psychology of Interpersonal Relation*, New York, 1985, pp. 89-90.

[③] H. H. Kelly, J. L. Michels, "Attribution Theory and Research", *Annual Review of Psychology*, 1980, (31): 457-501.

之前 7 个月从未迟到过，则表明这是一个特例，行为的一贯性较低；而如果她每周都迟到两三次，则说明行为的一贯性高。行为的一贯性越高，观察者越倾向于对其作内部归因。

一致性（consensus），是指其他人对同一刺激物是否也做出与行为者相同方式的反应。如果每个人面对相似的情境都有相同的反应，我们说该行为表现出一致性。比如，所有走相同路线上班的员工都迟到了，则迟到行为的一致性就高。从归因的观点看，如果一致性高，我们对迟到行为进行外部归因。如果走相同路线的其他员工都准时到达了，则应认为该员工的迟到行为的原因来自内部。

凯利认为，这三个方面信息构成一个协变的立体框架，根据上述三方面的信息与协变，可以将人的行为归因于行动者本身或是客观刺激物、情境等外部因素（见图 9—4）。

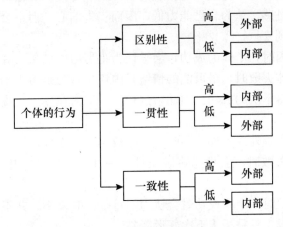

图 9—4　凯利的归因模型

（3）维纳的成败归因理论。

1972 年，美国心理学家维纳等人在综合海德的归因理论和成就动机理论的基础上进一步提出了成败归因理论。他认为：能力、努力、任务难度和运气是人们解释成功或失败时的四种主要原因，这四种因素可按原因源、稳定性和可控性三个维度来划分。

原因源维度是指内在或外在的归因维度。维纳在海德观点的基础上，把内在—外在原因成分作为自己三维结构的第一个维度，认为这种分类使人们在归因时首先考虑到原因所处的位置，从而对不同的原因进行区分和归类。从内外因来看，努力和能力属于内因，而任务难度和运气属于外因。

稳定性维度是指行为原因的内外因素是否具有持久的特征。能力是稳定的，而运气这样的因素则是不稳定的。

可控性维度是指行为动因能否为行为或他人动因所支配或驾驭。如努力程度是可以控制的，但是天资、运气这些因素是不可控的。

如果我们将能力、努力、任务难度、运气按照这三个维度进行划分，那么可以得出表9—6。

表 9—6　　　　　　　　　　归因的三种维度与归因类别

	原因源	稳定性	可控性
能力	内因	稳定	不可控制
努力	内因	不稳定	可控制
任务难度	外因	稳定	不可控制
运气	外因	不稳定	不可控制

维纳认为，个人对其成败原因的归纳分析广泛影响到其后来行为的方向和方式。不同的归因产生的影响是不同的。

当倾向于能力归因时，个体成功时会认为自己的能力高，因而对自己信心十足；当个体失败时，就会有羞耻感，认为自己能力低，因而丧失信心，但不会做出任何改变，只是听任下次失败的再度到来。

当倾向于努力归因时，个体的成功，会被认为是努力的结果，并预期今后的成功，鼓励自己再接再厉；个体失败时，最可能的情绪是内疚，认为是由于不努力造成的，自己只要努力，一定可以获得下次的成功。因此，这种归因的潜在效果是提高了激励水平，促进了工作的积极性。

当倾向于任务难度等外界条件归因时，个体成功时会冷静地提醒自己，并非自己可控因素导致成功；个体失败时，会埋怨客观条件，并在今后的活动中寻找难度水平较低的任务。

当倾向于运气归因时，个体成功时会认为不过是一时侥幸，并不是自己真有水平；个体失败时，会自认倒霉，只是祈求下次好运降临。[①]

维纳的归因理论在学校教育和能力培养中得到了较为广泛的应用。

3. 归因中的偏差

人们在进行归因时，并不总是既合乎逻辑又合乎情理，而是常常会出现一些偏差，主要的偏差有以下两种：

（1）基本归因错误（fundamental attribution error）。

它是指人们在解释他人行为时往往忽视情境的巨大影响，将其他人的行为归因为个人因素（如智力、能力、动机、态度或人格），即使这个人的行为方式很明显地受到情境的影响时也如此；然而，在解释自己的行为时，人们则倾向于强调情境的作用，往往做出情境归因（如任务难度、其他人的作用、运气等）。

（2）自我服务偏见（self-serving bias）。

它是指人们倾向于做出有利于自己的归因。当人们被告知成功时，往往会做出内部归因，而当被告知失败时，则会做出外部归因。比如，销售经理倾向于把部门良好的绩效归功于自己组织协调能力强，擅长调动人们的积极性；而把失败归咎于部门成员缺乏团队合作精神。老师倾向于把学生学习好归因于自己教学方法得当，而把学生学习较差归因于学

---

① B. Weiner, *An Attribution Theory of Motivation and Emotion*, New York, 1986：13-15.

生自己不努力。[①]

9.3 态度与态度管理

9.3.1 态度

1. 态度的概念

什么是态度？这似乎是一个很简单的问题。社会个体、群体都在不断地形成或改变各种各样的态度，同时也在不断地体验他人或其他群体的态度。态度对于我们而言不是一个陌生的字眼，然而要对其下一个确切的定义却有些困难。奥尔波特认为："态度是对个人的反应具有指导性和动力性的影响。"克雷奇默尔（Kretschiner）等人则把态度定义为："一种和人所处环境有关的动机、情绪、知觉和认识结构。"见解尽管不完全一致，但他们都认为态度具有结构性或系统性。

本书将态度（attitude）定义为：人们关于人和事物较为稳定的评价性陈述。这种评价可以是赞同的也可以是反对的，它反映一个人对某一具体事物的心理倾向。态度是行为的前提，是一种反应的准备状态。

2. 态度的成分

态度不等同于价值观，但二者却是相互关联的。我们可以通过考察态度的三种成分来了解这一点。这三个组成成分分别是：认知成分、情感成分和行为成分。

"性别歧视是错误的"这种信念是一种价值陈述，这样的观点是态度的认知成分（cognitive component of an attitude）。它为态度中更为关键的部分——态度的情感成分（affective component of an attitude）——奠定了基础。情感是态度的感情部分，它可以反映在下面的陈述中："我讨厌 Blue 公司，因为他们在甄选员工时存在严重的性别歧视"。最后，一定的情感能够导致一定的行为结果。态度行为成分（behavioral component of an attitude）是指某人对某事以一定的方式行动的倾向。所以接着上面的例子，"由于我对 Blue 公司的厌恶之情，我往往不买他们公司的产品，甚至说他们的坏话"。

把态度看成由认知、情感和行为三部分组成有助于我们理解它的复杂性以及态度与行为之间的潜在关系。但三者并非等量齐观，其中情感成分是态度的主要成分。

9.3.2 态度与行为的关系

1. 认知失调理论

认知失调理论是由社会心理学家费斯廷格（L. Festinger）于 1957 年提出的。所谓的认知失调（cognitive dissonance）是指任何的不和谐，包括个体可能感受到的两个或多个态度之间或者他的行为与态度之间的不一致。费斯廷格认为，在一般情况下，人们的态度与行为是一致的，如你和你喜欢的人一起郊游或不理睬与你有过节的另一

[①] 参见［美］弗雷德·鲁森斯：《组织行为学》（第 9 版），301 页。

个人。但有时候态度与行为也会出现不一致，比如尽管你很不喜欢你的上司夸夸其谈，但为了怕他报复而不断恭维他。这种态度与行为的不一致，常常会引起个体的心理紧张。[①] 而这种不协调的强度越大，人们想要减轻或消除不协调关系的动机也越强烈。人们消除认知失调的愿望的强烈程度取决于三个因素：第一，造成失调的要素的重要性；第二，个体认为自己影响、应付失调的能力有多大；第三，个体卷入失调而可能获得的收益有多大。

如果造成不协调的因素非常重要，那么调整这种不平衡的压力就比较大。例如，露西认为吸烟有害健康，自己应该戒烟。但是在实际生活中为了放松，她又常常烟不离手，很显然她在此事上经历着高度的认知失调。由于这个例子中各要素的重要性，我们认为露西不会忽视这种不一致。

同时个体相信自己对这些要素的支配和把握程度会影响到他们对不协调做出的反应。当他们感到这种不协调是一种不可控制的结果，也就是说他们没有选择余地时，则不太可能改变自己的态度或行为。上例中，如果露西感到生活中有如此多的压力，她只能靠吸烟来缓解，别无他法，那么她就可能不会戒烟。

奖赏也会影响到个体减少失调的动机强度。如果与高度失调相伴随的是极高的奖赏，则失调产生的紧张程度就会降低。奖赏通过增加个体"收支平衡表"中的稳定方面起到减少不协调的作用。上例中，露西如果通过吸烟获得了很大的收益，如放松身心、保持体型，那么她减少失调的动机强度就很可能降低；但是如果她认为吸烟根本没有获得任何收益，反而严重损害了身体，那么她减少失调的愿望就可能很强烈。

那么怎样做才可以减少认知失调呢？通常有三种方法。我们用上面戒烟的例子来具体说明它们：

（1）改变态度。改变自己的态度，使其与以前的行为一致（我喜欢吸烟，我不想真正戒掉它）。

（2）增加认知。如果两个认知不一致，可以通过增加更多一致性的认知来减少失调（吸烟让我放松和保持体型，有利于我的健康）。

（3）改变行为。使自己的行为不再与态度有冲突（我将再次戒烟，即使别人给也不再抽烟）。

2. 认知平衡模型

认知平衡模型（P-O-X 模型）由海德于 1958 年提出。海德认为，人类普遍地有一种平衡、和谐的需要。一旦人们在认识上有了不平衡和不和谐性，就会在心理上产生焦虑感，从而促使他们的认知结构向平衡和谐的方向转化。

海德认为，个人在社会生活中建立的大部分与他人的关系是通过某些事件形成的。假设知觉主体为 P，他以外的其他人为 O，某一现象或事件为 X，这三者构成了环状的封闭系统，被称为 P-O-X 三角。三者之间的关系存在着两种情况：一种是平衡状态，另一种是不平衡状态。当知觉主体对一个单元内两个对象看法一致时，其认知体系呈现平衡状态；当对两个对象有相反看法时，就产生不平衡状态。海德认为，根据 P-O-X 模型中三者建立

---

① L. Festinger, *A Theory of Cognitive Dissonance*, Stanford: Stanford University Press, 1957, pp. 59−60.

的情感关系，以符号"＋"表示正的关系，以符号"－"表示负的关系，可以推出八种模式状态，其中四种平衡，四种不平衡（见图9—5）。①

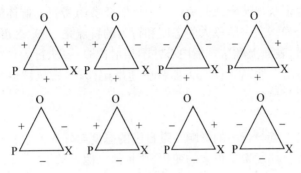

图9—5 海德认知平衡模型

判断三角关系是平衡的还是不平衡的，其根据为：平衡的结构必须是三角形三边符号相乘为正；不平衡的结构必须是三角形三边符号相乘为负。在图9—5中，第一行的第一个三角和第三个三角以及第二行的第一个三角和第三个三角是平衡关系，其余均为不平衡关系。

让我们用一个例子来说明这种三角关系。假设知觉主体P（高中教师），态度对象为O（这位老师的学生），事件为X（摇滚乐）。假设学生喜欢摇滚乐，即O与X之间为"＋"，对此，可能存在四种情况：

（1）P对O与X皆持赞成态度，这是一种平衡状态。

（2）P对O与X皆持不赞成态度，这也是一种平衡状态。

（3）P对O持赞成态度，对X持不赞成态度，这就造成了不平衡状态。

（4）P对X持赞成态度，对O持否定态度，则同样造成不平衡状态。

在第三种情况下，P要达到平衡的解决办法为：

（1）P改变对O的看法，不再喜欢该学生。

（2）P改变对X的看法，认为摇滚乐也不错。

（3）P劝说O，不要喜欢摇滚乐。

由上可见，不平衡状态会导致认知结构中的各种变化，所以，态度可以凭借这种不平衡的关系而形成和改变。

9.3.3 态度的形成与改变

1. 态度的形成

人的态度不是生来就有的。同其他心理现象一样，态度是人们在社会生活中逐渐形成的，是社会化的结果。态度的形成过程是指从没有态度到具有某种态度、从简单的态度到复杂多样的态度、从不稳定的态度到稳定态度的过程。这个过程与个人社会化的进程是同步的。凯尔曼认为，态度形成和态度转变过程经过服从、认同和内化三个

---

① 参见马先明、姜丽红：《态度及其与行为模式述评》，载《社会心理科学》，2006，21（85）。

阶段。

（1）服从。

服从是指个人为了获得奖酬或避免惩罚，按照社会的需要、群体的规范或别人的意志而采取的表面服从行为。这一阶段人的态度和行为的特点是：1）态度受外部压力的影响，或受外力的诱惑；2）表面上顺从，但内心并不相信；3）服从行为往往是表面的，有人监督就规规矩矩地"绝对"服从，而无人监督就违反纪律；4）从被迫服从，到逐渐形成习惯，最后就转化为自觉的服从。

（2）认同。

这是接受他人的观点与行为的影响，是自己的态度与外界要求接近的阶段。这时态度的认知成分和情感成分都发生了很大的变化，"相信"他人的观点、行为、态度是正确的，情感体验也趋于一致。

（3）内化。

新观点和新思想已经纳入了自己的价值体系之中，与个体的体验完全融合一致，产生了强烈的行为意向，这就是新态度的完全形成和旧态度的彻底改变的阶段。

从表面的服从到内化，这是一个很复杂的过程。但并不是所有的人对所有事情的态度都要经过这个过程，可能简化也可能重复。无论如何，一个人对某个对象的态度只有到了内化阶段才最稳定。

2. 态度的改变

日常生活中的态度改变无处不在。本来伊诺不喜欢鹿牌洗发水，但是自从他崇拜的电影明星代言了该品牌产品后，伊诺开始改变对鹿牌洗发水的态度，逐渐喜欢上了它。在这里广告产生了积极的作用，使其态度发生改变。

有关态度改变的理论中，最著名的要属霍夫兰德（Hovland）于 1959 年在信息交流基础之上提出的说服模型。在这个模型中，外部刺激由说服者、说服信息和说服情境组成。在态度改变的作用过程中，说服对象首先要学习信息的内容，在学习的基础上发生情感转移，把对一个事物的感情转移到与该事物有关的其他事物之上。当接收到的信息与原有的态度不一致时，便会产生心理上的紧张，一致性机制便开始起作用，一致性理论认为有许多种方式可用来减轻这种紧张。说服结果有两个：一是态度改变；二是对抗说服，包括贬低信息来源、故意扭曲说服信息和对信息加以拒绝、掩盖。

9.3.4 组织中的态度

1. 工作满意度

20 世纪二三十年代，在美国流行的民意调查和市场研究的土壤上出现了员工满意度调查这种新兴事物，而在 40 年代初至第二次世界大战之前，只有不到 50 家美国公司在企业内使用员工满意度调查。但战争结束后，从事调查的企业增至 2 000 多家。今天的美国社会，在管理规范、规模较大的公司里，超过 75％的公司每隔一年到两年就进行一次员工满意度调查。员工满意度调查已经成为了企业的"温度计"、"地震预测仪"和"体质检验单"，由此可见员工满意度已经受到越来越多的重视。下面我们就为大家介绍有关工作满意度的内容。

（1）工作满意度的内涵。

工作满意度（job satisfaction）一直是组织行为学中的热点问题，研究者的背景不同，对工作满意度的描述也不相同。目前人们普遍接受的定义包括以下几个方面：

1）工作满意度是对于工作情境的一种情绪反应，因此人们无法直接观察到它。

2）工作满意度是由结果在多大程度上符合或超出期望来决定的。例如，组织成员感到他们比部门中的其他人辛苦得多，得到的奖励却很少，他们就很可能会对工作或组织管理者持负面态度。

3）工作满意度代表了几种相关的态度，多年来人们确定了工作的五个维度来代表一个员工对工作最重要特征的认识。这些维度是：工作本身、薪水、晋升、上级的管理和同事。[①]

（2）工作满意度的影响因素。

有很多因素影响工作满意度。例如，玛丽·安（Mary Ann）与特里·彼（Teery A. Beehr）的一项研究发现，大学生的专业和他们的工作是否一致这种关系能够预测接下来的工作满意度。目前，人们普遍认为工作满意度的重要影响因素主要包括：工作本身、报酬、晋升机会、工作环境和融洽的同事关系等，当然，也包括前面提到的人格与工作的匹配。

（3）工作满意度的影响结果。

管理者对工作满意度的兴趣，集中在工作满意度对员工绩效的影响上。研究人员已经认识到这种兴趣，所以，我们发现大量研究的设计意图是用来评价工作满意度对员工的生产率、缺勤率、流动率的影响。让我们看一看目前已有的研究成果。

1）满意度与生产率。早在 20 世纪初，有关学者便提出了"快乐的工人是生产率高的工人"的说法，然而大量研究并未证明工作满意度可以提高员工的绩效，反而有证据表明，在个体水平上，二者的反向关系更为准确，即高生产率带来了满意度。也就是说，如果你的工作做得很好，你会从内心深处感觉良好。另外，假设组织奖励生产率的话，那么较高的生产率会增加你被口头表扬的次数、提高你的收入水平、增加晋升的可能性。反过来，这些收获又会提高你对工作的满意度。

有趣的是，最近的一项研究又为最初的满意度和绩效间的关系提供了新的支持。如果在组织整体水平而不是在个体水平上收集满意度和生产率的相关数据，我们发现，拥有高满意度员工的组织比那些低满意度员工充斥的组织更有效。我们之所以还没有得到足够的证据支持"高满意度导致高生产率"的结论，是因为我们过去的研究集中在个体水平上而不是组织水平上，而且，关于生产率的个体水平上的测量指标未能全面考虑到工作过程的复杂性和交互作用。因此，我们也许不能说"快乐的工人是生产率高的工人"，但可以肯定地说，快乐的组织是高产的组织。[②]

2）满意度与缺勤率。研究发现，工作满意度与缺勤率之间存在一种稳定的负相关。但一些外部因素，如组织制度、社会事件等也会影响二者相关的程度。如果组织有病假工资制度，可以想象的结果是，有些即使对组织非常满意的员工，也会去设法休假。

---

① P. C. Smith，L. M. Kendall，et al.，*The Measurement of Satisfaction in Work and Retirement*，Chicago：Rand McNally，1969：43.

② M. M. Petty，G. W. McGee，et al.，"A Meta Analysis of the Relationships Between Individual Job Satisfaction and Individual Performance"，*Academy of Management Review*，1984，9（4）：712-721.

3）满意度与流动率。满意度和流动率之间也是负相关的，而且这种相关比我们发现的满意度与缺勤率之间的相关程度更高。但是其他因素，如劳动力市场的状况、改变工作机会的期望、任职时间的长短，都对是否真正决定离开自己目前的工作岗位起着重要的限制作用。

2. 组织承诺

组织中另一种比较受人关注的工作态度是组织承诺（organizational commitment）。这个重要的态度和工作满意度有很大的区别。比如，护士可能很喜欢她们所从事的工作但不喜欢所在的医院，从而导致她们在别的地方寻找类似的工作；同样，服务员也可能对他们所在的餐厅有积极的情感，但却不喜欢在客人的餐桌旁服务。这些复杂情况说明了组织承诺的重要性。下面我们介绍组织承诺的有关内容。

（1）组织承诺的定义。

组织承诺的概念是由贝克勒（Becker）提出的，最初他把组织承诺看成员工随着其对组织投入的增加而不得不继续留在该组织的一种心理现象。直到 20 世纪 70 年代，组织承诺才引起学术界的关注，许多人对组织承诺进行了大量研究，但对组织承诺的定义则不尽相同。

目前组织承诺普遍被认为是个人对某一特定组织感情上的依附和参与该组织的相对程度，根据马德和波特等人的理论，组织承诺具体包括以下三个方面：对组织价值观和目标的认同程度；愿意为组织付出努力的承诺以及继续留在组织中保持成员身份的期望。在这个定义的基础上，马德等人编制了组织承诺问卷（organizational commitment questionnaire，OCQ）对组织承诺水平进行测量。[1]

1990 年，阿伦（Allen）和梅耶对以往的各种组织承诺量表进行了一次综合性研究，研究表明其至少存在三种形式的承诺：情感承诺、持续承诺和规范承诺。[2] 情感承诺（affective commitment）是指组织成员被卷入组织、参与组织社会交往的程度；持续承诺（continuance commitment）是员工为了不失去已有的位置和多年投入所换来的福利待遇而不得不继续留在该组织内的一种承诺；规范承诺（normative commitment）是指由于受长期社会影响形成的社会责任而留在组织内的承诺。同时，阿伦和梅耶还编制了三因素组织承诺量表，对上述承诺的三种因素进行测量。

（2）组织承诺的结果。

和工作满意度一样，组织承诺对组织而言有着非同小可的意义。它与工作绩效和工作行为有着紧密的关系。

首先，组织承诺会对绩效产生一定的影响。梅耶等人的研究发现，情感承诺、规范承诺，在较低程度上与工作绩效和组织公民行为呈正相关，而持续承诺则与工作绩效无关或呈负相关。其次，组织承诺与工作满意度之间有相当高的正相关关系。情感承诺、规范承诺与工作满意度有显著的正相关关系，持续承诺则与工作满意度存在较低的负相关关系。最后，组织承诺与员工的离职倾向和离职行为有密切关系，组织承诺可以用来预测员工的

---

① R. T. Mowday, L. W. Porter, et al., *Employee' Organization Linkages*, New York: Academic Press, 1982, p. 201.

② J. P. Meyer, N. J. Allen, "A Three-Component Conceptualization of Organizational Commitment", *Human Resource Management Review*, 1991 (1): 61-89.

离职行为。一项调查对美国空军学校四年制军校学生的辍学率进行跟踪研究，发现军校学生在开始服役期间的承诺水平越高，就越不容易辍学。

总的来说，我们有必要将组织承诺看作一种受到管理行为影响的工作态度。我们不仅要选择那些可能对组织保持高承诺的员工，同时也可以在平常的管理中采取各种措施来提高员工的组织承诺水平。

本章小结

个体作为组织中的一员，是组织构成的基本单位，也是组织发挥作用的最终力量来源。理解个体行为对组织管理有着重要的意义。

对管理者而言，个体传记特点非常容易得到。绝大多数情况下，每个人的人事档案中都包括这些材料。基于对研究证据的概括与综合，我们得到最重要的结论是：年龄似乎与生产率之间没有关系；员工年龄越大、任职时间越长，则离职的可能性就越小；已婚员工相比未婚员工缺勤率更低，离职率更低，对工作的满意度更高。这些信息可以使管理者实现更好的管理。

价值观是决定态度和行为的心理基础，虽然价值观并不直接影响行为，但它有力地影响到一个人的态度。管理者可以使用罗克奇价值观调查问卷来评估潜在的员工，判断他们的价值观是否与组织的主导价值观一致。如果一个员工的价值观与组织的价值观相匹配，那么他的工作绩效和工作满意度可能更高。

人格是个体区别于其他人的稳定而统一的心理品质的综合。不同人格的人在组织中会表现出不同的行为。同时，某些人格特质可能与工作的成功有关，即在工作性质与人格特征之间存在着最佳的搭配关系。

能力是指个体能够成功完成工作中各项任务的可能性。能力分为心理能力、生理能力和特殊能力。而情绪智力是指监控自己以及他人的感受与情绪，辨别不同情绪并用这些信息来指导自己的思维与行动的能力。

知觉是指个体为自己所在的环境赋予意义而解释感觉、印象的过程。人们常常会根据自己的知觉对他人做出评价。知觉者、知觉对象、知觉环境都会影响人们的知觉过程。社会知觉的规律包括选择性知觉、首因效应、近因效应、晕轮效应、刻板印象等。

归因是一种社会知觉，涉及人们如何解释其他人或他们自己行为的原因。当我们观察到个体行为时，总会试图判断这种行为是由内部原因还是外部原因造成的。但是这种判断在很大程度上取决于三个要素：区别性、一贯性和一致性。

态度是人们关于人和事物较为稳定的评价性陈述，由认知成分、情感成分、行为成分三部分组成。人的态度与行为有着非常紧密的关系，我们经常从他人的态度来预测其行为。但是，态度与行为之间并非一对一的关系，它们有时会不一致。

工作满意度是对于工作情境的一种情绪反应，它是由结果在多大程度上符合或超出期望来决定的。同时，工作满意度代表了几种相关的态度。工作本身、薪酬、晋升、上级管理、工作条件等都会影响人们的工作满意度。低工作满意度会带来离职和缺勤。因此管理者需要采取一些措施以增加员工的满意度，比如使工作变得有趣、保证公平性等。

组织承诺是指个人对某一特定组织感情上的依附和参与该组织的相对程度。一般认为组织承诺有三个成分：情感承诺、持续承诺和规范承诺。组织承诺会对绩效产生一定的影响，并且与工作满意度有相当高的正相关关系。组织承诺可以用来预测员工的离职行为。

关键术语

价值观（value）

人格（personality）

韦克斯勒智力量表（Wechsler scale）

情绪智力（emotional intelligence）

社会知觉（social perception）

选择性知觉（selective perception）

首因效应（first impression effect）

近因效应（recency effect）

晕轮效应（halo effect）

刻板印象（stereotyping）

归因（attribution）

态度（attitude）

认知失调（cognitive dissonance）

认知平衡模型（P-O-X model）

工作满意度（job satisfaction）

组织承诺（organizational commitment）

16种人格因素测验（sixteen personality factor questionnaire）

迈尔斯-布瑞格斯人格特质问卷（Myers-Briggs type indicator）

大五模型（the Big Five）

复习思考题

1. 哪些传记特点能够最好地预测生产率、流动率、缺勤率以及工作满意度？

2. 什么是价值观？价值观对人们的行为有什么影响？

3. 什么是大五模型？其中哪一项对绩效的影响最大？

4. 为了保证个体有恰当的能力有效地从事给定的工作，管理者应该做哪些工作？

5. 什么是情绪智力？你是否认为一名管理者的 EQ 比 IQ 更重要？为什么？

6. 我们在判断他人时，常常会走哪些捷径？请列举你在生活中的事例加以说明。

7. 人们在对事情进行归因时存在哪些偏差？请分别举例说明。

8. 假设你有一个员工不认真对待工作，并且影响了工作团队中的其他人，你应该如何说服他改变这种态度呢？

9. 你同意"快乐的工人是高生产率的工人"的说法还是"高生产率的工人是快乐的工人"的说法？为什么？

10. 什么是组织承诺？如何解释当前组织承诺下降的状况？

参考文献

1. ［美］黛布拉·纳尔逊，詹姆斯·坎贝尔·奎克. 组织行为学：基础、现实与挑战（第3版）. 北京：中信出版社，2004

2. ［美］弗雷德·鲁森斯. 组织行为学（第9版）. 北京：人民邮电出版社，2003

3. 李国瑞，何小蕾. 情绪智力研究的现状及发展趋势. 心理科学，2003，26（5）

4. ［美］斯蒂芬·P·罗宾斯. 组织行为学（第 10 版）. 北京：中国人民大学出版社，2005

5. 孙健敏，李原. 组织行为学. 上海：复旦大学出版社，2005

6. 王登峰，崔红. 中国人人格量表（QZPS）的编制过程与初步分析. 心理学报，2003（3）

7. 曾维希，张进辅. MBTI 人格类型量表的理论研究与实践应用. 心理科学进展，2006（2）

8. 田旭. 谈社会知觉中的"偏见"及其对企业管理的影响. 经济师，1999（8）

9. 马先明，姜丽红. 态度及其与行为模式述评. 社会心理科学，2006（21）

10. B. Weiner, *An Attribution Theory of Motivation and Emotion*, New York：1986：13—15

11. R. B. Cattell, Personality Pinned Down, *Psychology and Today*, 1973, 6：40—46

12. D. C. Dearborn, and H. A. Simon, "Selective Perception：A Note on the Departmental Identifications of Executives", *Sociometry*, 1958, (21)：140—144

13. F. Heider, *Psychology of Interpersonal Relation*, New York, 1985, pp. 89—90

14. G. W. Allport, P. E. Vernon, G. A. Lindzey, *Study of Values*, Boston：Houghton Mifflin, 1960, pp. 56—60

15. H. H. Kelly, J. L. Michels, "Attribution Theory and Research", *Annual Review of Psychology*, 1980, (31)：457—501

16. J. D. Mayer, P. Salovey, "The intelligence of emotional intelligence", *Intelligence*, 1993, 17 (4)：20—23

17. J. P. Meyer, N. J. Allen, "A Three-Component Conceptualization of Organizational Commitment", *Human Resource Management Review*, 1991 (1)：61—89

18. J. L. Holland, *Making Vocational Choices：A Theory of Vocational Personalities and Work Environment*, (3rd ed), Odessa Florida：Psychological Assessment Resources, 1997, pp. 122—123

19. L. Festinger, *A Theory of Cognitive Dissonance*, Stanford：Stanford University Press, 1957, pp. 59—60

20. M. M. Petty, G. W. McGee, et al., "A Meta Analysis of the Relationships Between Individual Job Satisfaction and Individual Performance", *Academy of Management Review*, 1984, 9 (4)：712—721

21. P. C. Smith, L. M. Kendall, et al., *The Measurement of Satisfaction in Work and Retirement*, Chicago：Rand McNally, 1969, p. 43

22. R. T. Mowday, L. W. Porter, et al., *Employee' Organization Linkages*, New York：Academic Press, 1982, p. 201

23. Rokeach, *The Nature of Human Value*, New York：Free Press, 1973, pp. 157—159

第 10 章

激励理论及其应用

学习目标

- 了解不同激励理论的应用
- 理解不同激励理论之间的差异
- 理解激励的概念及内部过程
- 掌握内容型激励理论类别中的主要理论
- 掌握过程型激励理论类别中的主要理论

在组织中，不同的员工有着不同的工作行为表现，即便是同一个人，在不同的情境下，其工作行为也存在差异。员工之间在知识、工作能力和经验上存在差异，而且每个员工的工作动机水平也不同，更为复杂的是，每个员工的动机水平在不同时期也存在变化，这就是激励是管理学中最为复杂且重要的问题之一的原因之所在。在这一章中，我们将介绍激励的相关内容，着重介绍几种比较知名的激励理论，并对不同理论进行比较和整合，最后，就激励在实际工作中的应用进行探讨。

10.1 激励和激励过程

10.1.1 激励的概念和过程

1. 激励的概念

从管理学的角度来看，激励（motivation）是管理者提高员工积极工作的动机水平的过程，而动机是个体通过高水平的努力来实现组织目标的愿望，当然这种努力也能满足个

体的某些需要。换句话来说，动机是驱使人们完成其工作的内在动力。动机水平高的员工会努力完成工作，工作绩效也高；而动机水平低的员工则可能有着较差的工作态度和较低的工作绩效，因此对于管理者而言，激励员工、提高员工的动机水平是关键的管理目标。

2. 激励的过程

当个体被激励时，他会就自身的内外部条件做出反应，激励的过程本质上就是一个需要不断获得满足的过程（见图 10—1）。当个体处于需要状态的时候，某种结果（外在目标或刺激物）就具有吸引力。当需要未被满足时就会产生紧张，进而激发个体的内驱力，这种内驱力将导致个体开展寻求特定目标的行为。如果最终目标实现，则需要得到满足，这种紧张就会解除。也可以说，受到激励的员工处于紧张状态之中。为了缓解紧张，他们会努力工作。如果努力能够带来需要的满足，则紧张状态得以解除。当然，这种努力必须指向组织目标才有积极意义。

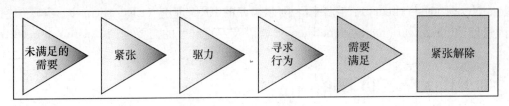

图 10—1　激励的内部过程

资料来源：[美] 斯蒂芬·P·罗宾斯、玛丽·库尔特：《管理学》（第 7 版），452 页。

10.1.2　激励的特点

由于对激励的研究比较庞杂，研究结果也不尽相同，维斯伍德（Westwood）总结了激励的如下几个特点：

（1）激励是个体所经历的一种内部状态，外部技术环境和人际环境都可能影响一个人的动机状态，但动机是个体所独有的，不可能跟别人分享。

（2）如果一个人正经历一种激励状态，这种激励状态能引发愿望、动机和完成任务的压力。

（3）激励的主要成分是员工的愿望，那是在一个人经历紧张状态（无论是外在的还是内在的）的时候所表现出来的。激励不仅会影响员工选择反应的方式，而且也会影响员工反应的程度。

（4）激励是多方面。它是一个复杂的过程，有多个成分和多种可能的结果。

（5）不同个体的激励水平和影响因素都是不同的。

（6）个体的激励状态是可变的，可随时间和情境的变化而变化。

10.1.3　激励理论的分类

有关激励的理论分为两个大的部分：一部分关注激励的内容，也被称为内容型激励理论，此理论侧重于激励的驱力部分（动机从哪里来，它有什么特性）的研究；另一部分关注激励的过程，也被称为过程型激励理论，这种理论主要集中于激励是如何影响员工的、激励的方向和维持（激励是如何影响个人的行为以及如何维护高水平的动机水平）等方面的研究。

这两类理论说明了激励研究的两个重要方向，当然二者并不是截然分开的。内容型激励理论中有着某些过程激励的内容，而过程型激励理论也包含某些内容激励的维度。

10.2 内容型激励理论

内容型激励理论强调的是什么能激励员工，因此所谓内容型激励理论是指个体在工作中，其个人的心理需要往往是决定性因素，而他的经验或外部原因则不是决定性的因素。正因为这些理论常常用人的心理需要来解释人的行为，所以这种内容型激励理论被统称为需要理论，需要理论包括麦格雷戈的 X 理论和 Y 理论，马斯洛的需要层次理论（hierarchy of needs theory）、克莱顿·阿尔德弗的 ERG 理论（ERG theory）、赫茨伯格的双因素理论（motivation—hygiene theory），以及麦克利兰的需要理论（acquired need theory）。

10.2.1 X 理论和 Y 理论

在讨论管理问题的时候，一定要有一个假设前提，那就是人性是什么样的，人们为什么会这么做？只有形成这样的人性假设，才可能对行为背后的原因进行解释，同时也可以根据这些解释对行为进行调整。麦格雷戈总结传统管理理论以后提出了 X 理论。他认为，管理者的管理方式基于他们对下属的人性假设，进而又根据这些假设来塑造对下属的行为；他认为传统的管理理论认同的是有关人性的 X 理论。

1. X 理论

X 理论是以下面四种假设为基础的：

（1）人们本质上是懒惰的，要靠外力刺激才能努力工作，只要有可能，人们就会逃避工作、逃避责任、安于现状。

（2）由于员工不喜欢工作，追求的是员工个人目标，因此必须采取强制措施或惩罚办法，才能让他们的行为与组织目标保持一致。

（3）员工是非理性的，而且不能自我管理和自我控制，没有雄心壮志。

（4）只有很少的人才是理性的，能够自我激励和管理他人，因此这些人才能管理员工。

正是基于以上的消极人性假设，所以传统的管理策略是严格控制员工工作，约束员工行为，采取强制或惩罚的方式来要求员工，拒绝员工参与管理。

2. Y 理论

与 X 理论相对照，麦格雷戈提出了自己认同的 Y 理论，它基于这样的假设：

（1）人们追求一种有意义的生活，期望获得工作中的成就感，因此员工往往主动追求工作成就，而且期望自己的生活是独立自主的。

（2）当员工能够控制自己的生活和进行自我激励的时候，他们就会主动寻找外在的目标并努力实现这些目标，主动寻求责任。

（3）当给员工努力工作的机会时，他们会把组织的目标当作自己的目标而努力。如果员工对某些工作做出承诺，他们会进行自我指导和自我控制，以完成任务。

（4）绝大多数人都具备做出正确决策的能力，并不仅仅只有管理者才具备这一能力。

因此基于 Y 理论的管理策略应该是鼓励员工参与决策，组织应当为员工提供富有挑战性和责任感的工作，建立良好的群体关系，调动员工的积极性。

麦格雷戈本人认为，Y 理论相比 X 理论更为实际有效，因此他鼓励基于 Y 理论采取管理策略和制定管理制度，比如建立民主管理制度、提升员工的责任感等。

3. 对 X 理论和 Y 理论的评价

麦格雷戈的人性假设理论给管理者提供了最为简单和直接的指导，使管理者清楚地知道他们应该干什么，他们应该如何解释和员工之间心理上的相互关系，这对于组织管理相互影响的管理者和员工之间的关系非常重要。

令人遗憾的是，并没有证据证实某一种假设能更为有效地解释员工的行为，也没有直接证据表明，采用基于 X 理论或 Y 理论的管理手段能相应地改变员工的行为或有效地调动员工的积极性。

10.2.2 需要层次理论

亚伯拉罕·马斯洛被认为是人本心理学之父。马斯洛依据他个人的研究成果，认为所有人在其内心都有趋向完整和成长的需要，而且每一个人都期望实现他们的最大潜能。

1. 需要层次理论的内容

按照马斯洛的观点，人们的需要可以分为五个层次：生理需要（physiological needs）、安全需要（safety needs）、社会需要（social needs）、尊重需要（esteem needs）和自我实现需要（self—actualization needs），而且是由低到高递进的关系（见图 10—2）。

图 10—2 马斯洛的需要层次理论

（1）生理需要是最低等级的、最基本的需要。包括觅食、饮水、栖身、性和其他身体需要，这些需要都是与生存息息相关的。

（2）安全需要是指保护自己免受生理和心理上伤害的需要，同时还有能保证生理需要得到持续满足的需要。

（3）社会需要有时也称作友爱和归属需要，是指人们需要社会交往与认同，包括爱、归属、接纳和友谊的需要，如果这种需要得不到满足，可能会影响人们的精神健康。

（4）尊重需要是指一个人期望发展自尊的同时得到别人的认可，包括自我尊重和他人尊重。自我尊重包括自尊、自主和成就感；他人尊重包括地位、认可和关注。

（5）自我实现需要是最高层次的需要，是指一个人成为他所期望的人的内驱力，以发展个人的潜力，实现自己的理想，包括成长、开发自我潜能和自我实现。

马斯洛将五种需要区分为低级和高级两个级别。低级需要主要是指生理需要和安全需要，而高级需要包括社会需要、尊重需要和自我实现需要。马斯洛认为，高级需要只能通过提供内部刺激（如尊重感等）才能使人得到满足，而低级需要则主要靠提供外部刺激（如报酬、任职时间等）使人得到满足。

2. 需要层次理论的运行规则

马斯洛认为，行为的动力因素就是剥夺和满足两种因素。满足被剥夺，或者缺乏满足感，会导致一个人的行为水平上升，努力追求进步，以得到已经缺乏的满足感；然而，一个人如果满足了，则刺激他努力进步的因素就会减少。因此管理行为就是一个以剥夺为主导的贯穿全过程的行为，即从一个很低的水平开始积累满足感，最后达到满足，然后在新的水平上重新剥夺这种满足，再从一个较高水平开始新的满足感积累，依次循环往复。马斯洛总结了这些需要运行的原则：

（1）缺乏原则。如果一种需要没有得到满足，它就会带来紧张和行动的冲动，已经得到满足的需要是不会刺激行动的。

（2）优势原则。所有的需要都是按照等级排列的，员工可能同时存在多种不同层级的需要，但低等级的需要往往居于优先得到满足的地位。

（3）渐进原则。需要完全是按照等级进行满足的，首先是低等级，然后是高等级。

（4）开放的结果。最高等级的需要——自我实现的需要——意味着一个人将为实现他的潜能而永远奋斗。因为一个人的潜能期望是在不断发展的，而且永远也不可能最终实现，因此个人的需要满足永远处在追求之中。

3. 对马斯洛需要层次理论的评价

马斯洛的需要层次理论得到了广泛的认同，并被应用到非常多的工作环境中，主要原因是该理论简单明了、易于理解、具有内在的逻辑性。然而，总体上说，这一理论尚未得到实证研究的检验，而且也缺乏证据表明马斯洛的理论在所有的文化中都是适用的。

10.2.3 ERG 理论

ERG 理论是美国心理学家阿尔德弗在马斯洛的需要层次理论基础上发展起来的，这个理论得名于他的三种需要的第一个英文字母。

1. ERG 理论的内容

虽然 ERG 理论和马斯洛的需要层次理论存在很多相似的地方，但也有根本的差异。在 ERG 理论中，阿尔德弗认为，个体的基本需要是三种需要，而不是五种需要。它们分别是存在的需要（existence needs）、关系的需要（related needs）和成长的需要（growth needs）。

（1）存在的需要：包括马斯洛的生理需要和安全需要。

（2）关系的需要：主要是指人际交往需要、爱和归属的需要，这种需要包括需要层次理论中社会需要和尊重需要的他人尊重部分。

（3）成长的需要：主要侧重于确认个人尊重和自我实现的需要，这种需要包括需要层次理论中尊重需要的内在尊重部分和自我实现需要。

和马斯洛的需要层次理论一样，ERG 理论认为没有满足的需要会占据主导地位，但是 ERG 理论和马斯洛的需要层次理论也存在不同：

（1）ERG 理论认为，各种需要可以同时具有激励作用，三种需要之间没有明显的界限，它们是一个连续体，没有明显的层次等级关系差异。ERG 理论并不过分强调需要层次的顺序，认为某种需要在一定时间内对行为起着主导的作用，而当这种需要得到满足后，人们可能去追求更高层次的需要，也可能没有这种上升趋势。人类需要可以越级上升。

（2）在同一时期内，人可以接受一种或多种需要，也可以接受一级或多级需要的作用，这些需要可以是出自本能的，也可以是后天形成的，或经过学习而获得的。

（3）ERG 理论认为，当较高层次需要不能得到满足的时候，满足较低层次需要的欲望就会加强，这就是所谓的"挫折—退化"规则。即当关系需要得不到满足的时候（或很少满足的时候），存在需要就会变得更加重要；当成长需要得不到满足的时候（或很少满足的时候），关系需要也会变得更加重要。这就意味着，当个人被剥夺了更高层次需要的时候，或现在没有资源来满足更高层次的需要时，他们会反过来寻求低级层次的需要，并且从需要层次中逐步地往后退。

（4）ERG 理论还认为，某种需要在得到基本满足后，其强烈程度不一定就会减弱，还有可能会增强。

ERG 理论在解释人们需要满足的时候更具有灵活性，因此霍杰特斯（Hodgetts）认为，ERG 理论能够很好地解释员工在遇到挫折时是如何反应的。

2. 对 ERG 理论的评价

ERG 理论和马斯洛的需要层次理论一样，说明了员工的内在心理需要，但它比马斯洛的需要层次理论更为简单、更加灵活，因此得到了研究者的较多好评，与此同时它也受到不少的批评。研究者认为这个理论在本质上和马斯洛的需要层次理论没有区别，还有的研究者认为这个理论缺乏实证的证据支持，过多注重经验和直觉，缺乏验证性的基础。

10.2.4 双因素理论

将马斯洛的需要层次理论转换为管理实践有一个非常现实的困难，那就是人们发现，在现实生活中对不同的人来说，就算拥有同样的需要，也得靠不同的方式来满足，而这显然与需要层次理论的预期不符，因此美国心理学家赫茨伯格开始对这个问题进行研究。

20 世纪 50 年代末期，赫茨伯格在调查中发现，员工感到不满意的因素大多与工作环境或工作关系有关，但改善这些因素并不能直接起到激励作用。通过进一步分析，他发现，如果一个人只是对工作过程中的一个部分不满意（比如报酬），那么管理者所做的事情就是把导致不满意的因素弥补上（比如增加工资），这可以减少不满意感，但并不能必然带来高的激励水平和工作效率，由此他认为，工作中一定存在影响工作积极性的因素。

通过仔细比较，他提出了对人们的工作效率具有不同影响的两种因素，分别是保健因素和激励因素，因此这个理论被称为双因素理论。

1. 双因素理论的内容

赫茨伯格的双因素理论认为，人们被与工作有关的两个因素激励：保健因素和激励因素。所谓保健因素，是指存在于工作环境中的因素，比如工资、管理和工作条件，当缺乏这些因素时，每个人都会抱怨，但满足了这些因素时，员工的激励水平并不必然会提高。典型的保健因素包括上级领导、人际关系、工资、工作条件、地位、公司政策、工作安全、与上级的关系等。因此按照双因素理论，提供高的工资、好的办公室和好的度假计划主要在于降低员工的不满意感，而并不必然提高员工的激励水平或得到更好的工作绩效。

与保健因素相反，激励因素可以提升员工的满意度，产生相应的激励效果。典型的激励因素是指工作的责任感、成就、工作本身、被别人尊重、成长的机会以及专业发展，主要是与工作内容或工作成果有关的因素。激励因素能创造高的满意度和积极工作的愿望，因此如果拥有激励因素，员工的工作积极性就会大大提高，但如果缺乏激励因素的话，大多数的员工也不会不满意。

赫茨伯格在企业调查中还发现，保健因素和激励因素有若干重叠现象，如赏识属于激励因素，基本上起积极作用；但当没有受到赏识时，又可能起消极作用，这时则表现为保健因素。工资是保健因素，但有时也能使职工产生满意的结果。典型的保健因素和激励因素如图 10—3 所示。

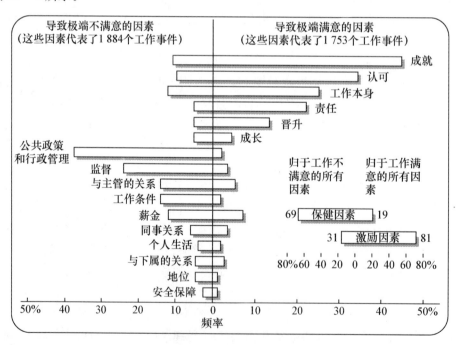

图 10—3　双因素理论

资料来源：〔美〕斯蒂芬·P·罗宾斯：《组织行为学》（第 10 版），175 页。

2. 双因素理论的运行规则

基于研究结果，赫茨伯格进一步认为，工作满意的对立面并不是不满意，消除了工作中的不满意因素并不必然令人满意。也就是说，双因素理论认为，满意和不满意并不是一枚硬币的两面，非此即彼，满意和不满意之间是一个双重的连续体：满意的对立面是没有满意，而不是不满意；同样，不满意的对立面是没有不满意，而不是满意（见图10—4）。

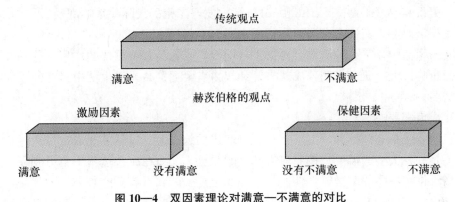

图 10—4 双因素理论对满意—不满意的对比

资料来源：［美］斯蒂芬·P·罗宾斯、玛丽·库尔特：《管理学》（第 7 版），455 页。

按照双因素理论的观点，导致工作满意的因素与导致工作不满意的因素是有区别的，因此管理者消除了工作中的不满意因素只能安抚员工，产生既没有不满意也没有满意的中间状态，防止产生问题，但对员工没有激励作用，不能令员工产生积极的态度；要真正激励员工努力工作，必须注重激励因素，因为这些因素才会增加员工的工作满意感。

3. 对双因素理论的评价

尽管双因素理论让人们觉得过于简单，对它也存在着不少的批评，但赫茨伯格的观点依然得到了广泛的认同。它启示管理者，满足不同需要所引起的激励深度和效果是不一样的，物质需要的满足是必需的，没有它会导致不满，但即使获得满足，它的作用也有限。要改善工作效率，管理者不仅要注意物质利益和工作条件等外部因素，更重要的是要关心工作性质，量才适用，使工作本身具有挑战性和内在奖赏性，这样，员工就能通过完成工作，体会成长和发展的良好感觉。因此，根据赫茨伯格的理论，管理者应该尽量使工作丰富化，提高员工的满意度。

10.2.5 麦克利兰的需要理论

由大卫·麦克利兰提出来的需要理论也是在管理实践中非常普及的一种理论。麦克利兰从 20 世纪 40 年代开始研究人类需要问题，他认为在此之前的研究者过分强调了需要的本能性，而忽视了人的高层次需要与人的社会性需要。在研究方法上，麦克利兰强调采用系统的、客观的、有效的方法进行研究。经过多年的研究，麦克利兰提出了需要理论。

麦克利兰的需要理论最开始应用于解释人类文明的兴起和衰落，后来被广泛地应用于解释员工行为。麦克利兰认为，虽然个体有着不同的需要，但成就需要和权力需要在决定个人行为的时候是最重要的。

1. 需要理论的内容

麦克利兰认为，影响人们行为的三个重要的需要是：

（1）成就需要（need for achievement）：争取成功，希望做得最好的需要。

（2）权力需要（need for power）：影响或控制他人且不受他人控制的需要。

（3）关系需要（need for affiliation）：建立友好亲密的人际关系的需要。

这三种需要在人们社会性需要中的重要性和强度是以等级的形式出现的。也就是说，在一个人的生活中，某一种需要会占据主导地位，或者具有更重要的作用，这种需要对人们的行为影响最大。研究表明，成就需要和权力需要通常是人们生活中具有最重要影响力的两种需要。

（1）成就需要。

成就需要是指达到标准、追求卓越、争取成功的需要。成就需要通常是通过学习得到的，而不是一种天生的需要。按照麦克利兰的观点，儿童在成长过程中会受到环境刺激的影响，当厌倦了熟悉的刺激时，他们就会寻找更复杂的和更新鲜的刺激。如果父母鼓励儿童的这种探索，就会发展成一种心理需要，一种去驾驭和熟悉复杂、新鲜的刺激物的心理需要，这种心理需要就是成就需要的基础。用激励理论的语言，麦克利兰把成就需要定义为一种"追求优秀标准的竞争力"。

高成就需要的个体渴望将事情做得更为完善，有更高的工作效率，获得更大的成功，因此他们的特征是：寻求能发挥其独立处理问题能力的工作环境；希望得到有关工作绩效的及时明确的反馈信息，从而了解自己是否有所进步；喜欢设立具有适度挑战性的目标，不喜欢凭运气获得的成功，不喜欢接受那些在他们看来特别容易或特别困难的工作任务。他们事业心强，有进取心，敢冒一定的风险，比较实际，大多是进取的现实主义者。

高成就需要的员工往往关心个人的进步，追求责任，他们一般喜欢一个人工作，对成败机会各半的工作表现得最为出色，通常喜欢设定通过自身的努力才能达到的奋斗目标，回避那些可能妨碍他们成功的情境，所以高成就需要的员工好像在玩一个"不需要他人参与的个人游戏"。从管理者的角度来看，可以通过员工培训来提高他们的成就需要。在成就需要的培训过程中，员工要学习怎么诊断他们自己的成就需要水平，确定明确的目标，并选择合适的方式来完成目标。

（2）权力需要。

所谓权力需要，是指影响和控制别人的一种愿望或驱动力，这种权力需要也是员工追求成功的一种内在动力。权力需要有两种不同的形式：个人权力和社会权力。

个人权力来自对手。个人权力需要强的人，通常在人与人的竞争中占据主动地位。对个人权力需要强的人来说，生活就是弱肉强食的丛林政治，是一场你输我赢的战争。他们喜欢具有竞争性和能体现较高地位的场合或情境，他们也追求出色的业绩，但他们追求业绩并不是为了获取成就感，而是为了获得地位和权力。

拥有强的社会权力需要的人通常喜欢控制其他人和财务过程。他们仔细应用个人的权力，仔细管理与他人的冲突，同时知道谁赢会导致另外一个人输。他们有高的自我尊重，而且喜欢应用规则和约束来对待别人，因此拥有高社会权力需要的人通常是比较成功的管理者。

（3）关系需要。

除成就需要以外，麦克利兰还认为许多员工有一种高关系的需要。关系需要是寻求被他人喜欢和接纳的愿望，对这些员工而言，关系的维持要比完成工作更加重要。高关系需要的员工喜欢在一个群体中工作，倾向于与他人进行交往；他们喜欢合作而不是竞争的工作环境，希望彼此之间能够沟通与理解；他们对环境中的人际关系更为敏感，与关心工作结果相比，他们更关心与谁一起工作。

有意思的是，高成就需要的人并不必然是工作环境中的成功人士。在许多环境下，维持一个良好的人际关系比成功完成某项工作更为重要。史密斯（Smith）的研究发现，管理者跟一般员工的成就需要没有差异，但管理者更为成功，其原因在于管理者更能维持良好的人际关系，而不是单纯靠自身的成就来取得成功。然而，高成就需要的确与个人的成功有关联。在一个追踪五年的研究中，研究者发现，个人的成就需要以及计划和实现目标的过程，都与个人最终的成功联系在一起。

2. 需要理论的应用

在大量研究的基础上，麦克利兰对三种需要与工作绩效的关系进行了十分有说服力的推断。对管理者来说，这些推断有重要的借鉴价值。

（1）有着高成就需要的人是好的员工，但不一定是好的管理者。高成就需要的员工喜欢能独立负责、能获得工作反馈和进行中等程度冒险的工作环境，在这种环境中，他们会受到高度激励，因此小企业的经理人员和大企业中独立负责一个部门的管理人员中，高成就需要的人往往比较成功。高成就需要的人在大企业中不一定是一个优秀的管理者，因为他们更关注个人的成功和业绩，而忽略对他人的管理。

（2）有着高关系需要的人不一定是好员工，因为他们常常为了人情而创造特殊情境，这对员工来说是不合适的。

（3）关系需要和权力需要与管理的成功密切相关，最优秀的管理者往往有着高权力需要和低关系需要，但这种权力需要的方向是组织的目标而不是个人目标。有研究表明，高权力需要和高成就需要的人成为管理者的动力最大，而低成就需要和低权力需要的人最不愿意成为管理者。

因此，麦克利兰的理论对管理实践来说具有重要的价值。首先，在人员的选拔和安置上，测量和评价员工的需要特征对分配任务和安排岗位具有重要的意义；其次，由于具有不同需要的员工需要不同的激励方式，了解员工的需要有利于建立合理的激励机制；最后，麦克利兰认为员工的需要是可以训练和激发的，因此可以训练和提高员工的成就需要，提高生产效率。

10.2.6　对内容型激励理论的评价

内容型激励理论提供了人们对员工需要层次的理解，因此引起了管理者的兴趣，得到了广泛的响应。其最大的困难在于如何解释员工的工作是靠需要层次驱动的。如批评马斯洛理论的学者所指出的，管理者几乎无法辨认员工的需要层次和在工作过程中的需要，连同麦克利兰的理论，测量员工的需要也需要专业的人士，而这些都远远超出了一个普通的管理者所做的工作范围。

另外一个问题是，内容型激励理论几乎完全忽视环境因素对员工激励的作用。一些研究者认为，环境因素对员工的激励水平起着更为关键和直接的作用，这种理论的观点是在社会信息加工的假设前提下进行的，它认为员工的动机水平更多的是受环境因素的影响，而不是受员工内在需要的影响，更不可能受从儿童时期获得的需要因素的影响。

还有的批评指出，员工的需要常常是无意识的、非理性的和不容易把握的，这就意味着管理者几乎无法把握员工的内在需要，更无法要求员工去把握自己的需要，因此内容型激励理论无法转变为现实的管理手段。

尽管存在以上批评，相当一部分研究者依然认为内容型激励理论的提出对管理者重视员工的内在需要，关注员工的心理需要起到了重要的作用。

10.3　过程型激励理论

过程型激励理论主要关心在不同激励条件下，行为改变是如何发生的，或者说，一个人是怎样用不同的方式来实现其目标的，因此它并不关注员工行为发生的原因，而是强调对员工适应外界环境变化的过程进行分析。这一部分讨论四种理论：强化理论、期望理论、公平理论和目标设置理论。

10.3.1　强化理论

强化理论（reinforcement theory）是由美国的心理学家和行为科学家斯金纳等人提出的。强化理论的基本观点认为，如果能很好地设定环境，就能通过环境来调整和改变人的行为。从行为主义的角度来看，动机是一个不可测量和不可捉摸的东西，主要来自研究者的理论假设，管理者在管理员工的时候，应该关注员工外部的可测量行为，而不是那些不可观测的内部动机。

强化理论认为，强化从其最基本的形式来讲，指的是对一种行为的肯定或否定的后果（奖励或惩罚），这种后果至少在一定程度上会决定这种行为在今后是否会重复发生。强化理论解释了奖励或惩罚会怎样影响员工的行为和满意度，因此给管理者提供了非常有用的信息。

1. 强化行为的种类

强化理论认为，对于管理者而言，要经常观察的行为是那些组织想要和不想要的具体行为。那些期望员工拥有的行为包括为了完成工作必须在周末加班、为了提高技术而主动求教等；那些不期望员工拥有的行为包括拖沓、返工率高或对待顾客态度不好等。强化理论能帮助管理者了解如何增加期望的行为，减少那些不期望的行为。人们拥有什么样的行为主要取决于他们行为的结果，行为是其结果的函数。一个管理者可以通过安排行为结果来调节员工的行为，具体而言，强化行为包括以下几类：正强化、惩罚、负强化和忽视。

（1）正强化。正强化就是奖励那些符合组织目标的行为，以便使这些行为得到进一步加强。正强化的手段包括经济方面的，如提薪、奖金等，以及非经济方面的，如晋升、表扬、进修等。

（2）惩罚。当员工出现那些不符合组织目标的行为时，采取惩罚的办法，可以迫使这些行为少发生或不再发生。与正强化鼓励所希望的行为更多地出现并维持下去不同，惩罚是力图使所不希望的行为逐渐削减，甚至完全消失。惩罚的手段包括经济方面的，如减薪、扣奖金或处以罚款，以及非经济方面的，如批评、处分、降级、撤职或免除其他可能得到的好处等。根据所发生行为的性质及严重程度不同，惩罚可以间隔地或者连续地进行。连续性惩罚是每次发生不希望的行为都及时给予惩罚处理，这样可消除人们的侥幸心理，减少直至完全消除这种行为重复出现的可能性。

（3）负强化，也称规避。它不同于正强化和惩罚，是在事前的规避，是对什么样的行为会不符合组织目标的要求以及如果员工发生不符合要求的行为将予以何种惩罚的规定，从而使员工从力图避免得到不合意、不愉快结果的考虑中对自己的行为形成一种约束力。这种约束、规避的作用会使组织成员的行为趋向于符合要求的、比较规范的状态，所以，这是一种非正面的对所希望行为的强化，称为负强化。

规定本身不一定就是负强化，只有当它使员工对自己的行为形成了约束即"规避"作用时才是。

（4）忽视，也就是自然消退，就是对原先可接受的某种行为强化的撤销，由于在一段时间内不再予以强化，行为就会必然下降并逐渐消退，因此在管理上就是对已出现的行为进行"冷处理"，达到"无为而治"的效果。

2. 组织行为学校正

在管理学中，根据强化行为的种类，有一种专门帮助管理者成功地让员工行为发生变化的干预程序，被称为"组织行为学校正"。其过程如下：

（1）管理者必须识别员工已经拥有什么样的行为。比如有一个电话接线员的工作效率较低，通过仔细观察，管理者发现导致电话接线员工作效率偏低的原因是这位电话接线员跟朋友聊天的时间太长，因此对这位电话接线员的干预就是限制他非工作关系电话的通话时间。

（2）管理者要确定一个评估进程的底线。接着上面的例子谈，管理者要清楚这名电话接线员的聊天到底花了多长时间，其中多长时间是可以接受的。当管理者确定了一个可以接受的底线时，管理修正行为的目标就确定了。

（3）要改变员工的行为，就要确定到底采用哪一种管理策略，是正强化还是负强化，是惩罚还是忽视，或是几种方式联合使用。要采用正强化的方式，管理者就要增加对员工的刺激物，如表扬、鼓励或者提升；如果采用负强化的方式，管理者就要减少某些员工不喜欢的责任；如果采用惩罚的方式，就要批评、威胁甚至解雇员工；如果采用忽视的方式，那就不要理他，也不重视他。其中，采用忽视的方式要和其他方式一起使用，才能有效果。

（4）最后一步是评价和维持。也就是说，等管理行为做出以后，管理者必须对员工行为进行评估，如果行为是管理者所期望的，那么管理者就必须制定计划使得员工将这种行为维持下去。

3. 强化理论的原则

强化理论讨论环境与行为的关系，因此有以下原则应用于管理实践中：

（1）经过强化的行为趋向于重复发生。强化就是通过肯定或称赞某种行为的后果，使某种行为在将来重复发生的可能性增加的一种行为方式。例如，当某种行为的后果受人称赞时，受称赞的人就会重复这种行为。

（2）应该依照强化对象的不同而采取不同的强化措施。人们的年龄、性别、职业、学历、经历不同，需要就不同，强化方式也应该不一样。比如，有的人重视物质奖励，有的人重视精神奖励，因此，在管理实践中应区分情况，采用不同的强化措施。

（3）分阶段设立目标，并对目标予以明确规定和表述。按照强化理论，对人的激励首先要设立一个明确的、鼓舞人心而又切实可行的目标，只有目标明确而具体时，才能进行衡量并采取适当的强化措施。同时还要将目标进行分解，分成许多小目标，对完成的每个小目标都及时给予强化，这样不仅有利于目标的实现，而且通过不断的激励还可以增强其信心。

（4）及时反馈。所谓及时反馈，就是通过某种形式和途径，及时将工作结果告诉员工。要取得好的激励效果就应该在行为发生以后尽快采取适当的强化措施。当员工进行某种行为以后，即使是管理者简单地给予了诸如"已注意到你们的这种行为"的反馈，都能起到正强化的作用；如果管理者对这种行为不予注意，这种行为重复发生的可能性就会减少以至消失。

（5）正面强化比负面强化更有效。所谓正面强化，主要是指结果让员工感到满意的强化方式，包括正强化、负强化，而负面强化主要是指结果让员工感到不满意的强化方式，包括惩罚和忽视。在强化手段的运用上，应以正面强化为主，必要时也要对坏的行为给予惩罚，做到奖惩结合，但要注意使用负强化的条件。长期采用惩罚等负面强化方式来管理员工会造成员工的冷漠。

4. 对强化理论的评价

强化理论的应用非常广泛，它为管理实践提供了切实有效的管理手段，受到了管理者的普遍好评，但还是有以下一些批评意见：

（1）依据强化理论，管理者应该很清楚他们能有什么样的资源来奖励或者惩罚员工，但在现实生活中，环境可能根本无法提供管理者用于强化的资源，因此管理者可能无法实施对员工行为的强化。

（2）依据强化理论，管理者要确认哪些员工的行为是值得表扬的，哪些行为是应该调整的，而且不同员工的行为目标和思想均不相同，因此管理者要确定一种通用的管理策略是非常困难的。对于不同民族或不同性别的员工，管理者的行为策略可能会得到不同的解释，这加大了管理者采用通用管理策略的难度。

（3）一旦员工的行为发生了变化，管理者就要努力维持这种行为，而要让员工持续一种行为通常也是很困难的。

（4）相比较于其他理论，强化理论认为个人的工作努力完全取决于环境对员工行为的刺激，而与员工的内在动机没有任何关系，这就意味着为了保持员工的高工作水平，管理者必须随时审视外界环境的变化，而这种对环境的审视通常也是非常困难的。

对一般的管理者来说，以上的每一种情况都是非常困难的，所以批评者认为，这种理论要完全转化为现实管理手段是很困难的。但无论如何，强化理论为管理者提供了迄今为止最为现实可行的管理策略。

10.3.2 期望理论

期望理论（expectancy theory）是由维克多·弗鲁姆提出的一种认知理性模型。它的基本观点是人们会努力工作去实现期望的结果；人们一般会通过评估工作过程中实现目标所得到的收益和付出的代价，寻找一个性能价格比最好的方案。

1. 期望理论的基本内容

期望理论的基本假设是，人之所以愿意从事某项工作并达成组织目标，是因为这些工作和组织目标会帮助他们达成自己的目标，满足自己某方面的需要，所以人们采取某项行动的动力或激励水平取决于其对行动结果的价值评价和预期达成该结果的可能性的估计。换言之，激励作用的大小取决于该行动所能达成的目标及该目标可能导致某种结果的全部预期价值乘以他认为达成该目标并可能得到某种结果的期望概率。用公式可以表示为：

$$M = V \times E$$

式中，M 代表激励力（motivational force），是直接推动人们采取某一行动的内驱力，它反映了调动一个人的积极性、激发一个人的潜力的强度；V 代表目标效价（valence），指达成目标后，该目标对于满足个人需要的价值大小，它反映了个人对某一成果或奖酬的重视与渴望程度；E 代表期望值（expectancy），这是一个概率值，是指达成目标并能导致某种结果的概率，是个人对某一行为导致特定成果的可能性或概率的估计与判断，这个判断是根据以往的经验做出的主观判断。

显然，根据以上公式，只有当人们对某一行动成果的效价和期望值同时处于较高水平时，才有可能产生较高的激励水平，因此，当人们预期某一行为能给个人带来期望的结果，并且这种结果对个体具有价值时，个人就会采取某一特定行为。它包括以下四项变量或三种联系（见图 10—5）。

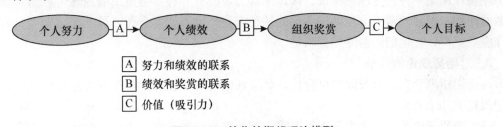

A 努力和绩效的联系
B 绩效和奖赏的联系
C 价值（吸引力）

图 10—5 简化的期望理论模型

资料来源：［美］斯蒂芬·P·罗宾斯、玛丽·库尔特：《管理学》（第 7 版），465 页。

（1）努力和绩效的联系。这是指个体感觉到的通过一定程度的努力而达到工作绩效的可能性，努力的程度取决于达到绩效目标的概率。例如，一个基础不好的学生，家长给他的目标是进入全班前十名，而全班竞争非常激烈，无论他怎么努力，实现这个目标的可能性都很小，因此，不管家长给出的奖励条件有多么诱人，这个学生的努力程度都不会很高。

（2）绩效和奖赏的联系。这是指个体对于达到一定工作绩效后即可获得奖赏结果的信任程度。比如，如果某位员工认为自己很有可能得到提升并努力工作时，突然得知老板的兄弟也在竞争同样的职位，这位员工很可能就会不再努力工作。

（3）价值（吸引力）。价值是指在员工的工作完成后，其所获得的潜在结果或奖赏对个体的重要程度。价值的确认与个人的目标和需要有关，由于每个人的价值判断不同，因此奖励的作用也会不一样。

因此，与需要层次理论集中于员工的过去不同，期望理论强调结果——将来可能发生的结果的作用。在期望理论中，最根本的观点就是：动机是由员工期望的结果以及这些结果对他的价值共同决定的。

根据期望理论，员工的工作动机取决于以下因素：

（1）员工感到这份工作能提供什么样的结果。这些结果可以是积极的，如工资、人身安全、同事友谊、信任、额外福利、发挥自身潜能或才干的机会等；也可以是消极的，如疲劳、厌倦、挫折、焦虑、严格的监督与约束、失业威胁等。

（2）这些结果对员工的吸引力有多大。员工对这些结果是积极的、消极的还是中性的评价，决定了员工的工作态度。对于相同的工作结果，如果员工的评价是积极的，那么他将努力工作并实现目标；如果员工的评价是消极的，他将会放弃这一工作；如果员工的评价是中性的，那么结果将没有吸引力。

（3）为得到这一结果，员工需要采取什么样的行动。只有员工清楚地知道为达到这一结果必须做些什么时，这一结果才会对员工的工作绩效产生影响。

（4）员工是怎样看待某个工作机会的。员工在接受一项工作后，他会衡量决定成功的各项因素的可控程度，进而判断工作成功的可能性有多大。

在这里，自我效能感高的员工，其期望动机的作用也高。自我效能感是员工认为他个人能够很好完成某项工作的信念。在管理学上，自我效能感是影响员工工作积极性的重要人格变量，自我效能感高的员工，对自己完成任务和实现结果的判断会高，因此其自我激励的水平也高。

期望理论是一种权变理论模式，该理论认为，没有一种普遍适用的原理可以解释员工的激励问题，即使知道了员工期望满足的某种需要，也不能完全保证员工能感知到良好的工作绩效就可以让他们的需要得到满足。

2. 对期望理论的评价

由于期望理论在实用方面的可行性，期望理论得到了管理者与研究者的高度认可，主要包括以下几个方面：

（1）期望理论是一个能应用到很多环境下的理论模型，这一理论不仅可以应用到工作场所中，甚至在市场营销等领域中也是常见的。例如市场部经理，就可以根据期望理论来解释消费者究竟喜欢购买什么样的产品。

（2）期望理论能很好地解释在环境发生巨大改变时人们的行为会发生怎样的变化。人们的行为常常因为以下三种情况发生变化：1）产生新的结果；2）改变的期望或存在更可能发生的新结果；3）改变的价值判断。对这些变化，期望理论可以给出合理的解释。

（3）期望理论还启示管理者不要泛泛地采用一般的激励措施，应当采用多数组织成员认为效价最大的激励措施，并且在设置某一激励目标时应尽可能加大其效价的综合值，加大组织期望行为与非期望行为之间的效价差值。在激励过程中，要适当控制期望概率和实际概率，加强期望心理的疏导。因为，如果期望概率过大，就容易产生挫折感；期望概率过小，又会减少激励的力量。在实际概率方面，应使大多数人受益，实际概率最好要大于平均的个人期望概率，并与效价相适应。

另一方面，期望理论也受到了很多批评：

（1）要准确了解和预测员工的期望和价值，不是一件容易的事情，同时迅速变化的环境也会使预测的准确性下降。

（2）期望理论的假设前提是员工的信息非常完备，能做出完全理性的决策，或者即使信息并不完备，员工也能做出完全理性的判断。这与真实环境有很大差异，因为在现实中很多工作信息是不完备的，而且决策大多带有很强的情绪性，并非完全出于理性。

（3）期望理论强调报酬或奖赏，因此这个理论假设的基础是自我利益，即它认为每一个员工都在寻求获得最大的满足感，但这种假设是有片面性的。

期望理论为管理者提供了解释员工行为、了解员工决策的框架，阐释了如何按照员工的价值判断和期望来合理地提供激励的方式，因此得到了广泛的认同与支持。

10.3.3　公平理论

公平理论是基于社会交换理论而发展起来的。社会交换理论认为，人们交换的不仅仅是金钱，还包括具有社会价值的一切东西，如情感、友谊和爱等；当人们进行社会交换时，遵循的依然是等价交换的原则，等价交换会产生令人满意的公平感，公平感是个体的主观心理感受。公平理论认为，员工期望其做出的努力能得到相应的回报，如果员工得到的回报和他所期望的回报不匹配，就会产生不公平感，而这种不公平感会给员工带来紧张，因此他就会改变自己的观念或者采取某种行动来维持他的公平感。所以公平理论的核心在于认为员工的行为都是建立在交换和维持公平感的基础上，而且员工的工作行为动力也取决于他所努力维持的公平感。

公平感按照不同的标准可以区分为不同的类型。

一种类型是按照比较的对象来区分，可将公平感区分为分配公平感和程序公平感。所谓分配公平感，是指一个人在他的收入或工作结果上，感觉到的得到公平对待的程度；而程序公平感是指人们感觉到的他们在决策程序上得到平等对待的程度。另外一种类型是按照比较的标准来区分，可将公平感分为绝对公平感和相对公平感。所谓绝对公平感，是指人们将工作所获得的实际所得与自己认为应该获得的所得相比较，感觉到是否公平的程度；而相对公平感是指人们将自己工作所获得的实际所得，与别人在同一情境下所获得的所得进行比较，感觉到是否公平的程度。下面简要介绍分配公平和程序公平。

1. 分配公平的基本内容

公平理论认为，员工做出一定的努力以后就期望能得到相应的回报。当员工做出努力并获得了回报以后，他不仅关心其所得的绝对量（绝对公平感），而且关心所得的相对量（相对公平感），因此他要进行种种比较来确定自己所获得的回报是否合理，比较的结果将直接影响他日后工作的积极性：如果他觉得报酬合理，是公平的，就会继续努力，否则他就会产生不公平感，而不公平感会给员工带来紧张情绪。

另外，无论员工经历的是正面的不公平感还是负面的不公平感，员工都会尽量设法减少这种紧张。正面的不公平感是指同样努力的情境（每个人的付出相同）下，员工个人所得的回报比别人多时所感觉到的不公平感；负面的不公平感是指在同样努力的情境下，员工所得到的回报比别人少时所感觉到的不公平感。

根据上面的理论，可以预见的是员工所选择与自己进行比较的参照对象是一个非常重要的影响公平感的因素。公平理论将参照对象划分出三种类型："他人"、"自我"和"制度"。

（1）与"他人"进行比较。

员工进行比较的"他人"，包括同一组织中从事相似工作的个体，还包括朋友、邻居及同行。员工可能通过口头、报纸及杂志等渠道获得有关工资标准、最近的劳工合同等方面的信息，并在此基础上将自己的收入与他人的收入进行比较。

这种比较称为横向比较，即员工要将自己获得的"报偿"（包括金钱、工作安排以及获得的赏识等）与自己的"投入"（包括受教育程度、所作努力、用于工作的时间、精力和其他无形损耗等）的比值与组织内外其他人作社会比较，只有相等时，他才会认为是公平的（见表10—1）。

表 10—1 公平理论

觉察到的比率比较*	员工的评价
$\dfrac{\text{所得 A}}{\text{付出 A}} < \dfrac{\text{所得 B}}{\text{付出 B}}$	负面不公平感（报酬过低）
$\dfrac{\text{所得 A}}{\text{付出 A}} = \dfrac{\text{所得 B}}{\text{付出 B}}$	公平
$\dfrac{\text{所得 A}}{\text{付出 A}} > \dfrac{\text{所得 B}}{\text{付出 B}}$	正面不公平感（报酬过高）

* A代表某员工，B代表参照对象。

资料来源：［美］斯蒂芬·P·罗宾斯、玛丽·库尔特：《管理学》（第7版），464页。

简单地用一个公式表示的话，那就是：

$$O_p/I_p \quad 比较 \quad O_c/I_c$$

式中，O_p 为员工对自己所得回报的感觉；O_c 为自己对他人所得回报的感觉；I_p 为对自己所作投入的感觉；I_c 为对他人所作投入的感觉。

当上式为不等式时，即表示员工出现不公平，表现为以下两种情况：

1）$O_p/I_p < O_c/I_c$，即员工出现负面不公平感。在这种情况下，他就会采用以下的方法来减轻他的紧张感，从而维持心理平衡：改变输入——改变他的工作，从而减少个人的努力；改变输出——要求提高他的报酬，改变个人待遇；离开情境——离开这种情境，改变岗位或调换工作；采取破坏行动——改变他人的工作，阻挠他人的努力，以获得平衡；改变比较对象——改变对比的对象，比上不足比下有余，从心理上维持平衡。

2）$O_p/I_p > O_c/I_c$，即员工会体会正面的不公平感。这种情况下，在开始时员工可能要求减少自己的报酬或自动多做些工作来维持其心理的平衡，但久而久之，员工会重新估计自己的技术和工作情况，当他觉得确实应当得到那么高的待遇时，业绩便会回到过去的水平。

（2）与"自我"进行比较。

除了横向与组织内外的他人进行比较之外，人们也经常做纵向比较，即自己目前投入的努力与所获得报酬的比值，同自己过去投入的努力与所获报酬的比值进行比较。只有相等时他才认为公平。同样，在付出同等水平努力的情况下，如果现在的报酬比过去更少，员工同样会体会不公平感，他会采取减少个人努力、要求提高个人工作报酬或者离职等方式来减少紧张；而如果现在的报酬比过去多时，员工会产生正面的不公平感，觉得自己多拿了报偿，从而主动多做些工作。

（3）与"制度"进行比较。

所谓"制度"，是指组织中的薪金政策、程序以及这种制度的运作。组织层面上的薪金政策，不仅包括那些明文规定，还包括一些隐含的不成文的规定，组织中有关工资分配的惯例是这一范畴中主要的决定因素。当员工报酬与他期望的不符时，同样会产生不公平感，但这种不公平感对行为的影响比较复杂，常常是与其他的因素共同作用从而影响员工的行为。

公平理论是一种认知理论，它认为激励来自个人的知觉。如果员工没有体会到不公平，则他可能根本无视环境中的不公平因素。但进一步的研究表明，公平本身是一个相当复杂的问题，其复杂性主要体现在以下几个方面：

（1）公平与个人的主观判断有关。上面的公式中，无论是自己的还是他人的投入和报偿都是个人感觉，而一般人总是对自己的投入估计过高，对别人的投入估计过低。

（2）公平与个人所持的公平标准有关。持不同的公平标准，比较的结果自然也不相同。上面的公平标准采用的是贡献率，但也有采用需要率、平均率的。例如学校给学生的补贴，有的人认为助学金应改为奖学金才合理，应该按照学习成绩好坏决定，也有人认为应平均分配才公平，还有人认为按经济困难程度分配才适当。

（3）公平与绩效的评价有关。前面讨论过以绩效为主的薪酬制度，但如何评价绩效呢？是以工作成果的数量和质量评价，还是按工作中的努力程度和付出的劳动量评价？是按工作的复杂、困难程度评价，还是按工作能力、技能、资历和学历评价？不同的评价办法会得到不同的结果。当然绝大部分管理者倾向于采用按工作成果的数量和质量评价，用明确、客观、易于核实的标准来度量，但这在实际工作中往往难以做到，比如在服务业中，就很难衡量员工的工作成果。

（4）公平与评价人员、操作标准甚至组织文化等多种因素有关。公平理论得到了许多研究的支持。有研究发现，因为销售业绩不佳，员工被扣发 6% 的工资时，员工就会要求更好的工作条件，比如更大些的办公桌、拥有私人空间等；当几个月以后工资恢复到原来的水平，员工的要求就会减少。还有的研究结果表明，当人们跟一个他们喜欢的人一起工作时，他们对不公平的容忍程度要高。这说明，公平的感受不仅限定在物质和金钱上面，还包括所有的社会交换内容，如友谊、自尊等。

2. 程序公平的基本内容

程序公平感关注的是影响员工的动机水平和满意度的另外一个方面，即你是否认为决策的制定过程是公平的，也就是说，在组织内部的制度上是否公平对待每一个个体。程序公平感会影响员工对组织的忠诚度、工作满意度和组织内的公民行为。

程序公平是比较新的研究领域，也是近年来引起管理者和研究者重视的领域。研究发现，在整个组织内部，包括明文规定的制度和不成文的规定，都会影响到员工的行为。如果这些制度和规定是不公平的，或者是非理性的，员工对组织的忠诚度就会受到非常大的影响，因此管理者都期望使用标准程序来形成政策和决定，避免让员工产生不公平感。但是当员工觉得某个决策对他不利，或者某个规定制约了他的发展，他依然会觉得不公平。

研究发现，影响程序公平感的因素有：

（1）程序控制。它是指在决定形成之前，人们对自己影响决策过程的地位或作用是否得到公平对待的判断。例如，在一个组织形成报酬制度前，员工是否有发言权表达自己的观点，他个人的发言权是否得到尊重。

（2）决策控制。它是指人们对形成的决策结果是否有控制权，员工对结果提出修正的权力是否得到尊重等。

（3）相互公平。它是指决策过程或决策的结果是否对所有的员工（无论有关或无关）都一视同仁。

程序公平感和分配公平感是影响个人行为的两个重要因素，程序的不公平感可能会影响这个团队或组织的工作积极性，而分配不公平感会影响当事人的工作积极性，但两种公平感对员工工作满意度的影响是不同的。当报酬公平时，无论程序是否公平，个人的满意度都比较高；当报酬不公平时，如果程序也不公平，个人的满意度就非常低。

3. 对公平理论的评价

公平理论得到了许多研究的支持，尤其是公平理论在报酬分配制度设计上的应用，更是得到了广泛的认同。但与此同时，它也受到了相当多的批评。第一种批评观点认为，这种理论的确在实验室中得到很多研究的支持，但在能否解释人们真实生活的体会方面，还有待进一步的研究。比如在现实生活中，人们是否会轻易地因为感觉到不公平而调换工作？这可能并不完全肯定。第二种批评观点认为，公平的感受是一种主观判断，是一个人自己的感觉，但不同的人对不公平感的敏感性是不同的，而且容忍度也不相同，管理者很难持续敏感地体会员工的感受，除非管理者能够很明显地知道员工感觉是否公平，否则这个理论就没有什么帮助。第三种批评观点是对员工产生正面不公平感时是否会体会到紧张表示怀疑。按照公平理论，无论人们感觉到正面还是负面的不公平感，都会产生紧张情绪。虽然也有研究支持，当感觉到正面不公平感时，人们会改变观念和行为以适应这种不公平，但是最近的研究却表明，员工感受到正面不公平感时，并不必然改变自己的行为。第四种批评观点认为，公平理论并不包括时间和历史因素。也就是说，公平理论根本不考虑导致不公平感的背景，这会让人们对这种不公平感有错误的判断。有研究表明，在过去感觉到不公平对待的员工，无论现在是否被公平对待，他都会觉得不公平。还有的批评观点认为，这个理论在关键问题上并不十分明确，比如员工是如何来界定付出与所得的？对二者又是怎样衡量的？因为不同的人采用的定义可能是不同的，所以衡量的标准也可能相差很远。

尽管存在诸多批评，公平理论仍不失为一个颇具影响力的理论，它启示我们进一步深入研究员工的激励问题。首先，影响激励效果的不仅有报酬的绝对值，还有报酬的相对值。其次，激励时应力求公平，使公平等式在客观上成立，尽管有主观判断的误差，也不致造成严重的不公平感。最后，在激励过程中应注意对员工公平心理的引导，使其树立正确的公平观——一是要认识到绝对的公平是不存在的，二是不要盲目攀比。

除了对员工个人公平心理的引导外，要避免员工产生不公平的感觉，组织还应该在机制上采取各种手段，营造一种公平合理的气氛，使员工产生一种主观上的公平感；同时在政策制定上，也要充分考虑到员工所追求的程序公平感，让员工有机会表达自己的意愿，民主、合理地参与组织的决策。所有这些措施都能有效激励员工，激发员工积极工作的热情。

10.3.4　目标设置理论

在现实环境中，通常可以发现这样的现象，即设置一个清晰的目标能明显地促进工作效率的提高。与没有目标，或者简单地告诉员工"你尽量努力完成工作"相比，困难的目标甚至能产生更高水平的工作效率。当员工知道组织对他们有什么期望的时候，即使这些期望都较难实现，员工也会试图去达成这种目标。这种情况对于团队而言同样适用，如果一个团队拥有并认同一个目标，团队的工作效率会明显提高。这就是目标设置理论（goal setting theory）提出的现实背景。

1. 目标设置理论提出的缘由

在一个经常被引用的研究中，拉萨恩（A. Latham）用了一种典型的目标设置方法来改进吊车司机的工作效率。在一个钢铁公司中，吊车司机的任务是将材料吊运出炼钢车间，如果吊车司机的速度不够快，那么材料就会堆积起来，从而影响其他员工的工作。拉萨恩通过调查发现，一部分司机的工作效率偏低，因为他们午休时间过长；还有部分司机是把时间花在与工作毫无关系的事情上而导致效率低下，比如聊天、吸烟等；另外一些员工则对工作无动于衷。于是拉萨恩就针对此现象着手研究如何改进他们的工作效率。

在研究中，吊车司机们被分为两组，一组为控制组，另一组为实验组。控制组没有任何变化，但实验组的管理者会在一周开始的时候，介绍一周要完成的任务量，将一周的任务分配到每一天，并且每天任务量的设置较高，但如果努力还是可以完成任务的。管理者告诉司机们，如果他们没有完成他们的目标，也没有什么关系，但是管理者会在公告栏上将目标数量贴在实验组每一个人的名字后面，并且在一天工作结束后，会把当天实际完成的工作数量也贴在任务数字的后面。

虽然刚开始的时候，控制组和实验组的工作量没有什么明显的差异，但慢慢地差异就显现了出来。18 周以后，实验组多运了 1 800 趟，如果按照这样的运输数量，他们一年能多运送 270 万吨材料。采用目标设置的方式来提高员工生产效率的目标就这样轻易地实现了，这个研究也清楚地说明了什么是目标设置理论。

2. 目标设置理论的基本内容

目标设置理论是由美国心理学教授洛克（E. A. Locke）和休斯于 1967 年提出的。他们发现，外来的刺激（如奖励、工作反馈、监督的压力）都是通过目标来影响员工动机，目标能引导活动指向与目标有关的行为，使人们根据难度的大小来调整努力的程度，并影响行为的持久性。于是，在一系列科学研究的基础上，他们提出了目标设置理论。该理论认为目标本身就具有激励作用，目标能把人的需要转变为动机，使人们的行为朝着一定的方向努力，并将自己的行为结果与既定的目标相对照，及时进行调整和修正，从而实现目标。虽然在不同的文化下目标设置理论的有效程度不同，但迄今为止的研究发现，目标设置理论适用于所有的文化背景。

目标设置理论有效的原因在于目标激励的力量来自内部。它的假设前提是，个人的行为效果是由其期望完成的目标决定的，目标本身并不能成为激励因素，真正起激励作用的是自我不满足感。当员工觉得自己所达到的和自己所期望达到的之间存在差异时，他就会对自己产生不满足感，这种不满足感能驱使人们更加努力地工作，从而产生一个积极的自我映像。

3. 影响目标管理有效性的因素

已经有很多研究证明了目标设置理论的有效性，但是要达到最好的效果，应用目标管理还要关注很多影响因素，这些因素分别来自目标本身的特性、员工特性及组织因素。

（1）来自目标特性的影响因素。

影响目标管理有效性的因素中，来自目标特性的因素有两个，分别是目标的明确度和目标的难度。

所谓目标的明确度，是指目标指导员工怎么做，付出多大的努力才能实现目标的程度。明确程度很高的目标首先有利于引导员工的行为和评价他的成绩；其次明确的目标本身就具有激励作用，因为员工希望了解自己行为的认知倾向，对行为目的和结果的了解能减少行为的盲目性，提高行为的自我控制水平；最后，明确的目标对员工的绩效变化也有影响。目标越明确，员工的绩效变化就越小，而目标越模糊，员工的绩效变化幅度就越大。

所谓目标的难度，是指员工行为和目标之间的距离。相同的任务对不同的员工来说，难度是不同的，这取决于员工的能力和经验。一般来说，目标的绝对难度越高，人们就越难达到它。研究表明，员工的绩效与目标难度之间存在着线性关系，任务难度越高，员工的努力程度就会随之而提高，但这是有条件的。条件就是完成任务的员工有足够的能力、对目标又有高度的承诺，在这样的条件下，任务越难，绩效越好。

（2）来自员工特性的影响因素。

影响目标管理有效性的因素中，来自员工特性的因素包括员工的承诺感、自我效能感、工作满意度、完成任务的策略等多个因素。

所谓员工的承诺感，是指员工被目标吸引，认为目标重要，持之以恒地为实现目标而努力的程度。员工的承诺感越高，完成目标的努力程度也越高。研究表明，当员工参与设定目标，达到的目标又有很重要的意义，而且目标通过努力能够实现时，员工的努力程度最高。

所谓自我效能感，是指员工对自我能否实现目标的自我判断，这种判断是员工以对个人全部资源的评估为基础的，包括能力、经验、训练、过去的绩效、关于任务的信息等。如果员工的自我效能感强，对目标的承诺就会提高，努力程度也会提高。

所谓员工的工作满意度，是指员工体验到伴随成功而来的满意程度。当员工感觉到更高水平的满意度时，他们的努力程度也会提高，而实现目标的可能性就更大。在管理中，常常发现，容易的目标带来高的满意度，而难的目标带来的满意度偏低，但是达到困难的目标会产生更高的绩效，那么是让员工更满意好呢？还是取得更高的绩效好呢？一般认为，可以采用这样的方法来兼顾两方面需求，比如设定中等难度的目标，既能使员工产生一定的满意感，又能有比较高的绩效；或者采用多重目标—奖励结构，达到的目标难度越高，得到的奖励越重等方法。

所谓完成任务的策略，是指在完成目标任务过程中员工所采用的方法。研究表明，只有使用适宜的策略，任务难度与员工的绩效才显著相关。因此员工能否采用恰当的工作策略来实现目标，是保证目标管理有效性的重要因素。

（3）来自组织的影响因素。

影响目标管理有效性的因素中，来自组织的因素包括组织的反馈机制等。

反馈是组织里常用的激励策略和行为矫正手段。良好的反馈机制是保证目标设置管理有效性的重要因素。反馈可以分为很多种，比如根据反馈内容可以分为正反馈和负反馈。所谓正反馈，是指对员工达到了某项标准而得到的反馈，而负反馈是员工没有达到某项标准而得到的反馈，这种反馈能够保证员工的努力方向和结果。反馈还可以分为信息反馈和控制反馈。信息反馈不强调外界的要求和限制，仅告诉员工任务完成的情况，这表明员工可以控制自己的行为和活动，而控制反馈则强调外界的要求和期望，如告诉员工他必须达到什么样的标准和水平。用信息方式表达正反馈可以加强员工的内部动机。对需要发挥创造力才能完成任务的员工来说，给予他们信息反馈中的正反馈，可以使员工最好地完成任务。

4．对目标设置理论的评价

目标设置理论是迄今为止得到关注和研究最多的理论，得到了实验室研究和工作场合研究的确认。但随着研究的深入，还有很多问题需要进一步探讨：

（1）目标设置与内部动机之间的关系。一般认为，设置掌控目标（员工能掌握和控制的目标）比绩效目标（组织期望员工实现的目标）更能激起内部动机，但这个过程也受到很多其他因素的影响，如员工成就动机的高低等。究竟有哪些因素影响目标设置与内部动机的关系，有待进一步研究。

（2）目标设置与满意感的关系。如前所述，目标设置与满意感之间呈现一种复杂的关系。困难目标比容易目标能激起更高的绩效，但它却可能导致更低的满意感，在管理实践中，要解决这一问题可能较为困难。

（3）通常反馈可以促进绩效的提高，但不同的反馈方式对绩效的作用也不一样，因此研究如何进行反馈是最有效的一个课题，也十分重要。

（4）当不同的目标之间出现冲突时，这种冲突对绩效影响的效果和过程又是什么样的？这些问题也没有明确的研究结论。

（5）如何通过目标设置提高一些抽象情境中的目标绩效，也是值得研究的问题。例如，如何维持客户关系，如何使用目标管理来提高员工的工作积极性等。

10.4 激励理论的比较和整合

虽然本章前面所讨论的每一个理论都有其独特性，但在实际管理工作中，这些理论的应用并不是完全孤立的，而是可以整合起来共同应用于员工的行为分析中。举例而言，一个员工的工作效率很低，究其原因，可能是缺乏成就动机，也可能是心理需要没有得到满足，还可能是二者都存在。因此在管理实践中，不仅要考虑到员工内在的心理需要，还要注意员工之间的差异性。这就意味着在管理实践中，不仅要深刻地理解不同激励理论的差异，而且也要将这些理论进行整合。

10.4.1 不同激励理论的比较

通过对各种激励理论进行比较可以发现：需要层次理论、公平理论、期望理论都是认知理论，应用这些理论时需要了解员工是如何理解他所工作的环境及如何才能高效地工作等问题。而要实践这样的理论，管理者就应该确认员工的需要，以及他们对公平和价值的判断。如果管理者错误地理解了员工的处境，那么要根据这些理论做出有效的管理手段选择是非常困难的；如果一个管理者没有深入理解员工的心理过程，那么要处理好管理者与员工的关系也是非常困难的。强化理论和目标设置理论与前面的理论有一定的区分，这两个理论强调环境的因素，因此属于行为改造理论。行为改造理论认为，人的行为作用于一定环境中，企业环境对人的行为有着重要的影响作用，激励的目的是为了改造和修正人的行为方式，充分认识环境对塑造人的行为的关键作用，正确理解、掌握人的行为和环境间的相互作用，有助于提高企业管理的水平，因此行为改造理论不仅考虑积极行为的引发和保持，更着眼于消极行为的改造转化。将不同理论进行综合比较，如表10—2所示。

表 10—2　　　　　　　　　　　　不同激励理论的比较

理论	合理性	局限性
内容型激励理论		
X 理论和 Y 理论	在人性假设的基础上提出对员工进行激励和约束。	缺乏研究与实践的证明和支持。
需要层次理论	员工的行为是由心理需要所驱动的，员工的需要层次为五级。	马斯洛的理论提供了很多直觉性的解释，但缺乏经验和研究支持。
ERG 理论	员工的行为也是由心理需要所驱动的，员工的需要层次为三级。	相比马斯洛的理论更具有可塑性，但同样缺乏经验和研究支持。
双因素理论	员工是被工作环境的条件和工作本身影响——保健因素和激励因素。	决定哪一个因素是保健因素还是激励因素非常困难，缺乏研究支持。
需要理论	员工被成就、关系和权力需要激励。	动机由儿童时期形成，训练能修正其动机，管理者很难调整来自儿童时期的动机。
过程型激励理论		
公平理论	员工的激励基于他们对工作环境中是否得到公平对待的感觉，包括报酬和程序。	管理者要知道员工是怎么感知环境的，这在实际中非常困难。

续前表

理论	合理性	局限性
期望理论	激励水平是由需要完成一项工作的努力程度、成功的可能性和工作结果对员工的价值三个联系共同决定的。	期望理论得到很多研究支持，但在工作场所应用依然比较困难。
强化理论	管理者通过操纵环境和强化物的种类和时序来激励员工。	行为强化理论着重于员工的外在行为而不是心里感觉，非常有效，但整个程序需要仔细计划和维持。
目标设置理论	当员工有了非常明确的、有时限的和有挑战性的目标时，员工的工作效率提高。	目标设置理论是迄今得到实践者支持最多的理论，但在应用上要注意使用的条件。

除了这些理论中提及的内在需要和外界的环境因素会影响员工的激励水平外，还有两个非常重要的影响因素，就是性别和文化对员工激励水平的影响。

几乎所有的现代管理理论，都是在西方文化背景下提炼出来的，因此这些理论的假设背景都是人与人之间相互竞争，每个人都追求自己的个人成功。但是在不同文化下，人们追求的目标可能完全不同。比如在中国的文化下，员工在考虑自己的成功和努力时，会更多地考虑人际关系的和谐。西方文化提倡的个人成功，在中国文化下可能就被阐释为"枪打出头鸟"，因此在一种文化下的管理行为能否被另外一种文化解释和接受是需要重新检验的。管理者在学习和应用这些理论的时候，一定要考虑到这些理论在不同文化背景下的适用性。

此外，针对不同性别的员工，现代激励理论的适用度也可能存在差异。比如在双因素理论中，很多因素对男性来说是保健因素（如与管理者的关系、管理方式等），对女性来说可能就是激励因素了，因此在应用这些理论的时候，也要考虑性别的影响。

当然，激励理论对促进管理者理解工作场所中员工的行为提供了非常重要的框架，提供了理解员工行为的解释途径，因此能导致更人性化的管理和更具建设性的管理环境。

10.4.2　激励理论的整合

正如上面谈到的，不同的激励理论有着自己的独特性和局限性，孤立地看待各种理论是错误的，因为不同的激励理论是从不同的角度来解释同一行为的。许多理论表面上看起来相互矛盾，比如用期望理论和目标设置理论来解释员工选择目标的行为。按照期望理论，员工倾向于成功几率高的目标，但根据目标设置理论却正好相反，该理论认为困难的目标更具有激励作用，但选择困难的目标，成功又缺乏保障。事实上，在现实生活中，员工做出的选择可能两方面都会考虑到。因此必须将各种理论融会贯通，才可能深刻认识激励的作用和过程。

图 10—6 把我们了解的一些关于激励的知识整合起来了。它的重要基础是图 10—5 所示的期望理论的简化模型。

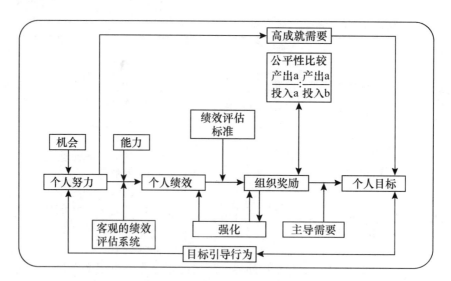

图 10—6　当代激励理论的整合

资料来源：［美］斯蒂芬·P·罗宾斯：《组织行为学》（第 10 版），191 页。

　　从图 10—6 中可以看出，个体努力受两个因素的促进或制约：一个是机会；一个是个人目标。这个目标—努力链提醒我们：目标引导行为。

　　根据期望理论，如果一个员工认为努力和绩效、绩效和奖励、奖励和个人目标的实现之间有密切的联系，那么他的努力程度就会提高。每一种关系也受到一定因素的影响。在努力程度一定的情况下，为了取得高绩效，这个人必须具有工作所需要的能力，而且，衡量个人绩效的绩效评估系统必须被认为是公平的和客观的。如果一个人认为受到奖励是由于绩效（而不是资历、个人爱好或其他标准），那么，绩效和奖励的关系就会更加密切。期望理论中最后一个关系是奖励和目标的关系。ERG 理论在这一点上可以发挥作用。激励水平的高低取决于一个人由于高绩效所得到的奖励能够在多大程度上满足与他的个人目标一致的主导需要。

　　此外，图 10—6 还涉及需要理论、强化理论和公平理论。高成就需要者不是由于组织对他的绩效评估或组织的奖励而受到激励。对那些高成就需要的人来说，从努力到个人目标的飞跃就是最好的奖励。只要高成就需要者从事的工作能给他们提供个人责任、反馈和中度的冒险，他们就能从内部受到激励。所以他们不关心努力和绩效、绩效和奖励、奖励和个人目标的联系。

　　由于认识到组织的奖励会强化个人的绩效，图 10—6 中也列入了强化理论。如果管理层设计的奖励体系被员工看作对高绩效的报酬，那么，奖励就会强化和鼓励持续的高绩效。奖励也是公平理论中的关键部分。个人会把自己从投入中得到的产出和其他相关人士的产出投入比进行比较，而不公平感会影响他们付出努力的程度。

10.5　激励理论的应用

　　20 世纪七八十年代以来，激励理论在管理实践中得到了广泛应用。激励理论有很多种，员工的个人需要和工作目标也千差万别，作为一名管理者若想要激励他的员工，提高工作绩效，那么他应该如何将这些激励理论运用于每天的管理实践中呢？尽管没有放之四海而皆准的管理真理，但下面介绍的这些管理手段会对管理者有所帮助。

(1) 认清个体差异。几乎所有的激励理论都认为不同的员工是具有独特特征的个体，他们的需要、态度、个性及其他重要的个体变量都非常不同。因此在管理过程中，要充分认识个体差异，认识到不同理论对不同类型的人的预测性是不同的。

(2) 人与岗位要匹配。大量研究结果表明，将个体与岗位进行合理匹配能够起到激励员工的作用，比如高成就需要者应该从事独立经营工作，或在规模较大的组织中从事相对独立的部门运作；而高权力需要和低关系需要的个体则更适合在大型官僚组织中从事管理工作。

(3) 运用目标设置方式。目标设置理论告诉我们，管理者应确保员工具有一定难度的具体目标，并对他们完成工作的进度提供反馈，同时一定要让员工参与目标设置过程，从而提高员工对目标的忠诚度。

(4) 个性化奖励。由于每位员工的内在需要不同，因此对一个人有效的强化措施，可能并不适合于其他人。管理者应当根据员工的差异对他们施以个性化的奖励，即奖励措施应该多种多样。

(5) 奖励与绩效挂钩。管理者必须使奖励与绩效相统一，主要的奖励如加薪、晋升应授予那些达到了特定目标的员工。管理者应当增加奖励的透明度以激励员工。

(6) 随时检查公平性系统。员工应当感到自己的付出与所得是公平的。具体而言，员工的经验、能力、努力等明显的付出项目应当在员工的收入、职责和其他所得方面体现出来。

(7) 不要忽视金钱的作用。当管理者专心考虑目标设定、创造工作的趣味性、提供参与机会等因素时，很容易忘记金钱是大多数人从事工作的主要原因。因此，以绩效为基础的加薪、奖励及其他物质刺激在调动员工工作积极性方面也同样起着重要的作用。

本章小结

激励是管理者提高员工积极工作的动机水平的过程，动机是驱使人们通过高水平的努力完成组织目标的力量。激励的过程本质上就是一个需要不断获得满足的过程。激励理论分为两大类，一类是内容型激励理论，另一类是过程型激励理论。

内容型激励理论强调员工的个人心理需要是决定员工行为的重要因素。其中马斯洛的需要层次理论认为人有五种基本需要，阿尔德弗的 ERG 理论认为人的内在需要分为三种，赫茨伯格的双因素理论认为人们受到工作条件因素（保健因素）和工作内容因素（激励因素）的不同影响，而麦克利兰的需要理论认为人们有成就、权力和关系三种需要，每一种需要对人们行为的影响是不同的。虽然这些理论在内容上存在差异，但它们都认为，人的内在心理需要是人们行为的内在动力。这些理论非常明确地揭示了员工心理因素的作用，但它们共同的问题是还需要得到更多的研究支持。

过程型激励理论强调员工的行为是如何适应外界环境的变化，外界环境如何影响员工的工作努力程度。其中强化理论来自行为主义，它认为员工的行为受到工作环境和行为的正性或负性结果的影响。要应用强化理论修正员工的行为，应该确定明确目标，而且要在最后维持员工所获得的行为结果；期望理论是一个认知理性模型，强调动机是人们所期望的结果、完成这些结果的努力程度和这些结果的价值的产物；而公平理论是基于员工对自己所处的环境中的公平感来解释员工的行为的理论。公平分为分配公平和程序公平两种。分配公平会影响一个人的工作积极性，程序公平会影响群体的工作积极性，因此要成功应用公平理论就需要了解员工对环境的感知和判断；目标设置理论是迄今应用最为普遍的激励理论。应用目标设置理论来管理工作，要求目标的设置要明确、有时限、具有挑战性且能完成，另外还要求员工必须能够接受这些目标，管理者能提供必要的资源和条件来实现这个目标。

激励是管理活动的重要内容之一，恰当地应用不同的激励理论，有助于加强对多元化员工队伍的管理，提高他们的工作积极程度。

关键术语

激励（motivation）　　　　　　需要层次理论（hierarchy of needs theory）
ERG 理论（ERG theory）　　　　双因素理论（motivation-hygiene theory）
需要理论（acquired need theory）　强化理论（reinforcement theory）
期望理论（expectancy theory）　　公平理论（equity theory）
目标设置理论（goal-setting theory）

复习思考题

1. 什么是激励？激励的过程是怎样的？
2. 请比较需要层次理论和 ERG 理论的异同。
3. 请阐述双因素理论的内容，并分析这个理论对管理实践的意义。
4. 请阐述公平理论的有关内容，并分析公平理论对管理实践的意义。
5. 请阐述麦克利兰的需要理论，以及高成就需要者具备的特点。
6. 强化理论的基本内容及原则是什么？
7. 期望理论的基本内容是什么？
8. 阐述目标设置理论的基本内容，并分析什么样的目标最具有激励作用？
9. 请比较本章所列举的几种激励理论。

参考文献

1. ［美］斯蒂芬·P·罗宾斯，玛丽·库尔特. 管理学（第 7 版）. 北京：中国人民大学出版社，2004

2. ［美］斯蒂芬·P·罗宾斯. 组织行为学（第 10 版）. 北京：中国人民大学出版

社，2005

3. ［美］托马斯·贝特曼，斯考特·斯奈尔. 管理学——构建竞争优势（第 4 版）. 北京：北京大学出版社，2004

4. ［美］加雷斯·琼斯，珍妮弗·乔治，查尔斯·希尔. 当代管理学（第 2 版）. 北京：人民邮电出版社，2003

5. 李剑锋. 组织行为学. 北京：首都经济贸易大学出版社，2003

6. Adrian Furnham，*The Psychology of Behavior at Work*，Psychology Press，2000

7. Eugene McKenna，*Business Psychology and Organizational Behavior*，3th ed.，Taylor & Francis Group Psychology Press，2000

8. Bernardin，H. J. Russell，*Human Research Management：A Experiential Approach*，McGrew-Hill Press，2005

第 11 章

群体和团队的建设

学习目标

- 了解群体的不同类型
- 了解团队的类型及团队管理意义
- 理解群体和团队的概念
- 理解群体动力的过程
- 掌握群体决策的技术与偏差
- 掌握高效能团队的特征及创建过程

在日常生活和工作中，人们的大部分活动都是在群体内进行的。因此要解释一个人的行为，不考虑群体里其他人员的存在以及群体成员之间的相互作用是不可能的。团队是一种能发挥协同作用完成特定目标的且被组织正式任命的工作群体，利用团队组织工作在今天的组织管理中越来越流行。本章将介绍群体和团队的相关内容，具体包括群体的形成、影响群体绩效的相关因素、群体决策的技术、高效能团队的特征和怎样创建高效能团队等。

11.1　群体概述

11.1.1　群体的定义和分类

1. 群体的定义

所谓群体（group），是指两个或两个以上相互作用、相互依赖的个体，为了实现某一特定目标而组成的集合体。因此，群体可以是一个家庭、一个班级或一个连队，而在车站候车的一群人则不是群体。具体而言，群体应具有以下显著特征：

（1）群体是由两个或两个以上的人构成的，一个人不可能构成一个群体。

（2）群体具有稳定的结构。尽管群体成员之间的角色分工会经常发生变化，但群体成员之间具有相对稳定的关系。

（3）群体成员之间享有共同的目标或兴趣。群体成员之间分享目标任务以及完成任务的方式非常相似。

（4）群体成员存在着彼此心理上的相互作用。也就是说，群体成员彼此在心理上意识到"我们同属一群"。

2. 群体的分类

按照不同的标准，群体可以划分为不同的类型。

（1）正式群体和非正式群体。

按照是否由组织设定、是否有明确分工和具体工作任务等运行规则进行区分，群体可以划分为正式群体和非正式群体。

1）正式群体是指由组织设立的，有着明确分工和具体工作任务的群体。正式群体的重要目标和活动规则已经被确定好。比如在工厂中，生产班组是正式群体，它所要遵守的产品质量标准、生产安全标准、处理生产事故的程序与流程等都已经提前确定好了。正式群体又分为命令型群体和任务型群体。

命令型群体由组织的管理者和向他直接汇报工作的下属共同构成，如销售经理和他手下的销售人员组成的就是命令型群体。而任务型群体是由为完成某项任务而共同工作的个体组成的群体，如一个由公司领导、人力资源经理和业务部门经理组成的招聘团队就是一个任务型群体。

2）非正式群体是指为了满足某些心理需求而自发形成的群体，因此它的发展和形成是偶然随机的。非正式群体的目标和规则来自群体成员之间的相互作用，这些目标和规则一旦确定下来，群体成员一般都会认同。一些因为友谊或兴趣结合在一起的小组就是典型的非正式群体。非正式群体也包括两种类型，即利益型群体和友谊型群体。

在利益型群体中，群体成员是为了达到某个共同关心的具体目标走到一起。如为了获得加薪或是为了改善工作条件，公司中的一些员工组成一个共同体，以进一步向公司施加压力从而实现他们的共同利益。友谊型群体的成员拥有某种或某些共同特点。这些群体往往跨越了工作情境，如一支足球俱乐部的球迷协会就是一个典型的友谊型群体。

正式群体和非正式群体的差异见表11—1。关注正式群体和非正式群体的区别具有重要的管理意义，因为非正式群体可能在组织内起着积极作用，如它可以弥补正式群体的不足，满足员工的需要，融洽员工的感情，激励和培训员工以及保障员工的权益。当然非正式群体也可能起消极作用，比如它可能会干扰组织目标的实现、削弱群体管理者的权力、控制并束缚员工发展和上进等。

表 11—1   正式群体和非正式群体的差异

维度	正式群体	非正式群体
结构来源	计划确定	非计划
管理维度	理性的	情感性的
结构特征	稳定的	动力的
确定结构因素	工作决定的	角色决定的
目标	盈利或服务社会	成员满意
影响因素	权力位置	人格
影响类型	权威和政治	能力和兴趣
运作方向	自上而下	自下而上
控制机制	报酬与惩罚	社会规范
沟通渠道	正式	非正式

（2）初级群体和次级群体。

根据相互关系的远近区分，群体可以划分为初级群体和次级群体。

1）初级群体是指规模很小，面对面交往比较多，成员之间认同感强，关系比较亲密的群体，如家庭、业余运动队、关系密切的朋友圈等，均可称为初级群体。通常那些非正式群体都是初级群体。当然如果在工作岗位上相互交往多了，很多员工也可能形成初级群体。在初级群体中大家可能共享相同的价值观和相似的行为方式。

2）次级群体是用来表示与初级群体相对应的各种群体，如学校、职业群体、社团等。次级群体是人们为了达到一定的社会目的而建立起来的。这类群体成员在心理上并不一定彼此认同，但成员之间相互影响，一般说来，次级群体规模比初级群体要大，成员较多，有些成员之间不一定有直接的个人接触，群体内人们的联系往往通过一些中间环节来建立，通常正式群体多为次级群体。次级群体的行为更多的是由一个更高的管理者来决定，有明确的行动规则，行为不是偶然和随机的，而是比较确定的。

通常初级群体的形成是以情感或友谊为基础的，而次级群体的形成是以工作任务为基础的。虽然初级群体在管理上常常不被管理者关注，但区分初级和次级群体还是具有管理学上的意义，因为初级群体能够影响组织文化、员工的道德行为和员工的生产效率，而且工作场所中的初级群体相互作用也能影响领导的效率。

（3）实属群体和参照群体。

根据个体的归属，可将群体划分为实属群体和参照群体。

1）实属群体又称"隶属群体"，是指个体属于其正式成员，行为应服从其纪律约束的群体。在实属群体中，群体成员以群体规范作为自己活动的准则，以群体的目标作为自己努力的方向，各成员在行为上彼此影响。

2）参照群体是指个体向往成为其成员的群体或个体视其成员行为为典范的群体。参照群体是用来进行社会比较的群体，它提供了群体标准、目标、规范人们行为的指南、效仿的榜样和努力的方向。

从管理学上看，分析参照群体很重要，因为它具有比较和示范的作用，直接或间接地影响个体在工作场所内的行为。当一个人想要评价一下自己的经济状况或社会地位时，他就可能考虑到他所认同的群体的基本状况。研究者们非常关注人们是怎么选择参照群体的。一些研究者认为人们选择参照群体是基于他们所知道的群体的信息或群体吸引力，另外一些研究者认为，人们选择参照群体常常基于性别、种族、组织中的地位和身体上的相似性，还有研究者认为人们选择一个参照群体是基于他们完成目标的好坏程度。人们发现，群体的成功与否影响着人们对有关个人能力、群体能力、工作满意度和组织忠诚度的看法。

11.1.2　群体的形成

如同个体有成长和成熟的阶段，群体也有它自己的形成和发展阶段。群体的发展是一个动态过程，而且大多数的群体总是处于不断变化的状态之中。总体来说，群体是遵循着一种标准化的顺序进行发展的。本章将介绍两种群体形成的阶段模型：五阶段模型和间断平衡模型。

（1）五阶段模型。

一个标准的群体发展过程会经历五个阶段，分别是形成（forming）、震荡（storming）、规范（norming）、执行（performing）和解体（adjuring）阶段。这些阶段的区别在于群体成员的关系和相互作用的活动规则的不同。

1）形成阶段。当不同的人为了共同的目标而聚集在一起时，就开始了群体形成的第一个阶段：形成期。刚开始的时候，成员之间相互接受、互相熟悉、分享信息、讨论与任务有关的话题，并开始建立行为准则。这个时期的交往会有防御性、推托性，成员往往不会暴露个人的真实情感。当个体开始感觉到自己是群体的一部分，开始以群体成员的身份互相作用和思考问题时，形成阶段就结束了。

2）震荡阶段。在第二个阶段中，群体成员之间开始确定相对地位和领导者，彼此之间可能会出现很多诸如攻击、争执这样的负性行为，因此这一阶段的群体成员关系最为混乱。他们会互相协调、互相控制、互相作用、接受群体的存在，但也抵制着群体给他们施加的控制，彼此之间可能存在敌意，直到每一个成员都寻找到自己在组织中的相对地位，确认了领导者地位和彼此的相互关系时，这个阶段才算结束。

3）规范阶段。群体发展的第三个阶段是规范阶段。在这一阶段中，群体逐渐发展了行为的相对标准，而且彼此也开始确定工作的相对方式，成员之间开始形成强烈的群体身份认同感。规范阶段结束时，群体有了一定的凝聚力，彼此之间的关系更为密切、友爱且彼此之间树立了共同的责任感，此时群体结构也比较稳固，群体成员对什么是正确的成员行为也达成了共识。

4）执行阶段。群体发展的第四个阶段是成熟期，也即执行阶段。这个阶段的特点是成员之间互相依赖，共同完成组织的任务或解决组织的问题。当组织从形成阶段过渡到成熟阶段，纯粹的社会信息交流就会逐渐下降，而完成任务的交流就会增多。群体之间互相协作、沟通，互相激励，直至组织成员觉得任务基本上已经完成。

5）解体阶段。群体发展的第五个阶段是衰老期，也即解体阶段。衰老期的群体特征是：成员之间开始冲突，不适应外界环境，盲目和保守。在衰老期如果没有意外发生，没有变化，就会过渡到死亡期，这时群体间的共同规范已开始解体。群体成员开始各自追求自己的目标。

不同的研究者划分的阶段可能不同，但基本上都认同群体发展是有阶段的。然而这种分阶段发展的观点是否意味着群体到了一个阶段就会自然变得非常成熟有效呢？实际状况并非如此简单。因为群体是否具有高效率并不完全取决于群体所处的阶段，更多取决于群体内部的相互作用。如有的群体处于第二个阶段的时候绩效水平最高，因为冲突可能带来更高水平的绩效。因此在判断群体有效性时，应该注意到群体是一个多方面的、动态性的实体，应该综合考虑影响群体有效性的因素。

（2）间断平衡模型。

有明确截止期限的临时性群体并不遵循上面介绍的五阶段模型，而是拥有自己独特的活动（或不活动）序列（见图11—1）。

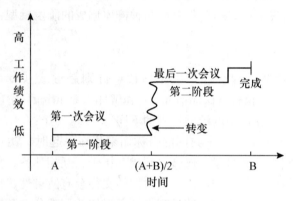

图 11—1　间断平衡模型

第一阶段：1) 群体成员的第一次会议决定群体的发展方向。在第一次会议上，形成了群体成员如何完成该项目的行为模式和行为假设的基本框架。这个过程一般在群体生命周期的最初几秒钟就形成了。2) 第一阶段的群体活动依惯性进行，也即群体倾向于原地不动，或者锁定在某种固定的活动方式上。3) 在第一阶段结束时，群体发生一次转变，此转变正好发生在群体生命周期的中间阶段。这一转变标志着第一阶段的结束，其主要特点是爆发变革——抛弃旧有模式，采纳新观点。这一转变调整了第二阶段的发展方向。

第二阶段：在这一阶段中，群体进入新的平衡，按照惯性运行，但在这个阶段中，群体开始实施转变期中形成的新计划，即：4) 转变之后，群体活动又会依惯性进行。5) 群体的最后一次会议的特点是活动速度明显加快。

间断平衡模型的特点是，群体长期以来依据惯性运行，其中只有一次短暂的变革时期。这一时期的到来，主要是由于群体成员意识到他们完成任务的最后期限和由此产生的紧迫感。间断平衡模型只适用于那些临时性的任务群体，这些群体的成员在有限的时间段里完成工作。

11.2　群体动力

群体运作的方式以及最终体现出的群体效率都取决于一系列的群体特征和过程，这些群体特征和过程统称为群体动力（group dynamics）。影响群体动力的一些关键要素包括群体成员的资源、群体结构和施加于群体的外界条件等。图 11—2 的群体行为模型给出了这些要素的作用过程。

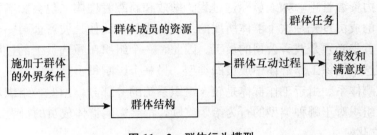

图 11—2 群体行为模型

11.2.1 群体的外部环境条件

要理解工作群体的行为，就应把它们看作大系统中的子系统。也就是说，如果我们把群体看作大的组织系统中的一个部分，我们就能从它所属的组织的解释中抽取出对群体行为的解释。每个工作群体都要受到来自群体外部各种因素的影响，包括组织的整体战略、权力结构、正式的规章制度、组织资源、组织的人力资源管理、组织文化、物理工作环境等。

1. 组织的整体战略

一个组织的整体战略，通常是由组织的高层管理人员制定的，它规定着组织的目标以及组织实现这些目标的手段。例如，组织战略可能引导组织朝着降低成本、提高质量、扩大市场份额或收缩其总体作业规模的方向发展。在任何时候，一个组织所追求的战略都会影响到组织中工作群体的权力，反过来，这又将决定组织的高层管理人员希望分配给工作群体用以完成任务的资源。比如，如果一个组织通过出售或关闭其主要业务部门，来实现其紧缩战略，就会缩减其工作群体的资源，从而增加群体成员的焦虑感及群体内部冲突的可能性。

2. 权力结构

每个组织都有其权力结构，规定谁向谁汇报工作，谁有权决策，把哪些决策权力授予个人或群体。这种结构通常决定着一个工作群体在组织权力结构中的位置，决定着群体的正式领导和群体之间的正式关系。虽然群体可能由群体内的一个非正式领导控制，但组织的正式领导——由组织管理人员任命——仍然具有群体内部其他成员所没有的权力。

3. 正式的规章制度

组织通常会制定规则、程序、政策、工作说明书以及其他形式的规范来使员工的行为标准化。例如麦当劳公司对填写菜单的格式、烹调汉堡包和灌装饮料的方法都设有标准的工作程序，因此，麦当劳公司的工作群体自己制定独立的行为标准的余地是很有限的。组织对员工施加的正式规定越多，组织中工作群体成员的行为就越一致，就越容易预测。

4. 组织资源

组织资源也是影响群体环境中的一个重要方面。例如，有些组织规模较大，而且利润丰厚，资源丰富，它们的员工可能拥有高质量的工具和设备来完成工作任务。而有些组织可能就没有这么幸运了。如果一个组织资源有限，那么它的工作群体所能拥有的资源当然也就比较有限。一个工作群体所能做的事情在很大程度上取决于其资源条件。各种资源——比如资金、时间、原材料、设备——都是由组织分配给群体的，这些资源是富裕还是短缺，对工作群体的行为有着巨大影响。

5. 组织的人力资源管理

组织的人力资源管理，如人员甄选过程、绩效和薪酬管理体系也会影响群体成员的行为。工作群体的成员首先是这个群体所属的组织的成员。比如，波音公司一个降低成本任务小组的成员首先必须是波音公司的员工。因此，一个组织在甄选员工的过程中所使用的标准，将决定这个组织工作群体中成员的类型。另一个影响每个员工的组织变量是组织的绩效评估和奖酬体系。由于工作群体是较大组织系统的一部分，因此，组织进行绩效评估的方式，以及组织对于哪种类型的行为给予奖励，都会影响群体成员的行为。

6. 组织文化

每个组织都有其不成文的文化，这种组织文化规定着哪些行为是可以接受的，哪些行为是不可以接受的。员工在进入组织几个月之后，一般就能了解其所在组织的文化。他们能够知道，上班时应该如何着装、组织的规章制度是否都应该严格遵从、哪些类型的出格行为会使自己遇到麻烦、哪些则没有多大关系，在组织中诚实和正直等品质是否很重要等。虽然许多组织中存在亚文化——通常以工作群体为中心产生——从而存在组织正式规章制度之外的一些规则，但这类组织中仍然是由主导文化向所有的组织成员表明，组织所重视的价值观是什么。如果工作群体的成员想得到组织的承认，就必须接受组织主导文化所蕴涵的价值标准。

7. 物理工作环境

最后，物理工作环境对群体行为也有着重要影响。一般来说，建筑师、工业工程师、办公室设计人员决定着员工工作场所的外观、设备的安排、照明水平以及是否需要隔音设备来减小噪音干扰。这些因素既可以成为工作群体互动的障碍，又可以为群体成员的交往提供机会。如果员工的工作场所相距较近，没有间隔物，而且直接上司在远处的封闭办公室中，显而易见，员工之间的相互对话或流言飞语的传播就容易多了。

11.2.2　群体成员的资源

一个群体可能达到的绩效水平在很大程度上取决于群体成员个人给群体带来的资源。这其中最重要的两个因素是：个人能力和人格特质。

1. 个人能力

通过评价个体成员所拥有的知识、技能以及与工作有关的能力可以部分地预测群体的绩效。事实证明，群体成员的知识和能力都与群体绩效有关。一个群体的绩效水平不仅仅是其成员个人能力的总和，而且其成员的知识和能力能帮助管理者间接地判断群体成员在群体中能够做什么，以及工作效果如何。一个人如果拥有对于完成工作任务来说至关重要的能力，并且这个人愿意参与群体活动，一般来说贡献也更多，成为群体领导的可能性也比较大；如果群体能够有效地利用他们的能力，他们的工作满意度就会更高。

2. 人格特质

个体人格特质也会对群体的绩效产生重要的影响。一般的结论是，具有积极意义的人格特质对群体生产率、群体士气和群体凝聚力有积极的影响，这些人格特质主要包括：善于社交、自我依赖、独立性强。相反，那些具有消极意义的特质，如独断、统治欲强、反传统性等，对群体生产率、群体士气、群体凝聚力会有消极的影响。这些人格特质通过影响群体成员在群体内部的相互作用方式，而影响到群体的绩效。

11.2.3　群体结构

工作群体是有结构的，群体结构塑造着群体成员的行为，使我们能够解释和预测群体内大部分的个体行为以及群体本身绩效的因素主要包括：正式领导、角色、规范和从众行为、地位、群体的规模、群体的构成和群体凝聚力。

1. 正式领导

部门经理、部门主管、工头、项目领导、任务小组领导或委员会主席这些头衔意味着几乎每个工作群体都有一个正式领导。群体领导对群体绩效的影响巨大。

2. 角色

角色（role）是指人们对在某个社会性单位中占有一个职位的人所期望的一系列行为模式。我们每个人都要扮演很多角色，例如工作中是公司的雇员、公司的中层管理人员、电子工程师，下班后是丈夫、父亲、志愿者等。我们的行为随着我们所扮演的角色的不同而不同，公司总经理在公司面对员工时的行为和他周末在家对待女儿的行为是不一样的。由于不同的群体对个体的角色要求不同，因此群体成员是否能满足群体对角色的要求，在很大程度上也会影响群体的工作绩效。

3. 规范和从众行为

所有群体都形成了自己的规范。所谓规范（norm），就是群体成员共同接受的一些行为标准。群体规范让群体成员知道自己在一定的环境条件下，应该做什么，不应该做什么。从个体的角度看，群体规范意味着在某种情境下群体对个人的行为方式的期望。群体规范被群体成员认可并接受之后，它们就成为以最少的外部控制影响群体成员行为的手段。

群体的正式规范是写入组织手册的，规定着员工应遵循的规则和程序。但组织中大部分规范是非正式的，比如，你用不着别人告诉你就知道，在公司总部老板来视察时，不能无休止地和同事闲聊。同样，我们都明白，在参加求职面试时，谈到自己对以前的那份工作不满意的地方时，有些事情不应该谈，但有些事情谈起来就比较合适。

虽然各个群体都有它自己独特的规范，但对于多数群体来说，其规范是有相通之处的。它们基本上包括以下四个方面的内容：（1）绩效。绝大多数的群体规范都会强调员工的努力，强调员工应具有较高的绩效水平。（2）仪表形象。所有的群体规范都强调员工应拥有与组织文化协调的仪表形象。（3）人际交往。往往群体规范会强调成员应该保持什么样的人际交往关系。（4）资源分配。群体规范中也会强调组织中资源分配的规则和历史（见图 11—3）。

图 11—3　群体规范的基本内容

作为群体的一个成员，如果渴望被群体接受，就会倾向于按照群体的规范做事。大量事实表明，群体能够给予其成员巨大压力，使他们改变自己的态度和行为，与群体标准保持一致，这就是群体中存在的从众行为（conformity）。研究表明，并不是所有的群体都能给予其成员从众压力，事实上群体成员遵从自己认为重要的群体规范，这些群体可能是他们现在已经参与的，也可能是他们希望以后能够参与的。

群体对于其成员的从众压力，对于群体成员个人判断和态度的影响，在阿希的经典实验中得到了充分证明。阿希把七八个被试组成一个小群体，并让他们都坐在教室里，要求他们比较实验者手中的两张卡片。一张卡片上有 1 条直线，另一张卡片上有 3 条直线，3 条直线的长度不同。这 3 条直线中有 1 条线和第一张卡片上的直线长度相同。线段的长度差异是非常明显的。在通常条件下，被试判断错误的概率小于 1％，被试只要大声说出第一张卡片上的那条直线与另一张卡片上 3 条直线中的哪一条长度相同就可以了。但是，如果群体成员开始时的回答就是错误的，会发生什么情况呢？阿希有意安排群体其他成员都作错误回答，而这一点是不知情的被试所不知道的，而且还有意让不知情的被试最后做出回答。

实验开始后，先做了几套类似练习。在这些练习中，所有被试都做出了正确回答。但在做第 3 套练习时，第一个被试做出了明显错误的回答，下一个被试也做出同样错误的回答，再下面的人都是如此，直到不知情的被试为止。不知情的被试面临的选择形势是：自己可以公开地说出与群体中其他成员不同的答案吗？或者，为了与群体中其他成员的反应保持一致，而做出一个自己坚信是错误的答案？

阿希所获得的结果表明：在多次实验中，大约有 35％的被试选择了与群体中其他成员的回答保持一致，也就是说，尽管他们知道自己的答案是错误的，但这个错误答案与群体其他成员的回答是一致的。阿希实验说明群体规范能够给群体成员造成压力，迫使他们的反应趋向一致。研究得出了这样的结论：如果某个体对某件事情的看法与群体中其他人的看法很不一致，他就会感到很大的压力，驱使他与其他人保持一致。

4. 地位

地位（status）是指别人对群体或群体成员的位置或层次的一种社会性的界定。我们生活在一个充斥着等级秩序的社会中，即使是很小的群体也有自己的角色、权力、仪式方面的规范，以便与外部成员区别开来。在理解人类行为时，地位是一个重要的因素，因为它是一个重要的激励因素，如果个体认识到自己的地位认知与别人对自己地位的认知不一致，就会对个体的行为反应产生巨大影响。

地位既可以是群体正式给予的，也可以是非正式的。也就是说，组织通过给予个体某种头衔或某类令人愉快的东西，而使个体获得某种正式地位。而在更多的情况下，我们是在非正式的意义上对待地位问题。地位可以通过教育、年龄、性别、技能、经验等特征而非正式地获得。任何东西只要被其他群体成员看作与地位有关的，它就具有地位价值，并且非正式地位不一定不如正式地位重要。

5. 群体的规模

群体规模能够影响群体的整体行为。事实表明，小群体完成任务的速度比大群体快。但是，如果群体参与了解决问题的过程，则大群体比小群体表现得好。把这个结论转换成数字可能多少有点风险，但我们可以利用一些参数：12 个人以上的大群体更善于吸收多种不同的观点。因此，如果群体的目标是调查事情的真相，那么应该是大群体更有效。相反，小群体善于完成生产性任务。所以，成员在 7 人左右的群体在执行任务时，更为有效。

一个与群体规模有关的最重要发现是社会惰化（social loafing）。所谓社会惰化，是指一种倾向：一个人在群体中工作不如单独一个人工作时努力。这个发现使下面的逻辑遇到了挑战：群体作为一个整体的生产力，至少等于群体成员个体生产力的总和。关于社会惰化原因的解释有两种：一种解释认为群体成员认为其他人没有尽到应尽的职责。如果你把别人看作懒惰或无能，你可能就会降低自己的努力程度，这样你才会觉得公平。另一种解释是群体责任的扩散，因为群体活动的结果不能归结为具体某个人的作用，个人投入与群体产出之间的关系就很模糊了。在这种情况下，个人就会降低群体性努力。换言之，当个人认为自己的贡献无法衡量时，群体的效率就会降低。

6. 群体的构成

大多数群体活动需要具备多种技术和知识，才能顺利进行。就这一点来说，我们可以得出这样的结论：异质性群体——由不同的个体组成的群体——更可能拥有多种能力和信息，运行效率会更高。有关研究也证实了这个结论。如果一个群体在性别、个性、观点、能力、技能和视野方面是异质的，群体有效完成任务所需要的特征就会增加。但由于职位设置，这样的群体可能产生较多的冲突，也可能不太容易随机应变，但在执行任务时，这种异质性群体比同质性群体更有效。

7. 群体凝聚力

群体凝聚力（group cohesiveness）是指群体成员相互吸引及共同参与群体目标和他们愿意留在组织中的程度。凝聚力很高的群体，成员相互交往、分享信息和解决问题的水平也很高，所以相似的兴趣、共同的目标、人格的吸引力以及群体的规模对这些交往都有良好的促进作用。

凝聚力很高的群体通常对成员有很强的影响力，成员往往对群体内部需要反应更强。这种情况在一定程度上并不完全是好的，因为凝聚力极强群体中的成员，可能担心表达自己的观点或情感会失去其他人的认同和信任，因此个人主义和自我尊重就会减少，这样很容易导致群体思维。这种群体思维表现出来的就是成员不愿意对其他人的意见和建议提出批评，其结果就是群体失去拥有新建议的机会，从而导致决策质量的下降。

凝聚力高的群体成员往往满意度更高，满意度来自友谊、支持、相互交往的机会和成功等，因此凝聚力高的群体往往聚在一起抵抗外在的威胁，从而给群体成员带来安全感。凝聚力与群体生产率的关系比较复杂：如果群体目标和组织目标是一致的，那么群体凝聚力越高，组织的生产率也越高；群体凝聚力较低，组织的生产率保持其正常水平。如果群体目标与组织目标不一致，那么凝聚力越高的群体，其生产率会越低；凝聚力较低的群体，其生产率基本不受影响。群体凝聚力、目标与生产率之间的关系如图 11—4 所示。

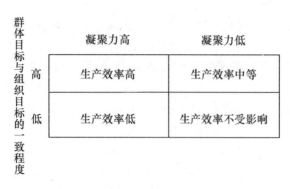

图 11—4 群体凝聚力、目标与生产率之间的关系

既然凝聚力能提高员工的满意度，同时如果群体认同组织目标的话，又能极大促进生产率的提高，那么哪些是影响凝聚力的因素呢？

（1）目标的达成。当群体实现了一个有意义的、共同认同的目标时，凝聚力就会增强。目标的达成越困难，群体的凝聚力就会越强；目标的达成相对容易的话，群体的凝聚力会较弱。

（2）成员的相似性。成员越相似，那么在一起共享目标的可能就越大，凝聚力也就越高；群体越松散，没有共同性，没有交往，凝聚力就会较低。

（3）群体规模。小群体的凝聚力高，而大群体的凝聚力低，因为大群体成员之间交往会比较少。因此群体规模也是影响群体凝聚力的因素之一。

（4）外部对群体的压力。当群体成员感觉到外部压力，要求成员改变其目标和兴趣时，群体的凝聚力会迅速提高。往往群体与外部联系越多，群体凝聚力越弱，群体与外部的关系越遥远，群体凝聚力越强。

（5）对群体的依赖性。成员在完成任务过程中，对群体越依赖，凝聚力越强；对群体依赖程度越低，群体凝聚力就越弱。

（6）领导的要求与压力。权威的合法性与权威的地位，都会迫使员工服从，因此，权威或领导者也可以通过影响群体凝聚力来影响每个人的活动，促使人们从心理上接受任务的分配。

（7）信息沟通。成员之间的信息沟通程度越强，群体的凝聚力就会越强；信息沟通越少，群体的凝聚力会越弱。

（8）公平的奖励制度。公平的奖励制度也是影响员工凝聚力的非常重要的因素，公平奖励有助于促进成员的群体归属感。为了保持公平，奖励应该与个人的贡献联系起来。

（9）成功经验。在完成任务的过程中，如果群体在完成任务时有很好的成功经验，则群体的凝聚力会更强。

11.2.4　群体的互动过程

在群体任务中，如果每个成员的贡献难以衡量，个体就可能会降低他们的努力程度，换言之，社会惰化现象证实了群体可能带来的损失。当然，群体互动过程也可能带来积极结果，也就是说，群体整体的产出可能大于群体成员个人产出的总和。图 11—5 说明了群体互动过程通过哪些途径可以影响群体的实际工作效果。

图 11—5　群体互动过程的影响

1. 协同效应

协同效应（synergy effect）是一个生物学术语，它是指由两种以上的物质相互作用所产生的效果不同于单一物质作用的总和。我们可以借用这个概念来更好地理解群体互动过程。例如，社会惰化现象所代表的是负协同效应，使群体互动的结果小于个体累加之和。另一方面，在实验室里经常使用研究小组来完成工作任务，因为研究小组可以利用小组成员的多种技能，从事研究者个人无法单独从事的一些研究。也就是说，他们的协同效应是正向的。他们相互作用过程的所得大于所失。

2. 社会促进效应

社会促进效应（social facilitation effect）是指，在别人面前绩效水平提高或降低的一种倾向。有关社会促进的研究告诉我们，别人在场时从事简单的、常规性的任务，个体的操作会更快、更精确。但如果从事的是复杂的、需要高度集中注意力的工作，别人的出现可能会对绩效产生消极影响。这对员工的学习和培训很有意义。如果一个人对于某项任务非常熟悉，别人在场时他可能会做得更好；反之，对于不太熟悉的任务，别人在场会降低他的操作水平。因此，通过集体训练使员工完成某项具体任务，通过单独培训使员工完成某项复杂任务，群体的相互作用过程便会带来最大收益。

11.2.5　群体任务的特点

群体互动过程对群体绩效和群体成员满意度的影响，也受到群体所从事的任务的影响。群体任务可以简单地划分为两类：简单任务和复杂任务。复杂任务是指那些新颖而又非常规性的任务。简单任务是指常规性的、标准化的任务。一般来说，任务越复杂，群体从成员对各种方法的讨论中得到的收益就越多。如果工作任务很简单，群体成员则不需要进行工作方法方面的讨论，他们可以按照标准化的操作程序来执行任务。同样，如果群体成员必须完成的任务相互之间依赖性较强，群体成员就需要更多的相互作用。因此，如果工作任务的相互依赖性较强，有效的沟通和最低水平的冲突就有助于提高群体绩效。

11.3　群体决策

11.3.1　群体决策的优缺点

群体决策和个体决策各有其优势，但都不是可以适用于任何环境的。与个体决策相比，群体决策有下面一些主要的优点：

（1）更全面的信息和知识。通过综合多个个体的资源，可以在决策过程中投入更多的信息。

（2）增加观点的多样性。除了更多的投入以外，群体能够给决策过程带来异质性，这就为多种方法和多种方案的讨论提供了机会。

（3）提高了决策的可接受性。许多决策在做出之后，常常因为不被人们接受而夭折。但是，如果那些会受到决策影响的人和将来要执行决策的人能够参与到决策过程中去，他们就更愿意接受决策，并鼓励别人也接受决策。这样，决策就能够获得更多支持，执行决策的员工的满意度也会提高。

（4）增加决策的合法性。群体决策被认为比个人决策更合乎法律要求。如果个人决策者在进行决策之前没有征求其他人的意见，决策者权力的行使可能会被看成独断专行。

虽然很多研究都支持群体决策要比个体决策好，但是也有批评者认为，群体决策有其局限性。其主要的不足有：

（1）浪费时间。组织一个群体需要时间。群体产生之后，群体成员之间的相互作用往往是低效率的，这样，群体决策所用的时间与个人决策所用的时间相比就要多一些，从而限制了管理人员在必要时做出快速反应的能力。

（2）从众压力。前面我们已经指出，群体中存在从众压力。群体成员希望被群体接受和重视的愿望可能会导致不同意见被压制。

（3）被少数人控制。群体讨论可能会被一两个人控制，如果这种控制是由低水平的成员所致，群体的运行效率就会受到不利影响。

（4）责任不清。群体成员对于决策结果共同承担责任，但谁对最后的结果负责却不清楚。对于个人决策来说，责任者是很明确的；对于群体决策而言，在决策过程中任何一个成员的责任都会降低。

许多研究者认为，群体决策实际上是两个部分：一个是正确地找到解决问题的方案，另一个是被群体成员接受的方案。只有当群体中每一个成员的决策质量都差不多的时候，群体决策才比个体决策质量高。影响群体决策质量的因素如下：

（1）群体成员带给决策过程的资源。如果成员没有提供任何有关决策过程的资源，那么，群体决策的质量就不一定比个体决策质量好。

（2）群体领导者的素质会影响群体决策。解决问题往往需要创新性的想法，如果领导者无法接受创新思想，那么群体决策的质量就会大受影响。

（3）成员之间的相对地位、群体规模和成员的同质性都影响群体决策的质量。如果群体地位相差很大，群体决策质量就会下降；如果群体规模过大，群体决策质量会下降；当群体成员都是同质成员的时候，群体决策质量也会偏低。

11.3.2　群体决策的偏差

在群体决策的过程中，会出现两种偏差现象，它们将在很大程度上影响群体决策的效果。

1. 群体思维

第一种现象为群体思维（group think），它是指这样一些情况，即由于从众压力使群体对不寻常的、少数人的或不受欢迎的观点作不出客观的评价。群体思维一般发生在群体成员都追求意见一致性的情况下，群体中寻求一致性的规范使群体无力采取行动来客观地评估待选方案，不落俗套的、少数人的和不受欢迎的观点难以充分表达出来，就会出现个体的心智效率、对事实的认识、道德判断等发生效能下降的现象。

群体思维现象有多种表现：

(1) 群体成员把他们所做出假设的任何相关意见合理化。不管事实与他们的基本假设的冲突多么强烈，成员的行为都是继续强化这种假设。

(2) 对那些时不时怀疑群体共同观点的人，或怀疑大家都信奉的论据的人，群体成员对他们施加直接压力。

(3) 那些持有怀疑或不同看法的人，往往通过保持沉默，甚至降低自己看法的重要性，来尽力避免与群体观点不一致。

(4) 好像存在一种无异议错觉，如果某个人保持沉默，大家往往认为他表示赞成。换句话说，缺席者就被看作赞成者。

群体思维会严重影响群体决策的准确性，导致行动的无效甚至失败，因此在进行群体决策时，需要克服群体思维带来的危害。一般来说，可以通过以下几种方式来克服群体思维：

(1) 群体领导者应该用批评的方式来评估所看到的一切，并且把质疑和公开讨论放在非常重要的地位。领导者应该准备接受对他个人和方案的批评意见，这些批评意见对于防止群体过于一致起着至关重要的作用。

(2) 在讨论开始的时候，领导者应该对公开质疑和批评予以支持，而且尽可能避免对可能的结果表现其偏好性，同时鼓励成员提出建议，全面评估所有信息。

(3) 要采取一切可能的公开讨论或者会议的方式来寻求成员们对方案的多方意见。

(4) 不要冲动性地寻找解决问题的方案。当管理者找到第一个解决问题的方案时，先让它停下来，然后另外找时间对这种方案进行重新评估。

(5) 当意见成熟时，把群体分为小组，让每一个小组评估方案的可行性和有效性，并让主要的小组来负责修订。可以根据需要安排不同的小组，这样的小组由不同的领导者管理，效果可能会更好。

2. 群体偏移

第二种现象是群体偏移（group shift），它是指这样一种情况，即在讨论可选择的方案、进行决策的过程中，群体成员倾向于夸大自己最初的立场或观点。在某些情况下，谨慎态度占上风，形成保守转移。但是，在大多数情况下，群体容易向冒险转移。在群体讨论中，往往会出现这种现象，即群体讨论会使群体成员的观点朝着更极端的方向转移，这个方向是讨论前他们已经倾向的方向。因此，保守的会更保守，激进的会更冒险。

群体偏移这一现象出现的原因是群体决策分散了责任，群体决策使得任何一个人用不着单独对最后的选择负责任。因此，即使决策失败，由于没有一个成员承担全部责任，群体成员的行为也会倾向于冒险。事实上，群体偏移可以看作群体思维的一种特殊形式。群体的决策结果反映了在群体讨论过程中形成的占主导地位的决策规范。群体决策结果是变得更加保守还是更加激进，取决于在群体讨论之前占主导地位的讨论规范。

11.3.3　群体决策的技术

一般而言，群体决策最常见的方式是组成互动群体。互动群体是指那些成员面对面接触，并依赖言语和非言语进行相互沟通的群体。但是这种群体会对群体成员个人形成压力，迫使他们达成从众的意见，因此需要采用一定的技术来克服这种问题。头脑风暴法、名义小组技术、电子会议法以及德尔菲法是一些能够减少传统的互动群体法固有问题的有效方法。

1. 头脑风暴法

头脑风暴法（brain storming）用以克服互动群体中产生的妨碍创造性方案形成的从众压力。其方法是，利用产生观念的过程，创造一种进行决策的程序，在这个程序中，鼓励群体成员畅所欲言，提出各种备选方案，并且不允许对这些观念进行任何评论。

在典型的头脑风暴讨论中，六到十二个人围坐在一张桌子旁，群体领导以清楚明了的方式把问题说明白，让每个成员都明确知道需要讨论的问题。然后，在给定的时间内，群体成员可以自由发言，尽可能地想出各种解决问题的方案。在这段时间里，任何人都不得对发言者加以评价——无论是受到别人启发的观点还是稀奇古怪的观点。直到所有的方案都记录在案，群体成员才分析和讨论这些提议和方案。头脑风暴法只是提供想法和观念的一种过程，它并不能提供更为现实的解决方案。

2. 名义小组技术

名义小组技术（nominal group technique）是指在决策过程对群体成员的讨论或人际沟通加以限制。像召开传统会议一样，群体成员都出席会议，但群体成员首先进行个体决策。具体方法是，在问题提出之后，采取以下几个步骤：

（1）群体成员聚在一起，但在进行讨论前，每个群体成员写下自己对于解决某个问题的看法或观点。

（2）在这个安静阶段结束之后，每个群体成员都要向群体中其他人说明自己的观点。群体成员一个人挨一个人地进行，每次表达一种观点，直到所有表达出来的观点都被记录下来后再进行讨论。

（3）群体开始讨论每个人的观点，并进一步澄清和评价这些观点。

（4）每个群体成员独自对这些观点进行排序。最终决策结果是排序最靠前、选择最集中的那个观点。

名义小组技术的主要优点是：允许群体成员正式地聚在一起，但是又不像互动群体那样限制个体的独立思维。

3. 电子会议法

最近的一种群体决策方法是名义小组技术与计算机技术的混合，我们称之为电子会议法（electronic meetings）。电子会议法需要一定的技术和设备。其形式是 50 人左右围坐在马蹄形的桌子旁，每人面前只有一台计算机终端。通过大屏幕将问题呈现给参与者，要求他们把自己的意见输入计算机终端屏幕上。个人的意见和投票都将显示在会议室中的投影屏幕上。

电子会议法的主要优势是：匿名、可靠、迅速。与会者可以采取匿名形式把自己想表达的任何想法表达出来。与会者一旦把自己的想法输入键盘，所有的人都可以在屏幕上看到。这样与会者就可以真实地表现自己的本意，而不用担心受到惩罚。并且，这种方法决策迅速，因为没有闲聊，讨论不会离开主题，大家在同一时间可以互不妨碍地相互"交谈"，而不会打断别人。

4. 德尔菲法

前面已经介绍过德尔菲法，这里不再赘述。作为一种典型的群体决策技术，德尔菲法能够保证群体成员免受他人的不利影响。因为德尔菲法不需要群体成员相互见面，它可以使地理位置分散的群体成员参与到同一个决策当中。当然，德尔菲法也存在一些不足之处。首先，这种方法要占用大量时间，如果需要快速做出决策，它就不适用了；此外，这种方法无法像互动群体法或名义小组技术那样，可以提出丰富的解决问题的方案，这是因为通过群体成员之间激烈的相互作用而激发创意的情况，在使用德尔菲法的时候，是不会出现的。

我们可以看出，每种群体决策方法都有其优点和不足。选择哪种方法取决于你所强调的标准。如表 11—2 所示，互动群体法有助于增强群体内部的凝聚力，头脑风暴法可以使群体的压力降到最低，德尔菲法能使人际冲突趋于最小，电子会议法可以较快地处理各种观点。因此，哪一种决策方法最好，取决于你用来评价群体决策效果的标准。

表 11—2　　　　　　　　　　　　**群体决策方法效果的评估**

效果指标	群体决策的方法				
	互动群体法	头脑风暴法	名义小组技术	德尔菲法	电子会议法
观点的数量	低	中等	高	高	高
观点的质量	低	中等	低	高	高
社会压力	高	低	低	低	高
财务成本	低	低	高	低	高
决策速度	中等	中等	低	低	低
任务导向	低	高	中等	高	高
潜在的人际冲突	高	低	低	低	中等
成就感	从高到低	高	低	中等	低
对决策结果的承诺	高	不适用	中等	低	中等
群体凝聚力	高	高	中等	低	低

11.4　团队的建设

11.4.1　团队的内涵

1. 团队的概念

团队（team）是一种特殊的工作群体。它通过其成员的共同努力产生积极协同作用，团队成员努力的结果使团队的绩效水平远远大于个体成员绩效的总和。团队工作强调集体的绩效、共同的责任、积极的合作和相互补充的技能。

为什么要采用团队的组织形式呢？事实表明，如果某种工作任务的完成需要多种技能、经验，那么由团队来做通常效果比个人好。团队是组织提高运行效率的可行方式，它有助于组织更好地利用雇员的才能。管理人员发现，在多变的环境中，团队比传统的部门结构或其他形式的稳定性群体更灵活，反应更迅速。团队可以快速地组合、重组和解散。团队还有另一方面的作用不可忽视，那就是它在激励方面的作用。团队能够促进雇员参与决策过程，有助于管理人员增强组织的民主气氛，提高团队成员的积极性。

2. 工作群体与团队的区别

结合本章第一节的定义可知，在工作群体中，成员通过相互作用来共享信息、做出决策，帮助每个成员更好地承担起自己的责任。工作群体中的成员不一定要参与需要共同努力的集体工作，他们也不一定有机会这样做。因此，在工作群体中，并不一定存在能够使群体的总体绩效大于个人绩效之和的积极的协同作用。

工作团队则不同，它通过其成员的共同努力能够产生积极协同作用，其团队成员努力的结果使团队的总体绩效远大于个体成员绩效的总和。表11—3明确展示了工作群体与工作团队的区别。这些定义有助于澄清为什么现在许多组织围绕工作团队重新组织工作过程。管理人员这样做的目的，是通过工作团队的积极协同作用，提高组织绩效。团队的广泛应用为组织创造了一种潜力，能够使组织在不增加投入的情况下，提高产出水平。不过，应该注意，我们说的是"潜力"。建立团队并不能保证一定产生积极的协同作用。仅仅把工作群体换种称呼，改称工作团队，不能自动地提高组织绩效。

表11—3 工作群体与工作团队的区别

	工作群体	工作团队
合作方式	共享信息	协作配合
责任承担	个体责任	共同的责任和个体责任
工作目标	不明确或个人化的	成员有共同目标
培训	个人技能的培训	个人培训和团队训练
交流	个人感受不需要交流	公开表达感受
成员关系	各自为政，有限的信任	相互间充分信任
成员技能	符合其职位要求	相互补充的技能
工作结果	个人绩效	集体绩效

11.4.2 团队的类型

根据工作类别、权威性等的不同，团队可以区分为多种类型，下面是比较常见的几种团队，这些团队并不相互独立，也就是说，这些团队是按照不同的区分标准进行区分的，它们彼此可能有关联。

1. 工作团队

工作团队是指为了实现某一目标而由相互协作的个体组成的相对持久的正式群体，因此所有的工作团队都是群体，但只有正式群体才能成为工作团队。

常见的工作团队又可以分为职能式团队、问题解决团队和跨职能团队。

（1）职能式团队。职能式团队是指在一起从事相关事务的个体集合，其特点是集中了专门人才解决专门问题，有利于专业性工作任务的完成。

（2）问题解决团队。问题解决团队专注于职责范围内的特殊问题，会得到部分授权，用来实施解决问题的方案，但授权范围较窄，不能从职能上重组工作或改变管理者角色。团队成员在工作中往往面临的是质量或成本问题，比如常见的质量问题解决团队。质量问题解决团队通常是由八到十二位员工或管理者组成的工作团队，他们定期碰头，研讨所遇到的质量问题，调查问题出现的原因，推荐解决问题的方案，并且纠正错误的方式。质量团队最重要的就是承担解决质量问题的职责，提出并评估他们自己的建议。

（3）跨职能团队。将各个职能部门具有不同知识技能的人聚集在一起，共同解决工作中的问题的团队被称为跨职能团队。比如危机事件处理小组就是典型的跨职能团队。跨职能团队的成员基本上来自同样的层级，但可能来自组织内不同的职能区域，他们共同从事某些工作，互相交换意见，因此并不容易管理。所以要建设高效能的跨职能团队，最重要的是花时间建立信任。

2. 管理团队

管理团队是指团队成员来自不同的层次、等级甚至领域的管理部门，关注管理和协调组织的各个职能部门的工作的团队，因此管理团队的特点是从多个方面协调工作团队的活动，包括提供建议和支持。

高层管理团队是管理团队的一部分。高层管理团队看起来好像并不是一个标准的团队，因为他们的工作相对自由和独立，但这些团队成员的工作功能在整个组织的运作系统上是紧密结合的，同时团队成员在组织中的地位相对较高，因此他们才被称为高层管理团队。

管理团队强调的是管理者构成的团队，因此他们在组织中的地位相对较高，授权范围和自我管理权限较大。

如果说工作团队和管理团队是按照工作任务来划分的，接下来的几种团队形式则是随着团队发展到一定程度而出现的新型团队形式。

3. 自我管理团队

自我管理团队既不属于工作团队，也不完全属于管理团队，而是既有明确的工作任务，又有自我管理权限的团队形式。自我管理团队通常是由十到十五个员工组成，通常自我管理工作任务，对在工作过程中发生的问题进行自主决策。在这样的自我管理团队中，也会有计划、组织、领导和控制的过程，但他们没有明显的管理者，每个人既是管理者也是员工。

现在人们认为自我管理团队是应对组织压力和员工积极性缺乏等问题的最理想模式，因为让员工自我管理所有的过程，会给员工带来极大的满意度和自我控制感。但问题在于传统的管理者并不清楚该如何与自我管理团队进行合作。有的管理者并不完全适应自我管理团队的工作，因为他们的传统管理技能非常单一，还有的管理者觉得把任务交给一个团队不够安全。

在现实工作情境中，管理者应用自我管理团队还会遇到自我管理团队的自由度问题。

最糟糕的例子就是有的自我管理团队能在很短的时间内变成效率最低的团队，所以如何把握自我管理团队的自由度是一个重要问题。

4. 关系团队

关系团队同样是既不属于工作团队，也不属于管理团队的团队形式。它是在知识型组织的背景下发展起来的新型团队。所谓关系团队，是由一些专家和知识型员工定期地聚在一起，分享信息，解决与工作任务有关问题的团队。这种团队管理就是所谓的知识管理，也就是对组织和雇员中的知识与经验进行管理并相互传递的过程。这种方式被认为是在知识型组织中最重要的管理方式。但是这种团队也有其不足，就是如果没有建设好知识分享的组织文化，这种团队就无法运作；另外，如果员工认为拥有知识就是拥有权力，那么这种团队也同样无法运作。

5. 虚拟团队

现代组织越来越依靠虚拟技术，很多团队工作可能是通过电子交流等方式来完成的。所谓虚拟团队，是指通过虚拟技术，把在不同地方甚至不同国家工作的成员结合起来共同完成某项任务的团队。这种团队结构对现行的管理理论和流程构成极大的挑战，因此它也是既不属于工作团队也不属于管理团队的团队形式。

虚拟团队具有以下优点：

（1）这种团队突破了时间和空间的限制。例如一个虚拟团队并不必然确定某些成员在同一个城市或某一个时间出席某个会议，成员可以在不同地方、不同时间参与会议。

（2）虚拟团队能利用一个在其他地方工作的人的经验。假如在某个工厂中产品质量出了问题，管理者任命一个虚拟团队来解决问题，这个团队可能包括世界各地能参与处理这类问题的专家。

（3）虚拟团队能降低管理成本。把世界各地的专家聚在一个地方，仅仅差旅费用就是一项非常高的费用，但虚拟团队就可以省下这笔费用。

（4）虚拟团队能采用新的方式来促进团队成员的沟通与交流。对于普通团队而言，文本报告的携带会带来很多麻烦，而虚拟团队则可以很容易地通过电子方式传递信息，进行团队成员之间的沟通与交流。

但虚拟团队也有一个明显的缺点，那就是团队成员之间缺乏面对面的交流，成员之间很难产生真正意义上的信任。要在虚拟团队中建立信任需要从三个方面着手：一是要有一个社会交往的时间，在这个时间内成员自我介绍并且互相提供背景信息；二是成员应该清楚地界定相互关系；三是虚拟团队中的所有成员对团队任务表现出积极的态度。

要在虚拟团队内建立信任，就意味着需要培训，培训是提高虚拟团队效率的重要手段。虚拟团队的成员和传统团队的成员一样要拥有很多技能，但团队成员必须知道怎样用专门技术帮助团队活动。管理者也需要理解虚拟技术在应用上的局限和优势。无论虚拟技术是作为一种交流方式还是一种决策制定方式，团队成员都应该熟练地应用它们。成员也应该接受相应的培训以使其行为更适合虚拟环境。传统的交流方式无法应用于虚拟团队的活动，因此虚拟团队的成员应该学会用新的技能来进行交流。

11.4.3　团队管理的意义

团队管理有其独特的优势，因此更具有管理上的意义：

（1）团队更容易创造集体精神。群体成员之间需要相互帮助和相互支持，以团队的方式开展工作，这样更容易促进成员之间的合作，提高成员的士气；另外，团队规范也很容易创造集体精神，一方面促进成员卓越工作，另一方面还创造良好的工作氛围以提高成员的满意度。

（2）团队更容易提高管理水平。采用团队的管理方式，使高层管理者有更多的机会去思考战略问题。当群体以个体为基础进行工作设计时，管理者往往要花很多时间去处理"例外问题"，而运用团队管理方式，这些问题在团队内部即可解决。

（3）团队更容易加快决策速度。因为团队是一个人数更少而且工作协作性更强的正式群体，这就意味着团队成员对与工作有关的问题往往知道得更多，而且对问题的发展了解得也更为详细，因此把决策权下放给团队，能让组织在决策过程中具有更大的灵活性，其反应速度也就更快。

（4）团队更容易提高决策质量。因为团队是由不同背景、不同经历的个体组成的，看问题的广度要比同质群体更大，而且其成员可能共享的经验也会更多，因此由不同风格的个体组成的团队的决策质量，要比个体和同质群体的决策质量更高。

（5）团队能提高工作绩效。从现实管理实践中可以发现，团队能有效地提高工作绩效。传统的以个体工作为中心的组织设计，其工作绩效会受到个体及其环境的不确定性影响，而且个体工作方式容易产生浪费及官僚主义作风等，采用团队工作的方式能有效避免这些问题，从而提高工作绩效。

11.5　创建高效能团队

11.5.1　高效能团队的特征

团队形式本身并不能自动提高生产效率，因此要使团队成为一个高效能的团队，就必须使团队具有高效能团队的特征。

1. 清晰的目标

高效能团队对所要达到的目标应该有清晰的认识，管理者应该提供信息和资源给团队，并帮助团队做出正确决策。当团队成员认同目标时，目标还会成为成员的重要激励因素。因此在高效能团队中，成员愿意为目标做出承诺，而且非常清楚他们能为团队完成什么工作以及如何完成。

2. 成员具备相关的工作技能

通常团队是由管理者、专家、工人甚至是后勤人员这些不同背景、不同经历的人组成的，因此高效能团队的成员应该在能力上互补，相互之间有良好的合作，从而使得团队具有实现理想目标所必需的技术和能力。

3. 成员之间相互信任

成员之间相互信任是高效能团队的显著特征，也就是说，高效能团队的成员对彼此的品行和能力都深信不疑，而这种信任为团队提高工作绩效和决策质量提供了非常好的心理基础。

4. 一致的承诺

高效能团队成员对团队表现出高度的忠诚和承诺，为了让团队获得成功，他们愿意做更多的工作。这种承诺的基础是团队成员的认同感，他们把团队的成功和自己个人的成功联系在一起，愿意为团队的目标发挥自己的最大潜能。

5. 良好的沟通

在高效能团队中，沟通是必不可少的条件之一。要建立相互的信任和一致的承诺，言语和非言语的沟通都是非常重要的，而且管理者和团队之间良好的信息反馈也是沟通的重要环节，有助于管理者指导团队成员的行动。

6. 克服冲突的技能

高效能团队中也会存在冲突，不同的人对同样的问题可能有不同的理解，所以与沟通同样重要的就是克服冲突的技能。谈判是克服冲突经常采用的方式。因为团队成员的角色非常多变，而且在不断调整，这就意味着成员需要有高超的谈判技能，通过沟通和谈判达到充分的理解和信任，最终克服冲突。

7. 恰当的领导

有效的领导能够让团队成员度过最艰难的时期，因为他能够在成员之间建立协调的机制，同时也能够为团队提供指导和支持，为团队的发展引进变革和激励。恰当的领导是高效能团队建设中非常重要的因素之一。

8. 支持的环境

上述特点都是高效能团队的内部特征，还有一个重要的外部特征就是它的支持环境。这种支持环境包括内部的组织环境和外部环境。内部的组织环境是指团队内部要有合理的基础结构和工作设计，同时应该拥有一套公平的评估和奖励机制以及起作用的人力资源系统，而恰当的外部支持是指管理层应该能提供团队完成工作所需要的所有资源。只有内部管理环境公正和合理、外部环境支持充分，团队的绩效才能大幅度提高。

11.5.2　创建高效能团队

创建一个高效能团队并不是一件非常容易的事情，建立一个以团队为基础的组织需要对现有的管理体制进行非常大的调整。

1. 创建高效能团队的步骤

创建高效能团队的步骤如下：

（1）准备工作。首先管理者必须明确团队的任务和性质，尤其要明确高效能团队的目标和职权，没有工作任务、目标和使命，是不可能创建高效能团队的。

（2）创造条件。要创建一个团队运行所需要的环境，包括组织环境、资源环境以及工作环境。高效能团队的工作需要多种条件同时具备。

（3）形成团队。管理者首先要挑选合适的团队成员，团队成员的年龄、经验和教育背景都是需要仔细考虑的；其次要让团队成员接受团队使命与目标，团队成员对团队使命没有承诺是不可能建设高效能团队的；最后要公开团队职责和权力，确保团队的自主管理和自我责任。

（4）提供持续支持。团队运行需要各种条件的配合，同样也需要得到管理者的持续支持。

2. 开发高效能团队的具体措施

不同的研究者对开发高效能团队的具体建议可能不尽相同，但通常的开发措施如下：

（1）保持最佳规模。

最好的工作团队规模一般比较小。如果团队成员多于 12 人，他们就很难顺利开展工作。他们在相互交流时会遇到许多障碍，也很难在讨论问题时达成一致。一般来说，如果团队成员很多，就难以形成凝聚力、忠诚感和相互信赖感，而这些却是高绩效团队所不可缺少的。所以，管理人员要塑造富有成效的团队，就应该把团队成员人数控制在 12 人之内。如果一个自然工作单位本身较大，而你又希望达到团队的效果，那么可以考虑把工作群体分化成几个小的工作团队。

（2）正确选拔成员。

要想有效地运作，一个团队需要三种不同技能类型的人。第一，需要具有技术专长的成员。第二，需要能够发现问题，提出解决问题的建议，并权衡这些建议，然后做出有效选择的成员。第三，团队需要若干善于聆听、反馈、解决冲突及其他人际关系技能的成员。如果一个团队不具备以上三类成员，就不可能充分发挥其绩效潜能。对具备不同技能的人进行合理搭配是极其重要的。一种类型的人过多，另两种类型的人自然就少，团队绩效就会降低。但在团队形成之初，并不需要以上三方面的成员全部具备。在必要时，一个或多个成员去学习团队所缺乏的某种技能从而使团队充分发挥其潜能的情况并不少见。

（3）分配角色以及增强多样性。

人们的人格特质各有不同，如果员工的工作性质与其人格特点一致，其绩效水平就容易提高。就工作团队内的位置分配而言，也是如此。团队有不同的需求，挑选团队成员时，应该以员工的人格特点和个人偏好为基础。

高绩效团队能够给员工适当地分配不同的角色。例如，长期使球队保持赢势的篮球教练知道如何挑选富有前途的队员，识别他们的优势与劣势，并把他们安排到最适合发挥其才能的位置上，使他们能为球队作出最大贡献。成功的球队具有能够胜任关键位置的球员，并能在了解球员技能和爱好的基础上，把他们配置到各个位置上。

如果强迫人们去承担不同角色，大多数人能够承担得起任何一种角色，但人们非常愿意承担的通常只有两三种。管理人员有必要了解个体能够给团队带来贡献的个人优势，根据这一原则来选择团队成员，并使工作任务分配与团队成员偏好的风格相一致。

（4）澄清目标。

成功的团队会把他们的共同目的转变成为具体的、可以衡量的、现实可行的绩效目标。前面曾介绍过，目标会使个体提高绩效水平，目标也能使群体充满活力。具体的目标可以促进明确的沟通，它们还有助于团队把自己的精力放在达成有效的结果上。

（5）适当的绩效评估和奖励方式。

怎样才能使团队成员在集体和个人两个层次上都具有责任心呢？传统的以个人导向为基础的评估与奖酬体系必须有所变革，才能充分地衡量团队绩效。个人绩效评估、固定的小时工资、个人激励等与高绩效团队的开发是不一致的。因此，除了根据个体的贡献进行评估和奖励之外，管理人员还应该考虑以团队为基础进行绩效评估、利润分享、小群体激励及其他方面的变革，来强化团队的奋进精神和承诺。

（6）鼓励参与决策。

团队成员参与决策影响他们对决策结果的承诺，也使决策结果比较容易得以执行，因此必须鼓励成员参与决策。

（7）提供支持。

应当让成员完全相信他们具备解决问题的能力、相信他们能及时得到解决问题所需的一切支持。

（8）激发士气。

高效团队的成员往往分别独立负责工作的一个方面，因此工作压力会比较大，作为管理者要随时注意激发他们的士气，使他们充满信心。

（9）培养相互信任的精神。

高效能团队的一个特点是，团队成员之间高度信任。但是，从个人关系中不难发现，信任是脆弱的，它需要很长时间才能建立起来，却又很容易被破坏，破坏之后要恢复又很困难。另外，因为信任会带来信任，不信任会带来不信任，要维持一种信任关系就需要管理人员处处留意。

（10）团队领导与结构。

目标决定了团队最终要达成的结果。但高绩效团队还需要领导和结构提供方向与焦点。例如，确定一种大家认同的方式，就能保证团队在达到目标的手段方面团结一致。

在团队中，对于谁做什么和保证所有的成员承担相同的工作负荷等问题，团队成员必须取得一致意见。另外，团队需要决定的问题还有：如何安排工作日程，需要开发什么技能，如何解决冲突，如何做出和修改决策，如何决定成员具体的工作任务内容，并使工作任务适应团队成员个人的技能水平。

（11）承认与回报重大贡献。

高效能团队成员也需要得到支持和认同，因此承认和回报他们的重大贡献对他们是最具激励作用的行为。

本章小结

群体是指两个或两个以上相互作用、相互依赖的个体，为了实现某一特定目标而组成的集合体。群体可以划分为正式群体和非正式群体，初级群体和次级群体以及实属群体和参照群体。

群体发展大致会经历五个阶段，分别是形成、震荡、规范、执行和解体阶段。对于有明确截止时间的临时性群体来说，其形成和发展可以用间断平衡模型来解释。群体运作的方式以及最终体现出的群体效率都取决于一系列的群体特征和过程，这些群体特征和过程统称为群体动力。群体动力的一些关键要素有群体成员的资源、群体结构、施加于群体的外界条件以及群体任务等。

虽然员工参与决策似乎更有道理——这样当员工了解他们的任务，寻找自主性和控制感时，他们会受到更多的激励，但研究表明，员工参与决策效果并不明显，因此群体的决策并不总是比个体决策的质量要高。群体思维是指群体更看重决策制定的过程，而不是更看重决策制定的质量。群体思维可能导致非常严重的后果，应该尽量避免这种思维的出现。群体偏移是指群体要比个体决策更为极端化——不论更谨慎还是更冒险都是如此。

团队通常是指一小群人彼此有着互补的技能，他们互相结合在一起，共同完成一个目标。团队形式在各组织中迅速普及，因为：团队更容易创造集体精神；更容易提高管理水平；更容易加快决策速度；更容易提高决策质量并且通常会提高工作绩效。团队形式本身并不能自动提高生产效率，因此要使团队成为一个高效能的团队，就必须使团队具有高效能团队的特征：清晰的目标；成员具备相关的工作技能；成员之间相互信任；一致的承诺；良好的沟通；克服冲突的技能、恰当的领导以及支持的环境。管理者应该清楚管理与开发高效能团队的问题，按照团队建设的原则来更好地发展高效能团队。

关键术语

群体（group）　　　　　　　　群体动力（group dynamics）
规范（norms）　　　　　　　　从众行为（conformity）
角色（role）　　　　　　　　　群体凝聚力（group cohesiveness）
社会惰化（social loafing）　　　群体思维（group think）
群体偏移（group shift）　　　　团队（team）

复习思考题

1. 什么是正式群体和非正式群体，它们是如何区分的？
2. 群体形成的阶段有哪几个？
3. 群体的凝聚力和生产率之间的关系是什么？
4. 群体动力的作用因素有哪些？
5. 什么是群体思维？什么是群体偏移？怎样才能避免群体思维？
6. 比较不同类型的工作团队，并分析在所有的工作团队中，哪一种工作团队的效能最高？
7. 高效能团队有什么特征？如何建设和管理高效能团队？

参考文献

1. ［美］斯蒂芬·P·罗宾斯，玛丽·库尔特. 管理学（第 7 版）. 北京：中国人民大学出版社，2004

2. ［美］斯蒂芬·P·罗宾斯. 组织行为学（第 10 版）. 北京：中国人民大学出版社，2005

3. ［美］托马斯·贝特曼，斯考特·斯奈尔. 管理学——构建竞争优势（第 4 版）.

北京：北京大学出版社，2004

4. ［美］加雷斯·琼斯，珍妮弗·乔治，查尔斯·希尔. 当代管理学（第 2 版）. 北京：人民邮电出版社，2003

5. 李剑锋. 组织行为学. 北京：首都经济贸易大学出版社，2003

6. Adrian Furnham，*The Psychology of Behavior at Work*，Psychology Press，2000

7. Eugene McKenna，*Business Psychology and Organizational Behavior*，3th ed.，Taylor & Francis Group Psychology Press，2000

第 12 章

领　导

领导是一种迷人的社会现象，它超越地理、文化和国度的界限，发生在所有的组织团队中。从古至今，许多成功的领导者向我们展示着领导的巨大魅力和威望。那么领导究竟是什么呢？领导者为什么具有如此大的能量和魅力？如果一个人想要成为卓越的领导者，他应该从哪些方面着手，又要做些什么呢？为了回答这些问题，本章将对领导进行初步研究与探讨，着重阐述领导的内涵，介绍几种比较经典的领导理论，并简单列举几项最新的领导理论研究成果。

12.1　领导概述

12.1.1　领导的定义

领导活动是任何社会组织共有的社会现象，从人类出现以来，领导活动就伴随并推动着人类社会的发展。大到一个国家，小到一个家庭，领导现象无处不在。但是，领导

(leadership) 是什么呢？对于这个问题，一千个人可能会有一千种不同的回答。自从领导学产生以来，已经有很多管理学者给领导做出了定义，如表 12—1 所示。虽然各种定义林林总总、不一而足，但是我们还是能从中找出一些共有的核心要素：

表 12—1　　　　　　　　　　　　　　领导的定义

学者	年份	定义
本尼斯	1959	有权诱导其下属按其意欲的方式行事的过程。
霍兰德 & 朱利安	1969	在两个或多个人之间存在特定的影响关系的状况。
菲德勒	1967	指导和协调群体成员的工作。
默顿	1969	一种人际关系，在这一关系中他人服从是因为他们自己想服从，而并非别无选择。
霍根 & 柯菲	1994	
巴斯	1985	改造追随者，创建可能达到的目标愿景，并清楚明确地告知追随者实现这些目标的方式方法。
蒂奇 & 德瓦纳	1986	
罗奇 & 拜林	1984	对一个有组织的群体施加影响，以推动其实现目标。
坎账	1991	集中资源创造渴望得到的机会的活动。
吉纳特	1996	领导者的工作在于创造使团队富有成效的条件。

资料来源：［美］理查德·哈格斯、罗伯特·吉纳特、戈登·柯菲：《领导学：在经验积累中提升领导力》（第 4 版），7 页，北京，清华大学出版社，2004。

（1）领导是一个过程，而不是存在于领导者身上的一种特点或性格，领导活动发生在领导者与下属的互动过程之中。互动意味着领导者影响下属，同时也会被下属影响，是一个交互的过程。因此，领导并不是只适用于由组织正式指定的管理者，而是适用于每一个人。

（2）领导能产生影响力。如果没有影响力，也就无所谓领导力。影响力可以说是领导力的必要因素。

（3）领导过程存在于群体环境之中，单个人不能形成领导。有领导者，就必须有被领导者，因此，就必然要有一个群体环境，否则领导就不会产生更不会存在。

（4）领导活动是在一定的组织结构中展开的，组织的存在是领导产生作用的背景，这个组织可以是一个小的项目组、一个工作团队，或者是包含着完整组织结构的大型组织。换言之，这个组织的规模、大小不定，但它必须拥有一定体系和规则。

（5）领导活动的目的是为了实现某一特定的组织目标；组织目标是领导活动的指向标，也是领导活动的归宿。领导者致力于将试图达到某一特定目标的个体聚集在一起，协同工作，此时领导活动便开始产生，并对团队产生影响，直至目标实现为止。

经过上面的分析，我们最终把领导定义为：某一个体（团体）对组织中的个体、群体及整个组织施加影响，使其实现共同目标的过程。我们相信，随着时代的变迁，经过不同的组织外部环境和内部结构的重重洗礼，关于领导的各种理论会不断地推陈出新，但领导的本质和核心因素却不会改变。

12.1.2　领导与管理

领导与管理有着千丝万缕的联系，因为领导是伴随着管理的发展而产生的。因此，领导与管理之间存在着大量的交叉和重叠。当管理者致力于影响和带领某个团队达成一个目标的时候，他就涉足了领导的领域；同理，当领导者从事计划、组织、人事和控制等工作时，他正是在履行管理的职能。总之，二者都会对他人或团体产生影响，都要求与人合作，从而也都包括一个达成共有目标的过程。虽然，领导和管理在很多方面都极为相似，但是，二者作为两个独立的概念，还是有所不同的。进一步说，领导和管理是构成同一过程中既相互区别又相互补充的两个体系，它们有各自的特点，同时又都是在当今日趋复杂和动荡的经济条件下，组织取得成功所必不可少的组成部分。

　　虽然说领导与管理有很大的相似性，但对二者区别的研究与理解可能对实践更有意义。包括约翰·P·科特、沃伦·本尼斯、亚伯拉罕·扎莱兹尼克、罗伯特·豪斯等在内的许多学者对此进行了大量的研究。约翰·P·科特认为，管理和领导的区别体现在以下几方面（见表 12—2）。

表 12—2　　　　　　　　　　　　　　　管理与领导的区别

管　理	领　导
计划和预算	确定方向
组织和配备人员	协调一致
控制和解决问题	鼓舞和激励
保持有序和可预见性	促进变革

　　（1）议程制定方面的不同。管理由于要处理复杂的问题，因此首先要进行计划和预算，确立长期目标，然后据此设计出行动步骤和资源分配方案。管理关注的是微观方面，强调排除风险和保持稳定。相对变革而言的领导则要确立经营方向，即愿景规划，制定实现该愿景的变革战略。

　　（2）人员配备方面的不同。管理进行组织和人员配备，即确立组织结构，设立相应职位，挑选或培训合适的人担任各项工作，并要求其服从安排。而领导协调人员，让他们能够齐心协力地为组织的方向与目标而努力。

　　（3）计划执行方面的不同。管理通过控制和解决问题，即以正式或非正式的途径，检测过程和结果，确定偏差，计划并组织解决相关问题。领导则通过鼓舞和激励，即激发人们本能的但常常被忽略的需要、价值观和情感，以确保人们沿着正确的方向前进。

　　（4）功能的不同。管理需要去保持有序和可预见性，让组织按照既定的预期发展。相反，领导需要去关注外界环境的变化，并在组织内部促进变革。

　　扎莱兹尼克关于二者的比较研究的出发点是管理者和领导者是极为不同的两种人，分别具有各自的特征（见表 12—3）。

表 12—3　　　　　　　　　　　　　　　管理者和领导者的特征比较

管理者	领导者
目标源于需要而非欲望	目标源于欲望而非需要
缓解个人及部门间的矛盾	寻求潜在的机会及回报
抚慰组织内的方方面面	以自身的魅力激励下属、激发创新
确保日常工作的顺畅运行	与雇员及合作者的关系紧张
工作环境有秩序、稳定	工作环境混乱，缺少结构性
以试验过或已经证明过的方法做事	以冒险和开辟新途径的方式做事

此外，还有学者认为管理和领导具有不同的构造。本尼斯和纳努斯在 1985 年提出的观点中认为，管理意味着完成某一活动并掌握其规则，而领导则意味着影响他人，同时为其变革创造愿景。罗伯特（Robert）在 1991 年评论说：领导关系是一种具有多向影响性质的关系，而管理关系则是单向的、存在权威的关系。领导涉及一个发展共同目标的过程，管理则是为了完成某项任务而对各项活动做出安排。领导者及其下属一起工作并带来真正的变化，而管理者和被管理者则是参与到那些生产、销售或服务中去的人。

因此，领导与管理在多个方面是有区别的。正如原通用电气首席执行官杰克·韦尔奇所说的：把梯子正确地靠在墙上是管理的职责，而领导的作用在于保证梯子靠在正确的墙上。概言之，管理是要正确地做事，领导则是要做正确的事。

12.1.3　领导理论的发展历程

西方国家对领导理论的研究始于 19 世纪末，伴随着古典管理理论的产生而产生。随着实践的发展，领导研究从管理学中分离出来，在 20 世纪 20 年代产生了领导科学。1927—1932 年，美国哈佛大学管理学研究者梅奥领导的霍桑实验研究的人际关系主要是领导和下属、领导和群体的关系，该研究被认为对于领导的科学研究具有开创性意义。随着时代的发展，领导理论在不断深化和拓展，先后经历了寻找有效领导者独特品质的特质理论阶段，探求有效领导行为和风格的行为理论阶段，以及从情境视角研究领导的权变理论阶段。

"领导是天生的"，这种信念在 19 世纪末至 20 世纪上半叶占主导地位。特质理论认为：某些人生下来就注定要成为领导者。根据这种理论，恺撒、林肯、拿破仑、甘地这些人都是与生俱来的领导者，他们天生就具有一系列促使他们成为伟大领袖的个人素质。

由于领导品质研究方法没有得出预期的结论，二战期间又出现了对领导确认和训练的现实需要，领导学研究人员在行为科学研究方法的影响下，从 20 世纪 40 年代起逐渐将关注点从对领导者的品质特征的研究转移到对其行为的研究上来，即研究领导者做了什么、是怎么做的、领导者是谁、他与下属之间是什么样的关系等议题。行为理论强调一个有效领导的行为，而不是判断什么样的人会是一位有效的领导者。由于行为能被观察和测量，比品质更客观、更精确，因此行为研究比特质研究更受关注。

特质理论和行为理论研究的出发点和归宿都是希望找到适合于所有情境的通用领导模式，但实践证明不存在这种放之四海而皆准的领导理论，因此在领导行为理论研究的后期，一些研究人员已经开始寻求解释领导的更为复杂的方法了。当时，研究人员已经开始注意到情境因素的重要作用，到 20 世纪 60 年代，这些因素被应用到领导研究当中，从而产生了研究特定环境和领导有效性之间的关系的权变理论。

领导理论发展至今，又产生了很多新的理论，如变革型领导和魅力型领导。此外，团队领导、自我领导、道德领导、诚信领导和战略型领导等新型领导理论也受到了广泛的关注，本章将在后面的部分分别对这些理论进行介绍。

12.2　经典领导理论

12.2.1　特质理论

1. 特质理论的研究成果

自从人类社会产生以来，领导活动就已存在，但真正意义上的领导科学是在 20 世纪初期伴随着对领导的实证研究而产生的。早在 20 世纪 20 年代，心理学家和管理学家们就对领导的品质进行了大量的研究，希望发现领导者和非领导者在人格特点、生理属性、智力或是个人价值观方面的差异。那时，有很多研究者都认为，领导者和被领导者在本质上是有差异的，这些理论经过发展后就形成了"伟人论"（great man theory），因为它主要关注那些公认的社会、政治、军事方面的伟人的天生禀赋和特征，认为这些特质是与生俱来的，是由遗传基因决定的。这就是特质理论（trait theory）。

所谓特质，是指一个人区别于其他人的个人特点，包括体形、外貌、年龄、性别、人格特点、价值观及社会交往能力等。虽然关于领导特质的研究很多，但对特质理论贡献最大的是斯托格迪尔（Stogdill），他是第一位对领导特质进行系统总结的研究者。他分别在 1948 年和 1974 年进行了两次全面的调查。在第一项调查中，他分析了 1904—1947 年完成的 124 种特质研究，并鉴别出了八种重要的领导特质，是关于不同群体里的个人如何成为领导的。在第二项调查中，他分析了 1948—1970 年完成的 163 种特质研究，从而总结出九种重要的领导特质。通过对每一个观点的仔细研究，他就个性如何促进领导的有效性勾勒出了一幅更加清晰的画面。[①] 特质理论的其他主要贡献者还有洛德（Lord）、柯克帕特里克（Kirkpatrick）和洛克等，他们也都分别采用不同的研究方法，提出了一些与领导力相关的特质。正如表 12—4 所总结的，他们基本上概括了特质理论确定的领导特质。

表 12—4　　　　　　　　　　　　　　　与领导力有关的特质

斯托格迪尔	斯托格迪尔	洛克和柯克帕特里克	鲍莫尔
才智	成就	内在驱动力	合作精神
机敏	韧性	领导愿望	决策才能
洞察力	洞察力	诚实与正直	组织能力
责任感	主动性	自信	恰当授权
主动性	自信心	智慧	应变能力
韧性	责任感	工作相关知识	责任感
自信心	协调能力		创新力
社交能力	宽容		风险承受力
	影响力		尊重他人意见

根据相关的理论和研究，学者们提取了六项对领导者来说比较重要的特质，分别是领

---

① 参见［美］彼得·诺思豪斯：《卓越领导力：十种经典领导模式》，11～13 页，北京，中国轻工业出版社，2003。

导愿望、洞察力、自信、诚实与正直、才智和工作相关知识。接下来，我们将详述这六项特质。

（1）领导愿望。根据麦克利兰的需要理论，领导者都具有较强的权力动机，所以他们有强烈的愿望想要去影响、说服和帮助他人，而且他们乐于承担责任。

（2）洞察力。与管理者不同，领导者是相对于变革而言的，他们的主要任务是发动并引导组织变革，因此他们必须具有较强的洞察组织内外部环境的能力，才能抓住机遇、规避风险、发挥优势、弥补劣势，从而带领整个团队不断发展。同时，领导者还要有自我意识和对他人需求的敏感体察，以使他们看清楚那些可能被忽视的细节，并且对未来的发展趋势有更准确的判断。

（3）自信。领导者要对自己做出的判断、决定、观点以及个人能力有信心。一个自信的领导者会受到下属的尊敬和敬仰，能让下属相信自己的目标和决策是正确的，从而使他们更好地完成任务。

（4）诚实与正直。领导者通过真诚无欺和言行一致，博得下属的钦佩和忠诚，从而在彼此之间建立起相互信任的关系。尤其在当今社会，诚实正直更是使人们减少怀疑、互相信任的基础。

（5）才智。领导者需要具备足够的才智来收集、整理和解释大量信息，并能够确立目标、解决问题和做出正确决策。

（6）工作相关知识。领导者不仅要具有一般的知识，还要精通专业领域。有效的领导者对有关企业、行业和技术的知识十分熟悉，广博的知识能够使他们做出睿智的决策，并能够认识到这些决策的意义。[①]

2. 特质理论小结

作为最早出现的经典领导理论，特质理论还是有其自身优势的。直观看来，它是很吸引人的。因为，在社会舆论中，领导者一般都被描述为天赋异禀、行事不凡的人。特质理论正与这种观念相辅，因为它就是建立在领导者与众不同的基础上的，而其之所以与众不同正是由于他们拥有的特质。另外，特质理论为领导者的选拔提供了一些标准。它告诉我们成功的领导者应该具备的特质，以此为依据，我们就可以鉴别出具有什么样特征的人可能成为优秀的领导者，从而提高了在人力资源招聘甄选环节上的准确性。

不可避免地，特质理论也有一些不足之处。例如，特质理论没有考虑情境因素，正如斯托格迪尔所说的：多样化情境中不存在某一套特定特质能够区分领导者和非领导者。在某些情境下可以成功的人拥有的特质在其他情境中并不一定见效。同时，该理论在原因和结果的区分方面还没有足够的证据。换言之，是某些特质导致了有效的领导，还是工作的成功导致了领导者表现出某些特质呢？关于特质理论的许多"最重要"的领导力都只是非常主观的决定。因为在特质上的发现广泛而多元，所以对于这些数据的意义解释就很主观。对领导特质的研究，并没能验证出与领导结果相关的个性特征。它强调特质区分，却没有指出领导特质如何影响团队成员及其工作。研究者过分关注特质与领导者之间的联系，却未曾尝试将这些特质与其他结果如生产力或员工满意度相联系。

---

① 参见［美］斯蒂芬·P·罗宾斯、玛丽·库尔特：《管理学》（第7版），491页。

正是因为特质理论存在的这些局限性，研究者们逐渐转移了注意力。到 20 世纪 40 年代末，有关领导特质的研究已不再占据主导地位，领导理论开始偏向对领导者行为的考察，领导行为理论便应运而生。

12.2.2　行为理论

由于特质理论的局限性，研究者将关注点转到对领导行为的研究上，希望它能为有效领导提供更好的解释。行为理论（behavior theory）认为，任何人只要采取恰当的行为方式，都可以成为有效的领导者。因此，它主要关注领导者做什么和如何做，并致力于揭示：是领导者的行为方式而不是他们的个性特征使其成为一个领导者。相对于特质理论来说，行为方式更容易习得，从而使任何人都能成为一个有效的领导者。自 20 世纪 40 年代末至 60 年代中期，行为理论在西方的领导理论研究领域一直占据主导地位。自 60 年代开始，亚洲的研究者也开始关注领导研究，并提出了一些在学术界比较有影响力的行为理论。接下来，我们将为读者详细介绍六种主要的行为理论。

1. 有关领导者行为的研究

（1）艾奥瓦大学的研究。

关于领导行为的研究最早是由艾奥瓦大学的库尔特·勒温和他的同事进行的，他们主要探讨了三种领导风格，分别是独裁型风格、民主型风格和放任型风格。独裁型风格（autocratic style）即指领导者的独裁作风，他们倾向于把所有的权力集于一身，以命令方式向下属分配工作，单向做出决策，限制员工参与。民主型风格（democratic style）的领导者倾向于把权力下放给其他人，鼓励员工参与相关工作方法及目标的决策，依靠员工的知识来完成工作，并给予员工充分及时的反馈。放任型风格（laissez-faire style）的领导者给予员工充分的自由，让他们自己做决策，按照自己认为合适的方式去完成工作。

早期的研究结果显示，民主型风格的领导能实现群体的高生产率和高员工满意度，更有助于良好的工作质量和工作数量。这或许能部分解释为什么现在授权管理成为一种管理潮流。但这还不足以证明民主型就是最有效的领导风格。后来对独裁型风格的研究又显示出另一种结果，在影响群体绩效方面，独裁型风格不如民主型效果好，但另一些时候，独裁型风格带来的绩效会更好或者二者没有差别。而且，在员工满意度方面，两种领导风格的效果更趋于一致。总体来看，在民主型领导者所领导的团队中，员工拥有更高的满意度。

其实，领导者集权和分权的程度与他们所处的环境有很大关系，因此，领导者应当适当调整他们的行为，使之与环境相适应。例如，如果时间很紧张或是下属需很长时间才能学会决策，这时独裁型风格比较合适；反之，则适用民主型风格。或者决策所需的能力较高，下属很难达到这种专业水平时，领导者倾向于独裁，而民主型风格在下属能力较强时较为实用。

（2）俄亥俄大学的研究。

1945 年，俄亥俄大学的研究者进行了一个建立领导者行为维度的研究。他们把一份包含 1 800 多项领导行为的列表缩减成一份仅包含 150 个确定的领导者行为的调查文件，建立了领导者行为描述调查表（leader behavior description questionnaire，LBDQ）。成百上千的员工根据其上司的领导行为回答了这份问卷。

根据问卷中员工对领导者的反馈信息，研究者将领导行为分为两个维度：结构维度和关怀维度。结构维度是指领导者完全以工作为首，为了实现组织目标，领导下属积极工作。此种领导行为一般包括制定计划、界定任务关系、制定详细的时间表和严格的管理流程。关怀维度是指领导者在工作中关心下属，尊重他们的想法和情感，并与下属建立相互信任的关系。认可下属，帮助他们解决问题，关心他们的生活、健康及满意程度，在决策时参考下属的意见等都属于关怀型的领导行为。

根据这两个维度，可以分为四种类型的领导风格，因为是以四分图的形式来表示的，所以它又被称为"四分图理论"（见图12—1）。

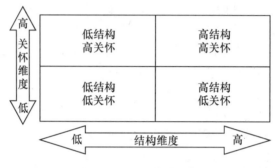

图 12—1 四分图理论

此项研究发现，高结构—高关怀型领导行为，一般会产生比较积极的效果，员工表现出更高的绩效和满意度；而其他三种组合类型，则普遍表现出较多的缺勤、抱怨、事故及离职。不过双高的领导类型也不是总能产生正面效应。研究发现还有许多例外的情况需要考虑情境因素。

（3）密歇根大学的研究。

密歇根大学的研究与俄亥俄大学的研究同期进行，性质相似，都是想要确定与高工作绩效相关的领导者行为特点，但采用的却是截然不同的方法，他们直接把有效的和无效的领导者进行比较，根据其追随者的工作能力来判断领导行为是否有效。他们采用不同于LBDQ的调查问卷对各种工作岗位进行调查，这种调查问卷被称为组织调查问卷（survey of organization）。

经过分析，研究者们认为领导行为有两种类型：员工导向型（employee-oriented）和生产导向型（production-oriented）。员工导向型的领导者重视人际关系，关注员工的个性价值，关心下属的个人需求。领导者的支持和相互的促进是员工导向型领导的两个因素。它与俄亥俄大学的关怀维度比较相似。生产导向型的领导者强调工作的技术或任务层面，主要关注工作的完成情况，把群体成员视为达到目标的手段和工具。强调目标和促进工作是这种领导类型的两个因素。因为关注目标的实现和任务的完成，所以生产导向与俄亥俄大学的结构维度比较类似。

与俄亥俄大学的研究不同的是，密歇根大学的研究者认为，员工导向和生产导向是两种完全对立的领导模式。一个领导者只可能是其中之一，而不可能二者兼具。密歇根大学的研究比较认同员工导向的领导类型，认为这种类型与高群体生产率和高工作满意度相关。然而，后来的一项研究表明，追随者也同样可以强调目标、促进工作、相互支持，这并非领导者的专利，所以组织中的其他人也可以提高组织的工作绩效。

（4）管理方格理论。

得克萨斯州州立大学的罗伯特·布莱克和简·默顿在俄亥俄大学和密歇根大学研究的基础上提出了一个二维的管理方格理论（managerial grid theory）。研究者通过"关心人"和"关心生产"两个标准对领导者进行了划分，并结合于一个坐标图中，横轴代表关心生产，纵轴代表关心人。每个轴分为 9 个刻度，这样共分成 81 个小方格，代表着 81 种不同结合的领导方式。在此基础上，布莱克和默顿着重分析了以下五种经典领导类型（见图 12—2）。

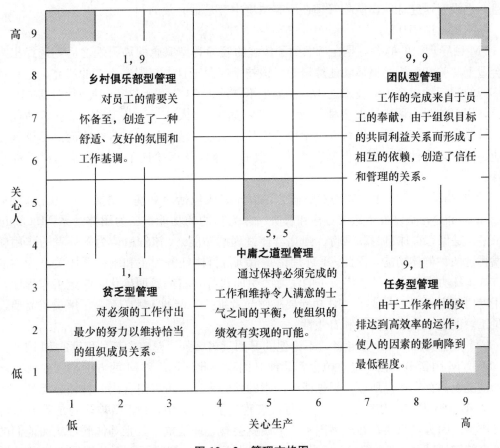

图 12—2　管理方格图

贫乏型管理（impoverished management）（1，1）。这种类型的领导者不关心人，也不关心生产，为了完成要求的任务而进行最小的努力，这种努力正好可以维持组织的存在。

任务型管理（authority management）（9，1）。这种类型的领导者强调任务和工作要求，认为员工就是完成工作的工具，以将人员因素的干扰减小到最低程度为原则来安排工作，从而实现高效率。

中庸之道型管理（middle-of-the-road management）（5，5）。这种模式描述的是折中主义者的行为模式。他们把员工的士气维持在一个令人满意的水平上，同时为平衡起见，采取恰当的组织行为来使工作得以完成。

乡村俱乐部型管理（country club management）（1，9）。此种类型的领导者重视员工的态度和情感，渴望被认可、被拥戴，不将自己的意志强加于人，给予员工较多的赞扬，营造一种舒适友好的组织环境和工作氛围。

团队型管理（team management）（9，9）。这种类型的领导者既强调任务导向，又重视人际关系。这类领导者善于将组织需求和个人需求结合起来，促成组织内高度的团队合作和参与，使员工积极、高效地完成生产任务。

在这五种领导类型中，团队型管理被认为是效果最佳的。但美中不足的是，管理方格理论只是为领导行为提供了一个基本的框架，却没有指出实现有效领导的具体行动步骤，而且，也没有研究证明团队型管理在所有情境中都是最有效的。

（5）PM 与 CPM。

PM 领导理论的概念，是在考虑到了传统的领导类型概念的局限性之后，选择出来的更合适于实验和分析的群体功能性概念。该技术起源于日本三隅二不二的研究，是目前较为盛行的测评领导行为的技术之一。三隅二不二从 1963 年开始进行现场研究，到 1978 年为止，用 PM 量表调查了十多种职业的员工，达 15 万人次，涉及工矿、冶金、造船、化工、铁路、电力、运输、银行以及学校、医院、家庭、政府组织等各个方面。尽管调查的行业不同，工作性质不同，但却获得了一致的结果，从而验证了 PM 技术的科学性和有效性。

所谓 PM，是指一个群体功能的概念，群体一般包括两个基本功能：一为工作绩效 P（performance），是以群体达成目标和解决问题为目的的功能；二为团体维系 M（maintenance），是保存群体自身和维持、强化群体过程的功能。[1] 该理论认为领导者的作用就在于发挥这两种群体功能，因此，PM 理论是指执行群体任务为主和维持群体关系为主的领导方式。P 功能要求领导者将员工的注意力引向目标，将问题明确化，制定工作程序，并运用专门知识评定工作成果；M 功能要求领导者维持和谐的人际关系，了解员工需要，鼓励员工，促进成员的自觉性和自主性。

PM 理论认为，一个领导者，不论他的 P 因素多么强，总包含某种程度的 M 因素。同样，不论 M 因素多么强，也总包含着某种 P 因素。此外，P 和 M 两方面都强或两方面都弱的情况也是存在的。所以，根据两个因素的强弱程度，可以组合出四种领导类型：PM、Pm、pM、pm（大写代表程度强，小写代表程度弱）。其中，PM 型被认为是效果最好的领导类型。因为，只要存在压力因素，下属就会有心理抵抗、紧张等体验，从而他们的动机就会持续地减弱。但由于 M 行为把它们适时地缓和、解除了，因此下属动机的减弱就会中止，并且通过被领导者自发的调整，动机就会进一步地提高。

从 20 世纪 80 年代开始，我国的学者采用行为科学的方法对领导问题展开了一系列的研究，其中影响较大的是 PM 理论的中国化研究以及 CPM 模式的提出。1981 年，徐联仓、陈龙等人最早开始使用实证科学的方法对领导行为进行研究，并把日本三隅二不二的 PM 领导理论引入中国。徐联仓等人认为，PM 问卷要在中国应用，必须考虑中国的

---

[1] 参见凌文铨、陈龙、王登：《CPM 领导行为评价量表的建构》，载《心理学报》，1987（2）。

文化背景。因此，他们从 1981 年开始对 PM 量表进行了系统考察，并进行了修订和标准化。

在徐联仓等人研究的基础之上，凌文铨等人进行了领导行为评价中国模式的探讨，提出了中国领导行为评价的 CPM 模式。中国的领导行为评价由三个因素构成，即 P 因素、M 因素和 C 因素，其中 C 因素为品德因素（character and morals）。C 因素的评价内容为对待公与私的态度或如何处理公与私的态度。因为公与私的标准具有稳定性，几乎不受时代和政治的影响，而政治标准的内容，往往会受到时间及国家政策的影响，评价起来不易掌握。因此，他们把品德因素作为领导评价的德的因素。

凌文铨等人认为，CPM 模式更符合中国的国情和文化。在中国，一个领导者只有正确地处理好对工作（P）、对他人（M）和对自己（C）的关系，才能最大限度地发挥领导的作用。凌文铨等人还从社会文化角度进行了中国人内隐领导理论的探讨，编制了内隐领导特质量表，总结出了中国人内隐的领导特质：个人品德因素、目标有效性、人际能力和多面性。他们认为，CPM 模式提出了领导行为评价的中国模式，内隐领导理论则检验了 CPM 模式在中国的适用性，这初步说明了 CPM 量表更符合中国文化和国情。

（6）家长式领导。

家长式领导是基于中国传统文化而有别于西方领导理论的本土领导理论，广泛存在于各种类型的华人组织中，是中华文化下组织的普遍特征。

许多学者，如斯林（Silin）、莱丁（Redding）、韦斯特伍德等都对家长式领导的形成贡献颇多，但目前最为深入和被广泛接受的是我国台湾大学郑伯埙等人提出的家长式领导三元理论。在 1995 年时，郑伯埙提出了家长式领导二元理论，即家长式领导包含两方面的行为类型：立威与施恩。后来，郑伯埙、庄仲仁在研究军队基层领导行为效能时发现，品德也是领导的一个重要方面。据此，在 2000 年，郑伯埙提出家长式领导除了立威与施恩两个维度外还应该包括德行这一维度，最终形成了广为人知的家长式领导三元理论。

他们把家长式领导定义为：在一种人治的氛围下，显现出严明的纪律与权威、父亲般的仁慈及道德的廉洁性的领导方式。由其定义可见，家长式领导包含三个维度，即权威领导、仁慈领导和德行领导，与其相对应的员工行为包括敬畏顺从、感恩图报和认同效法。权威领导包括专权作风、贬损部属能力、形象整饰与教诲行为，这种领导行为会导致下属对领导者的依赖和顺从；德行领导包括公私分明、以身作则，带来的结果是下属对领导者的尊敬和认同；仁慈领导包括个别照顾和维护下属面子，这种领导行为的效果是下属对领导者的感恩图报。

领导和下属行为的这种对应关系体现了一个基本的假设，即家长式领导的有效性建立在领导者和部属对自己角色的认同以及下属的追随之上，否则将降低领导有效性、破坏和谐的人际关系，甚至导致公开的冲突。

家长式领导具有浓厚的人治色彩，并不是对所有部属都是一视同仁的，而是按照差序格局区分为自己人和外人，分类标准有三条：1）关系，即是否与领导有社会连带关系，比如亲戚、同乡、同学等；2）忠诚，部属服从甚至愿意为领导牺牲个人利益的程度；3）才能，员工完成组织或领导所指示的目标的胜任能力与动机。根据这三个标准可以把员工细分为八种类型，员工一旦被归于某一类就不易改变。领导者对自己人较少权威领导而较多仁慈领导，对外人则相反。其中，忠诚是分类的核心，其次是才能，而关系仅仅是分类的基础，排在最后。[①]

关于家长式领导的效能研究，研究者们都认为它对于组织或团队的效能拥有独特的解释力，但在是否优于西方的领导理论（比如变革型领导、交易型领导）上存在分歧。但总的说来，家长式领导对于组织、团队的领导效能具有不可忽视的解释力和预测作用。

2. 行为理论小结

本部分介绍了六种被广泛认可的行为理论，从特质理论到行为理论，从西方宽泛的行为理论到融入文化、地理和民族因素的行为理论，推进着领导理论的发展，为我们提供了一个较为全面通用的评价领导者行为的途径。

行为理论有利于更好地理解领导过程。首先，行为理论是对领导理论的一次重大突破。在此之前的研究都摆脱不了领导特质的局限，认为领导力来自领导者的个性特征，而行为理论将视野扩展到领导者的行为和行为方式的研究上来。大量关于领导行为的研究验证了领导行为和群体绩效之间的相关性。这在上面的各种理论中都有体现。其次，行为理论与特质理论的另一个不同在于，它认为卓有成效的领导是可以学会的。领导者可以通过校正自己的行为，来改进领导效果，这也是它被青睐的原因所在。从两个维度——任务导向和关系导向来研究领导行为，是行为理论的又一创新。成为一名高效领导者的关键就在于如何正确平衡这两种行为，二者共同构成了领导过程的核心内容。

行为理论本身也存在着难以避免的不足。和特质理论一样，行为理论也没有找到一个可以在所有情境中通用的行为模式。有关领导行为的研究不足以说明领导者的行为和员工的相应表现是如何联系在一起的。正如尤科所说的："这么多研究，其努力的结果大都是矛盾而无结论性的。"行为理论认为最有效的领导类型是"高—高模式"，即高任务导向和高人员导向的模式。而实际上，它并不是在所有情境中都最有效，而只是在某些前提条件下才能够成功。因为不同的情境要求领导者采取不同的领导行为。

由于特质理论和行为理论存在的缺陷，尤其是在情境方面的缺陷，研究者们开始了对情境的关注，这就是我们接下来要介绍的领导权变理论。

12.2.3 权变理论

特质理论和行为理论的研究者们一直在试图找到一种通用的领导特质或行为，它能适用于所有情境。然而，实践告诉我们，同一种领导模式在不同的环境下，可能会产生截然不同的领导效果。于是，研究者新的研究主题转向领导行为所处的外部环境。他们认为领导模式的有效性会受到领导行为发生时的外部环境的影响。这些理论解释了特定环境中领导模式与有效性的关系，被称为权变理论（contingency theory）。

1. 权变领导理论

（1）菲德勒权变模型。

弗雷德·菲德勒是第一个把人格测量与情境分类联系起来研究领导有效性的学者。他

---

① 参见周浩、龙立荣：《恩威并施，以德服人——家长式领导研究述评》，载《心理科学进展》，2005（2）。

从 1951 年开始，经过 15 年的调查研究提出了一个"有效领导的权变模式"（contingency model of leadership effectiveness），即菲德勒权变模型（见图 12—3）。之所以称为权变模式，是因为它认为领导者的效率取决于其领导风格与情境相配合的程度。为了把握领导者的绩效，对它们所处工作情境的了解是很必要的。

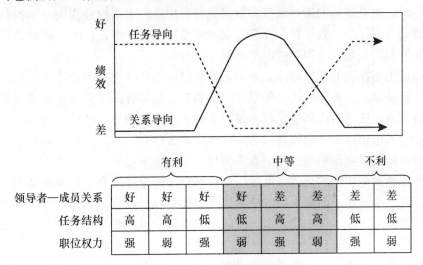

图 12—3　菲德勒权变模型

资料来源：［美］斯蒂芬·P·罗宾斯、玛丽·库尔特：《管理学》（第 7 版），496 页。

1）领导风格。菲德勒认同关系导向和任务导向的领导风格划分标准在于，任务导向的领导者主要关心任务的完成情况，而关系导向的领导者更注重发展亲密的人际关系。他设计了一套最难共事者问卷（least preferred co-worker questionnaire，LPC），用来测量领导者是任务导向还是关系导向的。LPC 问卷要求用 16 组反义词，按照 1～8 等级来描绘一个觉得最不容易与之共事的人。

在 LPC 问卷回答中，得分较高的领导者，他们用积极的词汇描绘最难共事者，属于关系导向型。他们的满足感来自与他人的和睦相处——人际关系，他们在自己最不愿合作的同事身上也能找到积极的因素。得分较低者，他们对最难共事者的描述较为消极，属于任务导向型。他们把完成任务作为首要目标，而人际关系次之。他们注重的是完成被指派的任务，甚至不惜牺牲与他人少得可怜的人际交往。

2）情境变量。菲德勒认为影响领导有效性的情境变量有三种：领导者—成员关系（leader-member relations）、任务结构（task structure）和职位权力（position power）。领导者—成员关系，指的是团队氛围，以及员工对领导者的信任、尊敬程度。任务结构，是指任务的清晰程度（结构化或非结构化）。完全结构化的任务使得领导者有更多的控制权，而模糊的任务将减弱领导者的控制力和影响力。职位权力，即领导者奖励和惩罚员工的权力。它是个人在组织中因获得某个职位而获得的合法权力，包括雇用、解雇、晋升、加薪和处罚等。

这三个因素共同决定了组织中各种情境的"有利"程度。最有利的情况是领导者—成员关系良好、任务清晰明确、职位权力强有力；而最不利的情境是领导者—成员关系不好、任务模糊不清、领导者职权较弱。根据三种情境变量的综合搭配，我们可以总结出八种潜在的情境类型，而每个领导者都能从中找到适合自己的情境。

3）领导风格和情境的匹配。在分析了领导风格和情境因素的基础之上，菲德勒发现了下述情况：当情境因素十分有利或十分不利时，任务导向的领导者会更加有效；而当情境因素适中时，关系导向的领导者工作效果更好。后来，根据控制程度，菲德勒又把八种情境类型缩减为高、中、低三种，在高控制和低控制的情境中，任务导向的领导者干得更好，而关系导向的领导者在中等控制的情境中更有效。

要正确运用菲德勒的领导理论，领导者首先应该明白两件事情：第一，自己属于哪种领导风格，即是倾向任务导向还是关系导向；第二，领导者要学会分析情境因素，了解领导者—成员关系、任务结构和职位权力是否有利于自己的领导。然后，选择恰当的情境以与自己的领导风格相匹配。菲德勒认为领导风格无法改变，所以，实现有效领导的途径只有两个：改变情境或更换领导。这一点是领导者应务必牢记的。

关于菲德勒权变模型的总体效度的研究很多，大部分都得到了积极的结果。然而，该模型还是存在一些不足，需要再增加变量以改进和弥补。而且，菲德勒的假设"领导者的风格固定不变"与实际不符，现实中的有效领导者完全可以根据环境的需要改变自己的风格。在实际应用上，这些权变变量过于复杂，领导者评估起来难度较大，即他们难以确定领导者—成员关系有多好，任务结构的清晰度有多高，以及领导者的职权有多大。不过，总的说来，有效领导风格需要考虑情境因素的影响。

（2）情境领导理论。

在管理和领导领域中，另一种更为人们所广泛认可的领导模型是情境领导理论（situational leadership theory，SLT），该理论是 1969 年由保罗·赫塞和肯·布兰查德（Ken Blanchard）在雷丁（Reddin）的三维管理模式理论的基础上提出的，后来又历经了多次的修订和完善。而今，这一方法被广泛地运用于美国的组织发展和领导力培训中。

顾名思义，情境理论关注的是特定情境中的领导力问题，认为领导行为应根据不同的情境而有所不同。由此可知，领导者要想卓有成效，就要根据不同的情境变换自己的领导模式。这一点与菲德勒权变模型截然相反，因为菲德勒认为领导者的领导风格不可改变。

与菲德勒权变模型相似的是，情境理论也认为领导风格由两个要素组成：任务行为（指导行为）和关系行为（支持行为），其含义与菲德勒权变模型也基本一致。这二者都必须在既定情境中协调运用。因此，领导者要想确定特定情境中所需的领导模式，就必须对下属进行评估，了解他们完成任务的能力和投入程度。然后，根据下属的能力和意愿随时间变化的特点，领导者应不断调整自己的指导行为和支持行为。简言之，情境理论的本质在于领导者的行为要与下属的能力和责任心相适应。要成为卓越的领导者，就必须了解下属的需要并随其变化来调整自身的领导行为。

1985 年，布兰查德和他的同事改进并扩展了先前的情境理论，建立了情境领导模型（见图 12—4）。将此模型划分为两个部分——领导风格和下属的成熟度——之后，就能清楚地解释情境领导的内在驱动力。

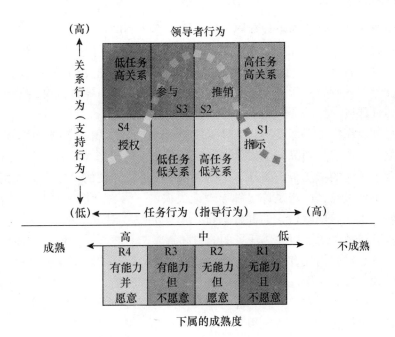

图 12—4 情境领导模型

虽然情境领导理论同样将领导风格分为任务导向和关系导向两个维度,但与菲德勒权变模型不同的是,赫塞和布兰查德又向前迈进了一步,他们认为每个维度都有高低之分,交叉组合为四种领导风格。

1)指示(高任务低关系)。这是一种指令性很强的领导模式,领导者把交流的重点放在目标的达成上,他们通常先向下属指出什么是目标以及如何才能达成,然后对其工作进行认真的监管。

2)推销(高任务高关系)。这时领导者既重视目标的达成,又关注员工的社会情感需要。领导者和下属通过双向沟通的方式,相互交流信息,相互支持。但这种模式仍要求领导者自己决定团队的目标,并完成策划方案。

3)参与(低任务高关系)。此种模式下,领导者通过自己的支持行为来促进员工提高工作技能,激发其工作热情,并与下属共同决策,领导者的主要角色是提供便利条件和沟通渠道。

4)授权(低任务低关系)。此时领导者既不提供目标达成方面的意见,也不用支持和激发员工完成任务的信心和热情。

情境理论着重研究下属的成熟度,将其作为一个重要的权变变量包含于情境因素中,从而成为考察领导行为有效性的重要因素之一。所谓下属成熟度,是指员工对给定的任务所具有的能力和意愿。即是说,员工是否掌握了完成特定任务的技能,以及是否对这项任务充满兴趣。

根据下属完成任务的能力和意愿的不同组合,我们可以将下属的成熟度分为四类:

R1 指员工没有能力也不愿意承担某项工作任务;

R2 指员工愿意承担任务,但是缺乏完成任务的能力;

R3 指员工有能力完成工作任务,但却不愿意从事此项工作;

R4 指员工既有能力又有兴趣来完成某项任务。

情境理论要求领导者针对下属成熟度的不同，选择不同的领导风格。即首先要判断出下属完成任务的能力和意愿如何，然后据此来调整自身的领导模式。正如图12—4所示，对于低成熟度的下属（R1），给予指示式领导；对于中等成熟度的下属（R2、R3），分别提供推销式和参与式领导；而对于高成熟度的下属（R4），领导者只要给予员工充分的授权和高度的信任即可。

情境领导理论赢得了很多支持，它经受住了实践的考验，被广泛应用于许多大型组织的培训课程之中，被视为训练员工成为高效领导者的可信模型。此外，它直观易懂，可以很方便地运用于不同的情境中。而且，情境领导理论是指导性的，它告诉我们在某种情况下该做什么、不该做什么，这是许多领导理论欠缺的，因为它们大都是描述性的。但是，没有足够的研究来检验情境理论的前提假设，由此导致了对整个理论基础的质疑。同时，研究者也并没有清楚说明下属完成任务的能力和意愿二者之间是如何作用而产生四种不同的成熟度的。总之，我们只有全面了解情境理论，在运用时才能够扬长避短。

（3）领导者—成员交换理论。

在关于领导理论的研究中，研究者们将领导行为假设为领导者对其所有下属所做的事情。也就是说，领导者将全体员工视为一个整体，以同样的方式对他们实施领导。然而，现实真的如此吗？领导者是一视同仁的吗？领导者—成员交换理论就对此提出了疑问，并将研究者的注意力吸引到一些可能存在于领导者和其下属之间的差异上。

领导者—成员交换理论（leader-member exchange theory，LMX）是由格雷恩（Graen）和丹赛劳乌（Dansereau）在1972年首次提出的，在此之前对领导行为的研究主要聚焦于领导者，通过发掘和检验领导者特定的行为以及其与个体、群体和组织绩效的关系来解释领导行为。这就存在一个基本假设：领导者以同样的方式对待所有的组织成员。而格雷恩等人认为应该把研究的焦点转移到领导与下属的相互关系上，因为，领导者与不同的下属会有远近亲疏的交换关系。

LMX理论指出，由于时间和精力有限，领导者在工作中要区分不同的下属，对他们采用不同的管理风格，从而与不同的下属建立起不同类型的关系。其中，领导和一部分下属建立了特殊的关系，这些下属会得到更多信任和关照，可能享有特权，如工作更有自主性、灵活性和更多的升迁机会与报酬等，这些下属就属于"圈内下属"（in-group member）；其余下属就成为"圈外下属"（out-group member），这些员工占用领导的时间较少，获得奖励的机会也较少，他们的领导—下属关系局限在正式的工作关系范围内。实证研究也表明，圈内和圈外下属的现象在组织环境中是确实存在的。

LMX理论的提出基于垂直对偶联结理论（vertical dyad linkage，VDL），它明确地阐述了"一对一垂直对偶"的领导—下属对应关系。VDL在最初形成时就认为这种领导—下属对应关系是在一种垂直对偶的关系上发生的，即一个上级领导对应一个下属。垂直对偶联结模式认为，由于组织目标是通过组织中的各种不同角色来实现的，因此成员在实现组织目标的过程中扮演什么角色，是由他与上级领导之间的人际交换关系来决定的。由于组织资源及领导者时间有限，组织中就会形成以领导者为中心的非正式团体（圈内/圈外）。圈内下属比圈外下属承担的非正式角色更多，获得的资源和回报也更多。由此可见，在垂直对偶联结模式下，领导者与下属之间的交换行为已从原来工作契约所规定的经济交换（economic exchange）行为，转变为既有经济交换又有社会交换（social exchange）行为的复杂互动关系。LMX 理论正是在领导行为垂直对偶联结模式的基础上发展起来的。[①]

有关 LMX 功效的研究基本上都得到了积极的结果。领导和下属之间的 LMX 质量与绩效和员工满意度等密切相关。较高的 LMX 质量可以导致较高的自我效能评价、员工的组织认同感和团队目标的达成；LMX 质量越高，领导与下属的相互作用越积极，下属对于工作本身、工作机会、领导和组织环境等因素的满意度就越高。不过，最近有研究对LMX 的有效性提出了质疑，如高质量的 LMX 并不一定带来高的组织绩效，二者有时也可能是负向相关的。因此，LMX 这个相对较新的理论，还有待研究者们不断地检验与完善。

（4）路径—目标理论。

路径—目标理论（path-goal theory）是权变理论的一种，是由罗伯特·豪斯等人于20 世纪 70 年代提出的。路径—目标理论是关于领导者如何激励员工达到特定目标的理论，其核心在于领导者的任务是帮助下属达成他们的目标，并提供必要的指导和支持，以确保他们各自的目标与群体或组织的目标一致。它强调的是领导风格与员工特性和工作情境之间的关系。

对于领导者，这一理论的挑战就是要采取一种最能激励下属的领导风格。如果领导者的行为能增强目标的吸引力，同时增强下属实现目标的信心，那么这个行为就是令人满意和有效的。再者，领导者还应该帮助下属达成目标，并使下属的行为得到合理的结果和回报。在这个模型中，领导者活跃于教导、指示、鼓励和激励下属等活动中，并对他们的努力和成果进行奖励。

豪斯等人认为，领导者是灵活的，可以根据不同的情境表现出不同的领导风格。经研究，他们提出了四种领导方式：

1）指导型。类似于俄亥俄大学的研究描述的结构维度，这种类型的领导者给下属提供相关工作指示，包括对他们的期望、如何完成工作及其时间限定。他们总是为员工设定清晰的行为标准，并制定明确的规章制度。

2）支持型。类似于俄亥俄大学的研究描述的关怀维度，这样的领导者对待员工亲切友好，关心下属的福利和人性化要求。通过支持行为，使员工愉快工作，给予他们平等的对待和应有的尊敬。

3）参与型。这种领导者会经常征求员工的意见，了解他们的观点和看法，在制定团队发展计划和战略时会充分考虑员工的建议与意见。

4）成就导向型。领导者会为员工建立一个很高的标准，并希望他们能够持续地发展和完善。他们通常还显示出很强的信心，相信下属有能力完成富有挑战性的任务。

路径—目标理论认为有两个权变变量会影响对领导方式的选择，即环境和下属。环境变量包括任务结构、正式权力系统和工作群体；下属变量指下属的特点，如下属的需要、自信心和能力等。以此为基础，领导方式只有与环境和下属的特点协调匹配才能发挥有效性，具体匹配情况如下：

[①]　参见王雁飞、朱瑜：《组织领导与成员交换理论研究现状与展望》，载《外国经济与管理》，2006（1）。

1）当下属从事的是非结构化或不明确的任务时，指导型领导会提高下属的满意度和业绩。

2）当下属在从事压力强或令人不满的任务时，支持型领导会带来更高的满意度。而且，用于那些很努力工作的员工身上，这种领导方式会进一步提高他们的工作表现。

3）对于自主性很强的内控型下属，参与型领导更为有效。

4）当下属从事模棱两可、非重复性的且具有挑战性的任务时，成就导向型领导比较能增强下属的工作动机和信心。

路径—目标理论在最初就已做了大量的研究，洞察了领导过程，该理论的某些部分得到了广泛的实证支持，其实证结果基本符合其理论，如指导型领导行为改善了任务不明确的下属的满意度。但有些部分并未得到研究的支持，如公开发表的对成就导向型领导方式的研究几乎没有。正如豪斯所说的："所有理论，无论它们对一组现象的解释有多好，最终都是不正确的，常常需要随时间的推移而修正。"

（5）领导者—参与模型。

领导者—参与模型（leader-participation model）是由维克多·弗鲁姆和菲利普·耶顿共同提出的，它着重分析不同级别的参与型领导，以及不同级别的参与程度对决策质量和可信度的影响。

这个模型的出发点是：一个领导者面临着一个急需解决的问题，而制定决策来解决问题可能是领导者自身的行为，也可能是下属们的共同参与。该模型十分规范，弗鲁姆和耶顿提供了根据不同的情况而应该采取的一系列规则，从而诊断参与决策的类型和程度。这个模型包括7种权变因素和5种领导风格的备选方案，后来，经过弗鲁姆和亚瑟·加哥（Arthur Jago）的修正，权变因素扩展到12个，在决策之前要评判这些因素的高低水平：

1）决策的重要性。

2）支持决策的必要程度。

3）领导者的专业技术。

4）问题的结构化程度。

5）与目标相关的专业技术。

6）下属是否可以领会组织的目标。

7）下属找出的解决方案相互之间是否可能存在冲突。

8）下属是否拥有必要的信息做出决策。

9）时间对于领导者的制约是否限制了下属的参与。

10）领导者在最短的时间里做出决策的重要性。

11）使用参与风格作为工具来发展下属的决策技能的重要性。

12）把地理位置上分散的员工聚在一起共同决策成本是否过高。[①]

根据对以上问题的回答，来选择不同的领导风格，即不同级别的领导参与程度。该模型包含了高度独裁到高度民主的五种领导风格，分别为：领导者独自制定决策的专断型；

---

① 参见［美］斯蒂芬·P·罗宾斯：《组织行为学》（第10版），355～356页。

向下属说明问题并根据其建议做决策的分别磋商型；向团队征求意见，有选择地采纳其意见的团队磋商型；与团队共同面对问题，作为团队的一部分帮助整体做出决策的参与型；放权给团队，让团队在一定的限制下做决策的放权型。这五种风格构成了一个连贯的区域，领导者应根据实际环境来选择合适的领导模式（见图 12—5）。

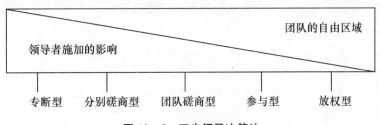

图 12—5　五步领导决策法

修正后的领导者—参与模型引入了时间限制和员工发展作为衡量参与程度的外部标准。领导者在决策时会对比时间限制和员工发展的重要程度，由此产生了两种决策矩阵：时间驱动模型和发展驱动模型。时间驱动模型为短时取向，强调以最低成本为基准来决策。领导者在应用时，要审核每一个权变因素的高低水平，据此来选择合适的领导风格。发展驱动模型与时间驱动模型的结构相同，但它强调以最大化地促进员工发展为基准来决策，而较少考虑时间因素。

领导者—参与模型是有效的，因为它能准确地告诉领导者，在特定的情况下，制定某一项决策所需要的参与者数量。该模型的目的在于确定参与决策的下属的合理数量。而且，领导者可以很快地学会使用这些模型来选择与环境相符的决策风格。虽然由于不够完善而受到批评，但该模型对决策制定者还是很有用的，同时，支持性研究调查还在进一步地完善它。

2.　权变理论小结

权变理论在领导行为的研究中加入了权变变量，强调在选择领导风格时，要充分考虑这些变量。由于变量是变化不定的，因此领导风格也就不能一成不变，领导者应该根据权变因素来调整自身的领导风格。

权变理论相对于特质理论和行为理论有几点突出的优势。通过引入各种权变因素，考察情境和员工等因素对领导者的影响，权变理论拓展了我们对领导力的理解。而在此之前的研究，主要着重于探讨是否存在一种单一的、最好的领导模式。这是权变理论最重要的突破。

各种权变理论都得到了大量检验其有效性的研究的支持，同时，这些理论在实践中的应用也获得了积极的成果。权变理论的实用性更强，因为它充分考虑各种权变因素的影响，使领导者能够根据不同的情境选择不同的领导方式，而不用僵化地执著于某一特定模式，这对于当今急剧变化的社会环境来说，是尤其重要的。该理论不仅关注领导者自身，更注重领导者与下属和情境的关系研究，在增强领导有效性和个人成就感的同时，对于提高员工满意度和绩效都颇有助益。

虽然权变理论有诸多优点，但也存在一些不足。比如说，权变理论相对更为复杂，结合了许多与领导力相关的权变因素，因此在运用时难度更大，对领导者的能力提出了更高的要求。并且，不同的权变理论分别存在或多或少的不足，如菲德勒权变模型无法解释为什么某种领导风格在一些情境中比在另一些情境中更有效；路径—目标理论结合了期望理论的观点，但它没有深入解释领导行为和员工动机之间的关系；对 LMX 理论最强烈的批评是它表面上违背了公平原则；而领导者—参与模型作为相对较新的权变理论，其复杂性更强，要求领导者拥有充分的能力来精确判断决策参与程度。

12.3 新型领导理论

12.3.1 变革型领导

自 20 世纪 80 年代以来，变革型领导理论一直是众多研究的焦点，并成为领导理论研究的新范式。"变革型领导"作为领导力的一个重要概念最早出现在《领导论》这一经典著作中，该著作是由政治社会学家詹姆斯·麦格雷戈·伯恩斯（James MacGregor Burns）于 1978 年撰写的。伯恩斯试图将领导者与员工的角色相互联系起来，他将领导者描述为尽力激励员工，以更好地实现共同目标的人。他认为领导力和支配力是完全不同的，因为领导力不应该脱离员工的需要来考虑问题。伯恩斯根据对政治领导的分析，指出领导是一个连续体，连续体的一端是变革型领导（transforming leadership），另一端是交易型领导（transactional leadership）。20 世纪 80 年代中期，巴斯（Bass）发展了伯恩斯的概念，提出了一个范围更广、更为精确的变革型领导模式。他更关注员工的需求而非领导者的需求，认为变革型领导可适用于一些效果不好的情况，并指出变革型领导和交易型领导并不是一个连续体的两端，而应该是两个独立的概念（见表 12—5）。

表 12—5 变革型领导和交易型领导的特征比较

变革型领导
领袖魅力：向下属提供愿景规划和组织使命，解释任务的意义，引发自豪感，赢得尊重和信任。
感召力：传达高期望，用工作意义激励员工去努力工作，用简单的方式表达重要目标。
智能激发：不断用新观念、新手段和新方法对下属提出挑战，激发下属创造性地解决问题。
个性化关怀：给予下属个别的关怀、区别性的对待，有针对性地给予指导和培养。
交易型领导
权变式奖励：根据下属的努力、业绩及对目标的认识给予奖励，可被视为为获得员工支持而提供的一种有价值的资源交易。
积极的例外管理：密切监督防止问题的发生，并对偏离规范的行为进行监督检查并加以矫正。
消极的例外管理：对不符合规范的行为加以干涉，但不作指正，只在问题严重时介入。
放任型：放弃责任，避免做决定，逃避领导责任。

变革型领导通过让员工意识到所承担任务的重要意义，激发下属的高层次需要，建立互相信任的氛围，促使下属为了组织、团队和部门的利益而牺牲自己的利益，并达到超过原来期望的结果。巴斯进一步明确了变革型领导的内容，并建立了相应的评测工具 MLQ（multifactor leadership questionnaire）。早期，他将变革型领导区分为三个维度：魅力—

感召领导（charismatic inspirational leadership）、智能激发（intellectual stimulation）和个性化关怀（individualized consideration）。后来，他又把魅力—感召领导分解为两个维度：领导魅力和感召力，从而形成了变革型领导的四维结构：领导魅力（charismatic or idealized influence）、感召力（inspirational motivation）、智能激发和个性化关怀。变革型领导现如今已被许多跨国组织应用于企业的人才选拔、培训和培养之中。在我国，李超平与时勘采用归纳法指出在国内特殊的文化背景下，变革型领导的结构维度包括愿景激励、领导魅力、德行垂范和个性化关怀。在此基础上李超平等人编制了中国的变革型领导问卷（transformational leadership questionnaire，TLQ），并通过内部一致性分析、项目分析、探索性因素分析、验证性因素分析等，对变革型领导问卷的信度、区分度与构想效度等进行了检验，结果表明 TLQ 具有良好的信度与效度。

一般认为，变革型领导是在交易型领导的基础上发展而来的。这种领导者对员工的需求与动向十分敏感，会尽力帮助员工发挥其最大潜力。它强调"改变"，而变革型领导者以魅力和预测性沟通为基础，在愿景的实现过程中同时使个体在工作能力、道德水平上得到提升和自我完善。变革型领导与交易型领导并非是两个互相独立的领导风格，同一个领导者在组织的实际运作中，为了提升员工的动机水平，在不同的情境和时间，可以同时运用交易型领导及变革型领导。

12.3.2　魅力型领导

"魅力"（charisma）一词源于希腊语，原意是"神赋的礼物"。20 世纪 20 年代，马克斯·韦伯将该词引入了社会学领域，提出魅力型权威，自此"魅力"在社会学和政治学领域开始受到广泛的关注。尽管关于魅力型领导的研究起步较晚，但是自豪斯于 1977 年提出魅力型领导理论以来，理论研究者和实践者一直在对这一新的领导范式进行积极的研究和探索。尤其是 20 世纪 90 年代以来，魅力型领导理论得到了广泛的实证研究支持，成为领导学领域的研究热点。

魅力型领导的产生和兴起有其相应的时代条件。自 20 世纪 80 年代初开始，全球化来临，竞争加剧，一些组织已经从"和平时期"转到"战争时期"，组织难以对事物进行准确的预见，或者难以控制。在复杂动荡的环境中，组织需要魅力型领导者来有效地实施变革，以适应外界环境；此外，组织面临着不断提高员工忠诚度和绩效的挑战，魅力型领导者与下属之间基于情感依附形成的领导者—下属关系，能够改变下属的价值观、信仰和态度，使其对领导者高度忠诚、信任和服从，进而取得超越组织期望的业绩。

所谓魅力型领导（charismatic leadership），是指下属所认为的具有特定的个人特质、能力和行为，并且对下属的情感、价值、信仰、态度和行为有着异乎寻常的强烈的影响力的领导者的某种属性。在日常工作中，我们经常可以看到超凡的魅力型领导者总能提出彻底的方案来处理危机，也会看到下属着魔般地被这样的领导者吸引。

魅力型领导者的行为特征是学者们广泛关注的一个研究内容。例如，豪斯、巴斯、康格（Conger）和卡纳果（Kanungo）分别在各自的魅力型领导理论中提出了魅力型领导者所具备的行为特征（见表 12—6）。

表 12—6 魅力型领导者的行为特征

豪斯模型	巴斯模型	康格和卡纳果模型
角色模拟	擅长印象管理	倡导理想化的愿景
形象塑造	把工作与价值观联系起来	承担个人风险
阐明目标	描绘有吸引力的愿景	展示非常规行为
表达较高的期望和信心	树立角色榜样	对环境敏感
激发行为动机	富有表现力的行为	行为方式富有表现力
	雄辩的口才	

资料来源：董临萍、张文贤：《国外组织情境下魅力型领导理论研究探析》，载《外国经济与管理》，2006（11）。

综合四人的研究成果，可以归纳出魅力型领导者的八种典型行为特征：

（1）角色模拟。领导者通过亲身践行一系列的价值观和信仰，来为下属塑造模范，使他们也能遵从这些价值观和信仰。

（2）形象塑造。魅力型领导者会运用印象管理技巧（展现对自己的极度自信，集中于进步和成功，不会提及失败），从而给下属留下有能力和值得信赖的形象。

（3）愿景规划和清晰表述。魅力型领导者通过为下属阐明目标、机会与角色来描绘未来的使命和愿景，使下属更好地理解工作的意义，有效地激发下属的工作热情，提高下属对实现组织目标的情感投入和组织承诺水平。

（4）表达较高的期望和信心。魅力型领导者不仅给自己设定非常高的绩效标准，而且对下属也表现出非常高的期望，以及对他们实现这一期望的信心。这样可以激励下属为实现明确的、富有挑战性的绩效目标而努力工作。

（5）承担个人风险。个人风险包括经济上的损失或事业上的失败。他们敢于冒险，为实现组织目标甘愿自我牺牲。领导者为共同的目标所承担的个人风险越大，他们在追随者眼里就越有魅力。

（6）表现出非常规行为。在带领下属实现愿景的过程中，魅力型领导者所展示的行为往往是新奇的、非常规的、与众不同的。这些行为与他们所在组织、行业或社会的现有规范并不一致，甚至是相互冲突的。

（7）对环境的敏感性。魅力型领导者对组织内外部环境的变化非常敏感，能够实事求是地评估组织内外的各种环境资源和限制条件，这是他们规划愿景的前提和基础。

（8）行为方式富有表现力。魅力型领导者擅长通过语言或非语言的方式（如着装、肢体语言等形式）来表明自己的价值观、信念和态度。

12.3.3 领导理论研究的新进展

1. 道德领导

道德是指那些被个人或社会认可的或恰当的价值和精神，还可指高尚的个人动机。道德理论提供了一系列的规定和原则，指导我们在特定条件下做出"对与错"、"好与坏"的判断。近年来，众多公司组织因为违反道德准则或法律规章而被告上法庭，如价格垄断和内部交易。在劳动力队伍中，道德和法律沦丧存在于各个阶层。在组织中，领导者引导着下属的道德取向。当领导者以自私和贪婪为准则，许多员工就会对不道德行为习以为常。

领导是道德的还是非道德的呢？如果领导仅仅是一系列行为实践，与是非对错没有半点关系，那么它就是非道德的。但所有领导行为都可以被用作正义或邪恶的手段，因此具备了道德特色。领导者可以选择是采用一种误导别人的方式还是一种激励、鼓舞别人发挥他全部潜质的方式。道德领导（moral leadership）是指领导者在其行为中明是非，追求公平、诚实、善良和正义。领导者对下属有深刻影响，道德的领导方式给别人以活力，并提高他们的生活质量，不道德的领导则损人利己。

2.　诚信领导

现今的组织内外部环境变幻莫测并充满挑战，组织为了求生存、谋发展，其领导者的自信、乐观、满怀希望、富有意义感及韧性等特点就显得尤为重要。近年来出现的安然事件等公司丑闻和管理渎职现象，也引发了人们对领导者诚信问题的思考。鉴于此，卢森斯等人于 2003 年以领导学、道德学、积极心理学及积极组织学等领域的相关研究为基础，提出了一种全新的领导理论，即诚信领导理论。

诚信领导（authentic leadership）是指一种把领导者的积极心理能力（positive psychological capacities）与高度发展的组织情境（highly developed organizational context）结合起来发挥作用的过程。[①] 卢森斯认为诚信领导过程对领导者和下属的自我意识及自我控制行为具有正面影响，并将激励和促进积极的个人成长和自我发展。诚信领导者对自己、对他人都是真诚的。他们自信乐观、充满希望、富有韧性、品德高尚，并且是未来导向的（future-oriented）；他们对自己的信念、价值观、道德观、行为以及所处的工作情境具有深刻的认识。

当领导者实行诚信领导时，就会对组织产生积极的影响。诚信领导有助于在领导者和下属之间建立信任关系。领导者的诚信品质或行为，会通过榜样效应，逐渐影响、改变下属的态度或行为，使下属的态度及行为与诚信原则相一致，从而有利于在组织中培养以诚信为特征的组织文化，提高组织的凝聚力和向心力。诚信领导有利于在领导者和下属之间建立一种持久的信任关系，保证企业能够长期调动员工的积极性，为企业建立具有竞争优势的管理制度、企业文化和创新机制等创造条件。

3.　战略型领导

战略型领导是一个与中高层管理者的领导角色有关的新概念。战略型领导（strategic leadership）是指理解组织与环境复杂性并领导组织中的变革以实现组织与环境同步发展的过程。在某种意义上，战略型领导可以被视为变革型领导的扩展。不过，战略型领导更加关注理解和结合战略及战略决策的重要性。变革型领导和战略型领导都包含变革的概念，但变革型领导没有明确强调将领导变革的能力作为中心，而战略型领导则更加强调领导者战略思考和行动的能力。

战略型领导是从战略的高度关注组织的整体发展，在战略学习的基础上提升组织整体应对变化着的内外部环境的能力。具备此种能力的领导者从组织发展的战略角度，为组织规划未来发展的蓝图。战略型领导的本质是对学习能力、适应能力以及管理智慧的培育及维系。发掘组织需要且能够做好的关键事件，并为其创造集体行动的环境是战略型领导者

---

① 参见詹延遵、凌文铨、方俐洛：《领导学研究的新发展：诚信领导理论》，载《心理科学进展》，2006（6）。

的主要任务。

本章小结

领导是某一个体（团体）对组织中的个体、群体及整个组织施加影响，使其实现共同目标的过程。其权力来源有两种途径：职位权力和个人权力。领导与管理是既有区别又相互联系的两个概念。

早期的领导理论研究试图发现有效领导的重要特质和行为。俄亥俄大学的研究和密歇根大学的研究分别发现了两种不同的领导行为。俄亥俄大学的研究认为领导行为包括两个不同的维度，交叉组合成了四种领导风格；而密歇根大学的研究认为生产导向和员工导向成就了两种完全对立的领导模式。领导方格理论进一步提炼了这些概念。家长式领导、PM 与 CPM 理论为我们研究领导行为提供了新的视角和方向，尤其重要的是，它们对于研究中国特殊国情下的领导理论具有重要意义。

权变理论是领导理论研究的一个重大飞跃，它使人们认识到领导并不是领导者个人的事情，还受到情境因素的影响与作用，主要的情境变量有工作任务结构、情境压力水平、群体支持程度、领导者的智力经验及下属特点等。领导者应该根据具体的情境选择相匹配的领导风格。

当前较受关注的领导理论主要是变革型领导和魅力型领导。变革型领导专注于领导变革和领导稳定间的差异。而魅力是领导的一种个人特性，对下属的情感、价值、信仰、态度和行为有着异乎寻常的强烈的影响力。此外，近来还出现了几种新的领导模式：道德领导、诚信领导及战略型领导，它们为我们研究及应用领导理论提供了更宽广的视角。当然这些理论还有待进一步的研究、检验和修正。

关键术语

领导（leadership）　　　　　　特质理论（trait theory）
行为理论（behavior theory）　　权变理论（contingency theory）
管理方格理论（managerial grid theory）　家长式领导（paternalistic leadership）
菲德勒权变模型（Fiedler contingency model）路径—目标理论（path-goal theory）
情境领导理论（situational leadership theory）变革型领导（transforming leadership）
领导者—参与模型（leader-participation model）交易型领导（transactional leadership）
魅力型领导（charismatic leadership）道德领导（moral leadership）
诚信领导（authentic leadership）战略型领导（strategic leadership）
领导者—成员交换理论（leader-member exchange theory）

复习思考题

1. 什么是领导？其核心要素是什么？

2. 请阐述领导与管理之间的关系。

3. 请对领导理论的发展脉络进行简单的概述。

4. 什么是领导特质？领导学研究为我们提供了有关特质的哪些信息？

5. 对比各种行为领导理论的研究发现。

6. 解释菲德勒权变模型。

7. 解释赫塞和布兰查德的情境理论。

8. 什么是变革型领导？变革型领导需要表现出哪些特征与行为？

9. 阐述魅力型领导的特征。

10. 请概述领导理论研究的最新动态。

参考文献

1. ［美］斯蒂芬·P·罗宾斯. 组织行为学（第 10 版）. 北京：中国人民大学出版社，2005

2. ［美］斯蒂芬·P·罗宾斯，玛丽·库尔特. 管理学（第 7 版）. 北京：中国人民大学出版社，2004

3. ［美］彼得·诺思豪斯. 卓越领导力：十种经典领导模式. 北京：中国轻工业出版社，2003

4. ［美］理查德·哈格斯，罗伯特·吉纳特，戈登·柯菲. 领导学：在经验积累中提升领导力（第 4 版）. 北京：清华大学出版社，2004

5. 凌文铨，陈龙，王登. CPM 领导行为评价量表的建构. 心理学报，1987（2）

6. 周浩，龙立荣. 恩威并施，以德服人——家长式领导研究述评. 心理科学进展，2005（2）

7. 詹延遵，凌文铨，方俐洛. 领导学研究的新发展：诚信领导理论. 心理科学进展，2006（6）

8. 董临萍，张文贤. 国外组织情境下魅力型领导理论研究探析. 外国经济与管理，2006（11）

9. 王雁飞，朱瑜. 组织领导与成员交换理论研究现状与展望. 外国经济与管理，2006（1）

第 13 章

沟通及冲突管理

　　信息是组织运行的生命线，而信息的传递和理解是通过沟通实现的。良好的沟通对于任何群体和组织的有效运作都十分重要。而冲突作为组织中客观存在的现象，同样是组织管理中值得关注的重要方面。人们普遍认为冲突是组织良好运行的障碍，事实上，有些冲突对组织还有积极的作用，能够促进组织的发展。本章将分别介绍沟通及冲突的相关概念，阐释管理沟通和冲突的策略。

13.1　沟通概述

13.1.1　沟通的内涵

　　管理者要想成为一个良好的沟通者，建立起有效的沟通机制，首先要准确地理解沟通的内涵。实践中，许多因沟通失误所导致的悲剧事件的根源就在于对沟通的内涵认识模糊，不懂得完整意义上的沟通过程是怎样的。因此，学习良好的沟通技巧起始于对有关沟通的概念、过程以及原则的认知和理解。

1. 沟通的概念

对于沟通，不同的研究者给出了不同的定义。有人认为沟通是指组织中被理解的信息而非发出的信息；有人认为沟通是一个包括状况、假设、意图、听众、方式、过程、产物、评价和反馈在内的修辞过程；还有人认为沟通是一个涉及思想、信息、情感、态度或印象的互动过程。虽然这些研究者所给出的沟通概念互有区别，但他们对沟通的理解也存在一致性，那就是沟通是指按照一定的目标，把信息、观念和情感在个人、群体和组织之间进行传递，并达成共识的过程，简言之，沟通（communication）是指意义的传递和理解。在这个定义中，首先强调的是意义的传递。如果信息或想法没有被传送到，则意味着沟通没有发生。更重要的是，沟通还包含着意义的理解。要使沟通成功，意义不仅要得到传递，还需要被理解。从理论上来说，完美的沟通意味着信息经过传递之后，接受者和发送者对信息的认知和理解是完全一致的。

在此，需要特别注意的是，人们通常会把良好的沟通和达成一致的意见这两种不同的情况混淆起来。所谓良好的沟通，是指每个人都充分理解对方的观点和见解；而所谓达成一致意见，是指经过信息沟通之后，一方接受另一方的观点。实际上，在沟通效果良好的情况下，信息发送和接受双方既有可能达成一致意见，也有可能形成截然不同的观点。因此，我们不能将有效沟通和意见一致等同起来。

2. 沟通的过程

从表面上看，沟通的过程就是循环往复地发送和接受信息。从心理认知角度来看，完整意义的沟通过程（communication process）包括七个环节：信息源（发送者）、信息、编码、通道（媒介物）、解码、接受者、反馈。图 13—1 描述了这个四步骤过程，即发送者首先对信息进行编码，使其转化为信号形式，然后通过媒介物传送至接受者，再由接受者通过解码将信号转译成信息，并将该信息反馈给发送者。

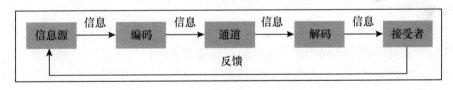

图 13—1　沟通过程模型

资料来源：［美］斯蒂芬·P·罗宾斯：《组织行为学》（第 10 版），314 页。

第一步：信息源（发送者）进行心理上的编码，将客观环境中的客观信息（物理信息和符号信息）转变成一个可以传递和理解的信息。信息编码的准确与否取决于发送者的技能、态度、知识和社会文化系统。首先，如果发送者没有很好的信息理解、组织和表达技能，那么他就很难将客观信息完整地传递出去，如同一位知识丰富的老师因为没有良好的表达能力而难以将他所掌握的知识教授给学生一样。其次，受自身期望和态度的影响，发送者可能对客观信息进行加工，从而使客观信息经过编码之后成为带有较浓个人色彩的信息，在一定程度上失去了原有意义。信息编码过程中所留下的自我态度痕迹是不可能完全避免的，所以谋求信息的绝对准确是不现实的。再次，如果发送者对要传递的客观信息缺乏了解，没有掌握相关的背景知识，则沟通的效果就要受影响。也就是说，人们很难传递自己不知道和不理解的信息。最后，发送者对客观信息的价值判断、喜好以及他所接受的社会文化方面的观念等，均可能影响发送者的信息编码。

第二步：通过媒介物传递信息。处于这一阶段的信息已经不再是客观的外在信息，此时的信息包括了三个方面的内容：用以传递意义的信号群、信息本身的内容和发送者对编码信息的选择和安排。可用以传递信息的媒介物和方式具有多样性，既有口头或书面语言，也有非语言的身体姿势、面部表情，还有作品和图画等载体。需要注意的是，无论采用什么通道来传递信息，都有可能出现信息失真现象。

在第二步中，影响沟通效果的重要因素是通道。通道是指传送信息的媒介物。通道是由发送者选择的，他可以选择正式通道（比如组织的权力网络），也可以选择非正式通道（比如非正式人际网络），不同通道的特点对信息传递的准确性会产生不同的影响。比如面对面的沟通有利于传递沟通双方的情感和观点，但在沟通的广度和准确度方面存在局限性；公文和通告能够准确传递信息内容，但不利于沟通双方了解彼此的态度和情感。因此，采用多种信息通道有利于减少信息失真的潜在可能性。

第三步：信息通过解码传递给信息接受者。接受者是指信息指向的客体，而解码是与编码相对应的，是指信息接受者将通道中加载的信息翻译成他自身能够理解的形式。与影响编码者的因素相同，接受者在信息解码的过程中同样受到自身技能、态度、知识和社会文化观念的影响。

第四步：信息反馈。如果信息接受者在解码之后将所接收到的信息返回给发送者，这就意味着反馈。反馈本质上是为了确认信息的传递是否成功，以及确认信息是否符合发送者的原本意图，同时便于信息接受者进一步理解信息内容。

3. 沟通的原则

基于信息的特性，为达到良好的沟通效果，在信息传递和交流过程中必须遵循准确性、完整性、及时性原则。

（1）准确性。

当信息沟通所用的语言和传递方式能被接受者理解时，这才是准确的信息，这种沟通才具有价值。沟通的目的是要将发送者的信息传递给接受者并被其理解，因此，发送者的责任是将信息加以综合，并用易于理解的方式表达。这就要求发送者有较高的语言或文字表达能力，并熟悉接受者技能、态度、知识、价值观以及所使用的语言。就接受者而言，由于需要注意的信息太多，而人的注意力有限，因此接受者必须集中精力，克服思想不集中、记忆力差等问题，才能对信息有正确的理解。

（2）完整性。

当发送者传递给接受者的是完整无缺的信息时，沟通才具有价值。在组织中，沟通只是管理的手段而不是目的。在组织中，无论是管理者制定决策，还是下级人员执行政策，或是人与人之间、部门与部门之间的协调配合，都需要足够的信息支持来认清全貌，了解始终，这就需要信息沟通保持完整性，做到知无不言、言无不尽。需要特别指出的是，一般来说，管理者位于信息交流的中心，掌握大量的信息情报，具有信息权力和权威。这就要求管理者在为下级人员提供信息支持时，能够端正心态，正确看待与使用这种权力和权威，使各类信息资源的价值得到充分发挥。

（3）及时性。

信息的价值具有一定的时间限制，因而信息沟通需要遵循及时性原则。在实际工作中，由于发送者拖延或接受者重视程度不够等原因，经常会出现信息沟通滞后的情况，从而使沟通变得毫无意义。在管理实践中，沟通的及时性要求管理者一方面要将组织新近制定的政策、目标以及其他变化尽快告知下属，争取他们的理解和支持；另一方面要及时掌握下属的工作状况及其思想、情感和态度的变化，以便采取相应的解决措施。

13.1.2　沟通的方向和方式

1. 沟通的方向

在群体和组织中，信息的流向可以是垂直的，可以是横向的，也可以是斜向的。其中垂直沟通又可以进一步划分为下行沟通和上行沟通两种。

（1）下行沟通。

在群体和组织中，沿着权力层级结构自上而下进行的信息传递和交流，称为下行沟通（downward communication）。在组织内部，上级和下属间的信息交流基本上都是下行沟通，如管理者对下级发出指示、发布命令、下达计划等。管理者也经常利用下行沟通，来评价下属的工作业绩，提出改进意见。不过，自上而下的沟通未必非要通过口头沟通或面对面的接触。管理者给员工的家里寄去信件告知他们新的病假政策，也是在使用自上而下的沟通。下行沟通是传统组织里最主要的沟通方向。这种层层传达的沟通方向，经常因层级太多，导致信息发生歪曲甚至遗失，而且过程迟缓，从而影响了沟通效果。

（2）上行沟通。

在群体和组织中，沿着权力层级结构自下而上进行的信息传递和交流，称为上行沟通（upward communication）。下属通常通过上行沟通向上级汇报当前工作的进展情况和出现的问题。在上行沟通中，上级是信息的接受者，他们获得了有关组织运行情况的信息，为管理决策提供了依据。此外，许多组织还鼓励通过向上沟通来征求合理化建议和意见，激发下属的积极性和创造性。在组织中，常见的自下而上沟通的例子有基层管理者向中高层提供业绩报告、设立意见箱、员工态度调查、申诉程序、上下级之间的讨论会等。

（3）横向沟通。

横向沟通（lateral communication）主要是指在同一水平层级上的不同人员之间、群体之间发生的信息传递和交流。横向沟通主要存在于有协作关系的人与人之间或部门与部门之间。在一些委员会、协调会等形式的沟通中，基本上也是横向沟通。对组织而言，水平沟通既有有利的一面，也有不利的一面。横向沟通在节省时间和促进合作方面十分有效，但在下列情况中横向沟通会导致功能失调的人际冲突：当正式的垂直通道受到破坏时；当成员绕过或避开自己的直接领导做事时；当上级发现所采取的措施或做出的决策自己不知情时。

（4）斜向沟通。

斜向沟通（diagonal communication）主要是指在同时跨部门和跨权力层级的人员或

群体之间发生的信息传递与交流。当信用部门的信用分析师，就某顾客的信用问题，直接与地区销售经理沟通时，就是斜向沟通的情形，因为这两个人既不在同一部门，也不属于同一组织层级。从效率和速度角度来看，斜向沟通是有益的。然而，与横向沟通一样，要是组织成员不通报他们的管理者就直接与外部交流信息，斜向沟通也可能造成问题。

2. 沟通的方式

就管理沟通而言，沟通的方法和模式可以从人际沟通和组织沟通两大方面来阐释。人际沟通（interpersonal communication）指存在于两人或多人之间的沟通。组织沟通（organizational communication）指组织中沟通的各种方式、网络和系统等。

（1）人际沟通的方法。

1）口头沟通。最常用的信息传递方式是口头沟通。常见的口头沟通包括演说、正式的一对一讨论、小组讨论以及非正式的小道消息传播。口头沟通的优点在于快速传递和快速反馈。在这种沟通方式中，信息可以在最短的时间内传递出去，同时也能在最短的时间内得到反馈，而且能观察到信息接受者的个人反应，帮助二者对同一问题进行准确沟通。口头沟通也有其局限性，主要表现为口头语言的准确性不高，在多人间传递后可能导致信息失真、信息不能够保存等。

2）书面沟通。书面沟通包括备忘录、信件、组织内部发行的期刊、布告栏以及其他任何传递书面文字或符号的手段。书面语言的优点在于其持久、有形和可以核实。一般来说，信息发送者和接受者均会拥有沟通记录，沟通的信息可以无限期地保留下去，等到需要核实的时候，非常容易查询和搜索。此外，书面沟通更为严谨，其逻辑性强，而且条理清楚。当然，这种沟通方式也是有局限性的，人们往往在使用书面语言时耗费的时间更多，而且这种方式几乎无法给信息发送者提供观察和判断接受者反应的机会，所以本质上书面沟通是一种单向的沟通方式，而且得到的反应是延后的。

3）非言语沟通。非言语沟通方式涵盖了除口头沟通和书面沟通以外的其他沟通方式，包括身体语言、语调、面部表情，甚至发送者和接受者之间的空间距离。身体语言补充了言语沟通，它能更充分地传递信息发送者的情绪及态度信息，因而常常使言语沟通更为复杂。从本质上说，面部表情属于身体语言，但因为面部表情在传递信息的时候更为复杂和丰富，因此在此单列出来。面部表情集中而生动地展示信息传递者的态度、情绪和人格特征等。人们可以从经验出发通过面部表情来判读对方的态度、情绪等未经言语表达出来的个人倾向性。语调是指个体对传达意义的某些词汇或短语的强调。轻柔、平稳的语调表达请求或者解释，而刺耳尖利的语调可能表达个体的攻击性或防卫性。物理空间，或者人和人之间的空间距离，也能够传递某种信息。一般来说，关系亲密的人之间的距离相对较近。当然，在不同的文化背景下，身体动作、面部表情、语调等传递的信息不尽相同。

（2）组织沟通的模式。

1）正式沟通网络。正式沟通是指按照组织明文规定的原则、方式进行的信息传递与交流。正式的组织信息网络有五种基本模式：链式、环式、轮式、Y式和全通道式（见图13—2）。

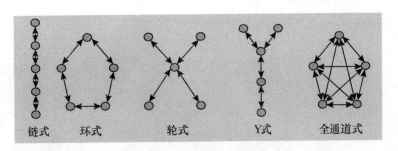

图 13—2 五种正式沟通网络

资料来源：韩岫岚、王绪君编：《管理学基础》，356 页。

链式沟通发生在一种直线型的层级结构中，沟通只能向上或向下进行，且每一个上级只有一个下属向他报告，而每一个下属也只向一个上级报告。在这种模式下，信息层层传递，路线长、速度慢，且容易发生信息的过滤、篡改和失真。

环式沟通模式下，组织成员只能与相邻的成员沟通，即沟通只能发生在同部门成员之间或直接上下级之间，不能跨部门沟通，也不能越级沟通。在这种模式下，组织成员往往可以达到比较一致的满意度，组织士气高昂。但由于信息也是层层传递，因此其速度慢且容易出现信息失真。

轮式沟通模式下，不同下属向同一个上级报告，但下属之间不能沟通。这种模式由于组织集中度高，结构层次少，因此信息传递速度快且不易发生信息失真。但轮式沟通依赖于一个核心人物作为所有群体沟通的管道，因此成员满意度较低，组织士气低落。

Y 式沟通也是一种只有垂直沟通的模式。在 Y 式沟通模式下，组织的权力集中度高，解决问题速度快，但由于信息也是层层传达，使其信息传递速度慢、容易失真，而且成员的士气也不高。

全通道式沟通是一种开放型的模式。在这种沟通模式下，每一个组织成员都可以自由地与其他成员沟通，因此沟通速度快，而且组织集中化程度低，成员士气旺盛，合作精神浓厚，适合自我管理的工作团队。但由于沟通渠道太多，易造成混乱并降低所传递信息的准确度。

正式沟通通常是在组织的层级系统内进行的，它约束力强，能保证有关人员或部门按时、按量得到规定的信息，且比较严肃，有利于保密。重要文件和消息的传递、组织决策的贯彻等，适合采用正式沟通方式。正式沟通的不足之处在于，它一般是在垂直方向上层层传递，若组织层级比较多，就会影响传递的速度，更有可能造成信息失真；同时，它也不利于横向沟通。

2）非正式沟通类型。非正式沟通是指正式沟通途径以外的、不受组织层级结构限制的沟通方式。非正式的信息沟通类型大致有四种：单线型、随机型、传播流言型、群体型。其中，单线型沟通是指个体之间的相互转告，随机型是指碰到谁就告诉谁，传播流言型是指由一个人告诉其他所有人，群体型是指由一些人有选择地转告其他人（见图13—3）。

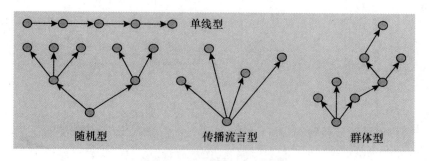

图13—3　四种非正式沟通类型

资料来源：韩岫岚、王绪君编：《管理学基础》，358页。

对于任何群体或组织的沟通网络来说，非正式沟通都是其中的重要组成部分。从管理的角度来说，非正式沟通既有积极的一面，也有消极的一面。从积极的方面来看，非正式沟通形式多样、弹性大、速度快，有助于决策者更全面、准确地认识问题，提高决策的合理性，有助于改善成员心态，提高工作积极性。与此同时，它也存在加剧信息失真和歪曲程度、破坏组织的内聚力和稳定等缺点。因此，管理者既要充分利用非正式沟通网络的过滤和反馈作用，弥补正式沟通渠道的不足，又要防止它对组织产生负面影响。

3）电脑辅助沟通。由于电脑辅助技术的出现，使得数据的即时传送和远程传送成为现实，因此，今天的组织当中沟通手段更为丰富，沟通内容更为广泛，沟通速度更为快捷。电脑辅助沟通主要包括电子邮件、内部网络和外部网络以及远程视频会议等。

总体来说，电子媒介传递信息迅速而且廉价，同时易于保存，可以查询、搜索和传递，并且新技术还有助于整合不同的观点和方式，便于建构以知识创新为核心的学习型组织，但是，电子媒介在传递个人态度和情绪信息方面比较差，信息反馈滞后，同时电子媒介在个人隐私的保护和安全性方面与人们的要求还是有差距的，所以未来电子媒介的挑战就是如何把多种媒介成功地结合起来，如何确保组织的结构和权力等级与新的办公系统协调一致，以及如何应对信息超载、无纸化信息的保存和电子媒介的去个性化等问题。

13.2　有效沟通

13.2.1　人际沟通的障碍及应对措施

1. 人际沟通的障碍

在信息传递和交流过程中，很多沟通障碍会阻碍或歪曲有效的沟通，进而影响沟通的最终效果。因此，我们要认识到信息失真的广泛可能性，具体分析沟通过程中的所有障碍。

（1）沟通方式选择不当。沟通方式多种多样，并且不同的方式有不同的优缺点。如果不能根据沟通内容、沟通双方的特点选择合适的沟通方式，将会导致沟通效果下降。

（2）编码困难。虽然发送者的信息质量不错，但若他无法把信息正常地编码，即把思想转化成恰当的语言，便会影响沟通的效果。由于不同的人对同一语言可能有不同的解释，如果编码不准确，沟通就无法进行。在这方面，年龄、教育和文化背景是三个重要的变量，它们影响着一个人的语言风格以及他对词汇的界定。管理者对此要引起高度重视，因为组织成员通常拥有不同的背景，他们对问题的看法可能存在较大的差异。

（3）噪音干扰。作为沟通障碍的噪音通常有两类：物理噪音和心理噪音。物理噪音是指沟通环境中存在的声音噪音，这类噪音是很容易排除的。心理噪音是指影响沟通效果的心理问题或个人观念，如沟通恐惧以及偏见等，这类噪音则相对难以排除。

（4）信息过滤。过滤（filtering）是指故意操纵信息，使信息显得更易得到和被接受。如果信息发送者有意操纵信息，使信息显得对接受者更为有利，则可能产生不良的沟通效果，例如员工和下级管理者通常会有"报喜不报忧"的心理。在组织中，纵向层次越多，过滤的可能性越大。组织一般是通过奖励系统来鼓励或抑制这种过滤行为的。

（5）选择性知觉效应。如前所述，选择性知觉是指人们根据自己的兴趣、经验和态度而有选择地去解释信息。沟通过程中，接受者会根据自己的需要、动机、经验、背景及其他个人特质而有选择性地去看或听那些传递给他的信息，在信息解码的时候，接受者还会把自己的兴趣和期望带到信息之中。

（6）个性和情绪影响。如果信息接受者个性非常鲜明，要么攻击性强，要么凡事皆防备，那么在沟通时，还没等信息发送者把话说完，他们就可能已经得出结论或者做出反应，从而影响沟通的效果。此外，不稳定的情绪常常使信息接受者无法进行客观而理性的思维活动，而让一种情绪性的判断取而代之，因此情绪体验也会影响沟通的效果，极端的情绪更有可能阻碍有效的沟通。

（7）信息超载。信息超载（information overload）就是一个人面对的信息超过了他的处理能力。伴随着各类信息的剧增，形成了巨大的数据负担，以致人们无力处理和传送这些信息。这时，人们倾向于筛除、轻视、忽略或遗忘某些信息，或者干脆放弃进一步处理的努力，直到超载问题得以解决。不论何种信息超载的情形，结果都是信息缺失和沟通效果受到影响。

（8）不完整的反馈。在沟通过程中，忽略反馈环节，或者对信息接受者的反馈意见理解错误，都会使沟通效果下降。

2. 克服人际沟通的障碍

既然存在以上沟通障碍，那么管理者该如何加以克服呢？以下建议将有助于管理者消除沟通障碍，提升沟通效果。

（1）选择合适的沟通方式。

可以进行的选择有：

1）根据沟通内容的特点的不同，选择不同的沟通方式。如果所要沟通的内容是组织中的重要事宜或是依照规章制度行事，则适宜选择正式沟通和书面沟通。若沟通内容属于规章制度以外的问题或组织成员的琐事，则可选择非正式沟通或口头沟通。

2）根据沟通双方特点的不同，选择合适的沟通方式。对于那些看重制度和程序的人来说，正式的、书面的沟通是较好的选择；对于那些注重目的和结果的人来说，则可选用非正式的、口头的沟通方式。

3）根据沟通方式本身特点的不同，选择合适的沟通方式。不同的沟通方式在信息传递速度、反馈效果、费用开支、引起重视程度等方面具有不同的特点，因此，在沟通前应根据需要有针对性地加以选择，并不断总结经验教训，摸索出最佳沟通方式。

（2）简化语言。

在信息传递过程中，因为编码的问题，很多信息可能发生失真。管理者应该选择恰当的措辞并组织好语言，使信息表达得清楚明确，易于为接受者理解。需特别提醒的是，许多群体都使用行话进行沟通，目的是为了促进理解和提高沟通效率，但是应该考虑到信息所指向的受众，以确保所用的语言能适合于该类信息的接受者。

（3）积极倾听。

所谓倾听，就是对信息进行积极主动的搜寻，而单纯的听则是被动的。积极倾听要求接受者不带先入为主的判断或解释的、对信息完整意义的接受。提高积极倾听的效果，可采取的一种办法是发展对信息发送者的共情，也就是让自己站在发送者的立场去理解他所发送的信息。

（4）控制情绪。

信息接受者的个性和情绪是影响有效沟通的重要因素。由于个性难以改变，因此，只能从控制情绪上下工夫。最简单的办法是，当我们在沟通过程中出现较大的情绪波动时，应该暂停进一步的沟通，直至恢复平静。

（5）注意非言语信息。

非言语沟通在信息传递过程中起着非常重要的作用。无论是接受者还是发送者，既要注意自己的非言语信息，确保它们和言语信息相匹配，起到强化语言的作用，又要时刻注意对方的非言语信息，以便正确理解对方的意图。

（6）运用反馈。

很多沟通的障碍来自不完整的反馈或误解，因此管理者如果在沟通过程中加入反馈回路，就会减少或者消除这方面的障碍。所谓反馈回路，是指让信息接受者用自己的话重复信息，这样一方面可以加强理解，另一方面也可以对信息进行概括，请信息发送者进行验证和核实。一般来说，反馈的方式包括重复、概括、直接提问、评价等。

13.2.2 改进组织沟通的效果

在探讨了组织中人际沟通的障碍及其克服办法之后，我们还需要从管理的角度来寻找改进组织沟通效果的方法，就此而言，以下建议应该是有所裨益的。

（1）管理者应该重视沟通。

管理者不仅要建立和完善组织信息管理系统，而且要注意保持组织内沟通渠道的畅通，给组织成员以发表意见、提供建议的机会。

（2）言行一致。

如果管理者说一套做一套，则无法保障沟通的效果，成员便可能对沟通失去信心和兴趣，也就没有动力参与到组织沟通中来。

（3）沟通应该是双向的。

上行沟通和下行沟通应该同时进行，尤其在做出影响组织未来发展和涉及成员切身利益的决策时，更应该重视上行沟通的作用。

（4）强调面对面的沟通。

虽然，面对面的沟通耗时较多，但在管理实践中它的确是一种非常有效的沟通方式，因为面对面地沟通可以让沟通双方切实感受到彼此的情绪和态度，便于即时反馈，而且对成员来说，它本身就是一种激励。

（5）鼓励员工报告坏消息。

"报喜不报忧"现象是许多组织都存在的问题，因此，管理者要鼓励成员报告真实情况，防止信息过滤影响组织的健康成长。

（6）广开言路。

组织的一般成员限于自身的地位，通常只能知道他所在部门的信息，所以其观点可能过于狭隘。兼听则明、偏听则暗，管理者要注意多听取不同来源的信息，只有这样才能把握全局，准确评估所有信息的价值和意义。

（7）共享信息。

无论是对管理者还是普通成员，做好工作的前提是掌握必要的信息，因此，及时地将组织和工作的有关情况告知成员是管理者义不容辞的责任。特别是，当组织出现危机情况，或者环境发生变化时，更要立即共享信息。

（8）追踪沟通的效果。

沟通不是管理的目的，它只是管理的手段。因此，组织沟通的最终成效体现在工作产出上，这就需要管理者及时追踪沟通的效果，以减少沟通不良对工作的影响。

13.3　冲突概述

13.3.1　冲突的内涵

冲突是组织的一种普遍现象，它既可能发生在个人之间、群体之间，也可能存在于个人与群体之间；它既可以是潜在的、隐性的，也可以是外在的、显性的，不同类型的冲突会对组织的经营和发展产生不同程度的影响。正因为如此，一直以来，管理者都把大量的时间和精力用在冲突管理上。

1. 冲突的定义

冲突广泛存在于组织的各项活动之中，影响和制约着组织及其成员的行为倾向和行为方式，是组织活动的基本内容和基本形式之一。有关冲突的概念，不同的学科有不同的界定。从政治学角度看，冲突是"人类为了达到不同的目标和满足各自相对利益而发生的某种形式的斗争"。从社会学角度看，冲突是"两个或两个以上的人或团体之间直接的或公开的斗争，彼此表示敌对的态度和行为"。管理心理学则认为，"冲突是指两个人或两个团体的目标互不相容或互相排斥，从而产生心理上的矛盾"。尽管这一术语在意义上存在分歧，不过大多数的界定中都包含了一些共同的主题：冲突必须被各方感知到，即冲突是否存在是一个知觉问题。如果人们没有意识到冲突，则常常认为没有冲突。另一个共同之处就是，存在意见的对立或不一致，并带有某种相互作用。这些因素所构成的条件决定了冲突过程的出发点。

从管理学的角度看，可以把冲突（conflict）定义为一种过程，当一方感觉到另一方对自己关心的事情产生不利影响或将要产生不利影响时，这种过程就开始了。这是一个广义的定义，它描述了从相互作用变成相互冲突时所进行的各种活动。它包括了在组织中人们经历的各种各样的冲突，如目标不一致、对事实的解释存在分歧，以及对行为预期的不一致等。

2. 冲突的过程

从冲突的定义可以看出，冲突不是静止不变的，而是一个涉及多个阶段的动态过程。在这个过程中，某个阶段的冲突行为可能以不同的方式表现出来，同一种冲突行为也可能在不同阶段重复出现。因此要理解冲突，就得仔细分析冲突的每一个阶段以及不同阶段的行为表现。

（1）冲突的前因条件阶段。

这是引起冲突或加速冲突的条件阶段。有的时候攻击性行为会引起冲突，有的时候压力会引起冲突，但这个阶段的冲突一般以问题的形式表现出来，常常不被人注意。

（2）感知冲突阶段。

这是冲突加速的必经阶段。在这个阶段，双方开始感觉到威胁，但都还没有做出对对方不利的行为。这个阶段很重要，如果双方都能认识到不一致，而且还有信心解决共同面临的问题，那么冲突就可能不会进一步发展。否则就过渡到第三个阶段，即爆发冲突阶段。

（3）爆发冲突阶段。

当人们意识到对方没有意向或没有办法解决其不一致，而且持续感觉到对方的威胁时，冲突就可能爆发。爆发冲突的标志就是发生争执、挑衅、攻击行为，也有可能是展开讨论。

（4）冲突解决阶段。

双方开始同意着手解决他们之间所存在的矛盾，并且采取措施防止未来的冲突再发生，这就是冲突解决阶段。冲突解决也可能有其他的形式，如一方打败另一方，或冲突被暂时压制下去。当一方实力非常强，而另一方实力比较弱时，冲突就有可能被压制下去，此时的冲突并没有得到真正的解决，只是暂时得到平息而已。

（5）后冲突阶段。

无论冲突是解决了还是被压制下去了，情绪还是保留着。经历冲突之后，双方的行为都会发生变化。如果冲突得到有效解决，建设性的行为就会出现；相反，如果冲突只是被暂时掩盖过去，那么破坏性的行为和情绪就会依然存在，并可能引发下一轮的冲突。因此，在这一阶段，最重要的问题在于认清冲突是促进了双方合作还是将双方推向进一步的对立。

13.3.2　冲突观念的变迁

人们对冲突在群体和组织中的作用的认识经历了一个不断深入、逐渐贴近实际的历史过程，先后形成了传统观点、人际关系观点和相互作用观点这三种不同的冲突观念。

1. 传统观点

冲突的早期观点认为所有的冲突都是不良的、消极的，是造成和导致组织不安全、不和谐乃至分裂瓦解的主要原因之一，它常常与暴乱、破坏和非理性同时使用，以强化其消极意义。因此，传统观点对冲突的态度是必须加以克服和予以否定。从 19 世纪末到 20 世纪 40 年代，这种观点在管理学上一直占据统治地位。人们认为冲突是功能失调的结果，导致冲突的原因有这样几个方面：（1）沟通不良；（2）组织成员之间缺乏坦诚和信任；（3）管理者对员工的需要和抱负缺乏敏感性。

2. 人际关系观点

冲突的人际关系观点认为，对于所有群体和组织来说，冲突都是与生俱来的、不可避免的。由于冲突是无法避免和彻底消除的，因此应该接纳冲突，正确地认识和对待冲突。同时，这种观点还认为，冲突不一定就是坏事，它具有对组织绩效产生积极影响的潜在可能性，例如冲突可以使组织里一些被忽视的问题及时地暴露出来。20 世纪 40 年代末至 70 年代中叶，人际关系观点在冲突理论中占据统治地位。

3. 相互作用观点

人际关系观点主张接纳冲突，而相互作用观点则主张鼓励冲突，认为冲突不仅可以成为组织内的积极动力，实际上某些冲突对于组织的发展来说是必不可少的。该观点认为，合理的冲突对组织是有益的，融洽、和平、安宁、合作的组织容易变得静止、冷漠并对变革与革新的反应迟钝。因此管理者应该维持一种合理的冲突水平，这能够使组织保持旺盛的生命力。相互作用观点代表着当代思想，并得到了管理实践的支持。

13.3.3　冲突的分类

根据不同的划分标准，可将冲突划分为不同的类型。

1. 从冲突的作用来看，冲突可划分为功能正常的冲突和功能失调的冲突

相互作用的观点并不认为所有冲突都是好的或坏的，它将冲突进行了分类。一些冲突可以促进员工之间的沟通、反思和理解，帮助管理者发现潜在问题、危机和风险，了解员工的需求，支持组织的目标，有利于提高组织的反应能力，这些冲突是具有建设性的、功能正常的冲突（functional confliction），而另一些冲突破坏成员的满意度和组织的凝聚力，有碍于组织目标的顺利实现，因此它们是功能失调的冲突（dysfunctional confliction），具有破坏性质。

对于管理者而言，功能正常的冲突是对组织有益的冲突，因此管理者要善于加以利用，通过相互交流，激发寻求解决问题的思路和方法，而不是消灭它，甚至在过于和谐的组织中还可以激发一些建设性冲突；对于功能失调的冲突，管理者要力求尽早发现，防微杜渐。

那么，如何区分功能正常的冲突和功能失调的冲突呢？遗憾的是二者之间没有明确的区分界线或标准，没有一种冲突在所有的条件下都完全有益或者完全有害。有些冲突有利于某个部门，可以促进其健康、积极地工作，但对于另外一些部门，其效果可能就正好相反。一般说来，在冲突水平居中的环境下，组织相对来说更为健康，冲突水平太高或者太低都不合适（见图13—4）。因此管理者应激发功能正常的冲突以获得最大的收益，但当其转变成破坏力量时又要采取措施加以解决。

2. 从冲突的对象来看，冲突可划分为任务冲突、关系冲突和过程冲突

任务冲突（task conflict）与工作的内容和目标有关；关系冲突（relationship conflict）着重于人际关系；过程冲突（process conflict）指向工作如何完成。研究表明，绝大多数的关系冲突是功能失调的。为什么呢？因为关系冲突表现为人与人之间的敌对、不和与摩擦。它加剧了人们人格之间的差异，降低了相互之间的理解，因而阻碍了组织任务的完成。另一方面，低水平的过程冲突和中低水平的任务冲突是积极的、功能正常的。要使过程冲突具有建设性，必须使它保持在最低水平上。如果在组织中建立的任务角色不够清晰，在谁应该做什么方面存在过多争论，则会导致冲突的功能失调，完成任务的时间会被拖延，成员也会按照不同的目标工作。中低水平的任务冲突会对组织的工作业绩有积极的影响，因为它激发了人们对不同观点进行的讨论，而这一点有助于使组织的工作水平更上一层楼。

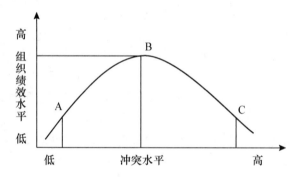

情境	冲突水平	冲突类型	组织的内部特征	组织绩效水平
A	低或无	功能失调	冷漠、迟钝、对环境反应慢、缺乏创新	低
B	适中	功能正常	生命力强、自我批评、不断革新	高
C	高	功能失调	分裂、混乱无序、不合作	低

图13—4　冲突与组织绩效

13.4　冲突管理

13.4.1　冲突产生的原因及诊断

1. 冲突的原因

要管理冲突，首先需要对冲突的性质进行判断，了解冲突的原因。从组织行为学的角度来看，冲突的原因可从个人、群体和组织这三个不同的层面分析，由此，我们可以找出三类导致冲突产生的因素：员工的个体差异、情境因素和组织因素。

（1）员工的个体差异。

个体差异可能使一些组织成员比其他人更容易发生冲突。首先，个人的价值观、信念和态度是导致冲突产生的变量。当管理者出于担心而对组织成员的行为给予过多指导时，那些喜欢自主独立的成员就可能反应消极；同样，如果组织成员看重自我权利的保护，而管理者为了组织绩效而要求他们放弃个人权利，这时就可能发生冲突。其次，个体在个性和需要上的差异也是冲突的来源之一。例如，由于年龄偏大的成员可能在心理上更需要安全和稳定，因此当组织实施变革时，管理者的改革举措可能会引起老龄员工的抵制。最后，引起冲突的原因来自个体可能感知到的威胁。当组织资源有限时，人们可能会为稀缺资源而发生争抢，如果成员在这个时候感觉到来自他人的威胁，就非常容易引起冲突。

（2）情境因素。

个体的行为不仅会受到自身个性因素的影响，也会受到外部环境因素的影响，冲突行为同样如此。当人们在物理环境上非常接近，而且在工作中交往比较频繁时，冲突发生的概率就会增大。环境的复杂性也是影响冲突的重要因素，一般来说，冲突产生的可能性会随着环境复杂程度的提高而增大。例如，就产品设计来说，如果市场需求较为一致且保持稳定不变，那么研发部门和销售部门之间发生冲突的可能性就较小；如果市场需求的差异较大，则研发部门可能会坚持原有的设计方案组织产品生产，而销售部门希望根据某一顾客群体的要求对产品设计做出修改，这时两部门之间就可能发生冲突。研究表明，最容易发生冲突的情境是：在同一个问题上存在截然不同的观点，且持不同意见的各方的地位几乎相等。当然，如果组织环境具有建设性，组织内部能够做到信息和资源共享，那么即便组织处于复杂的环境下也不一定会出现高水平的冲突。

（3）组织因素。

导致冲突产生的组织因素较多，如组织规模、任务的具体化程度、管辖范围的清晰度、员工与目标之间的匹配性、领导风格以及奖励系统等。研究表明，组织规模和任务的具体化程度可以成为激发冲突的动力。组织规模越大，任务越专门化，则越有可能出现冲突。管辖范围的模糊性也增加了群体之间、个人之间为控制资源和领域而产生的冲突。组织内的不同群体有着不同的目标。例如，采购部关注的是及时以低价购进原料，市场部关注的是出售产品和获得收益，质量控制部关注的是提高产品质量，保证产品符合标准，生产部关注的是维持稳定的生产流程和有效的操作。群体之间的目标差异是产生冲突的主要原因之一。当组织中不同群体追求的目标不同时，冲突就可能发生，如果群体间本身就存在着矛盾和不协调，那么势必会增加冲突出现的可能性。研究发现，参与型的领导风格与冲突之间呈高相关关系，这显然是因为参与方式鼓励人们提出不同意见，表现出差异。研究还发现，如果一些人获得利益是以另一些人丧失利益为代价，则这种报酬系统也会产生冲突。

2. 冲突的诊断

当管理者试图去理解一种特定的冲突情境时，他需要从以下几方面来分析产生冲突的原因以及冲突所处的状态（这些都是冲突的诊断因素）：

（1）问题的本质。

所谓问题的本质，是指从冲突双方的角度来看，什么是最难解决的根本问题。在这种情况下，需要判断卷入冲突的各方到底认为什么因素是导致冲突的根本原因，以便寻求相应的解决方案。例如，在组织决策过程中，两个部门为了某项议程发生争执，其中一个部门是为了争取更多的资源，而另一个部门则是为了获得注意，挽回面子，那么在这个问题上通过公平裁判让双方得到各自所需，就能够实现冲突双方的和解。

（2）问题的根源。

所谓问题的根源，是指问题是否具有复杂的背景和历史渊源。当问题有着较为复杂的背景和历史的时候，冲突的诊断就比较棘手，需要仔细分析和判断；相反，如果所涉及的问题没有纠缠不清的背景，历史脉络也清晰明了，那么冲突就比较容易解决。

（3）双方的相互依赖程度。

当冲突双方相互依赖程度的总量为零时，冲突最难解决。所谓总量为零的相互依赖程度，是指双方处于零和博弈状态之下，即一方的得到就意味着另一方的失去。而在总量为正的相互依赖程度下，冲突是最容易解决的，所以在判断冲突的时候需要考虑双方的利益。解决这类冲突的可行办法是所谓的"把蛋糕做大"，即促成双赢的局面。

（4）接触频率。

所谓接触频率，是指在冲突过程中，双方之间相互往来的频繁程度。如果冲突发生在长期交往的双方之间，冲突比较容易解决，因为双方都有兴趣来维持长期的交往关系，结果可能是他们都愿意寻求和解，并期望保护彼此的利益；如果冲突发生在原来没有关系且以后也不会进一步交往的双方之间，解决冲突就比较困难。

（5）领导者。

领导者是冲突诊断中比较重要的方面。如果存在一个权威领导者，他有权力召集冲突双方进行磋商并做出决策，冲突就比较容易解决；如果没有这样一个领导者，冲突的解决就会比较困难。另外，如果领导者不能独立做出决策，冲突的解决也不容易。

（6）第三方的卷入。

所谓第三方的卷入，是指在冲突过程中，第三方作为公正、客观、独立的角色来对冲突进行评价。如果第三方能够看到潜在和解的可能性，则相对来说冲突比较容易解决。

（7）对冲突过程的感知。

对冲突过程的感知要比冲突过程本身更为重要。如果冲突双方都觉得对方有和解的诚意，并且可以做出让步，则冲突比较容易解决；如果双方都觉得自己吃了亏、受到了伤害，他们就会一直拒绝和解，直到他们认为所受损失已得到合理补偿为止。

13.4.2　冲突的管理

导致冲突产生的原因不同，管理的策略自然也就不同；不同人面对同样的冲突也有着不同的处理方式。下面从个体和组织两个方面来介绍冲突的管理策略。

1. 个体的冲突管理

每个人对冲突都会有不同的反应方式，有的人第一反应是逃避，有的人第一反应是卷入进去。如果选择卷入进去，不同的人管理冲突的方式的差异也非常大。从个体角度来说，处理冲突的策略有以下五种。

（1）回避。

回避（avoidance）是最常见的管理冲突的策略。从冲突一开始，有的人就在情绪上有着明显的体验，过去冲突的痛苦记忆可能让人们回避那些不一致的情况，因此回避冲突常常来源于这样一种信念，即认为冲突是邪恶的、不必要的和羞耻的。通常，回避的表达方式可能是转身离开，也可能是沉默或者更换话题。从心理上讲，回避者常常否认冲突的存在或者干脆忽视它，他们认为从冲突中退出或者抑制冲突是最好的解决问题的方法。

对于一些不重要的问题，或者挑战成本高于收益的情况，回避是聪明的举动。当成功的机会很少时，回避也是有用的策略。回避还可以赢得时间，给别人以冷静和寻求新信息的机会。此外，当有的人解决同样的问题比你更有效时，或者在情况变得更加糟糕、付诸行动所带来的潜在破坏性会超过冲突解决后所获的利益时，回避都是非常好的方式。

（2）迁就。

迁就（accommodation）意味着按照别人的愿望来行事。当个体放弃自己的愿望比惹恼别人或冒险更合理的时候，迁就就是很好的策略了。迁就者和回避者一样，认为冲突是坏的，但迁就者不是选择回避，而是选择放弃自己的观点以维持一种关系，所以迁就方式通常是比较绅士的，也比较依从。迁就者可能认为，自私自利这种不良品行是引起冲突的根本原因。

当你意识到自己错了的时候，迁就是最好的方式。迁就是一种合理化的策略，同时它也是表示友善和维持关系的姿态，尤其在别人可能失去很多而你只能得到很少的情况下，放弃某些利益主张也许是件好事。另外，当所争执的问题并不重要或者你希望为以后的工作树立信誉时，选择迁就策略也是十分有价值的。

（3）强制。

如果你选择强制（competition），则你的成功可能是以别人的失败为代价的。强制者常常认为冲突是一种需要赢的游戏，而他自己不想成为失败者，因此强制者常常不愿意合作，与此同时，强制者还可能采用许多不同的策略来达成自己的目的，如威胁、劝说、恐吓等。

在没有时间讨论和纠缠时，采取强有力的方式可能是最好的。当问题并不严重时，管理者可以采用直接干预和命令的方式来进行管理；当时间紧迫时，管理者也可以采用这种方式来实施管理；当其他的人可能有机会超过你时，作为保护自己的方式，也可以采用强制的方式。因此，当你需要对重大事件做出迅速处理，或者你的处理方式完全不用在意其他人的看法时，强制策略会取得很好的效果。

（4）妥协。

如果你采用妥协（compromise）的策略，那可能是你认为自己并不总是有道理的，其他人的想法也有可取之处。作为妥协者，你能看到问题可解决的方面，并且能用交易、讨价还价、抹平差异等方法来处理问题。因此，只要冲突双方愿意倾听和采纳对方的某些观点与主张，他们就能达成较好的妥协，而且双方的关系基本上能得以保持。

妥协是常用的处理冲突的方式。当双方都有道理而且势均力敌的时候，这是一个非常有用的策略；在任务有时间限制的条件下，妥协也是经常被采用的策略；在用合作或竞争等策略解决问题都失败时，妥协可能就是解决问题的唯一策略了。

（5）合作。

合作（collaboration）是在肯定自己的同时也接受别人的需要的方案。合作者通常认为能够找到一个可以满足双方利益的方案，虽然这样的方案寻找起来非常不容易，但合作者认为这样做是有价值的。合作要求双方都明确表达自己的需要和目的，并且共同寻找解决问题的方案，所以合作需要开放与信任。

当双方有非常强烈的目标，同时双方又没有办法妥协时，合作是一种解决问题的有效选择。在人们都强烈认同目标，但在达成目标的方式上有争议时，合作也是一种良好的策略。在合作过程中双方可能产生对对方的评价，如果双方的合作进展顺利的话，评价会强化双方的关系，从而使合作持续下去。

2. 组织的冲突管理

组织的运作过程本身也可能导致冲突，目标设置、组织结构和资源配置都是可能引起冲突的因素，因此管理者需要掌握有效管理冲突的策略。

（1）设立愿景。

设立愿景是整合组织各部分和各环节的重要手段。例如，学校的管理者通常会设立一个这样的愿景，即期望学校能得到多少社会捐赠，为此，董事会、财务部门、人力资源部门和校友会就会联合起来，一起考虑怎样才能为学校获取捐赠以及所得捐款的分配方案，如此一来，这些部门的工作目标、任务及权益也就确定下来了，从而有助于防止冲突的产生。

（2）减少模糊和不公正。

减少组织内的模糊不清和不公正现象的方式有很多种，例如，清晰且不冲突的目标设置能区分成员各自的责任，准确的工作描述可以厘清个体和部门的工作界限与期望，公正的奖酬制度则有助于提高员工满意度，为成员提供申诉途径有利于保护他们的权益。这些方法和策略都是预防和管理冲突的有效途径。

（3）改进政策、程序和规则。

政策、程序和规则能有效地降低冲突的可能性，程序的公平本身就能够激励成员认同和支持组织的决策。如果在某项政策或某个流程当中经常出现问题和争执，就说明该政策或流程存在问题，需要管理者及时加以改进。

（4）增加或合理配置资源。

如果冲突的根源在于对资金、信息、优秀人才等组织资源的争夺，那么管理者就需要考虑合理配置现有资源了。因为对资源的需要带有一定的刚性，有时是没有办法克服的，所以解决问题的唯一办法就是扩大资源总量，满足冲突各方的合理需求。

（5）改进沟通方式。

避免冲突的另一有效策略就是改进沟通方式。在冲突发生过程中，有部分原因可能是来自沟通不充分而产生的误解。例如，饭店的服务员和厨师之间的沟通问题，厨师自认为地位要比服务员高，而从工作流程上看，厨师需要接受服务员的订单，当服务员以口头沟通方式要求厨师出何种菜以及何时出菜时，厨师就会产生不满意感，从而出现冲突。为了避免这类冲突，可以将服务员对厨师的订单改为书面沟通，这样就能有效减少二者之间的冲突。在现代酒店管理中，服务员的订单已经以电子形式传递给厨师，这样就更能避免冲突、促进合作了，因此，改进沟通方式也是管理冲突的策略之一。

（6）进行人员轮换。

当经过轮换，组织成员在不同部门的岗位都工作过时，他心目中就已经有了组织运作的整体印象，这样便于他理解其他岗位的需求，从而减少冲突。人员轮换经常用在新员工的培训上，促使新员工形成整体观念与合作意识。

（7）改变奖励系统。

管理者还可以通过改变奖励系统来降低成员冲突的可能性。当成员表现出团结互助的工作行为时，管理者可以用奖励等手段来强化这种行为。许多组织正采用共同奖金制和成本节约奖金制来加强团队建设，鼓励员工共同完成工作。

（8）提供培训。

许多组织为员工提供冲突管理培训课程，让员工学习如何防范和处理冲突。通过培训，员工熟悉了自己和他人的处事风格，掌握了独立处理冲突的技能，从而从整体上提高了组织的冲突管理水平。

本章小结

沟通是意义的传递与理解，在组织的经营与管理过程中扮演着信息传递与交流的角色。它的重要性在于管理者所做的每一件事情（决策、计划、组织、领导以及其他所有的活动）都需要信息的支持。正因为沟通与管理成效密切相关，所以管理者必须重视沟通。沟通过程开始于信息发送者。信息发送者是信息源，信息被转化为信号形式（编码）并经过通道传递给信息接受者，信息接受者再将信息进行解码。为了保证信息的准确性，接受者应向发送者提供反馈以检查自己是否理解了所接收的信息。基于信息的特性，人们在传递与交流信息时必须遵循准确性、完整性和及时性这三项沟通原则。

在群体和组织中，信息的流向可以是垂直的，可以是横向的，也可以是斜向的。垂直沟通还可以进一步划分为下行沟通和上行沟通两种。就管理沟通而言，沟通的方法和模式可以从人际沟通和组织沟通两大方面来阐释。人际沟通的方式包括口头沟通、书面沟通和非语言沟通。组织沟通又分为正式沟通与非正式沟通，其中正式沟通的网络有五种基本类型，即链式沟通、环式沟通、轮式沟通、Y 式沟通和全通道式沟通；非正式沟通则有单向型、随机型、传播流言型和群体型之分。要有效地进行沟通，就必须了解每一种沟通方式的优缺点，建立起完善的信息管理系统。

人际沟通的障碍是指影响人际沟通效果的因素，它存在于沟通的每一个环节，具体包括沟通方式选择不当、编码困难、噪音干扰、信息过滤、选择性知觉效应、个性和情绪影响、信息超载、不完整的反馈等。针对这些人际沟通障碍，管理者可以采取一系列办法来加以克服，例如选择合适的沟通方式、简化语言、积极倾听、控制情绪、注重非言语信息、运用反馈等。从管理者角度来说，改进组织的信息沟通效果需要从重视沟通、言行一致、保持双向沟通、强调面对面的沟通、鼓励员工报告坏消息、广开言路、共享信息、追踪沟通的效果等方面着手。

冲突常常指因为某种抵触或对立状态而感知到的不一致。冲突的发展有五个阶段：前因条件阶段、感知冲突阶段、爆发冲突阶段、冲突解决阶段和后冲突阶段。不同的观点认为冲突的功能是不同的。传统的观点认为，冲突是有害的；人际关系观点认为冲突是不可避免的；而相互作用的观点认为，冲突可以分为功能正常的冲突和功能失调的冲突，因此管理者要学会容忍和接受冲突，而且要激发功能正常的冲突，减少功能失调的冲突。一般来说，关系型冲突通常是功能失调的冲突，而低水平的过程冲突和中等水平的任务冲突是功能正常的冲突。冲突的原因一般来自员工的个体差异、情境因素和组织因素。管理者可以从问题的本质和根源、冲突双方的相互依赖程度、接触频率以及他们对冲突过程的感知、领导者与第三方的卷入等维度来判断冲突的性质和分析冲突的激烈程度。导致冲突产生的原因不同，管理的策略自然也就不同；不同人面对同样的冲突也有着不同的处理方式。就个体而言，回避、迁就、强制、妥协、合作是五种基本的冲突管理策略。就组织而言，管理者可以通过设立愿景、减少模糊和不公正、改进政策和程序以及规则、增加或合理配置资源、改进沟通方式、进行人员轮换、改变奖励系统和提供培训等策略来消除功能失调的冲突或激发建设性的冲突。

关键术语

沟通（communication） 　　　　沟通过程（communication process）

过滤（filtering） 　　　　冲突（conflict）

任务冲突（task conflict） 　　　　关系冲突（relationship conflict）

过程冲突（process conflict） 　　　　功能正常的冲突（functional confliction）

回避（avoidance） 　　　　迁就（accommodation）

强制（competition） 　　　　妥协（compromise）

合作（collaboration） 　　　　人际沟通（interpersonal communication）

组织沟通（organizational communication）

功能失调的冲突（dysfunctional confliction）

复习思考题

1. 请问有效沟通与达成共识有何区别？
2. 请联系沟通的过程来说明人际沟通可能存在的障碍。
3. 请列举人际沟通的方式并介绍其优缺点。
4. 请论述改进组织内信息沟通效果的方法。
5. 请比较冲突的传统观点、人际关系观点和相互作用观点。
6. 请介绍冲突发展的五个阶段。
7. 请简述个体冲突管理的五种策略。
8. 请从组织角度论述冲突管理策略。

参考文献

1. ［美］斯蒂芬·P·罗宾斯，玛丽·库尔特. 管理学（第 7 版）. 北京：中国人民大学出版社，2004

2. ［美］斯蒂芬·P·罗宾斯. 组织行为学（第 10 版）. 北京：中国人民大学出版社，2005

3. ［美］托马斯·贝特曼，斯考特·斯奈尔. 管理学——构建竞争优势（第 4 版）. 北京：北京大学出版社，2004

4. 李剑锋. 组织行为学. 北京：首都经济贸易大学出版社，2003

5. 韩岫岚，王绪君编. 管理学基础. 北京：经济科学出版社，1999

6. 杨文士，张雁编. 管理学原理. 北京：中国人民大学出版社，1994

7. C. O. Kursh, "The Benefits of Poor Communication", *Psychoanalytic Review*, 1971：189−208

第 5 篇

控　制

第 14 章

控制的基础

学习目标

- 了解影响控制有效性的权变因素
- 理解控制的概念及过程
- 理解有效控制的特征
- 掌握三种控制系统
- 掌握控制的三种方法

作为组织管理者，谋划组织战略、制定组织计划、做出科学决策、建立恰当的组织结构、开展人力资源管理、通过有效领导调动员工积极性，这些都是组织有效管理的重要组成内容，但最终实现组织战略、完成组织计划、提高组织运营绩效，还需要实施有效控制。本章将对控制的基本理论进行分析，使读者理解控制的定义，以及控制的系统、方法和有效控制的特征。

14.1 控制概述

14.1.1 控制的概念

什么是控制？《现代汉语词典》对"控制"作为动词的解释是：掌握住不使任意活动或超出范围。在管理学中，控制就是使组织的生产或服务活动和行为在规定的绩效范围内，并最终达到管理者最初设定的目标。罗宾斯认为，控制（control）是对各项活动的监视，从而保证各项行动按计划进行并纠正各种显著偏差的过程。[1] 贝特曼认为，控制就是采用正确的标准衡量计划的执行过程，目的是引导人的行为，以达到组织的目标。[2] 王利平认为，控制是一个过程，控制过程是调解组织行为，使其与绩效标准、目标和计划相一致的系统过程。[3] 杜伯林认为，控制对组织有着积极作用，控制可以使员工行为与公司目标相一致。如果没有控制功能，管理者就不知道员工是否能够正确地工作。控制使管理者能够测量公司是否达到了预期目标。[4] 综合以上观点，控制是管理的重要职能之一，是监督组织的各项活动和行为、实现组织预定的计划和目标的活动和过程。控制的基本原理就是根据组织生产活动的进展，管理者比对原始的计划目标或标准，对组织中的个人或群体采取相应的纠正或调整行动，以确保实现组织目标。

在组织管理行为中，控制非常重要。组织实施管理的目标是使组织有效率、有效果地利用投入的各种资源，通过一定的生产和服务活动，转化为消费者需要的有形产品或无形服务，并在这个过程中实现组织的愿景。管理者为了达到管理的效率和效果两大目标，需要建立有效的组织控制系统。首先，为了实现组织以投入最少的资源（包括土地、资金、技术、人力和信息资源）达到最大产出的效率目标，管理者通过设定单位产品资源投入衡量标准，以及产出和服务的数量标准，并通过实时监控和评价，对资源投入多却产出少的个人或群体进行问题分析，找出解决办法，以促使他们达到效率目标。例如，中国石化集团北京燕山石化公司为了降低化工产品生产过程中的能源消耗，采取了生产工艺技术改造、提升经济技术指标、全员参与等有效控制手段，使炼油综合能耗显著下降。在职工参与方面，该公司制定了能源消耗每月与系统同类装置先进水平逐项比对，找差距、定措施。在职工中开展"节能降耗、降本增效"劳动竞赛，每月对优胜班组给予奖励，职工积极参与到降低能耗活动中，提出千余条节能降耗的合理化建议。其次，组织在现有资源状况下，如何实现组织目标、达到管理的最大效果，也是管理者追求的目标。组织通过生产高质量的产品和服务，得到市场和顾客的认可。有效管理者通过建立反馈控制系统，了解产品和服务的质量状况，比较和分析与其他组织产品和服务质量的差距，不断提高本组织的产品和服务质量，从而实现组织管理的效益目标。因此，一个组织如果没有适宜的控制系统，或者控制系统出现失误，组织的绩效就会受到影响。[5]

一般认为，控制是管理四大职能中的末位职能，与计划、组织、领导职能都有紧密联系，当组织完成任何一项职能后，对于执行情况，都需要控制职能对其进行检查和监控，并对执行情况进行评价。如果没有控制职能，其他三项职能可能无法实现。其中，控制与计划职能关系最为密切，是相互影响、相互促进的关系。计划是所有管理活动的起点。组织制定了计划，在组织活动过程中，如果没有实施严格而有效的控制，可能会导致组织不能完全实现计划，甚至使计划破产。这是因为：第一，计划是控制的基础。在持续的管理

① 参见 [美] 斯蒂芬·P·罗宾斯、玛丽·库尔特：《管理学》（第7版），533页。
② 参见 [美] 托马斯·贝特曼、斯考特·斯奈尔：《管理学——构建竞争优势》（第4版），391页。
③ 参见王利平编著：《管理学原理》（修订版），241页，北京，中国人民大学出版社，2006。
④ 参见 [美] 安德鲁·J·托马斯：《管理学精要》（第6版），358页，北京，电子工业出版社，2003。
⑤ 参见 [美] 查尔斯·W·L·希尔、[澳] 史蒂文·L·麦克沙恩：《管理学》（英文版），206页，北京，机械工业出版社，2009。

过程中，既定的计划需要员工和领导者连续的有效行动才能实现。计划中的目标和战略，可以使管理者督促员工向该目标不断前进，并及时修正当前行动和不切实际的计划，最终实现组织的战略。第二，控制是实现计划的手段。制定出来好的计划并不一定能够实现，不能够被执行的计划，可能仅仅就是一个计划书而已。为了实现计划中规定的目标和战略，管理者通过实施一系列控制行动，如控制成本支出、调节资源在不同部门中的使用、提高产品和服务质量等，建立衡量标准、找出差距、分析原因、采取行动、予以纠正，使"事情"按照计划进行。

控制的重要性还在于，在控制过程中，管理者建立考核标准，实施精确的控制管理，衡量员工和部门的实际工作情况，及时调整，防微杜渐。员工在明晰的绩效考核标准前提下，知道自己的行为正受到控制系统的监督和评价，就会积极地改善自己的工作行为和工作态度，为顾客提供更好的服务或生产出合格的产品，以期望通过努力的工作达到组织目标而获得精神或物质奖励，并得到进一步证明自己能力的机会。

因此，控制的积极作用在于，通过监督组织的行为过程，使员工和部门的行为与组织目标相一致，组织的成本预算、财务支出、结构设计、人力资源管理、技术投入、成果输出等围绕组织的目标而展开，并最终实现组织的愿景。

14.1.2　控制的过程

组织实施控制的过程一般包括四个步骤：（1）设定绩效指标体系和衡量标准；（2）衡量实际绩效；（3）将实际绩效与绩效标准进行比较；（4）采取管理行动（见图14—1）。

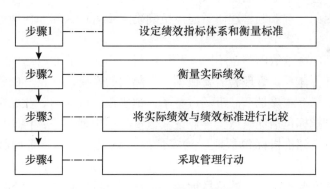

图 14—1　控制的四个步骤

1．设定绩效指标体系和衡量标准

组织开始对生产或服务过程实施控制时，首先要建立衡量组织绩效和个人绩效的各项指标，以及符合实际情况的各种标准。各种指标涉及组织从资源投入到资源转换，再到产品和服务产出的全部过程，既可以是反映数量的，也可以是反映质量的。反映数量的指标如年产值、销售额、利润额、毕业生就业率、客房入住率等；反映质量的指标如书籍的可读性、图片的美感、歌曲的可欣赏性、教师的教学效果、政府窗口部门服务态度等。反映质量的指标往往是主观性的，但有些可以将其转换为可计量的数量指标加以评价。例如，为了评价公众对政府部门公务员服务质量的满意度，可以采用测量态度的利克特量表

(Likert scale) 进行测量，从而得出公众对政府部门服务质量满意度的测量值。基本上，衡量绩效的评价指标涉及产品和服务的数量、质量、花费的时间和成本四个方面。例如，教育主管部门为了评价高等院校的本科教学质量，设计了监控评价指标体系。一级指标包括办学指导思想、师资队伍、专业建设与教学改革、教学管理、学风、教学效果。在这些一级指标下又分解为 19 个二级指标，如反映师资队伍的有两项二级指标，包括师资队伍数量和结构、主讲教师。为了评价"主讲教师"的状况，在评级体系中用"主讲教师资格"、"教授、副教授上课情况"、"教学水平"作为观测点。显然，"主讲教师资格"和"教授、副教授上课情况"是数量指标，可以用具体的数量标准来衡量，而"教学水平"是质量指标，不能用完全定量化的数据来评价，通常需要依据考评者的主观感受进行评价。标准是衡量绩效结果的依据，是员工完成工作时要达到的精确目标，也是管理者监督和评价员工绩效的基础。例如，将"教授、副教授上课情况"评价标准分为 A、B、C 三个级别，其中符合 A 级标准的条件是"教授、副教授近三年均为本科生授课，55 岁（含）以下教授、副教授每学年 95％以上为本科生授课"。上级高等教育部门依据这些具体的考核指标和标准对高等院校的办学层次、办学水平进行评价，目的是为了衡量高校的综合实力，提高高校的教学质量，为社会输送高质量的人才。

衡量指标的选取对组织内各项生产活动或经营管理活动的行动方向起决定性作用，在很大程度上决定着组织中员工追求什么。如果错误地选择了衡量指标，将会导致严重的不良后果。例如，我国地方政府官员的政绩考核曾偏重经济发展指标（GDP、财政收入等），造成很多地方盲目地扩大城市建成区面积，滥占耕地，大规模出让土地获得财政收入。政府对医疗、教育、公共住房方面的投入却很少，因为它们没有作为主要考核指标来衡量政府的绩效情况。因此，有效的管理体系应该正确确定衡量什么和如何衡量，否则就会引起偏差。

不同性质的部门衡量的内容也不同，政府部门、企业、非政府组织、学校、科研机构等机构有不同的评价体系，管理者需要根据自己部门的性质设计良好的评价指标体系。企业部门的绩效评价指标主要是产品市场占有率、销售额、成本额、收益额、废品率等；高等学校的绩效评价指标包括优秀博士毕业论文数量、学生就业率、科研成果数量、学科位置等；警察局的绩效评价指标包括地区治安情况、破案率、户口管理状况、警察出警时间等。

指标体系的建立要围绕组织的总目标和子目标，子目标是员工和部门能够达到和可以接受的目标，通过子目标的达成进而实现总目标。只有在这种情况下设定的绩效指标体系和指标标准才能与组织的计划和战略建立紧密的联系。但是，标准和目标又有所不同。标准是组织期望员工在常规性工作中需要完成的，目标是员工需要努力奋斗才能实现的具有挑战性的目标。[①] 具体来说，组织在设计绩效指标体系和标准时要注意的问题是，指标体系和标准要符合实际情况，是员工和部门能够实现并被员工和部门所接受的，组织内不同层级的员工对绩效指标和标准要达成一致的看法，员工和部门是否有责任心和相应的资源，所谓巧妇难为无米之炊。否则，指标体系过于复杂，标准过高或过低，高层领导武断

---

① 参见 ［美］查尔斯·W·L·希尔、［澳］史蒂文·L·麦克沙恩：《管理学》（英文版），207 页。

地制定某些高标准的绩效指标，个人和部门缺乏完成目标和标准的责任心和必要的资源都有可能成为阻碍控制系统发挥作用的绊脚石。

2. 衡量实际绩效

管理者为了衡量（measuring）实际行为和实际绩效，必须要收集关于实际行为和实际绩效的信息。搜集信息需要建立一个有效的信息系统才能获得相关信息。信息经过搜集、汇总和分析后，形成报告供管理者使用。由于计算机的广泛使用，很多组织都建立了电子信息系统，通过电子信息系统管理者可以搜集到员工和部门的实际绩效信息。例如，2007 年海尔集团在原有信息系统基础上对其进行全面提升和改造。改造后的海尔集团信息系统不仅能有效采集到各级经销商、专卖店、关键客户、零售终端等不同渠道的销售和库存信息，而且还可以把握销售信息的及时性、准确性和可用性，从而实现海尔对所有销售渠道的更大力度管控。有效的信息系统使海尔集团的管理者及时获得当时、当日、当周的各种信息。虽然有计算机系统通过网络可搜集和汇总信息，但是传统的信息搜集方式依然十分有效。这些搜集信息的方式主要有直接观察（走动管理）、统计报告、口头报告和书面报告四种。管理者可以单独采用其中的某一种方式获得绩效信息，也可以综合采用两种或两种以上方式获得所需要的绩效信息。

（1）直接观察。

直接观察也称为个人观察、走动管理（management by walking around，MBWA）。管理者通过个人到达工作场所对员工或部门进行直接的观察，与员工进行一对一的交流，获得对员工工作和部门运营状况的第一手资料。开座谈会、与员工谈话、走访、参观等都是直接观察的方法。直接观察的优点在于管理者可以获得员工和部门绩效的客观情况，但是由于管理者的局限性，可能造成管理者需要花费大量的时间成本，又不能获得全面而可靠的信息，即出现所谓一叶障目、以偏赅全的情况。

（2）统计报告。

统计报告（statistics reports）是目前大多数管理者采用的绩效衡量方法，通过对统计数据的分析与预测，使管理者清晰地知道员工或部门的过去一段时间的运营状况。例如，房地产开发企业通过销售进度统计表、购房人群分析表、建筑成本支出表等，及时调整建筑施工进度、改进销售管理模式，以控制整个房地产项目的施工、资金和销售进度，对各部门员工和企业进行有效管理，实现企业的经营目标。统计报告的优势在于可以定量化显示员工和部门的经营绩效，缺点在于单纯使用数据进行评价，容易忽视一些不能用数据显示但影响员工和部门绩效的重要因素。这时可以采用直接观察法来验证统计报告中数字的真实性，发现数字背后存在的问题。例如，一个企业组织有很好的绩效统计数据，但是优异的绩效并不是通过节约成本、改善生产工艺带来的，而是通过员工无偿加班所产生的绩效。那么，对实际绩效的考核者只有通过直接观察企业和员工的实际工作情况，才会了解到真实情况。

（3）口头报告。

口头报告（oral reports），是一种直接获得信息的方法。管理者通过一对一的交谈、座谈会、情况通报会、聚餐、领导接待日、早晚情况通报会等形式，获得关于员工和部门的工作绩效信息。例如，房地产企业的销售人员每天工作结束后向销售主管报告当日房屋销售情况，销售主管了解到每天的销售进度、遇到的困难、客户的反馈等信息，并根据问题的严重情况及时提出改进措施。这种方式是一种快捷的、互动的信息获取方法，管理者与员工之间通过词汇、语调和动作传递各种信息。口头报告的缺点在于不便于存档，但可以通过录音录像等现代电子设备将重要的语言信息转化为文字信息进行存档。

（4）书面报告。

书面报告（written reports），是一种相对正式的实际绩效和实际行为信息传递方式。管理者要求员工或部门提交一段时间或某一事件的文字报告，如个人年终总结、部门年终总结、项目进展情况报告等。例如在我国，政府年度工作报告就是一种向人民代表大会说明政府工作绩效情况的书面报告。书面报告的好处在于，比较正式，可以存档，员工或部门可以比较精确地总结和报告实际工作绩效和工作行为。缺点是书面报告不能是经常性的，需要员工或部门花费一定的时间、对一段时期发生的工作行为进行总结和报告。

衡量员工或部门的实际绩效不是一件简单的事情，特别是对那些复杂的、非常规的活动，管理者需要花费很长的时间和精力进行评价。[①] 例如对科研教学机构、企业组织的产品研发部门和研发人员就不能经常性地进行绩效考核，这一方面由于研发人员需要花费很多时间才能创新一个产品，另一方面管理者对产品绩效的评价具有一定难度。某些创新性产品在短期内是无法看到财务绩效，但从长期看，市场和顾客逐步认可了新产品，企业才会获得很大的利润。这些都造成管理者对绩效的衡量困难性。

3. 将实际绩效与绩效标准进行比较

比较（comparing）是管理者根据已经设定的绩效目标和标准对员工或部门的实际绩效和实际行为进行衡量，并确定二者之间偏差程度的过程。偏差是控制系统中绩效标准与真实结果的差距。[②] 偏差是不可避免的，因为组织内外部环境是动态变化的，制定计划时的环境状态与执行计划时存在差异，所以，发生实际绩效与绩效标准之间的差异是完全有可能的。但是，偏差需要在一个可接受的偏差范围（range of variance）内，如果偏差显著超出了这个范围，就是不可接受的，管理者需要对此进行分析。以上面的高等学校本科教学质量评价为例，符合 A 级标准的条件是"教授、副教授近三年均为本科生授课，55岁（含）以下教授、副教授每学年 95％以上为本科生授课"，但是，近几年来，教授、副教授为本科生上课的比例显著下降，以 90％～100％作为偏差范围，如果上课率下降到80％，严重超出偏差范围，就有可能影响到学校下一次教学质量评估的名次了，学校管理者则需要对产生这种偏差的原因进行分析。因此，管理者不仅要认定偏差，同时还需要对产生偏差的原因进行深入的调查和研究，找到产生偏差的具体原因，以寻求后期的有效解决方案和改进措施。

在进行比较的步骤中，管理者对微小偏差和重大偏差都要进行分析和评估。有些微小偏差虽然在可接受范围内，但却是造成组织重大损失的原因或隐患，管理者也要加强控制，提出整改措施，所谓"千里之堤，毁于蚁穴"。有些重大偏差是偶然发生的、一次性的，管理者则不需要花费过多的精力研究控制措施，例如，因为百年不遇的天气异常现象

---

① 参见［美］加雷思·琼斯、珍妮弗·乔治：《管理学基础》，173 页，北京，人民邮电出版社，2006。
② 参见［美］安德鲁·J·杜伯林：《管理学精要》（第 6 版），362 页。

造成企业用电量显著提高，使单位产品成本提高，这时管理者只能期望下一年的天气状况恢复正常。

对发生的偏差，管理者不需要对全部管理过程进行详细分析，逐一提出改进措施，否则会浪费管理者大量的精力。这就是管理上的"例外原则"。例如，近期超市的顾客投诉率显著提高，管理者需要查明顾客投诉率主要是针对哪些部门的，如果投诉主要针对家电组，那么管理者只需要对家电组被投诉的原因进行分析，而不需要对其他仅有零星投诉的部门投入较大的精力实施控制性管理。管理者针对出现例外的状况进行控制，可以使管理者节省很多时间和精力。

4. 采取管理行动

控制过程中的最后一个步骤是对出现的偏差采取行动。这个步骤是保证计划实现的关键。如果员工和部门的实际绩效超过了设定的目标和标准，管理者需要及时对他们进行奖励，例如给荣誉、提工资、发奖金、去休假、升职位等。但是如果实际绩效显著超过了原始目标和标准，这可能是原始目标和标准定的太低，员工和部门很容易取得优异的绩效。管理者除了依然向员工和部门兑现已经承诺的物质或精神奖励外，还需要对目标和标准进行调整，可能需要适当提高绩效目标和标准。如果实际绩效低于了设定的目标和标准，即出现了负偏差，管理者需要立即采取适当的或强有力的措施纠正偏差，不能有任何拖延或借口。管理者可以采取的行动有三种：不采取任何行动、改进实际工作和修改标准。

(1) 不采取任何行动。

控制的目的在于使事情按照计划执行，实现计划中预定的目标。如果出现了偏差，但对偏差的比较和评估结果显示，员工和部门的工作正按照组织的计划和战略有序进行，所产生的微小偏差在预料之中，管理者就可以不采取修正行动。但管理者还需要对整个项目和工作进行监督，采取激励性措施，鼓励员工或部门进一步提高绩效，实现组织目标。

(2) 改进实际工作。

如果评估结果显示需要对偏差进行纠正，管理者可以从组织战略、组织计划、组织结构、人力资源管理等方面进行调整。例如，修正组织战略、改进运营策略、调整生产工艺流程、合并或分解部门、解聘不合格员工、招聘研发人员、进行人力资源培训等。管理者采取管理行动有两种选择，一种是直接纠正行动（immediate corrective action），另一种是彻底纠正行动（radical corrective action）[①]，目的是为了解决导致偏差的问题。

直接纠正行动，是救火式的对偏差的调整行动，管理者对发生的问题立即给予矫正，使之回到正确的轨道上。所谓的"头痛医头、脚痛医脚"就是这种典型的直接纠正行动。有一些技术性的工作，特别是通过计算机进行操作或者在流水线上由操作者亲自实施的工作，实际操作者本人就能够采取直接纠正行动，校正偏差。而有些时候，则需要专家对操作流程进行调整或对操作者进行培训，才能对偏差实施修正。

对于彻底纠正行动，管理者需要弄清偏差产生的原因、如何产生的，分析偏差产生的起点，并从偏差产生的起点进行纠正行动。所谓的"打破沙锅问到底"就是这种典型的彻

---

① 参见［美］斯蒂芬·P·罗宾斯、玛丽·库尔特：《管理学》（第 7 版），539 页。

底纠正行动。作为一个有效的管理者，对出现的偏差，采取直接纠正行动是必要的，以避免偏差的进一步扩大，例如，超市销售员工与顾客发生纠纷时，管理者就要立刻采取直接纠正行动，安抚顾客，化解矛盾。但是纠正行动不能就此停止，管理者应进一步分析产生纠纷的原因，如果这个纠纷来源于超市出售了有质量问题的商品，造成顾客不满，投诉率上升，那么，偏差的起点是超市的进货渠道，而不是超市销售员工的服务质量问题。管理者需要对商品进货渠道采取纠正措施，保证卖到消费者手中的商品符合质量要求。所以，有效管理者需要花一定的时间分析和研究导致实际绩效与标准之间偏差的原因，并寻求彻底的解决方案，以尽可能达到"一劳永逸"的目的。

（3）修改标准。

有些时候产生偏差的原因是由于错误的计划或者不现实的绩效标准导致的，而不是工作绩效问题。例如，根据中国人多地少、城市缺水的现实情况，国家限制高档别墅项目。房地产企业为了获得高额利润，还以高档别墅项目作为企业经营战略，由于无法从政府那里取得建设高档别墅的用地，可能使企业几年内没有经营利润。这就是错误的计划和战略造成的企业损失。因此，不现实的绩效标准，或者标准过低，或者标准过高，都会使员工或部门的实际绩效与标准产生差距。例如，学校考试将及格线定在 90 分还是 60 分，直接影响了班级的及格比率。一些学校盲目追求成绩优秀率，以 90 分作为学生及格标准，凡是达不到标准的都要参加补习班或者投入更大的精力进行学习，造成学生过重的学业负担和精神压力。因此，如果标准是不切实际的，管理者需要修订标准；如果标准非常合理，因为员工或部门自身原因没有达到绩效标准，管理者则要坚持已经确定的绩效标准。

在有些情况下，导致实际绩效下降的原因可能是外部市场环境发生变化，组织生产的产品或提供的服务不是消费者所需求的产品或服务。管理者则需要对产品和服务进行改进，才能使员工和部门的绩效达到组织设定的目标。

14.1.3　控制系统

任何一个组织都希望以高效率、低成本、高收益实现组织目标，然而由于不同组织的控制系统不同，使组织不能完全实现目标。例如，大型企业与小型企业相比，前者一般采用比较正式的命令传导机制，后者则是比较自由、灵活的决策机制。当他们处于同样的市场环境下对是否生产某一产品进行决策时，后者可能会比前者有较高的决策效率。但无论如何，管理者若想高效地实现组织目标，建立适当的控制系统是一种有效的方式。根据美国加利福尼亚大学威廉姆·奥奇的研究，组织的控制系统（system of control）可以分为三种类型，即官僚控制（bureaucratic control）、市场控制（market control）和派系控制［或小集团控制（clan control），或文化控制（cultural control）］。[①] 也有研究没有严格区分控制系统和控制方法的定义，认为控制系统即控制方法包括六种：人员控制（personal control）、官僚控制（bureaucratic control）、产出控制（output control）、文化控制（cultural control）、激励控制（control through incentives）和市场控制（market control）。一

---

① 参见［美］托马斯·贝特曼、斯考特·斯奈尔：《管理学——构建竞争优势》（第 4 版），391 页。

个组织不会仅采用一种控制系统，而是基于不同控制系统的优势和劣势在组织内使用多种控制系统对组织实施有效控制。

1. 官僚控制系统

最先提出官僚控制系统思想的是 20 世纪初的著名德国思想家、社会学家马克思·韦伯，其提出的科层管理体制和广泛的劳动分工被认为是解决大规模组织中存在的经济和社会问题的最理性和最有效的方法。[①] 在韦伯的官僚制思想基础上，组织采用标准和程序来约束员工的绩效和工作。官僚控制系统是指利用组织的正式规章、制度、规则、标准、预算、章程、政策等强制性手段，衡量组织计划的执行情况，并在必要的时候采用适当的修正措施以保证实际绩效与组织目标相一致，从而实现对组织的控制。在官僚控制系统中，管理者对计划执行过程中的行为进行测度和比较，获得相关数据和信息后，对产生的差异或变动进行修正。例如，政府提出行政费用预算支出总额，在预算支出执行过程中，如果某一项目出现了误差，如购买公车费用超支，预算执行的审查者则需要对造成超支的原因进行审查，并可能因此减少下一个年度该项费用的预算支出。因此，财务预算是高层管理者控制下级部门的有效手段之一，增长型部门可以增加其财务预算额度，以支持其业务增长对资金和资源的需求；而对一些根据组织战略发展需要消减或处于衰退期的业务，高层管理者可以消减这些业务部门的财务预算。

官僚控制系统依赖于员工有良好的行为规范、描述清晰的工作规则、严格而有效的管理机制。管理者为了实现产出最大化，通过规范员工的标准化生产行为、细化产品生产和提供服务程序等，使管理者能够监督员工的标准化生产过程。很多现代化的大型企业，其行政管理非常严谨而有效，为不同工作岗位的员工建立专门的操作手册和行为准则，以规定和规范相应岗位的员工行为。例如，前台接线员按照礼仪手册接听电话、采购员不得单独与供货商接触等。因此，官僚控制系统一般采用比较严格的控制程序对组织实施有效控制，换言之，在前一部分中详细分析的"控制过程"常常在官僚控制系统中使用。

官僚控制系统在任务明确、员工独立时最为有效。[②] 但有时因为官僚控制系统过于遵循制度、规则、政策、程序等，导致系统内的员工成为制度、规则、政策和程序的机械执行者，从而产生低效率和缺乏灵活性。有些时候，一些员工不愿意提供服务或完成某一事项，往往利用制度、规则作为自己惰性的借口。组织制定的各种明确规则加强了对员工规范性管理的同时，但也对员工的创造性行为造成了障碍，员工习惯于遵循已有的规则进行标准化生产和提供服务，而不愿意进行独立思考，这可能会降低员工的自由度和组织的创新水平。过度的正式规则和程序，会僵化和限制员工和部门对特殊情况反映的灵活性，进而也会影响组织的绩效。由于官僚控制系统强调正式的规则和程序，因此处于动态的、快速的变化的外部环境下的组织，或者雇用以崇尚自由的技术性员工的组织不适宜采用官僚控制系统。另外，监督员工和部门真正服从规则和程序要花费一定的成本，而且花费监督

---

① 参见［美］查尔斯·W·L·希尔、［澳］史蒂文·L·麦克沙恩：《管理学》（英文版），211 页。
② 参见［美］托马斯·贝特曼、斯考特·斯奈尔：《管理学——构建竞争优势》（第 4 版），392 页。

成本的重要性可能比建立规则和程序所带来的利益更大。①

2. 市场控制系统

市场控制系统是一种使用市场标准或其他绩效考核标准对系统内各个部门进行控制的方法。价格和市场份额是市场控制系统的两个常用标准。价格和市场份额可以分解为盈利能力、市场份额、利润贡献比例、产品转移价格等。处于市场竞争激烈的大公司通常采用市场控制系统对公司进行控制。市场控制系统适用于多事业部的大型组织，可以在组织的各个层面发挥作用。

在公司层，公司领导从公司的战略愿景和总目标出发，通过评价各事业层经理的经营绩效来实现对他们进行控制，一般不采用发布命令、标准、程序等官僚控制方法。例如，某大型房地产控股集团公司，下属住宅经营部、商场经营部和土地开发部，每个分部都是集团的利润中心，同时具有独立决策的能力。房地产控股集团高层领导对这三个房地产事业部建立以价格为核算标准的盈亏指标，对事业部和事业部经理进行绩效评价和考核，并决定未来事业部在资金等关键资源的分配、开发新产品的权力以及部门经理的薪酬水平。

在事业层，市场控制系统可以约束事业层各部门和各职能部门之间的交易。② 组织内部或组织需要外部供应商提供产品和服务时，通过转移价格③系统评价需要交易的产品和服务的价格，并以此评价部门绩效和存在的必要性。例如，某大型综合房地产商，不仅有房地产开发业务，还有建筑材料生产基地。在公司的房地产开发项目中，需要决策是否使用本企业生产的建筑材料，这时需要比较本企业提供建筑材料与其他供应商提供同类建筑材料价格的高低。如果本企业提供的建筑材料高于其他供应商的建筑材料价格，而且质量相同，那么，在这种市场控制系统中，本企业的建筑材料生产基地因不能使本企业房地产产品达到成本低、收益高的目的，可能面临被淘汰的局面。

市场控制系统也可以在个人层面上发挥作用。这主要体现在两个方面，一是通过市场化的工资价格招聘到具有特殊技能的员工；二是通过变化的工资价格奖励有成就和绩效高的员工，将那些对组织有更大作用的员工提升到更高的职位上。当然也可以解聘那些对组织没有更大贡献的员工。例如，有些房地产销售企业采用末位淘汰制，对处于销售业绩末位的销售员实施惩罚措施，减少佣金提成直至解聘。

建立内部市场控制系统，可以促进各事业部之间进行竞争，以寻求在未来获取更多的资金、开发新产品的权力等利益。但是，以市场控制系统对组织内各个部门实施控制产生一个问题是，各部门之间是竞争关系，很难建立合作共赢的机制，不利于部门之间共享技术、信息、人才等资源。

3. 派系控制系统

派系控制（小集团控制、文化控制）是指通过在组织内建立共同的文化观念来实现对员工的控制，文化观念包括共同的价值观、信念、仪式、传统习惯等。派系控制系统的产

---

① 参见 ［美］查尔斯·W·L·希尔、［澳］史蒂文·L·麦克沙恩：《管理学》（英文版），211 页。
② 参见 ［美］托马斯·贝特曼、斯考特·斯奈尔：《管理学——构建竞争优势》（第 4 版），404 页。
③ 转移价格是指组织内部一个单位因向另一个单位提供产品或服务而索要的价格。

生主要是由于随着现代社会的发展，社会分工日益复杂，人们掌握的知识型技能越来越多，设计标准化和程序化的工作越来越难，员工更能自由掌握工作时间、工作进度和工作方式，管理者采用官僚控制和市场控制系统对组织实施控制更为困难。例如，一些有独立创造意识、对企业有很大经济价值的员工可能要离开企业，如果企业单纯通过加薪来挽留，可能并不完全能够挽留住这些员工，有可能其他企业的工资价格更高。但是，一些员工不愿意离开企业的主要原因，是由于这个企业有很好的团队精神和责任感，有鼓励创新的内在机制，使得员工留恋宽松、和谐的组织氛围，即使薪酬略为低一些也不愿意离开组织。这就是俗话说的"工作不留人、感情留人、事业留人"。因此，相对于官僚控制和市场控制，派系控制是建立在团队和群体关系的基础上。例如，微软公司建立强调高度进取、竞争性的企业文化，使组织不需要使用其他控制系统就能使员工取得优异的绩效。[1]

在派系控制系统中，组织更加强调文化的作用。组织通过建立正面的、积极的具有激励作用的组织文化，对员工产生影响和控制作用，员工自觉地进行自我控制（self-control），自觉地使自己的行为与组织目标相一致[2]，从而给企业带来经济效益，实现组织的战略目标。一些组织通过具体的活动建立组织文化，如技能竞赛、年终聚餐、共建植树林、发放员工生日贺卡等。采用派系控制尽管可以减少组织监督成本，但还是存在一些不足。例如，有些企业强调自我奉献、超长时间加班、强烈进取、强调竞争意识等价值观，会使员工觉得精疲力竭、精神压力大，一些优秀员工可能会离开组织。

4. 其他控制系统

（1）产出控制。

产出控制系统是指组织采用可以识别的绩效考核指标对员工和部门的实际行为进行控制，上级管理者通过组织设立的原始目标而对被考核者完成绩效的能力进行考评。例如，生产性企业采用生产产品的数量对员工和部门绩效进行考评。非营利组织采用产出控制系统对员工和部门考核其产出绩效时，考核指标需要能够被量化和被识别。例如，教师完成的课堂教学工作量（课时数）、学术科研文章发表量（篇数）；政府部门通过的行政许可案件量（件数）；警察侦破刑事案件量（件数）等。

采用产出控制系统的最大优点是它具有分权的特征并使部门经理获得了更大的自由权，部门经理可以根据外部市场变化情况调配资源和工作进度。上级管理者也不需要花费更大的监督成本对员工和部门的实际工作行为进行集中监控，上级管理者只需要根据已经设定的目标和标准对其绩效进行考核和评价。产出控制系统的缺点主要有两个方面，一是产出控制系统可能使员工和部门为了追求绩效而出现与组织愿景和价值观不一致的、失调的行为。例如，员工为了达到更高的绩效产生额，而对供应商或顾客进行商业贿赂；二是可能存在由于绩效模糊而导致高层管理者无法通过简明的控制系统实施有效控制。绩效模糊是指很难判断导致绩效好与坏的明确原因的一种情况。[3] 当出现绩效模糊时，高层管理

① 参见［美］查尔斯·W·L·希尔、［澳］史蒂文·L·麦克沙恩：《管理学》（英文版），215 页。
②③ 参见上书，214 页。

者需要进一步分析导致绩效好或不好的真正原因所在。

（2）人员控制。

人员控制系统是指采用人际关系和对下级员工的直接监督而对组织绩效行为进行控制。该系统依赖于上级管理者对员工个体和部门行为能够采取直接的监督行为，而且员工和部门行为需要与组织目标高度一致。由于管理者是通过观察和解释员工行为来评估其绩效程度，因此人员控制具有一定的主观性。[①] 人员控制通常适用于小型企业或者组织内管理上下级之间的关系。小型企业的特点是其核心管理者拥有绝对的权力，而且人员控制成功的关键是核心管理者的超凡魅力，他们可以命令对企业绝对忠诚的下属员工。人员控制系统有很多不足，例如，过度的监管使员工失去动力和自由，缺乏客观的绩效评价机制等。

（3）激励控制。[②]

激励控制是指采用精神和物质上的奖励激励手段引导员工选择与组织目标一致行为的控制系统。常用的奖励方法是年终奖金。激励控制通常与产出控制系统中的指标相联系。工作团队或者由20～30人组成的部门适于采用激励控制系统。具体来说，上级管理者依据组织目标为工作团队和部门设置绩效目标，工作团队或部门一旦超过绩效指标将给予一定比例的奖励（如奖金）。例如，某服装公司为童装销售部设定的年度绩效目标是销售额100万元，超过部分将给予20％的奖励。假设童装销售部的年终销售额达到120万元，该部门将得到20万元的20％计4万元的奖金。

激励控制的好处是，对工作团队或部门采用明确的奖金计划，可以减少上级管理者对员工个人工作行为的监督，奖金支出补偿低于公司监督成本，从而减少了组织的监督行为。采用激励监控时通常不需要更多地采用其他控制系统。同时，激励控制促使在工作团队或部门内部形成"伙伴控制"（peer control），即那些低绩效或工作态度松懈的员工会有压力感，从而自觉地改善工作绩效，以提升整个团队的绩效成果。激励控制也有弊端，例如，管理者需要避免在奖金激励的诱惑下部门和员工出现的与组织目标相背离的偏差行为；一些公司滥用激励控制，为了获得奖金而故意设置易于完成的低绩效指标标准等。

14.1.4　控制方法

不论是企业组织，还是政府组织，管理者在实现计划目标时，都需要不断采取控制行动。有时，管理者采取的控制行动是预测性、探索性、方向性的，往往在总结前一阶段工作成果的基础上，对下一步工作进行指导性控制行动。有时，管理者的控制行动发生在工作进行过程中，管理者往往边观察、边总结、边提出改进意见或纠正措施。有时，管理者的控制行动发生在一项工作或一项任务完成之后，通过总结全部的工作成果，不论成功与失败，并与最初的计划目标进行比对，制定出下一步工作的纠正措施或一揽子解决方案。控制的三种方法包括：前馈控制、同期控制和反馈控制（见图14—2）。

---

① 参见［美］查尔斯·W·L·希尔、［澳］史蒂文·L·麦克沙恩：《管理学》（英文版），210页。
② 参见上书，215～216页。

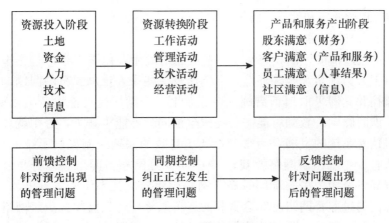

图 14—2　三种典型的控制方法

1. 前馈控制

前馈控制（forward control），是指在资源投入阶段，管理者对可能发生的问题进行预测，并实施有效控制措施，以避免组织在随后的产品生产和提供服务过程中出现不必要的问题。因此，前馈控制是未来导向的，是管理者最期望的控制方法。管理者可以在计划、组织、人力资源管理和领导等各个环节中实施前馈控制。

例如，组织根据战略愿景、生产规模的变化，提前做好人力资源的招聘工作，为组织提前找到技能和素质符合组织发展要求的员工。在质量控制方面，组织为了使产品和服务达到一定的质量标准，制定质量标准和产品要求，并提前告知相关供货商产品性能要求，要求其按照规格提供原材料，以避免后期生产过程因为原材料性能不符合要求而产生质量问题。但在实际生产过程中，常常出现因为没有实施有效的前馈控制而导致很多质量问题。例如房地产开发商在施工前期没有严格审查原材料的质量标准，引起房屋建成后坍塌等质量事故。大学组织生产的产品是有知识、有文化、有劳动技能的合格劳动者和研究者。为了使硕士和博士毕业生质量达到一定的标准，在招生阶段，大学设定笔试分数线和专业招生要求，采用笔试和面试相结合的方法，筛选掉不符合学校要求的学生，目的在于使最后的毕业生达到学校质量要求，成为符合社会需要的各类人才。又如，航空飞行器在每次起飞前都要进行严格的例行检查，以防止飞行事故的发生。事实证明，这些检查是必要的，而且可以起到避免飞行事故的发生。

从这些例子可以看出，前馈控制的关键是在问题发生之前就要采取积极有效的管理行动，从而避免和防止问题的发生。管理者为了更好地实施前馈控制，需要搜集大量和准确的信息。管理者建立管理信息系统，可以检测和捕捉到系统内外环境变化引起的信息变化，从而使管理者能够及时预计到出现的问题，并实施有效的修正方法或提出修正方案。例如，天气信息预报系统通过气象卫星获得未来天气形势变化趋势，预测未来几天是否有沙尘、暴雨、浓雾等灾害性天气，使人们能够根据天气变化做好预案。

2. 同期控制

同期控制（concurrent control），是指在资源转换阶段，管理者对产品生产和提供服务过程中正在发生的问题实施即时控制，采取必要的纠正措施，以避免发生重大损失。同期控制是在计划执行过程中的控制，是控制系统的核心。组织在产品生产和提供服务的过程中，为实现管理的效率和效益，管理者需要进行实时控制，保证在规定的时间内生产出正确数量和质量的产品和服务。

管理者即使通过前馈控制，避免了一些问题的发生，但是在生产过程中，环境是动态变化的，由于人为因素和客观环境，可能出现一些令人难以预料的问题，需要管理者进行时时的监控并立即采取纠正措施。在课堂上，个别学生可能由于通宵玩电脑游戏，导致第二天上课时睡觉。教师可能需要提醒这位同学不能再睡了，否则就会影响平时成绩了。计算机信息系统的发展，为管理者实施有效的同期控制提供了技术支持。例如，为了防止一些青少年沉迷于网络游戏，2007 年 6 月国家新闻出版总署与公安部、信息产业部、教育部以及团中央等部门颁布《网络游戏防沉迷系统开发标准》。有了这样的标准，有关部门通过监督网络游戏运营商的运行系统，达到监控青少年网络游戏爱好者行为的目的。一些组织建立的有效信息监管系统，如银行的实时电子监控系统、员工错误操作系统提示、业务数据流的连续更新等，这些都为管理者及时修正小的差错提供了技术保障。

3. 反馈控制

反馈控制（feedback control），是指在产品和服务产出阶段，管理者针对顾客对产品和服务提出的反馈信息，特别是一些关于组织的负面信息，采取必要措施进行纠正。反馈控制发生在行动之后，其缺点是，管理者意识到或者获得组织信息需要实施反馈控制时，组织的损失或问题已经产生了，只能采取反馈控制来防止损失进一步扩大。例如，火灾已经发生了，并烧毁了大部分房屋，管理者能做的只能是找到失火原因并重新修复房屋。反馈控制的优点在于，管理者通过搜集反馈信息，获得组织计划执行情况的真实信息，如果反馈信息显示组织计划执行绩效与标准相差很大，那么管理者需要调整计划，甚至重新制定计划。反馈控制还可以达到激励组织、奖励员工的作用。组织和员工通过反馈信息评价过去的行为和行动，使组织和员工看到差距或进步。

14.2 影响控制有效性的因素

控制对管理者具有很重要的意义，没有有效的控制，管理者不能获得足够的信息来解决问题、进行决策或采取适当的行动，以实现组织的目标和计划。但是，一些因素影响了管理者有效控制的实施。本节就影响控制有效性问题进行分析。

14.2.1 有效控制的特征

管理学研究认为，考察控制的有效性可以从十个方面进行判断，即控制的准确性、及时性、经济性、灵活性、可理解性、合理的标准、战略地位、例外原则、多重标准、纠正行动。[①]根据这些建立有效控制的原则，采取恰当的控制行为和控制系统，可以形成有效的控制系统。下面进一步分析有效控制的特征。

---

① 参见［美］斯蒂芬·P·罗宾斯、玛丽·库尔特：《管理学》（第 7 版），543 页。

1. 有效的控制系统是可靠的，并产生有效的数据

如果控制系统是可靠的、可信任的，那么控制系统还会产生可靠的、有效的信息，增强管理者对系统实施管理和控制的强度。例如，大学采用可靠的教学质量评价体系，建立教师自我评价、学生客观评价、社会认同评价等多个角度相结合的大学教学质量评估监控体系，才能获得有效的数据，使管理者根据可靠并有效的数据对大学教学质量进行动态监控。

2. 有效的控制系统应提供及时的信息

管理者在控制系统内，通过获得及时而快速的信息，使管理者对组织和员工行为实施即时的监督和纠正，及时纠正错误，鼓励先进。例如，超市每日进行销售货物和款项盘点，可以及时获得超市经营状况评价，这样比每月、每周进行货物和款项盘点要有效。

3. 有效控制要以经济效益为优先

一个控制系统如果采用投资费用高昂的控制手段，对员工微小的行为进行控制，虽然得到了满意的效果，但管理者却付出巨大的投资成本，这样的控制也不是有效的。因此，有效控制要以经济效益为优先，争取以最小的投入获得最大的控制效果。

4. 有效控制具有灵活性，允许有随机偏差[①]

有效控制不是死板的，其评价标准、考核指标、纠正行动在某些情况下可以根据客观情况和现实条件进行调整。由于一些管理者为了管理的方便，片面强调各种规章制度的尊严，可能弱化控制系统的灵活性。

5. 有效控制应该被员工所理解并接受

对于一个有效的控制系统，员工应该理解它并愿意在控制系统内从事工作，这样才能对组织生产率产生积极作用。如果员工对控制系统产生抵触情绪或不理解控制系统对增加组织生产率的作用和意义，那么员工会采用一些办法和手段抵抗控制系统。例如，交通管理部门为了加强对交通事故的监控能力，在很多路段安装了电子监视器，拍摄下来那些违章车辆的车牌号。一些不良驾驶者采取对车牌数字或字母进行遮挡等手段，使得交通管理部门不能获得违章驾驶者的真实信息，从而降低了电子监控器的有效性。

6. 有效控制的评价标准应该是合理而可行的

有效控制的评价标准应该是合理而可行的，所谓评价标准具有合理性，是指员工的行为要与控制评价标准具有合理的联系，能够促进员工和组织的绩效，否则，由于评价标准的不合理性，会导致评价标准不能顺利实施，控制不具有可行性。例如，公共交通运营企业对司机和售票员的评价标准，以每辆车每天的经营业绩为评价标准，就会形成同一线路的不同运营车辆之间的不良竞争，为了超额完成经营业绩，运营车辆通过提高车速在规定时间内增加运营次数获得额外收益（例如，从每天在规定时间内往返运行四圈增加到五圈）。这样做的结果，虽然使企业和司售人员的经营业绩显著提高，但造成忽视乘客的乘车安全，运营车辆之间的恶性竞争，增加了公交车辆交通事故发生率和司机的健康损害等问题。公共交通运营企业以提供安全、可靠的公共交通为目的，评价标准应该是运营车

---

① 参见［美］安德鲁·J·杜伯林：《管理学精要》（第 6 版），377 页。

辆的到站准确率和安全率。如果公共交通运营企业的评价指标改为车辆的到站准确率、乘客乘车安全性、零交通事故等指标，对于有效评价司售人员的工作业绩是合理而可行的。

7. 管理者重点控制对组织绩效有战略影响的因素

现代管理中，团队组织的建立，需要高层管理者更多的授权，使下级组织享有更多的自主性。高层管理者不能对组织中的所有事项进行实时控制，必须选择对组织绩效有战略影响的关键因素进行控制，或者授权团队进行自我控制，或者放松控制来激发员工的自我管理和自我创新能力。

8. 有效控制强调例外

管理者不能对组织内全部事情都实施控制，管理者应该对特殊事件采取控制措施。例如，"非典"时期造成旅游观光人数大大下降，对旅游企业、宾馆饭店的经营业绩产生了重大影响，企业效益下滑。政府部门通过减收、免收营业税或所得税，实施特殊时期的特殊政策，以尽可能地帮助受"非典"事件较大影响的经营业者减少经济损失。政府对没有发生"非典"的地区就不能减收税费。

9. 有效控制的衡量标准是多重的，不应自相矛盾

组织在衡量组织绩效和员工行为时，尽可能建立多重衡量标准，防止因单一标准给组织带来的绩效衡量不准确和获得失真的评价信息等问题。同时，有效控制的衡量标准也不应该是自相矛盾的，而应该是相辅相成的。例如，对大学教师的工作绩效评价标准，如果既要求教师大量上课，还要求教师每门课都达到较高的教学质量，这实际上是不可能的，因为教师系统教授一门专业课，并根据最新研究成果及时更新教学内容，需要教师花费大量时间备课，才能保证课堂教学的质量。因此，大学教师的工作评价标准是在保证教学质量的前提下，完成一定的工作量。

10. 有效控制系统应该及时纠正偏差

有效的控制系统应该在及时发现偏差的基础上，及时纠正偏差。一方面管理者提出有效建议，督促员工改进工作行为，纠正偏差，完成组织计划目标；另一方面，管理者还要鼓励和允许员工进行自我反馈和自我控制，员工通过系统得到有关偏差的信息，自己进行必要的分析和反馈，从而使员工能够自我控制，减少偏差的产生。

14.2.2 影响控制的权变因素

为了建立有效的控制系统，需要分析影响有效控制的权变因素。这些因素包括组织的规模、员工在组织结构中的位置和级别、组织的分权程度、组织文化、活动的重要性等。[①]

组织的规模与采取有效控制的手段和方法有密切的关系。一般来说，组织规模大通常采取前馈控制和后馈控制方法对组织进行控制，采用正式的报告、严密而广泛的规章制度建立官僚式的控制系统。小规模组织更多采用同期控制，管理者通过直接观察的非正式的、个人的管理系统。

---

① 参见 ［美］斯蒂芬·P·罗宾斯、玛丽·库尔特：《管理学》（第7版），544页。

员工因在组织结构内的位置和级别的不同，即职位和层次不同，对其采取的控制标准是多重的，而且标准也不同。例如，对总经理的控制评价标准与基层员工的控制评价标准就不同。应该对组织内不同层级的员工建立控制程度不同的评价标准，达到组织对不同层级员工有效控制的目的，也促进员工的不断进步。高级别员工的评价标准是多重的，低级别员工的评价标准是少而易于衡量的。

组织的分权程度同样也影响控制的有效性。分权程度高的组织，管理者将决策权下放给被授权者，管理者需要更多地获得被授权者的行为信息和工作绩效，最终还对被授权者的工作绩效负责，因此，分权程度高的组织，需要增加控制的数量和宽度。

组织文化同样影响控制的有效性。组织越来越重视其文化建设，当控制系统与组织文化一致时，已建立的控制系统会发挥相应的作用。当组织文化是开放的、积极的、民主的、信任的，员工会产生主动的、非正式的自我控制，积极完成组织目标。相反，组织文化是封闭的、消极的、独裁的、怀疑的，员工可能会增强自我保护，被动接受领导权威、领导决策来实现组织目标。组织采用开放而积极的组织文化，控制系统应该采用非正式的自我控制，反之则采用正式而广泛的控制。

活动的重要性对控制也产生影响，在重大活动中，即使是微小偏差也会产生重大影响，这就要采用复杂而广泛的控制，例如每年召开全国人民代表大会和政协会议期间，北京市交通管理部门对于车辆的交通管理就采取了复杂而广泛的控制，不仅保障了两会代表车辆的安全和正常运行，而且尽可能地减少对一般市民出行的影响。相反，活动重要性低，只需要采取松散的、非正式的控制系统，以减少控制成本支出。

本章小结

控制职能是管理职能之一，是监督组织的各项活动和行为实现组织预定的计划和目标的活动和过程。控制职能与计划、组织和领导三个职能密切相关。控制的基本原理就是根据组织生产活动的进展，管理者比对原始的计划目标，采取相应的纠正行动，确保实现组织目标。控制是实现组织管理效率和效益的保证，有助于提升部门和个人绩效。

控制系统包括官僚控制、市场控制、产出控制、人员控制、派系控制和激励控制。不同的控制系统有优势和劣势，一个组织通常采用多种控制系统实现控制。官僚控制系统一般包括四个步骤：（1）设定绩效指标体系和衡量标准；（2）衡量实际绩效；（3）将实际绩效与绩效标准进行比较；（4）采取管理行动。

控制有三种方法，包括前馈控制、同期控制和反馈控制。前馈控制是指在资源投入阶段，管理者对可能发生的问题进行预测，并实施有效控制措施，以避免组织在随后的产品生产和提供服务过程中出现不必要的问题。因此，前馈控制是未来导向的，是管理者最期望的控制方法。同期控制是指在资源转换阶段，管理者对产品生产和提供服务过程中正在发生的问题实施即时控制，采取必要的纠正措施，以避免发生重大损失。反馈控制是指在产品和服务产出阶段，管理者针对顾客对产品和服务提出的反馈信息，特别是一些关于组织的负面信息，采取必要措施进行纠正。

控制对于管理者而言非常重要，管理者希望控制是有效的，以确保组织实现计划目标。有效的控制系统应该是准确的、及时的、注重经济效益，具有灵活性而且是被员工可理解的。管理者通过建立合理的评价衡量标准，对具有战略地位的关键环节进行控制，强调例外原则和多重标准，并且建议实施纠正行动。

影响有效控制的权变因素包括组织的规模、员工在组织结构中的位置和级别、组织的分权程度、组织文化、活动的重要性等。如果组织的规模越大，个人在组织结构中的层级越高，采用集权制，组织文化是封闭的、消极的、独裁的、怀疑的，那么就要采用正式的、复杂而广泛的控制体系，相反则采用非正式的、松散的、个人的管理控制体系。

关键术语

控制（control）　　　　　　　　控制系统（control system）

官僚控制（bureaucratic control）　　市场控制（market control）

派系控制（或小集团控制，clan control）　产出控制（output control）

人员控制（personal control）　　　激励控制（incentive control）

口头报告（oral report）　　　　　前馈控制（forward control）

同期控制（concurrent control）　　反馈控制（feedback control）

直接纠正行动（immediate corrective action）　彻底纠正行动（radical corrective action）

复习思考题

1. 什么是控制？控制与管理其他职能有什么关系？
2. 控制具有什么重要性？
3. 简述控制的六种系统。
4. 控制的过程是什么？
5. 如何获得绩效评价信息？
6. 当实际绩效与计划绩效存在差距时，管理者可以采取哪些纠正行动？
7. 分析控制的三种方法。
8. 分析有效控制的十个特征。
9. 影响有效控制的权变因素有哪些？

参考文献

1．〔美〕斯蒂芬·P·罗宾斯，玛丽·库尔特. 管理学（第 7 版）. 北京：中国人民大学出版社，2004

2．〔美〕托马斯·贝特曼，斯考特·斯奈尔. 管理学——构建竞争优势（第 4 版）. 北京：北京大学出版社，2004

3．王利平编著. 管理学原理（修订版）. 北京：中国人民大学出版社，2006

4. ［美］加雷思·琼斯，珍妮弗·乔治. 管理学基础. 北京：人民邮电出版社，2006

5. ［美］安德鲁·J·托马斯. 管理学精要（第 6 版）. 北京：电子工业出版社，2003

6. ［美］查尔斯·W·L·希尔，［澳］史蒂文·L·麦克沙恩. 管理学（英文版）. 北京：机械工业出版社，2009

第 15 章

控制的方法与技术

学习目标

- 了解价值链管理的特性
- 了解全面质量管理的起源和发展
- 了解不同类型组织的管理信息系统
- 理解作业管理的概念及内容
- 理解电子技术对控制的作用
- 掌握全面质量管理的内容
- 掌握财务控制、成本控制及资产控制的主要内容
- 掌握最佳实践标杆的概念和实施步骤

　　第 14 章介绍了关于控制的基本理论、控制的重要性、控制系统和控制方法，讨论了有效控制的特征和影响有效控制的权变因素，本章则进一步分析实施控制的方法和技术。控制的方法和技术很多，本书将重点介绍作业管理、质量管理、财务控制、信息控制以及最佳实践标杆。

15.1　作业管理

　　作业管理作为一个有效的管理控制系统，对于任何类型的组织都是必需的。它贯穿于组织运作的每一个环节，对每个环节的输出进行衡量、及时纠正偏差，以确保在成本最小化的基础上实现组织最终目标。本节重点介绍关于作业管理的相关内容。

15.1.1 作业管理概述

1. 作业管理的定义及内涵

组织都是为了满足最终顾客需求而设计的"一系列作业"的集合体，各种作业之间存在逻辑联系，某些后行作业或产品是其先行作业的"顾客"，从而形成一个由此及彼、由内到外的作业链。不论组织的性质是营利性还是非营利的，它都具有将资源输入转换成产品和服务输出并由此产生价值的作业系统。为保证组织中各项作业是朝着组织的目标进行，需要一个有效的控制系统对组织的各项作业实施管理控制，并及时纠正作业中出现的偏差，确保组织最终目标实现。作业管理（operation management）就是这样的一个控制系统，它对劳动力、原材料等资源变成销售给顾客的最终产品和服务的转换过程进行设计、作业和控制（见图 15—1）。[①]

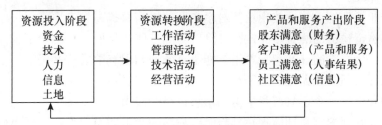

图 15—1 作业管理系统

作业管理并不是企业管理的专利，它涵盖了所有组织的管理，只是不同类型的组织有不同的输入、输出形式和作业特点。制造型组织输出有形产品。在这类组织中很清晰地可以了解到其作业管理过程是如何运作的。而在服务型组织中由于输出产品为无形服务，并且作业过程具有灵活性、生产与消费同时性等，因此其作业过程不那么容易识别和控制。表 15—1 给出了不同类型组织作业管理系统的例子。

表 15—1　　　　　　　　　　作业管理系统的例子

组织类型	输入资源	作业过程	输出资源
家具厂	原材料（木材、油漆等） 工具、设备 劳动力	生产和组合	精美的家具
航空公司	飞机 飞行人员 顾客及货物	地点转移	运输服务
医院	病人 医护人员 药品、医疗设备	健康护理、治疗	健康服务
大学	学生、教师 书本、教学仪器 教室、宿舍等设施	教学科研活动	大学毕业生
政府	财政资源、办公设施等 政府工作人员 社会问题	行政手段	安定、和谐的社会

---

① 参见 ［美］斯蒂芬·P·罗宾斯、玛丽·库尔特：《管理学》（第 7 版），560 页。

2. 作业管理的职能范围和重要性

正如每个组织都要输出某种形式的产品一样，组织内部每个作业单位也会输出某种形式的产品。如在企业内部，市场、财务、研发和人力资源等部门将输入转换成输出，形成销售额、增加的市场份额、资本的高回报率、新产品新技术和优秀员工等。组织目标的高效率实现，需要管理者对组织内部各作业的"输入—作业—输出"系统进行控制，如生产率控制、员工流失率控制等。作业管理的重要性主要体现在三个方面。

首先，作业管理的重要性体现在其覆盖面的广泛性。作业管理涵盖了所有类型的组织，包括制造型组织、服务型组织、公共组织等。不论组织类型如何，该组织必定存在一个将输入资源转化为输出产品并由此产生价值的作业系统。为了有效地完成输入资源的转换过程，实现组织既定目标，管理者应该清楚地意识到一套设计良好的控制系统是实现组织目标的重要保证。

其次，作业管理的重要性体现在其对生产率的提高。提高生产率是每一个组织的首要目标。生产率是指输出的所有产品或服务除以得到这些产品所需要的全部输入资源。对于公共组织来说，生产率的提高意味着组织能更有效地利用有限的公共资源，创造更多的社会福利，实现社会利益最大化。对于特定的企业来说，提高生产率是其具有一个更有竞争力的成本结构和定出一个更具有竞争力的市场价格的能力。

最后，作业管理的重要性体现在其与组织战略的紧密联系。作业管理是建立和维持行业领先地位的组织总体战略的一部分。随着社会经济的不断发展，产品或服务的"规模化生产"将不能满足顾客多样化、差异化的需求，组织的"一系列作业过程"必定趋向"顾客化生产"。组织外部环境的变化，对应的组织内部作业过程应该由刚性作业管理体系转为灵活而富有弹性的作业管理体系，以对顾客的多样化需求做出迅速反应。

15.1.2 价值链管理的特性

价值链管理建立在作业管理思想之上，是一种基于"协作"的策略，它将组织目标确定为与整个价值链上的组织有效协调与合作，为最终顾客提供有价值的产品或服务。价值链管理能帮助组织把握其战略环节，集中资源培育核心竞争力，提高竞争优势。相应地，价值链管理对组织的各方面提出了更高的要求，比如组织结构、组织文化与态度、人力资源等。

1. 价值链管理的定义及其核心思想

价值链的概念是迈克尔·波特在他1985年出版的《竞争优势》中提出的。他认为价值链是企业在价值创造过程中一系列互不相同又互相联系的增值活动的总和。企业的竞争优势归根到底产生于企业为客户所能创造的价值，因此，企业要想建立竞争优势，就必须清楚自己能为客户做些什么，要清楚自己在价值链中处于什么位置。他试图让管理者理解为客户创造价值的组织活动的序列。[1] 虽然其研究主要聚焦在单个组织的活动上，但是他强调管理者必须理解他们的组织是如何适应行业的整个价值创造活动。

价值链是指从原材料加工到产品（包括有形产品和无形产品）到达最终用户手中的过

---

[1] 参见方振邦主编：《管理思想百年脉络》（新版），372页。

程中，所有引起价值增值的步骤所组成的全部有组织的一系列活动。价值链上可能存在多个组织，如原材料的供应商、生产企业、销售商、顾客等。价值链管理是管理在价值链上流动的产品或服务，其有序且相互关联的活动和信息的全部过程。价值链管理的概念改变了作业管理的策略，并将组织调整到具有有效性和高效率的战略位置，其出发点是组织要充分利用产生的每一个竞争机会。[①]

在一个组织中，有很多价值活动，并不是每一个环节创造的价值都是一样的。一般来说，组织创造价值主要是来自于某一些经营活动，只有这些经营活动才能真正创造价值，这些活动被称作"战略环节"。组织在与竞争对手的竞争中，竞争优势就是靠其在价值链中特定的战略环节取得。不同组织的战略环节各不相同。价值链管理的核心思想就是把组织在价值链上各个环节分成战略环节和非战略环节，把资源集中在具有核心竞争力的战略环节上，非战略环节利用外包方式给予舍弃，并与价值链的上下游组织有效沟通。战略环节和非战略环节的划分依据该环节是否真正创造价值。[②] 表 15—2 为某些组织的战略环节。[③]

表 15—2　　　　　　　　　　　　　某些组织的战略环节

组织	战略环节（核心竞争力）
耐克	产品设计及广告营销活动
卷烟业	广告宣传和公共关系
餐饮业	立店选址
沃尔玛	商品采购、配送（内部后勤）
海尔	市场营销和服务

迈克尔·波特教授将组织创造价值的过程分为两个部分：一个是企业的基本增值活动，比如后勤、生产经营、市场营销与售后服务；二是辅助性的增值活动，比如企业的人力资源管理、技术开发与基础设施的建设。[④]

在价值链中，掌握绝对权力的是最终顾客。他们决定什么具有价值，怎样创造和提供价值。价值链管理的目标就是创造一个价值链战略，这个战略使价值链上的各个组织充分地开展沟通合作，以满足和超越最终客户的需要和欲望。[⑤] 当最终客户所要求的价值被创造，客户的需求和欲望得到满足时，他们会为了获得价值支付报酬，从而价值链上的各个组织获得利润（见图 15—2）。价值链上的各个成员合作得越好，价值链创造的价值就越多。当组织的价值链管理的经验加强和提高了，组织与客户的联系也就变得紧密，这样，

---

① 参见［美］斯蒂芬·P·罗宾斯、玛丽·库尔特：《管理学》（第 7 版），563 页。
② 参见［美］卡利斯·Y·鲍德温、金·B·克拉克：《价值链管理》，北京，中国人民大学出版社、哈佛商学院出版社，2001。
③ 参见陈曦：《在价值链上跳舞》（第一版），45 页，北京，地震出版社，2004。
④ 参见上书，6 页。
⑤ 参见［美］斯蒂芬·P·罗宾斯、玛丽·库尔特：《管理学》（第 7 版），564 页。

客户就会为价值链上的成员提供更多的利润。

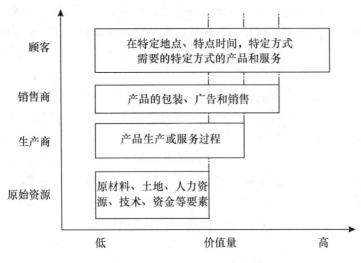

图 15—2　价值链增值系统

2. 价值链管理的特性[①]

（1）组织内部的紧密联系。

组织中各个作业环节之间存在逻辑关系，不是相互独立的。价值链管理更是要求组织内部保持良好的信息沟通与合作，尽可能地快速满足最终顾客的需求，创造价值。比如啤酒制造厂的销售部门和生产部门能否有效沟通，直接决定了生产部门能否正确决定生产什么以及生产多少、销售部门能否及时出货等。

（2）组织间的协调与合作。

价值链上的组织不仅需要保持组织内部的协调与合作，还需要与组织外部之间维持有效的协调与合作关系。一个组织覆盖整个产业，占据全部或大部分价值增值环节的模式随着社会的变化已经落后于时代的发展。竞争已经从单个组织之间的竞争演变为各条价值链之间的竞争。只有确保整体价值链在竞争中胜出，作为此价值链成员的单个组织才可能获得价值和收益。

一个房地产项目从土地使用权获得到最终交付使用，需要经历土地使用权获得、规划设计、资金筹措、专业咨询、环境评价、交通评价、主体建筑施工、市政建设工程、销售、物业管理等多个环节。这些环节紧密联系，形成房地产产业链。由于房地产产业链上的各个环节具有很强的专业性，需要专业人才、专业知识、实际经验等方面的积累，因此房地产开发商很难独立完成所有的环节，必须把握自己的战略环节形成核心竞争力，同时将非战略环节外包出去。产业链上各环节都由专业化的组织操作完成，各环节之间相互整合，只有这样才能发挥产业链的价值。目前的房地产咨询策划公司、建筑设计单位、销售代理公司等都是房地产产业链各环节专业化的产物。整个房地产产业链价值的发挥需要这些组织以满足最终顾客需求为目的进行良好的沟通与合作。

---

① 参见［美］斯蒂芬·P·罗宾斯、玛丽·库尔特：《管理学》（第7版），565～569页。

（3）信息技术投资。

信息的准确性是组织做出正确决策的关键。价值链管理如果没有强大的信息技术作为其后台支持，是不可能获得成功的。大量的信息技术投资，可以重新构造价值链，更好地为最终顾客提高产品或服务。企业的最终客户信息、需求信息、库存状况、订单确认等集成信息流随着价值链流动，实时的信息交换可以大量地节省因人工处理而导致的成本费用、时间延迟和管理失误。员工能迅速获取正确的信息，专注于创造更高的效益。价值链管理的信息技术工具包括一些客户关系管理软件、电子商务系统、电子政务系统、工作计划进度管理系统、资源计划软件系统（ERP）、商业情报搜索分析软件等。

（4）组织过程。

当组织决定利用价值链管理时，组织的结构应该做出相应的变化。在价值链管理时，分析组织中各项作业，得出哪些是增值作业和哪些是非增值作业，判断组织的核心竞争力在哪个环节。在对组织各项作业进行评估后，对组织结构进行重整，集中有限的资源管理战略环节，将不增值的环节视具体情况予以剔除。耐克鞋的成功源于耐克公司抓住了核心能力，即产品设计与广告营销这两个极其重要的环节。而其鞋的制造由第三世界国家合同承包，这种贴牌生产是耐克价值链中不真正创造价值的环节，是非战略环节。将制造环节外包出去，能节省资源或者减少不必要的沉没成本投资。[①]

此外，价值链管理要求组织加强与客户和供应商之间的联系、从而在组织过程中也应该进行相应的调整。产品的生产者或服务的提供者需要了解顾客的真实需求，可以通过销售点直接获取顾客对产品的需求和偏好信息，也可以通过调查问卷等方式搜集分析信息。在政府管理中这样的情况也普遍存在。当政府管理从价值链的角度审视行政管理活动的过程时，应该加强与公众的沟通，了解公众最需要的是什么、如何才能满足这些需求，进而达到保障公众的合法权益的组织目标。目前在某些公共管理领域实行公众参与制度在一定程度上反映了政府对管理过程的重新思考与组织。

（5）员工。

价值链管理的目标是实现快速地为最终顾客创造价值，并尽可能地缩减成本，因而组织中的职务角色与传统的管理模式下的职务角色相比更具有灵活性。工作设计应该围绕着为客户创造和提供价值而将所有功能连接在一起的工作来进行。灵活的工作设计能保证组织快速、准确地把握最终顾客的需求信息，为其提供多样化的服务。价值链上的组织需要选用能满足灵活工作设计的员工，这些员工能快速获取有效信息，灵活地采取工作方式使最终顾客的需求得到最大满足。

（6）组织文化与态度。

价值链管理从本质上来看，是一种管理理念。它的有效运作需要与之协调的组织文化与态度作为管理基础。通过价值链前面的五点特征不难看出，能使价值链管理成功运行的组织必须具有分享、合作、开放、灵活、相互尊重和信任的组织氛围和员工态度。[②] 只有在这样的组织文化中，才有可能使得组织内部紧密合作、与组织外部良好的协调沟通以及

---

① 参见陈曦：《在价值链上跳舞》（第一版），40 页。

② 参见［美］斯蒂芬·P·罗宾斯、玛丽·库尔特：《管理学》（第 7 版），568 页。

以顾客需求为中心积极地创造满足顾客多样化需求的产品及服务。

15.2 质量管理

质量管理是组织实施控制的重要组成部分。组织向顾客提供的产品和服务应该达到一定的质量标准。如果产品和服务没有达到相应的质量标准，顾客可能就会放弃，从而造成对已投入资源的浪费。因此，质量管理是组织进行控制管理的关键环节。本节重点介绍三种质量管理方法，即全面质量管理、六西格玛和 ISO9000 认证。

15.2.1 全面质量管理

1. 全面质量管理的起源、发展和定义

20 世纪 50 年代，W·爱德华·戴明、约瑟夫·朱兰等管理学大师的质量管理思想为全面质量管理的诞生奠定了基础。戴明 1950 年应聘到日本讲学后，开始辅导日本企业进行质量管理。他提出了质量管理的 14 条原则。[①] 这些原则直到现在也十分有效。

（1）树立坚定不移的改善产品和服务的目标。

（2）采用新的哲学思想。

（3）停止依靠检查来保证质量的方法。

（4）停止仅用价格作为报偿企业的方法，而要通过只与一个供应商合作的方法使总成本实现最小化。

（5）坚持不懈地改善计划、生产和服务的每一个环节。

（6）推行岗位培训。

（7）建立领导关系。

（8）驱除畏惧心理。

（9）消除员工之间的壁垒障碍。

（10）废除针对员工的口号、训词和目标。

（11）废除针对工人的数字定额和管理人员的数字化目标。

（12）清除剥夺员工工作自豪感的障碍，废除年度评比或赏罚体系。

（13）实行普及至每一个人的有效教育和自我完善计划。

（14）让企业中每一个人都参与实现公司转型的大业中。

1951 年朱兰的重要著作《质量控制手册》出版，朱兰主张质量控制需要质量计划、质量控制和质量改善三位一体，并提出了"质量计划路径图"[②]。1961 年，通用电气公司质量总经理费根堡姆（A. V. Feigenbaum）博士在其著作《全面质量管理》中首次提出全面质量管理（total quality management，TQM）的概念：全面质量管理是为了能够在最经济的水平上，并考虑到充分满足用户要求的条件下进行市场研究、设计、生产和服务，把企业内

---

① 参见［英］斯图尔特·克雷纳：《管理百年》，171 页，海口，海南出版社，2003。
② 同上书，172 页。

各部门研制质量、维持质量和提高质量的活动构成为一体的一种有效体系。[①]

全面质量管理的思想虽然诞生于美国，但是却首先在日本得到推广和发展。20 世纪 50 年代初，日本工业产品质量低下，当时的"日本制造"就是次品、劣质品的代名词。商品积压为日本公司敲响了警钟，随后戴明、朱兰、石川馨等专家在日本引导了一场质量革命。这场质量革命使日本产品的质量达到世界领先水平，日本产品在质量方面全面超越了美国产品。日本推行全面质量管理取得了丰硕的成果，引起了世界各国的关注。美国企业重新认识到质量管理的重要性，在推行全面质量管理的过程中对其进行了进一步的扩展和深化。20 世纪 80 年代以后，全面质量管理逐渐被世界各国接受，并在运用时各有所长。如今，全面质量管理的理念已经逐步从制造业推广到商业、服务业和公共事务领域。

日本企业界将全面质量管理定义为：企业组织所有部门和全体人员，综合运用多种方法，对生产全过程中影响产品质量的各种因素进行控制，以最经济的办法，生产令客户满意的产品。[②] 国际标准化组织将全面质量管理定义为：一个组织以质量为核心，以全员参与为基础，目的在于通过让客户满意、让本组织所有成员及社会受益而达到长期成功的管理方式。[③] 美国质量学会（American society for quality，ASQ）广泛征求质量管理专家的意见之后，将全面质量管理概括为：全面质量管理是与组织管理系统相关的经营哲学。

在全面质量管理思想提出之前，质量管理活动主要是应用统计方法对生产作业过程进行质量控制。其具体方法是对生产作业中的数据进行统计分析，随时监测各项生产工序，保证及时发现异常情况，然后迅速找出问题产生的原因并给予纠正，使生产作业尽可能保持在正常状态。这种质量管理方法的局限性在于质量控制活动仅停留于作业环节，未能将质量管理的要求扩展到产品形成的全部环节；对于产品质量也仅以技术标准进行评价，没有从市场需求的角度来衡量产品的质量。

全面质量管理思想诞生之后，质量管理的手段不再仅仅局限于统计方法，质量管理活动也从生产作业扩展到产品和服务形成的各个环节。全面质量管理的最主要特点就是"全面"，具体表现在以下几个方面：（1）全过程质量管理，对产品或服务形成的每一个环节进行质量管理，包括从市场调研、设计开发、生产作业到产品销售和售后服务的全部相关过程；（2）全员参与的质量管理，仅依靠少数专职人员是无法实现全面质量管理的，所有人员都负有改善产品质量的责任；（3）全面的质量，除了产品的质量外，还包括过程的质量和体系的质量；（4）全面的管理方法，包括应用组织行为学、领导理论、激励理论等经典管理理论，也包括采取信息技术、统计技术等管理手段。

全面质量管理对质量的要求已不再是单一的标准，而是一种包含了产品和服务的性能、可靠性、安全性、适应性、经济性、时间性、舒适性、文明性等多个维度的综合指标。

2. 全面质量管理的三个核心原则

（1）以客户为中心。

以客户为中心是全面质量管理的核心理念。在现代社会经济体系中，企业或组织都要

---

① ② ③　参见苏秦主编：《现代质量管理学》，36 页，北京，清华大学出版社，2005。

依靠为客户提供产品和服务才能得以生存。全面质量管理认为，企业为了取得长期的经济利益，其管理活动必须围绕识别和满足客户需求而展开。企业只有满足或超越了客户的需求，才能获得继续生存下去的动力和源泉。我们看到，在现实的社会经济体系当中，成功的企业或组织大多善于挖掘和满足客户的需求。

（2）持续改进。

持续改进是全面质量管理的一个重要原则。日本产业界在推行全面质量管理的过程中提出了持续改进的理念，并将其上升为一种企业文化。日本企业在市场上取得了巨大的成功，它们善于不断改进产品的功能和质量，不断推出新型号，坚持不懈地降低生产成本。如今，市场需求变化极为迅速，企业必须不断调整以适应客户的需求。而且在竞争激烈的市场中，质量的内涵不断扩展，企业的比较优势难以长期保持，企业经营面临着不进则退的局面，这就要求企业必须不断改进，不断提高产品和服务的质量。

（3）全员参与。

全面质量管理强调组织内部的全体员工都要参与到质量改善活动中来，每一个员工的价值都必须得到充分的尊重。在组织的运营过程中，它们的每一项活动都具化为员工的具体工作。员工是具体工作的执行者，只有他们才知道如何改进所从事工作的质量。

在贯彻全员参与理念时，对员工的授权和培训是必不可少的。一方面，管理者要给予员工足够的信任和权利。另一方面，为了保证员工有能力承担相应的责任，就必须对员工进行培训，使他们具备足够的技能。

3. 全面质量管理的常见组织结构[①]

全面质量管理的实现需要以一定的组织结构为保障。全面质量管理广泛应用于世界各国的各种产业，不同文化和不同行业都具有其自身特点，这就意味着很难找出一种普遍适用于各种文化和行业的组织结构。在实施全面质量管理的过程中，每个企业或组织必须分析自身特点，构建出适用的质量管理组织结构。下面介绍一些在实际应用中较为成功的质量管理组织结构。

（1）质量管理委员会。

质量管理委员会是企业质量管理的决策组织，通常由企业最高级别的管理成员组成。如今，质量目标已经成为企业的重要战略目标，因此质量管理机构就需要由最高管理者直接参与领导。质量管理委员会负责制定组织的质量战略，并对质量战略的实施进行全面监督。在当今全面质量管理体系下，建立高规格的质量管理委员会已经被各种大型组织采纳。管理学大师朱兰认为，构建质量战略的第一步就是建立质量管理委员会。

（2）综合性的质量管理部门。

综合性的质量管理部门是指企业或组织的专职质量管理部门。虽然全面质量管理要求企业或组织的每一位员工都要参与到质量管理活动中来，但是仍然需要设置专职的质量管理职能部门，来保证组织的日常质量管理活动有序进行。质量管理部门的职责包括质量技术的开发、质量计划的制定、质量信息的管理、内部质量审核的实施等。质量管理部门通

---

① 参见苏秦主编：《现代质量管理学》，36 页。

常被定位为企业或组织内部的质量咨询机构，负责提供质量建议、开展质量培训、建立质量管理体系等。

（3）QC 小组。

QC（Quality Control）小组即质量管理小组，是开展群众性质量管理活动的一种有效的组织形式。QC 小组最先出现在日本，随着全面质量管理在全世界范围内的推广，这种质量管理组织逐渐为世界各国的企业所接受。20 世纪 70 年代末，借鉴日本的先进管理经验在企业中建立 QC 小组，是我国引进全面质量管理的开始。

为了保证质量管理计划能够落实到企业的每一个员工身上，QC 小组这种组织形式应运而生。质量管理小组通常由工作岗位上从事各种劳动的员工组成，以员工的自愿参与为基础。其活动的方式主要是对企业的质量计划提出改进建议、对生产流程进行创新、对工作中暴露出的问题迅速讨论和解决。QC 小组通常是一种具有很高群众性和民主性的非正式组织，有利于激发员工在工作中的积极性和创造性。QC 小组活动的实施，有利于提高员工素质、降低生产消耗、改善产品质量、及时解决问题、提高企业的经济效益，使企业的质量战略实实在在地落到实处。

15.2.2　六西格玛和 ISO9000

六西格玛管理和 ISO9000 是两种组织进行质量控制的工具。组织通过以六西格玛和 ISO9000 认证进行质量管理，以达到企业的质量目标。

1. 六西格玛管理

（1）六西格玛的起源与发展。

20 世纪 80 年代，质优价廉的日本产品不断战胜美国产品，美国企业的市场份额不断被日本企业蚕食。即使在汽车、电子等最具优势的产业中，美国企业同样节节败退。美国制造业的生存和发展遭遇到前所未有的挑战。摩托罗拉公司是当时美国最大的电子产品制造商，在同日本企业的竞争中，摩托罗拉相继失去了收音机、电视机、寻呼机和半导体市场，其移动电话业务也在走下坡路，公司面临倒闭。摩托罗拉逐渐认识到，在产品质量方面它与日本竞争对手存在巨大差距。随后，摩托罗拉投入大量资源，在公司内部开展了一项意义重大的质量改进计划。它使摩托罗拉的产品和服务的质量迅速提高，重新夺回了市场份额。这项质量改进计划不断成熟和完善，1987 年时任摩托罗拉通信部经理的乔治·费舍尔（George Fischer）将其总结为六西格玛管理方法。由于实施六西格玛，从 1987 年到 1997 年间，摩托罗拉公司的销售额增长了 5 倍，利润每年增长 20%，六西格玛管理为其带来的收益累计达 140 亿美元。

1995 年，在杰克·韦尔奇的带领下通用电气公司（GE）全面推行六西格玛管理方法，并使六西格玛从管理方法上升为一种企业文化。GE 在推行六西格玛之后，公司业绩迅速增长。1997 年 GE 因实施六西格玛而获得的收益达 3.2 亿美元，1998 年达到 7.5 亿美元，1999 年达到 15 亿美元，1999 年企业利润比 1998 年增长 15%。实施六西格玛管理方法使 GE 取得了巨大的成功，同时 GE 的成功也使六西格玛在全世界得到广泛认同。此后，六西格玛管理方法迅速在企业间推广，并且从制造业向服务业扩展。如今，越来越多的企业已经开始实施六西格玛战略。

（2）六西格玛的含义。

西格玛（σ）在统计学上表示"标准差"，是度量一个过程输出结果的离散程度的指标。在质量管理上，σ 水平与缺陷率之间存在相反的、非线性的关系。更高的 σ 水平意味着生产过程的波动程度或出现异常值的可能性更低，即生产和服务流程中的缺陷率更低。六西格玛即"六倍标准差"，它在质量管理上的含义为：在生产流程或服务流程中每百万次操作的失误次数不大于 3.4 次，或者可以表示为操作的合格率达到 99.999 66% 以上。而六西格玛管理方法并不仅仅具有统计学上的意义，实际上它是一种结构化、标准化的质量管理理论和流程改进方法。六西格玛方法强调以统计数据为基础来控制和改进操作流程，力求使产品和服务达到零缺陷，以最少的资源投入不断提高客户的满意度。在质量管理中广泛应用统计学原理是六西格玛方法的最主要特点，它以统计学为依据进行数据分析，发现并测量流程中存在的问题，分析原因，寻求改进和控制流程的方法，不断提高企业的运作能力。

（3）六西格玛的流程改进模型。

随着六西格玛管理方法的推广和应用，它在不同企业中形成了众多各具特色的具体操作方法。通用电气公司吸收了大量其他企业实施六西格玛的成功经验，提出了 DMAIC 模型。DMAIC 模型包括界定（define）、测量（measure）、分析（analyze）、改进（improve）、控制（control）五个阶段，它是目前受到最广泛认可的六西格玛实施模型。[①]

DMAIC 模型从分析顾客需求入手确定产品的关键质量特性 Y，然后找出影响 Y 的若干主要因素 X，并且确定希望达到的目标以及 Y 和 X 的合理范围，进而寻求优化关键质量特性 Y 的改进方案，使过程的缺陷降至最低，最后通过过程控制手段保持改进成果。DMAIC 各阶段的主要工作以及常用的技术工具如图 15—3 所示。

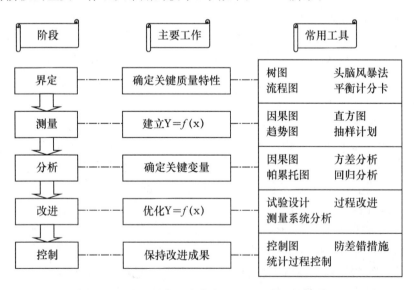

图 15—3　DMAIC 各阶段的主要工作及常用的技术工具

1）界定阶段。

充分了解客户的需求，找出产品和服务的关键质量特性（Critical to Quality，CTQ）。六西格玛管理方法要求任何成本的节约都必须建立在不影响客户满意度的基础之上。因此，关键质量特性 Y 既包括客户对产品性能、外观、操作等方面的要求，又包括过程能力指标、质量成本指标、增值能力指标等要求。

2）测量阶段。

在这个阶段把需要改进的过程具体化，围绕关键质量特性 Y 收集数据，找到输入变量 x 与输出结果 Y 之间的关系，建立输入输出函数 $Y = f(x)$，输入可以是单个变量 x 也可以是向量 X。

3）分析阶段。

在这一阶段将对在测量阶段建立的输入输出函数和取得的数据进行深入研究，验证关键质量特性 Y 与输入 X 之间的关系。保留影响 Y 的关键输入变量，剔除非关键输入变量。这些筛选出来的关键输入变量将成为下一阶段改进工作的重点。

4）改进阶段。

针对分析阶段发现的问题提出解决方案，通过改变输入变量 X 对输出结果 Y 进行优化，使过程的缺陷降至最低，以达成对过程的改进。

5）控制阶段。

在改进项目完成之后，将改进成果长期保持下去是非常困难的事。因此，在控制阶段需要对操作人员进行培训，改变旧的操作习惯，确立评估指标，对操作过程进行监控，以确保改进成果得以持续。

2. ISO9000 族国际标准

（1）ISO9000 族国际标准的建立和发展。

国际标准化组织（international organization for standardization）简称 ISO，该组织成立于 1947 年 2 月 23 日，如今世界上大部分国家和地区已成为 ISO 成员。ISO 是一个非政府国际组织，是世界上最具权威性的国际标准制定组织。它不属于联合国，但是对联合国经济和社会理事会及其专业组织机构具有建议权。ISO 的总部设在瑞士首都日内瓦，它的最高权力机构是全体成员大会，大会每 3 年召开一次。ISO 的宗旨是推动国际标准化的发展，促进标准在全球的一致性，消除非关税贸易壁垒，促进国际贸易开展与科学技术的合作。国际标准化组织在 1979 年成立了质量保证技术委员会 TC176，1987 年 TC176 更名为质量管理和质量保证技术委员会，TC176 专门负责制定质量管理和质量保证技术的国际标准。

TC176 在 1986 年发布了 ISO8402：1986《质量——术语》标准，1987 年又发布了 ISO9000、ISO9001、ISO9002、ISO9003、ISO9004 共 5 个国际标准。[1] 这 5 个国际标准与 ISO8402：1986 统称为"ISO9000 族国际标准"。ISO9000 族国际标准的建立使世界质量管理和质量保证活动有了一个统一的基础。ISO9000 族国际标准推出之后，立即在世界各

---

① ISO9000 族的每一个标准都有规范名称和编号，编号的格式为：ISO＋标准号＋（横杠＋分标准号）＋冒号＋发布年号。例如，ISO8402：1986、ISO9004—1：1994 等。

国得到高度重视和广泛采用，同时也暴露出一些不完善之处。国际标准化组织总结了 1987 版 ISO9000 族标准的优点和不足，于 1994 年和 2000 年分别推出了 ISO9000 族标准的 1994 版和 2000 版。我国在 1992 年等同采用了 ISO9000 系列标准，发布为 GB/T19000 系列国家标准，并于 1993 年 1 月 1 日起实施。最新发布的 2000 版在标准结构和技术内容两方面做了彻底的修改，修改后的新标准广泛适用于各种行业和组织。2000 版 ISO9000 族标准的结构见表 15—3。

表 15—3   **2000 版 ISO9000 族标准文件结构**

核心标准	ISO9000：2000 ISO9001：2000 ISO9004：2000 ISO19011	基本原理和术语 质量管理体系－要求 质量管理体系－业绩改进指南 质量和环境管理审核指南
其他标准	ISO10012	测量设备的质量保证要求
技术报告	ISO/TR10006 ISO/TR10007 ISO/TR10013 ISO/TR10014 ISO/TR10015 ISO/TR10017	项目管理指南 技术状态管理指南 质量管理体系文件指南 质量经济性指南 教育和培训指南 统计技术在 ISO9001 中的应用指南
小册子		质量管理原理、选择和使用指南 ISO9001 在小型企业中的应用指南

（2）ISO9000 对质量管理的意义。

ISO9000 族国际标准的建立对提高质量管理水平具有重要的意义。ISO9000 不但对产品和服务的质量提出要求，而且对产品和服务的形成过程也做出了相应的规定，以确保客户能够得到最佳的产品和服务。ISO9000 的建立为组织实现系统化、规范化、文件化的科学质量管理奠定了基础。

15.3   财务控制

在管理学的理论和实践中，财务控制具有广义和狭义两种含义。广义的财务控制是指从财务的角度对组织的经营管理活动进行控制，以财务手段来考核其经营管理活动，及时纠正各种偏差防止错误发生，保证财务控制主体的财务战略计划得以实现。狭义财务控制是指组织对其财务问题的控制，它是财务管理活动的一个重要环节。狭义的财务控制与成本控制、资产控制一起构成了广义财务控制的具体内容，本节简单介绍这三方面的内容。

15.3.1   财务控制

1. 财务控制的定义

财务控制是指组织通过对其财务活动进行组织、指导、监控和约束，促使其财务目标得以实现的管理活动，它是现代财务管理的核心环节。

财务控制的主体是指对财务控制起决定作用的参与者，即财务控制的主动实施者，通常是组织的管理者。特别是在企业中，财务控制是实现企业目标的主要手段之一，各级财务活动相关人员都是财务控制的主体。政府的财务控制主要由财政部门负责，通过预算、支出、审计等环节对政府财政收支状况进行管理和控制。

财务控制的目标是组织价值最大化，通过财务控制使组织能够以最低的耗费和最少的投入获得最大的收益。具体来说，就是使组织的人力资源和财务资源最优化配置：通过对人力资源的激励和约束，最大限度地激发管理层和员工在为组织创造价值的过程中发挥作用；通过优化资本结构、控制投融资风险、平衡收益和分配，使组织的财务资源达到最有效的利用。

2. 财务控制的方法

财务控制的实现方式主要包括目标控制、授权控制、不相容职务分离控制、资产与记录保护控制、独立稽核控制等几个方面，它们是一系列激励措施与约束手段的统一。

（1）目标控制。

目标控制是指首先制定组织的财务总体目标，然后将其分解和具体化，再由不同层次的工作人员执行计划，对执行过程和结果实施监督和检查，并及时进行反馈和调整的控制方法。目标控制通过将总体目标逐级分解、逐级实现的方式，使目标的实现过程具有可操作性。

（2）授权控制。

授权控制是指组织的职能部门和操作人员，必须经过财务授权才能处理特定业务的控制方法。授权控制有助于对职能部门和操作人员形成合理的激励和约束，避免越权操作的发生。实施授权控制必须做到以下三个方面，即明确授权责任、明确授权程序、建立检查制度。

（3）不相容职务分离控制。

控制理论认为，如果在一个业务流程进行正常操作的过程中就有可能发生错误或舞弊，那么该流程中的某些职务是不相容的。不相容业务应该分别由不同的职能部门和人员来操作。不相容职务分离控制具体包括以下几个方面：授权与执行分离、执行与记录分离、执行与审核分离、保管与记录分离。例如，政府财政审计和财政收支应该是两个部门负责，如果合署在同一个部门，就会发生"运动员与裁判员"为同一人的现象，容易出现操作中的错误和舞弊。

（4）资产与记录保护控制。

资产与记录保护控制是指建立限制接近重要资产和记录的规定，以确保重要资产和记录的安全。它包括接触控制和盘点控制两方面。接触控制是指明确可以接触重要资产和记录的人员以及他们的职责范围，限制未经许可的其他人员接触。盘点控制是指定期将组织的资产进行盘点清查，将盘点结果与会计记录进行比较，发挥记录的控制作用。

（5）独立稽核控制。

独立稽核控制是指组织中的专职人员对组织的生产经营活动进行验证和复核，从而控制业务操作的正确性的活动。例如，我国税务部门的税务稽查大队，就是对税务缴纳活动进行监督控制的部门。

3. 财务控制的指标[①]

财务控制中经常会使用到一些比率指标，来衡量组织的盈利能力、流动性、作业能力、杠杆率等方面的水平。常用的财务指标包括投资回报率、流动比率、存货周转率、负债比率等（见表 15—4）。

表 15—4 　　　　　　　　　　　　　常用的财务比率

比率	计算方法	含义
投资回报率	净收益/总投资	投资的盈利能力
流动比率	流动资产/流动负债	短期偿付能力
存货周转率	销售收入/存货	存货管理的有效性
负债比率	总负债/总资产	组织的融资能力

15.3.2　成本控制

1. 成本控制的含义

成本控制是运用管理学的基本原理，以实现最佳财务成本、提高资本增值效益为目标，对组织生产经营过程进行的全员、全过程、全方位的控制活动。管理者通过成本控制可以促使组织以最少的成本耗费取得最大的经济效益，提高组织资本运营的效率，保证组织计划目标的实现。在这里需要特别注意，成本控制中的"成本"与财务会计中的"成本"是两个不同的概念。成本控制中的"成本"是指组织在生产商品或提供服务的过程中发生的各种费用和支出，大体上相当于财务会计中的成本、费用、支出这三个范畴之和。

2. 成本控制的原则

（1）全面性原则。

全面性原则包括全过程成本控制和全员成本控制两方面内容。全过程成本控制是指对成本的控制不能仅限于生产过程中的制造成本，更需要扩展到产品从设计、生产到运输、销售及售后服务的全部过程。控制成本绝不是在某一个环节中完成的工作，成本的显著降低必须建立在全过程成本控制的基础上。全员成本控制是指成本控制工作必须落实到组织的全体部门和员工。成本是一项综合性的经济指标，它涉及组织全部部门和员工的具体工作，因此，有效的成本控制也必定是全员的成本控制。企业需要成本控制，政府部门同样也需要进行成本控制，政府应该在尽可能少地花费财政支出的同时，提供更多的公共服务和公共产品。[②]

（2）权责对等原则。

权责对等原则是指在成本控制工作中要使部门或员工的职权和责任对等，保证每一项

---

① 参见［美］唐·黑尔里格尔、苏珊·E·杰克逊、小约翰·W·斯洛克姆：《管理学》，620～630 页，北京，中信出版社，2005。

② 近年来，控制政府行政成本提高行政效率成为全社会广泛关注的热点话题。2007 年十届全国政协五次会议第四次全体会议上，冯培恩委员指出从 1986 年到 2005 年中国人均负担的年度行政管理费用由 20.5 元上涨到 498 元，增长了 23 倍，在行政成本增加的同时，行政效率并没有提高。

具体的成本控制工作都具有合理的激励和约束。权责对等原则既加强了员工的责任感，又调动了员工的积极性，保证成本控制工作得到切实有效的落实。

（3）例外管理原则。

例外管理原则要求在成本控制工作中，对异常的、关键性的问题给予特别的关注，以提高成本控制的效率。在实际生产经营中，成本的异常问题是层出不穷的，因此成本控制的重点应该集中在关键性的异常问题上，以提高工作效率。

3. 成本控制的方法

（1）预算控制。

预算控制是通过预算体系对组织计划期间的全部经济活动及成果进行前馈控制的活动。预算体系是一个预测、决策、分解、日常控制与考核相结合的全面体系。预算过程本身就是一个成本控制过程，各部门确立预期目标、编制业务预算和财务预算，而后形成预期的资产负债表、损益表和现金流量表，并通过执行预算将各项预期指标逐步落实，以实现成本控制的目标。预算控制体系包括营销预算、广告预算、成本预算、材料采购预算、资本财务预算等。政府预算是政府对财政收支的计划安排，它规定了政府财政收支的筹措和使用过程，是对政府行为的一种约束。

（2）标准成本控制。

标准成本控制，也称为标准成本计算，是指测算出各个流程的标准成本并以此为依据对产品和服务的成本进行有效控制。标准成本控制的目标是通过制定和执行标准来降低成本。标准成本是经过严密测算得出的合理成本，制定过程中既考虑到节约成本的要求又考虑到标准执行的要求，因此标准成本控制是控制成本和提高组织运营成果的一种有效方法。在工业企业中总成本可分为经营费用和工厂成本两部分。经营费用包括一般管理费用和销售费用，实行预算控制。工厂成本包括直接材料、直接人工和工厂间接费用。标准成本控制一般适用于工厂成本，而不适用于经营费用。

（3）定额成本控制。

定额成本控制是在标准成本控制的基础上发展起来的一种成本控制方法。它的基本原理是将实际发生的成本分为定额成本和定额差异，分别进行汇集核算，而后分析差异产生的原因，反馈到成本管理部门并及时予以纠正。在进行成本核算时，把定额成本用定额差异调整之后，就得到产品的实际成本：实际成本＝定额成本±定额差异。

15.3.3　资产控制

1. 资产的定义

在会计学中，资产代表资金运用的总和，它强调的是资金或实物的实际投入和使用，没有资金或实物的投入就不能确认为是资产。会计学遵守谨慎性原则，强调对资产历史价值的记录和反映。会计学中定义的"资产"，不能准确反映其在组织运营中的作用，忽略了现实中资产的增值能力。因此，研究资产控制问题，则必须从组织经营管理的角度重新定义"资产"的概念。资产是指组织所拥有的财产和债权的总和，它由能为组织带来经济收益的全部有形和无形的资源组成。

依据组织的运营特点，通常将资产分为五大类，即实物资产、无形资产、财务资产、金融资产和人力资产。实物资产是指具有实物形态的资产，主要包括机器设备、房地产、存货等。无形资产是指能够由组织长期使用，并且不具备实物形态的非货币资产，包括专利权、商标权、著作权、非专利技术、商誉等。财务资产是指库存现金、银行存款、未到期汇票等货币性资产。金融资产是指可以在金融市场上交易的资产所有权凭证。人力资产是指以雇佣关系为基础的，在法律的规定下，组织在一定范围内对员工智力和体力方面的占有权。

2. 资产控制的含义和目标

资产控制是指通过对组织内部人员及其行为的控制，实现资产在价值上的保值、增值，保证资产在功能上的可用性，满足组织运作经营的需要。从资产控制的角度看，组织所拥有的资产必须满足其特定业务的需要，对组织运营没有作用的资产应该尽快转换为其他类型的资产，以提高资源的使用效率。管理者进行资产控制要达到的具体目标如下：

（1）保证资产的安全性。对资产进行妥善保管，防止资产被非法侵占、盗窃及浪费。

（2）提高资产的保值性和增值性。管理者在组织行为控制过程中，要防止资产的经济贬值，避免资产的使用功能因保管、储存、使用不当而造成其使用价值的丧失或减弱。管理者对资产进行合理利用，可以充分发挥资产的增值潜力。

（3）加大资产的流动性。管理者应力求提高资产的流动性，降低资产的转换成本，使资产形式的转换保持顺畅，满足组织运营的需要。

（4）维护资产结构的合理性。管理者对组织的固定资产、流动资产、无形资产保持适当的比例结构，保障组织各项经营活动顺利进行，规避资产运营风险。

3. 资产控制的方法

（1）制度控制。

制度控制是指建立符合组织运作经营特点的组织结构和分配体系，建立有效的内部安保和内部审计部门，对现金、存款、材料、固定资产、成品、半成品建立收发制度、保管制度、盘点清查制度、资产处置制度，以确保资产的安全。组织内部对于制度的有效执行和监督是制度控制发挥作用的前提条件，因此，执行和监督机制也是必不可少的。

（2）人事控制。

组织可通过对员工的培训、授权、考核、职务轮换、激励等控制方式，避免资产受到人为损害。除此之外，人事控制还能够防止人力资产的流失，例如，股票期权奖励、职业发展规划、退休计划等人事控制手段。这些控制手段将员工的财富积累、职业发展、退休养老等重大的长期利益与组织的发展紧密联系在一起，有效避免了因激烈的人才竞争而造成人力资源的损失。

（3）会计控制。

会计控制是指通过会计人员对组织生产经营的单据、凭证进行审查和记账，通过定期对账目和实物进行核对，定期制作会计报表等方式，约束和监督组织内部其他部门的行为，以实现对资产的保护。

（4）保险补救措施。

为组织所拥有的价值量大且易于毁损的核心资产购买保险，以保证在重要资产遭受损失之后，能够尽快重置资产，迅速恢复生产经营。同时由于对资产进行保险，还可以提高投保人使用资产的信心，提高运营的能力。

（5）法律手段。

组织在进行生产经营活动时，必须遵守相关法律法规和国际商务惯例，避免因违反法律而遭受损失，并且积极运用法律手段来维护自身利益。常用于资产保护的法律手段有公证、仲裁、财产保全、行政复议等方式。

15.4　信息控制

信息是原始数据经过筛选、处理、储存后有价值的数据。管理者在进行组织管理、控制、决策等过程中需要依赖有价值的信息资源库，为他们提供关于组织各方面的运行状态。因此在组织管理过程中，对有关信息的控制极其重要。随着信息技术的不断发展，信息化进程的加速，信息技术的应用范围已经推广到政府各部门，经济、国防、文教等各个领域，以及家庭和个人。在经济全球化、市场一体化以及生活方式不断改变的背景下，任何一个组织都面临外部运行环境带来的挑战。为了保证组织战略目标的实现，组织必须对其运行过程中需要的内、外部信息有快速、准确的控制。

15.4.1　管理信息系统

1. 管理信息系统的概念及其发展

所有类型的组织都存在一个信息系统。在科学技术发展的不同阶段，信息系统的载体和依赖的技术不同，从而信息系统对组织管理所能起到的作用大小也就有所差异。在过去，人们通过会议、纸质文件等方式传递信息。这样的信息系统不是以信息技术为支撑的，它对组织管理效率起到的作用较低，不能快速、准确地为管理层提供决策、分析问题、控制、创新产品或服务所需要的各种信息。由于技术水平的限制，过去的信息系统应有的效率和效用未能得到全面发展。20 世纪 50 年代初，计算机系统开始应用于管理实践，主要是为了减少工作人员的重复劳动、提高办事效率，以单项业务的数据处理为主，例如财务工作中的工资计算，继而计算机的应用逐渐扩展到了其他部门，例如物资部门、销售部门等。20 世纪 60 年代初，美国开始出现管理信息系统（management information system，MIS）的概念，试图应用一个综合的计算机系统来支持管理和决策层。随着电子技术的不断发展，管理信息系统也开始逐渐完善，相继出现了一些典型的、成功的管理信息系统，例如美国 IBM 公司的 COPICS（communication oriented production information and control system）系统。

1965 年，丘吉尔（Neil C. Churchill）提出：企业信息系统就是为了进行有效的业务管理，以人和计算机为基础资源的组织。它能够承担数据的搜集、储存、检索、传递和应用服务等功能。[①] 1985 年，明尼苏达大学卡尔森管理学院的著名教授高登·戴维斯（Gor-

---

① 参见姚家奕、吕希艳、张润彤编著：《管理信息系统》，北京，首都经济贸易大学出版社，2003。

don B. Davis）对管理信息系统做了一个比较完整的定义：管理信息系统是一个利用计算机硬件、软件、手工作业以及各种分析、计划、控制、决策模型和数据库的人机系统，它能提供信息，支持企业或组织的运行、管理和决策功能。莱瑞·朗（Larry Long）在1989年指出，信息系统一般特指以计算机为基础的系统，它由硬件、软件、人员、程序与数据相互结合创建而成，它的作用主要有以下两个方面：一是为一个部门或一家公司提供数据处理能力；二是为那些运行更优、更明智的决策人提供信息。以上这些定义，都指出了管理信息系统的研究对象、构成要素以及对组织管理的作用等。1995年，中国学者薛华成在分析和概括以往研究的基础上，提出管理信息系统是一个以人为主导，利用计算机硬件、软件、网络通信设备以及其他办公设备，进行信息的收集、传输、加工、存储、更新和维护，以企业战略竞优、提高效益和效率为目的，支持企业高层决策、中层控制、基层运作的集成化的人机系统。这个定义指出，组织中信息系统有不同的类型，其工作目标和构成是有所差别的。[①]

综上所述，管理信息系统是一个在组织内部和与组织相关联的外部环境中，依靠信息技术，对有关信息数据进行收集、储存、筛选、处理、传递及利用，能够快速、准确、安全地为组织中各项控制、管理和决策提供有效信息的功能整体（见图15—4）。

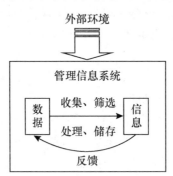

图15—4　组织的管理信息系统

2. 管理信息系统的特点

（1）系统性。

管理信息系统作为一个系统，具有系统的所有特性，即整体性、目的性、相关性和适应性，在创建管理信息系统时要从系统的角度出发。管理信息系统作为组织管理控制的一个功能整体，要根据组织运行需要设立不同的子系统，如人力资源系统、生产系统、销售系统、财务系统等。各个子系统的划分应该考虑整体性能的最优。各子系统之间保持紧密联系，共同工作以实现组织的整体目标。此外，在创建管理信息系统时应充分考虑系统目前所处的内、外部环境和未来环境的变化，以使系统具有一定程度的适应性，延长系统有效使用期限。

（2）开放性。

管理信息系统是一个开放的系统，与组织的外部环境间存在密切关系。管理信息系统

---

① 参见杨志主编：《企业信息管理》，北京，清华大学出版社，2005。

的输入数据除来自组织内部外，有相当部分是来源于组织以外的。如企业的管理信息系统中关于客户、竞争对手、股东、委托代理人等数据信息都来源于企业外部环境。系统中数据的准确性、全面性将直接影响管理信息系统的有效性。因此只有保持系统与外部环境信息流的畅通，才能真正发挥管理信息系统的作用。

（3）层次性。

管理信息系统具有层次性。在不同的管理层次上，管理信息系统的运行内容和发挥的功能有所不同。组织内大致可以分为四个管理层次：业务处理层、知识管理层、管理决策层、战略层（见图 15—5）。

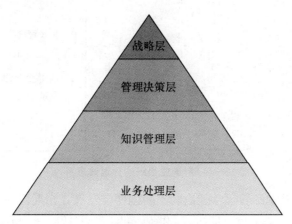

图 15—5 管理信息系统的不同层次

业务处理层的管理信息系统主要完成从具体业务中采集数据，简单处理分析后为管理层提供组织运行的有效信息。知识管理层的管理信息系统帮助知识层工作人员，如工程师、医生、律师、研发人员等，进行新知识和新信息的创造，并保证新知识和技术经验正确地应用到组织中。管理决策层的管理信息系统将为管理层工作人员提供各种专题性报告，如财务年终报告、销售业绩报告等，使其随时了解组织的运行状态，以便对组织进行常规的计划、监测、控制和决策活动。战略层的管理信息系统提供关于组织的全方位报告，以帮助战略层应付和处理组织的战略问题，如长期投资计划、市场开发方向、企业产品开发规划等。

3. 不同类型组织的管理信息系统

管理信息系统是向组织管理者提供有效信息，帮助管理者了解组织业务运行状态的系统。不同类型的组织具有不同的组织目标、业务流程，因此管理信息系统的结构也有所不同。下面将分别介绍制造业组织的管理信息系统、流通和商业企业的管理信息系统以及政府部门管理信息系统。

（1）制造业组织的管理信息系统。

制造业组织的管理信息系统是帮助管理者控制从原材料采购、投入到产品产出、销售等整个过程的一套集成系统。[①] 其管理信息系统从纵向上看，具有前面提过的四个层次，

---

① 参见赵苹编著：《管理信息系统案例教程》，53 页，北京，北京大学出版社，2003。

分别是业务处理层、知识管理层、管理决策层和战略层。它和其他类型组织的管理信息系统的不同在于横向的系统结构。制造业根据其业务流程通常包括技术基础数据管理、订货与销售管理、生产计划管理、生产作业管理、库存管理、财务管理、人力资源管理等。在各个子系统之间应该建立良好的沟通关系，使得整个系统有机地结合在一起以便有效地发挥管理控制作用（见图15—6）。

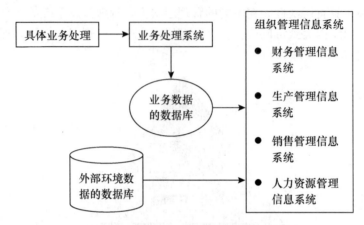

图15—6　制造业组织的管理信息系统①

随着计算机科学技术和管理学理论的不断创新与发展，相继出现了企业资源计划系统（enterprise resource planning，ERP）、供应链管理系统（supply chain management，SCM）、客户关系管理系统（customer relationship management，CRM）等管理信息系统。这些管理信息系统的侧重点不同，企业根据自己业务的特点寻求适合自身发展的管理信息系统，且可以将两个或两个以上的信息系统相结合形成企业自己特有的管理信息系统。

（2）流通和商业企业的管理信息系统。

对流通和商业企业而言，市场信息、顾客信息以及竞争对手的有关信息尤其重要。有效的管理信息系统能帮助这类型企业快速对市场变化做出反应。发达国家几乎所有的商业企业，大到拥有2 000多家连锁店的大型公司，小到个体店铺，无一不在使用电子收款机、计算机、条码阅读器、信用卡阅读器等现代化电子设备，实现了商业管理的自动化。这些系统充分利用计算机网络技术和数据库技术，全面支持企业的商业业务流程。从后台拟订进货计划、签订合同、组织进货开始，到进货后的编码、定价、商品入库（柜），再到前台商品销售和收款、批发管理、物流分析，以及营销策略、财务、客户需求和人事管理等各项业务，全部实现自动化。通过具体业务处理信息化，建立关于市场、客户、供应商等各方面的数据资源库，形成支持企业管理者迅速做出管理、控制、决策的有效信息。

（3）政府部门管理信息系统。

社会的发展越来越依赖于知识或有效信息的生产、扩散和利用。从这个角度来看，市场和政府都是在处理信息。政府是全社会最大的信息拥有者和处理者，它与每一个公民、每一个组织都有密切的联系。经济合作与发展组织（OECD）将未来的行政管理定义为

---

① 参见赵苹编著：《管理信息系统案例教程》，54页，有所改动。

"在信息、网络与合作的环境下所做出的共同决策分配"。随着社会的不断发展，政府的主导职能从社会管制向公共服务转变。也就是说，政府的组织目标是更迅速、更好地为公民、组织提供服务。政府公共服务过程在本质上来看就是信息获取、处理、发布的过程。[①]基于政府部门组织目标、业务内容和业务流程，政府信息管理系统可以分为政府内部办公系统、政府对公民的服务系统以及政府对企业的服务系统三个基本子系统。

1）政府内部办公系统。

政府内部办公系统的信息化是整个政府部门管理信息系统运行的基础。办公自动化建立在计算机、数据库、网络等技术基础上，主要利用这些信息技术辅助行文、汇总数据、报表以及机关内部管理业务的协调，旨在利用计算机的信息存储和加工处理能力，以及网络的通信能力，提高政府机关内部的工作效率以便更好地为公民、企业等其他组织服务。此外，上下级政府、不同政府部门、不同地方政府之间也通过计算机电子技术完成有效的信息处理、传递和利用。

2）政府对公民的服务系统。

政府对公民的服务系统是指通过计算机电子技术为公民提供各种服务，并通过网络提高政府工作的效率和透明度，便于公民监督政府和方便公民参与各种政务活动。政府为公民提供的服务系统包括下面六个方面的内容：公共信息服务、教育培训服务、电子医疗服务、社会保障服务、就业服务、民政服务与其他。这六个子系统在利用政府信息数据库为公民提供公共服务的同时，也通过管理信息系统对公民进行原始数据的采集。比如民政服务是通过网络对出生、死亡、结婚、车辆登记等提供服务，在公民进行这些事务办理的同时管理信息系统能利用计算机技术进行相应的数据采集，这些原始数据通过筛选、处理后形成对政府有用的信息。这些有用的信息将进入政府对公民的管理信息系统中的原始数据库，进一步为公民提供服务（见图 15—7）。

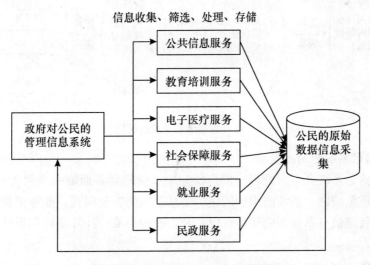

图 15—7 政府对公民的管理信息系统

---

① 参见李习彬等：《电子政务与政府管理创新》，9 页，北京，科学出版社，2004。

新加坡的"公民电子中心"是政府通过网络技术向公民提供服务的一个范例。该系统不仅有查询功能，而且有丰富的事务处理功能。普通公民在家里通过"电子公民中心"网站即可完成许多日常事务处理功能，例如查询自己的社会保险账号余额、申请报税、为新买的摩托车上牌照、登记义务兵役等。[①]

3）政府对企业的服务系统。

政府对企业的服务系统和政府对公民的管理信息系统一样也包括几个基本职能子系统，通过这些子系统为企业提供电子政务服务，且完成政府对企业的部分原始数据信息的采集。目前政府对企业提供的典型服务主要有网上信息传输、信息咨询服务、电子税务服务、证照办理服务、政府网上招投标等。

上述三个方面的管理信息系统是建立在同一信息资源库的基础之上，通过逻辑隔离、物理隔离将政府的管理信息网络分为内网、专网和外网，分别有不同的管理目标和服务内容（见图15—8）。[②] 内网，即以政府各部门的局域网为基础的政府内部办公网。该管理信息系统的安全保密性尤其重要，因为它主要运行国家的行政决策指挥、宏观调控、行政执行、应急管理等。专网，即办公业务资源网，连接从中央与地方的各级政府、上下级相关业务部门。外网，即建立在公共通信平台上公共管理与服务网，用于政务信息发布、向社会提供政务服务。

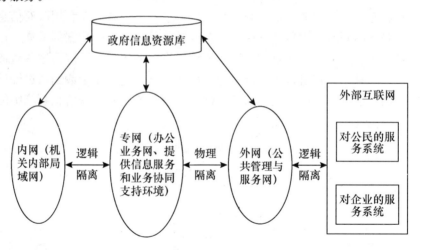

图15—8　政府管理信息系统的结构[③]

4. 管理信息系统应用的管理

随着管理信息系统在组织管理中的广泛应用，管理者将面临一系列全新的管理问题，如信息资源的质量问题、系统的维护问题、信息系统的安全问题、业务流程及人力资源的重构问题等。管理信息系统的应用不仅仅是开发或购买某一计算机应用系统，还应对整个

---

① 参见苏新宁、吴鹏主编：《电子政务案例分析》，67页，北京，国防工业出版社，2005。

② 2002年7月，中共中央办公厅和国务院办公厅联合下发的《中共中央办公厅、国务院办公厅关于转发〈国务院信息化办公室关于电子政务建设指导意见〉的通知》（中办发［2002］17号文件），提出电子政务网络由政务内网和政务外网组成。

③ 参见李习彬等：《电子政务与政府管理创新》，13页，有所改动。

组织社会的、技术的、组织的、经济的和政治的因素进行全面考虑，以确保组织引入的管理信息系统有效地发挥应有的功能。

（1）信息资源管理。

组织中的信息资源不仅仅体现为管理信息系统中的数据、表格、图形等内容，并且在组织运行的过程同人力、原材料、资金、技术等资源一样分布于组织运行的各个环节。管理信息系统的有效使用需要将信息技术和经济管理有机结合，对组织内部信息资源进行深度挖掘，提高组织的管理决策质量。很多系统应用的失败很大程度上是由于过多地强调和注重了从信息技术和方法上解决问题，而忽视了对信息资源整体的全面支持和战略管理。因此管理信息系统不是仅仅面对信息和信息技术本身，而要着眼于对信息过程的综合性、全方位地控制和协调，避免成为纯技术性的管理信息系统。

（2）管理信息系统运行控制。

信息系统将组织的信息资源数字化，大量数据以电子表格的形式被存储，当计算机系统不能按要求运行时，组织将面临严重的损失。软件故障和硬件故障、通信的毁坏、数据错误或遭遇黑客或计算机病毒等，都将妨碍管理信息系统的正常运行。

为了最大程度地减少错误、灾难、计算机犯罪和破坏安全，组织应该对管理信息系统的运行实施严格控制。管理信息系统的控制主要体现在以下四个方面：系统执行过程控制、软件控制、硬件控制和数据质量控制（见表 15—5）。

表 15—5　　　　　　　　　　　管理信息系统控制的四个方面

控制类型	控制内容
系统执行过程控制	审查每个阶段系统的开发、运行过程
软件控制	控制应用于计算机系统中的不同类别的软件
硬件控制	检查硬件设备的故障，确保系统在物理上是安全的
数据质量控制	数据的及时性、准确性、有效性

（3）管理信息系统的安全管理。

管理信息系统里存储着涉及组织高层的计划、决策信息，其中相当部分是属于极为重要并有保密要求的信息。而管理信息系统是基于计算机系统和网络通信系统的信息资源管理系统，它具有系统的开发、资源共享、数据互访、保密困难、通信网络脆弱等特性。这些特性对管理信息系统的安全性提出了挑战，因此加强管理信息系统的安全管理是十分必要的。管理者特别要对数据进行安全控制，以保证计算机系统中存储的数据不受未经授权的使用、修改和破坏等。如系统软件包含使用密码，这些密码只向经授权的个人分配。管理者还要对数据传输进行安全控制，可以通过对信息进行加密以保护在网络上传输的敏感信息。信息加密是指对信息进行编码并使之不规则，从而阻止未经授权的进入或了解正被传输的数据，如"公共密钥"加密。

15.4.2　电子技术对控制的意义

1. 电子技术对控制的作用

控制是对组织运行的各个环节进行检查、考核，以确保每个环节的有效运行。从控制的四个步骤可以看出，其本质是通过对反映组织运行的信息的控制来完成的。随着电子技术的不断创新和发展，计算机、网络、通信等技术越来越多地渗入到组织的管理中。组织的日常运行、中层管理决策甚至高层战略决策都依赖于基于电子技术建立的组织信息资源库。电子技术在组织管理中的作用越来越关键。

（1）电子技术对企业管理控制所起的作用。

电子技术对企业管理所起的作用主要体现在以下三个方面：高效率和高效用、业务流程改造、核心竞争力的形成。

电子技术的引入，使得企业大部分业务操作从原来的手工处理改为管理信息系统处理，企业的数据信息以电子化的数据表格存储，能快速、准确地提取利用。依靠网络、通信技术，企业内部之间、企业与外部环境之间能有效地进行信息传递、沟通，使管理者及时、准确地获取企业的各方面信息，对出现的问题迅速做出反应。

电子技术提高了组织运行的效率，减少了不必要的某些作业环节，从而进一步带来企业内部业务流程改造。这种业务流程改造基于价值链的思想，删减非战略环节，找出企业的战略环节（即核心竞争力所在）和主要问题，从整体上对企业业务流程进行重构。

电子技术的应用对企业来说，最大的作用在于促使企业核心竞争力的形成。首先电子技术使得企业能更及时、全面地收集市场信息、竞争对手产品及价格信息、客户信息等，然后再利用电子技术对这些数据进行深入挖掘，在差异化战略的原则下正确选择企业的目标市场，同时针对目标群进行消费者特点分析。最后通过电子技术在整个企业运行中的广泛应用，降低企业的生产成本、提高生产率。当生产出差异化、低成本的产品或服务，且对目标群体的消费特点准确把握时，企业在和竞争对手的竞争中将处于优势地位。

（2）电子技术对政府部门管理控制所起的作用。

随着信息化进程的加快，政府部门也越来越多地采用电子技术，为政府部门实现职能的转变提供了有利条件。电子技术在政府管理中的应用对政府办事效率和透明度的提高、公众参与度的提高以及行政决策的科学化、民主化起到了不可忽视的作用。

2. 电子技术对组织提出的挑战

电子技术的应用在给组织管理带来好处的同时，也对组织的文化、员工素质、业务流程等各方面提出了挑战。电子技术的应用将会受到组织原有的运行环境的阻碍，尤其是贯穿整个组织运行的管理信息系统的建立。如电子技术的采用要求组织的员工具有相关的操作知识和技能，而过去的员工中并非每个人都能通过学习继续胜任原来的职位，甚至可能由于运行效率的提高而取消了原有岗位的设置。通用电气公司曾经有一个350人的计划部门，负责提交各种详细报告。随着电子技术的广泛应用，计划职能逐渐被分解到经营单位，该部门的人员也就相应地减少到20人左右。这样因电子技术应用带来的组织结构和业务流程重构往往会受到一定的阻碍，这对组织管理者的管理水平提出了更高的要求。管理者必须对组织与电子技术之间存在的中间因素进行调整，使组织和电子技术之间达到最优的"适合"。这些中间因素包括组织文化、组织结构、业务流程、人力资源等。

15.5 最佳实践标杆

最佳实践标杆（bench marking）起源于20世纪80年代，由美国施乐公司最早开始应用。施乐公司在失去复印机市场霸主地位后，对其制造成本进行调查，发现竞争对手仅以施乐公司的成本价进行销售。于是该公司针对制造活动，制定了产品质量及特性的改进计划，并实施了一系列赶超竞争对手的措施，最终在十年后恢复了在小型复印机市场的优势地位。1983 年，施乐公司推出《通过质量程序的领导地位》，使最佳实践标杆成为全公司性的活动。施乐公司取得的成效使得最佳实践标杆开始受到重视。1989 年，罗伯特·坎普出版《标杆管理：寻求导向更优绩效的最佳行业实践》，这是第一本正式介绍最佳实践标杆的专著。目前，最佳实践标杆已经逐步发展完善，成为企业绩效评价、企业业务流程控制等方面的指导方法，与企业再造、战略联盟并称 20 世纪 90 年代三大管理方法。①

15.5.1　最佳实践标杆的概念及分类

最佳实践标杆是指通过不断寻找和研究其他组织在产品、服务、绩效或流程方面的最佳实践，以此为基准，进行比较、分析、判断，进而重新设计并付诸实施，使自己得到不断改进，从而进入赶超一流组织创造优秀绩效的良性循环过程。其核心目的在于为企业提供一种发现、理解，进而加以必要和适当的创新，有助于组织绩效改进的方法和思想。对于提高组织绩效来说，最佳实践标杆为组织设定了最大发展目标，以及确认组织如何改进现有管理模式，达成所设定的绩效目标。

最佳实践标杆可以从管理层次、标杆瞄准的内容、标杆瞄准的对象等角度划分出不同的类型。依据管理层次的不同，可以划分为战略性标杆和绩效性标杆；依据标杆瞄准的内容的不同，可以划分为职能性标杆和流程性标杆；依据标杆瞄准的对象的不同，可以划分为内部性标杆、竞争性标杆和功能/通用性标杆（见表 15—6）。

表 15—6　　　　　　　　　　　　　　最佳实践标杆的分类

划分依据	类型	特点
按层次	战略性标杆	寻找适合自身的战略，转换战略。收集竞争者的各方面信息，寻求高绩效公司的成功战略和优胜竞争模式
	绩效性标杆	注重具体产品或服务价值、质量、价值等重要绩效指标
按内容	职能性标杆	以优秀职能操作为基准进行的标杆管理。以职能或业务实践为对象，通过合作的方式提供和分析技术信息
	流程性标杆	以最佳工作流程为基准进行的标杆管理。以工作流程为对象，要求公司按照标杆管理的步骤对流程进行重组
按对象	内部性标杆	找出组织内部的最佳典范，以此为目标进行学习
	竞争性标杆	比较、学习直接竞争对手的产品、服务或业务流程
	功能/通用性标杆	从一些已经在特定领域树立起卓越声誉的组织中，找出最佳业务流程与运营模式典范

资料来源：参见马国贤：《政府绩效管理》，380 页，上海，复旦大学出版社，2005。

15.5.2　最佳实践标杆的实施步骤和应注意的问题

最佳实践标杆具体如何实施应根据实施最佳实践标杆的目的、组织的特点、组织文化

---

① 参见孙犁、曹声容：《长大的鞋子：转型时期的中国企业标杆选择》，北京，中国社会科学出版社，2005。

等情况来制定，其大致步骤如表 15—7 所示。

表 15—7 　　　　　　　　　　　最佳实践标杆实施的基本步骤

阶段	步骤	关键点
计划	1. 确定最佳实践标杆的内容	明确的战略导向、任务、目标
	2. 现状分析	企业定位
	3. 选择标杆目标	确定能够获得标杆信息的资源
	4. 确定关键成功因素	具体的瞄准点和内容 制定信息收集计划
信息收集	5. 获得标杆目标的各种书面或实地考察资料	有可以操作比较的资料
分析	6. 比较目前绩效差异，分析原因	绩效目标比较
	7. 计划绩效目标	绩效目标计划
整合与沟通	8. 与全体员工反复沟通，争取支持和认可	明确绩效目标
	9. 确定绩效目标和改进方案	
行动	10. 制定行动计划，实施明确行动并监测进度	计划、安排和实施行动计划，阶段性的绩效评估
评价与反馈	11. 完成行动，重新调整标杆	及时总结和调整绩效指标

最佳实践标杆是提高组织绩效的一种重要工具，但某些组织在全力开展最佳实践标杆管理后，结果却不尽理想。要成功地实施最佳实践标杆管理，还需要注意以下四个方面的问题。

1. 创新性借鉴

最佳实践在不同的环境、不同的组织中所获得的效果是不一样的。组织应该针对自身的组织特点、业务内容等，借鉴最佳实践的核心思想，提出适合自己组织发展的改进计划，否则不能从根本上提高组织的绩效水平。

2. 标杆瞄准对象的恰当选择

标杆瞄准对象的恰当选择是最佳实践标杆能否有效发挥作用的关键。应该在大量数据、资料收集和分析的基础上，综合考虑标杆瞄准对象的信息获得难易程度、标杆管理的目标、信息相关性、信息的可操作性等因素，慎重确定标杆瞄准对象。此外还应该注意瞄准对象选择范围不仅仅限于竞争对手，应从全行业、甚至全球范围的角度出发，打破职能界限和企业性质与行业局限，考虑具体环节和流程。可以选择整体最佳实践，也可以选取优秀"片段"进行标杆比较。[1]

3. 对收集的数据信息的深入分析

最佳实践标杆是面向过程、面向实践的一种绩效评价工具，数据信息只是过程结果的表层反映。[2] 最佳实践往往暗含在员工的态度、组织制度、组织结构以及组织文化中，需要对表层的数据进行隐性知识的挖掘。因此应对瞄准对象相关的数据信息进行深入分析，寻找其优秀的本质所在，而不是停留在数据层面上比较和借鉴。

4. 执行人员的选择

最佳实践往往出现在生产服务第一线，尤其是客户满意度方面。对标杆瞄准对象的一

---

① 参见殷召乾、胡光杰、郭凯：《如何有效实施标杆管理》，载《经济师》，2006 (10)。

② 参见邹明信、徐学军：《企业标杆管理的应用探讨》，载《价值工程》，2005 (6)。

线员工进行考察，观察他们如何处理日常事务、如何满足客户需求，就能获取有效的业务流程、行为和态度的一手资料。对于实施最佳实践标杆的组织而言，业务流程的实际操作人员最清楚业务是怎么运作的，最了解业务流程需要改进的地方。因此执行人员必须包括实际工作人员，即业务流程的直接参与者。[①]

本章小结

任何类型的组织都存在"输入—作业—输出"的作业系统。作业管理是对劳动力、原材料等资源变成销售给顾客的最终产品和服务的转换过程进行设计、作业和控制的管理控制系统。作业管理的重要性体现在以下三个方面：广泛的覆盖面；有利于生产率的提高；有利于组织战略实施，保证战略目标的实现。

价值链是指从原材料加工到产品到达最终用户手中的过程中，所有引起价值增值的步骤所组成的全部有组织的一系列活动。价值链管理建立在作业管理的基础上，它将组织目标确定为与整个价值链上的组织有效协调与合作，为最终顾客提供有价值的产品或服务。价值链管理的核心思想就是把组织在价值链上各个环节分成战略环节和非战略环节，把资源集中在具有核心竞争力的战略环节，非战略环节利用外包方式舍弃，并与价值链的上下游组织有效沟通。价值链管理的特性包括以下六个方面：组织内部的紧密联系；组织间的协调与合作；信息技术投资；组织过程；员工；组织文化与态度。

质量管理是组织实施控制的重要组成部分，全面质量管理、六西格玛和 ISO9000 认证是质量控制的三个主要手段。全面质量管理的"全面"体现在四个方面：全过程质量管理、全员参与的质量管理、全面的质量、全面的管理方法。全面质量管理的核心原则是以客户为中心、持续改进、全员参与。六西格玛在质量管理上的含义是在生产流程或服务流程中每百万次操作的失误次数不大于 3.4 次，或者可以表示为操作的合格率达到 99.999 66％以上。ISO9000 族国际标准是国际标准化组织建立的全球通用的质量标准体系，它在促进国际贸易、提高产品和服务的质量等方面发挥了重要作用。

财务控制是指组织通过对其财务活动进行组织、指导、监控和约束，促使其财务目标得以实现的管理活动。财务控制的方法主要包括目标控制、授权控制、不相容职务分离控制、资产与记录保护控制、独立稽核控制等几个方面，它们是一系列激励措施与约束手段的统一。

成本控制是运用管理学的基本原理，以实现最佳财务成本、提高资本增值效益为目标，对组织生产经营过程进行的全员、全过程、全方位的控制活动。成本控制的原则主要包括全面性原则、权责对等原则、例外管理原则等。成本控制的方法包括预算控制、标准成本控制、定额成本控制等。

从管理学的角度研究资产控制时，将资产定义为组织所拥有的财产和债权的总和，它由能为组织带来经济收益的全部有形和无形的资源组成。通常将资产分为五大类，即实物资产、无形资产、财务资产、金融资产和人力资产。资产控制是指通过对组织内部人员及其行为的控制，实现资产在价值上保值、增值，保证资产在功能上的可用性，满足组织运作经营的需要。

---

① 参见孟凡波、白晓君：《关于标杆管理及其存在问题的探讨》，载《经济与管理》，2004（2）。

资产控制的常用方法包括制度控制、人事控制、会计控制、保险补救措施、法律手段等。

管理信息系统是一个在组织内部和与组织相关联的外部环境中，依靠信息技术，对有关信息数据进行收集、储存、筛选、处理、传递及利用，能够快速、准确、安全地为组织各项管理活动提供有效信息的功能整体。管理信息系统具有系统性、开放性、层次性三个特点。电子技术对企业管理控制所起的作用集中体现在以下三个方面：高效率和高效用、业务流程改造、核心竞争力的形成。其中核心竞争力的形成最为重要。电子技术对政府部门管理控制所起的作用体现在政府办事效率和透明度的提高、公众参与度的提高以及行政决策的科学化、民主化程度的提高。电子技术在组织管理控制中作用的发挥需要组织文化、员工素质、业务流程等各方面做出相应的调整，否则电子技术的应用将会受到组织原有运行环境的阻碍。

最佳实践标杆是指通过不断寻找和研究其他组织在产品、服务、绩效或流程方面的最佳实践，以此为基准，进行比较、分析、判断，进而重新设计并付诸实施，使自己得到不断改进，从而进入赶超一流组织创造优秀绩效的良性循环。最佳实践标杆依据管理层次的不同，可以划分为战略性标杆和绩效性标杆；依据标杆瞄准的内容的不同，可以划分为职能性标杆和流程性标杆；依据标杆瞄准的对象的不同，可以划分为内部性标杆、竞争性标杆和功能/通用性标杆。

关键术语

作业系统（operation system）　　作业管理（operation management）

价值链（value chain）　　价值链管理（value chain management）

质量管理（quality management）　　全面质量管理（total quality management）

六西格玛（six sigma）　　财务控制（financial control）

目标控制（objective control）　　授权控制（authorization control）

独立稽核控制（dependent audit control）　成本控制（cost control）

预算控制（budget control）　　标准成本控制（standard cost control）

定额成本控制（ration cost control）　　资产控制（asset control）

会计控制（accountant control）　　制度控制（system control）

信息控制（information control）　　最佳实践标杆（bench marking）

管理信息系统（management information system）

复习思考题

1. 什么是作业管理？作业管理的基本内容包括哪些？
2. 如何理解作业管理在组织运行中的重要性？
3. 价值链管理的核心思想是什么？
4. 作业管理与价值链管理间的区别与联系是什么？
5. 价值链管理的特性有什么？

6. 如何理解质量的含义？如何理解全面质量管理？

7. 六西格玛的含义是什么？

8. 建立 ISO9000 族国际标准有哪些意义？

9. 什么是财务控制？财务控制的方法和常用指标主要有哪些？

10. 什么是成本控制？

11. 什么是资产控制？资产控制的方法主要有哪些？

12. 什么是管理信息系统？如何认识管理信息系统在组织中的地位？

13. 管理信息系统的运行对组织运行的内、外部环境提出了哪些要求？

14. 最佳实践标杆的核心思想是什么？它与组织战略调整、业务流程重构、绩效考核指标值确定有什么关系？

参考文献

1. ［美］斯蒂芬·P·罗宾斯，玛丽·库尔特. 管理学（第 7 版）. 北京：中国人民大学出版社，2003

2. 方振邦主编. 管理思想百年脉络（新版）. 北京：中国人民大学出版社，2007

3. ［美］卡利斯·Y·鲍德温，金·B·克拉克. 价值链管理. 北京：中国人民大学出版社，哈佛商学院出版社，2001

4. 陈曦. 在价值链上跳舞（第一版）. 北京：地震出版社，2004

5. ［英］斯图尔特·克雷纳. 管理百年. 海口：海南出版社，2003

6. 苏秦主编. 现代质量管理学. 北京：清华大学出版社，2005

7. 马林编. 六西格玛管理. 北京：中国人民大学出版社，2004

8. ［美］唐·黑尔里格尔，苏珊·E·杰克逊，小约翰·W·斯洛克姆. 管理学. 北京：中信出版社，2005

9. 姚家奕，吕希艳，张润彤编著. 管理信息系统. 北京：首都经济贸易大学出版社，2003

10. 杨志主编. 企业信息管理. 北京：清华大学出版社，2005

11. 赵苹编著. 管理信息系统案例教程. 北京：北京大学出版社，2003

12. 李习彬等. 电子政务与政府管理创新. 北京：科学出版社，2004

13. 苏新宁，吴鹏主编. 电子政务案例分析. 北京：国防工业出版社，2005

14. 孙犁，曹声容. 长大的鞋子：转型时期的中国企业标杆选择. 北京：中国社会科学出版社，2005

15. 马国贤. 政府绩效管理. 上海：复旦大学出版社，2005

16. 殷召乾，胡光杰，郭凯. 如何有效实施标杆管理. 经济师，2006（10）

17. 邹明信，徐学军. 企业标杆管理的应用探讨. 价值工程，2005（6）

18. 孟凡波，白晓君. 关于标杆管理及其存在问题的探讨. 经济与管理，2004（2）

人大版公共管理类教材
21 世纪公共管理系列教材

书名	作者
现代管理学原理（第二版）（"十一五"国家级规划教材）	娄成武　魏淑艳
公共管理学（"十一五"国家级规划教材）	王乐夫　蔡立辉
《公共管理学》学习指导书	王乐夫　蔡立辉
公共经济学（第二版）（"十一五"国家级规划教材）	高培勇
《公共经济学（第二版）》学习指导书	高培勇　崔　军
公共政策学——政策分析的理论、方法和技术（"十一五"国家级规划教材）	陈振明
公共行政学	张成福
政治学原理（第二版）	景跃进　张小劲
比较政府	高秉雄
行政法学	张成福
管理信息系统	张维明　黄金才
公共管理实用分析方法	汪明生　胡象明
公共事业管理概论（第二版）	朱仁显
公共部门人力资源开发与管理（第二版）（"十一五"国家级规划教材）	孙柏瑛　祁光华
管理心理学	胡　平
政府经济学（第三版）（"十一五"国家级规划教材）	郭小聪
市政管理学（第二版）（"十一五"国家级规划教材）	杨宏山
当代中国政府（第二版）（"十一五"国家级规划教材）	吴爱明
电子政务教程（第二版）（"十一五"国家级规划教材）	赵国俊
电子政府与电子政务（"十一五"国家级规划教材）	张锐昕
西方行政学理论概要（第二版）（"十一五"国家级规划教材）	丁　煌
公共危机管理导论（"十一五"国家级规划教材）	肖鹏军
中国公共政策（"十一五"国家级规划教材）	陈振明
政府公共关系（"十一五"国家级规划教材）	廖为建
非营利组织导论（"十一五"国家级规划教材）	王　名
电子政府概论（第二版）	张锐昕
行政伦理学教程（第二版）（"十五"国家级规划教材）	张康之　李传军
公共管理的方法与技术（第二版）	魏　娜
行政管理学（第三版）	郭小聪
领导学（第三版）	邱霈恩
管理秘书实务（第三版）	赵锁龙
社区管理（第二版）	汪大海　魏　娜　郇建立
国家公务员制度（第二版）	舒　放　王克良
公共组织学（第二版）	李传军
地方政府学概论	方　雷
地方政府管理	陈瑞莲　张紧跟
西方公共管理名著导读	汪大海
公文写作与处理	赵国俊
公共关系概论（第二版）	邹正方
政府绩效管理	方振邦　葛蕾蕾

公共管理系列教材

书名	作者
公共部门人力资源管理（第二版）	滕玉成　于　萍
现代市政学（第三版）	王佃利　张莉萍　高　原
政府经济学（第三版）	潘明星　等
公共管理学概论	曹现强　王佃利
非营利组织管理	吴东民　等
公共决策导论	王佃利　曹现强

公共管理与政治学系列

书名	作者
公共管理学——一种不同于传统行政学的研究途径（第二版）	陈振明
政策科学——公共政策分析导论（第二版）	陈振明
新政治经济学导论（第二版）	陈振明　黄新华
政府治理与改革——理论、实践和案例	陈振明　等

公共管理核心课程系列教材

书名	作者
管理学基础（第二版）	方振邦
公共政策概论	谢　明
应急管理导论	王宏伟
非营利组织管理	康晓光

公共管理案例系列教材

书名	作者
市政学导引与案例（第二版）	李燕凌
公共管理案例分析（第二版）	王丛虎
领导学案例	邱霈恩
公共管理案例	中国人民大学公共管理学院
公共政策案例	中国人民大学公共管理学院
公共部门人力资源管理与社会保障案例	中国人民大学公共管理学院
公共政策案例：分析与思考	谢　明
公共政策热点问题分析	谢　明　毛寿龙
行政管理学导引与案例	陈季修
公共政策学导引与案例	陈季修
公共行政学经典理论导引与案例	付小均

21 世纪公共行政系列教材

书名	作者
公共管理概论	朱立言　谢　明
行政学导论（修订版）	齐明山
一般管理学原理（第三版）	张康之　李传军
公共部门人力资源管理（第三版）	孙柏瑛　祁光华
现代政治学原理（第三版）	石永义　刘玉尊　张　璋
行政领导学（修订版）	朱立言

书名	作者
公共政策导论（修订版）	谢　明
当代中国政府与行政（修订版）	魏　娜　吴爱明
机关管理的原理与方法（修订版）	赵国俊　陈幽泓
公共行政的法律基础（修订版）	毛昭晖
公共管理中的方法与技术	魏　娜　张　璋
公共人事制度	刘俊生
行政组织学	张　昕　李　泉
公共行政学（第四版）	彭和平

21 世纪公共事业管理系列教材

书名	作者
公共事业管理概论（"十一五"国家级规划教材）	娄成武　李　坚
公共部门人力资源开发与管理（第二版）	孙柏瑛
公共组织行为学（第二版）（"十一五"国家级规划教材）	孙　萍　张　平
公共组织财务管理（第二版）（"十一五"国家级规划教材）	王为民
《公共组织财务管理》学习与实训指导书	王为民　博　迪
文化管理学（第二版）（"十一五"国家级规划教材）	孙　萍
卫生事业管理（第二版）（"十一五"国家级规划教材）	李　鲁
教育经济与管理（第二版）（"十一五"国家级规划教材）	娄成武　史万兵
现代公用事业管理	崔运武
文化创意产业导论	魏鹏举

21 世纪劳动与社会保障系列教材

书名	作者
社会保障概论（第三版）	孙光德　董克用
《社会保障概论》（第三版）学习指导书	孙光德
员工福利概论（第二版）（"十一五"国家级规划教材）	仇雨临
社会保险学（第二版）	孙树菡
国际社会保障制度教程	穆怀中
社会保险精算原理与实务	王晓军
社会保障法（修订版）	杨燕绥
劳动争议处理	彭光华
就业管理	黎　民
劳动经济学（"十一五"国家级规划教材）	董克用　刘　昕
社会保障管理（"十一五"国家级规划教材）	邓大松　刘昌平
社会保障基金管理	赵　曼
养老保障制度	李　珍
医疗保障	王虎峰
劳动关系管理	彭光华

21 世纪土地资源管理系列教材

书名	作者
土地科学导论	叶剑平
土地资源管理学	张正峰
土地利用规划学	张占录　张正峰

书名	作者
不动产估价（"十一五"国家级规划教材）	叶剑平 曲卫东
土地信息系统	曲卫东 韩 琼
土地经济学（第六版）（"十一五"国家级规划教材）	毕宝德
地籍管理（第五版）（"十一五"国家级规划教材）	谭 峻 林增杰
土地法学	王守智 吴春岐

公共管理硕士（MPA）系列教材

核心课教材

书名	作者
政治学：基本理论与中国视角	任剑涛
公共管理学（修订版）	张成福 党秀云
公共管理学原理	陈振明
公共部门经济学（第三版）	高培勇 崔 军
公共政策分析	陈振明
公共政策分析概论（修订版）	谢 明
行政法学（修订版）	皮纯协 张成福
行政法学概论（修订版）	胡锦光
社会主义建设理论与实践（修订版）	李景治 蒲国良
公共管理英语（修订版）	顾建光
电子政务理论与方法（第三版）	金江军 潘 懋
社会研究方法	陈振明
定量分析方法（修订版）	谭跃进
信息技术及其应用（第三版）	张维明

方向性必修课、选修课教材

书名	作者
公务员制度教程（第四版）	舒 放 王克良
《公务员制度教程》学习指导书	舒 放 王克良
公共管理伦理学（修订版）	张康之
比较政府与政治（修订版）	卓 越
当代中国政府与政治（修订版）	吴爱明 朱国斌 林 震
公共部门人力资源管理	董克用
公共部门人力资源管理及案例教程（修订版）	陈天祥
领导理论与实践	朱立言
公共组织理论与管理	张成福
非营利组织管理概论（修订版）	王 名
西方公共行政管理理论精要	丁 煌
公共部门绩效管理概论	周志忍
公共部门绩效评估（修订版）	卓 越
公务员绩效评估	卓 越
公共危机管理	王宏伟
公共部门危机管理	张小明
公共部门战略管理（修订版）	陈振明
中国古代治国通论	纪宝成
数字化城市管理	修文群
MPA学位论文写作指南	汪大海

图书在版编目（CIP）数据

管理学基础/方振邦主编. —2 版. —北京：中国人民大学出版社，2011.8
（公共管理核心课程系列教材）
ISBN 978-7-300-14257-9

Ⅰ.①管… Ⅱ.①方… Ⅲ.①管理学-教材 Ⅳ.①C93

中国版本图书馆 CIP 数据核字（2011）第 179855 号

公共管理核心课程系列教材
管理学基础（第二版）
主　编　方振邦
副主编　李超平　胡　平　张秀智　胡　威　鲍春雷
Guanlixue Jichu

出版发行	中国人民大学出版社				
社　　址	北京中关村大街 31 号		**邮政编码**	100080	
电　　话	010－62511242（总编室）		010－62511398（质管部）		
	010－82501766（邮购部）		010－62514148（门市部）		
	010－62515195（发行公司）		010－62515275（盗版举报）		
网　　址	http://www.crup.com.cn				
	http://www.ttrnet.com（人大教研网）				
经　　销	新华书店				
印　　刷	北京民族印务有限责任公司		**版　　次**	2008 年 4 月第 1 版	
规　　格	185 mm×260 mm　16 开本			2011 年 10 月第 2 版	
印　　张	26 插页 1		**印　　次**	2011 年 10 月第 1 次印刷	
字　　数	579 000		**定　　价**	45.00 元	

教学支持说明

（教学课件）

中国人民大学出版社公共管理出版分社秉承"出教材学术精品，育人文社科英才"的出版宗旨，多年来，出版了大批高质量的公共管理、教育学、政治学、政治理论公共课教材和学术著作。

为服务一线老师的教学工作，我们为本教材制作了相应的 PowerPoint 教学课件，任何一位采用本书为授课教材的老师都可免费获得课件。为保证这些课件仅为授课教师获得，烦请您填写如下材料并邮寄或传真给我们，我们将在收到信件或传真后 48 小时内通过 E-mail 给您发送有关课件。关于人大出版社公共管理出版分社的其他图书信息，请登录 http://www.crup.com.cn/gggl 查询。

我们的联系方式：

地址：（100872）北京市中关村大街甲 59 号文化大厦 1202 室

中国人民大学出版社公共管理出版分社

电话：（010）82502724　62514775（传真）

E-mail：ggglcbfs@vip.163.com

兹证明＿＿＿＿＿＿大学/学院＿＿＿＿＿＿院/系＿＿＿＿＿专业＿＿＿＿＿学年第＿＿＿＿＿学期开设的＿＿＿＿＿＿＿＿课程，采用中国人民大学出版社出版的＿＿＿＿＿＿＿＿（书名、作者）作为本课程教材。授课教师为＿＿＿＿＿＿，授课班级共＿＿＿个、学生＿＿＿人。授课教师需要与本书配套的教学课件。

联 系 人：＿＿＿＿＿＿＿＿＿＿＿＿

通信地址：＿＿＿＿＿＿＿＿＿＿＿＿

邮　　编：＿＿＿＿＿＿＿＿＿＿＿＿

电　　话：＿＿＿＿＿＿＿＿＿＿＿＿

E-mail：＿＿＿＿＿＿＿＿＿＿＿＿

系/院主任：＿＿＿＿＿＿（签字）

（系/院办公室章）

＿＿＿年＿＿＿月＿＿＿日